※ 이 지도는 실제 지형도를 바탕으로 축소 제작되었고, 표시된 지명은 본문에서 언급된 것들이다.

수화
혼란하
송화강
하얼빈
아성
부여
북만평야
북만평야
위하
해림
영안
목단강
왕청
토문
혼춘
블라디보스토크
연길
용정
회령
청진
두만강
백두산
원산
평양
서울
덕혜
신경(장춘)
길림
송화강
개원
철령
심양
요동평야
요양
해성
영구
개평
만기령
요하
태자하
압록강
금주
다롄
뤼순
요동반도

松漠燕雲錄

송막연운록

최남선 지음

윤영실 옮김

景仁文化社

· 목 차 ·

일러두기

본 총서는 각 단행본의 특징에 맞추어 구성되었으나, 총서 전체의 일관성을 위해 다음 사항은 통일하였다.

1. 한문 원문은 모두 번역하여 실었다. 이 경우 번역문만 싣고 그 출전을 제시하였다. 단, 의미 전달상 필요한 경우는 원문을 남겨 두었다.

2. 저자의 원주와 옮긴이의 주를 구분하였다. 저자 원주는 본문 중에 ( )와 ※로 표시하였고, 옮긴이 주석은 각주로 두었다.

3. ( )는 저자 원주, 한자 병기, 서력 병기에 한정했다. [ ]는 한자와 한글음이 일치하지 않는 경우와 한자 조어를 풀면서 원래의 한자를 두어야 할 경우에 사용했다.

4. 맞춤법과 띄어쓰기는 『표준국어대사전』의 「한글맞춤법」에 따랐다. 다만 시문(詩文)의 경우는 운율과 시각적 효과를 고려하여 예외를 두었다.

5. 외래어 표기는 『표준국어대사전』의 「외래어표기법」에 따랐다. 「외래어표기법」의 기본 원칙은 현지음을 따른다는 것으로, 이에 의거하였다.

   1) 지명: 역사 지명은 우리 한자음으로, 현재 지명은 현지음에 따르는 것을 원칙으로 하였다.

   2) 인명: 중국은 신해혁명을 기준으로 이전의 인명은 우리 한자음으로, 이후의 것은 현지음으로 표기하였고, 일본은 시대에 관계없이 모두 현지음으로 바꾸는 것을 원칙으로 하였다.

6. 원래의 글은 간지 · 왕력 · 연호가 병기되고 여기에 일본 · 중국의 왕력 · 연호가 부기되었으나, 현재 우리에게 익숙한 시간 정보 규준에 따라 서력을 병기하되 우리나라 왕력과 연호 중심으로 표기하였다. 다만, 문맥상 필요한 경우에는 해당 국가의 왕력과 연호를 그대로 두었다.

7. 이 책에 수록된 사진은 모두 새로 작업하여 실은 것들로, 장득진 선생이 사진 작업 일체를 담당하였다.

8. 이 책의 특성상 별도로 적용된 범례는 다음과 같다.

   1) 이 책의 기행 지역인 만주가 우리나라 역사 무대인 것을 감안하여 우리에게 익숙한 지명으로 표기하였다. 예를 들어 용정, 연길, 혼춘, 도문, 혼하, 요하, 요동 반도, 심양, 송화강, 흑룡강, 목단강 등으로 그대로 둔 것과 같은 경우이다.

   2) 이외의 지명은 현지음으로 표기하였다. 예를 들어 뤼순, 다롄, 산둥, 베이징, 허베이, 간쑤 성, 저장 성 등으로 표기한 것과 같은 경우이다.

   3) 몽고어 · 여진어 등이 한자 차음으로 표기된 경우는 가능한 한 현지음으로 표기하였다. 단, 옛 문적을 인용할 경우 의미 전달을 위해 그대로 두기도 하였다.

송 막 연 운 록

간도와 조선인

1. 함경선

9월 26일[1] 아침 7시 50분, 경성역에서 청진행 기차를 탔다. 시절의 풍운에 그다지 큰 충동을 받은 것은 아니었다. 오래 계획해 오던 만지(滿支)[2] 유람을 더 이상 늦출 수 없겠다는 생각이 간절하던 참에, 마침 선만척식(鮮滿拓植)[3]에서 만주에 있는 이른바 안전 농촌을 구경하라고 권하기에 어찌되었든 나서 보겠다 한 것이다. 만척(滿拓) 참사(參事) 김동진(金東進) 군이 동행의 수고를 맡아 주니 든든하기 그지없다.

차창으로 한강의 물빛을 내다보니, 언뜻 예전에 백두산 근참을 떠날 때의 정회가 되살아남을 금할 수 없다. 그때는 백두산이 조상

---

* '송막연운록(松漠燕雲錄)'이란 제목의 송(松), 막(漠), 연(燕), 운(雲)은 각기 만주, 몽고, 베이징, 산시(山西)를 뜻한다. 『매일신보』에 1937년 10월 28일부터 1938년 4월 1일까지 총 84회에 걸쳐 연재되었다.

1 원문에는 9월 26일로 되어 있으나, 여정에 소요되는 시간 및 이후의 날짜 표기로 미루어보아, 25일의 오기인 듯하다.

2 만주와 지나의 합칭으로, 지나는 중국을 일컫는다.

3 선만척식주식회사(鮮滿拓殖株式會社)는 1936년에 설립된 조선 총독 관할의 특수 회사다. 조선인의 만주 이주 실행 기관으로 만주국 신경(新京)에 만선척식고분유한공사(滿鮮拓殖股份有限公司)라는 자회사가 설립되어 매년 1만 호, 15년간 15만 호의 이식이 계획되었다.

의 산이라 해서 특별한 감흥에 끌렸던 것인데, 조상의 강역이라 할 만주 땅을 가 보게 된 지금 마찬가지 심정을 느낌은 진실로 당연하다 할는지.

어디를 보아도 풍요로운 가을빛이다. 장양호(張養浩)의 시에서 "누런 구름이 들녘에 뻗어 있으니, 농민들의 수고가 이제야 공을 얻겠네."⁴라 한 광경 그대로다. 철원·평강쯤에서부터는 추수가 이미 반도 더 넘게 되었고, 검불랑 고원에서는 메밀과 콩도 떨어내기 시작했다. 그러나 가을을 무엇보다 성미 급하게 나타내는 것은 이미 3~4할이나 울긋불긋한 기미를 띠고 있는 삼방협(三防峽)의 나뭇잎이다. 또 거의 모든 역과 또 여기저기 들판에까지 무더기무더기 만발해 있는 코스모스의 아름다운 자색(姿色)이 시정(詩情)을 살짝살짝 건드려준다.

합란(哈蘭) 벌판의 넓은 논이 시야에 다 들어오지도 않을 만큼 끝간 데 없이 펼쳐진 것도 놀랍지만, 남쪽에서 일어나 사방으로 뻗어가는 기세가 날로 더해 작년 이맘때 본 것이 벌써 옛날 일이 되어버렸음에 눈이 휘둥그레진다. 그러는 동안에 서호(西湖)와 여호(呂湖)의 바다색이 번갈아서 가슴의 티끌을 씻어준다. 다만 바다 앞이탁 트여갈수록 수면이 점점 저녁빛에 덮여감은 어쩔 수 없다.

북청의 남대천(南大川), 이원의 골짜기도 다 깜깜하여 보지 못하고, 마운(磨雲)·마천(磨天)의 천연 요새도 필시 꿈속에서나 돌파한 모양이어서, 이튿날 26일 새벽빛에 보이는 것은 지난 밤 내린 비에 수렁이 된 수성(輸城) 평야였다. 예전에 칠보산(七寶山) 구경 갈 때에 고참(古站)까지 왔던 것이 북쪽으로 가장 멀리 가봤던 것이요, 그다음부터는 처음 대하는 산천인데, 경성(鏡城)·나남(羅南)조차 제

송막연운록

---

4 장양호(張養浩; 1270~1329)는 원나라의 시민으로 자는 희맹(希孟)이고, 호는 운장(雲莊)이다.

청진항
최남선의 만주 여행은 서울에서 청진으로 가는 열차를 타면서 시작되었다.

대로 보지 못하고 지나친 것이 섭섭하다.

수성에서 동남으로 꼬부라져 들어가면 청진(淸津)이었다. 역에
내려서니 기와 조각이 어지럽게 흩어진 길과 띄엄띄엄 새로 짓는
집들의 무질서함이 죄다 신개지(新開地)의 풍경이요, 앞에 보이는
항구가 매우 싱거워서, 이것이 청진인가 하고 좀 의외의 느낌을 가
질 수밖에 없다. 어쨌든 부두까지 가 보기로 하고 버스에 올랐다.
산 한 모퉁이를 돌아 청진의 본 시가가 있고, 주 시가지에는 몇 층
높이의 큰 가게도 있고, 러시아 세력이 흥했던 옛날을 떠올리게 하
는 그리스 정교회 같은 러시아계 건축이 높은 언덕에 늘어서 있다.
제법 국제색을 띤 것이 한편으로는 대항구답지만, (18행 삭제)[5]

함경선도 여기서부터는 바다를 놓고 다시 두메 속으로 들어간
다. 수성 일대로부터는 산이 더욱 끌밋하고[6] 수림이 울창하여, 관북
(關北) 풍광의 아름다운 일면이 더욱 선명하다. 첩첩이 늘어선 산과
고개들이 협곡을 이루어 길에 맞닿아 있는 모습에 나도 모르게 "아
름답구나! 산하의 견고함이여."라는 구절을 읊게 된다.

이 사이에 장흥역(章興驛) 북쪽의 형제암(兄弟岩) 같은 빼어난 경
치가 가끔 있기도 하여, 차창으로 보이는 경관이 또한 심심하지 않
다. 고무산(古茂山) 부근에 이르러서는 산야의 통나무집들이 뽀얀

---

5 삭제된 부분이다.
6 '시원스럽고'를 뜻하는 순 우리말이다.

허물을 뒤집어써서 마치 사라쌍수(娑羅雙樹)[7]의 숲이 이랬던가 하는 생각이 난다. 웬일인가 하였더니 역 왼쪽 어디인가에 시멘트 공장이 크게 설비되어 있었다.

옛날부터 백두산이 무산(茂山) 경내(境內)에 있는 것으로 여겨지고, 지금도 무산 농사동(農事洞)이 백두산 올라가는 동쪽 대로로 일반에 알려져 있는데, 근래에는 고무산에서 무산까지 경편(輕便) 철도가 있어 크게 편리해진 모양이다. 구름 덮인 산들이 첩첩이 가로막고 있으나 가만히 백두산이 있는 서쪽 하늘을 바라보며 마음을 모아 귀명(歸命)[8]을 바쳤다.

무릎 앞 삼천리만
헤매옵기 얼마런가
덜미의 다사함도
와서 알라 하옵시니
찬바람 오늘일세라
더 느껍도소이다.

---

7 부처가 입적했을 때 동서남북에 한 쌍씩 서 있었다는 나무. 동쪽의 한 쌍은 상주(常住)와 무상(無常)을, 서쪽의 한 쌍은 진아(眞我)와 무아(無我)를, 남쪽의 한 쌍은 안락(安樂)과 무락(無樂)을, 북쪽의 한 쌍은 청정(淸淨)과 부정(不淨)을 상징한다.

8 목숨을 바쳐서 마음속으로부터의 진실을 받든다는 것으로, '믿고 의지하다' '귀의' '귀순' 등과 같은 의미이다.

2. 회령

협곡을 빠져 나가면 평평한 산등성이 얕은 기슭이 멀리 에둘러 있는 사이로 회령 평야가 열려 오고, 한 줄기 작은 계곡물이 울창한 버드나무 사이에 숨어 동쪽으로 흘러가는 것이 보인다. 흐름이 원체 눈에 뜨일 것이 없어서 처음에는 무심코 흘려 보았는데, 지도를 짚어 보니 이 대수롭지 않은 계곡물이야말로 반도의 북쪽 경계선이 되는 두만강이었다.

역사적으로 그 이름을 높게만 들어오던 우리 눈에는 두만강이 저런 실개천이라는 것이 얼른 믿어지지 않는다. 물론 두만강도 하류로 내려가면 더 커지기도 하겠지만, 백두산 발원지로부터 이미 수백 리를 흘러내려온 회령에서조차 곳곳에서 걸어서 강을 건너갈 수 있을 만큼 작은 개천이라니 놀랄 만한 사실이다.

철로는 강을 끼고 연방 북쪽으로 올라간다. 걸핏하면 강을 시야에서 놓쳐 버리는 게 예사인데, 대개 강물이 우리 쪽으로 다가올 때에는 약간만 수풀이 울창해도 넉넉히 강의 모습을 감춰 버리기 때문이다. 남이(南怡) 장군[1]이 호기를 내뿜은 명구절인 "백두산 돌

---

1 남이(南怡; 1441~1468)는 조선 세조 때의 무신이다. 이시애의 난과 건주 여

무포의 두만강
백두산 아래 두만강은 개천과 같이 폭이 매우 좁다. 최남선은 두만강이 말 한필 마시기에도 넉넉치 않았을 만큼 수량이 적었다고 했다.

은 칼을 갈아 다 없애고"에 대해서는, 몇 년 전 백두산 등반할 때 큰 칼을 갈 만한 견고한 돌이 없음을 보았었다. 그런데 이제 "두만 강 물은 말 먹여 없애네."라 했던 두만강이 용마 한 필이 마시기에 도 넉넉치 못할 듯함을 보며, 두 구절이 실제와는 동떨어진 허황된 말임을 발견하고 한편 우습기도 했다.

내가 묻지도 않은 지리를 곧잘 설명해 주는 이가 곁에 있기에, 배가 보이지 않는 것은 그것이 필요하지 않기 때문인가라고 물으 니, 그가 한층 기운을 내서 강변의 지세를 설명한다. 뱃나루가 더 러 있지만 경비 문제로 되도록이면 선박을 함부로 사용하지 못하

진 정벌 등에서 공을 세워 세조의 총애를 받았으나 세조가 죽은 후 역모에 몰 려 처형되었다.

게 한다는 것이다. 또 강물이 깊은 곳도 있지만, 요새는 수심이 대개 무릎에서 허리 사이쯤까지밖에 되지 않아서 과연 배가 필요할 것도 없다고 한다.

또 그는 강 때문에 국경 경비의 노고가 몇 배나 커졌다고 말을 잇는다. 겨울 결빙기에는 전면이 탁 트여서 거의 무계엄 상태에 가깝다면서, 여러 가지 국경 비화를 실례를 들어 설명한다. 알고 보니 그는 경찰이었다.

회령이 청조(淸朝) 조상의 발상지임은 근래에 널리 알려진 사실이다. 『청태조실록』에 "포고리옹순(布庫里雍順)[2]이 장백산 동쪽 아막회(俄漠會) 들판 아타리성(俄朵里城)에 거하여, 국호를 만수라 하니, 이것이 만주의 기초를 연 시초가 되니라."라고 한 '아막회'가 곧 우리 『여지승람(輿地勝覽)』에 회령의 옛 이름을 오음회(五音會)라고 한 것에 해당한다. 아막회의 한음(漢音) '오모회'가 곧 오음회의 원형 '오모회'다.

건륭제[3] 이후에 꾸며낸 말을 덧붙인 청조의 역사책은 그 선대의 사적이 은폐되어 매우 의심적게 되었다. 그러나 조선 역대 실록에는 오도리(吾都里) 추장인 맹가첩목아(猛哥帖木兒) · 범찰(凡察) · 동산(童山) 등의 기사가 잇따라 나오는데, 이들이 곧 만청 황실의 직계 조상임은 고증이 확실하다.

후에 청 황실 애신각라(愛新覺羅) 씨는 여진 여러 부족 중에서 건주위(建州衛)에 속한 자다. 건주위는 다시 본위(本衛)와 좌우위(左右

2 애신각라 포고리옹순(愛新覺羅布庫里雍順)은 만주족 지도자로 청나라 시조이다. 전설에 의하면, 천제와 지모(地母)의 딸 세 자매가 백두산 천지에서 목욕을 하는데 까치 한 마리가 과자를 물어다 내려놓았다. 세 자매 중 그 과자를 먹은 낭자가 훗날 아들을 낳아 이름을 포고리옹순이라 하였다.
3 중국 청나라 제6대 황제(재위 1735~1795). 조부 강희제에 이어 정치, 경제, 문화적으로 '강희 · 건륭 시대'라는 청나라 최성기를 이룩하였으며, 이 시기에 중국 문화가 유럽 사회에도 널리 알려졌다.

衛)로 나뉜다. 지금의 회령이 곧 건주 좌위의 근거지요, 맹가첩목아(『청태조실록』에 孟特穆 謚肇祖原 황제라 한 이)는 명 태종 영락 원년(1403)에 명으로부터 건주 좌위의 임명을 받은 자다. 그 아우가 범찰(凡察; 실록에는 范察로 기록), 그 아들이 동산(董山; 실록에는 充善)이며, 동산의 5세손이 청 태조 누르하치(弩爾哈齊)였다. 이들은 대개 동산의 때에 두만강을 넘어 북방 침략을 시작했다. 이후 지금의 봉천성 흥경을 주거지로 삼고 여진 여러 부족을 통솔하여, 여러 대에 걸친 공훈을 통해 드디어 청나라 3백 년의 기업을 이뤘다.

용을 키워내고 봉황을 길러낸[4] 영기(靈氣)가 지금도 남아 있는지는 산천 어디를 향해 물어도 대답을 얻을 리 없다. 다만 강 위에 드문드문 뗏목이 흘러가고, 강변 곳곳에 목재가 수북하게 쌓여 있는 것을 보니 회령이 목재 집산지임을 알겠다. 또 회령에서 신계림(新鷄林)까지 지선(支線)이 나있는 것은 석탄과 아울러 목재 운수에 필요하기 때문인 모양이다. 그러나 회령이 무역 방면에서 가장 영광스러웠던 때는 그곳이 압록강 방면의 중강(中江)과 함께 청 만주 주민의 양대 국경 개시장이던 옛날이니, 저 허생 전설에 나오는 고호(賈胡)[5]도 그 시장에 출현하였다는 자이다.

강 건너 평원에 눈에 익은 높은 산이 한 개 있는데, 이것이 사진으로 많이 본 이른바 오국성(五國城)의 유적임을 얼른 깨닫겠다. 옛날부터 이곳에서 송나라의 동전이 가끔 발견되는 일이 있다 하지만, 이곳이 북송의 휘종, 흠종 2명의 황제가 붙들려 와서 몸소 농사 짓고 살다가 한을 품고 죽은 곳이라고 하기에는 물론 좀 더 증거가 있어야 할 것이다. 지나 후세의 문헌에서 흔히 길림성의 삼성(三姓; 지명)이란 곳을 오국성에 해당하는 곳으로 전하여 옴은 사람들이

---

4 용은 청조를, 봉황은 조선조를 지칭한다. 청조와 조선조 모두 백두산 자락을 그 발상지로 삼고 있음을 빗대어 표현한 것이다.
5 장사하는 호인(胡人), 혹은 외국 상인을 두루 일컫는 말이다.

아는 바와 같다.

회령에서부터는 철도가 강을 따라서 거의 곧장 북쪽으로 올라가고, 고령진·학포 등 귀에 익은 지명들을 거쳐서 드디어 상삼봉(上三峰)에 닿는다. 함경선은 줄곧 강과 함께 반도의 동북쪽 끝까지 나가고, 그래도 부족하여 다시 남으로 꺾여 나진까지 내려가지만, 간도 방면으로 향하는 사람은 상삼봉에서 조개선(朝開線)이란 것으로 갈아타고 강을 건너는 것이 일반적인 여정이다. 역에 내려서서 사방을 둘러봐도 특별히 국경 분위기라 할 만한 것이 없다. 거리를 다녀 보니, 민가의 문패가 대개 고(高) 씨임이 무엇보다 눈에 뜨인다.

오음회(五音會) 그대 본다.
산 높던가 들 크던가.
구오(九五)⁶의 나는 용이
분명 여기 나셨나니
인걸(人傑)이 땅을 가린다
누가 고집하더뇨.

---

6 역괘에서 아래로부터 다섯 번째 양효(陽爻)의 이름. 건괘의 구오가 임금의 지위를 뜻하는 상이라는 데서 임금을 일컫는 말이 되었다.

3. 용정촌

상삼봉역에 만주국 세관이 출장 나와 휴대물 검사를 하는 것이
나, 얼른 보면 군인 같지만 자세히 보면 복장이 좀 이상스러운 만
주 순경이 오락가락하는 것이 다 국경색을 띠고 있다. 10시 55분에
발차하여 고작 철교 하나를 건너니, 이것이 바로 두만강의 국제교
다. 물론 규모와 범절이 압록강에 비할 바 아니다. 그러나 두만강물
의 실낱 같은 푼수로는 이만한 철교도 차고 넘친다는 생각이 난다.

이조 초의 무략(武略)에 대한 기사에는 김종서(金宗瑞) · 어유소(魚
有沼) 등 명장이 대군을 거느리고 두만강을 건너 깊숙이 쳐들어가
적의 소굴을 소탕하였다는 글이 가끔 나온다. 만일 당시의 두만강
이 역시 요쯤 되는 것이었다면, 줄잡아도 '강을 건너' 운운하는 말
이 본래부터 세력을 과장하려 한 문구가 아니었는지도 모른다.

차 안에도 총기를 휴대한 병사가 쉴 새 없이 왔다갔다 시찰을 돌
고, 철교 건너 길가에는 시멘트로 탄탄히 축조한 작은 포첩(砲疊)의
무수한 총안(銃眼)이 경계를 게을리하지 않음을 느낄 수 있다. 지나
는 역에도 대개 비상시에 대비한 엄호물이나 총안이 설치되어 있
다. 이 수런수런한 광경은 무엇보다도 우리 서투른 여행객에게 만
주국에 대한 인식을 실물로 깨우치는 것이다.

차에 함께 타고 있는 경호군(警護軍)은 노경(路警) 혹은 경승(警乘)이라는 완장을 붙였는데, 장총 휴대는 똑같지만 단총은 혹 가진 이도 있고 가지지 않은 이도 있다. 물어보니, 일본 군인에게는 단총을 겸대케 하지만 만주 군인에게는 이를 주지 않는다 한다.

이뿐 아니라, 철로 근방의 촌락에는 호로대(護路隊)라는 조직이 있고, 또 호로 정신의 강화를 위해 애로(愛路) 소년단이라는 시설이 두루 행해진다고 한다. 호로(護路)·애로(愛路)라 함은 곧 철로의 안전 보호를 위해 필요한 봉사를 뜻한다. 이 조직이 있는 부락에는 '애호촌(愛護村)'이라는 표목(標木)이 서있다.

강 건너는 이른바 선만(鮮滿)[1] 지세의 특징이 선뜻해져서, 산이 다 커다랗고 꼭대기는 평평한 덕스러운 모습으로 생기고, 평지라 하는 것도 대개는 완만한 경사의 구릉으로 되어 있다. 구릉의 경사면이 모두 다 거의 정상까지 개간되어, 얼른 말하면 화전식 농작의 전형이요, 또 이러한 구릉 말고라도 사방의 산들이 말끔 발가벗어서 한 줌의 초록빛도 찾을 수 없으니, 언뜻 보아도 조선 화전민의 손에 잔인스럽게 개척된 땅임을 깨닫게 한다.

연로의 역 이름은 개산둔(開山屯)이니 팔도하자(八道河子)니 하여 한문의 색채를 띠었지만, 눈에 들어오는 붉은 고추 얹은 초가집과 백의(白衣) 두른 남녀들이 모두 조선 그대로 아닌 것이 없다. 말하자면 기차 안에는 약간 이국 정조가 있다 해도 차 밖의 세계는 의연히 조선의 연속일 뿐이다.

중간 중간 선로나 교량의 개수 공사장에서는 달구질의 줄을 당기거나 공사용 흙을 파서 광주리에 담아 머리에 이고 다니는 일꾼 대부분이 조선 여자다. 여자가 토목 공사에 종사하는 일이 관북에서는 흔하다지만, 여기서는 열 몇 살에 불과한 어린 처자들까지 조

---

1 조선과 만주를 함께 일컫는 말이다.

선옷에 머리를 땋고 광주리를 운반함이 좀 색다른 모습이었다. 이러한 어린 아녀자까지도 공사장에 내보내지 않으면 안 될 사정이 있다면, 그네들이 땅을 악착스레 개간해 온 것을 나무랄 용기가 없어진다. 간도는 요컨대 이러한 개척자들로 인해 열린 한 세계임을 잊어서는 안 된다.

선로는 휘우듬히 커브를 이루며 한 고개를 넘어가는데, 이쯤서부터 산야 곳곳에 논이 흩어져 있는 것이 보인다. 논밭을 막론하고 대개 수확을 마친 것을 보니 기후가 빠름을 짐작할 만하다. 산 너머에 동성용(東盛湧)이라는, 상인의 자호(字號) 비스름한 차참(車站; 정거장 곧 역을 만주·지나에서는 站이라 이른다)이 있다. 이 부근에서 약간이나마 만주인의 가옥이 보이니 도리어 반갑다.

동성용 다음역이 간도의 근본지라 할 용정촌(龍井村)인데, 12시 반쯤 지나서 여기 다다랐다. 역두에 내려서니, 러시아 계통의 마차가 군집하여 시끌벅적하게 승객을 부르는 소리가 멀리서 온 여행객의 머리를 아프게 한다. 마침 현명건(玄命健) 군을 만나서 그 친절한 인도를 받으니 탐탐하기 그지없었다.

우선 조선인민회를 찾고, 다음으로 간도의 의인이요 조선의 친우인 히다카 헤이고로(日高丙子郞)[2] 씨를 만나고, 총영사관에서 가와무라(川村) 씨를 만나서 근황을 나누었다. 구내의 경찰서 옥상에 올라서서 용정촌을 조감해 보았다. 간도에 거주한 지 30년으로 간도의 산 역사인 히다카(日高) 씨가 이부재(李溥齋) 선생이 간도에 들어와 학교를 세운 이래 우리 동포가 피로 그려온 활동사를 손에 잡힐

---

2 유교·신도·불교를 통합한 일종의 종교 단체인 대도사라는 단체의 기관지 편집 책임자로 "장백산 일대에 이상향 건설"을 추진하기 위해 간도로 건너갔다. 간도에 광명어학교, 광명여학교, 광명유치원 등을 세워 만주 거주 조선인 교육에 종사하면서 일본 배척 운동을 하는 조선인들을 '선도'하는 활동을 했다.

용정 거리

곳곳에 한글 간판이 보인다. 최남선 당시 용정촌은 간도의 중심지로, 조선 동포의 피로 개척된 곳이었다.

듯 역력히 재현해낼 때는 저절로 눈물이 볼을 적시는 대목도 적지 않다. 오래 두고 마음으로만 내달려오던 간도를 내가 이렇게 왔구나 하는 생각에 한참 눈을 감고 우두커니 서 있을 수밖에 없었다.

이렁성 흘린 땀과
저렁성 뿌린 피가
모아산(帽兒山) 허물어져
평지 된다 가리시오
간도가 우리 것임도
흔들린다 하리오

4. 간도

　간도(間島)는 혹 간도(墾島)라고도 하여, 그 이름이 세간에 들리기는 비교적 근세의 일이다. 청조가 만주에 있는 동족을 모두 거둬 모아 중원에 입주한 후에 원래 거주지인 고향 땅을 보전하여 만일의 경우에 대비하자는 취지로 특수한 부지 한 곳 이외에는 모든 땅을 비워 두었다. 특히 조선과 만주 접경 지대에 이 금제를 엄히 하니, 압록강 · 두만강 연변에 인적이 끊어진 지 오래고, 큰 골짜기 넓은 들이 한갓 뭇짐승의 낙토가 된 지 수 세기에 이르렀다.

　그러나 반도에서도 땅이 거친 관북 깊은 골짜기에서 근근이 살아가던 백성들이 두만강이라는 작은 개울 건너에 아득히 펼쳐진 주인 없는 기름진 땅을 내다보면서 한 귀퉁이에 머물러 있기에는 자연히 한계가 있었다. 국가의 금지가 어떻고 외교 사정이 어떻고를 죄다 무릅쓰고서, 무산 · 회령 이하 이른바 육진(六鎭)의 모든 통로를 거쳐서 강을 건너 경작을 시작하는 자들이 무리를 이루었다.

　처음에는 강을 건너다니면서 땅에서 난 소출만 거둬 먹던 자들이 차차 주거까지 옮겨가기 시작하여, 마침내 남부여대(男負女戴)하고 강 건너 간도로 들어가는 흰옷 입은 무리들이 강가에 꼬리를 물고 이어졌다. 물론 강물이 얕고 가까운 곳으로부터 깊고 먼 데로

용정 지명 유래 우물
'용두레 우물'이라고도 한다. 용정중학교(구 대성학교) 내에 있다.

번져 나가서, 마침내 백두산 동쪽, 두만강 북쪽에 샅샅이 들어가 박히게 되었지만, 비교적 본토 가까운 곳 들판이 크게 개척되었다.

특히 우리나라 사람의 근본 농작이라 할 논 개간이 편리한 용정 지방은 저절로 간도 최초의 집단 취락을 이루게 되었다. 노인들이 전하기를, 고종 6년(1869)의 관북 대기근으로 인해 유민이 대거 이주한 것이 간도 이주가 최초로 고조된 때라고 하니, 용정의 역사도 대체로 이때쯤에 시작되었을까 한다.

간도 문제의 회고를 여기서 되풀이할 필요는 없다. 다만 바가지 한 짝을 무기로 삼은 이 유민들의 압력이 종주국의 강압을 이기고, 국제적 갈등의 복잡한 분규도 모르는 체하고, 정치 사회적으로 큰 재난과 극한 변란을 죄다 초극하고서 지금 와서는 인구 수만 명의 순 조선인 부락을 만들어 내고, 다시 용정 이하 여러 부락을 합하여 인구 수십만의 연길현(延吉縣)을 만들고, 마침내 연길 이하의 다섯 개 현이 조선인 위주인 사실을 감안하여 이것을 간도성(間島省)이라는 한 개의 특별 지구로 처우하여, 성장(省長)까지도 조선인을 임용하지 않을 수 없게 만든 위대한 사실 하나만을 여기서 기억하고 싶다. 간도의 영토가 누구에게 예속하였든 실제의 간도는 어디까지고 조선인이 살 곳이다.

용정에도 지나쳐 버리지 못할 유적과 역사에 대한 흥미를 불러일으킬 만한 것들이 한둘에 그치지 않는다. 멀리 숙신·읍루·말갈·발해의 일은 말고라도, 내려와서 동진국(東眞國)[1]의 흥폐라든지 더 떨어져서 조선 이씨의 발상에 대한 관계라든지, 손에 잡히는 흙한 줌 돌 하나에도 종종 무한한 추론을 해볼 만한 것이 있다.

잠시 본 것만으로 말해도, 영사관 경내에 성자산(城子山) 등지에서 운반해왔다는 사람과 짐승 모양의 여러 석상이나 또 민가에 소장된 금(金)·원(元) 대의 금동 인장(印章) 같은 것들은 풍부한 연구거리를 담고 있음이 물론이다.

간도는 금 말엽의 풍운아 포선만노(蒲鮮萬奴)가 동진국을 건설하였던 곳이요, 그 도성인 남경(南京)이란 곳이 대개 지금의 용정이거나, 그렇지 않으면 좀 동북쪽에 떨어져 있는 성자산이라고 하는데, 이 등지에서 당대의 유물로 볼 것이 더러 나온다. 또 원대에는 간도 일대가 개원로(開元路)라는 행정 구역에 속하였었는데, 이씨의 선조 중에는 이 부근에서 원의 다루가치 관직을 받은 이가 있었다.

그러나 용정의 역사를 빛나게 한 것은 과거의 일이 아니라 근래의 일이요, 현재보다 장래에 있음을 생각할 것이다. 용정은 조선인의 잠재적 발전력을 구현하여 자연스럽게 생성된 국외 도시인 동시에, 원시의 황무지 가운데 의도적으로 특수한 산업 기능을 개현시킨 비약적 발전지로서 앞으로도 영구한 영예를 가질 곳이다.

---

1 1216년 금나라의 요동 선무사 포선만노가 자립하여 세운 나라다. 건국 당시에는 나라 이름을 대진(大眞)이라 했다. 동만주 연길 지방에서 고려 시대 함경도 지방에 이르는 땅을 지배했으나, 새로 일어난 몽골에게 쫓겨 두만강 유역으로 이동하면서 국호를 동진국으로 바꿨다. 1233년 포선만노가 몽골군에게 살해당하여 19년 만에 멸망하였다.

대개 조선인의 만주 발전은 논이라는 독특한 생산 수단으로써 모든 곤란을 극복한 결과인데, 만주 토양의 가치를 논으로 바꿔 놓은 것이 실로 이 용정에서 발단하였기 때문이다. 용정 내지 간도의 물산이라 하면 처음에는 대두(大豆)·대소맥(大小麥)·밤[栗]과 목재에 그쳤었다. 그러던 것이 논농사의 진전과 함께 이른바 간도미의 평판이 질과 양 두 방면으로 일취월장하여 차차 간도 산업계의 주력이 되니, 세간이 경탄하는 바다.

　　용정은 실로 만주에 있는 이 산업 혁명의 발화점이다. 과거의 간도가 조선인의 정치 생활사상에 어떠한 역할을 하였던지는 죄다 지난 꿈에 부치고, 금후에는 오로지 이러한 신업신을 붙들고 근본과 지엽의 모든 궤도를 설치하는 것만이 용정 내지 간도의 빛나는 미래를 약속하는 것임을 이모저모에서 느끼지 않을 수 없다. 여기에 만일 식자의 의식적 노력이 첨가되면 그 앞날의 광명은 헤아릴 수 없을 것이다.

　　　아득한 옛날 언제
　　　가섭원(迦葉原)[2]을 일러주사
　　　부여(扶餘)의 새 가지가
　　　동해빈(東海濱)에 뻗었더니
　　　지금에 간도를 보고
　　　천의(天意) 새로 알괘라.

2　동부여의 도읍으로 〈삼국사기〉에 나온다. "동해 바닷가에 땅이 있으니 가섭원이라 부른다. 토지가 기름져 오곡 농사에 알맞으니 도읍지로 할 만하다. 왕은 드디어 그리로 도읍을 옮기고 나라 이름을 동부여라 하였다."(『삼국사기』 권 13, 고구려 시조 고주몽 원년)

5. 연길

모아산의 유달리 수려한 모습이 저녁 빛에 더욱 선명해질 때에 버스에 몸을 던져 연길로 향하였다. 용정에서 연길까지는 조개선 (朝開線)의 조양천(朝陽川)을 거쳐 기차로 가는 것도 가능하지만, 중 도에 갈아탈 필요가 없는 버스가 많이 이용된다 한다. 자동차는 남 북으로 기다랗게 일자로 쭉 뻗은 만주인의 시가를 지나서, 간다는 것보다 뛴다고 하는 편이 옳을 만큼 덜컹거리며 울퉁불퉁한 노면 을 강행한다.

만주 특유의 검은 진흙땅이 비가 오면 수렁이 되고, 날이 들면 말발굽의 흔적이며 바큇자국을 그대로 말려 놓아서, 평지도 구당 (瞿塘)[1]과 같다 할 정도로 도로가 험악하다. 그러므로 여간한 교통은 죄다 마차의 힘을 비는데, 이러한 마차는 말 한 마리가 끄는 것이 드물고, 세 마리나 7~8마리를 사용하기가 예사이며, 다섯 걸음 가 면 한 번 기울고 열 걸음 가면 또 한 번 기울고 하는 식으로 덜컥거 리며 나아간다. 버스의 타이어가 이러한 장애물을 상대로 점핑을

---

1 양쯔 강 삼협의 구당협(瞿塘峽)을 가리키는 듯하다. 구당협은 양쯔 강의 삼협 중 제1협곡으로, 8km 밖에 되지는 않지만 험하게 깎아 지르는 절벽으로 유명 하다.

연길 시내
최남선 여행 당시 용정은 조선인 중심의 읍락이었던 반면, 연길은 만주
인 중심의 읍락이었다.

하여 대항하는 셈이다.

용정 · 연길 간은 아마 30~40리 되겠지만, 실상은 비스듬하고 둥실한 고개 하나를 넘어가는 셈이었다. 마루턱에 올라서니 석양에 가물거리는 황량한 변경 분위기가 듬뿍 눈앞을 뒤덮고, 여수(旅愁)라 할지 시정(詩情)이라 할지, 무엇이랄지 모를 일종의 비감이 목구멍에서부터 눈초리까지 쿡쿡 찔러 온다. 쓸쓸한 바람이 한통 불어와서는 두루마기 자락을 획 뒤집어 젖힌다.

굳이 묻지 않아도 자동차 앞길이 가리키는 곳, 한 쪽에는 붉은 벽돌집이 늘어서 있고 다른 한쪽에는 푸른 벽돌집이 무리를 이루고 있는 취락이 연길일 것이다. 어디서고 만주인은 푸른 벽돌, 일본인은 붉은 벽돌을 씀이 한 가지 특이한 점이다.

평지가 되면서 냇물이 가로로 흐르고, 그 위에 기다란 시멘트 다리가 놓였는데, 교각과 난간에 죄다 푸른색과 누런색이 뒤섞인 미채(迷彩)[2]를 해놓은 것이 눈에 기이하게 비친다. 성(省) · 현(縣) 등의

2 배 · 비행기 · 화포 · 전차 따위에 불규칙하게 채색하는 일. 적이 착각을 일으

관공서 거리를 지나서 시의 중심부인 듯한 곳에 버스 정거장이 있다. 여관을 찾으니 반반한 것은 죄다 만원이요, 그 입구는 군화로 가득 차 있다. 발길을 돌려 경성여관으로 찾아드니 주인장이 약간 면식이 있는 자인 것이 또한 기이하였다.

저녁밥을 마치고 몇 명의 요인을 만났다. 현재 선만척식의 이사이자 간도 지점장인 오카다 다케마(岡田猛馬) 씨는 본디 하얼빈 특무 기관의 요직에 있던 인물로서, 만주 사변 이후 조선인 대상의 사상전에 많은 공적을 쌓은 이다. 특별히 정신주의의 수양을 통한 만주 동포의 심전(心田)[3] 개발 문제에 척안(隻眼)을 지니고 있고, 대종교 진흥 같은 데에는 특별한 성의를 가진 줄 알았다. 과연 만주는 다양한 인물을 품고 있는 큰 고장이라는 생각이 든다. 잠깐 틈을 만들어 희미한 전등 아래 거리를 거닐며 이국 정조를 더듬어 보았다.

연길이라 함은 근래에 현 이름을 옮겨다가 쓴 새 호칭이니, 이곳이 전에는 흔히 국자가(局子街)라는 이름으로 세상에 알려졌다. 조선인이 간도 방면으로 강을 건너 개간을 시작하던 때에는 지나 편에서도 산둥의 빈민들이 산해관 방면에서부터 봉금(封禁)을 깨트리고 만주로 흘러들기 시작하여, 그 발걸음이 달음박질하듯이 급히 동삼성(東三省)[4] 각지에 퍼져 들어갔으니, 동서 간도 일대에서는 조선과 중국 양쪽의 개척자들이 서로 충돌을 일으키는 일이 진작부

켜, 그 형상이나 위치를 잘 알지 못하게 하기 위한 것이다.

3 '심전(心田)'은 '마음 밭'이라는 뜻으로 불교·유교 등에서 정신 수양을 가리키는 비유로 사용되어 왔다. 1930년대 일제는 천황에게 충성하는 충량한 신민을 양성하기 위해 불교·유교·기독교 등 여러 종교를 앞세운 '심전 개발 운동'을 전개했다.

4 중국의 최동북쪽에 위치한 지린 성(吉林省), 랴오닝 성(遼寧省), 헤이룽장 성(黑龍江省) 등 3성을 통틀어 일컫는 말로 우리가 '만주'로 통칭하는 지역에 해당한다. 중국에서는 '만주'라는 용어를 인정하지 않고 '동북 3성'으로 통칭한다.

터 생기게 되었다.

고종 18년(1881)에 우리 서북 경략사 어윤중(魚允中)과 청의 길림 장군 명안(銘安), 흠차 대신 오대징(吳大徵) 간에 유랑 동포들의 귀환과 국경 확정 문제에 관한 담화가 시작되었다. 그 이래로 융희 원년(1907) 간도 조약이 성립하기까지의 뒤숭숭하고 야단스럽던 소위 간도 문제란 것은, 요컨대 만주라는 완충 지대를 두고 양국의 유민이 이마를 맞부딪치던 싸움이었던 것이다.

광무 6년(1902)경에 대한제국 정부가 이범윤(李範允)을 간도 관리사로 임명하여 용정 중심으로 경략을 개시하니, 청국 또한 종래의 개척 사업을 강화하기로 하고, 용정과 마주보는 곳인 국사가에 연길 변무공서(邊務公署)를 설치하였다. 이후 한국의 외교권이 일본으로 넘어가고 광무 11년(1907)에 통감부 출장소가 용정에 개설되니, 청이 다시 관리를 증파하고 군병을 주둔시켜 용정과 국자가간에 한참 동안 긴장된 분위기가 서리고 괴이한 풍파가 일던 시절도 있었다.

이후 시운이 몇 번 변전을 거듭하여 선만일여(鮮滿一如)[5]의 큰 깃발이 펄럭거리는 오늘날이지만, 유래가 유래라 용정은 어디까지고 조선인 중심의 읍락이요, 국자가 곧 연길은 어디까지고 만주인 중심의 시가라는 특색이 아직도 전일과 다르지 않다. 다만 간도가 조선인 중심임은 갈수록 농도를 더해 갈 것이 거의 숙명적 약속이요, 또 금후의 사정은 전에 비하여 몇 배나 편리하게 되었으니, 연길에 있는 조선인의 장래는 분명 볼만한 것이 있을 것이며, 따라서 용정·연길의 금일까지의 특색도 시일이 지나면 함께 사라져갈 것을 예상할 수 있다.

5 조선과 만주는 하나라는 뜻으로 일제가 조선을 대륙 진출의 교두보로 삼기 위해 조선과 만주의 역사 · 지리 · 문화 등을 연속적으로 설명, 기술하려는 일련의 정책 및 학술 담론을 가리킨다.

하물며 용정의 발전은 이미 얼마만큼 포화 상태에 달한 감이 있으니, 연길은 무엇으로나 활달하게 멀리 뻗어나갈 무한한 미래성을 가진 것이 분명하다. 연길 동포들의 이후의 활약을 빌면서 만주국에서의 첫 번째 밤에 베개를 베었다.

다 덮은 묵은 책장
잊어버려 어떠리요
네 글자 '순천안민(順天安民)'
건국정신 뚜렷커니
일토(一土)의 일심일덕(一心一德)에
네요 내요 있으랴.

6. 육진

27일. 잠이 깨니 닭 우는 소리가 침상으로 모여 들고 개 짖는 소리조차 여기저기 들려와서, 고국에서도 평화스럽고 한적한 향촌에 누운 듯한 생각이 난다. 그러나 문득 맹인이 점 보라고 외치는 소리 같은 만주인의 물건 사라는 소리를 듣고는, 역시 이국의 아침이었음을 느꼈다.

내다보니 채소 장수도 지나가고 두부 장수도 지나가는데, 얼른 들으면 다 같은 듯하여도 가만히 살피면 물건 종류마다 외치는 소리가 다르다. 더욱 귀를 기울여 들으면 어떤 것은 일본어를 쓰는 것도 있어, 저절로 시세를 생각하였다.

울타리 밖으로 보이는 이집 저집이 울거미[1]는 만주식인데 창호(窓戶)는 서양풍인 것도 있고, 창호는 만주식인데 내장(內裝)은 온돌인 것처럼, 좋게 말하면 국제적 절충이지만 나쁘게 보자면 뒤범벅에 얼치기를 겸한 광경이 그대로 오늘날 간도의 과도적 혼란상을 정직하게 표출하고 있다.

조반을 얼른 마치고 성공서(省公署)에서 보낸 자동차로 공서를

---

1 문틀을 뜻한다.

도문 시내
도문은 조선과 만주를 연결하는 철도의 중심지가 되면서 크게 발전한 도시였다.

방문하여 여러 가지 민정(民情)을 들었다. 민정청장(民政廳長) 김병
태(金秉泰) 씨는 만주인의 시국 인식이 매우 총명하다며, 간도호(間
島號) 비행기를 헌납하자고 발의하였더니 용정·연길의 만주국인
들이 불과 며칠 만에 수만의 거금을 헌납한 것이 바로 며칠 전의
일이었노라고 말한다. 감격스럽고도 감개한 일이다.

교육청에서는 학무과장 윤태동(尹泰東) 군의 호의로 성내 각처에
서 수집한 석기 시대 유물을 구경하고, 민중교육관 주사 다케시타
데루히코(竹下暉彦) 군의 설명을 들었다. 예교과장(禮敎科長)은 왕지
린(王之鄰)이라는 만주인인데, 책상에는 서류를 찾아볼 수 없고, 새
로 쓴 예서체의 서폭(書幅)이 펼쳐져 있다. 이는 다만 그가 서예가
임을 나타낼 뿐 아니라 오늘날 만주 관리의 한 경향도 알 수 있게
해 준다. 성공서라 하여도 큰 집 한 채에 모여 있는 것이 아니라 지
나식 벽돌집에 한 채 한 채 떨어져 있어서, 구내 분위기는 마치 경
성의 중국 영사관 안을 다니는 것과 같다.

오늘은 혼춘(琿春)을 가 볼 예정이다. 혼춘은 소련과 접한 국경선
으로 오갈 때 신분 증명과 경찰 허가가 있어야 하기에, 영사관 경

찰서에 가서 말하니 사진을 첨부해야 한단다. 준비된 사진이 없다 하니 특별히 생각하여 허가장은 발급하지만 형식이 갖춰지지 않아 현지에서 입경을 불허한다 해도 책임지지 못한다면서, 담임 경관이 자필로 청원서 등을 써서 필요한 수속을 완료하여 주니 그 친절이 느껍다.

이만하면 되겠지 하고 연길역에 이르러 도문(圖們)으로 가는 경도선(京圖線)의 기동차를 탔다. 세찬 바람이 뼈를 찌르고 차가운 빗방울이 뺨을 때려서, 기차가 몇 분간 정류해 있는 것도 전송하는 이에게는 천추 같이 길게 느껴질 만큼 조급증이 난다. 이것이 대륙의 유명한 풍위(風威)임을 알았다.

11시 27분 발차하여, 두만강의 큰 지류인 부르하통 강을 끼고서 S자형으로 북으로 향했다 남으로 돌았다 하다가, 한 시간 남짓해서 도문에 도착했다. 역 앞이나 차 안 할 것 없이 군사국의 색채가 농후하고, 승차하고 있는 경관 또한 많아서 과연 이곳이 국경상의 중요 선로임을 생각하게 한다.

도문은 경도선의 끝으로 간도성의 동남편 끝인 도문(圖們: 豆滿) 강안에 있다. 본래는 겨우 몇 가구만 살던 벽촌에 불과하더니 조선과 만주를 연결하는 대선로의 요충지가 되면서 그야말로 약진 또 약진하여 불과 수년 만에 국경 지대에 손꼽힐 만한 도시를 형성하고 시황(市況)이 자못 활발하다.

그러나 그 발전이 비산업적 이유로 인한 것이 많기에 장래성에는 많은 의문이 있는 모양이다. 도문에서 만철 북선선(北鮮線)의 나진행으로 바꿔 타고 차 안에서 세관 검사를 대충 받고, 1시 7분에 출발하여 강을 건너 남양역에 이르렀다. 남양은 우리 온성의 땅으로서, 도문과 마주보고 있는 국경상에 갑자기 만들어진 도시이다.

무릇 연길 방면에서 혼춘으로 가려면, 반드시 우리 북선선에 의지하지 않으면 안 된다. 그러므로 만주국 관리가 국내 출장을 나갈

도문 국경 다리

때에도 일본 영사관의 신분증을 얻어 가지고 국경 밖으로 나갔다가 다시 국내의 목적지로 들어가는 기이한 경관이 연출된다. 국경을 드나들 때마다 빈번이 세관 검사를 맡아야 하며, 국경지대법이 있어 수속이 다 번다함은 물론이다. 지금 나도 만주 국토로 가기 위하여 잠시 만주 국경을 벗어나는 것이다.

선로는 줄곧 두만강과 나란히 나아가는데, 지류라 해도 본류에 뒤지지 않는 부르하통 강과 어우른 뒤라, 이쯤에서부터는 강줄기가 제법 굵어졌다.

한참 동안 북상해서 반도의 최북단이라는 표석이 선 곳을 지나니, 보통 지지(地誌) 등에서 익히 보는 북위 42도 몇 분의 지점이다. 좌우를 둘러보니 고원이 광막하여 마음이 공연히 처량하다. 황파(黃坡) 못 미쳐서 맑은 강에 푸른 하늘이 어렸는데 지주(砥柱)[2] 같은 한 쌍의 거대한 바위가 국경 방호를 홀로 담당한 듯이 강변에 우뚝

---

2 원래 황하 중류에 있는 산 이름으로 산의 모습이 마치 거센 물 흐름 가운데 우뚝 솟아 있는 기둥 같다 하여 붙여졌다. 중책을 맡거나 난국을 극복할 수 있는 사람이나 역량을 비유하는 말로도 쓰인다.

솟아 있다. 손바닥만 한 뗏목이 그 가장자리를 더듬고 내려가는 길가의 풍치에도 가슴이 뜀을 깨달겠다.

옆 사람에게 바위 이름을 물으니 알지 못하며, 다만 그 근처가 항어(港漁)라 하는 명어(名漁)의 산지라고 알려준다. 2시 40분 훈융역(訓戎驛)에 도착했다. 훈융이란 지명은 이 일대가 죄다 야인 방비를 위한 이른바 육진 지방임을 깨닫게 해준다.

> 나무 끝 부는 바람
> 예와 같이 매운지고
> 황파(黃坡)에 울고가는
> 두만강에 귀 기울여
> 김절재(金節齋)[3] 당년 위릉(威稜)을
> 들어볼까 하노라

---

3 세종 때 두만강 일대에 육진을 개척했던 절재(節齋) 김종서(金宗瑞; 1383~
1453)를 가리킨다. "삭풍은 나무 끝에 불고 명월은 눈 속에 찬데, 만리변성에
일장검 짚고 서서 긴파람 큰 한 소리에 거칠 것이 없어라."라는 시로 유명하다.

7. 혼춘

훈융(訓戎)에서 혼춘(琿春)까지는 경편 철도가 놓였는데, 요즈음에는 두만강 철교를 개수하느라 철교 중간까지만 운행하고 있다. 조만간 궤도의 폭을 넓혀 개축할 예정이라는 말도 들었다. 여하간 훈융역에서는 남양·종성 등에서 파견된 경찰서 순사와 훈융 헌병 분견대의 헌병들이 늘어서서 출경(出境) 허가장을 꽤 엄중하게 조사하고, 만주국 세관 관리가 또 한 번 수하물 검사를 행했다. 트렁크를 끌렀다 매었다 하는 귀찮음을 겪을 때마다 선만일여(鮮滿一如)가 이런 측면에서부터 실현되었으면 하는 생각도 난다.

아침에 건너온 두만강을 한나절 만에 다시 건너서 참당나귀 같은 경편 기차에 한 시간 남짓 까불리면서[1] 屯灣역을 거쳐 3시 반에 혼춘에 당도하였다. 屯灣의 '屯'는 처음에 '각(角)'자의 이체인가 하였는데, 토인에게 물으니 '샤완즈'라고 읽는다고 한다. 대개 '샤'라는 음을 가진 이상한 자인 모양이다.

혼춘 경철의 철도변에는 어쩐지 우리 동포가 들에 있는 것을 볼 수 없다. 둘러보니 눈에 들어오는 것이 죄다 밭뿐이요, 논이 거의

---

1 이리저리 흔들린다는 뜻이다.

없다. 버드나무 그늘에 언뜻언뜻 보이는 토벽 가옥의 만주인 촌락만이 차창 좌우에 점점이 산재해 있다. 만주 국토에 만주인의 촌락만 있는 것은 이 일대에서는 도리어 희한한 일이다.

역에 내려서 여느 때처럼 쌍두마차 하나를 잡아타고 조선인민회를 찾아갔다. 지나치는 혼춘의 만주인 시가는 일자로 길기도 하고 점포의 규모도 변경지 치고는 꽤 정비되고 융성했다. 성은 근년에 헐었지만 여전히 '서문 외(西門外)'라는 이름이 남아 있는 곳을 나서서 한참 만에 혼춘 보통학교와 총영사관의 큰 담을 지났다.

거기서 좀 떨어진 길 건너에 민회관(民會館)이 있는데, 민회 간판과 함께 혼춘 가공서(街公署) 간판이 나란히 걸려 있었다. 가공서라는 것은 민·읍사무소와 같은 것으로, 아직 법제적으로는 분명치 않으나 차차 지방의 하급 행정 기관으로 존재할 것이라는 말이 있다. 조만간 실시되는 치외 법권 철폐와 함께 이때까지 민회에서 진행해 오던 조선인 관계 사무도 당연히 가공서로 귀속될 터인데, 혼춘에서는 지금부터 민회와 공서가 사이좋은 걸 보이는 듯 한 지붕 밑에 동거하고 있다는 말을 나중에 들었다.

민회의 별실에서는 무엇인지 회합이 있어 큰 소리로 논쟁하는 소리로 천정까지 들썩거린다. 중간에 나온 강(姜) 민회장의 이야기를 들으니, 역시 치외 법권 철폐의 사후 처리와 만 원 정도에 이르는 민회 재산 정리에 관해 최후 결정을 내리느라고 저마다 의견이 분분한 중이라 한다.

우선 민회에서 나와 일찍부터 소문으로 들어온 정의단(正義團) 본부를 찾아갔다. 정의단은 소련의 연해주와 접한 이곳에 둔전병(屯田兵)[2] 식으로 조선인 국경 방호대를 편성하여 관동국 특무 기관 아래서 필요한 임무를 수행한다는 단체이다. 자금은 선만척식의

---

2 변경에 머무르게 하여 평상시에는 농사를 짓게 한 군사를 이르던 말이다.

대출에 힘입었다고 한다.

단장 김(金) 군은 외출 중이라 없고, 왕년에 동경에 건너갔을 때 신세를 진 긴케이(金鷄) 학원[3]의 요시다(吉田) 군이 원조 임무를 띠고 와있기에, 반갑게 옛 일로 말문을 트고 정의단의 기획 등에 대한 이야기를 자세히 들었다. 단에서 혼춘 구경을 안내하겠다며 이탁(李卓) 군을 보냈기에, 그를 따라서 도시의 중요한 곳들을 돌아보기로 했다.

혼춘은 혼춘강을 끼고 생긴 국경 도시다. 부근 일대는 만주식 평원이요, 혼춘강 건너에는 연해주와 경계를 이루는 노야령(老爺嶺) 산맥이 병풍 같이 보인다. 이 산기슭과 강가에 흑정자(黑頂子)·연통랍자(煙筒磖子)·장령자(長嶺子) 등 읍락이 있어, 예전에는 이 읍락들을 거쳐서 연해주와 교통이 빈번했다고 한다.

혼춘에서 우리의 훈융·경원이 다 30리 밖에 되지 않으므로, 우리 육진 지역 사람들이 봄이면 혼춘을 경유해 연해주의 연추(烟秋: 노보기에스프코에) 내지 포세트 지방으로 들어가서 아편 등을 농작하다가 가을에 수확해 가지고 돌아오기를 예사로 했다고 한다. 그뿐 아니라 러시아 방면과 밀수출입이 거의 공공연히 행해져, 혼춘 시황의 융성은 실로 이에 힘입은 것이었다.

그러나 근래 와서는 이 길 저 길이 죄다 막혀서 생업이 보잘 것 없고, 모든 물건을 조선에서 가져다 쓰기에 물가가 비싸기로는 만주에서도 첫째가 되리라 한다. 지난 봄에도 소련과의 국경 분쟁으로 양군의 피가 이곳 흙을 물들인 일이 있었던 것이 아직도 세간의

---

3 일본 양명학의 대가이자 2차 대전 후까지 일본 정재계 거물급 인사들의 스승 역할을 한 야스오카 마사히로(安岡正篤)가 도쿄에 세운 학원이다. 최남선은 1934년 우가키 총독이 야스오카 마사히로를 초청했을 때 윤치호 등과 함께 그를 만났고, 1934년 11월에서 1935년 초까지 일본 신사 참배 여행시 긴케이 학원을 방문한 것으로 보인다. (『매일신보』, 1934. 5. 13. 「總督, 安岡氏招待盛會」 참조)

기억에 새로우니, 금일의 혼춘은 요컨대 조선 · 만주 · 소련 3국 경계의 군사상 요충지로 특별히 기억될 곳이다.

국경 가까운 곳에는 아무쪼록 평범한 농민을 거주시키지 않는다는 방침에 의한 철거민들까지 어울려서 혼춘 시내에는 우리 동포가 지금도 1,500호 내지 1,600호, 약 6,000명이나 거주하고, 비교적 농상 기업에 종사하는 이가 많은 것도 다른 곳에 비해 한 가지 특색이 된다고 한다. 서대묘(西大廟; 靈寶寺의 속칭. 同治 연호의 현판이 있다),[4] 소충사(昭忠祠)를 보고, 동포의 집단 부락인 신안정(新安町)과 여기에 딸린 시장 거리를 둘러보고, 조선여관이란 데로 숙소를 정했다.

저녁 식사 후에는 강(姜) 민회장에게 혼춘 동포의 애사(哀史)를 감명 깊게 들었다. 이어 동경 귀족사회의 진보적 공자로 유명한 이시모토 게이키치(石本惠吉)[5] 남작이 도문에 본점을 둔 방규환(方奎煥)[6] 군의 동흥(東興)은행 혼춘 지점장으로 이곳에 주재하고 있다는 말을 듣고, 그의 거처를 찾아가 시국 만담을 주고받다가 밤이 깊어서야 돌아왔다. 구미 교육을 받고 또 이 벽지에 와서 실업에 투신

---

4 중국 지안(옛 고구려 수도인 국내성)에 남아 있는 묘. 고구려 15대왕인 미천왕의 능으로 추정된다.

5 명치유신 때 공을 세워 남작에 봉해진 이시모토 신로쿠 대장의 아들로 영국에서 유학한 지식인이며 자유주의를 신봉한 이상주의자였다. 일본 군국주의에 대한 비판을 서슴지 않았으며, 만주를 자유주의국가로 키워 중립지대화해야 한다는 신념을 갖고 만주에 진출하여 오족협화 운동을 이끌었다. 방규환의 동흥은행 설립을 배후에서 창안하고 후원한 것으로 알려져 있다.

6 방규환(1889~?)은 일제 강점기 기업인이다. 소학교 중퇴 후 20세 때인 1908년 일본으로 건너가 약재 무역업을 시작해 성공을 거두었다. 1920년 경성부 부협의회 의원에 당선되어 정치권에 진출했고, 1923년 경성부 교육회 평의원을 지내는 등 지역 유지로서의 행보를 이어갔다. 1924년부터 '내선융화' 실현을 목표로 실업가와 조선 귀족 등 유력 인사들이 참여한 동민회(同民會)의 평의원과 이사로 활동했다. 1937년 무렵부터 동흥은행을 설립해 만주에서 활동해 왔으며, 1941년 조선임전보국단 발기인, 1944년 조선비행기공업주식회사 대주주 겸 상무 이사로 참여했다.

혼춘 입구
최남선 여행 당시 혼춘은 조선·만주·소련 삼국의 군사적 경계를 이루는 요충지였다.

한 그가 좌석 근처에 『자치통감강목(資治通鑑綱目)』을 얹은 큰 목궤
를 놓고 원나라 역사와 지나 시국을 비교 논평하는 모습은 진실로
색다른 정흥을 자아내기에 충분했다.

> 장강(長江)에 안긴 대야(大野)
> 흙마저 걸은지고
> 밭이야 논이야해
> 여름이나 짓세그려[7]
> 영외(嶺外)에 부는 바람을
> 걱정 미리 하리오.

---

7 고어로 '녀름짓다'는 '농사짓다'란 뜻이다.

8. 도가선

'28일 맑음. 오전 9시 반이 지나서 요시다(吉田) 군의 호의를 입어 자동차를 타고 경원으로 향했다. 경원의 발차 시간이 30분 남짓 남았을 뿐인 데다가 역시 국경에서는 세관 검사를 치러야 하므로, 낼 수 있는 속력을 다 내서 한길로 곧장 내달려갔다. 다행히 세관에서 대강 구두로 검사를 마치고 총알같이 국경 다리를 건너 역에 이르러 보니, 오히려 10분 가까운 시간이 남았다.

경원의 두만강 다리는 강 가운데 있는 섬으로 인해 두 부분으로 나뉘어 있다. 섬은 둘레가 불과 수십 리밖에 되지 않는 작은 땅이지만, 예전에는 그 소속을 두고 조선과 청국 간에 오랜 국제 문제가 되기도 하였다. 여기 덧붙여 말하고 싶은 것은 간도(間島)라는 말의 뜻이다.

간도(間島) 또는 간도(墾島)라는 이름은 물론 옛날 책에는 보인 적이 없으며, 아마 두만강을 건너 땅을 개간한 우리 농민으로 말미암아 어떻게인지 시작되어 차차 널리 퍼지게 된 것이다. 그런데 간도 지방이 두만강 밖에 있기는 하나, 실제로는 사방이 물로 둘러싸인 섬이 아니므로 '도(島)'자부터가 의심스럽고, 또 어느 지방의 중간이라고도 할 것 아니므로 '간(間)'자를 '간(墾)'자로 고쳐 쓰는 일이 있게도 되었다. 또 그 이름의 뜻을 추측하여 이런저런 억측도 많이 생겼다.

일부 사람들 사이에서는 두만강 밖 혼춘 일대 땅을 여진인들이 '오도리'라 하였다가 '오동'으로 바뀌고, 다시 한문으로 '알동(斡東)'이라는 자로 썼다가, '알(斡)'자가 '간(幹)'으로 와전되고, '동(東)'음이 '도'로 바뀌어 '간도(幹도)' 내지 '간도(間島)'로 변화한 것이라는 설이 떠돌기도 했지만(간도성 公署 康德 3년 발행 『간도요람』에도 이 설을 게재하였다), 이는 지나친 추측으로 믿기 어렵다.

우리더러 말하라면, 두만강 이편의 농민들이 월경하여 개간을 시작할 때에, 처음에는 강 가운데 모래톱에 손을 대 오가며 경작을 시도하고, 이를 샛섬(간도: 間島)이라고 일컫다가, 뒤에 강 건너 경작지를 통틀어 이렇게 습관 삼아 부른 것이 간도라는 이름의 기원으로, 그 뒤 불법 개간의 범위가 확장됨에 따라 명칭과 그 글자에 다시 여러 변화가 따라붙게 된 것이 아닌가 싶다. 지금 경원 두만강의 샛섬을 보니, 이 섬이 우리 견해에 대한 유력한 증거의 하나가 되지 않을까 하는 생각이 든다.

10시 7분, 경원을 출발해서 남양역으로 돌아왔다. 이번에 보니 역 건물이 선명한 조선풍이어서 강 밖에서 들어오는 이에게 조선이라는 감각을 자아내기에 넉넉하다. 물론 차 안에서도 또 한 번 세관 검사를 받고 58분에 출발하여 도로 두만강을 건너 다시 만주국인이 되었다.

오락가락 들락날락 하는 것만으로도 벌써 정신이 쓰라린데, 경관·세리(稅吏)·승무원·호로병(護路兵) 등의 복색이 칠면조처럼 연방 변하여, 가끔 내가 어느 나라 사람으로 어느 곳에 가고 있는지 망연자실하지 않을 수 없었다. 저 미개인의 부락에서 성년 입단식을 거행할 때에는 휘두르고 들볶아서 얼을 빼는 단계를 치러야 한다더니, 이 얼떨떨하고 뒤숭숭함이 혹시 선만일여의 입단식에 필요한 하나의 과정이라면, 또한 '좋다'[好好]라고 할 수밖에 없다. 다만 오갈 때마다 내 그림자에 어지럽힘을 당하는 두만강은 우리의 무사분주한 것을 오죽이나 비웃을까 하고 공연히 주춤해진다.

도문에서 가목사(佳木斯)로 가는 도가선(圖佳線)으로 갈아타고, 12시 45분에 출발하여 곧장 북으로 향했다. 이제부터는 머리가 단순해지려니 하였더니, 좀 있다가 전무(專務) 차장(車掌)이 들어와서 시간을 설명하는데, 13시 운운하는 것이 또 귀에 거슬린다. 작년인지 언제인지 만주 철도에서는 러시아 비슷하게 오전 오후라는 것을 폐지하고 24시를 줄대어 더하여 오후 1시를 13시, 2시를 14시, 12시를 24시라고 부르기로 개정하였다는 기사를 신문에서 본 생각이 난다. 언제쯤이나 만주 물에 젖어들는지 조선뜨기의 어리둥절할 일이 아직 많이 남은 모양이다.

알하(嘎呀)강을 두어 번 건너는 동안에 차창에서 보는 풍물이 점점 조선과 똑같아진다. 석문(石門)쯤에서부터 산천 산야가 황무지 모습을 벗는다. 산에 둘러싸이고 들이 겨우 열린 곳에 구석구석 논이 널려 있고, 여기저기서 흰옷 입은 남녀가 추수에 바쁜 모습을 보니, 마치 경기·충청 간의 시골길을 지나는 것 같다.

동승인에게 들으니, 삼도구(三道溝)에서 서쪽으로 보이는 산골짜기는 봉의동(鳳儀洞)이라 하여, 당년에 홍범도 일파가 점거 활동하던 곳이니, 이 근처의 연길과 왕청(汪淸; 곧 百草溝) 사이로 말하면, 30~40년 이래 온갖 풍상을 다 치러서 토지와 인민이 죄다 오랜 세월 타다 남은 재요, 땅의 붉은 빛도 사람들의 피로 물든 것임에 틀림없으리라고 한다.

간도에 뿌린 이 땀과 피는 이 땅을 영구히 조선인의 것으로 만들기 위한 인장(印章)일 것이라 생각하면서, 백초구역에서 무더기로 오르내리는 우리 동포를 내다보았다. 이 일대는 주민이 대개 우리 동포요, 정거장의 손님도 만주인이 도리어 드물다. 그뿐 아니라

도가선에는 역장 이하 직원도 조선인으로 많이 충당되어 있다. 좌우의 산이 빨갛게 벌거벗은 것도 어느 시절의 조선과 같다. 무엇을 보아도 꼭 조선이지만, 차안의 경계(警戒)만이 만주다.

묘령(廟嶺)에서부터는 산에 푸른빛이 있고 내에 맑은 물이 내려가고, 간혹 기암괴석이 단조로움을 깨뜨리기도 하여, 마음이 자못 상쾌해진다. 김 군의 말을 들으니 '삼차구(三岔口)'의 저쪽에는 신선동(神仙洞)이라는 경승지가 있어 금강산과 비슷한 모습을 띠고 있다고 한다. 삼차구의 '차(岔)'는 '차(叉)'와 통하여 '삼차구'는 세 갈래의 목장이라는 의미인데, 만주 도처에서 이런 지명을 보는 것은 우연이 아니다.

삼차구 부근 산악은 삼림이 울창하여 목재 집산지로 유명하며, 따라서 비도의 소굴이 되기도 하여 근래에도 가끔 문제를 일으킨다고 한다. 작년 봄에 선만척식에서 근처 어느 골짜기에 약 400호의 집단 이주민을 입주시켰는데, 금년 여름에 이주민 중 한 명이 비도에게 붙들려 가서 옷과 신발을 벗긴 채 풀려난 예가 있다 한다.

봄 한철 만산(滿山) 작약
꽃다운 말 들었더니
이제 와 홍수황엽(紅樹黃葉)
금수성(錦繡城)을 보겠구나.
어느 때 간도 풍광을
소조(蕭條)타고 하는가.

송 막 연 운 록

해동성국
발해를 찾아서

9. 노송령

낙타산(駱駝山) 춘양(春陽)역 일대에는 인구 밀집처가 드문드문 있는데, 그 외곽에는 사각형의 토성을 쌓고 토성 밖에는 철조망까지 걸어 놓았다. 인구가 많은 곳은 백 호 가까이 되고 적은 곳도 수십 호가 몰려 있다. 이것들은 이른바 집단 부락 또는 안전 부락이라고 한다. 양민이 침략당하지 않도록 하고 또 비도가 의지할 곳을 없애기 위해, 산간에 흩어져 고립된 가호(家戶)들을 데려다가 평지에 집결시키고, 한편으로 자위단을 만들어 경호 임무를 맡긴 것이다.

거주민 중에는 할아버지, 아버지 때부터 힘들여 개척하고 여러해 안주하던 토지를 버리고 온 것이 아깝고 그립다 하는 원망과 안타까움도 있는 모양이다. 그러나 잠시 지나치는 사람이 보기에는, 즐비한 집들이 울타리를 이뤄 소식이 서로 통하는 데다 나가면 믿음이 있고 들어와서는 지킴이 있으며, 집안에는 닭장과 돼지우리, 성 밖에는 소와 양을 방목하는 곳도 적지 않은 것이 매우 평화롭고 윤택해 보이기만 했다.

도무지 어쩔 수 없는 시세이니, 한참 동안 여기서 고요히 여력을 비축하여 가지고, 좋은 기회에 조상의 유물과 가업을 되찾으러 갈 수밖에 없지 않소, 하는 말을 양지쪽에서 볏짚을 추리는 영감님께 외치고 싶다.

이 부근이 대체로 소란스러운 곳임은 역 구내 또는 산마루에 토벌 군인의 전사를 알리는 표목이 경성드뭇하게 꽂혀 있는 것으로도 대강 짐작하겠다. 가끔 신문지상에 대활자 제목으로 나오는 열차 습격 사건 등도 이 부근에서 생긴 것이라 한다. 이 일대는 근래까지도 밀림이 하늘을 가렸던 곳인데, 우선 철로를 놓기 위해 불을 지르고, 다음에는 비도 토벌의 장애물을 제거할 필요로 선로 좌우 50m의 수림을 일체 잘라내는 통에, 적어도 철로 근처에는 수목을 보지 못하게 되었다고 한다.

그러나 노묘(老廟)에서부터는 고갯길이 되어 기차가 서서히 커브를 더위잡아[1] 올라가는데, 좌우에 나무를 베어낸 자리에 나무 그루터기들이 이미 커다래져서, 얼마 지나지 않으면 도로 숲을 이룰 형편이다. 기차가 오르다 못하면 터널을 뚫고 나가고, 터널을 빠져 나가면 단풍이 골짜기에 듬뿍하여 길게 이어진 산 곳곳마다 정취가 자못 넉넉하다. 이곳은 노부령에서 뻗어나온 산줄기가 간도와 목단강 두 성의 경계를 짓는, 노송령의 오르막길이다. 고갯마루에 선, 전사자를 기리는 표주(標柱)를 새빨간 석양이 어루만지듯 비추는데, 무심한 산골 백성들이 그 앞에 숯섬을 수북하게 쌓아 놓았다.

고개를 넘으면 녹도(鹿道)역이니, 아직 수림 지대요, 또한 목재와 석회의 집산지였다. 철로변에는 펄프 목재가 쌓여있는 것도 보이고, 그 제조 공장 건축 공사가 진행 중인 곳도 두어 군데 보였다. 조선에서 입는 인견(人絹)과 인모직(人毛織)이 이 근처 목재의 신세를 지게 될 날도 멀지 않았다.

두구자(斗溝子)에서부터 들판이 점점 열려 오고, 눈에 들어오는

---

1 '높은 곳에 오르려고 무엇을 끌어 잡다. 의지가 될 수 있는 든든하고 굳은 지반을 잡다.'는 뜻으로 쓰인다.

평야가 거의 다 논이다. 물어볼 것도 없이 이 일대가 조선인의 손에 있음을 말하는 것이다. 지도를 더듬어 보니 씩씩하게 흐르는 커다란 냇물이 마운(馬運)강임을 알겠다.

이쯤에 이르러서는 큰 들판이 아득히 넓게 펼쳐져 이미 북만주의 특색을 발보이고,[2] 선로 좌우 멀리로 평평한 산등성이 와릿한 산기슭이 조심조심 기는 모습이 마치 하늘이 만들어낸 장성처럼 보인다. 산하와 벌판의 아름답고 탄탄함이여, 천연의 요새란 이러한 형세를 두고 이른 말임을 깨닫겠다. 우연히 위징(魏徵)의 싯구가 생각난다. "험난한 높은 산을 오르고 내리며, 나타났다 사라졌다 평원을 보았노라."[3]

서편 긴 고개의 잘록한 목으로, 여기서 처음 보는 새빨간 해바퀴가 스르르 내려가서, 절반으로, 1/3로 차차 가라앉는 것도 형용할 수 없는 비장미를 돋운다. 무어랄지 모르는 깊은 감흥에 푹 빠져 있다가 기차가 슬그머니 멈추기에 정신을 차리니 여기가 동경성(東京城)이요, 때는 6시 좀 지나서다.

발해의 고도에 왔다. 흥, 그렇지. 이러한 명승지가 이때껏 부질없었을 리도 없겠지. 흥, 그렇지. 일대의 영웅 대씨(大氏)[4]가 나라의 근본을 범연한 곳에 심었을 리도 없지. 흥, 그렇지. 승병(勝兵)이 십만에 해동성국의 위명을 천하에 드날린 발해이니, 이만한 국도(國都)를 가지지 않았을 리야 없지, 하고 플랫폼으로 내려오면서도 마음은 허공에서 헤매었다.

덥석 달려들어 손을 잡는 이는 안백산(安白山)[5], 이어서 위문 인사

---

2 어떤 대상의 일면을 살짝 내보인다는 뜻이다.
3 위징(魏徵; 580~643)의 시 「술회(述懷)」의 한 구절이다.
4 발해 건국자 대조영을 가리킨다.
5 백산(白山) 안희제(安熙濟; 1885~1943)를 가리킨다. 국권 회복을 위해 정신적·경제적 자강을 이루어야 한다는 생각에서 교육과 민족 기업 육성에 힘썼으며, 대한민국 임시정부와 연계하여 독립운동 자금을 조달하는 한편, 언론

영안 입구
간도에서 노송령을 넘으면 영안이다. 영안의 옛 지명은 영고탑으로 당시 북만주 개척의 중심지였다.

를 하는 여러분, 다시 심신을 추슬러 정신을 차리고 일일이 인사를 했다. 숨어 오는 길을 어떻게 알았더냐고 백산에게 물으니, 영안현 (寧安縣) 서(署)에서 소식이 퍼져서 꿈인가 하고 나온 것이 사실이라 하면서, 천성인 온정이 사람을 녹이려 든다. 백산이 북만주 개척의 선구로 동경성에서 발해 농장의 빛나는 업적을 건설하고 있음을 진작 듣고 가만히 성공을 기원하는 마음을 지녀왔던 터인데, 뜻밖에 역까지 마중을 나왔으니 탐탐하고 기쁜 마음이 과연 비길 데 없었다.

역에서 성까지는 10리라 하는데 버스가 있어서 연락이 된다. 일행이 차를 반이나 차지하고, 저녁빛에 묻혀 가는 고국의 옛 길을 덜컥거리며 갔다.

및 대종교 운동을 통해 독립 사상을 고취했다. 1942년 임오교변으로 옥중에서 사망했다.

노송령 높은 재를
쉬도 않고 넘어가서
지는 해 마운하(馬運河)에
진국(震國)⁶ 터를 더듬으니
대야(大野)에 사십 리 고성(故城)
상경(上京)이라 하더라.

---

6 발해가 건국 초기에 스스로를 칭하던 이름이다.

10. 단애 선생

저녁밥을 간단히 마치고 백산의 인도로 단애(檀崖)[1] 선생의 거처를 찾았다. 선생을 뵙는 것이 동경성에 온 기대와 희망 중 가장 중요한 한 가지이기 때문이다. 동경성은 이때까지 지나온 여러 지방 중 처음으로 전등불 없는 곳이어서, 깜깜한 길을 더듬어 가는 일이 엉금엉금이라는 말로는 형용할 수 없을 만큼 고생스러웠다. 몇 번 골목을 꼬부라져서 커다란 깃대가 서 있는 점막(店幕)[2] 같은, 어느 길가 집으로 안내되어 들어갔다. 문 두드리는 소리에 응하여 "뉘요?" 하는 것이 이미 반가운 선생의 음성이다.

여기가 선생이 세간에서 떨어져 학문과 수양에 힘쓰는 곳인데, 문 앞에서 손님을 맞는 어린아이조차 없다. 문짝을 열고 이윽이 보

---

1 대종교의 3대 교주인 윤세복(1881~1960)을 가리킨다. 1924년 44세 때 대종교 제3대 도사교(都司教)로 취임했으나, 1925년 6월 조선총독부와 봉천성 간의 미쓰야 협정으로 대종교 포교가 금지되자 밀산 등으로 은거하여 대종교의 명맥을 유지해 갔다. 만주국 아래에서 대종교 포교가 허용되어 일시적으로 교세가 확장되었으나, 1942년 임오교변으로 25명의 대종교 간부들이 체포되어 옥사하거나 옥고를 치렀다. 윤세복 역시 옥고를 치르던 중 해방을 맞아 1946년 대종교 총본사를 만주에서 서울로 옮겨 교단을 정비하다 1960년 80세의 일기로 서거했다.

2 음식을 팔기도 하고 나그네를 묵게 하는 집을 뜻한다.

시다가, 엎드려 아무올시다 하는 말씀을 듣고는, 반기기보다는 감회가 극에 달해 "아아" 하는 탄식만 하신다.

백설처럼 하얗게 샌 귀밑머리가 먼저 그 동안의 물상을 말하는 것 같아서, 나도 한참 말을 잇지 못하고 안색만 살펴보았다. 한참만에 조금씩 정회를 담은 말을 주고받으며 웃음 반 눈물 반의 장면이 되풀이되는 중에, 선생 본래의 굳세고 바른 풍격이 지금도 의연하실 뿐 아니라 계피와 생강 같은 톡 쏘는 맛이 여전하심을 살피고, 참으로 든든하다는 생각이 났다.

말씀은 대종교의 진행을 중심으로 하여 끝도 없이 이어졌다. 무원 선사(茂園先師)³께서 도를 지키다가 귀천(歸天)하시던 일부터 단애 선생께서 도통을 계승하신 후 시운에 따라 부침하며 고초를 겪던 안팎의 사정을 명확히 설명하셨다. 또 현재의 대처 방안을 간단히 제시하시되, 그 말씀 안에 의연한 결심과 측은한 우려가 넘쳐흘러 다만 고개가 수그러짐을 깨달을 뿐이었다.

그에 이어 나의 행적과 여러 가지 전해 들으신 말에 대하여 간간히 꾸짖음과 격앙을 섞은 친절함으로 간곡하고도 세세히 타이르시니 황송함과 감회에 몸둘 바를 알지 못했다. 세상 어디 가서 이렇게 인정과 도리를 아울러 갖춘 가르침과 인도를 다시 받을까 생각하면, 밤을 지새워 말씀을 더 들어도 힘들지 않을 듯했다. 다만 선생께서 잠자리에 들지 못하시는 것을 걱정하여 하직을 고한 것이 이미 자시(子時)⁴를 한참 지난 시각이었다.

---

3 대종교 2대 교주인 김교헌(金教獻; 1868~1923)을 가리킨다. 개명(改名)은 김헌(金獻)이다. 자는 백유(伯猷), 호는 무원(茂園)이다. 1909년 이후 대종교에 입교하였고, 1916년 나철에 이어 대종교 교주가 되었다. 북로군정서를 조직하고, 청산리 전투에 기여하는 등 대종교 중심의 독립운동에 힘쓰다 1923년에 사망하였다. 대종교 교리 및 역사에 관한 저술에 힘써 『신단민사(神檀民史)』(1904), 『신단실기(神檀實記)』(1914) 등을 남겼다.

4 밤 12시에서 새벽 1시 사이를 이른다.

나오다가 살펴보니 바깥문 기둥 사이에 '대종교 총본사'라는 간판이 붙어 있고, 곁에 또 학당 · 청년회 등의 작은 간판이 붙어 있다. 그러니 아까 본 깃대도 '청천신자(青天神字)'의 큰 깃발을 날리는 표식인 줄 깨닫고서 그쪽을 향하여 다시 허리를 굽혔다.

무릇 대종교가 만주에 사는 동포의 정신적 의지처로서 절대적인 권위를 발휘하다가, 적화(赤禍) 이래로 온갖 시련을 겪어 은밀히 잠행하며 눈에 드러나지 않게 몰래 교단을 키워온 것이 십 수년이다. 만주 건국과 함께 대종교가 백만 동포의 심전(心田) 문제를 담당한 식자(識者)의 주의를 끌게 되자, 깊은 산골에 물러나 수도하시던 단애 선생을 동경성으로 이끌어 내어 교당을 세우고 포교에 편의를 제공한 것이 3년 전의 일이었다.

나의 이번 여행은 본래 단순한 관광에 그치고, 교문(教門)에 관한 어떤 의도가 있었던 것은 아니지만, 시대 사조가 단애 선생을 모셔서 도시에 나와 계시게 한 바에야, 선생께 가르침을 얻을 기회를 감히 사양하지 못할 뿐이다. 동경에 묵는 동안 연달아 선생과 배석하여 듣자온 말씀이 많으나, 여행기 중에 다시 언급하지는 않겠다.

숙소로 돌아와서는 다시 등불을 돋우고 백산의 동경 개척담을 들었다. 백산이 약관의 나이부터 뜻을 북방 변경에 두고 풍운을 곁눈질하기 수십 년. 조선에서 다져온 백전 불굴의 용기를 부채질하여, 만주 사변 직후 철도도 없고 비도(匪徒)의 화도 심한 이곳을 눈여겨보았다가 떨쳐 들어온 것은 과연 비장한 결심이었다.

벗들 사이에서는 살길이 막막함을 위태롭게 생각한 이도 있었지만, 그 이후 수년 동안 손바닥에 거북이 등껍질 같은 굳은살이 박힐 정도의 노고를 기울여, 물을 40리나 끌어오고 논을 수백 일 동안이나 개간하는 공정을 마쳤다. 그보다도 동경 일대의 조선화에 흔들림 없는 초석을 놓아서, 그 공이 불후에 드리우게 된 것은 백산뿐 아니라 우리 지우들까지도 다행함을 느낄 일이다.

나는 진실로 백산의 의도가 구구한 농토에 있지 않음을 깊이 알
며, 또 백산이 지금 가진 심경을 타진해 보아도 백산의 유토피아적
희망은 벌써 출자자와 소작인 양쪽에서 배반을 당해서 심중에 남
모르는 고뇌를 가졌음을 짐작도 한다. 그러나 그런 대로 발해 농장
이 이 정도 자리가 잡힌 것은 백산 일생 사업 중의 한 성공임을 나
는 기뻐하지 않을 수 없다.

　백산의 말을 듣건대 발해 농장은 그만쯤 하여 자본가에게 내어
주고, 북만주 농사의 근본 도장(道場)과 같은 것을 또 하나 만들어
볼 생각이라 하는데, 그 동안의 귀중한 체험이 이 새로운 계획에
힘과 영광되기를 축복하지 않을 수 없다.

　　떠돌던 난봉자식
　　돌아옴만 기뻐하사
　　때 씻고 새옷 입혀
　　사당 절도 시키시니
　　이제야 어버이 마음
　　모른다고 하리까.

11. 발해국

　발해국은 고구려가 신라에게 멸망당한 후에 그 남은 세력이 지금의 북만주 지방으로 몰려가서 말갈 민족(곧 후의 여진 또는 만주인)과 합작해서 만든, 대륙 북쪽에 전례가 없던 일대 왕국이었다. 처음에는 스스로를 진(震)이라 일컬었으니, '진'은 『역경(易經)』에 나오는 "황제가 진(震)에서 나셨다."라는 말에서 유래했다. 지나 고대 철학에서 동방을 생명의 본원으로 여기고 세상을 구할 천자가 이 방향에서 난다는 관념을 건국 이상으로 삼았음을 나타낸 것이다. 말하자면 오늘날 왕도낙토 만주국의 이상을 일천 년 전에 표방했던 셈이다.

　진이 당나라와 통상을 하니, 당에서는 진과 발해 바다를 통해 왕래한다고 해서 발해국왕이라는 호를 주었다. 지나의 문헌이 죄다 이에 따르니, 이로부터 발해가 외방에서의 통칭이 되었다. 국조는 고구려 유장 대조영(大祚榮; 시호 高王)이라는 자다.

　건국 당시의 지리는 분명치 않으나, 고왕(高王) 다음으로 무왕(武王)·문왕(文王)이 연이어 국세를 진흥하고, 제10대 선왕(宣王) 때까지 연방 강토를 넓혔다. 역사에 전하는 바에 따르면, 그 판도가 북은 송화강 하류 내지 흑룡강변, 동은 바다, 남은 함경도 원산만 부

상경 용천부 터
발해는 228년 역사 중 150년 이상을 상경(지금의 영안)에 수도를 두었다. 발해의 중심지였다.

근, 서는 압록강 방면 내지 요동 일부에 걸치고, 이를 5경 12부에
나누어 통치하였다 한다.

5경이라는 것은 지금까지의 조사로 보건대, 중경(中京) 현덕부(顯
德府)는 길림 서남 300여 리의 휘발강(輝發江) 하류 소밀강(蘇密河)가
의 소밀성(蘇密城), 상경(上京) 용천부(龍泉府)는 영고탑(寧古塔; 지금의
東寧縣) 서남 60리에 해당하는 호아합하(虎兒哈河; 옛 이름은 忽汗河) 남
쪽의 동경성이다. 가장 알려진 게 없는 남경(南京) 남해부(南海府)는
우리 함경도의 경성·북청·함흥 중의 어디쯤으로 추측된다. 동경
(東京) 용원부(龍原府)는 대개 두만강 밖의 혼춘, 서경(西京) 압록부(鴨
綠府)는 고구려의 옛 수도이던 지금의 집안현(輯安縣) 통구(通溝)이리
라고 추정되는 터이다.

그 중 휘발강 하류의 중경 현덕부는 건국 초기 고왕·무왕 때의
수도였고, 제3대인 문왕 때에 홀한하변의 상경 용천부를 경영하여
그때 잠시 동경으로 천도한 일이 있으나, 대체로는 상경이 역대의
수도로 발해국 말기까지 이르렀다. 곧 발해국 14왕 228년 중에 12
왕 150년 이상은 상경에 수도를 정한 셈이니, 발해의 수도라 하면

상경이라 해도 크게 그릇된 것은 아니다. 그리고 5경의 위치 중 다른 것은 다 추측이지만, 오직 하나 상경 용천부가 지금 도가선의 동경성인 것만은 문헌과 유적으로 다 확실하고 의심의 여지가 없다.

발해국에 대한 자세한 사실은 전하지 않으며, 다만 『당서(唐書)』 발해전과 일본 사적에 나오는 교통 · 무역에 관한 사실 등을 통해 그 개략을 추측할 뿐이다. 그런데 『당서』에는 발해국에 대해 '해동성국(海東盛國)'이라는 찬양의 말을 아끼지 않았고, 『국서(國書)』 등의 일본 사적에도 발해의 사절과 승려의 문화를 꽤 꽃답게 기재하고 있다. 발해의 5경 제도가 이미 그렇거니와 『당서』에 전하는 일반 관제를 보아도 정치 규모가 매우 정제되어 있었으니, 이는 다 발해의 문화 정도가 높았음을 말하는 것이다.

발해와 일본의 해상 무역에서는 매양 모피를 가져오고 비단을 교역해 갔다. 발해도 북방 국가답게 무력이 뛰어났던 것은 물론이지만, 동시에 이런 문화를 갖추고 있었음은 놀라운 사실이다. 그것이 대개 고구려의 문화재를 계승한 덕이라 할지라도, 발해가 북만주 깊숙한 곳의 땅을 문명권 안으로 끌어들인 역사적 공덕은 특별히 찬양받을 만하다. 돌이켜 생각하면, 고구려가 국가로는 망하였지만 문명으로는 망하지 않았다 할 것이다.

발해의 상경을 『요사(遼史)』 등에는 홀한성(忽汗城)이라고 이르는데, 홀한하는 지금의 목단강(牧丹江)에 해당한다. 또 언제부터 동경성이라고 부르게 되었는지는 지금 자세히 살필 수 없으나, 일찍이 어느 학자는 금나라 태종 시절에 요의 동경(지금의 요양)을 남경이라고 개칭하여 해륙왕(海陸王) 시절까지 그렇게 불렀으니 이 동안에 남경이라는 이름이 홀한성으로 옮겨가지 않았는가 하는 가설을 세운 일이 있다(『歷史地理』 제15권 제1호, 松井, 「金の東京城」).

그러나 또 어떤 학자는 이에 반대하면서, 동경을 남경으로 고친 뒤에 동경이라는 이름을 꼭 다른 데로 가져가야 할 이유가 없다고 주장했다. 당나라 때도 5도, 4도, 3도 등을 적당히 나눠 설치하고, 수도의 수가 반드시 5에 한정되지 않았던 전례가 있기에, 앞서의 추측이 결국 입증되지 않는다는 것이다(鳥山喜一, 『滿鮮文化史戲』, 74 면). 요컨대, 동경성이라는 이름의 유래는 아직 정확한 설을 얻지 못했다.

그러면 동경성이라는 이름은 어느 때쯤의 문헌에 처음 보이는 것일까. 『금사상교(金史詳校)』(권 3)에 인용한 『백운집(白雲集)』의 기사가 아마 가장 오래된 것이리라고 하니, 발해로부터 매우 후세의 일이 된다. 동경성이 청나라의 제도에서는 길림성 영고탑 관하에 속하더니, 만주국에 늘어와서 길림 동북부와 흑룡강성의 일부를 쪼개 빈강성(濱江省)을 새로 두면서 여기에 예속되었다. 금년에 또 지방 구획을 개정하여 빈강·삼강(三江) 양 성(省)에서 목단강성을 분리하니 동경 또한 저절로 이곳에 이속되었다.

동경은 최근까지도 위치가 궁벽지고 교통이 불편하여 부근 일대가 비도들의 소굴이 되었다. 그러나 도문을 기점으로 송화강 남가목사(南佳木斯)에 이르는 동북 만주를 세로로 연결하는, 이른바 도가선이 생기면서, 동경 또한 갑자기 사통팔달의 철로변으로 끌려나왔다. 또 간도와 불과 반일밖에 걸리지 않는 거리이므로, 갑자기 세간에서 그 이름이 두드러지게 되었다.

돈피를 실어다가
명주실을 바꾸더니
북방의 따뜻함과
남녘나라 보드러움
동해를 호수로 하여
오락가락 하도다.

12. 만주족

19일 일찍 일어나서 발해인이 호흡하던 아침 기운을 마시는 기분으로 거리를 돌아다녔다. 큰 거리의 점포 광경은 대개 지나 도시에서 흔히 보던 바요, 다만 궁벽한 곳이라 시골티가 있을 뿐이지만, 뒷골목의 구 만주인 민가에는 재미있는 풍물이 더러 눈에 들어온다.

첫째는 '开'자형의 대문이 흔한 것이니, 선배들은 일본의 '도리이'[1]의 기원이 여기 있으리라고 한다. 다만 즐비하게 늘어서 있는 여러 집들 중에는 이런 문에 지붕을 얹고 문짝을 달아서 일반적인 문과 다를 바 없는 것도 있다. 그런즉 '도리이' 형의, 기둥과 대들보만 있는 문은 곧 약식 혹은 미완성의 문에 불과한 것 아닌가라고도 볼 수 있다.

그러나 여러 방면에서 들은 바에 의하면, 동경성뿐 아니라 길림 · 흥경 등의 구만주인 사이에도 이러한 문을 세우는 것이 보편적 풍속이라고 하니, 이를 만주의 한 특징적 풍속이라 해서 '도리이'의 연원으로 삼아도 무방할 듯하다. 또 도리이형 문뿐 아니라 집채

---

1 일본 신사의 경내로 들어가는 입구를 나타내는 의식적인 관문을 말한다.

의 회춤마구리[2]를 'X'자형으로 버티어 놓은 것이 마치 일본사(日本社)의 치쿠라(千倉) 양식과 유사하다. 이 외에도 건축의 특색 중에 일본의 옛 풍속과 부합하는 점이 더러 있음은 만주식 문과 도리이와의 관계를 생각하는 데 참고할 만한 점이다. 그리하여 만주와 일본 사이에 근본 문화상의 일치가 있다 하면, 그 중간에 반도가 빠지지 못할 것은 물론 자명한 일이다.

이러한 집들일수록 터가 넓고 몸채가 큼이 통례다. 만주족은 옛 청나라 시대의 특권 계급이던 타성을 지금까지 물려받아서, 아직도 농사도 짓지 않고 장사도 하지 않는 양반의 심리를 품고 지내며, 대개는 선소 선래의 전토를 세내 주거나 또 자작하여 파먹는 모양이다.

집을 들여다보면, 울타리가 커다란 것 치고는 정원이 황량하고 가구가 초라하여 그네의 가세가 시들고 무너져 가는 실정을 분명히 보여준다. 청국이 망하면서 그네의 양반적 특권은 이미 의지할 곳을 잃어버렸지만, 예전의 민국(民國)[3]만 같아도 그나마 지주로서의 소득을 받아 누릴 수 있었다.

그러나 만주 건국 후에 이러저러하게 시끄럽고 혼란스러운 중에 생활의 기능이 극도로 느슨해져서 갖가지로 궁박함을 겪다가, 유일한 생활 자본인 토지까지 매각하고 더 외딴 곳 더 깊은 곳으로 물러나는 것이 그네들의 금일의 운명이다. 마치 수십 년 전에 우리가 경험해간 어느 단계를 그네가 지금 직면하고 있는데, 우리의 전일보다 더 딱한 모양새다. 아득한 옛날의 시간에 머물며 아무 셈을 모르고 앉았다가 격변한 시세에 저항하지 못하여 쫓겨 가는 그네, 몰려나는 그네들이다. 땅까지 판 다음에는 어디로 갈 것이냐를 생

---

2 목재의 나뭇결에 직각인 절단면을 말한다.
3 중화민국을 뜻한다. 1911년의 신해혁명으로 청조가 무너지고 성립된 공화국이다.

각할 여유조차 이미 그네에게 없다는 말을 듣고, 남의 일 같지 않은 동정의 눈물을 쥐어짠다.

백산 안희제의 말을 들건대, 백산이 처음 동경성으로 왔을 때만 해도 그네의 자존심이 대단하여 원활한 교제를 하기 어렵고, 시세가 도로 뒤집어질 것을 믿어서 토지를 쉽게 내팔지 않았다고 한다. 그러나 요새 와서는 동경성 내의 만주족 치고 예전의 소유지를 온전히 가진 이는 하나도 없고, 땅을 팔지 않기는커녕 팔지 못할까봐 걱정들이다.

근래에 중앙 당국에서 어떤 사정으로 토지 매매를 일시 중지하게 하니, 당국의 감시를 피해 어떻게 사실상 매매를 행할 도리가 없겠느냐는 문의를 하는 이가 끊이지 않는 터라고도 한다. 굳이 그렇게 하는 것이 아니라, 안 그럴 수가 없는 것이겠지. 그런데 바로 이네들의 덜미를 잡고 몰아내는 이가 누구냐 하면, 동경성에서는 발해 농장 이래로 이곳에 논농사를 위해 들어온 우리 조선인이라 하니 이 얼마나 얄궂은 일인가.

만주족의 가련한 일면을 나타내는 것에 이러한 사실도 있다. 주지하다시피, 만주족에게는 이를테면 애신각라(愛新覺羅)라 하는 것처럼 고유한 성씨가 있고, 청조에서 모든 부의 성씨를 정리하여 『기통지(旗通志)』라는 방대한 책을 직접 편찬한 일도 있다. 그런데 민국 이후로는 차차 성씨 제도를 혁신하여 임의의 새 성을 좇기도 하고, 또 만주인식의 복성(復姓)을 한인(漢人) 식의 단성(單姓)으로 바꿔 아무쪼록 한 글자 성을 쓰려는 경향이 있다.

우스운 일은, 이를테면 애신각라(愛新覺羅)라는 본래 성을 애(愛)나 신(新)으로 일정하게 줄이는 것이 아니라, 아버지는 애(愛)자, 아들은 신(新)자, 형은 각(覺)자, 아우는 라(羅)자와 같이 죄다 각각 떼어, 쓰고 싶은 어느 한 글자만을 마음대로 사용하는 것이다. 이미 종족적 긍지나 씨계(氏系) 존중의 관념을 상실해 버린 것이다. 일찍이 중원에 들어가 국어 · 국문과 온갖 전통을 잃은 만주족이 이제 마지막으로 각국의 종성(種姓)까지 내버리면서 뻔뻔하게도 부끄러움을 모른다. 없어져 가는 민족이여. 하필 남이 없애는 것뿐이리. 제 스스로 없애는 것이 더 많음을 이 만주족에게서 볼 수 있다.

아침나절부터 만주족을 애도하느라 가슴을 쓰라리게 할 일이 뭐 있겠느냐 싶어, 얼른 걸음을 재촉하여 아침 시장으로 향했다. 활어 시장에는 눈에 익거나 서투른 여러 가지 생선이 많은데, 팔뚝만큼 굵은 쏘가리들이 눈에 뜨인다. 이는 다 목단강이 이 벌판 사람들에게 베푼 은혜의 일면이다.

반면 야채는 대개 시원치 않다. 고추만은 뭉툭하여 주먹같이 굵으나, 크기만 했지 매운 맛은 없다 하니, 결국 '고불고(觚不觚)'[4]의 탄식을 면치 못한다. 또 일년감이 도토리만한 데는 더욱 딱하다는 생각을 금할 수 없었다. 지금의 만주보다도 과거 발해 국민이 어디에서 비타민 원천을 구했을까 하는 생각을 하면서 우선 숙소로 돌아왔다.

동경성 아침 저자
산해진미 모였을사
연화포(蓮花泡) 굵은 연근
성장랍자(城墻礧子) 왕고추에
목단강 9월 쏘가리
더욱 기이하여라.

---

4 『논어』 「옹야」 23장에서 인유하고 있다. "모난 술잔이 모나지 않으면 모난 술잔이라 하겠는가. 모난 술잔이라 하겠는가.(觚不觚 觚哉觚哉)" 물건이나 사람이 제 이름값을 하지 못함을 이른다.

13. 동경성

　조반을 마치고 역시 백산의 인도로 고적 구경을 나섰다. 동경성은 대체로 서와 북 양면은 목단강(옛 홀한하)으로 허리띠를 삼고, 언제 어디로 분출되었는지 모를 용암 지대 위에 건설되었다. 주위 40리의 성벽은 남북에 비하여 동서가 좀 갸름하다. 안에는 돌을 넣고 겉은 흙을 발랐는데, 높이가 2장 남짓이며, 근래에 차차 무너져가고 있으나 아직 대부분이 원형을 유지하고 있다.

　성의 북부 거의 중간쯤에 따로 둘레 5~6리 되는 석성(石城)이 하나 있다. 후대인들이 석재를 구하는 데 희생된 듯 섬돌만 겨우 남아 있는 것은 아마 궁궐터일 것인데, 궁궐에 접한 외성은 다른 부분보다 약간 밖으로 돌출되어 있다. 궁궐 터 전면에 동서로 쭉 뻗은 대로는 말하자면 종로 큰 거리에 해당할 것이다. 학자가 말하기를, 도성과 궁궐이 죄다 당의 장안(長安)을 모방한 것이리라 하는데, 그럴는지도 모른다.

　예전의 동경진(東京鎭)인 지금의 동경 시가는 성 안 동남쪽에 치우쳐 있다. 그 나머지는 대개 전답이 되었으며, 약간의 가옥이 곳곳에 흩어져 있다. 만주 사변 당시, 유명한 왕덕림(王德林) 군대[1]의 반항으로 가옥이 많이 소실되고, 또 가옥을 비우고 도망하여 아직 돌

상경 용천부(동경) 오봉루

아오지 않은 집들도 적지 않은 모양이다.

　시가에서부터 밭 사이 길을 따라 구불구불 한참을 나아간 지 삼십 분 만에 한 광장에 도달했다. 주민들이 훈련원이라고 부르는 이곳은 전에 병사를 훈련시키던 터라 한다. 작년 가을에 그 북쪽 끝을 시민 운동장으로 만들었다는데, 제복 입은 청년들 한 무리가 지금 훈련을 받고 있다.

　훈련원은 바로 궁궐의 남문(南門) 터일 듯한 곳에 접해 있다. 그곳은 높이 약 30척, 동서 100여 척, 남북 70~80척 가량의 높은 지대를 이루었다. 그 위에 동서로 1열에 10개, 남북으로 1열에 7~8개의 초석이 있는데, 지름이 4척 가량에 대개 기둥받이로 둥그런 돋움을 새겨 놓았다. 초석들 사이의 간격은 각각 약 12~13척씩 쯤으

---

1 동만주 지역에서 길림 구국군이라는 중국 항일 부대를 이끌던 군벌이다.

로 보인다.

『영안현지(寧安縣志)』에는 이것을 오봉루(五鳳樓) 터라고 했으며 속칭으로는 관병대(觀兵臺)라고도 하지만, 물론 근거 없는 이름들에 불과하다. 다만 위치로 보아서 남문에 해당하는 큰 건물의 유적일 것은 틀림없다. 현재는 이곳을 3개의 돌계단으로 오르내리고, 그 위에 3좌의 묘우(廟宇)을 설치해 놓았다. 가운데가 관성묘(關聖廟)이고 오른쪽에는 호대인(胡大人), 왼쪽에는 관세음을 모셨다. 대(臺) 아래에는 지나 사묘의 통례로 붉은 옻칠한 신간(神竿)[2]이 여러 쌍 꽂혀 있다.

대 뒤쪽을 좇아 내려가서 밭 사이로 난 작은 길로 북쪽을 향해 수백 보를 가면, 높이 10여 척, 동서 백수십 척, 남북 60~70척 가량의 토단이 있다. 그 위에 동서로 한 줄에 12, 남북으로 한 줄에 6개의 초석이 늘어서서, 돌의 크기나 초석 사이의 간격이 앞에 쓴 것과 대략 비슷하다. 대개 궁성의 정전(正殿)[3] 터에 해당할 것으로 생각된다. 『영안현지』에 여기를 금란전(金鸞殿) 터라 한 것은 역시 후대인의 그릇된 명칭이다.

대 위와 주변에 기와 조각이 무더기 무더기로 쌓여 있다. 그중에는 청록색 칠을 한 것도 많고, 또 한 자나 두 자의 문자 기호를 가진 것도 더러 보인다. 지금 도쿄제대의 고고학 연구실에 소장된 화문방전(花文方塼)은 예전에 시라토리(白鳥) 박사[4]가 역시 여기서 습득한 것이라고 한다.

---

2 신이 내리도록 하기 위하여 세워 두는 나무를 뜻한다.
3 임금이 조회를 하며 정사를 처리하는 장소를 이르던 말. 경복궁의 근정전, 창덕궁의 인정전이 정전이다.
4 일본의 동양학자인 시라토리 구라키치(白鳥庫吉; 1865~1942). 가쿠슈인대학, 도쿄제국대학 교수를 역임했으며, 1907년 동양협회 학술조사부를 설립하여 『만선지리역사연구보고』를 발행하고 1924년에는 동양문고를 설립했다. 시라토리의 동양사 연구는 최남선의 「불함문화론」에도 많은 영향을 끼쳤다.

3년 전에 도쿄제대의 하라다 요시히토(原田淑人) 씨 일행이 만주 정부의 위촉으로 발굴을 시도한 곳도 역시 이 주변이었다.[5] 그때 도자기 십 수점과 동물 석상 등을 발굴했는데, 마침 해질 무렵이어서 다음날을 기다려 출토 상태를 촬영하려고 순경 몇 명에게 야간 수호를 명하고 거처로 돌아갔다. 그런데 다음 날 아침에 와보니 도자기 대부분이 어느 틈엔지 도둑맞아서 야단야단하였으나 이미 어쩔 수 없었다고 한다.

이 경내에서는 기와나 벽돌 외에도 돌이나 흙으로 만든 작은 불상의 출현이 많아서 이런 것을 수십 개나 소장한 자도 있다 하는데, 지금에 와서는 기와와 벽돌 더미를 좀 뒤져 보아도 참고될 것을 발견하기 어려웠다. 근래에 이 유물들에 관심을 보이는 관광객들에게 유도되어, 어지간한 것은 주민들이 보는 대로 주워가기 때문이라 한다. 정부 같은 데서 하루라도 속히 그 동안의 출토품을 있는 힘껏 구하지 않으면, 발해나 요, 금 문화의 진품(珍品)이 아깝게 흩어져 버리고 말 것이다.

이 유적지 주변에는 행랑채 터가 있는데, 그 중에 온돌의 흔적이 발견됨은 문화사상 흥미로운 일 중 하나다. 또 유적의 동과 북에 각각 팔각 대리석 우물이 있어서, 세간에서 팔보유리정(八寶琉璃井) 또는 팔괘정(八卦井)이라고 부른다. 우물 깊이가 까맣게 들여다보이고, 수량이 풍족한 듯하였다.

마침 만주 여자가 물을 뜨러 오기에 두레박을 빌어서 엄청나게 긴 줄을 풀어 넣어 길어낸 물을 먹어 보니, 물맛이 자못 달고 차다. 부근의 주민이 이를 식수로 공급하면서 발해어공수(渤海御供水)로

---

5 1933~1934년에 걸쳐 도쿄대 고고학 연구실이 두 차례 실시한 발해 상경 용천부 유적 조사를 말한다. 당시 도쿄대의 발굴 조사에는 하라다 요시히토(原田淑人; 1885~1974)와 고마이 가즈치카(駒井和愛; 1905~1971) 등이 주도적으로 참여했다.

부른다고 한다. 『성경통지(盛京通志)』[6]의 기사에 따르면 옛날에 우물 안에서 빛이 나오기에 그 바닥을 깊이 파보니 백골과 철침(鐵砧)[7], 오래된 거울이 나왔다고 한다. 또 옹정(擁正) 4년에는 우물 가운데서 은으로 된 패찰 하나를 건졌는데, 거기 인명과 그 공적이 새겨져 있더라는 기사도 있다.

또 이곳 뒤편에 여러 곳의 유적지가 있는데, 초석의 배열이 앞에 쓴 것과 거의 같다. 『현지(縣志)』에는 여기에 2층전 · 3층전 등의 이름을 추측하여 붙여 놓았으며, 또 정양궁(正陽宮) · 숭경전(崇慶殿) 내지 동궁(東宮) · 서궁(西宮) 등이 있음을 말하였지만, 그 가리키는 바가 분명치 않다. 『성경통지』 권 15 「성지(城池)」에는 궁전에 관하여 "내성은 둘레가 5리이며, 동서남쪽에 각각 문 1개씩이 있다."라고 하였다.

궁전 동쪽에 따로 한 구획이 있는데, 『현지』 부도(附圖)에는 궁전 뜰의 유적지라고 기입되어 있다. 과연 조산(造山)[8]과 연못 · 화단이나 약초밭의 흔적일 듯한 것이 계획적으로 배치되어 있는 듯하다. 두 곳의 병롱(兵隴) 위에는 팔각 혹은 육각 정자의 초석일 듯한 것이 남아 있는데, 무심한 주민들이 앗아가서 자꾸 줄어든다고 한다. 한 곳에는 오히려 육각형의 초석이 잔존하고 있지만, 다른 곳에는 어떤 파렴치한 자의 소행인지 두 개의 무덤이 조성되어 있고 그 때문인지 초석 등이 제거되었다. 또 부근에는 무늬가 새겨진 기와며 광택을 낸 벽돌 파편이 많이 흩어져 있다.

『현지』에서는 이곳에 관화원(觀花院) · 양어지(養魚池) · 조어대(釣

---

6 만주 성경, 즉 지금의 랴오닝 성 선양의 지지(地志)이다.

7 '鐵'는 '鐵'과 같은 자이다. 옷을 만드는 데 쓰는 쇠로 만든 바늘 또는 대장간에서 달군 쇠를 올려놓고 두드릴 때 받침으로 쓰는 큰 쇳덩이를 뜻한다.

8 마을의 비보(裨補) · 진호(鎭護) 및 방액(防厄) 등을 위해 인위적으로 조성한 산이다. 조산당이라고도 한다.

魚臺) 등의 이름을 붙여 놓았다. 궁전의 웅대함과 정원과 동산의 아름다움이 모두 번성하던 한 나라의 풍격을 상상해보기에 충분했다. 그리고 이상에 설명한 모든 유적에는 땅 표면이 모두 먼 곳에서 가져온 다른 색의 흙으로 덮여 있으니, 당시의 시설이 호사롭고도 주도면밀했던 일면을 엿볼 만하다.

장미계(長尾鷄) 어디 울꼬
순록(馴鹿) 어디 놀았던고
금궐(金闕)도 장(壯)커니와
갸륵할손 영대영소(靈臺靈沼)
어린 듯 문무성시(文武盛時)를
앞에 본 듯 하여라.

14. 흥륭사 석등

"오나라 궁궐 기화요초 묵은 길에 묻혔고, 진나라 고관들도 옛 무덤 되고 말았네."[1]라는 구절이 이곳에 어울릴지 어떨지 생각하면서 궁성 동쪽 좁은 길을 따라 외성(外城) 벽 위에 올라섰다. 한 줄기 대로가 북에서 남을 향해 곧바로 뻗었는데, 이것이 현재 동경성의 주요 노선을 이루고 있다. 멀리 노흑산맥(老黑山脈)에 둘러싸이고 가까이 목단강물에 휩싸인 평야 요충지에 위치한 동경성의 뛰어난 지세와 풍경을 이곳에서 가장 잘 살펴볼 수 있다.

동쪽의 산악 지대에는 고반산성(高盤山城) 같은 요새가 곳곳에 설치되어 있으니, 국방이 삼엄했음을 보여준다. 북강(北江)의 칠공교(七孔橋), 동강(東江)의 오공교(五孔橋)처럼 지금 봐도 큰 다리 기둥이 곳곳에 남아 있음은 교통의 편리에 애쓴 자취이다(이것들이 꼭 발해의 것인지 혹은 금나라 것일지는 물론 의문이다).

---

1 중국 당나라 시인 이백의 「금릉 봉황대에 올라서」라는 시의 한 구절이다. "봉황대 위에서 봉황이 노닐다가 봉황 떠나 누대 비고 강만 절로 흐르네. 오나라 궁궐 기화요초 묵은 길에 묻혔고 진나라 고관들도 옛 무덤 되고 말았네. 호국산 세 봉우리 하늘 밖에 멀리 있고 백로 모인 모래톱은 강을 둘로 갈랐네. 뜬 구름 밝은 해를 가려버리니 장안성 볼 수 없어 시름에 젖네."

북성에서 마주보이는 목단강 밖으로는 연지 빛깔 진홍색을 띤 적석산(赤石山) 등성이가 큰 성채를 이뤄, 진실로 문자 그대로인 적벽(赤壁)이 되었다. 백산은 그 밑에 작은 배를 띄우고 노를 저어 강에 잠긴 적벽 붉은 그림자를 흩어 놓는 즐거움을 예찬한다. 그는 목단강이라는 이름이 그 발원지인 목단령(牧丹嶺)에서 왔으리라고 했지만, 나는 강에 비친 적벽의 모습이 홍목단(紅牧丹) 꽃빛과 같기 때문이리라는 일설을 설명했다. 조선에 있는 허다한 적벽을 다 보았지만, 이렇게 이름에 꼭 들어맞는 것은 처음 본다.

동경성에 대하여 『길림통지(吉林通志)』(권 24, 城池)에는 "화용성(火茸城), 고대성(古大城)이라는 속명을 지녔다."고 했고, 또 『길림통지』와 『성경통지』에 모두 4면 7문이었다고 적혀있다. 성은 과연 네 모퉁이가 모서리를 이루어 갸름하기는 하나 분명한 네모 모양을 띠고 있다. 또 현재 남아있는 대로(大路)의 실제에 비추어 보면 문이 남쪽에 3개, 동서 양쪽에 2개씩 있었음을 추측할 수 있다. 아마 북면은 궁궐 엄호를 위해 문을 만들지 않았던 듯하다. 이 성벽과 문은 물론 발해 일대의 흥망성쇠를 연출하던 배경이요 무대지만, 무딘 돌은 말이 없고, 겁토(刧土)에 영혼이 없음을 어찌하리요.

발길을 돌려서 궁궐 남쪽 정가운데 길을 따라 부숴진 담의 흔적인 듯 나란히 늘어선 돌무더기를 좌우로 보면서 대남문(大南門) 터를 찾았다. 궁전 안뜰은 들풀에 덮이고 수레가 다니던 길은 밭두둑으로 변했지만, 청명한 공기 따스한 햇빛이 화기애애하여 가을날 옛 터를 찾은 쓸쓸한 감상을 조금도 불러일으키지 않는다. 가끔 가다가 하늘에 나는 구름과 목덜미를 건드리는 바람이 겨우 이상은(李商隱)[2]의 옛 시구를 떠올리게 할 뿐이다. "구름은 하나라 왕비의

---

2 중국 당나라의 시인(812~858). 자는 의산(義山). 호는 옥계생(玉谿生). 굴절이 많은 화려한 서정시를 썼다. 시집에 『이의산시집(李義山詩集)』이 있다.

쌍룡 가마 꼬리를 따르고, 바람은 주왕 마차의 여덟 마리 준마를
뒤쫓네."

남문 터에서 멀지 않은, 궁궐 남쪽 50리쯤에 큰 절이 있다. 용마
루와 기둥이 교외의 넓은 들판을 누르고 있으니, 이는 『성경통지』
에 석불사(石佛寺), 『영안현지』에 흥륭사(興隆寺), 속칭으로는 남대묘
(南大廟)라 일컫는 곳이다. 맨 앞의 바깥문에는 흙으로 빚은 신마상
(神馬象)이 한 쌍 있고, 그 안에 관성전이 있고, 그 뒤에 포대 화상(布
袋和尙)[3]처럼 보이는 미륵불전이 있다. 그 뒤에 대법당(대웅전)이 있
으니, 당내에는 좌우로 선승(禪僧) 양당(兩堂)이 서로 마주보게 하고,
안에 16나한상을 안치했다. 뜰에는 유명한 큰 석등이 있고, 기타
부속 건물의 배치가 다 정제하다.

대웅전 현판 오른쪽에 오래된 현판이 또 하나 있는데, "흥륭사,
강희(康熙) 계사(癸巳;1713) 중추월(中秋月) 부도통(副都統) 마기(馬奇)
가 발원하여 중수하다."라고 쓰여 있다. 또 경내에 "함풍(咸豊) 11년
(1861) 손청(孫晴)이 자금을 모아 중수하다."라고 기록한 비석이 있
다. 그렇다면 현재의 법당은 대개 70여 년 전에 중건된 것이니, 불
상과 법당의 아름다운 빛깔이 아직 신선함을 유지하고 있는 것이
진실로 당연하다.

또 법전 앞에 강희 46년이라고 새긴 종 한 구가 있다. 오조건(吳
兆騫)의 『추가집(秋茄集)』에는 이 부근 "국학비(國學碑)에 아직 수십
자가 남아 있는데, 그 중에 천회(天會)라는 연호가 보인다."라고 전
한다. '천회'는 금 태종의 연호로서 발해 멸망 후 2세기를 지난 때
인데, 금나라의 수도가 아닌 이곳에 왜 국학(國學)[4]이 있었는지는

---

3 중국 봉화현 명주 사람. 몸집이 뚱뚱하고 큰 자루를 지고 다니며 남들을 만나
   면 무엇이든 달라고 하여 자루에 넣는다 하여 '포대화상'이라고 불렀다. 중국
   에서는 미륵보살의 화현으로 숭배되고 있다.
4 국학은 중앙 교육 기관으로 보통 수도에 위치한다.

지금 와서는 자세히 알아내기 어렵다.

절 안의 오랜 유물 중에 가장 주의에 값하는 것은 대웅전 앞의 석등이다. 구란(句欄)[5] 복연판(伏蓮瓣)의 지대석(地臺石)에 올계앙연판(兀桂仰蓮瓣)[6]의 중대석을 세우고, 그 위에 8각 정자 모양의 등신(燈身)을 얹었다. 지붕 위에 9층 상륜(相輪)[7]이 날카로운 송곳 모양으로 위를 향해 뻗어 있으니, 의장이 탁월하고 수법이 정묘하여,

발해 흥룡사 석등

문득 당나라의 원숙한 작품을 대하는 듯하다. 형상과 조작이 저절로 신라 내지 고려 초의 여러 유물과 유사성을 띠고 있기에, 한층 더 정다운 마음을 자아낸다. 이 석등이 발해와 금 어느 나라의 것이냐를 문제 삼을 이도 있을지 모르지만, 우리는 기운(氣韻)과 풍도(風度)로 보아서 발해의 것임을 의심하지 않는다. 남대묘 경내에는 이 석등 외에도 더 작고 졸렬한 석등이 하나 있지만, 대단치 않은 것이므로 굳이 설명하지 않겠다.

남대묘의 영험함에 대해 다음과 같은 전설이 있다. 이곳은 만주국 건국 전에 한참 동안 병영으로 대용되었다. 당시에는 무지한 병졸들의 북새통에 절 기둥이 크게 더럽혀지고 어지러워졌지만, 감

---

5 동자기둥 사이에 가는 살로 짜서 장식한 난간을 말한다.
6 복연판은 연꽃잎을 아래로 향하게 하여 납작하게 새긴 모양, 앙연판은 연꽃잎을 위로 하여 둥그렇게 솟은 모양. 불상·탑·부도 등의 받침대를 장식하는 모양으로 흔히 쓰인다.
7 탑의 몸체에 해당하는 탑신의 윗부분을 가리킨다.

히 참견하여 말리는 자가 없었다. 그러다가 어느 해 섣달그믐 한밤중에 풍운이 지둥치듯[8] 하는데, 홀연 앞문 밖에서 군마가 시끄럽게 떠드는 소리가 들리므로, 병사들이 잔뜩 경계하고 나가보니 아무 이상이 없었다. 들어와 있으니 이번에는 뒷담 밖에서 소음이 나므로 쫓아나가니 또한 보이는 것이 없었다. 이렇게 명령을 받들어 분주히 오가다 지치니, 그때서야 신령님이 한 일이요, 병사들이 신성한 경내를 어지럽힌 탓임을 깨달았다. 병사들이 깊이 참회하고 정성껏 예를 다해, 이때부터는 경건의 도를 잃지 않았다고 한다.

잘 알려져 있다시피, 지나 내지 만주의 절은 도교와 불교가 뒤섞여 있어 순수한 사원의 규모를 가진 것이 매우 드물다. 그렇기에 이 흥륭사가 전면의 관성(關聖)[9] 2자를 떼놓고 보면, 다른 것은 순수한 불사(佛舍)의 전형을 갖추고 있는 것이 자못 특이한 예에 속한다. 속칭으로 남대묘라고 하는 것은 실상 주민의 실제 신앙이 관성 본위이므로, 어느덧 불사는 숨고 관묘만이 표면에 서게 된 것이 아닌가 생각된다.

새로이 미륵불께
지심귀명(至心歸命) 하나이다.
하나로 백천(百千) 당할
북국(北國) 예술 거룩한 빛
우리님 공덕이기에
전해온줄 압내다.

---

8 지진이 일어나는 듯 격렬하게 흔들리는 모양을 뜻한다.
9 『삼국지』의 관우를 성인으로 추앙하여 모신 곳을 가리킨다.

15. 삼령둔 고묘

남대묘에서 시내로 들어와 점심을 약간 먹은 후, 마차 한 대를 불러 타고 성 북쪽의 암반 지대로 달려갔다. 암반 지대라 함은 동경성 부근의 특이한 지면을 가리킨다. 무릇 동경성 일대는 화산 폭발로 인해 용암이 흘러나간 곳에 해당하여, 비교적 흙이 덮여 있다는 성 안팎의 땅도 대개 몇 척 내지 몇 십 척을 파내려 가면 마침내 용암의 지반에 다다른다.

특히 성 동북의 목단강변 일대는 대부분 용암이 그대로 노출된 채 있고, 흙이 덮인 곳도 겨우 몇 척에 지나지 않는 게 통례다. 이 용암이 어디에서 흘러나온 것인지는 아직 확실한 증거를 얻지 못했으나, 어떤 이는 경박(鏡泊)의 큰 호수가 그 분화구가 아닌가라고 추측하기도 한다.

이렇게 동경성은 용암면 위에 건립된 데다가 가까이에 다른 산악도 없어서, 부근에서는 석재로 죄다 이 용암을 쪼개서 쓴다. 조선에서는 화산 용암이라 하면 잘 알지 못하는 이가 많겠지만, 얼른 말하면 조선 도처에서 팥맷돌을 만들 때 쓰는 검푸른색의 구멍 숭숭 뚫린 얼그맹이 돌이 그것이다.

백두산 중이나 한라산 아래 깔린 돌이 다 이것이요, 또 경기 근처로 말하면 임진강 상류인 연천(連川)·삭영(朔寧) 등지에서 보이는 돌들이다. 동경성 고궁에 남아 있는 초석에서부터 민가의 담벼락을 쌓는 데 쓰인 돌에 이르기까지 죄다 이 공기구멍 뚫린 검은 돌이며, 유명한 흥륭사 석등 역시 이 용암으로 조성한 것이다. 그러므로 동경성에 들어서면 마치 제주도에 내려서서 받는 감각과 같이 얼마만큼 어두컴컴한 느낌을 받는다. 다만 들이 넓고 공기가 맑아 시야와 가슴이 시원하므로, 그다지 침울한 좌절감이나 압박감에 사로잡히지는 않는다.

동경성 북쪽 목단강 우측 강변의 용암 노출 지대는 예로부터 유명하다. 사적에는 덕린석(德隣石)·덕림석(德林石) 등으로 쓰였으니, 이들은 대개 여진어에서 반석을 의미하는 '델리(deli)'라는 말의 소리를 본뜬 것이리라 한다. 『성경통지』(권 14, 산천) 영고탑(寧古塔)의 덕림석 항목에는 이곳의 암반 지대를 다음과 같이 설명해 놓고 있다.

성 서쪽 90리 아막하호(俄莫賀湖) 동쪽과 요사란참(遼沙蘭站) 남쪽에서부터 호아합하(虎兒哈河)에 이르는 곳까지는 넓이 20여 리, 길이가 백여 리에 이르는 큰 암반 지대가 있다. 암반은 거울처럼 평평하고, 크고 작은 구멍이 셀 수 없이 많다. 구멍은 혹은 둥글고 혹은 모가 났으며, 어떤 것은 육각이요, 어떤 것은 팔각이어서, 우물 같기도 하고 물동이 같기도 하고 연못 같기도 하다. 입구는 사발만하지만 안은 동굴만한 것도 있어서, 깊이가 혹은 한 장 남짓에서 수척에 이르는 것까지 있다.

안에는 샘이 있는데 맑은 심록색을 띠고 있다. 여름에도 모기나 등에가 끼지 않아 사슴 떼가 즐겨 찾는다. 이름은 덕림석이라 하고 속칭으로는 흑석전자(黑石甸子)라고도 한다. 때로는 사람들이 돌 틈 사이로 튀어 올라온 물고기를 얻기도 한다. 초목이 모두 이채로와서 개똥쑥과 소나무 등이 이곳에서 자란다. 마차가 그 위를 지날 때는 텅 빈 구멍에서 소리가 들리는 듯하다. 암반이 갈라진 틈을 따라 물이 솟아오르기도 하는데, 깊이는 헤아릴 수 없다. 거기서 서쪽으로 십여 리에 물이 흘러나오는 입구가 있는데, 늦은 봄까지 얼음에 덮여 있다. 그 물이 돌 아래로 흘러들어 천둥 같은 소리를 낸다.

옛 글들은 『성경통지』에서처럼 이 덕림 지대를 매우 신이한 곳으로 기록하고 있으나 신기하다는 것도 지질학상으로는 다 당연한 현상이다. 그런데 예전에는 아직 발견되지 않았고 또 상식적 이치로도 설명되지 않는 진짜 신기한 일이 근래 우리들 손으로 발견되었다. 이 덕림석이 암반인 채 그대로 또 이상적인 논이라는 점이다.

위에서도 한 번 말했지만, 이 암반 지대에는 흙이 덮였다 해도 대개 불면 벗겨질 정도에 그치고, 그 위에는 잡초가 겨우 우거질 뿐이어서, 이용 가치가 매우 적었다. 그런데 조선 농가가 들어와서 흙이 깊은 곳부터 논농사를 시작해 가다가 우연히 흙이 얕은 잡초지를 개간하고 시험 삼아 벼를 심어 보았더니, 돌을 골라내고 개간을 한 것도 아닌데 양질의 벼가 풍성하게 자라났다. 그뿐인가. 암반 지대의 작물은 싹트고 익는 것이 죄다 다른 데보다 왕성하고 또 빠르다는 기적을 발견했다.

사실을 가지고 생각하면, 벼가 반드시 깊이 뿌리내릴 필요가 없고, 또 암석이니만큼 1년 내내 그리고 하루 종일 보온력이 큰 때문이겠지만, 이는 실로 의외의 사실이 아닐 수 없다. 그리하여 암반 지대의 수전적(水田的) 가치도 갑자기 높이 뛰었거니와, 한편으로는 농학상에도 흥미 있는 재료를 제공한 셈이다.

마차가 암반 위로 행진하느라 덜컥거리는 소리가 야단스럽고 흔들림도 심하다. 누런 벼가 끝없이 펼쳐진 길가의 기름진 논은 대개 백산 안희제의 발해 농장이 개척한 곳으로, 물론 암반 위에 존립하는 것이다. 가다 보니 한 길로 죽 뻗은 긴 방죽에 가을물이 찰랑찰랑 차올라, 위로는 그 시작을 보지 못하고, 아래로는 그 끝을 붙들

수 없다. 백산 안희제가 서책 쥐던 손으로 물줄기를 터낸, 동경성 최초의 길이 40리나 되는 긴 보(洑)이다.

짐짓 겸손한 백산을 충동질해서 그 고심담을 듣고는, 감개와 공경하는 마음이 번갈아 솟아남을 금할 수 없었다. 지게 진 장정과 우마차 거느린 노인과 논 가운데서 벼를 베고 있던 머리 동인 부녀까지도 백산을 보면 고개 숙여 인사 하니, 단순한 문안 인사 이상의 무슨 의미도 있는 듯 보인다.

봇물이 움푹한 곳에 모여들어 생긴, 20여만 평이나 되는 넘실넘실 푸르른 호수를 지나, 울퉁불퉁한 길을 15리 가량 가서, 목단강이 북쪽을 향해 가다가 동쪽으로 꺾어지는 곳에 있는 나루터를 만났다. "사람 없는 나루터에 배만 홀로 비껴 있네."[1]라거나 "강 건너 뱃사공은 불러도 오지 않네."라는 시구가 떠오른다. 그러나 차도로 동행해 온 대종교의 이현익(李顯翼) 군이 분연히 배를 놀려서 순식간에 건너편에 당도했다. 도리어 "어제는 이곳 건널 시름에 잠겼더니, 이미 건넜음(已濟)을 감히 논할 수 없네."(楊萬里)[2] 쪽이 더 맞는 듯하다.

나루의 저쪽은 삼령둔(三靈屯)이라는 부락으로 강변에 잇대어 토성(土城)을 두르고 출입문에는 자위대원이 총을 잡고 섰다. 촌에서 벗어나 밭 사이 작은 길로 얼마쯤 나아가니, 잡초 사이에 연장 맞은 장석(長石; 물론 용암)이 거꾸러져 있는데, 이것이 여기 찾아온 목

송막 연운록

---

1 위응물(韋應物)의 대표작인 「저주서간(滁州西澗)」의 한 구절. "홀로 그윽한 풀 물가에서 자라고, 우거진 나무에서 꾀꼬리 우네. 봄 물결 내리는 비 저물녘에 더 세찬데, 사람 없는 나루터엔 배만 홀로 비껴 있네."
2 양만리(楊萬里)는 중국 남송 4대가의 한 명으로, 인용된 부분은 「모당(瞀塘)을 건너며」의 한 구절이다.
기제(已濟)는 『주역』에 나오는 64괘 중 63번째 괘로서 완성, 성취를 뜻한다. 그러나 『주역』에서는 64괘의 마지막에 미제(未濟)를 두어, 도나 일의 성취에 있어 궁극적 완성이 아닌, 완성과 미완의 부단한 순환과 끝없는 추구의 과정을 강조하고 있다.

표인 삼릉(三陵)이다.

『현지』에는 둔(屯) 이름인 삼령(三靈)이 실제로는 삼릉(三陵)을 가리키는 칭호라고 하였다. 가까이 가서 보니 비켜져 있는 장석은 실로 고묘(古墓) 현실(玄室)[3]의 개석(蓋石)[4]이다. 광서(光緒) 병자(丙子: 1876)에 러시아인 한 무리가 도굴을 할 양으로 이것을 젖히고 들어갔으나, 그보다 먼저 내부를 약탈해 간 놈이 있어 소득 없이 돌아갔다는 말이 있다. 현실은 6첩으로 쌓은 연석(鍊石) 위에 옥개(屋蓋)를 짜아뜨려서 개석을 덮었다. 벽에는 서화(書畵)가 아무것도 없으며, 구조는 강서삼묘 등 고구려 고분과 흡사하고, 다만 방 크기만 더 작아서 계동상 발해의 능묘임을 인정하기에 족하다.

현실은 복도를 통해 전실(前室)에 연결되었으나, 복도의 토석이 붕괴되어 들여다볼 수가 없다. 현실 외에 부실 혹 별실이 있었던 듯하나, 그 상황 또한 찾아볼 수 없게 되었다. 주민들 사이에서는 동굴이 이 복도와 전실에서부터 경박호까지 이어져 신물(神物)이 이리로 왕래한다는 말이 전한다. 연전에 러시아인이 그 동굴로 얼마를 행진하다가 음풍(陰風)이 얼굴에 불어와 공포에 질려 그만둔 일이 있었다고도 한다.

무덤에 함께 묻었던 부장물은 부스러기도 남은 것이 없으며, 다만 한 귀퉁이에 동물 뼈다귀 약간이 무더기를 이루고 있지만, 사람 뼈로는 보이지 않았다. 부근에 기와 부스러기가 많이 흩어져 있는 것은 묘와 관계된 무슨 집이 있었던 흔적일지 모른다.

애초에 대체적인 상황을 보려는 것뿐이었기에, 그만큼 하여 역사적 탐사보다는 시적(詩的) 감상을 하면서 돌아 나왔다. 나루터에 이르니, 만주인 뱃사공이 배 떠날 채비를 하고 있다가 힘들 듯하면

---

3 고분에서 시신을 안치하는 방을 말한다.
4 무덤을 덮는 뚜껑돌을 가리킨다. 빗돌이나 석등 따위의 위에 얹은 돌도 개석이라 한다.

서도 수월스럽게 노를 저어 천고(千古)의 홀한하류를 횡단해 간다.

상류 쪽을 보니 붉은 해가 반이나 먼 산에 떨어져서 적동색의 낙조를 일렁이는 물결 위에 어지러이 뿌리고 있다. 하류를 보면 청회색이랄지 무어랄지 모를 특이한 희부연 빛이 하늘을 부쩍 치받쳐서, 서천에 오늘 해가 다 지기 전에 동천에 흰 달빛이 벌써 떠오르려고 서두르는 듯하다.

대륙에 해가 질 무렵의 구름 빛은 상상할 수 없을 만큼 환상적이고 기이하구나 하여, 나의 이때까지의 감각 생활에 새로이 한 관능이 더해진다. 저녁 빛을 뚫고 돌아와서 바삐 저녁밥을 마쳤다. 동포들 모임에 나와달라는 부탁에 발해와 동경성에 대한 사실을 간단히 설명하고 모임을 마치니, 밤이 매우 이슥하였다.

덕림석 백리 벌에
갖은 우의(羽儀) 벌려세고
용가(龍軻)를 흘리저어
여민동락(與民同樂) 하던 일을
천고(千古)의 흐르는 물에
물어 무삼 하리오.

16. 적수 폭포

30일 맑음. 아침은 손님이 방문하는 바람에 몹시 분주하게 보내고, 정오에 경박호(鏡泊湖)를 구경하러 갔다. 영사관의 호의로 경찰서 자동차에 서장·순사가 스스로 호위 동승하고, 수비대·헌병대 장병이 여기 참가하여, 도중의 경호가 분에 넘칠 만큼 굳건해졌다. 따로 트럭 한 대에 지방 유지 십 수명이 따라 나서, 바로 어디 한 모퉁이나 치러 가는 듯이 기세 있는 경적을 울리면서 시가를 질주했다. 토성문(土城門)으로 나가니, 파수 보는 자위단이 어떻게 보았던지 총을 받들어 경례를 깍듯이 한다.

서대로(西大路)를 따라 약 10리를 힘차게 나아가니 목단강의 아보진(阿堡津)이 앞을 막는다. 강 가운데에 능라도(綾羅島)[1] 같은 모래톱이 있어 전에는 배를 두 번 갈아타야 했는데, 만주국 건국 후에는 섬 가운데를 끊어 내고 배가 지나갈 작은 운하를 뚫어서 자못 편리해진 모양이다. 그러나 자동차를 한 채씩 싣고 강 두 개와 그 사이의 운하를 두 차례 왕복하는 데 시간이 많이 걸리니, 과연 질

---

1 평안남도 평양시 대동강에 있는 섬으로 경치가 수려하여 예로부터 평양 팔경의 하나로 꼽힌다.

색이었다.

강을 건너면 곧 암반 지대를 타고 나가는데, 『성경통지』의 말마따나 길가에 가끔 우물 같기도 하고 물동이 같기도 한 구멍과 그 안에 고여 있는 물을 볼 수 있다. 가끔 흙이 덮인 오아시스라 할 곳에는 높이가 한 길이나 되는 푸새[2]가 우거졌는데, 수비대 대위는 이런 데가 꿩과 노루 잡기에 좋은 사냥터라고 말한다. 이렇게 다시 20리쯤이나 암반 위를 달리다가 문득 붉게 물든 숲이 되고, 다시 강변을 따라 길이 이어졌다. 한참 만에 부드럽고 아름다운 산록이 강 건너쪽에 가슴을 내밀고, 비탈면의 일부에는 무엇인지를 경작한 자리가 보인다.

이 모퉁이를 구불구불 돌아간 지 얼마 만에 자작나무가 어지럽게 우거진 숲에서 홀연 수많은 천둥이 일제히 울리는 것 같은 큰 소리가 들려온다. 숲을 헤치고 나가니 우선 찬비가 얼굴에 뿜겨 와서 정신이 현란하다. 여러 사람의 입에서 일제히 나오는 "장하다!" 하는 소리가, 제각기 큰 소리로 부르짖은 것이겠지만, 서로 듣기에는 모기 소리만큼씩 작다.

역시 검푸르데데한 용암이 넓이 100여 척쯤의 절벽을 이루고, 덜미로부터 부풀게 흘러나오는 물이 거기 걸려서 두 갈래의 대폭포로 떨어진다. 떨어지는 물을 받는 바닥 높이가 달라서 오른쪽 폭포는 약 70척, 왼쪽 것은 약 50척의 길이가 되고, 그 밑은 우긋한 암벽에 둘려 널따란 늪을 이루었다.

장하기로만이 아니라 그 형상까지도 나이아가라 폭포와 같다. 옥을 깎은 듯 은을 편 듯한 물줄기가 부지런한 절구공이처럼 펑펑 내리찧는 곳에, 얼음을 부수는 듯 눈을 헤치는 듯한 거품이 날려 올라와 온 골짜기를 연방 눈비 중에 잠가 버린다. 소(沼)의 물을 내

---

2 산과 들에 저절로 나서 자라는 풀을 통틀어 이르는 말이다.

적수 폭포
북만주에서 유일한 거대 폭포로, 최남선은 만주의 나이아가라 폭포라 표현했다.

려다보면, 거품이 번지는 범위 밖인 맑은 물속에는 팔뚝 같은 붕어, 잉어와 보통 5~6척씩 되는 이름 모를 고기들이 사방 천지에 바람 불고 천둥 울려도 유유히 지느러미를 펴고 꽁지를 치며 돌아다닌다.

웅대한 광경이다. 그 중에 신비한 소식이 꽉꽉 차 있다. 반도 안의 이름난 폭포를 많이 보았지만, 구룡연(九龍淵)·박연(朴淵)은 오줌줄기요, 추지(楸池)·천지연(天池淵)은 보자기 조각쯤 될 것인데, 눈앞에 대한 이 폭포는 하늘 덮는 넓고 흰 비단을 직녀의 베틀에서 시원스럽게 펼쳐 놓았다 할 것이다. 폭포도 대륙이라야 폭포답다는 생각이 난다. 말하자면 이곳은 만주 나이아가라인 셈이다.

이 폭포는 목단강이 소백산(小白山) 계곡의 여러 물을 모아오다가 경박호라는 큰 호수를 싣고, 그것이 장가량자(張家樑子) 동쪽에 이르러 암반 무너진 곳을 만나 큰 폭으로 곧장 떨어진 것이다. 속칭에 적수루(吊水樓)라고 일컬으며, 북만주에서 유일한 큰 폭포로 이름이 높다.

1924년에 영안(寧安) 지현(知縣)의 왕모(王某)라는 이가 작은 비석을 세워 "중국 제일의 폭포"라 하였더니, 이번 여름에 헌병대의 장병들이 '중국'이라는 글자에 화를 내어 그 비석을 그냥 뽑아서 물속에 던져 넣었다 한다. 풀 우거진 곳에 남아 있는 비석 받침은 지은 지는 얼마 안 되지만 이미 개벽의 액운을 치른 유물이라 할 것이다.

폭포 덜미의 뽕나무 숲으로 슬슬 돌아다니면서 홀로 시를 읊조리며 삼매경에 빠졌다. 바야흐로 발해 번성기에 왕후 귀인과 장안 풍류 남녀가 마차에 구름 같은 차양을 치고 우레 같은 비파 소리를 내며 여기와서 호기를 발할 때에, 폭포야, 네가 그들을 웃음으로 맞아주었던가. 시세가 날로 그릇되어 더 이상 써 볼 대책이 없게 된 후, 천지사방 의지할 데 없게 된 쫓겨난 신하가 이곳에 와서 "시비하는 소리 귀에 들릴까 두려워, 짐짓 흐르는 물로 온 산을 둘러 싸네."[3]라고 읊을 때에, 폭포야, 네가 그에게 눈물을 뿌려 주었던가.

한 걸음을 더 내디디면 천길 벼랑이거늘, 앞놈이 멈추지 않고 뒷놈이 살피지 못하여 꼬리에 꼬리를 물고 다투어 나락의 길을 재촉하니, 잇대어 흐르는 폭포의 물방울아, 너희들의 너무나도 철없고 적험 없음이 좌우의 바위들에게 비웃음 받는 줄을 아는가 모르는가. 이래도 두드림질 뿐이요, 저래도 소리만 버럭버럭 지르는 폭포는 잠시만큼 내 그림자를 담가 주지도 못하고, 걷잡지 못하는 걸음을 곤두박질쳐 쏟아져 내릴 뿐이다. 어지럽게 튀어 오르는 물방울이 햇빛을 이리저리 반사하여, 길고 짧은 무지개가 둘씩 셋씩 뻗치는 것만을 자랑하는 듯하다.

---

3 발해 멸망 후 유신들의 심정을 최치원의 「제가야산독서당(題伽倻山讀書堂)」의 한 구절에 빗대고 있다. "첩첩한 돌 사이에 미친 듯 내뿜어 첩첩 봉우리에 울리니, 사람의 말소리 지척에서도 분간하기 어렵네. 항상 시비하는 소리 귀에 들릴까 두려워, 짐짓 흐르는 물로 온 산을 둘러 싸네."

시간에 덜미 잡혀 자동차를 돌리니, 재빠른 까마귀는 이미 잠들 나무를 찾아든다. 아보(阿堡)에 이르러 배 돌아오기를 기다리는 동안에 뱃사공의 집에 들어가 보았다. 붉은 함과 2층 장롱 같은 세간이 어쩌면 조선의 안방과 그렇게 같은지. 하도 이상하여 곁의 집을 들여다보아도 또한 그러하므로, 비로소 조선의 세간이 역시 북쪽에서 배워온 것임을 알았다.

주인은 황(黃) 씨 성을 가진 이인데, 본적은 윈난으로 여기 온 지가 7~8대에 이른다 하니, 이곳에 유배된 한인(漢人)의 후예인 모양이다. 만주인은 물론이요 한인이라도 멀고 험한 땅으로 죄인을 귀양보낼 때 영고답으로 보내는 것이 청나라 때의 상례였다. 전등 켜진 성문으로 돌아 들어가니, 자위단 파수가 여전히 총을 맨 채 경계를 서고 있다.

> 만학(萬壑)의 물을 모아
> 허위허위 내려올 때
> 나서는 골밧[4] 기껏
> 낭떠러지 될 줄이야.
> 세상의 어느 폭포고
> 뜻 했을 리 있으리.

---

4 '골짜기 바깥'을 뜻하는 듯하다.

17. 만주인의 토속

식사 후에 여러 지인들이 모여서 만담으로 밤을 지새는데, 화제는 대개 구 만주인(곧 청인)에 관해서였다. 각각 듣고 본 바를 가지고 나의 의견을 구하는데, 더러 설명하였다는 것도 두어(蠹魚)와 준여(餕餘)[1] 같은 내가 바로 맞추었을지 물론 의문이다.

구 만주인은 대개 기인(旗人)이라고 자처하며, 기인의 티가 분명한 자일수록 점잖음과 거드름은 대단하지만, 계산에 어둡고 실무능력이 부족하다. 서로 만나 말이 두 마디 오가면 "흥, 시절이 이래서!"라고 운명을 한탄한다. 기인들은 전에 여러 특권을 가진 채 앉아서 착취하는 생활의 안락을 누리더니, 좌식산공(坐食山空)[2]으로 차차 산업이 무너져서 점차 몸으로 농업에 종사하는 자가 많아졌다. 근래 와서는 한인(漢人) 유민의 처자들도 오히려 싫어하는 밭일을 만주인 부녀가 나와서 하게 되었다고 한다.

---

1 두어(蠹魚)는 책벌레로 책만 읽고 활용할 줄 모르는 사람을 비유한다. 준여(餕餘)는 제사상을 차리고 물린 음식으로 제퇴선(祭退膳)과 같은 말이다. 최남선이 만주인에 대해 제한된 지식만을 가지고 있다는 의미로 스스로를 낮추어 비유한 표현이다.

2 일을 하지 않고 놀고먹기만 하면 산도 빈다는 뜻. 아무리 재산이 많아도 놀고먹기만 하면 끝내는 없어지고 말게 됨을 이르는 말이다.

기(旗)라는 것은 만주 민족이 부족을 본위로 편성한 군대의 칭호다. 청조가 북경으로 들어갈 때 동족을 거의 다 추려서 기인으로 데리고 간 수가 약 20만 명이었다. 이들은 대개 한인 가운데 융합해 버렸으나, 융합되지 않은 자들과 또 방비상 필요로 일부러 봉천·길림 등 몇 곳에 주재케 한 자들이 얼마 있어서, 만주족이란 것이 만주에 남아 있게 되었다.

그나마도 산둥의 이주민과 혼혈인 자가 대부분이고 순수성을 지킨 자는 매우 적다. 설사 순수한 만주족이라 하는 자도 문화와 생활은 대부분이 한화(漢化)되어, 저희의 고유한 언어·문자를 해득히는 자는 별로나노 느눌다. 봉천성에서는 흥경, 길림성(지금 목단강성 뒷부분)에서는 목단강 유역이 만주인의 집단 거주지인데, 목단강에서도 영안현의 영고탑·동경성 일대가 그 중심이다. 그런데 동경성의 다수한 만주족 중에 저희 언어를 아는 이는 한두 명의 노인에 그치고, 문자는 아는 이가 없다고 한다.

강희·건륭제 때 청나라와 러시아 사이에 흑룡강으로 국경을 정한 후, 이 지역에 길림 및 영고탑에 있던 만주 기인을 가족 동반으로 이주시켜, 둔전병 형식의 국경 수비대를 두었다. 지금 하이라얼(海拉爾), 푸터하(布特哈), 후란(呼蘭) 중심의 만주족이 그 후예다. 또 건륭조에 서방에서 중가르(準噶爾)의 난을 평정하고, 역시 만주족 군대를 파견, 영주케 하여 변강 수비를 담당케 했다. 지금 중앙아시아(新疆 등지)에서부터 러시아령 볼가 강 부근에 걸쳐 거주하는 만주족은 여기서 연원하는 것이다. 에스페 네더린 씨의 근저 『서부몽고족 및 만주족(西部蒙古族及滿洲族)』[3]의 서문에는 이렇게 쓰여 있다. "극동 지방에 있는 대다수의 만주인은 만주어와 만주 문자를

---

3 러시아 인류학자인 S.V.Nedachin을 가리킨다. 이 책은 1936년 남만주철도주식회사경제조사회에서 일본어로 번역·출간되었다.

그대로 사용하는 동족이 서부 지나에 거주하고 있는 줄 상상도 못하는 모양이다."

만주인의 풍속에는 우리와 심상치 않은 연계를 가지는 것이 적지 않다. 주거의 정침(正寢)에 반드시 서쪽으로 창을 내고, 거기를 신(神)의 위치이자 귀빈석으로 삼는 것은 변한(弁韓)의 옛 풍속에서 "조왕신을 서쪽에 베풀었다."[4]함을 연상시킨다.

만주인 중에는 이 풍습이 종족의 대원류인 노백산(老白山; 백두산을 이름)을 향해 절하기 위해서라고 말하는 자가 있지만, 어떤는지 모르겠다. 어쨌거나 만주인의 노백산 숭배는 매우 경건해서, 음력 3월 16일을 '산신(山神)루'라 하여 집집마다 큰 제사를 지내는 풍속이 있으며, 산신은 바로 그들의 원조(元祖)라고 여긴다. 어떤 데서는 9월에 다시 노백산 원조를 받들어 제사를 지내기도 한다. 부인의 감발(敏髮)은 반드시 북상투로 함[5]이 우리의 없는 머리와 유사함도 주목된다. 어린아이 있는 집에는 반드시 요람이 있는데, 그 형태가 우리나라 제주에서 행하는 것과 거의 같다.

일찍이 도리야마(鳥山)[6] 씨는 동경성 답사 기사 중에 동경성의 토민 중에는 설날에 슬피 울며 하루를 보내는 풍속이 있음을 노인에게 들었는데, 발해의 멸망이 정월에 있었기에 혹 망국 기념의 행사가 아닌가 한다는 말을 하였다.(『滿鮮文化史觀』, 81면) 이 풍속이 사실

---

4 『삼국지』「위지동이전」에 '변한'의 고유한 풍속으로 언급되어 있다. '조왕신'은 조신·조왕각시·조왕대신·부뚜막신이라고도 하는데, 조왕신 풍습은 부녀자들 중심으로 한국 전역에 퍼져 있다. 명절 때 차례를 지내거나 집안의 치성굿을 할 때는 성주에게 하듯이 조왕신에게도 조왕상을 차려놓는데 대개 목판에 간단히 차려서 부뚜막에 올려놓았다.

5 '감발'은 상투를 틀 때 머리를 위로 걷어 올리는 것을 뜻하며, '북상투'는 "함부로 끌어 올려 뭉쳐 놓은 여자의 머리"로 보통 쪽진 머리를 가리킨다.

6 도리야마 키이치(鳥山喜一)는 경성제대 교수로 재직하면서 만주 지역의 발해 유물을 조사하는 데 앞장섰다. 1920~1930년대에 그가 수집한 와당과 문자기와 등 다수의 발해 유물이 현재 서울대학교 박물관에 소장되어 있다.

이요, 또 예로부터 있어온 풍속이라 하면, 신라에서 연초를 달도(怛忉)[7]라 하고, 지금도 속어에 설이라고 하는데, 설이 슬피 근심한다는 뜻과 통한다는 것에서 재미있는 암시를 얻을 듯하다(나중에 신경에서 가네코 소장에게 三江省에 號泣式이 있는데 타민족에 멸망당한 기념이더라는 말을 들었다. 대개 이러한 풍속이 북방에 공통으로 있음에 주의할 것이다).

만주족의 가옥은 일자형 집을 반으로 칸을 나눠, 초입의 봉당은 부엌과 세간 하는 데로 쓰고, 또 그 한 귀퉁이는 고용인의 숙소로 삼는다. 나머지 절반부인, 판벽으로 막은 안쪽은 벽으로 돌아가면서 터진 입 구(口)자로 높다랗게 '항(炕)'(온돌)을 지어서 거기 침구를 두고 생활한다. 벽에 창을 낸 서쪽 부분을 소중히 여기며, 출입구를 낸, 입 구(口)자의 터진 부분은 흙바닥으로 두어 한지(閑地)로 쓴다. 상좌부(上座部)인 좌우의 온돌은 가족이 자는 곳인데, 늘 한쪽 모서리에 긴 베개가 있어 전 가족이 통밀어 그것을 베고 섞여 자며, 남녀나 비숙(嫂叔)[8]의 구별도 없다. 퍽 외설스럽고 방만해 보이지만 그네들은 그리 거북하게 생각하지 않는다고 한다.

형제가 여럿일 때에는 그 중에 감당할 만한 자를 골라 살림을 주관하게 하여 만사를 위임한다. 나머지 형제들은 모두 그 지휘에 따르며 조금도 간격이나 충돌이 없으니, 곁에서 보기에도 돈독함을 감탄할 만하다고 한다.

만주족의 부녀는 담배에 대한 기벽(嗜癖)이 특이하여, 다만 집안에서 뿐 아니라 외출하여 길을 오갈 때에도 반드시 담뱃대를 휴대한다. 비록 담배를 피지 않는다 해도 외출시에 행세로 담뱃대를 반드시 가지고 다님이 외국 부녀가 양산을 가지는 것과 마찬가지이다. 새파란 새색시는 물론이요, 열 살 전후의 여자아이도 길거리에

---

7 슬프고 근심한다는 뜻을 가지고 있다.
8 형제의 아내와 남편의 형제를 뜻한다.

서 장죽을 뺄지르고 흡연하기를 예사로 한다.

어느 만주족의 가정을 들여다보니, 주인은 없고 24~25세의 한 젊은 부인이 온돌 위에 앉아서 담뱃대를 꼬나물고 흡연을 하고 있다. 주먹 같은 옥물부리를, 아이들이 굵은 엿가래를 핥듯이 이모저모로 돌려 빨면서 두어 번 빨고는 한 번씩 침을 찍찍 깔려 뱉기를 수없이 되풀이하며, 이렇게 한 대 한 대 떨고 담고 하는 동안에 온돌 아래에 침 깔린 것이 그득 수북하여지는 것이 매우 기이한 모습이었다. 말하자면 집에 있는 부녀는 담배 피우는 것이 소임이요, 또 온돌 앞의 흙바닥은 널따란 타구쯤 되는 셈이다.

야릇하기도 하고 더럽기도 하지만, 땅도 거칠고 겨울도 길어 침울한 이 환경에서는 남자는 술 먹고 도박하는 방편이라도 있지만 여자의 무료함을 위로할 것은 담배밖에 없을 것을 생각하고, 도리어 동정하는 생각이 났다. 만주국 정부에서 장차 연초 전매를 실시한다는 말을 듣고, 나는 만주족 부녀에게서 이 생명의 휴게소를 빼앗게 될 일을 혼자 그윽히 걱정하였다.

만일 오래 보고 널리 물으면 만주 토속에 관한 화제는 이루 말할 수 없이 많겠지만, 그것은 본디 바삐 지나는 여행객에게 허락될 일이 아니다.

연지(臙脂)도 안 떨어진
스물 안 된 저 새색시
시어미 뒤를 따라
조심조심 걸으면서도
손에는 긴 담뱃대를
빗겨 천연한지고.

18. 경박호

10월 1일 맑음. 오늘은 북만주의 절경으로 일컫는 경박호 구경을 가기로 했다. 역시 영사관 경찰서장의 호의로 경호와 승차의 편의를 얻게 되었다.

경박호(鏡泊湖)는 고서에서 홀한해(忽汗海)·필이등호(畢爾騰湖)·아포호(阿布湖) 등으로 칭하고, 토인은 대호(大湖)라고 속칭한다. 길림성 돈화현과 목단강성 영안현에 걸쳐 있는 노야령(老爺嶺)과 합이파령(哈爾巴嶺), 양 산맥 사이의 현무암 계곡 지대에서 생성된 산간 호수이다. 길이 100여 리, 넓이 5~6리 내지 10여 리, 둘레 약 400리요, 전체가 가늘고 길며 물줄기가 드나드는 곳의 굴곡이 심하여, 얼핏 큰 강처럼 보이는 모습을 띠고 있다.

계곡이 끝나는 곳에 가까운 몇 리 정도는 온통 현무암·화산암으로 구성되어 있다. 물을 토해내는 입구가 앞에 말한 적수 폭포가 된다. 예전에는 산간에 흐르던 강이었지만 용암 분출로 인하여 배수구가 막히고 여기 물이 모여들어서 홀쭉한 호수를 이룬 것이리라 한다.

동경성에서 남문 터로 나가 남대묘 앞을 지나서 서남쪽을 바라보고 큰 들로 곧장 내달렸다. 주변의 들판은 아직 밭이지만 적당한 노동력을 얻어서 물을 끌어댈 수만 있으면 보기 좋은 논이 될 곳이다. 수수 베어낸 큰 들판은 아무래도 살풍경인데, 드문드문 해바라기가 한 그루 두 그루 서 있어서 조금이나마 염증을 완화시켜 준다.

아마하자(阿馬河子)의 집단 농촌을 오른쪽으로 보면서 차츰 산속 길로 들어갔다. 군데군데의 묵묵한 가옥은 주인을 잃어 비바람에 뜯겨나가는 대로 맡겨져 있다. 이황지(二荒地)가 된 전답 자리에는 득의양양한 잡초가 가을바람을 희롱한다. 이황지라 함은 한번 개간했던 전토가 다시 황폐하게 되돌아간 것을 이름이다. 물론 이러한 빈 집은 비도를 토벌하기 위해 주민을 다른 곳으로 철거시켜 생긴 것이다. 오늘은 수비대가 토비 출동을 하였다 하여, 군용 트럭이 연방 왔다갔다 하는 것이 보인다.

아마 25리가량이나 왔음직하여 자동차가 구부러진 산길로 푸푸거리면서 한참 올라갔다. 고개를 넘어서니 푸르른 작은 호수가 푸른 침엽수와 붉어진 활엽수가 반반으로 덮인 산봉우리에 안겨서 찰랑찰랑거리는 모습이 우선 눈에 들어온다. 호숫가에 내려서니, 물가에 마름이 그득하여 밟는 대로 대그륵 소리를 내면서 미끄러진다. 물위나 물 안에도 무슨 물풀인지 새파란 알갱이가 그득히 떠다니고 있는 것도 한 구경거리이다. 목이 말라도 선뜻 손이 나가지 않았지만, 결심하고 그냥 떠먹어 보니 물은 달고 풀 알갱이는 향긋하여 또 하나의 별다른 풍미를 갖추었다.

우리보다 앞서 온 군대들은 이미 말에서 배급품을 내려, 호수 건너편에서 되돌아온 크고 작은 두 개의 발동선에 갈라 타고 기적을 톡톡거리며 앞서거니 뒤서거니 출발해 간다. 여기는 북호두(北湖頭)라 하고, 한참 계곡 사이로 내려가 있는 건너편은 남호두(南湖頭)라 하는데, 액목(額穆)·돈화(敦化) 방면의 연락이 이 배편으로 말미암는다.

남호두 일대는 토지가 비옥하여 우리 농가의 거주도 적지 않다
한다. 만주사변 직후 무장 청년 이민단으로 유명한 경박학원을 여
기 설치하였다가, 얼마 안 되어 비도의 습격을 받아 다수가 참변을
만난 후 그만 흐지부지되고 만 것은 세인의 기억에 새로운 일이다.
지금은 돈화 방면의 경계와 방위를 위하여 남호두에 수비대를 두
었다.

계곡 입구인 적수 폭포는 북호두에서 20리가량 내려가 있다. 그
사이 어디쯤의 굽은 물목을 막아서 6만 킬로와트의 수력 전기를
일으킬 계획으로 지금 준비 중에 있다. 그렇게 하면 천고의 명승지
인 폭포는 어쩔 수 없이 희생될 수밖에 없기에 일부 인사들 간에는
일주일에 한 번씩이라도 물을 흘려보내서 어느 정도라도 명승지를
보호하자는 의론도 있다 한다. 이뿐 아니라 목단강 수계(水系)에 있
는 다른 발전(發電) 계획까지 합치면 4만 킬로와트의 전기를 얻는
다 하니, 이곳의 화학 및 경금속 공업의 발흥이 기대된다.

발전 계획만이 아니다. 호수 양편 산악의 수림은 펄프 원료로 주
목되어, 이미 왕자(王子) 제지회사 소유로 돌아갔다. 또 경박호는 물
이 유장하고 깊어 풍부한 어류 산지로 유명하기에, 여기 양식 설비

를 하여 산업적 가치를 더욱 크게 발휘하도록 할 계획도 거의 구체화되었다고 한다. 오랜 세월 깊숙한 곳에 감춰져 있던 절경과 구석진 곳의 절승(絶勝)도 재리(財利) 앞에서는 아무것도 아니라는 근대 경제의 위력을 다시 한번 생각해 보았다.

작약 숲과 양귀비 밭을 헤치고서 왼쪽의 산등성이를 더위잡아 올라가니, 시야가 넓어짐과 동시에 이 호수의 절경이 한눈에 들어온다. 비취빛 비단을 펼친 듯 초록빛 유리를 깐 듯, 한낮의 따뜻한 햇볕이 반짝반짝 금물결을 일으켜, 정적만 깃든 하늘과 땅 사이에 부질없는 물결만 움직인다. 긴 모래톱이 있고, 물굽이가 있고, 산아지랑이가 비치고, 헤엄치는 물고기의 비늘이 번득이고, 크고 작은 모래톱에 돛단배 그림자만 나타났다 숨었다 하여, 수국(水國) 풍경이 가장 기묘한 배치를 띠고 있다.

그러나 호수의 진짜 경승은 남쪽으로 시야를 가로막은 섬 바깥쪽에 있다. 망망한 데는 바다 같고, 깊은 데는 골짜기 같고, 구름이 환상처럼 펼쳐지고, 물고기와 자라가 활기를 띠어, 바다 없는 만주 땅 깊은 곳에 스스로 큰 물의 뜻을 갖추었다. 이름으로만 들은 아막하백아(峨莫賀帛阿)·아극선(阿克善)·우록(牛彔)의 이른바 삼신산(三神山)이 아마 거기 있을 것이며, 전설 속, 뿔 달린 괴상한 물고기나 구름을 토해내는 신령한 조개도 그 사이에 생겼을 터다. 그러나 아깝구나! 이번 여행길에 한 조각의 한가로움도 갖지 못함이여!

목단강 유역은 백두산을 기대서 일어난 여러 왕조가 성장해 간 곳인 만큼 청국 시조의 포고리산(布庫里山) 선녀 전설 등 아름다운 옛 이야기가 여기저기 얽혀 있다. 또 남호두 부근에는 옛 성이 있어, 발해 태조가 동경성으로 들어가기 전에 머문 곳이라고 전해진다. 이런 방면의 일은 세월과 함께 그 숨겨 있던 모양을 드러낼 때가 오겠지.

호수 근방은 풍경의 아름다움뿐 아니라 겨울에는 따스하고 여름에는 서늘하여 기후가 훌륭한 것으로도 유명하다. 들으니 만주에서 국립 공원을 만들면 여기를 제일 후보지로 하는 데 중론이 일치한다고 한다. 또 그보다 앞서 만주 황제의 별궁이 만들어지리라는 설도 있다. 동행 중에는 지금 호숫가에 얼마쯤 땅을 사두면 훗날 별장 지대가 될 때 큰 밑천을 잡겠다는 몽상을 하는 이도 있다. 이런 소리 저런 소리를 다 모르는 체하면서, 산은 다만 다소곳하고 물은 다만 새침하다. 저녁때 길 떠날 사세(事勢)를 생각하고, 돌아서지 않는 발길을 돌린다. 구름 사이로 울고 가는 까치 소리가 일 없이 바쁨을 비웃는 양하다.

호상(湖上)에 뜬 구름아
바삐 어디 네가느냐.
산외(山外)의 한 걸음이
연진(烟塵)인지 모르겠냐만
바람이 덜미를 밀매
몰려몰려 가노라.

19. 목단강

석양이 지는 동경성역으로 달려드니, 마운하 들판에서 불어오는 바람이 목덜미를 쌀쌀히 만지고 지나간다. 역사는 붉고 푸른 빛깔이 선연한 옛 전각풍의 건축이요, 치미(鴟尾)[1]와 처마가 다 서투르지 않아, 자못 옛 수도에 어울리는 정취를 자아냈다.

기차역 안에는 신흥 만주국을 알리는 갖가지 포스터가 그득히 걸려 있다. 특히 '철로 사랑'에 관한 포스터가 많은 게 주목된다. 그중의 일례를 말하면, 한 장정이 손에 국기를 들고 두 다리를 훨쩍 벌리고 철로선을 가로타고 서 있는 그림에 "철로 지켜 보국하고, 봉공으로 이민(利民)하고, 협력으로 서로 돕고, 용기 떨쳐 악을 막고, 힘껏 물리쳐 몸 지키자."라는 표어를 열거한 것이 있다. 바로 지금 만주국이 요망하는 국민 도덕 가운데 철로 지키기가 급선무임을 볼 수 있다.

18시 15분에 요전에 내렸던 기차를 타고 다시 북쪽을 향해 떠났다. 유유하여 대륙적인 목단강 위로 조금조금한 뗏목이 꿈같이 떠내려가는 게 희미하게 보인다. 겨우 한 정거장만인 석두(石頭)에서

---

1 고대의 목조 건축에서 용마루의 양 끝에 높게 부착하던 장식 기와를 일컫는다.

큰 들판과 긴 강이 죄다 저녁 빛에 잠겨버렸다. 이내 등불 차단을 위해 차창의 장막을 다 내리니, 바깥일은 그만 남이 되었다. 영안(寧安)역은 곧 영고탑이 있는 곳이니, 역사로나 지리로나 기어이 유람할 필요가 있는 곳이다. 그러나 동경에서 이미 하루가 어긋난 일정이라 내려가 보겠다고 떼쓰기 어렵기에 그만 지나쳐 버리는 것이 마치 죄나 짓는 듯하다.

눈을 감고서 지명에서 연상되는 안팎의 옛일을 떠올려 보는 사이 어느덧 두 시간이 지났던지, 목단강역에 도착했다. 역전에 나온 재류 동포들의 환영이 의외로 성대하고, 전병학(全秉學) 군을 비롯해 에전에 알던 이들도 직지 않아 놀랐다. 전 군은 이곳 상업회의소 부회장으로 재임하고 있으며, 이밖에도 동포들의 활약상 중에는 듣기에 탐탐한 일이 많았다. 인도하는 대로 대화(大和) 여관에 드니, 역시 동포가 경영하는 곳인데, 내외의 양식을 겸하여 자못 편리하였다.

이어서 별실에서 유지 간담회를 열고 지방 사정에 대한 설명을 들었다. 목단강은 옛 이름이 영북(寧北)이다. 만주 사변 후 동북 개발의 간선으로 도가(圖佳)철도를 부설하여 우리 함경선과 북만철도를 연결하면서부터 갑자기 비약적으로 발전했다. 본래는 목재 집산의 소중심지에 불과하던 곳이 이제는 엄연히 북만주 동부를 대표하는 일대 도회지의 내실을 갖추게 되었다. 이 추진력이 군사 관계 때문임을 물론이다. 목단강은 이렇게 특이한 생성 과정을 가지느니 만큼, 재류 동포가 농민 본위가 아니라 시세에 밝은 국내 지식층 내지 자본가가 새롭게 진출한 경우가 많다는 점도 만주의 다른 데에 비하여 한 특색을 띤다.

간담회 석상에서 화제의 중심은 지금 만주 동포들의 최대 관심사인 교육 기관 이양에 관한 것이었다. 물론 조선인만 이양하는 것은 어떤 의미로든 절대로 안 된다고 주장하는데, 거리낌 없는 의론이 저절로 귀를 기울이게 한다. 그 중에는 주장에 열심인 나머지 위태로운 발언과 격렬한 논쟁을 하는 이도 있다. 무엇보다도 학부형으로서 자제의 장래에 나쁜 영향을 끼치지 않으려는 철저한 성의들에 감격하지 않을 수 없었다. 내가 아는 범위의 사실을 바탕으로 일의 선후에 대한 약간의 충언을 베풀었다.

목단강에는 지금 1만 2천의 동포가 거주하고 있다. 2층 벽돌로 된 거대한 보통학교가 있어 7백 수십 명의 생도를 수용하고 있으며, 또 학교 건물의 증축과 부지 확장이 진행 중에 있다고 한다. 만주는 물론이요, 조선 내 어디보다도 취학률과 교육열이 높은 곳이라 하겠다. 무엇보다 만주의 학제와 조선 내지의 학제 사이에 근본적으로 가로막힌 점이 있어, 피차간 융통 연락이 끊어진 것이 그네들의 견딜 수 없는 고통인 모양이었다.

밤 자고 10월 2일. 맑음. 이른 조반을 마치고 전(全) 군의 인도로 먼저 조선인민회에 가서 인사를 했다. 이어 보통학교에 가서 아동들의 활발한 모습을 보고, 옥상에 올라가서 목단강 전부를 조감해 보았다.

학교의 확장지로 작정된 지면에는 옛 동청선(東淸線)이 남긴 궤도가 깔려 있어 흥폐성망에 대한 감개를 자아낸다. 강을 끼고 있는 일개 구석진 촌이 불과 수년 만에 일방의 대도회지로 변하여, 인구가 이미 6만(조선인·일본인이 각각 1만 2~3천 명, 만주인 3만여 명)을 끌어안고 있다.

눈 아래 보이는 것이 모두 가옥 신축하는 모습뿐이어서, 그 약속된 미래에는 더욱 큰 폭으로 발전해갈 것임을 생각하게 한다. 지금까지 조선인의 만주 발전은 무지하고 식견 없는 유민들의 무통제하고 무계획한 맹목적 진출이었음에도 불구하고 그 족적이 얼마만큼 컸는지를 생각할 때에, 목단강을 새 기점으로 하는 지식층 인사의 의식적 활동에는 무한히 큰 기대를 가지고 축복을 올리지 않을 수

목단강

목단강의 옛 이름은 영북(寧北)이다. 만주사변 후 개발된 지역으로 특히 우리 함경선과 북만 철도를 연결하면서 비약적으로 발전하였다.

없다.

목단강 지역은 성립된 지가 얼마 되지 않아 만주에서도 가장 역사적 배경이 없는 곳이다. 또 목단강성의 수도인 도읍의 명칭까지 목단강이라고 하지만, 실상 목단강은 아직 상류에 속하여, 흑룡강과 합류하는 곳에 이르려면 아직도 천여 리를 내려가야 할지 모른다. 그러나 목단강을 내려다볼 때에 문득 머리에 떠오르는 사실(史實)이 있다.

효종(孝宗) 조에 청나라가 동쪽으로 진출하는 러시아를 막아내지 못하여 우리에게 총병 지원을 구하였던 적이 있다. 그때 변급(邊岌) 과 신유(申瀏) 두 장군이 앞뒤로 조총 부대를 거느리고 두만강을 건너 영고탑에 이르렀다가 수로로 후통강(厚通江)에 나아가 러시아군의 전위 부대를 격멸했고, 그 때문에 러시아인의 동방 경략이 한참 동안 좌절되었다. 목단강은 그때 그네의 진로였을 것이 분명하다. 그러면 목단강에 있는 조선인의 발전에는 역사적 인연이 전혀 없다고 할 수도 없다. 또 한편으로 목단강 발전의 이면을 보며 역사가 되풀이된다는 말을 다시 한번 재미있게 상기하게 된다. 그때는 러시아인을 '나선(羅禪)'이라고 불렀었다.

> 용대기(龍大旗) 높게 꽂고
> 축로(舳艫)[2] 천리 내려가서
> 나선(羅禪)을 박차버린
> 조선 총사(銃士)의 용한 일
> 목단강 지나는 손은
> 생각 부디 하소서.

---

2 배의 고물과 이물. "뱃길로 천리를 내려가서"를 뜻한다.

20. 와집

8시 40분. 빈수선(濱綏線)을 타고 목단강역을 출발해 서쪽으로 향했다. 빈수선이란 것은 옛 러시아의 동청(東淸)철도, 곧 북만철도의 동부선을 말한다. 만주 건국 후에 일만(日滿) 대 소련 간에 마찰이 날로 심해지다가, 소련에서 매각을 제의하여 동남 양선을 합하여 1억 4천만 원, 종업원 퇴직금 3천만 원으로 가격이 결정되었다. 드디어 1935년 3월 23일에 양도 계약이 성립되고, 그날부터 그 경영이 만철로 위탁되어, 다년간의 현안이던 만주 철도의 일원(一元) 경영이 성취되었다. 이와 함께 하얼빈(哈爾濱)과 수분하(綏芬河; 러시아 명칭으로는 뽀고라니치나야)라는 양 종착역의 이름을 따서 빈수선(濱綏線)이라고 이르게 된 것이다.

그러므로 제반 시설에 저절로 러시아적 특색이 현저하고, 정거장의 식당이나 매점 종업원도 아직 러시아인의 손에 있는 것이 많다. 역명 표지와 출입구, 변소 등을 알리는 지시문에도 러시아어가 많이 남아 있고, 또 승객은 물론이요, 순사 · 호로군 중에도 러시아인이 많음은 다 자연스러운 일이라 할 것이다. 만주국에 있는 만주인과 빈수선 철도의 러시아인은 시세에 대한 느낌이 서로 통할 것이라고 생각해 보았다.

해림보통학교
여러 번 교명이 바뀌어 현재는 해림시 조선족 실험소학교이다.

차창으로 보이는 좌우 철로변에는 넓은 들에 뒤덮인 것이 다 논이요, 풍년 든 누런 바다에는 백의(白衣) 남녀의 굽실거리는 것만 눈에 들어온다. "어허 북만주여. 과연 조선의 것이다."라는 실감이 생긴다. 집단 농촌이 토성과 철망에 에워싸여 있는 것은 도가선에서와 같다. 해림(海林)이라는 역명을 보니 김좌진(金佐鎭)의 피비린내 나는 기억이 떠올라서 눈살이 찌푸려진다.

그러나 오른쪽에 보이는 깨끗한 신축 역사에 만국기 장식이 둘러 매이고 녹색문에 해림보통학교 개교식장이라는 문자가 선명함을 보고는, 부근 동포의 생활이 이만큼 안정된 생생한 증거를 얻은 양하여, 금세 한 줄기 위안이 가슴 속에 꿈틀거렸다. 평야가 좁아지면서 차의 진행이 차차 가쁜 빛을 띠고 점점 헐떡거리는 소리가 들려오는 것을 보니, 이 근처에서는 드문 구릉 지대를 통과하는 모양이다. 과연 삼대와집(三大窩集)이라는 역명이 보인다. 보통들 아는 것처럼 '와집'이란 만주어로 수림(樹林) 지대를 뜻한다.

수림 지대는 그대로 홍엽의 계곡이었다. 붉은색, 노란색, 푸른색,

갈색이 섞이고 어우러져, 재미있는 금수(錦繡) 병풍을 끝없이 둘러쳤다. 이왕이면 좋은 시절에 왔다 하는 생각이 난다. 산중으로 쑥 들어가서 횡도하자(橫道河子)라는 역에 당도해 보니, 일대의 중심지인 듯하다. 정거장도 크고, 교당·학교·병원·묘지 등 필요한 시설이 구비되어, 말하자면 러시아풍의 작은 도회를 보는 것 같다.

한편으로는 숲의 풍치를 이용한 별장 지역인 듯도 하여, 양식과 색채가 가지가지로 생긴 서양풍의 별장이 산모퉁이 기슭에 수북이 건설되어 있다. 그러나 태반은 빈집인 듯 사람들의 출입을 볼 수 없다. 특히 러시아 문자로 중학교 간판을 내건 큰 건물 하나는 창문이 깨지고 벽이 부서신 것은 물론이요, 지붕까지 반이나 파괴된 채로 있어, 일말의 애상감을 금할 수 없었다.

이리로부터는 자작나무와 홍엽의 덩어리가 서로 누가 짙은지 다투는 숲 속으로 끝없이 가고 또 가다가, 냉산(冷山)역에 이르러 겨우 화려한 세계에서 해방되었다. 이 일대가 목재와 신탄(薪炭) 산지로 유명하다지만, 이것은 물론 유람객의 알 바가 아니다. 다만 횡도하자 이래로 역에 닿는 대로 내외 승객이 몰려 내려가서 두레박이나 통 같은 데다 벌꿀을 사 가지고 오르는 것은 과연 산중에 어울리는 광경이었다. 기차가 계곡을 빠져나오면서부터 가는 비가 차창을 때리기 시작한다.

양자령(亮子嶺)에서부터는 다시 넓은 들판이 되면서 한참 드물어졌던 흰옷 입은 이들이 도로 수북이 눈에 들어온다. 백의인(白衣人)의 무리는 논농사가 가능한 정도에 따라서 늘었다 줄었다 하는 것이다. 아포락니(亞布洛尼)라는 역명은 누가 보아도 고유어가 아님을 알 수 있다. 전(全) 군에게 물으니 '아불오니'는 러시아어로 산포도를 일컫는다 한다. 철도 부설 당시 이곳의 지명이 분명치 않고 일대에 산포도가 그득하므로 그렇게 역명을 정한 것이다.

기차가 멈추자 남루한 옷을 두르고 낯도 변변히 씻지 않은 만주 여자나 아이들이 머루송이를 주먹덩어리만큼씩 실로 얽어서 장대에 꿰어 들고 5전, 10전씩에 사라고 시끄럽게 구는 것을 보니, 과연 역 이름이 헛되지 않음을 충분히 알 수 있었다. 한편 만주인들이 물품을 사고파는 용어를 들으면, 일본어·만주어·러시아어를 비빔밥으로 하여, 이러한 산중에서 국제적 분위기를 120% 발산함이 재미있다.

위하(葦河; 옛 葦沙河)역에는 러시아어 역명과 '1925'라는 연도 표시가 특히 주의를 끈다. 지금 와서는 이런 것들이 건설 연대를 기념하기보다도 여행객들에게 러시아의 패퇴 기간이 얼마 되지 않았음을 말하는 것으로밖에 보이지 않는다. 이곳을 전후로 이불을 둘둘 말아 짊어진 쿨리들이 기차에 오르내리는 일이 와짝 늘어났다. 산림 지대에 목재 관계 인부의 출입이 빈번하기 때문인 듯하다.

일면파(一面坡)는 빈수선 중간에 있는 가장 큰 역이자 별장 지대인 만큼, 시설이 횡도하자에 비하여 더욱 성대하고, 따라서 러시아 색도 그만큼 더 짙음은 물론이다. 과연 러시아인의 왕래 출입이 자못 복작거리고 그럴싸하여, 그래서인지 비교적 활기도 있어 보인다. 교회당의 돔과 묘지의 십자가도 지금까지 보았던 것 중에 큰 편이다. 러시아 때부터 있었다는 삼성배주(三星啤酒; 맥주를 말함) 공장 굴뚝이 지금도 연기를 토하는 것 역시 좀 생기가 있는 일면인 듯하다.

이 역에서부터는 호로병이 다 쇠투구를 휴대한 것도 눈에 뜨이는 일이다. 그러나 그보다도 큰 들판과 넓은 하늘이 그대로 서로 접하고, 그 사이에 산이 끼어 있는 일이 급격히 줄어드는 것을 보니, 시계(視界)의 격변에 애오라지 눈이 휘둥그레지지 않을 수 없다. 원체 들뿐인 중에 어쩌다가 투구 모양의 언덕 하나가 들판에 우뚝 서 있는 것을 만나면, 잃었던 형제나 만난 듯이 몹시 반갑다.

15시 33분에 주하(珠河; 옛 烏吉密河)역에 도착했다. 주하는 조길밀

하 근방의 작은 읍인데, '조길밀'을 한편 '조주(鳥珠)'라 하고, 다시
바뀌어 '주하'라는 이름이 생겨서, 지금은 빈강성(濱江省)에 속하는
현의 이름이 되었다.

이런 일 저런 일이
죄다 꿈 된 오늘날에
구태여 묵은 책장
들출 뉘가 있으리만
해림(海林)아 네 이름 보니
가슴 설렁하구나.

21. 하동 농촌

역에는 마침 마차가 준비되어 있어, 바로 하동 농촌으로 시찰을 떠났다. 총독부 파견원인 신구(新宮) 씨 밑으로 말 타고 경호하는 이가 여럿이요, 요처마다 총을 지닌 자위단원이 파수를 서고 있어, 만주 향촌 여행의 조심스러움을 새삼스레 생각하게 한다. 신구 씨는 "오늘로 다녀오자면 늦겠기에 더욱 경비를 엄히 당부했는데 이만하면 안심이오."라면서, 근래의 치안 상황을 알려준다. 이쯤부터는 해진 후에 마을 밖으로 나가는 것이 아직도 안심하기 어렵다는 것이다.

하동(河東) 농촌은 이른바 안전 농촌의 하나다. 만주 사변 이후 산촌에 흩어져 있던 조선 농민은 비도에게 핍박을 받아 경작지를 버리고 철도 주변의 안전 지대로 모여들어 귀향할 바를 몰랐다. 이때, 조선총독부에서 만철 회사와 상의하여 이들에게 남북 만주의 적당한 곳에 안주지를 마련해 주어 항구한 생업의 기초를 확립하게 했으니, 이 이주민 집단 수용처가 바로 안전 농촌이다. 관개, 배수와 기타 필요한 토지 개량 공사를 행하는 동시에, 금융·경비·교육·위생 등 생활 안정에 필요한 방법을 시설해 주고, 특히 무기 가진 자위단을 만들어 비적의 위협을 받지 않게 했기에 이곳을 관습적으로 안전 농촌이라고 불러온 것이다.

무릇 우리 농민의 만주 이주 정책은 1922년 총독부에서 이들을 적당한 곳에 정주시켜 생활을 향상시킬 목적으로 동아권업주식회사(東亞勸業株式會社)를 설립한 것이 그 시초다. 그 다음으로 1929년에는 일본 정부가 만주와 몽고에 대한 적극적 정책의 일단으로 만철로 하여금 조선 농민 다수의 이주를 결행하게 했다.

그 진행이 여의치 못하자, 1931년에 총독부와 만철의 협정으로 이른바 '간도 자작농 제정 5개년 계획'이라는 것이 세워져 이에 관한 실무를 역시 동아권업에 위탁했으니, 이것이 우리 농민에 대한 두 번째 이주 공작이었다. 그러나 아직 일이 풀려 갈 실마리를 얻지 못하다가 만주 사변을 만나고, 시세의 추이에 따라 자작농 계획이 드디어 안전 농촌 시설로 변한 것이다.

동아권업의 손에 시설되었던 이른바 안전 농촌은 철령(鐵嶺)·영구(營口)·하동(河東)·수화(綏化)·삼원포(三源浦) 등 도합 5곳이었다. 일본 식민 정책과 만주 국정의 요구에 순응하여, 1936년 9월에 총독부에서 새로 선만척식주식회사(鮮滿拓植株式會社)를 설립하여 만주에 있는 조선 이주 농민의 통제 기관으로 삼으니, 동아권업은 그 사업인 안전 농촌과 함께 마침내 선만척식으로 흡수되었다.

선만척식주식회사는 법제상의 문제로 만주에서는 따로 만선척식고분유한공사(滿鮮拓植股份有限公司)라는 별개의 명칭을 사용한다. 그 취지는 요컨대 만주에 있는 백만에 달하는 기존 조선인과 해마다 수만에 달하는 새로 들어오는 조선인의 통제 및 안정에 필요한 척식 사업을 경영하는 것이다. 이로써 만주국의 통치 겸 산업 개발에 공헌하고, 동시에 조선에 있는 과잉 인구 조정에 밑바탕이 되며, 다시 일본 내지에 있는 조선인 노동 문제 해결에도 기여하고자 함이다(선만척식주식회사 요강에 의거함). 정부 및 조선총독부의 재만 조선 농민 시설은 이때부터 지도적 보호에서부터 통제성 요리(料理)

로 방향을 전환했다고 볼 수 있다. 이 사실에 비추어 보면, 안전 농촌이라기보다 차라리 통제 농촌이라 함이 이 새로운 기구의 사실에 부합할 듯하다.

안전 농촌의 경영에는 여러 번 변혁이 있었다. 현재는 대체로 농민 한 가구당 논은 면적 2정보, 밭은 4정보를 주고, 경작비 및 생활비를 대여해 줘서, 그 토지의 생산 소득으로 10년 내외의 기간에 땅값과 그간의 차용금을 상환하여 완전한 자작농이 되도록 하고 있다. 일체의 실무는 농무계(農務稧)와 연합회 자치로 처리하게 하고, 회사에서는 연락원, 총독부에서는 감독원을 두어서 사무의 진행을 지도하는 방침이라 한다(멀지 않아 실현될 만주의 치외법권 철폐 후에는 총독부의 감독권이 역시 만주국으로 이행될 모양이다).

하동 농촌이라는 곳은 빈강성 마의하(螞蟻河) 오른편에 있다. 비수선 주하역까지 10리 내지 40리 거리가 된다. 동쪽으로 산을 짊어지고 서북으로 마의하를 낀 산록 지대지만, 기복이 거의 없고 대개 동에서 서를 향하여 나지막한 경사면을 이뤘을 뿐이다. 만주 사변과 북만주 수해로 하얼빈 시 안팎에 모여든 피난민을 수용하기 위해 하얼빈 시 부근에서 농토를 물색한 결과, 동쪽으로 약 300리 정도 떨어진 이곳을 발견했다고 한다. 1933년 봄에 토지 구입과 수리(水利) 시설 확장을 행하고 선주민인 만주 농가를 퇴거시킨 뒤에, 선주민인 조선 농가와 아울러 약 580호를 여기 집결시킨 것이 이 농촌의 기원이다.

이 하동 지방은 그 전부터 우리 농가가 흘러들어 경작해왔다. 만주 농민이 우리를 모방하여 논을 만드니, 우리 농민이 자위상 필요로 몰래 그들 논에 피를 뿌려 농작을 결딴내서, 논은 조선인이나 할 것이라는 생각을 품게 하였다는 세간의 이야기가 실상 이 지방에서 있었던 일이라고 한다. 또 김좌진 일파의 군량은 대개 이 지방 농민들에게 부납(賦納)시켰다고 한다. 동아권업이 하동을 알게 된 것도 물론 그 곳의 피난민에게 들어서려니와, 세상이 뒤집히기 전부터 이곳에 살아온 주민들 마음에는 옛일과 지금일을 떠올리면 사라지지 않는 기억과 누르지 못하는 감개도 응당 적지 않을까 한다.

마의하(螞蟻河) 녁널날에
누구 찾아 어디가나
고삐를 늦춘 말은
그 무엇을 생각한지
물 이래 그림자 보고
긴 호르렁 하여라.

22. 하늘의 뜻, 조상의 음덕

마차를 늘어세우고 역전 큰길을 따라 가다가 주하(珠河) 현공서 앞에서 오른쪽으로 꺾어 현의 토성문(土城門)을 나섰다. 늘 그렇듯이 자위단 파수꾼이 총 받들어 경례를 한다. 마의하(螞蟻河) 본류의 교량이 무너져 내려 여러 차례 강을 건너는 데 의외의 시간을 허비하고, 어두움이 먼 산을 덮어 오는 5시 경에야 겨우 하동 농촌 중심지에 도착했다. 영사관원, 연합회원에서부터 학교 생도까지 나와서 일제히 정렬하여 환영해 주니, 만주에서는 예삿일이라고 하지만 퍽 송구스러웠다.

우선 연합회에 들어가서 촌의 근황을 들었다. 마을이 생긴 이래 농가가 약간 들고 나서, 현재는 620여 호가 9계(楔)로 나뉘어 제각기 집단 부락을 이루었다. 교육 기관으로는 진작부터 보통학교를 설치하여 생도가 지금 420여 명에 이르렀다. 학생이 늘어나면서 학교 건물이 점점 좁아져 오기에, 땅이 얼기 전에 공사를 마칠 생각으로 한창 증축 공사 중에 있다 한다.

학교 앞뜰에 강단을 설치하고 촌민과 상급 학도들을 대상으로 "만주 이민의 역사적 의의"를 연설했다. 날은 이미 옅은 저녁 빛을 띠었고, 차가운 바람이 목덜미를 훑쳐 지나가는데, 고달픈 농민과 추위 타는 아동을 향해 이야기를 벌일 흥이 조금도 없었다. 이야기 이외의 효과가 있기를 바라며 먼저 회중을 일으켜 세우고 조국을 향해 절을 하도록 시켰다.

그리고 나서, 만주 이민의 역사는 피와 눈물의 기록인데, 그것을 몸으로 만들어 오신 이가 여러분 아닌가. 앞날의 생사를 헤아릴 여유 없이 되는 대로 되거라 하고, 넓으나 넓은 만주를 좁다는 듯이 돌아다니면서 칠전팔기한 나머지 여러분이 겨우 오늘날 이렇게 안주하게 되셨을 줄 안다. 여러분 그동안의 고초와 번뇌야 붓과 혀로 능히 그려낼 수 없는 바이지만, 여러분은 어째서 이 고해(苦海)를 헤엄치고 또 어떻게 이 사선(死線)을 넘어왔는가. 혹시 구복(口腹)이 원수여서 죽지 못하고 지낸 고생이라고 하리라.

그렇다. 살기 위하여 허덕거린 것은 사실이다. 그렇지만 여러분이 그러고 싶어 그리한 것도 아니다. 여러분의 덜미에 보이지 않는 커다란 힘이 있어서, 여러분을 끌고 여기로 오게 한 것이다. 그것은 무엇이냐 하면, 우리로 하여금 조상의 땅을 찾게 하려는 하늘 뜻이다. 만주는 조선과 조선인의 고향이요, 또 옛날 옛적부터 대대로 물려 가지던 우리의 세간이다. 하늘이 우리의 게으름을 징계하기 위하여 이것을 잠시 남에게 빼앗기게 하고, 애씀과 부지런으로써 도로 찾게 작정하신 것이 이미 천 년도 더 전의 일이다.

이제 더 기다릴 수 없어서, 이 여러 수십 년간의 대시련으로써 당자야 알든 모르든 하늘이 우리로 하여금 조상 강토 회복을 실현하는 단서를 붙들게 하시니, 여러분은 진실로 이 거룩한 임무의 수행자인 것이다. 죽을 듯 죽을 듯한 가운데서도 그토록이나, 만주가 온통 조선인의 호미 끝에 항복하고 말게 된 것은 결코 우연한 일이 아니다. 하느님의 명이시며 조령(祖靈)의 도우심이다.

무자각, 무통제한 여러분, 지금까지의 맹목적 행동도 그 무서운 모든 풍상을 다 초극하고서 오히려 이만한 결과를 나타냈으니, 여러분이 진실로 능히 역사적 사명에 정신을 차리고 의식적이고 계획적인 활동과 비약을 거듭해 가면, 반드시 몇 십, 몇 백 년 후의 만주에서 우리가 어떠한 지위를 차지한다 할까. 여러분의 과거와 현재에는 물론이요, 얼마 후의 장래까지도 남이 알고 모르는 여러 가지 고뇌가 있을 것이다. 그러나 이것이 영광의 내일에 대한 약속임을 알아보고 희망에 살자. 노력으로 낙을 삼자. 그리고 우리 조상과 선구자의 깊고 아득한 보우하심 가운데 있음을 믿자.

이런 취지를 대강 펼쳐 논하였다. 대체로 벙어리나 귀머거리와 다를 바 없었겠지만, 나는 하고 싶은 말을 한 것이다.

농가의 실황을 보고 들은 후 귀로에 오르기는 날이 아주 저물어서 전송하는 사람들 얼굴이 보일락 말락 한 때였다. 마의하에 이르니 다리는 무너지고 밤은 어둡고 한데, 비마저 부슬부슬 떨어져 오기에, 걸어가는 것이 도리어 편하고 빠를 듯하여 선두에 선 몇 사람과 함께 비를 무릅쓰고 앞길을 재촉했다.

역에 가까운 무슨 여관에 다다라서 젖은 옷을 스팀에 말린 지 얼마 만에야, 뒤떨어졌던 신구(新宮) 씨와 경호 순사 일행이 헐떡이며 좇아 들어왔다. 우리들이 홀연 간 곳이 없어 크게 놀라서 경적을 울리며 사방을 찾다가, 혹시 앞서 가지 않았는가 하고 시험 삼아 와봤노라 한다.

여관은 옛 북철(北鐵) 시대의 러시아식 건물을 이용한 것으로 커다란 벽돌 울거미 안에 군데군데 페치카[1]를 베풀었던 곳에 일본식 장자(障子)[2]로 아랫부분만 칸을 지웠기에, 실내의 엉성하고 썰렁함이 이루 말할 수 없다. 북만주 지방의 작은 역 부근에서는 이런 것이 다 일등 여관이라고 한다. 실내 장식에 비하면 이부자리는 엄청

---

1 러시아식 벽난로를 말한다.
2 방의 아랫간이나 또는 방과 마루 사이에 가리어 막은 문을 가리킨다.

나게 호사스러운 것에 도리어 놀라면서 러시아, 만주, 일본, 조선
합작의 이상한 꿈을 좇았다.

> 헤매고 굴러다님이
> 하고 싶어 함이던가
> 이렇고 저렇고가
> 죄다 님께 있는 바에
> 주하(珠河)의 비 맞는 밤을
> 괴로워할 줄 있으랴.

23. 금나라 상경 터

3일 맑음. 아침에 마차를 얻어 타고, 현(縣) 내의 가도를 한 번 돌아봤다. 현공서와 담을 맞대고 늘어선 모든 청사가 다 토벽과 철조망에 싸여 있는 것은 비도가 들끓던 때의 위급한 상황을 말해준다. 근간에도 현장(縣長)인 자가 비도와 내통했다가 총살된 경우가 있었다 한다. 현공서와 이웃하여 큰 건물이 있는데 문이 꼭꼭 잠겨 있고 인기척이 없기에 물어보니, 역시 비도와 내통한 혐의를 받는 줄 알고 권속(眷屬)들이 앞질러 도망간 후 감히 돌아오지 못하는 것이라 한다. 유실무실의 '통비(通匪)'가 퍽 사람을 잡아먹는 듯하다.

현에 사는 동포 50~60호 중에는 의사 이하 지식 계급도 섞여 있으며, 우리 보통학교가 설치되어 현 부근 자제들이 교육의 혜택을 입고 있다. 민회의 요청으로 보통학교 강당에서 '감사의 생활'에 대해 이야기했다.

만주의 흙을 밟은 이래 여러 날 동안 동포의 생활이 안정된 길로 걸어 나감을 보고, 또 사상적으로 갖가지 과정을 치른 만주 인사들이 변해가는 시국에 따름이 조선 내지 이상으로 총명스러움을 보고, 누구에게인지 모를 감사함을 걷잡을 수 없다. 조선에 비하여 만주 생활이 더 안락한 면이 있음을 논하고, 눈앞에 전개되고 있는 동아(東亞) 대국면의 일대 변운(變運)에 앞서 갈 수 있느냐 여부가 우리의 영원한 내일을 결정짓는 바임을 제기하여서, 시국의 첨단에 선 만주 동포들이 유념할 점을 강조했다.

맵찬 한풍(寒風)을 무릅쓰고 역에 달려들어, 11시 28분 차를 잡아탔다. 북철 시대의 유물인 만국침대회사(萬國寢臺會社)의 살롱 겸 침대칸식 차실(車室)은 기이하면서도 호사스러움을 느끼게 한다. 과연 수십 일에 걸쳐 시베리아 광야를 달려가려면 이만큼 자유로운 기분을 주는 설비가 필요했을 것이라고 생각했다. 진작부터 잔뜩 찌푸렸던 하늘이 눈인가 하였더니 의외에 비를 뿌려서, 차창이 금세 수정 쟁반으로 변한다. 흘러내리는 빗발 사이로 내나보이는 절로변의 광경은 고원의 청량감을 만끽하게 하면서도, 곳곳에 있는 언덕과 개울이 그래도 조선적 경관에 가까워 적이 눈을 위로한다.

모아자(帽兒子) 골짜기를 지나면, 이름부터 정다운 옥천(玉泉)이라는 역이 있다. 경치도 제법 옥천이라는 간판을 거짓말 만들지 않을 만하여, 러시아식 별장이 여기저기 둔중한 엉덩이를 붙이고들 있다.

벌꿀과 산포도 장사도 의연히 많거니와, 누릇거뭇하게 통구이한 닭을 유리나 나무 쟁반에 담아 가지고 팔러 돌아다니는 것을 차창 밑으로 내려다보면, 목구멍에서 저절로 침이 꿀꺽 넘어감을 금할 수 없다. 산중이라 조선 동포의 내왕을 볼 수 없으려니 하는 생각을 깨트리려는 듯이 건너편 산모퉁이에서 머리에 광주리를 인 흰옷 입은 부인 한 명이 나온다. "그렇지, 이 속이라고 동포가 아주 없을 리야 있을까."하고 고쳐 생각하였다. 뒤이어 배추 실은 마차가 가는 것은 필시 김장거리이겠지.

아랑(亞浪)에서부터는 큰 들이 망망하여 사방으로 다 끝을 볼 수 없다. 가다가 혹 작은 구릉이 있는 듯하지만, 이것도 실상 좀 높아진 들판의 일부에 불과한 것이라 한다. 이 넓은 들이 죄다 생산력을 가졌으니, 이 대야(大野)를 통밀어 북만주가 곡창 지대라고 일컬음이 우연이 아님을 실감하겠다.

오른쪽 들판에 붉은 기와 얹은 신축 가옥이 무수히 열 지어 있는 것을 이상하게 생각하면서, 아십하(阿什河)를 건너니, 어느덧 석성(錫城)역이다. 아성(阿城)은 본디 아늑초객(阿勒楚喀) 또는 아십하라고 일컫는다. 하얼빈에서 길림성 성(城)으로 통하는 대로에 해당하며, 남북 만주의 연결 지점으로 옛날부터 개발된 곳이다. 아십하는 곡물·석재·목재 등의 상품 집산지이기도 하지만, 그보다도 더 금나라 상경(上京) 회령부(會寧府)의 유적지로 유명하다.

역에서 서남쪽으로 5리쯤 가면 옛 현성(縣城)이 있고, 성의 남문으로 나가면 한참 만에 토대를 닦아 놓은 땅이 있다. 동으로 아십하를 꼈으니, 여기에 금나라의 상경(上京), 곧 수도가 있었다. 여기를 속칭으로는 백성(白城) 또는 패성(敗城)이라고 이른다. 지금도 흙벽돌로 쌓은 주위 20여 리의 옛 성이 있어, 계단과 초석, 돌절구와 기타 공장(工匠)용의 석기 등이 민가의 담을 쌓는 데 이용된다고 한다. 샤먼이 사용하는 신상(神像)이나 신경(神鏡)도 많이 출토되며, 일찍이 금속제의 십자가가 발견되어 예수 경교(景敎)[1]가 송화강 유역 금나라인들 사이에도 침입한 증거를 보임은 다 흥미로운 사실이다 (鳥居,[2] 『滿蒙の探査』, 26장 참조).

1909년 6월에 시라토리(白鳥) 박사가 여기서 금 대정(大定) 28년(1188)에 세워진 상경보승사전관내도승록보엄대사탑명지(上京寶勝寺前管內都僧錄寶嚴大師塔銘誌)를 발굴한 것은 당시 학계에 유명했던

송막 연행록

---

1 경교(景敎)는 431년 비잔틴 교회 총주교였던 네스토리우스가 이단으로 몰려 쫓겨나면서 그의 입장을 따르는 이들이 동방으로 퍼져 나가 만든 종교다. 네스토리우스교라고도 부른다.
2 도리이 류조(鳥居龍藏; 1870-1953)는 일본의 인류학자이자 민속학자로, 조선, 만주, 몽고, 시베리아 등 동북아 일대의 탐사에 주력했다.

사실이다. 이 비석은 후에 빈현성(濱縣城) 농림 시험장으로 옮겼다가, 지금은 하얼빈 박물관 앞에 다시 옮겨 놓은 모양이다(『滿洲金石志稿』 제1책, 124면 참조).

역 건물을 금빛과 푸른빛이 찬란한 옛 건물풍으로 건축한 것은 이곳이 옛 수도임을 표현하려는 구러시아인의 성의에서 나왔다. 아성(阿城) 서쪽부터는 평원이 더욱 멀리까지 탁 트이고, 향성(香城) 부터는 눈에 실오라기도 가릴 것 없이 하얼빈까지 꿰뚫고 지나갔다. 향성은 조선인이 개간한 땅을 구입하여 만든 천리교(天理敎)[3] 이민촌의 소재지라 한다. 16시 좀 지나서 하얼빈에 도착했다.

주야(晝夜)에 흘러 흘러
쉬지 않는 아십하(阿什河)야
백성자(白城子) 한 언덕을
마저 씻어 없앴던들
추풍에 지나는 손이
시름할 일 있으랴.

---

3 18세기 중엽 일본에서 일어난 신흥 종교. 일본 신도 13개 교파의 하나이며, 교조는 나카야마 미키(中山美伎; 1798~1887)라는 여성이었다. 구한말 이래 조선에도 전파되어 교세를 떨쳤다.

송 막 연 운 록

국제 도시
하얼빈

24. 하얼빈

사사로운 여행인데도 역전에는 내가 알거나 모르는 여러분들이 마중 나와 있어 매우 미안했다. 역에서 몇 분쯤 걸리는 나고야(名古屋) 호텔이 신축된 지 얼마 안 되어 쾌적하다기에 그곳에 여행 짐을 들여 놓았다. 곧이어 유지의 인도로 만주의 국제 도시인 하얼빈 관람에 나섰다.

하얼빈은 북만주 대평원의 중심을 관류하여 2천 리를 구불구불 흘러가는 송화강에 닿아 있고, 또 흑룡강의 상류와 하류를 휘어잡고 있다. 본디 강변의 궁벽진 촌이었으나, 1896년에 러시아가 동청 철도를 부설하면서 동방 경영의 전략적 요충지이자 중심 시장으로 이곳에 착목한 것이 도시로 발전하게 된 시초였다. 이로부터 철도 건설 사무소를 비롯하여 여러 중요 기관을 계속 설립하는 동시에, 1898년 크로팟킨의 건축으로 이곳을 동양의 모스크바로 만들고자 이상적 대도시 건설에 우쩍 노력하여, 드디어 국제 도시 대(大) 하얼빈의 출현이 약속되었다. 그 이후 1917년의 대혁명에 이르기까지 20년간 러시아가 하얼빈 도시 건설을 위해 사용한 자금이 실로 2억 2천만 루블을 넘었다.

하얼빈을 낳고 기른 것은 두말 할 것 없이 동청(東淸)철도다. 그

하얼빈 총영사관

리고 동청철도의 운명은 그대로 하얼빈에 반영되지 않을 수 없었다. 러시아 제국의 몰락은 하얼빈의 주권을 근본적으로 동요시켜 여러 책동이 행해졌다. 내부에서는 간부와 하급 종업원간의 알력으로 국제 관리가 유치되고, 외부에서는 소련 정부 외무 인민위원회가 외국에 있는 구 러시아 제국 정부의 이권 포기 성명을 발표해서 지나 정부의 회수 운동이 일시적 혼돈 상태를 띠었다. 마지막으로 1924년의 봉소(奉蘇) 협정으로 동청철도는 소련과 지나 합작의 순수 상업 기관으로 신체제를 세우는 동시에, 그 전에 동청철도가 가지고 있던 행정, 경찰, 사법, 경비 등 정치 권력이 번듯하게 지나 관헌에게 이속되어, 오래간만에 하얼빈이 중국 영토로서의 내실을 가지게 되었다.

그러나 지나의 복권도 실상 일시적이고 임시적인 몽상에 다름 없었다. 불과 수년 만에 만주국이 수립되니, 동청철도가 북만철도로 개칭되었다. 그와 동시에 하얼빈은 드디어 최후의 보루로서 북철을 사수하려 하는 소련 국민과, 돌아갈 곳도 하소연할 곳도 없는 중에 한갓 제정(帝政)의 옛 꿈을 그리워하는 이른바 백계 러시아인과, 주권의 형태는 어찌 되었든지 그런대로 주인의 지위에 서게 된 지나인과, 만주 건국 이래로 수와 세력이 급격히 증가해 온 일본인을 주로 하고, 기타 대소 50여 종의 민족을 포용한 일대 국제 도시를 이루어 버렸다.

구(舊) 중국에서 하얼빈은 길림성 북쪽 국경 지방의 웅도(雄都)였고, 만주국에 들어와서는 빈강성에 속한 성(省) 공서(公署)의 소재지가 되었다. 그러다가 1932년 8월 발표된 특별시 제도에 의해 신경과 함께 양 특별시로 지정되어, 법인으로서 직접 국가의 감독을 받고 성(省)의 행정 범위에는 들지 않게 되었다. 행정 기관으로 특별시 공서, 의결 기관으로 특별시 자치위원회가 있어 시정을 운행하고 있다.

이 동안에 자연스럽게 북철과 관계된 거북한 사안이 많다가, 1935년 3월에 이를 양도 접수하여 만주 국토로 완전히 단일화했음은 사람들이 아는 바와 같다. 겨우 3분의 1세기 만에 쌍독수리, 적색, 오색(五色), 청천백일(靑天白日)[1]을 치르고, 현재의 협화에 이르기까지 무릇 다섯 차례의 국기 변화를 본 것은 세계 도시사상 희한한 일례다. 이것이 그대로 만주 대륙 민족 투쟁사의 정직하고 명백한 표상이니, 우리의 특이한 감흥을 자아냄은 물론이다.

하얼빈이라는 개념에는 성립 유래에 따라 광의와 협의 두 가지가 있고, 또 거기에 각각 약간의 구획이 있다고 하지만, 지금 하얼빈 특별시에서는 모두가 동일한 지위에 서 있다. 관례상 중요한 몇 가지 이름들을 들어보자. '신시가(新市街)'(南崗 또는 秦家崗)란 러시아인이 송화강변의 고지대를 골라 모스크바를 모방한 시가를 건설한 곳이다. '부두구(埠頭區)'(道裡)라는 것은 처음에 동청철도 건설 공장

---

1 쌍독수리는 구 러시아 제국 국기, 적색기는 소련 국기, 오색기는 1912에서 1915년까지 사용된 중화민국 국기를 가리킨다. 청천백일기는 1928년에서 1949년까지 중화민국 국기로 사용되다가 현재까지 대만의 국기로 사용되고 있다.

이 생겼을 때 일용 잡화상이 모여들었다가 이것이 발전하여 상업구를 이룬 곳으로 각국 상점이 즐비한 지역이다.

'구(舊) 하얼빈'(香坊)이란 신시가 건설 이전 러시아인이 발을 들였던 곳이요, '전가전(傳家甸)'이란 곳은 동청철도 건설 당시 쿨리들의 집단 거주지로서 처음으로 순수한 지나인 거리를 형성한 지역이다. 이외에도 공장 지대인 팔구(八區), 별장 지대인 마가구(馬家溝)와 정양가(正陽街), 영세민 부락인 나하노프카(偏臉子) 등 여러 구역이 서로 즐비하게 잇닿아 이른바 대(大) 하얼빈을 구성하고 있다.

러시아인 건설 지구 중 신시가에는 봉천가 · 길림가 · 심양가처럼 만주 지명을 다시 사용하고, 부두구에는 고려가(高麗街; 카레이스카야) · 몽고가 · 일본가처럼 아시아 방국이나 민족 이름을 사용한 것은 러시아인의 하얼빈 건설이 웅대한 이상 아래에서 진행되었던 일면을 말해준다.

하얼빈은 유럽과 아시아 연합의 국제 도시요, 특히 다인종 포용국인 러시아의 경영 아래 생긴 만큼, 인종 수가 전에 말한 것처럼 50여 개를 헤아린다. 작년 8월 말(1936년)의 조사에 의하면, 하얼빈의 호구 수는 98,307가구요, 인구는 461,398명이다. 인구 약 50만 명 중 40만 명이 지나인이고, 일본 내지인이 3만, 조선인이 7천, 소련인이 7천, 무국적인이 3만, 기타의 순서로 되어 있다.

하얼빈이 본디 북만주의 교통상 요충지에 생성된 곳인 만큼, 현재에도 경빈(京濱; 하얼빈-신경), 납빈(拉濱; 하얼빈-납법), 빈수(濱綏; 하얼빈-수분하), 빈북(濱北; 하얼빈-북안), 빈주(濱州; 하얼빈-만주리) 등 5개의 철노 노선을 지니고 있다. 물길은 송화강을 따라 내려가면 만주와 소련 국경인 흑룡강에 도달하고, 거슬러 올라가면 제2 송화강을 통해 길림에 맞닥뜨리며, 따로 눈강(嫩江)을 통해 치치하얼로 들어갈 수 있다. 또 항공로, 버스망 등이 다 사통팔달의 편리를 갖추었다. 이러한 교통상의 우월성이 무엇보다도 하얼빈의 장래를 더욱 창성

치치하얼 두루미

헤이룽장 성 서부에 있는 치치하얼은 하얼빈 철도의 부설로 개발된 도시이다. 두루미로 유
명하기도 하다.

하게 할 요인임은 번거롭게 말할 필요도 없다.

    송화강 골짜기에
    넘나드는 사람의 씨
    호락(胡貉)[2]을 통틀어서
    이루 헬 수 업스려냐
    30년 할빈에 비해
    누가 많다 하더뇨.

---

2 역사서에서 흔히 예맥을 지칭하는 명칭이다. '호락은 '호맥'으로 읽기도 한다.

25. 러시아 묘지

여관에서 약간 쉰 뒤에 이곳 유지의 인도로 구경할 곳을 찾아 나섰다. 여관 바로 건너편에 텁텁하면서도 든든한 큰 건물은 북철 시대의 철도국이었다. 날마다 3천 명의 직원이 출입하던 곳이라 하는데, 지금은 만주국에 접수되고 러시아인의 잔영은 약간의 하급 고용인에게서 볼 뿐이라 한다.

그 맞은편의 특색 있는 또 하나의 큰 건물은 철도 구락부였다. 내부 설비가 주도면밀하면서도 크고 아름다우니 만리 변방에서도 향수를 잊고 활동하기에 부족함이 없도록 한 것이다. 거기에 갖춰진 훌륭한 무대 시설은 악극과 무용에 특이한 기호를 가진 러시아인의 생활에서 무엇보다도 먼저 고려되었을 것임이 분명하다.

이 구석 저 구석 흥미 있게 들여다보던 중 특히 홀의 벽 위에서 빛나는, 레핀 대화백[1]의 「달단군왕견사래회도(韃靼君王遣使來會圖)」가 눈에 뜨였는데, 모작일 법하지만 용케 원작자의 의도를 전하고 있었다. 하얼빈 구락부 벽화에 이 그림을 채용한 것 역시 당대 극동

---

1 일리야 레핀(1844-1930)은 러시아의 화가로 혁명적 민주주의 사상을 바탕으로 제정 러시아의 사회악을 비판하는 박력 있는 그림들로 유명하다.

경영의 뜻을 보여주는 한 사례다. 마지막으로 후원(後園)을 둘러보고 도로 현관으로 나섰지만, 철도국과 구락부를 연방 건너다보고 돌아다보지 않을 수 없었다.

자동차가 러시아인의 주택과 별장 지대를 휘돌아 나간다. 우물 정(井)자 모양으로 조리 있게 짜인 통행로와 여유 있는 집터 구획과 거기 들어앉은 견실하면서도 일종의 풍격을 갖춘 슬라브식 건축이 다 이상한 감촉을 띠고 눈앞을 획획 스쳐간다. 더욱이 어느 거리에서나 양측 인도에 삼삼오오 짝을 지어 무엇인지를 혹은 은근히, 혹은 열심히 담화하면서 지나다니는 러시아인 남녀노소가 거의 발꿈치를 잇디시피 많은 것이 눈에 매우 기이하게 비친다.

물어보니, 러시아인은 산보 즐기기로 세계에 유명하여서, 말하자면 사무소 가는 시간, 침식하는 시간을 제외하고는 거의 거리에서 서성거리고 사는 인종이라고 한다. 물론 특별한 일이나 의미가 있는 것은 아니다. 그냥 가족끼리 혹은 마음에 맞는 이들끼리 어깨를 서로 걸고, 신문의 화제나 무용과 음악 품평을 교환하면서 이리저리 쏘다니는 것이 그네들 인생의 즐거운 일면이자 생활의 중요한 일부를 이루는 것이다.

입을 꽉 다물고, 고개를 푹 숙이고, 얼굴에 그득히 침통한 빛을 담은 채 혼자 더벅더벅 걸어가는 청년도 드문드문 눈에 뜨인다. 언뜻 투르게네프나 도스토예프스키의 작품 중에서 보던 어느 인물의 풍모가 연상된다. 응, 바자로프! 응, 루딘![2] 하는 소리가 거의 목구멍에서 넘어온다. 톨스토이의 만년 단편 중에 나올듯한 무지카 같은 털보 영감도 산보 행렬에서 빠지지 않았다.

공원을 지나 교회를 끼고 돈 지 한참 만에 러시아인 공동 묘지로

---

2 바자로프는 투르게네프의 『아버지와 아들』의 주인공인 의학생이며, 루딘은 투르게네프의 동명 소설의 작중 인물이다.

들어갔다. 동도(東道) 맡으신 분의 공론을 들으니, 하얼빈에서 구경할 만한 제일 이국적인 명소가 바로 이 묘지이리라 할 만큼 유명한 곳이다. 커다란 교회당 대문 같은 곳을 들어가는데, 문전에 남녀 걸인들이 진을 치고 있다가 줄줄이 달려든다. 지나인은 물론이요, 러시아인과 집시 처녀까지 제각기 저희 나라말로, 말하자면 "적선하라!"는 소리를 지르며 손을 내밀고 포위진을 형성하니 눈이 휘둥그레지지 않을 수 없다. 교회당과 묘지가 걸인들이 주로 생계를 유지하는 곳임은 역시 러시아 소설에서 많이 배워 온 장면이다.

시험 삼아 한 명에게 약간의 돈을 주었더니, 이제는 뭇걸인들이 악마구리 끓듯 무엇이라고 떠들며 덤빈다. 이곳의 경험 있는 이에게 물어보니, 당초에 주지를 않아야지 만약에 하나라도 주면 그때부터는 걸인의 구걸이 곧 권리가 되어 "어째서 저이는 주고 나는 안 주느냐?"라는 이론적 근거를 가지고 대든다 한다. 이데올로기에도 갖가지가 있다는 것을 또 한 가지 발견한 듯하다.

구슬 휘장을 두르고 예복 입은 마차꾼이 인도하는 허옇고 기다란 마차 뒤로 흑색 예장들을 갖춘 허다한 신사 숙녀들이 무더기무더기 나온다. 바라보니 과연 한쪽에 러시아 정교회식의 교당이 높이 솟아 있고 마차가 그리로 쏟아져 나오는데, 대부분 새로 장례를 모시고 돌아가는 군중이다.

곧은 길을 따라 들어가니, 이미 나뭇잎이 다 떨어진 좌우의 가로수 뒤로 상록수 가지가 생울타리를 이룬 곳에 한 장 한 장 무덤이 들여다보인다. 대리석이나 화강석을 거울 같이 반짝거리게 갈아서 넓적한 돌 형태의 분묘를 만들고, 거기 십자가형 비석을 세웠다. 빈부에 따라서 각기 크기와 장식은 다르지만 대개 사치스럽고 화사한 것을 숭상했다. 혹 동상이나 석상을 함께 세운 것도 있지만, 대개는 비석머리에 금속 사진판을 끼워 넣어, 어떻게든지 무덤에 누워 있는 고인의 풍모를 대하게 만들었다. 또 묘석과 비석에는 하느님의 구원을 보장하는 희망의 문구가 새겨져 있다. 여기에 다시 좋은 나무로 울타리를 만들고 예쁜 꽃으로 앞을 꾸며 아름다운 빛깔이 눈을 부시게 하고, 향등(香燈)이 마음을 명랑하게 한다.

이것이 그네들 묘지 시설의 대강이니, 묘지라 하면 음랭한 느낌을 일으키기 쉽지만, 어느 묘소를 보든지 도리어 명랑감과 환희심에 휩싸이게 됨이 여기서 보는 러시아 묘지의 정조다. 이는 종교적으로 한껏 세련된 방식이라 할 것이다. 이러한 묘지는 물론 옛 백계 러시아인의 묘역이고, 비종교자인 적계 신러시아인의 묘지는 뒤쪽에 따로 구획되어 있는데, 이러한 시설 대신 적색 기둥 하나를 꽂아서 표지를 심었다 한다.

구 러시아 시대 이래로 하얼빈 건설에 협력하다가 명을 달리한 우리 동포의 묘소도 여기저기 꽤 많이 발견된다. 이것들도 물론 정교회 식으로 설비하였는데, 따로 한문으로 약력을 새겨 넣은 것은 의당 그렇겠지만, 여자에게는 휘뚜루 '유인(孺人)[3] 모관(某貫) 모씨(某氏)'라 한 것이 매우 서툴러 보인다. 예의가 주로 보수적 경향을 띠는 것이 괴이하달 것 없겠지만, 기독교식 이름과 '유인'이란 말이 따로따로 노는 것이 눈에 설다.

하얼빈에는 역사라 할 만한 역사는 없다. 그러나 이 묘지에 누운 허다한 영혼은 하얼빈의 역사를 만들기 시작하던 일꾼들로, 누구에게든지 경례를 받을 만하다. 그는 혼령이다. 그에게 족보와 주의(主義)를 물을 것이 있으랴.

---

3 조선 시대에 구품 문무관의 아내에게 주던 외명부(外命婦)의 품계. 흔히 벼슬하지 않은 남자나 고인이 된 부인 이름 앞에 붙인다.

누가 슬라브를
다만 툭툭하다더뇨.
아니나 청초하리
또 아니나 명랑하리
꽃동산 할빈 묘지를
그대 보고 하노라.

26. 문묘와 극락사

러시아 묘지 다음으로 흥미를 끄는 곳은, 지나인의 손으로 새로 건설된 유불(儒佛) 양교의 정신 전당이다. 봉로 협정으로 지나가 하얼빈의 주권을 회수하니, 그네는 우리도 문화 도시를 건설하고 경영할 만한 능력이 있음을 보이기 위하여 각 방면으로 특이한 의기(意氣)를 발휘했다. 그중 교화 방면에서 빛나는 업적이 극락사와 공자묘(문묘)의 대규모 건설이었다.

자동차로 뺑그르르 돌아갔으니까 어느 거리인지는 모르겠지만, 큰 거리 한쪽에 붉은색 긴 흙담이 있는 것을 보고, 차에서 내려 골목 진 입구의 묘문(廟門)으로 들어섰다. 좌우에 우뚝한 석방(石坊; 표식으로 세운 높은 문)이 마주 세워져 있고, 거기 유교 문구의 현판이 붙어 있다. 반수(泮水)[1]의 돌다리에서부터 이중삼중의 담장을 지나 들어가면, 좌우 행랑채와 대성정전(大成正殿) 이하 학궁(學宮)적 건물들이 넓은 바닥에 보기 좋게 배치되어 있다.

황유리 기와는 눈이 부시고, 대리석 계단과 섬돌은 매끄럽고, 아

---

1 반궁(泮宮)은 제후의 나라에 있는 국학 기관을 지칭한다. 조선의 경우 성균관이 이에 해당하며, 이 글에서는 공자묘가 곧 '반궁'이다. '반수'는 반궁 옆에 흐르는 물을 뜻한다.

름다운 빛깔은 찬란하고, 용마루와 기둥은 드높아, 모든 것이 하얼빈에도 이런 학궁이 다 있단 말인가 하는 생각을 자아낸다. 다해 봐야 30년 역사요, 지나 주권은 불과 10년도 못되는 하얼빈에 이러한 전통식 대건축물이 홀연 출현한 것은, 여러 가지 면에서 하나의 기적이 아니랄 수 없다. 후에 만주국 각료로 들어갔으나 한참 동성특별구 장관으로 이름을 드날리던 장환상(張煥相) 군의 기별과 하얼빈의 새 주인으로 의기에 불타던 지나인의 독실한 정성이 합해져, 수십만 금의 돈을 추렴하여 이 큰 건물을 지어낸 것이라 한다.

문묘(文廟)에서 멀지 않은 곳에 또 극락사란 곳이 있다. 마치 유교계에 문묘가 건설된 것과 똑같은 의미로, 그러나 문묘보다도 오히려 한 걸음 앞서 불교 방면의 기운을 쓴 결과, 이 거대한 성이 홀연히 솟아난 것이라 한다. 여러 겹의 문과 뜰, 높디높은 전각, 휘황한 조각과 시설, 전체에 흘러넘치는 엄숙한 기운이 어느 상탁(床卓) 앞에 나서든지 일심귀명(一心歸命)의 정성을 자아내기에 족하다. 기둥에 걸린 편액도 일대의 명필가를 망라하고 있다.

한편 특수한 사명을 띤 일본 승려가 이곳을 근거로 수행과 교화를 겸하는 경우도 있는 것은, 이 사원이 다시 사회적으로 활기를 띠고 있음을 반영한다. 어쨌든지 이만큼 앳되고, 이만큼 장하고, 이만큼 활기 있는 사찰은 어디서고 많이 볼 수 없을 것이다. 장(張) 군의 전임자인 주칭란(朱慶瀾)이 불교 신자여서 시대의 조류를 타고 이 거찰(巨刹)을 이룩한 것인데, 산문(山門)의 현관에 써 놓은 극락사라는 글씨가 주(朱) 장군의 친필이라 한다.

지나인은 실리주의자란 말이 세간에 들리는 터요, 또 하얼빈의 주민은 오늘날의 모리꾼들을 모아놓은 것에 불과하지만, 지도자인 주씨와 장씨든지 이들의 취지를 개인적으로 따랐던 일반 민중이든지, 이 군색한 시대에 용케도 이러한 비물질적 사업을 성취하였다는 생각이 난다. 여기에는 다만 신국민적 의기 외에 또 한 가지 유력한 자극이 있었다.

무엇이냐 하면, 첫째는 구 러시아인의 종교적 정성에 감복함이다. 누구나 아는 바와 같이 구 러시아에는 일종의 정교일치제가 행하여, 어언간 국민 일반 사이에도 종교심의 뿌리가 매우 깊다. 오죽하면 저 적색 러시아가 온갖 지독한 수단으로 민중의 종교심을 박멸하여 깨뜨리려다가 못하여, 당국 자신이 마침내 정책을 변경하지 않을 수 없는 지경에 이르렀을까. 그리하여 예로부터 러시아인이 가는 곳에는 반드시 교회가 따라가고, 러시아인이 느는 곳에는 교회도 거기에 정비례하여 증대했다.

1898년 러시아 제국이 하얼빈에 동지철도 건설 사무소를 둘 때, 국전(國典)에 따라 황제의 칙명을 받들어 교회를 건축했다. 이때 러시아 수도에서 온갖 재료를 말끔 다듬은 채로 날라다가 현지에서 이를 짜맞춰 불과 몇 시간만에 우쩍 일으켜 세웠다고 한다. 이런 식으로 건축한 덕분에 금세 교회의 권위를 행할 수 있었다는 것은 당시의 목격자들이 지금도 찬탄해 마지않는 유명한 사실이요, 그 교회가 지금까지 이어져오는 터이다.

이로부터 러시아인의 가구가 느는 대로 교회도 수를 더하여 드디어 니콜라이예프스키 · 소피스키 · 예르스키 이하 20여 곳을 헤아리기에 이르렀다. 그 중의 어느 것은 설계 이래 근 수십 년 간 고국에서 일어난 정변의 영향으로 정신과 물질 양 방면으로 근본적 타격을 입었음에도 불구하고, 어려운 처지에 있는 백계 러시아인들이 처음처럼 한결같은 정성으로 만들어가는 감격스러운 사실도 있다. 돈이 모이면 공사를 계속하고, 일감이 떨어지면 또 얼마씩 공사를 중단하면서, 한 부분 한 단계씩 지금도 계속 공정을 쌓아가고 있는 것이다.

여하간 러시아식의 둥근 천정과 뾰족한 첨탑을 갖춘 교당이 여기저기 삐죽삐죽 솟아 있는 것은 하얼빈 시가의 아름다움을 구성

하얼빈 성소피아 성당
하얼빈은 처음 러시아에 의해 개발되었으므로 러시아 계통의 문화재가 많다. 성소피아 성당
은 가장 대표적인 러시아 유적이다.

하는 한 요소인 것이 사실이다. 그러나 그보다도 며칠에 한 번, 또
일 년에 몇 번 크게, 그네들이 여기 모여서 종교적 희열에 젖어드
는 광경은 부지중에 지나인에게 일대 반성과 일대 감화를 주지 않
을 수 없었을 것이다.

둘째는 하얼빈 시내에 세계 각국의 수십 인종이 잡거하는데, 특
별히 고국이 분명치 못한 유태인·터키인 등이 교회를 짓고 이를
중심으로 희망과 단결의 생활을 행하고 있는 눈앞의 큰 사실도 그
네의 눈과 귀에 익숙했을 것이다. 그리하여 지나인이 하얼빈의 새

주인으로 이 모든 종족을 이끌어갈 생각을 할 때에, 저절로 정신의 고향과 문화의 전통에 대하여 한 번 심각한 성찰을 행하였으리니, 그네들에게서 문묘와 극락사를 건설할 거액의 정결한 재물이 춤추고 나옴이 어찌 우연이라 하겠는가. 이렇건 저렇건 하얼빈에 있는 문묘와 극락사의 2대 건물은 남방으로 치면 상하이시 정부의 별자(別自) 건립 같은 일과 아울러서, 지나인의 국민적 의기를 다시 응시하게 하는 큰 자료라고 생각한다.

> 반수(泮水)의 물고기가
> 다 마른 줄 일있더니
> 요송(遼松)을 갈마잡고
> 땅속으로 흐르다가
> 하얼빈 개흙을 뚫고
> 솟아난 줄 알리오.

27. 전가전

지나인에 대해 새롭게 인식하면서부터 하얼빈의 지나인 시가 구경이 일층 감흥을 자아내게 되었다. 부두구에서 비스듬히 언덕진 데를 넘어서면 독특한 특색을 갖춘 큰 시가가 송화강을 바라보고 펼쳐져 있는데, 이곳이 전가전(傳家甸)이라는 지나인 구역이다. 일각에서는 부두구를 도리(道裡)라고 부르는 것에 대해 전가둔을 도외(道外)라고 일컬으며, 또 지나인 자신들은 화계(華界)라는 칭호를 쓰기도 한다.

마침 언덕을 지날 때 우연히 서녘 하늘을 바라보니, 시뻘겋고 커다란 둥근 거울이 천지 상접(相接)한 곳에서 엉덩이를 파묻느라고 세상 한 쪽이 넘실대는 붉은 구름 속에 잠긴 놀라운 광경이 눈에 확 들어온다. 무언가 하는 생각이 미처 다 나지 않아, "옳다, 저것이 태양이 대야(大野)로 떨어져가는 대막(大漠) 특유의 경관이로구나." 하고 깨달았다. 장관! 장관! 하는 중에 차가 이미 늘어선 고층 건물 골짜기로 미끄러져 들어갔다.

전가전은 그 지명이 나타내는 것처럼, 본디 전(傳)씨 성을 가진 이들이 거주하던 이름 없는 작은 촌락이었다. 동청철도 건설 초기 지나 일꾼들의 수용 구역으로 이용한 것이 실마리가 되어, 빈민 부락에서 차차 상점가로 발전해나갔다. 한편 고부구(高埠區)에 비해 물가가 저렴하고, 또 러시아인의 도시 계획 지구 바깥에 있어서 건축과 영업에 금지를 받지 않는 까닭에 시가지가 일취월장 발전을 더하다가, 마침내 일본과 만주 무역의 중계 지점으로 독특하고도 중요한 지위를 점유하기에 이르렀다. 그래서 과거 청나라 선통(宣統) 2년(1909)에는 정부에서 빈강현(濱江縣)을 설치하여, 그 부력(富力)이 길림성은 물론이요 만주 전역에서도 제일임을 자랑하게 되니, 오늘날 빈강성이라는 성 이름은 실로 이 현 이름에 근본을 둔 것이다.

지나인 시가리 하면 기성관념에 사로잡힌 이는 혹시 난잡하고 냄새나고 더럽고 으슥한 어느 지구를 연상할는지 모르지만, 하얼빈의 이곳을 그렇게 생각하였다가는 크게 무안을 당하게 될 것이다. 잘 정비된 도로에 큰 건물이 즐비하고 점포 장식이 자못 청신미를 띠어서, 부두구의 러시아인 시가에 비해 크게 차이가 나지 않는다. 다만 지나인 거주지의 특색인 인구 밀집만은 러시아인들을 훨씬 능가한다.

누가 시작한 말인지 모르겠지만, 지나에서 제일 더러운 도시는 샤먼(廈門)이요, 제일 깨끗한 도시는 하얼빈이라는 말이 널리 세간에 전할 만큼, 하얼빈은 과연 지나인의 손으로 건설된 대표적 근대 도시다. 하얼빈의 지나인에게 이러한 원력(元力)이 있기에 하얼빈 접수에 쩔쩔매지도 않고, 문묘나 극락사 등을 풀풀 만들어 내기도 한 것이다. 지금 와서는 사정이 또 일변했지만, 하얼빈의 경영을 좀 더 지나인의 손에 맡겼더라면 하는 생각이 나기도 한다.

자동차는 전가전의 이 거리 저 거리를 휘돌다가, 문득 활등 돌아가듯 휘우듬한 모양새의 큰 건물 앞뜰을 향해 들어간다. 뜰 안의 연못을 끼고 건물 앞으로 한 차례 돌아가면서 여러 사람이 법석을 떨며 웃어대는 모습을 보았다. 평강리(平康里)라고 하는, 지나 기원

(妓院)이 모여 있는 곳이다. 나에게 온유향(溫柔鄕)¹을 관참시키려는 것이다. 알고서 쳐다보니, '회방(會芳)'이니 '집선(集仙)'이니 하는 간판이 엇바뀌어 걸리고, 분 냄새가 울타리 밖까지 떠도는 듯도 하다. 기방의 기녀들이 혹시라도 우리가 다녀가는 의미를 안다면, 천하에 이렇게 맑은 오입쟁이도 있다고 뱃살이 아프게 웃을 것이다.

전등 켜진 기다야스카야 가(街)를 거쳐 송화강변 축대로 나갔다. 회색이 차차 진해져 흑색으로 바뀌어가는 송화강의 비단 같은 물결은 밤을 핑계로 그 환락과 애상의 모든 무늬를 나에게 흠뻑 감추려 든다. 강 위에 드문드문 보이는 선등(船燈)의 반짝거림은 숨기다 못한 비밀을 구멍 틈으로 살짝 내보이는 듯하다. 강가 절벽 밑의 커다란 부두는 유명한 요트 구락부의 때 잃고 쓸쓸해진 잔영일 터이다.

벌거숭이의 한여름 낙원이라는 태양도(太陽島)는 어둠에 가려 불어오는 가을바람조차 그 소식을 전하지 않는다. 축대 쇠류(衰柳)의 부둥 밑마다 놓인 벤치는 누구보다 산보를 좋아하는 국민인 러시아인 남녀가 점령하고 있다. 쑥덕쑥덕하고 지껄지껄하는 그네의 회화 중에는 여름철의 환희에 대한 이야기가 응당 많이 나오겠지만, 아깝게도 남의 나라말임을 어찌하랴.

깜깜하고 잠잠한 송화강에는 발을 오래 머무를 것도 없어서, 다시 부두구로 들어왔다. 하얼빈의 서구적 정조를 더듬기 위해 먼저 '모데른'에 손님으로 들었다. 모데른은 물론 '모던'을 다르게 읽은 것인데, 연전에 변사 사건으로 세계의 이목을 한참 번거롭게 했던 유태계의 유명한 모 자본가가 돈과 힘을 아끼지 않고 지었다 한다. 서구 근대 생활의 제 요소를 집약적으로 표현하자는 취지로 호텔 중심의 큰 빌딩을 건설하고, 그 이름을 '모데른'이라 하여, 하얼빈

---

1 아름다운 여자의 부드러운 살결이나 촉감을 말한다.

하면 모데른이라 할 정도로 매우 유명해졌다.

먼저 식당의 손님이 되어 육개장 같은 국과 외국식 김치라 할 만한 것이 나오는 러시아식 저녁밥을 먹었다. 위엄 있는 수염을 뻗친 식당 보이가 구 제국 시대의 고관 찌꺼기란 말을 듣고는 음식 맛이 더 있어진 셈인지 없어진 셈인지 모를 일종의 감회에 빠짐을 금할 수 없었다.

식사 후에는 연예장에 들어가서 대다수가 러시아인 남녀인 틈에 한 자리를 차지하고 앉았다. 마치 서양에 간 듯한 생각이 나더니, 화면에 비추는 그림이 영어 대사에 일어 자막인데다가, 또 막 좌우에 한문과 러시아어로 된 설명이 화면과 함께 회전하는 걸 보니, 하얼빈의 국제성이 다시 한번 선명한 인상으로 각인되었다. 다시 살롱으로 나온 후, 만주 사변으로 하얼빈의 성격이 변화하고 있으며 '모데른' 역시 자연스럽게 변하고 쇠퇴해 가고 있다는 여러 가지 흥미 있는 이야기를 들었다. 돌아와서 잠자리에 든 것은 밤이 매우 이슥해진 후였다.

> 마초아 송화강을
> 잘도 이제 찾아와서
> 한참적 인성만성
> 들레는 날 이냥이면
> 이 밤의 그윽한 뜻이
> 내 것이기 바라랴.

28. 북만 평야

　10월 4일. 월요일. 흐림. 정교회의 종소리에 꿈을 깨어, 부유스름하게 밝아오는 북국 도시의 아침 분위기를 커튼 너머로 찾아보았다. 조약돌로 포장한 거리 위에 행인 수가 조금씩 늘어난다. 털모자에 겨울 외투까지 입고 인력거를 끄는 지나인, 제정 시대의 귀족적 기분을 팔자수염에 걸고서 자동차를 운전하는 러시아인, 가지각색의 모양과 복장을 한 잡다한 인종과 다양한 직장인들이 새로 하루의 교향악을 어우르느라고 시시각각 높아가는 음정(音程)이 그냥 살아 있는 「죽지사연편(竹枝詞連篇)」[1]으로 보인다. 가끔 날라리 불며 두부 사라 외는 소리와 돌길 위에서 유난히 또렷한 게다 소리는 하얼빈의 일본화를 알리는, 악보 바깥의 특조(特調)로 귀가 새삼스레 기울여진다.

　재촉을 받고 얼른 세수와 조반을 마친 후 하얼빈역으로 달려갔다. 9시 40분에 떠나는 빈북선을 타고 수화(綏化)로 향하기 위해서

1　원래 중국 파유(巴腧) 지역 일대에 유포된 민가(民歌)를 당나라 때 유우석(劉禹錫)이 채집하여 새로 정비하면서, 이후 문인들이 즐겨 창작하는 작품으로 정착되었다. 우리나라에는 고려 시대부터 다양한 「죽지사」가 창작되다가, 조선 후기 민간의 토속 쇄사를 다루는 새로운 작품 양식으로 성행했다.

하얼빈 역
안중근 의사가 이토 히로부미를 사살한 곳이다.

다. 후차방(候車房), 곧 대합실 한 편에 '성 니콜라이' 조각상이 봉안
되고, 러시아어와 한문으로 설명이 붙어 있다. 성 니콜라이는 여행
의 안전을 보우하는 성인이니, 그에게 헌금을 하면 여행에 크게 이
로울 것이요, 또 이 의연금은 필요한 자선 사업 기금이 되어 세상
에 널리 도를 베푼다는 취지의 설명이었다. 이 조각상은 소련이 적
화된 후와 또 만주 국철로 전환된 후에 다 문제가 되었으나, 다행
히 옛것을 보존한다는 의미로 철거를 면했다. 어찌 보면 이 또한
신의 위력이라 할까?

　홈으로 나가니 행여나 하얼빈이 추운 나라임을 잊을세라 얼굴
가죽을 에는 듯한 매운 바람이 불어온다. 복도 한쪽에 유리 뚜껑으
로 덮인 둥그런 놋쇠 함이 있었다. 들여다보니 원판에 "고(故) 이토
히로부미 공이 액을 당한 곳. 메이지(明治) 42년(1909) 10월 26일. 쇼
와(昭和) 10년(1935) 9월 1일 아시아 개통 기념"이라는 글자가 뚜렷
하게 각인되어 있다.

　이것을 보니 하얼빈역의 묵은 역사와 새 역사가 한꺼번에 생각
난다. '아시아'란 것은 북철 접수 후 처음으로 다롄(大連)과 하얼빈

을 직통하던 최대 급행 열차를 가리킨다. 아시아 개통이라는 교통 상의 기념을 더욱 인상적으로 만들기 위해 과거 비극의 무대가 되었던 곳을 새로 표지한 것이다.

열차는 북철 접수 후 신설된 빈강역으로 갔다가, 삼과수(三棵樹) 역으로 뒷걸음질쳐 와서, 다시 북안(北安)을 향해 곧장 올라가게 되어 있다. 빈강역 구내에는 만주 국토 모양의 화단을 커다랗게 만들어 놓았는데, 각 지역에 해당하는 곳에 그곳 특산의 수목을 심어 놓아 작으면서도 재미있는 자연 박물관 역할을 했다.

삼과수역을 떠난 후에는 선로가 한 번 꿈틀하는 듯하더니, 허공을 울리는 큰 소리가 나면서, 송화강 대철교가 차창에 어른거리기 시작한다. 이 철교는 인도와 차도를 이층으로 구별해 놓은 특색이 있다지만, 차 안에 들어앉아서는 그런지 저런지를 알 바가 없다. 강을 건너면서부터 북만주 평야의 넓고 아득한 특성은 더욱 방자스러운 호기를 내뿜는다. 동쪽으로 약간 보이던 나즈막한 구릉 모양도 차차 가뭇없어지고, 위로는 하늘이요, 아래로는 땅이요, 그 중간을 걸리적거리게 하는 아무 것도 도무지 없는 허허벌판이다. 어디를 보든지 하늘과 땅, 아니 허공과 들판이 입을 맞추고 있을 뿐이다.

끝없는 끝을 내다보면서, 천지가 실상 하나임도 알고, 지구가 큰 것임도 알고, 들도 크자 하면 이만큼 탁 트일 수 있다는 것도 알았다. 시원하달까, 허전하달까. 나의 가난한 세간에는 북만 평야의 허허함을 그려낼 말이 없다. 목현허(木玄虛)[2]의 「해부(海賦)」 짓던 솜씨를 옮겨다가 한번 이 큰 들판을 부(賦)로 읊게 해봤으면 할 뿐이다. 어허, 무시무시하게도 탁 터졌군.

---

2 서진(西晉) 시대 발해(渤海) 광천(廣川) 사람인 목화(木華)를 가리킨다. 사부(辭賦)에 뛰어났다고 하는데 작품은 대부분 실전되어 「해부(海賦)」 한 편만이 전한다.

이 넓은 들이 그냥 모두 다 밭이다. 이 들을 죄다 따비질[3]을 해내다니, 사람의 힘도 무섭다고 해야지. 그런데 다듬은 집터같이 평평한 땅이요, 대개 한 임자의 소유가 몇 리에서 몇 십 리도 되니, 아무 거리낌 없이 일자 모양의 밭고랑을 지을 수야 있겠지만, 어쩌면 저렇게 꼿꼿하게 기나긴 고랑을 파내었는지, 우마가 일직선으로 나아가는 본능에도 깊이 감탄하지 않을 수 없다.

끝없는 들과 넓은 밭과 곧은 고랑뿐이니, 풍경이 단조로움은 이를 것도 없다. 그렇기에 짙은 반물[4] 상하의를 입은 지나 농군이 이따금씩 대지를 붙들고 무엇인지 허위대는 모습은 진실로 천지의 적막을 깨뜨리는 한 줄기 천둥소리 같은 의미가 있다. 단조로움에 막혀 가던 숨이 이 하나의 타점(打點) 아래에서 다시 소생되어 온다. 광야만으로는 물론 그림이 되지 않는다. 그러나 사람버러지가 하나만 기면, 이것이 거룩한 화폭이 되기도 한다. 내가 이 사실을 밀레의 「이삭줍기」에서 보고, 다시 그 살아 있는 그림을 북만주 평야 곳곳에서 무수히 대하고 있다. 언뜻언뜻 용의 눈이 또 저기 그려졌구나 하면서, 맛없을 듯한 이 벌판을 실상 재미스럽게 감상하며 북쪽으로 들어간다.

그러나 이 큰 들의 그림 같은 흥취에 젖어 있다가도, 가끔 피비린내 풍기는 사실에 새로 정신을 차리게 된다. 이를테면 호란역에는 이런 표목이 붙어 있다.

대황대(大荒臺) 전적(戰跡)

본 역 동북쪽 약 8리에 있다. 쇼와 7년(1932) 7월 8일, 보병 제59연대

---

3 따비는 끝이 송곳처럼 뾰족한 농기구로, 돌이 많은 밭을 개간할 때 사용한다. '따비질'은 개간을 뜻한다.
4 검은빛을 띤 짙은 남색을 가리킨다.

의 양각(兩角) 대대가 경성(慶城) 방면에서 남하한 마점산(馬占山)[5] 별동대인 재홍유(才鴻猷) 부대 1천 명의 완강한 저항을 격파하여, 드디어 마점산이 강을 건너 반(反) 길림군과 연락할 일을 단념하게 했다.

이처럼 만주 사변 당시 신문에서 읽었던 기사를 기억에 되살려 내는 지점이 드문드문 있는 것이다. 농군의 땀과 함께 군인의 피를 먹은 것이 이 벌판임을 생각해야 하겠다.

마차·소·말·나귀·노새 등을 있는 대로 7~8필씩 한데 멍에 지운, 가축 전람회식 만주 마차가 밭에서 벤 곡식을 어설프게 실은 채, 열 대 스무 대씩 떼를 지어 지나는 모습이 자주 보인다. 니하(泥河)역을 지나서 신기하게 생긴 모래 언덕 사이로 뚫린 길을 빠져 나가자 금방 수화(綏化)다.

수화는 빈북선에 닿아있는 곡물 집산의 일대 중심지요, 우리 안전 농촌의 소재지다. 교통상 편의를 위해 수화 다음인 진가(秦家)역에서 내리는데, 군장을 하고 총을 지닌 자위단을 포함해 많은 병사가 나와 있다. 이렇게 많은 병사가 필요할 정도로 동떨어진 곳인만큼 여러 가지 감회를 자아낸다. 때는 13시 47분.

일이야 있고 없고
어깨 아니 으쓱하나
철마(鐵馬)를 급히 몰아
바로 삭북(朔北) 가르칠 때
하늘땅 이 두 사이에
거칠 무엇 없어라.

5 마점산(1884~1950)은 중국의 군인으로 1931년 헤이룽장 주석이었으나, 만주국이 성립되자 탈출하여 반만 항일군(反滿抗日軍)을 일으켰다. 1933년 국부 군사 위원회 위원이 되고 해방 후 국부군 위원을 지냈다.

29. 수화 농촌

수화(綏化)의 안전 농촌은 진가역에서 동북방 30여 리의 노해하(弩海河) 왼쪽에 있다. 역에서부터 경비 도로가 탄탄히 조성되어 있고, 마을 전속 트럭이 있으며, 역시 마을에서 경영하는 승합 자동차가 부근의 대취락인 쌍하진(雙河鎭)까지 상시 왕래하여 교통이 매우 편리하다.

이 농촌 역시 만주 사변과 만주 수재(水災)로 인한 하얼빈 시 안팎의 피난민을 수용하기 위해, 1934년에 만들어졌다. 한 해 앞서 만들어진 영구(榮口)와 하동(河東) 안전 농촌의 예에 따라, 먼저 쌍하진 영내에 있는 노민하(弩敏河) 강변에서 논농사에 적당한 땅을 물색했다. 원주민에게 세로 6km 가로 2km에 걸친 토지를 매수하여, 물을 끌어들이는 공사를 완성하고, 우선 285호 929명의 우리 농민을 수용했다. 하얼빈의 피난민 외에 치치하얼(齊齊哈爾) · 하이라얼(海拉爾) · 북안진(北安鎭)에서 들어온 자도 약간 있었다 한다.

그 이래로 수년 사이에 재만 조선 농민에게 흔한 부랑성으로 인해 해마다 농호의 출입이 있었으나, 지금도 260여 호를 보전하고 있어 다른 데보다 감소율이 적다. 첫째 농토가 매우 비옥하고, 둘째 여러 안전 농촌 중 여기만은 총독부 파견원이나 척식회사 주재원이 죄다 조선인이라서 일심으로 화합하여 살박아서 농민의 실리를 꾀하여 주기 때문이라 한다.

수화 농촌으로 가는 도중에 만주인 대가족으로 이 일대에서 유명한 리훙쿠이(李鴻魁) 씨 집을 방문했다. 담장이 성과 같고, 남대와 마찬가지로 사면에 총포를 쏠 수 있는 누대가 설치되어 있다. 광활한 집터 안에 정침(正寢)과 부속 건물이 점점이 흩어져, 80여 세의 주인 아래 근 100명의 식솔이 동거하며, 소·말·닭·개는 사람의 몇 배나 된다고 한다.

마침 노주인은 출타하고 둘째아들이란 사람이 응접하여 안뜰 깊숙한 곳의 방까지 두루 보여주었다. 집안의 너더분함에 비하면, 방 속의 세간과 그것을 늘어 놓은 일부만은 어느 방이고 똑같이 깨끗하고 번지르르하게 정돈되어 있는 것에 크게 감복했다. 부옹의 둘째아들이라 해도 허술하고 땟국이 흐르는 것은 일반 빈농과 다를 바 없는 데서 그들의 근검한 가풍을 엿볼 수 있다.

대문을 나오면서 쳐다보니, 처마 밑에 어느 성 고관이 써 보낸 '급공호의(急公好義)'[1]라는, 금빛 글자로 된 현판이 커다랗게 달려 있다. 시골 부자라 꽤 빨려 먹히고 그 영수증쯤 되는 것을 내건 것으로 짐작된다. 문 앞에 웅덩이가 패어 물이 듬뿍 괴어 있고, 물 위에는 오리와 거위, 물가에는 돼지가 각각 자유로이 노니는 모습이 만주의 어느 촌락에서나 보던 바지만, 특히 그 수가 많은 것은 과연 부잣집 문전답다.

마을 중심에는 예수교회당 탑이 높이 솟아 멀리까지 훌륭한 표식이 된다. 관례에 따라 관민과 학동들의 황송스러운 환영 인사를 받고, 농회 연합회로 들어가서 마을 상황에 대한 당직자의 보고를 들은 뒤에, 농가를 방문하러 나섰다. 약 40여 리의 지역에 9계(契)

1 "대중의 이익을 위해 열성을 다한다."라는 뜻이다.

가 나뉘어서 각기 자치(自治)와 자조(自助)를 가다듬고 있다. 어떤 농가에는 마차도 있고, 경작용 소도 매고, 또 부자(父子)가 합작하여 70~80석을 수확한 이도 있다 한다.

아직 해마다 대부금을 상환해야 하는 구속은 있을망정, 가족들 누구의 얼굴에도 자유 유연한 뜻이 그득하다. "어디서 오셨소?" 물으니 "경북"이라 하고, "어떠시오?" 물으니 "이만하면 살겠소." 한다. 무릇 평안도 방면에서 일찍 유민으로 들어와 다년간 만주 표랑 생활을 한 이는 정착성이 부족하고 그에 비례해 오래도록 생활의 기초를 잡지 못하는 이가 많다. 이에 비해 근년 경상도 방면에서 땅의 아쉬움을 깊이 밋보다가 들어온 이는 어지간하면 만족과 감사 속에 직수굿하게 공든 탑을 쌓아서, 비교적 일찍 희망선상에 떠오르는 이가 많은 모양이다.

자제의 교육열은 여기서도 매우 높았다. 그 어려운 중에도 수만 원을 던져 신축한 학교가 거의 완성 단계에 있다. 오늘밤 강연을 위해 급작스럽게 대강당부터 일을 마치고, 한 옆으로 대팻밥을 치워내고, 한 옆으로 청중이 모여들어서, 마치 낙성식의 의미를 겸하게 된 것도 기이한 인연의 모임이었다. 캄캄한 밤 먼 길을 찾아와 실내외를 가득 메운 노소 동포를 만족시킬 만만한 화제는 여기서도 생각해낼 수 없었다. 『기문총화(記聞叢話)』 등에 기록되어 있는 여주(驪州) 허(許)씨 3형제의 입지담을 들어서, 그네들의 말 못할 고생이 헛되지 않을 것을 논했다.

가난 귀신을 몰아내기로 결심한 허생이 10년 작정으로 두 아우를 절에 올려 보내 공부에 힘쓰게 하고, 자기 일가는 죽으로만 연명했다. 가업이 유족해진 7년 후에 두 아우가 모처럼 찾아왔지만, 허생은 아직 정한 기한이 아니라며 밥을 지어 먹이지 않아 형제가 일시 의절하기에 이르렀다. 여러분들은 그토록 심한 처지에 있지는 않을 터이니, 허생보다 몇 곱절 나은 기회를 가진 여러분이 진실로 이를 악물고 애를 쓰면, 허생의 후일보다 더한 대성공이 미래에 약속되지 않겠습니까, 가난하다 해도 여러분에게는 믿는 것이 있고, 갑갑은 하지만 든든도 하여, 5년 10년 후에는 모두가 일가 살림살이에 넉넉할 만한 지주라는 지위가 약속되지 않았습니까, 하는 의취를 알기 쉽게 설명했다.

모임의 설비와 음식 접대는 기대 이상이라 할 만큼 사치스러웠다. 농장 안에서 오늘 잡았다는 들오리 구이는 한층 풍미를 깨닫게 한다. 그러나 그보다도 더 재미있는 것은 북방의 외진 농촌에만 파묻어 두기 어려운 여러 가지 특이한 소문들이다. 이를테면 이곳이 만주이고 또 소련 영토와 접하고 있는 곳인 만큼 농가라 해도 국제 가정이 적지 않다. 지금도 러시아인 처가 6명, 한족 처가 1명인데, 러시아계 부인들은 용모도 좋거니와 일도 잘해서 농장 내조의 능률이 다른 종족 여자에 비해 몇 배는 좋다.

그러나 성적으로 조금만 불만족을 느끼면 연합회까지 와서 이유를 공언하고 단연코 이혼하기를 꺼리지 않는다. 그 중의 한 여자는 농촌 안에서 세 명째 남편을 갈다가, 나중에는 아예 밤중에 도망가 버린 자도 있다고 한다. 그들이 언어는 서로 통하느냐고 물으니 "사랑의 국어는 공통이니까요."라고 답하는데, 과연 지당하다. 이 외에도 부근에 비적의 출몰이 아직도 끊이지 않아서 수개월 전에도 희생자를 낸 일이 있다는 등 여러 가지 색다른 이야기들을 들었다. 이 깊은 곳에 와서 이렇게 호강스러운 잠자리를 갖게 됨을 감사하면서 부드러운 이불을 떠들었다.

나라는 떨어지려
없는 경계 그리거늘
백성은 붙어들어
있는 성벽 헐려 하니
인간의 짓궂은 갈등
예도 한껏 보리라.

30. 유태인 교회

5월 화요일. 흐린 후 맑음. 수화 부근은 북만주에서 유독 물맛이 달고 찬 곳이라 하여 특별히 아침 차를 권하는데, 과연 개흙 땅에서 나온 물맛과는 다르다. 보통학교장의 간곡한 부탁으로 8시 반부터 다시 대강당에서 상급 아동들을 위하여 이야기 한바탕을 하기로 했는데, 아동 상대의 강연은 언제고 진땀나는 일이다.

적당한 옛날이야기를 들어 약간의 예화를 말하고, 당신네들의 아버지, 언니가 만주 땅을 애써 농사지어서 여러분을 가르치고 있는 것은, 이다음 여러분 손으로 더 훌륭한 만주가 만들어지기를 바라기 때문이다. 여러분 가정에서 혹시 만주에 와 있는 것을 먼 타향에서 고생을 한다는 식으로 말할는지 모르겠지만, 만주는 실상 조선인의 고향이다. 이 고향을 찾아 가지고 살기 좋은 땅을 만들어서 언제까지고 여기서 복을 받자함이 여러분의 아버지, 언니네의 뜻이요, 또 뒤를 받쳐서 이 거룩한 소임을 감당하도록 몸과 지혜를 닦는 것이 여러분이 오늘날 힘쓸 바다.

여러분 중에는 아직 조선의 땅이 어떻게 생겼는지 모르는 이도 많으려니와, 조선은 산이 많아서 수십 리나 되는 들판이 전국에 몇 개 없다. 그런데 만주, 특히 북만주 근처는 눈이 닿는 곳까지가 온통 들뿐이어서, 천 리인지 이천 리인지 모를 정도다. 만주의 이 넓은 들은 옛날부터 들과 같이 큰마음을 먹은 잘난 이들이 나와서, 이 넓은 들에 부끄럽지 않을 만큼 천하를 들먹거리는 큰일을 하던 무대였다. 가까이 말하면 원나라의 칭기즈 칸과 청나라의 누루하치 같은 이들이 그네들이다. 지금 여러분이 이 큰 들에서 바람과 먼지를 무릅쓰고 자라는 것도, 하늘이 여러분 가운데서 옛사람 같은 잘난 이가 생겨나기를 바라시기 때문이다. 그러니 여러분도 힘써야 한다, 하는 의미의 강연을 했다.

다시 자위단의 경호 아래 농지를 둘러보면서 진가(秦家)로 나와, 11시 40분 출발 열차로 남쪽을 향해 뒷설음쳤다. 이번 만주 여행 길은 수화를 북회귀선으로 할 예정이었던 것이다. 다시 보아도 넓은 들이요, 큰 천지다. 중간중간의 기차역에는 백일홍이나 봉황초가 수북수북한 꽃밭도 있어서, 북방의 가을색이 아주 쓸쓸하지만도 않다.

삼과수를 거쳐 하얼빈이 가까워 오니, 일반 지나인들의 공동묘지가 보이는데, 그 어수선하고 황량함이 말할 수 없을 정도다. 그나마 흙을 긁어 모은 것은 매우 훌륭한 편이요, 지나인의 악풍으로 관을 그냥 드러내놓고 있는 것도 많아 눈살이 절로 찌푸려진다. 장환상 군 같은 이를 다시 한번 수고롭게 해서라도 이 묘지의 합리적 정리를 단행시키고 싶다. 러시아인과 지나인의 묘지에서 보이는 양 극단의 모습이 다른 모든 것에 적용될 듯도 하다.

16시 지나서 하얼빈에 되돌아오니, 엄혹하고 매운 추위에 얼음이 꽁꽁 얼 것 같다. 그동안 큰 우박이 와서 사람을 놀래켰다 한다. 행장을 다시 신하얼빈 호텔에 맡기고, 바로 시가 구경의 속편을 시작했다. 해가 남아 있는 동안에는 여러 민족의 교회를 순례하기로 했다.

먼저 부두 지구 포대가(砲臺街)에 있는 유태인 교회를 찾으니, 건축도 그러려니와 탑머리의 육각형 별 모양 장식이 더욱 눈을 끈다. 저녁 빛이 짙어 오나 전등은 아직 켜지 않은 때라, 현관 안이 매우 침침하다. 지게문을 밀고 들어가니, 문지기가 야릇하게 쳐다본다. 참관하려는 뜻을 알리니 겨우 수긍하고, 벗은 모자를 도로 쓰라고 명한다. 유태인 교회에서는 다른 서양인과 달리 예배당 내에서도 모자를 쓰는 것이 경건한 예절에 부합하는 것인가 보다.

현관 안 양옆 방에서는 저녁 예배가 행해지고 있는 듯하다. 대개 노령의 유태인들이 혹 벽을 등지고 섰기도 하고, 혹 탁자에 팔을 짚고 구부리기도 하고서, 눈을 감았다 떴다 하고 있다. 정면의 작은 제단 앞에는 옛날식 초가 켜 있다. 경전 책장을 훌훌 넘기면서 절조 있는 음악으로 경문을 읊는 이가 있는데, 어떤 구절에 이르러서는 회중이 그이를 따라서 일제히 합창을 하는 것이 마치 불교의 염불 행사 장면과 비슷하다.

과연 그네들이 다 모자를 썼다. 그들이 좌우 방으로 나뉘어서 예배를 행하는 것은 아마 제단에 모신 성상이 서로 같지 않아서 원하는 대로 각각 기도의 대상을 정한 것이 아닌가 하였다. 이 양 측면 방의 중간으로 다시 문 하나를 밀고 들어가면 대회당이 나온다. 조각상 같은 것은 대개 천주교회와 가까운 듯하여, 우리가 상상하던 예루살렘 성전식(式)의 어떤 것도 발견할 수 없었다. 인사를 하고 나오니, 회중이 입으로 무엇인지를 중얼거리면서 눈으로 송별한다. 유태인 교회는 사교가(斜絞街)에 또 한군데가 있어, 종족적 단결이 견고한 그네들이 이 교회를 중심으로 상호 부조 기관을 이루고 있다 한다.

발길을 돌려 터키, 타타르인의 회회교(回回敎)[1] 사원을 방문했다. 새 건축물이 청초하고 사원 꼭대기에는 반달 모양의 금색 국기가

---

1 회회교(回回敎)는 이슬람교를 말한다.

찬연하다. 옥내로 들어가 보니 '청진(淸眞)'[2]으로 자칭하기도 하는 만큼 옥내의 청정함이 보통과 다르다. 당중의 청년이 다 호협하고 뛰어나, 언뜻 보아도 마호메트의 교의가 사람을 나약하게 만들지 않음을 짐작케 한다. 말도 통하지 못하고 다만 눈과 눈으로 정을 나누고 도로 나왔다. 이네들 외에도 폴란드인·영국인이 다 교회를 따로 가지고 있어, 정신의 고향에 생활의 원리를 단련시켜 가지 않는 민족이 거의 없다. 뭐니뭐니 해도 이러한 정신의 고향을 가지지 못한 자는 우리 조선인뿐인 모양이다.

나고야 호텔에서 이범익 군과 함께 재류 인사의 저녁 식사 대접을 받았다. 이어서 **유명한 추림**(秋林) 백화점과 반다진(盤多晉; Pantasia) 무희장(舞戲場)을 비롯하여 하얼빈 특유의 밤 정조를 더듬었다.

농사할 땅이 없어
굶는 이도 있다는 말
아마도 거짓임을
믿지 않지 못할 것이
북만(北滿)의 저 넓은 들을
다 어쩐다 하더뇨.

---

2 중국의 이슬람교는 '청진교'라고도 부른다.

31. 하얼빈 박물관

6일 수요일. 이른 아침은 어둑한 기운에 싸였으나 해가 떠오르면서 점차 맑아짐. 식당에서 아침밥을 먹으며 라디오가 전하는 소식을 들으니 기온이 영하 6도라 한다. 이렇게 한기가 느껴지는 것이 진실로 당연하다. 한데로 난 유리창은 죄다 성에에 가려져 있다. 10시에 아시아호 기차를 탈 예정이지만, 박물관 구경이라는 중요한 일정이 있기 때문에 아침을 다 먹지도 못한 채 숟가락을 놓고 여관을 떠났다.

뉴하얼빈 호텔은 신시가지의 중앙 사원 광장 막다른 쪽에 있는데, 이 호텔 맞은편 왼쪽 모퉁이에 해당하는 집이 곧 박물관이다. 박물관이라 해도 실상은 상품 진열관의 일부다. 역시 중요한 러시아식 건물이기는 하지만, 대로변에 있는 고풍스러운 2층 건물로 외관상의 화려함으로는 별로 보잘 것이 없다.

러시아는 본래 아시아 계통 인민을 많이 포함하고 있었고, 더욱 시베리아에서 만몽으로 팔을 뻗으면서 이른바 신시베리아와 구시베리아의 여러 종족을 접촉하게 되었다. 그네들을 다스리고 사귈 필요로 인해 러시아는 이 방면의 조사 연구에서 항상 세계의 선구자이자 지도자의 지위를 가져왔다. 그런 러시아가 하얼빈을 건설한 이후 동아시아 연구의 중추 기관이 된 것이 바로 이 박물관이었다.

하얼빈 박물관은 본래 동아시아 학자 집단인 동성문물연구회(東省文物研究會) 소속이다. 이 연구회에는 훌륭한 분과 연구실이 있어 권위 있는 학자가 각각 한 방면을 분담하여 연구하고 있다. 그 연구 과정에서 수집한 재료를 갈무리하여 보관한, 지식의 실물 창고가 곧 이 박물관이었다.

박물관은 상공, 인류학, 자연, 역사, 생물학, 의학 등 6개 부문으로 구분되어 있다. 일찍이 역사부에는 극동 러시아의 유명한 고고학자인 노르미ㅈ프 씨가 있어서 금나라 상경(上京) 연구로 학계에 공헌한 바 있다. 또 인류학부에는 능력 있는 토속학자 치도프 씨가 있어 흑룡강 토인 연구로 권위 있는 업적을 남겨 놓았다. 관내에는 부설 출판부도 있는데, 그 간행물은 학계에서 빛나는 존재 중 하나다.

건물을 가리고 서있는 현관 앞 나무들 사이로 육각형의 이상한 모양을 한 짧은 돌기둥이 있다. 가서 보니 아성(阿城)에서 발견된 '상경 보승사 보엄대사 탑명지(上京寶勝寺寶嚴大師塔銘誌)'였다. 청대에는 아성에서 빈현성(賓縣城) 북문 밖 농사 시험장으로 옮겨 두었다더니, 언제부터인지 여기다가 다시 옮겨 둔 모양이다. 그 옆에 또 "숭정(崇禎) 6년 양광(兩廣) 총독 웅문선(熊文燦)[1] 조성"이라고 새긴 작은 철포(鐵砲)가 있으나, 내력은 알 수 없다.

현관 안에 있는 매표소에서 지나 여자가 아침밥을 먹다 말고 이른 아침 침입자에 놀라는 듯 표를 내어준다. 표에는 "하얼빈 소재 동성문물연구회 진열소"라는 옛 이름이 남아 있어 반갑다. 아래층

---

1 명나라 때의 양광 총독으로 1632년부터 1637년까지 재임했다. 양광(兩廣)은 현재의 광둥성과 광시성을 아울러 일컫는다.

은 오로지 상품만 파는 곳이므로, 달음질쳐 지나다시피 바로 위층으로 올라갔다.

옛 동전과 동그릇부터 불(佛), 선(仙) 조각물 등 종교 관계 물품이 진열되어 있다. 이 중에 라마교의 환희불(歡喜佛), 곧 음양 교합상이 있어 속인들이 즐겨 찾는다고들 한다. 그러나 이 박물관에서 일반인들이 무엇보다 흥미를 가져야 할 것은 만몽 내지 시베리아 여러 주민의 토속적 모형이다. 시베리아 샤먼이 신의(神衣) 입고, 명도 차고, 칼 들고, 북 치면서 굿하는 모습이 우리 무속과 꼭 같음은 특히 주의를 끄는 바다.

또 학술상으로 가장 가치 있는 것은 만주리(滿洲里)역 부근인 쟈라이놀의 모래 밑 20척 가량에서 발굴되었다는 사슴뿔 3개다. 그 중 1개는 중앙에 홈을 판 자리가 있어 인공이 가해졌음을 나타낸다. 또 다른 1개에는 돌도끼 넣는 구멍을 뚫은 흔적이 있다. 이러한 사실은 유럽 구석기 시대의 기구와 흡사하여, 만주에 구석기 시대가 있음을 인정할 좋은 증거라고 한다.

이뿐 아니다. 하이라얼에서 발견된 석기 및 토기 파편과 우라얼(烏拉爾) 땅의 금속 유물, 1934년 호른바일(呼倫貝爾) 고고학단이 발굴한 고분 모형과 고대 인골(人骨), 경박호에서 발견된 돌화살촉(촉의 길이가 한 뼘 남짓)과 돌도끼, 발해 상경과 금 상경 등에서 취한 옛날 기와, 거울, 기타 유물 등은 다 다른 데서 볼 수 없는 귀중한 재료다.

발해 상경인 동경성의 고궁 유물은 1931년에 얻은 것이다. 기와가 가장 많고, 거기에 새긴 글자로는 '도하(刀下)'를 가로로 쓴 것, '보덕(保德)'을 세로로 쓴 것, '불(佛)', '여(女)', '실(失)', '국(國)' 등이 가장 많이 보인다. 고고학적, 역사적 진열물에는 일일이 토지 상황을 보여주는 사진과 지방 연혁 도표 등을 붙여 관람객의 편리를 제공하였다.

중국 불교에 관해 전시한 곳에는 절을 그대로 본따 모양과 시설을 법식대로 갖춰 놓고, 몽고의 라마교 전시관에는 경전 읊는 제단을 통째로 떠다 놓아서 모든 것을 실감 있게 하는 데 힘썼다.

시간이 있으면 현재 이곳에서 일하는 학자를 찾아가 학술적 회담을 하고 싶다. 특히 동경성 및 백성(白城)을 처음 조사할 때의 사실에 대해 질문하고 싶은 점도 한둘에 그치지 않는다. 모처럼 러시아인 이상으로 러시아어를 통역할 수 있는 김 군과 같은 좋은 동반자와 함께 했으면서도, 이를 부질없게 함이 다 큰 죄나 짓는 듯한 생각도 난다. 그러나 열차 시간이 뒤꼭지를 잡아당기는 통에, 이러고저러고 할 여유가 도무지 없다.

휘돌아 나오면서 연구실 문짝이 열린 데를 슬쩍 들여다보니, 노소(老少) 몇 명의 러시아인이 세간의 소식은 도무지 모르는 듯 학문과 저술을 일삼고 앉아 있는 모습에 마음이 몹시 든든하다. 물론 과거와 같은 편의를 죄다 향유하지는 못할지라도, 어떻게 해서든 그네의 연구 생명만은 길이길이 존속시켰으면 하는 생각이 못내 간절하다.

현관 안쪽 자물쇠로 잠근 벽장에 진열되어 있는 동성문물연구회 간행물 몇 종을 샀다. 비서인지 사무원인지 모를 젊은 러시아 여자가 보관함을 열고 그 실물을 꺼내 주면서 요령 있는 설명을 해주니 몹시 반갑다. 애처롭게 물러나와 기차역으로 달려 들었다. 송별하려고 기다리고 있던 이가 모처럼 러시아식 홍차 한 잔을 권하는데, 이것을 미처 다 마시지도 못한 채 플랫폼으로 뛰어나가야 할 정도로 시간이 촉박했다.

인생은 짧거나
예술 아니 길다는가
책상을 꺼붙들고
아무것도 모르는 이
구태여 세상풍운에
까불리게 하리오.

만주의 중심 도시
장춘

32. 부여의 옛 영토

하얼빈과 다롄 직통의 특별 급행열차인 아시아호는 차체부터 순유선형으로 당당하고 시원스럽기 짝이 없는데, 700여 km를 겨우 12시간에 주파하는 그 속력도 대단하다. 정각 10시에 출발하여 대전륜왕(大轉輪王)의 기세로 북만주 평야를 내닫는다. 이렇게 달리고 달려도 끝을 찾을 수 없으니, 이 대야가 탁 트여 있음을 더욱 분명히 깨닫게 된다.

만주의 평원은 북만주의 3/5 이상을 차지하고 있는데, 특히 흑룡강 북부에서 시작해 만주 중앙부까지 크게 펼쳐진 평원이 가장 광막하다. 동부의 이통하(伊通河) 유역과 북부의 눈강(嫩江) 유역에서부터 몽고 평원까지 끝없이 아득하게 이어진, 산 하나 눈에 걸리지 않는 탁 트인 시야는 실로 천지간의 일대 장관이라 했던 지리서의 한 구절이 생각난다.

기차가 질주한 지 50분 만에 쌍성보(雙城堡)에 이르러 처음 정차했다. 역사는 지나의 고전적 건축물로 구조가 자못 웅대하고, 알록달록한 색채가 눈을 현란하게 한다. 쌍성보는 하얼빈 남쪽 90리쯤에 있는데, 여기를 중심으로 동서에 두 개의 관성(關城)이 있기에 붙은 이름이라고 한다. 이곳은 여러 왕조에 걸쳐 중요한 요새였으

쌍성보 서문
동서 양쪽에 관성이 있어 쌍성보라 이름하였
는데, 그 중 서문이다. 여러 왕조에 걸쳐 중요
한 요새였다.

며, 청대에는 역참을 설치하
여 아십하(阿什河) · 백도납(伯
都納) 등과 함께 진작부터 북
만주의 도읍으로 저명했다.

더욱이 청나라 말에 만주
이민을 장려한 결과 인구가
부쩍 증가하고, 또 동청철도
부설 이래로 물화의 집산이
날로 늘어서, 드디어 북만주
에 얼마 안 되는 대도회를 이
루기에 이르렀다. 선통(宣統)[1]
연간에는 부(府)로 승격했던
일도 있지만, 민국에서는 다

른 데와 일률적으로 현(縣)을 두었는데, 만주국에서도 그것을 계승
하여 빈강성 남단의 현으로 삼았다. 같은 북만 평야지만, 송화강 이
쪽저쪽의 풍광이 퍽 다르다. 하얼빈에서 남으로 내려갈수록 마을
이 있고 버드나무 숲이 있고 가옥이 차차 부유하여, 황량한 느낌이
점점 감소하는 듯하다.

송화강의 동쪽 지류를 타고 길림성으로 들어가면 부여현이 되
고, 송화강 중심 줄기의 상류를 건너면 덕혜현(德惠縣)이 된다. 쌍성
에서부터 1시간 50분을 줄달음질하여 요문(窯門)역에 이르러 열차
가 다시 한 번 정류한다. 이 중간의 송화강역을 지나서부터는 산과
늪이 번갈아 펼쳐지고 모래 언덕이 오르락내리락하여 지형에도 자
못 변화가 있다. 그 사이에 수림과 촌락이 알맞게 흩어져 있어 철
로변의 풍색이 훨씬 더 사람의 눈을 기껍게 한다.

---

1 청나라 마지막 황제인 푸이의 연호이다. 1909년부터 1911년까지 썼다.

맑은 날씨가 온화한 기운을 끼었어 주는 차창으로 수확 끝난 논에서 물고기 노리는 해오라기를 내다보고 있으니, 하얼빈의 서리 낀 아침이 옛 꿈인 듯하다. 포해(布海)니 합납합(哈拉哈)이니 미사자(米砂子)니 하는 비한어(非漢語) 계통의 역명이 언뜻언뜻 눈앞을 스쳐 지나는 중에 모래 언덕의 변화가 어느덧 흔적을 감추고, 다시 사방에 가는 풀포기조차 없는 들판이 나타난다.

덕혜현은 남으로 장춘현에 닿아 있고 서쪽으로는 부여현을 끼고 있다. 하얼빈 이남의 이 일대 지방은 실로 동방의 고국(古國)인 부여의 강역이었다. 역사에 이른바 토지가 넓고 평평하여 오곡에 적당하다 함은 대개 송화강, 특히 이통하 유역의 옥토를 가리킴이다. 나라가 풍성하여 예의와 겸양을 숭상하였다 함은 곧 이 농업적 여유에서 생긴 부력과 문화 정도를 보이는 것이다. 성곽이 있고, 하늘에 제사 지내고, 소의 발굽으로 길흉을 점치고, 비와 가뭄이 고르지 못하면 그 책임을 군주에게 돌려 심하면 폐위시키기도 했다는 등의 이야기는 물론 다 농업 문화의 양상이다.

내다보이는 저 큰 벌판이 그대로 부여의 살아 있는 역사로 보인다. 몽고 말이 끄는 농사꾼의 수레가 해부루 왕의 화려한 마차를 상징하고, 만주 여인의 기우뚱거리며 걷는 모양이 유화 부인의 어여쁜 발을 상상하게 하고, 양지쪽 밭두둑에서 돼지 먹이는 목동이 주몽 성제(聖帝)의 모습과 흡사한 듯하다. 누가 만주 평원이 단조롭고 무미하다 하던가. 나는 지금 거기서 시를 얻고 희곡을 보고 빼어난 문장과 훌륭한 책을 읽어서, 몸이 감흥의 물결 위에 둥실둥실 떠내려간다.

요문에서 1시간 10분을 곧장 달려 하늘을 찌르는 안테나들이 숲을 이룬 틈을 뚫고 정각 14시에 신경역에 도착했다. 신경(新京) 두 글자는 만주를 돌아보던 도중의 어느 역명보다도 가슴을 출렁이게 한다. 고구려·발해에서 요·금·원·명을 거쳐 청의 장춘 시대에까지 이르는 2천 년의 변천, 일로 전쟁 후 남만주철도의 종착지인 장춘역이 된 이래의 일들, 만주국 건설 이래 최근 6~7년의 기억이 죄다 한 덩어리가 되어 신경역 간판 위로 번개처럼 번쩍 지나간다.

정신이 어뜩할 판에 "야야!"하는 소리가 퍼부어 와서, 구면과 초면의 반가운 얼굴들을 알아보았다. 고마운 인사도 간단하게 하고, 자동차에 실려서 대로와 고층 건물이 무한히 펼쳐진 것 같은 신경 시가를 얼마 달려서 흥아(興亞) 골목에 자리 잡은 진학문 군의 저택으로 들어갔다. 신경의 첫날은 손님 접대로 낮과 밤을 마쳤다.

부여뜰 크다 한들
제 역사를 다 쓰리오.
삼천년 지난 일도
살피 찾기 어렵거늘
덧이는 새나라 파란(波瀾)
끝날 날이 업고녀.

33. 신경

10월 7일 목요일. 아침 식사를 마치고 우선 시가 구경을 나섰다. 만선척식공사의 임한용(林漢龍) 참사(參事)가 길 안내의 수고를 해주었다. 먼저 북안로(北安路)의 충령탑(忠靈塔)을 참배했는데, 이 탑은 건국 당시 목숨 바쳐 건국에 진력했던 이를 제사지내고 위령하는 곳이다. 여러 층의 사각 기둥이 우뚝하게 높이 솟은 석탑이 새로운 국가의 진행을 길이길이 살피고 돌보는 듯하다.

북안로에서 풍악로(豊樂路)로 나와서 대동대로(大同大路)에 있는 미나카이(三中井) 백화점 위로 올라갔다. 5층의 옥상이 신경의 전모를 한 눈에 보기에 편리한 때문이다. 대동 광장을 중심으로 크고 작은 도로가 종횡으로 뚫려있는데, 큰 도로는 방사형을 취하고, 작은 도로들은 이를 빙 둘러싸고 있다. 정제되고 조리 있는 도로 구획을 보니 과연 인공의 손길이 닿지 않은 자연 그대로의 광야에 마음먹은 대로 설립한 계획미를 느낄 수 있다.

중추가 되는 간선로를 대가(大街) 또는 대로(大路)라고 이른다. 신경역에서부터 신시가를 동서로 관통하는 것은 대동대로라고 한다. 여기 직각으로 교차하는 것에 장춘, 민강(民康), 길림, 흥안(興安), 흥인(興仁), 안민(安民) 등의 대로들이 있다. 지금 우리가 대로 중의 대로로서 신경의 메인스트리트인 대동대로를 디디고 서 있는 것이다.

서편 기차역 쪽 멀리로 신경 신사(神社) 근처에 군 사령부(곧 대사관)가 신국(新國) 보호의 위용을 갖추고 있다. 동쪽으로 대동 광장 주위에는 국도(國都) 건설국, 수도 경찰청, 전신전화주식회사, 중앙은행 등의 큰 건물이 신도시 추진의 심장을 이루고 있다. 이들 가까이 혹은 멀리에 허다한 공공 기관 빌딩이 저마다 높고 넓음을 자랑하니, 무엇보다도 건축의 웅장함이 이 신도시의 특색을 이루었다. 땅바닥에서 기는 듯한 1, 2층의 낮은 집과 튀기면 부서질 것 같은 성냥갑식 목조 건물은 여기서는 그림자도 찾을 수 없다.

대가와 대로는 물론 인도와 차도로 나뉘고, 차도는 다시 고속 차도와 완속 차도로 나뉘고, 그 중간에 녹지대를 만들고, 또 교차점에는 환상 회피선(環狀廻避線)[1]을 베풀고, 가로수와 가로등을 설치하는 등 근대 도시 시설로 빠뜨린 것이 거의 없는 듯하다. 대가, 대로 다음에는 그냥 '로(路)' 또 그 다음에는 '가(街)'가 있고, 가로 사이의 작은 길에는 지나의 통례에 따라 골목을 의미하는 '호동(胡同)'이라는 칭호를 쓴다. 가로에 대개 순천(順天), 흥아(興亞), 수강(壽康), 덕경(德慶)과 같은 미명(美名)을 붙여놓은 것은 가로 이름을 책상머리에서 한번에 자유롭게 정할 수 있었던 신도시였기에 가능한 일이었을 것이다.

이렇게 굉장한 건설이 세월로는 겨우 5년, 경비로는 불과 1억 원에 생겼다고 하니, 인력도 업신여기지 못할 것임을 다시 한 번 감탄하게 한다. 다만 길이 넓고 집이 큰 푼수로는 인물의 왕래가 몹시 드문 것이 암만해도 졸부 세간살이가 짙은 것 없음을 나타낸다. 그러나 장춘 시절의 18만 인구가 그동안 벌써 그 배인 35만이 되

---

1 인터체인지를 가리킨다.

기는 되었다 한다.

국도 건설 계획안을 보면, 신경역 남쪽 고대자(高臺子) 부근을 중심으로 동쪽으로 약 6.5km, 남으로 약 10.5km, 북으로 8.5km, 서로 7km의 장방 다각형인 면적 약 300km²(6천만 평)의 도시를 건설하고, 여기 백만 인구를 포용하도록 되어 있다. 시가는 지형의 기복을 재주 있게 이용하여, 도시 전체가 한 개의 큰 공원 같은 풍관을 띠게 했다. 대동 광장은 시정 기관의 중심, 순천 광장은 궁궐의 앞뜰, 안민 광장은 대동 광장과 아울러 중앙 정부 각 기관의 소재로 삼았다.

이 모든 관청의 건축 양식은 독특한 만주색을 발휘시키며, 또 그 건축물은 기념물을 제외하고는 통틀어 높이 20m 한도로 하여 천재지변에 대응할 준비를 삼았다 한다. 눈앞에 늘어서 있는 시가는 물론 이런 계획이 구현된 것이다. 신경 신시가의 대로는 최대 60m의 폭을 가졌지만, 여기에 전차를 부설하지 않고 교통망은 오로지 버스만 이용하는 것이 특색이다. 그 보조로 지나인의 마차 영업이 매우 활발함도 이채로운 경관의 하나다.

벌판 위에 우쩍 일으켜 세운 이 신흥 도시를 신경(新京)이라고 이름 지은 것은 사실과도 부합한다. 그러나 처음 신경이라는 이름을 지은 이의 진의는 어디에 있었을까를 나는 이리저리 추측해 보았다. 첫째 지나인의 본래 국가에는 시도(時都)인 난징도 있고 본래의 수도인 베이징도 있으니, 이 두 개의 수도 이외에 또 여기 새로운 수도를 세웠다는 것이 그 한 가지 이유가 아닐까 한다. 이것은 만주국이 아직 동북 한 편에 치우쳐 있는 듯하지만, 실상 구래의 중원 전체를 은근히 포괄하고 있는 뜻을 머금은 것이다.

둘째, 만주 지역에는 예로부터 북방 민족의 허다한 국가가 흥기하여서, 뚜렷이 드러난 것만 말해도 발해·요·금 등의 5경이 여기저기 건설된 일이 있다. 지금 만주국이 일어나 여기 또 하나의 신경을 만든다 하여, 말하자면 만주 역사 본위로 이름 붙인 것이 아닐까 함이다.

셋째, 무릇 신경의 전신은 장춘이요, 장춘의 원래 이름은 관성자(寬城子)요, 관성자는 불과 1세기 전까지도 몽고의 곽이라사(郭爾羅斯) 부족에 속한 방목지였다. 그러다가 처음 지나인 이민자들에 의해 도읍이 생기고, 다음 동청철도 건설로 시가를 이루고, 다시 남만, 동청 양 철도의 접속선인 길장(吉長)·장대(長大) 양 선로의 분기점이 되어, 국제 및 국내 교통상 중요지로 발전하여 왔다. 지금 신제국의 수도를 여기 두니 얼른 보기에 장춘 이전의 전통을 계승한 것 같지만, 실상은 장춘에 발을 디뎠다 뿐이지 온전히 처녀지에 신국에 상응하는 신도읍을 건설한 것이다. 따라서 신경이라는 이름은 장춘에 대한 신경 본위의 창작적 의기를 나타낸 것이 아닐까 한다.

이것저것이 다 아니요, 사실인즉 신국 신도읍이니까, 덥석 신경이라고 명명해 버린 것인지도 모르지만, 신경이라는 이름이 평범하면서도 실상 상당히 함축이 있음을 나는 생각해 보았다.

대시가(大市街) 한가운데
광원(曠原) 있다 말을 마라.
우거진 억새밭이
아주 없어지는 날은
신경의 본연한 빛을
어디 본다 하리오.

34. 장춘 성안

대동대가를 북으로 곧장 달려 군사령부와 서공원(西公園) 등을 지나서 신경 신사를 참배하고, 신경역 부근을 지나 관성자로 나갔다. 관성자는 구 동청(東淸; 곧 북만주) 철도 남부선의 종착지였다. 러시아인 거주자가 자못 많고 시황이 번성하였으나, 북철 접수 후 궤도 변경도 하고 우회선을 신설하기도 하여, 드디어 경빈선(京濱線)에서 제외되고 겨우 경백선(京白線; 신경과 白城子 사이)의 한 역으로 편입되어 쓸쓸한 존재를 이어가고 있다.

시내에 산포해 있는 둔중하고 질박한 벽돌 건축물과 함께 초라한 복장으로 가로에 왕래하는 잔류 러시아인의 모습은 러시아 시골 거리를 떠올리게 한다. 지나인은 여기를 이도구(二道溝)라고 부른다. 4천여의 거주자가 있는데, 집세가 싸서 조선 인민도 많이 모여 살고 있다. 길가의 어느 내력 있음직한 큰 건물에는 우리 보통학교 문패가 걸려 있고, 남녀 학생이 즐겁게 노는 모습이 반갑게 들여다보인다.

관성자라는 이름이 우리 귀에 익게 된 것은 건국 당시의 '관성자 사건' 때문이다. 관성자에는 본래 러시아 병영이 있어서, 러시아 혁명 후 지나로 돌아온 러시아 군인이 만주 사변 전에는 약 650명가량 주둔하고 있었다. 봉천에서 전란이 진행되고 있던 1931년 9월 19일 오전 3시, 일본군이 관성자 점령을 위해 병영에 밀어닥쳤다. 그러나 러시아 길림군은 완강하게 저항해, 장군을 잃고도 오히려 굴하지 않고 오전 11시까지 항전을 계속했다. 이때 피차간에 다수의 희생자를 냈는데, 시가의 요처에 이를 기리는 충혼비가 서 있다.

발을 돌이켜 신경역 앞을 지나고, 다시 이 지역 교통 중심지인 남광장을 지나면서 황궁을 멀리서 바라다보았다. 현재 황제가 머무는 궁은 건국 초창기 구옥을 취해 사용한 것이어서, 약간씩 시설 확장을 더하여 왔으나 오히려 작고 협소한 감이 있다. 그래서 새로 순천 광장 부근에 궁전 조영지 11만 평을 선정하고, 공사비 1200만 원의 예산도 변통하여 처리하기로 했다 한다.

다시 돌아서 지나인의 구시가로 들어갔다. 지금은 대개 없어졌지만, 본래 이곳이 장춘보(長春堡) 시절이던 때부터 성이 있었기에 보통은 성내(城內)라고 부르는 곳이다. 간선 대로에는 통례에 따라 마로(馬路)라는 칭호가 붙고, 1에서 6까지 구획되어 있다. 상당수의 점포가 좌우에 즐비한데, 몇 집 걸러 하나씩 백화점이라고 칭하는 것이 있기에 들어가 보았다. 크기가 일정치 않아서, 그 중 큰 것은 정말 백화점 같지 않은 것도 아니지만, 작은 것에 이르러서는 작은 잡화점에 불과하다. 이곳에서 이른바 백화점이라는 것은 본래부터 우리가 잡화상이라 부르는 의미쯤 되는 것일지도 모른다.

지나인 시가는 어디든지 사람들이 복잡하게 섞여 있어 밀고 당기고 시끄럽게 떠드는 것이 무엇보다 큰 특색이다. 장춘성에서 특히 그런 느낌을 받는 것은 아마 인적이 드문 신시가와 현격하게 대조되기 때문일 것이다. 좁은 인도는 지나다니기도 빽빽한데, 한쪽에 잡화상, 수예 도구점, 골동품점에서부터 역점(易占), 관상, 사주, 파자(破字), 택일, 사마귀점 등 온갖 종류의 점술객들이 어깨를 맞대고 노점을 베풀어 더욱 심하게 붐빈다.

차로는 오고 가는 마차가 서로 채찍 휘두를 데를 얻지 못할 만큼 매우 혼잡하고 어지러웠다. "지나여, 수 많은 사람들이여!" 하는 감탄을 새롭게 하였다. 몇 군데 책방을 뒤지니, 그들의 문화적 관심이 너무도 저열해서 놀랐다. 다만 어느 한 집에서 일시 금서가 되었던 『청사고(淸史稿)』[1] 전질을 발견하고 반가웠다.

성 북문 밖의 꽤 넓은 지역을 상부지(商埠地)라 하니, 곧 예전의 통상 구역을 말한다. 전부터 일본과 중국 자본이 이리로 모여들어, 상업의 기운이 활발하고 시가지 모습이 정돈되어 있다. 일용 잡화 시장이 동서 두 곳에 있어 시민 생활에 깊은 관련을 가지고 있으며, 극장, 기방 등도 대개 여기 몰려 있다. 일본 총영사관도 상부지 안에 넓은 장소를 차지하고 있고, 조선 거류민도 대개 이 부근에 운집하여 학교, 교회, 여관, 음식점 등을 벌이고 있다.

상부지에서 신경역까지가 만철 최북단의 부속지이다. 이 구역은 순전히 일본인 손에 건설된 점에서 특색과 특수한 의미를 가지며, 니혼바시(日本橋) · 이즈미쵸(和泉町) · 아사히도리(朝日通) 등 지명도 진작부터 일본식으로 되어 있다. 부속지 내에는 거의 일본인만 살고 있고, 거리 풍경도 물론 순전한 일본풍이다. 니혼바시도리(日本橋通)과 요시노쵸(吉野町)는 특히 상업 구역으로 번성한 빛을 보였다.

대동대가를 남으로 달려서 대동광원(大同廣園)을 지나 대동공원(大同公園)을 뚫고 나가다 보면, 재정부 · 몽정부(蒙政府), 교통부 등

---

1 중화민국 정부가 1927년에 완성한 청왕조의 기전체 사서(史書)다. 누르하치가 후금을 건국한 1616년부터 신해혁명이 일어난 1911년까지 296년의 역사가 모두 536권에 기록되어 있다. 정사(正史)로 완성되지 못한 미정고라는 의미에서 '청사고'라고 불리지만, 중국 역대 왕조의 정사인 24사를 잇는 정사로서의 가치를 인정받고 있다. 1928년 베이징을 점령한 장제스의 국민정부는 청사고가 중화민국에 대한 반감을 띠고 있다는 이유로 출판금지 명령을 내리기도 했다. 한편 진량(金梁)이 이 원고를 멋대로 고쳐 만주국 시대의 봉천에서 출간한 판본을 관외본이라고 하여, 원래의 판본인 관내본과 구분한다.

의 큰 건물들이 좌우에서 바삐 영송해 준다. 황막한 벌판을 끼고 나가는 아스팔트 대로를 기이한 감상으로 달려가노라면, 대륙과학원의 큰 덩치와 호국묘(護國廟)의 넓은 터전이 이따금 이곳이 도시임을 알려 준다.

가다가 왼쪽으로 꺾어 긴 담과 큰 집이 잇대어 있는 한 대지에 다다랐다. 건국군 격전지로 유명한 남령(南嶺)이다. 남령은 함풍(咸豊: 1851~1861) 이래 지나의 병영 소재지였으며, 사변 전에는 보병·포병·치중병(輜重兵)[2]·자동차대 등 4,400명이 주둔하고 있는 동북육군의 정예 부대로 일컬어졌다.

9월 19일 오전 3시에 일본 군대가 공격을 시도하여, 이른 아침부터 포화를 주고 받아서 관성자 이상의 많은 사상자를 냈다. 오후 4시 반에 이르러 일본군이 이곳을 완전히 점령하고, 같은 날 오후 11시경 장춘 성내에 주재한 성 방비군을 완전히 무장 해제하니, 이때부터 신경 부근에 옛 군대의 그림자를 볼 수 없게 되었다.

남령의 옛 병영은 반은 황폐하게 내버려두고 반은 수리와 보수를 해서 군사용으로 사용하는 모양이다. 무너진 담과 망가진 지붕에는 당일 포탄의 흔적이 남아 있는 곳도 적지 않다. 기념비에 예를 올리고 걸음을 돌이켰다. 도중에 만몽일보사를 방문하고, 이어 영창흥인대로(永昌興仁大路)에 신축한 선만척식회사에서 사원들에게 이민의 중요성에 관한 일장 강연을 했다. 저녁에 일만(日滿)군인회관에 있는 초청 연회에 참례하고, 밤이 이슥해서 처소로 돌아왔다.

---

2 군수품의 수송을 담당하던 병사를 말한다.

대신경(大新京) 번화지를

두루 밟아 남령(南嶺) 오니

추풍에 날리는 잎

무더기져 쌓이는데

당년의 원문(轅門)[3] 자리를

찾을 길이 없어라.

3 수레가 지나다니던 문으로 군대의 주둔지 안을 뜻한다.

35. 길림

8일 금요일. 아침에는 비가 오다 나중에 갬. 밤부터 오던 비가 아침에도 개지 않았으나, 일정대로 오전 8시 40분발 도문행 열차를 타고 길림으로 향했다. 동으로 나갈수록 빗줄기가 듬성해지다가, 구구대(九九臺)에 이르러서는 밝은 햇살이 차창에 그득하여 마음을 크게 놓았다.

이때까지 오면서 보니, 비 때문에 철로변의 통로가 곤죽은커녕 아주 수렁이 되어 길인지 개울창인지 분간이 되지 않았다. 서투른 눈에는 마차가 다니면 길인가보다 판단할 지경이어서 계속 비가 왔다가는 길림 구경이 심히 위태롭겠다 생각했는데, 지금부터 날이 들면 심한 불편은 없을 것이다. 가물면 떡가루가 되고 비 오면 물웅덩이 되는 것이 만주 도로의 본색이라 한다.

하구대(下九臺) 부근은 수리 시설이 잘 되어 있는 만큼, 진작부터 조선인이 입주해서 근래에는 대자본의 농장을 경영하기에 이르렀다. 풍요롭게 익은 벼가 넘실거리는, 백의인(白衣人)의 논들이 좌우에 그득하였다. 신경 떠나서부터 오른쪽에 조심조심 등허리를 드러내기 시작하던 산맥이 차차 기세를 더하여, 음마하(飮馬河) 부근에서는 제법 산봉우리의 변화를 발보인다. 다시 화피창(樺皮廠) 전후에 이르면, 좌우 양측에 죄다 산을 대하게 되어 벌써부터 동만주 산암 지대의 풍모가 보인다.

9시 55분 길림(吉林) 도착. 역두에서 마중해 주는 이들 중에서 불교전문학교 학생이었다가 이곳 보통학교에 교편을 잡고 있는 김(金) 군을 보게 되어 특히 탐탐하였다. 최태욱(崔泰旭) 군의 지도로 성성(省城)의 간선로를 한 바퀴 돌았다. 원체 역사 있는 곳이요, 인구가 15만에 달하는지라 거리가 자못 번성하며, 도서와 골동품 가게도 드문드문 눈에 들어온다.

최 군이 자신의 실제 체험을 바탕으로, 길림의 전신이라 할 우리 정치 운동가 소굴 시대의 정황을 설명했다. 여기는 모(某) 명사의 처소, 여기는 모 단체의 옛 터전, 여기는 모 사건의 발생지라고 가리키니, 일일이 감개 깊은 것뿐이다. 그 중 피비린내 나는 대목에서는 눈살이 찌푸려지기도 한다. 그러나 돌이켜 생각하여, 이러한 풍상으로 인해 길림이 조선인의 만주 발전을 굳게 떠받치는 하나의 쐐기가 되었다고 보면, 그것도 결코 무의미하지 않음을 깨닫겠다.

송화강 왼쪽으로 나서서 성공서(省公署) 앞을 지나 성벽을 꼈다가 놓았다가 하면서 북행하기 몇 마장 만에 북산(北山)에 다다랐다. 무릇 길림성은 서북으로 산악을 뒤에 지고, 남으로 송화강을 둘러서, 산수의 흥취가 만주에서 으뜸이다. 이 지역에서도 뛰어난 풍경을 자랑하는 곳이 바로 이 북산인데, 지금은 산 전체를 공원으로 꾸며서 산에 올라 풍경을 조망하고 감상하기 편하도록 해 놓았다.

숲 사이에 뚫린 길로 비스듬하게 올라가니, 가끔 옷자락에 붙은 붉은 나뭇잎이 잘 털어지지 않고 떼를 쓰는 것도 정다운 생각을 불러일으킨다. 오름오름 내려다보이는 산천이 죄다 온화하고 고상하여, 전체적으로 다사롭고 부드러운 기분에 휩싸이는 것이 마치 고향에 돌아온 듯도 하다. 산은 몇 개의 봉우리로 나뉘었는데, 봉마다 정자를 짓고 주봉 위에는 절 하나와 작은 탑이 있어서 자못 유람의 흥이 있다.

발 아래는 송화강의 비단구름이 펼쳐지고, 눈앞에는 단자산(團子山) · 용담산(龍潭山) 등이 부처님 상투 모양 봉우리를 쫑긋쫑긋 내밀고 있어, 눈을 어디로 던지든지 싫증나지 않을 만하다. 더 북쪽의 고지대에 포루(砲壘)가 늘어서 있는 게 좀 살풍경인 듯하지만, 길림의 역사적 지위를 말해준다는 면에서는 또한 없을 수 없다는 생각이 든다.

서남쪽 구름 사이로 쭈뼛한 안장 모양의 산 하나가 소백산(小白山)이다. 금(金)의 대정(大定) 12년(1172)에 장백산을 봉하여 흥국영응왕(興國靈應王)으로 삼고, 북산에 그 사당을 세워 관리로 하여금 제사 지내게 했다는 곳이 바로 이 산 위였다. 후에 청나라 또한 장백산이 자신들의 발상지라 하여 강희 16년(1677)에 특별히 내대신(內大臣)을 파견하여 제전(祭典)을 정비했다. 옹정 11년(1733)에는 망제전(望祭殿)을 세워 매년 봄과 가을에 산 위에서 망사(望祀)[1]를 행하게 하니, 이곳이 망제산(望祭山)이라는 이름을 얻게 되었다.

소백산의 만주 이름은 온덕혁은(溫德赫恩) 혹은 온덕항(溫德恒)이니, 곧 판(板)을 뜻한다고 한다. 만제산 너머로 개천굉성(開天宏聖)이신 태백산을 삼가 우러러보면서 마음의 근례(覲禮)[2]를 드렸다. 길림에 온 진짜 뜻이 여기 있는 것을 새삼스레 깨닫겠다.

최군은 혹시라도 구경의 흥이 부족할 것을 염려해서인지, 연방 말하기를 북산도 북산이지만 길림의 승경을 말하려면 용담산에 가 보아야 하느니라고 한다. 그러나 따로 하루의 겨를을 만들 수 없는 이번 길에는 공연히 마음을 들썩이게 할 뿐임을 어찌하리요. 『길림외기』(권2, 산천)를 떠들어 보면, 대강 용담산의 개요를 얻을 수 있다.

---

1 섶을 태우며 멀리 산천의 신에게 제사 지내는 일을 말한다.
2 제후가 천자를 뵙는 의식. 필자가 소백산에서 태백산을 바라보며 예를 올리는 것을 비유하고 있다.

십합산(什哈山)은 용담산(龍潭山)이다. 우리말에 작은 물고기를 '니십합(尼什哈)'이라 한다. 산 동북쪽 작은 개울에 작은 물고기가 살아서 그렇게 이름 지은 것이다. 성(城) 동쪽 12리에 있다. 높이는 3백 보, 둘레는 10리이며, 사면이 험한 절벽을 이루고 있다.

서북쪽으로는 동도(東道)가 있어 구불구불한 길을 따라 위로 오르면 산꼭대기에 이르는데 숲이 더욱 우거졌다. 남쪽으로 백여 보를 가면 길가에 연못과 돌무더기가 있으며, 위수(渭水)의 붕어가 사는 연못이라고 전한다. 북쪽에는 용담(龍潭)이 있으며 둘레가 50여 보다. 조금 푸르고 검다. 장마철이나 가물 때나 할 것 없이 불지도 않고 줄지도 않는다. 주위의 높은 신과 빽빽한 수풀이 수면을 덮어서 연못이 고요해 보인다. 유람하던 이가 끈에 돌을 묶어 던졌더니 수십 길이 되어도 바닥에 닿지 않았다.

전하기를, 청나라 초에 연못 가운데 쇠사슬이 있어 정목(井木) 위에 매달아 놓았는데, 이것을 만지면 숲속 나무들이 흔들렸다고 한다. 후에 묘회(廟會)[3]를 세웠는데, 남녀가 관람하다가 무리지어 음란한 짓을 하니, 어느 날 밤 큰 바람과 폭우가 일고 천둥 번개가 번갈아 치더니, 정목이 부러지고 쇠사슬 또한 온데간데 없어졌다.

용담 서남쪽에 돌 구멍 두 개가 있다. 밖은 좁지만 안으로 갈수록 넓어져 엎드려서 들어가면 몸을 운신할 수 있는데, 감히 깊이 들어가 본 자는 없다. 깊어질수록 깜깜하고 바람이 분다. 또 동남쪽 숲에는 자작나무 한 그루가 있어 높이가 9길 남짓이고 직경이 2자이며 위아래가 곧바르고 가지와 나뭇잎이 고르고 가지런하다. 건륭 19년(1754) 고종 순황제(純皇帝)가 동쪽으로 행차할 때 이를 '신수(神樹)'로 봉하고 봄가을에 제사 지내니, 용담에서의 제사와 같은 날이다.

---

3 묘시(廟市), 절장(節場)이라고도 한다. 사묘(寺廟) 부근의 모임을 가리킨다. 제사를 지내고 물품을 사고팔며 오락을 즐기는 중국의 전통 풍속이다.

『길림외기』에는 단자산(團子山)에 대한 설명도 있다.

일랍목산(一拉木山)이 동단산(東團山)이다. 송화강 동쪽에 있다. 성에서 8리 떨어져 있다. 우리말에 '의란(依蘭)'은 숫자 3을 뜻한다. 의(依)와 일(一), 난(蘭)과 납(拉)은 같다. 일랍목이라는 것은 소리가 잘못 전해진 것이다. '동단'이라 한 것은 서쪽과 구별하기 위해서다. 서단산(西團山)도 성에서 8리 떨어져 있다. 두 봉우리가 마주해 좌우에서 대치하고 있는 형상이다.

최군의 말을 들으니, 단산(團山) 위에 고려성자(高麗城子)라는 옛 성이 있다고 한다. 주위 약 10리에 가운데가 평평하여 사람이 거할 만하지만, 속설에 고려성자에는 영(靈)이 있어 그곳에 집을 지으면 반드시 변이 생긴다 하여, 인민이 감히 들어가 살지 못하고 다만 농사나 지을 뿐이었다. 그러던 것이 근래 들어 고려성은 필경 고려인의 소유가 될 것이라 하여 이 땅을 즐겨 우리네에게 매도하니, 소유자들이 여러 가지 이용 방법을 생각하고 있다 한다. 재미있는 이야기다.

길림성 지나는 손
북산(北山) 위에 올라서서
구부려 송화강을
보고보아 못떠남은
행여나 백두산 영(影)이
잠겼을까 하왜라.

36. 송화강

  길림의 다른 경관이 아무렇다 어떻다 하여도, 무엇보다 더 우리의 시선을 끄는 것은 송화강일 수밖에 없다. 송화강은 장백산, 곧 백두산 천지가 북으로 넘쳐흘러서, 이른바 요동 산지(山地)의 계곡을 꿰뚫고 나온 것이다. 만주 평야의 첫 자락을 붙들고 길림이란 도읍을 만들어내니, 강이 S자형으로 시가를 둘러 나가는 모습이 한눈에 보인다.

  송화강은 흑룡강의 한 지류요, 또 송화강에는 여러 갈래 원류가 있기도 하지만, 만주가 역사적으로 중요한 땅이 되게 한 기본 원인은 송화강에 있으며, 송화강이 문화의 원동력임을 나타낸 최초의 화원(花園)은 이 길림 일대였다. 저 농안(農安)은 길림의 연장이요, 부여(扶餘; 곧 伯都訥)은 농안의 발전에 불과하니, 옛 부여의 역사 무대는 요컨대 지금 눈앞에 흘러 내려가는 이 송화강 유역을 벗어나지 않는 것이다.

  그래서 지나의 고대사가 황하의 기록이요, 이집트의 고대사가 나일강의 기록인 것처럼, 만주를 무대로 하는 우리 선조의 역사는 바로 이 송화강의 기록일 따름이다. 길림까지의 송화강 곡지(谷地)야말로 동북아시아를 포괄하여 세계 최고(最古) 문화의 일대 부면을 구성하는 불함 문화의 근본점이었던 것이다. 지금 길림이라는 도시를 끼고 흐르는 송화강에는 이 동방 역사의 대비밀이 그림자를 담그고 있을 것이다.

강 물결과 여울에 우는 물소리가 모두 당년의 사실을 우리에게 전해주려는 생생한 설법(說法)이자 장광설인지 모르건만, 우리 육신의 눈과 귀가 무디어서 그것을 알아보고 알아듣지 못하는 것이 아닐까. 강가의 빼어난 멧부리와 뾰족한 돌부리가 죄다 한 개의 피라미드요, 오벨리스크가 아님을 누가 단언하랴.

송화강 곡지가 만주 역사의 중심임은 반드시 고대에 한정된 것이 아니다. 당나라 때 말갈인 중 가장 유명한 속말부(粟末部)는 실로 송화강 상류 지역을 일컫는 속말수(粟末水)에서 비롯된 칭호였다. 그 뒤로 발해 · 금 · 만 · 청 등의 배태가 다 이 곡지에서 이뤄졌음은 누구나 아는 바와 같다.

한편 지금의 길림에서는 장백산 재목을 이용하여 진작부터 조선업(造船業)이 행해졌다. 청대에 들어와서는 1658년에 러시아를 방어하기 위해 전투선을 만드니, 길림의 옛 이름인 선창(船廠)이라는 칭호가 여기서 비롯된 것이다. 1658년의 전란은 우리나라 혜산첨사 신류(申瀏)가 군사 5천을 거느리고 원조하러 가서 송화강과 흑룡강 합류점 부근에서 러시아군을 대파했던 때다. 사건 당시 신유의 패장(稗將)이던 배황(裵幌)의 『북정일록(北征日錄)』에 상세하게 기록되어 있다.

뒤에 이 지역이 발전함에 따라, 성회(省會)를 두고 장군을 주둔시켜 영고탑 · 백도눌 이하 여러 성을 관할하게 했다. 지명을 고쳐 '길림오랍(吉林烏拉)'이라고 이르니, 만주어에 길림은 기슭, 오랍은 강을 뜻한다. 군민이 강기슭 일대에 거주함으로 인한 것이라 한다. 옛 글에는 오랍(혹은 烏喇)라는 생략형을 많이 썼다. 백두산 정계비에 보이는 오라총독(烏喇總督)이 곧 이 길림의 관직 이름이다. 나중에는 한문의 뜻이 아름다운 것을 취하여 길림이라는 생략형을 더 많이 쓰니, 길림이 지금까지 성 이름으로 남게 되었다.

청나라 때는 만주를 남북 두 구역으로 나눠, 남부는 봉천 장군에 속하게 하고 북부는 '오라영고탑'이라고 불러 길림 장군 치하에 두었으니, 길림이 그만큼 중요했음을 알 수 있다. 후에 러시아에 대비하기 위해 흑룡강 주변 시설에 힘을 기울여 드디어 동삼성(東三省)이라는 칭호가 생기게 되었지만, 참으로 만주 방호의 중심점은 길림인 것이 사실이었다. 청나라 때도 그렇지만 모든 것이 새로워진 금일로 말해도, 송화강을 운수로 하는 목재 집산지와 강 유역 개발에 따른 만주 곡창 지대로서의 성제적 가치는 더하면 더했지 줄어들 리 없다.

한편 길림은 교통면에서도 봉길선, 경도선과 송화강 수상 운수의 결절점으로서 중요한 지위를 점하고 있다. 또 이 부근에 송화강 낙차를 이용한 대규모 수력 전기 사업이 진행되어 산업동력의 공급선을 삼으려 하니, 송화강 곡지의 중심 도회인 길림은 언제까지든지 만주의 꽃줄기로서의 지위를 잃지 않을 것이다.

만청이 중원에 입주한 후에도 만주를 근본지로 중시한 것은 현저한 사실인데, 이 만주에 대한 중심적 보장은 항상 길림에 두었다. 강희·건륭의 양 영주(英主)가 연이어 동쪽 지역을 순방하면서 멀리 길림까지 행차해 머무는 수고를 마다하지 않은 뜻이 물론 여기 있을 것이다. 강희 대제가 21년(1682)에 송화강 위에 배를 띄우고 호기로운 노래 한 수를 지었다.

송화강 강물은 맑기도 하구나.
밤새 내린 비 지나고 봄물이 넘실대네.
일렁이는 물결 겹겹 비단처럼 반짝이고
비단 돛 화려한 배 바람 따라 쉬이 가네.

퉁소 음률 연주하니 물결이 따라 울고,
쑥대 바위 푸른 절벽 강 양편에 늘어섰네.
뜬 구름 빛나는 해 어이 그리 반짝이나.
물결 따라 곧장 가니 교룡(蛟龍) 놀라 뒤척이고
돛대 묶고 배를 멈춰 강가 성에 머무르니
군사들 건장하여 모두 정예무사로다.
깃발 물에 비치고 붉은 깃술 펄럭이나
풍속 탐문 하러왔지 군사 시찰 아니라네.
송화강 강물은 맑기도 하구나.
크고도 넓어라 철썩이며 가는 파도
만 리에 구름 개니 물 깊음이 보이누나.

그가 마음에 품은 바를 보여주는 동시에 북방 경략에 대한 시사
점을 얻기에 충분하다.

대동(大東)의 반만년이
흘러가는 송가라강
실 늘여 낚으려면
좋은 것이 얼마리만
이 눈 뜬 어느 어부를
만나본다 하리오.

37. 길림 문묘

북산의 왼쪽 기슭은 길림 거주민의 마음을 맡아 두는 신앙 지구인 듯하여, 절과 도관(道觀) · 묘사(廟祠)가 용마루를 맞대고 있다. 맨 위에 있는 이층의 높은 건물은 아래층을 타운전(朶雲殿)이라 하여, 안에 낭랑(娘娘) 군상(群像)을 봉안했다.

낭랑은 지나 민간 신앙에서 중요한 여신으로 서민이 가족 보호를 위해 가장 크게 의지하는 대상이다. 따라서 속성의 분화가 많이 이뤄져 낭랑의 종류가 무려 수백에 달한다 한다. 지금 여기도 정면에 근본신이라 할 낭랑 소상(塑像)을 봉안한 것 외에도 좌우로 낭랑의 분신이라 할 허다한 상들을 나란히 줄 지워 놓았다. 그중 '자손 낭랑(子孫娘娘)'이라 하는 상에는 머리, 꼬리, 가슴, 옆구리, 손, 팔, 다리, 무릎의 온몸 여러 곳에 여러 모양의 아이들이 주렁주렁 매달려 있다. '포태(胞胎) 낭랑', '유식(乳食) 낭랑' 등 후사(後嗣)와 관계된 여러 낭랑 앞에는 향불을 바친 것이 특히 많다.

사다리를 밟고 위층으로 올라가면 옥황각(玉皇閣)이라는 현판이 붙어있는데, 정면에 옥황 소상을 봉안하고 좌우에 여러 선관(仙官)과 28수(宿)[1] 등을 또한 소상으로 나열해 놓았다. 이는 물론 옥황각이라는 이름에 어울리는 것이지만, 이밖에도 천리안(千里眼), 순풍이(順風耳) 등 불전에서 유래한 천부신(天部神)을 모조리 배치한 것은 역시 지나의 선불(仙佛) 습합적 종교의 특색을 보여준다.

『길림외기』(권6)의 사사(祠祀) 편에 "대웅각은 곧 옥황각이다. 성밖 북산 약왕묘(藥王廟) 뒷산에 있다. 고각(高閣)은 세 칸으로 건륭 41년에 지었다."라 한 것이 바로 이 전각에 해당한다. 이 옥황루를 한편으로는 대웅각이라고 일컫는 것을 보아도, 본래부터 절과 도관을 섞어 놓았음을 짐작케 한다.

옥황루에서 내려오니 뜰에서 장맞이[2]하고 있던 이동 사진사가 여기서 사진 한 장 찍기를 간청하므로, 석대 위에서 그 렌즈를 받아 주었다. 무릇 지나의 유람지에서는 탐승객을 상대로 하는 거리의 사진사가 여럿 있다. 사진기에 현상 설비까지 껴서 마치 활동사진 촬영기 비스름하게 된 사진대들을 들고, 객을 보면 줄줄 쫓아다니며 기어이 사진을 찍도록 한다. 값이 워낙 싸고 또 30분 이내에 인화를 해서 관광하는 동안에 넉넉히 찾아가지고 오게 하므로, 어떤 경우에는 편리하기도 하다. 여하간 정거장에 내리면 마차나 인력거의 포위를 받고, 경승지에 가서는 거리 사진사의 미행이 붙음은 만주와 지나 여행에서 귀찮으면서도 심심치 않은 일 중 하나다.

감리궁(坎離宮)이라는 곳에 들어갔다. 절간에는 의외로 불보살만 봉안하고 있지만, 머리 깎은 중이 타오르는 등불 심지 위에서 손으로 무슨 술법을 하면서 대명왕주(大明王呪)를 끊임없이 염송하는 모습이 여기서도 도교와 불교가 일치함을 보여준다. 다시 약왕묘(藥王廟)라는 곳에 들어가니, 주벽(主壁)에는 삼황상(三皇像)을 안치하고

---

1 고대 중국에서 하늘의 적도를 따라 그 부근에 있는 별들을 28개의 구역으로 구분하여 부른 이름이다. 각 구역에는 여러 개의 별자리들이 있는데, 그중에서도 대표적인 것을 수(宿)로 정했다. '수'는 '머무른다'는 뜻인데 '집'이라는 뜻의 사(舍)를 붙여 '28사'라고도 한다.
2 길목을 지키고 사람을 기다리는 일을 뜻한다.

좌우에 십선의상(十先醫像)을 줄 지워 봉안하여 놓았다.

중수한 지 오래지 않은 듯 빛깔이 아직도 찬연하고, 민국 이후에 봉헌된 것도 무수하여 신앙적 생명이 활발함을 보인다. 물론 길림 의약공회(醫藥公會)가 여기 설치되어 재원(財源)이 튼튼하기 때문이기도 하다. 어디 의사 아무개 씨가 증여했다는 것을 크게 써 붙인 액자들은 그대로 하나의 광고판의 의미도 있는 모양이다.

약왕묘에서 좀 내려오면 관제묘(關帝廟)가 있는데, 규모와 법도가 자못 굉장하다. 종각과 북을 단 누각이 다 당당하고, 정전(正殿)에는 건륭제가 직접 '영저유기(靈著幽岐)'라고 쓴 액자가 일종의 위엄을 띠고 있다. 이 건물은 1727년에 건축된 것으로 길림시 유일의 지정 문화재로 되어 있다. 이 중간에 철보(鐵保)가 쓴 '백산서원(白山書院)' 과 하소기(何紹基)가 쓴 '잠유헌(蹔留軒)'이라는 현액을 내건 방들은 책상과 자리를 배치해 놓아 유객(遊客)의 발걸음을 머무르게 할 만 하다.

마지막 산기슭이 거의 다해 가는 곳에 '징강각(澄江閣)'이라는 건 물이 낭떠러지 가까이 날듯이 자리 잡고 있어 고도(故都)의 강을 한 눈에 거두어들이기에 족하다. 봄꽃과 가을달 같은 계절 풍경을 따라 길림 사람들의 연회 장소로 독보적인 지위를 차지하고 있는 것이 당연하다. 바드럽게³ 돌다리를 골라 밟기 한참 만에 비로소 북산 의 품을 나섰다.

성의 동문(東門)으로 들어가 하남로(河南路)를 달려서 일방도관(一方道冠)⁴인 총림(叢林)인 문창궁(文昌宮)을 보고, 다음으로 문묘(文廟) 를 찾았다. 길림의 유학은 1742년에 처음 건설된 것으로서 만주 최 고(最古)의 역사를 가졌다. 하지만 뒤에 여러 번 화재를 당해서, 현

---

3 빠듯하게, 위태하게 가는 모양을 뜻한다.
4 선종에서 승려가 좌선 수행하는 도량 혹은 많은 승려들이 모여 사는 큰 절을 뜻한다.

길림 문묘 대성전

재의 문묘와 학당이 어느 해에 중수된 것인지는 모른다. 한편으로 퇴락해가면서도 체제를 자못 두루 갖추고 있고 장대하여 능히 당년의 성세를 전하고 있다.

맨 앞에 영성문(靈星門)이 있고, 그 안에 반수지(泮水池)가 있어 위에 돌다리를 놓았다. 연못이라고는 해도 물은 없고 잡초가 숲을 이루었을 뿐이다. 그 뒤로 '성성(聖城)'과 '현관(賢關)'이라는 두 개의 측문(側門)이 마주보고 있는 구역에, 모든 청사(廳舍)와 창고, 지역 현자나 유명한 벼슬아치들의 사당이 좌우로 늘어서 있다. 또 그 뒤로 대성문(大成門) 3칸이 의젓하게 서 있는데, 뜻밖에도 지붕 위에 나무가 나서 제법 숲을 이룬 모습이 진실로 기이한 광경이다.

문으로 들어서면 2층 지붕의 대성전이 대리석 계단 위로 우뚝 솟아 있고, 꿈틀거리는 용이 조각된 유리 기와와 용마루가 찬란히 사람의 눈을 쏘아 온다. 동서 양편으로 큰 건물들이 기다랗게 마주보고 서 있어, 문묘의 모습이 자못 숭엄하다. 더욱이 이 구역만은 1922년에 중수했기에 건물과 단청이 다 선명하고 화려해 새로 지은 것 같다. 대성전 안에는 높은 기둥 16개가 높다랗게 천정을 버티고 있다. 대성지성(大成至聖) 선사(先師)를 가운데 모시고, 복술종아(復述宗亞) 4명의 성현을 좌우에 마주보게 모시고, 10철(哲)과 선현(先賢)을 동서 벽에 질서 있게 배열해 놓았다. 기둥 사이에는 '성집대성(聖集大成)', '성협시중(聖協時中)' 등 청조 황제들이 쓴 액자가 걸려 한결 엄숙한 뜻을 드날린다. 동서 양편의 건물들에는 역대 유현(儒賢)을 차례로 봉안하여, 유종주(劉宗周)[5], 황도주(黃道周)[6], 탕빈(湯斌)[7] 등 명청 대의 인물들까지 이르렀다.

대성전 뒤의 계성사(啓聖祠)와 기타 부속 건물을 한번 둘러보았다. 특히 악기 창고를 열라 하여 진열된 것을 점검하니, 악기가 필요한 수에 모자를 뿐 아니라, 편경(編磬)은 목제(木製)에 분(粉)을 바르고, 편종(編鐘)은 방울 비슷한 형태만 조잡하게 갖췄을 따름이다. 진실로 어안이 벙벙하고 할 말이 없을 지경이다. 이런 것을 가지고야 정신을 맑게 하고 이치를 조화롭게 할 수 있겠는가. 공자가 대사악(大司樂)[8]으로 온다 해도 6교(敎)의 술을 베풀 수 있겠는가. 거듭 개탄하며 학궁을 나섰다(『수례』에 "대사악은 음악으로 공경대부의 자제들에게 興, 道, 諷, 誦, 言, 語를 가르친다."라고 한 것이 있다).

> 반지(泮池)가 쑥밭인데
> 나무 편경(編磬)이 괴이하랴.
> 지금에 이만 영광
> 남은 것만 신기하거니
> 고불고(觚不觚) 고불고[9]하다
> 무슨 말을 하리오.

---

5 중국 명나라 말기의 사상가, 명나라가 망할 때 나라를 위하여 23일간 단식한 끝에 죽었다.
6 명나라 때 푸저우(福州) 사람으로 자는 유원(幼元), 호는 석재(石齋)이며, 예부 상서를 지낸 학자이다. 푸저우에서 융무제(隆武帝)를 옹립하고 장시(江西) 지역으로 가서 국토 회복을 도모하다 청나라에 패하여 포로로 잡혔으나 굴복하지 않고 죽었다.
7 자는 공백(孔伯), 호는 잠암(潛庵), 청나라 강희제 때의 문신으로 관직은 공부 상서까지 이르렀다.
8 중국 주나라 때 악관(樂官)의 장(長)을 뜻한다.
9 『논어』「옹야(雍也)」23장에서 인용한 표현으로 원문은 "모난 술잔이 모나지 않으면 모난 술잔이라 하겠는가. 모난 술잔이라 하겠는가(觚不觚 觚哉觚哉)" 이다. 물건이나 사람이 제 이름값을 하지 못함을 이른다.

38. 길림산업조합

　문묘를 나서니, 무엇보다도 기독교 교회 첨탑이 여기저기 눈길을 끈다. 만주의 기독교가 자못 번성하고 길림이 어느 종파에서고 최고 중심임을 말해 주는 사실이다. 탑 중에서 가장 높은 것은 아마 천주교 교구 소재인 듯하다. 천주교는 만주를 9개의 교구로 나누고 길림을 으뜸으로 삼아, 신앙과 교화 양 방면으로 다 뿌리 깊은 활동을 한다고 들었다.

　만주에 있는 신교는 장로교를 중심으로 한다. 본래 중화기독회(中華基督會)에 속하였다가, 만주 건국 후 1934년에 독립하여 만주기독교장로회를 세웠다. 포교의 경로는 여전히 예전부터 전해오는 요동 · 요서 · 길림의 3구역제를 답습하여, 북만주 활동의 중심을 또한 이 길림에 두고 있다.

　삼양(三陽)그릴이라는 회사로 인도 받아서 재류(在留) 동포 간담회를 열고 길림 사정에 대해 요긴한 설명을 들었다. 길림에 거주하는 조선인 약 3천 명 중 대부분은 역시 농민이지만, 다른 곳에 비해 상공업 종사자 수가 비교적 많은 것이 특색이다. 자산 1~2만 원 정도의 부자가 이미 50인을 헤아리며, 대체로 빈부 차가 크지 않아 두루 안정된 생활을 해 간다고 한다. 그리고 이른바 부정업자(不正

業者)[1]가 드문 것이 길림 주민의 한 자랑거리였다.

농민들은 여름과 가을에는 경작지가 있는 교외로 나가 살고 겨울과 봄에는 치안 관계상 성내에 들어와 사는 게 통례이므로, 길림시의 재류민 수는 계절에 따라 증감을 보인다. 한편 우리 동포와 본토인들의 접촉은 매우 융화가 잘 되고, 성시(省市) 관리들의 태도도 극히 동정적이어서, 길림에 있는 조선인의 지반은 만주 어디에 비해서도 가장 확실하고 양호하다고 한다. 듣는 말이 모두 반가웠다.

약간의 점심을 마치고 상부지(商埠地) 육경로(六經路)에 있는 길림산업조합을 찾아갔다. 정미업을 중심으로 하는 이 조합은 우리 동포의 산업 활동상 일내 성부(城府)에 해당한다. 큰 규모와 튼튼한 기초, 아름다운 업적이 만주 제일의 공인을 얻은 곳이다.

무릇 만주의 우리 이주민 수가 백만을 넘었고 경작지도 수십만 두둑에 달하지만, 오합지졸이거나 뿔뿔이 흩어져 있어 경제적 세력이 형성되지 못했었다. 더욱이 생활 사정이 궁박해서 매년 수확물을 입장(立場)에 투매하다 보니, 가격 고하를 간사한 상인의 농단에 맡겨 농가의 손해가 이루 말할 수 없으나, 농민 자신의 힘으로는 이를 어쩔 수 없었다. 만주 건국 전후부터 재류 관민 사이에 이를 바로잡을 방책을 강구했다.

그 결과 조선총독부 및 외무성의 원조 아래 금융조합을 설립하고, 생산품 공동 판매와 가공 판매, 종자 및 농기구 등의 공동 구매 사업을 경영하게 되었다. 이 수년간의 경험을 바탕으로 드디어 1935년 7월에 지금의 길림산업조합을 구성하기에 이르렀다. 현재 조합원이 655명이고 그 중 조선인이 650명이니 물론 순전한 조선인 본위의 사업이다. 경영을 담당하는 이도 온통 조선인뿐이어서 전원이 마음을 한데 모아 사업이 자못 순조롭게 진행된다고 한다.

---

1 밀수업자를 말한다.

예전부터 알고 있던 이사(理事) 김세원(金世元) 군의 안내로 공장을 한번 돌아보았다. 6천 평이라는 넓은 터전에 크고 작은 공장이 무더기무더기 늘어서 있다. 중심 시설인 정미소는 근 200마력의 동력으로 하루에 백미 세 트럭분, 곧 90톤의 생산 능력을 지녀 1년에 20만 석을 정미해 낸다고 한다. 분업이 극히 합리적으로 연결되어 설비 이상의 능률을 내고 있음은 분명 당직자의 총명을 입증하는 것일 터이다.

마지막으로 선미장(選米場)에 들어가니, 종업원 중에 다수의 만주 여자가 섞여서 일종의 선만일여(鮮滿一如) 도장(道場)의 모습을 띠고 있어 마음이 든든하다. 공장의 부대사업으로 철공소, 주물 공장, 인쇄소, 착유부(搾油部) 등이 있어, 전 업종이 혼연히 하나의 체계를 이룬 모습이었다.

뜰에는 곡식더미가 어마어마하게 쌓여 있는데, 한 더미가 수천 석 되는 것도 있다. 한창 때에는 5~6만 석이 여기 쌓인다고 한다. 만주에 이만한 산업 기관이 있어 단체 성능을 원만하게 발휘하고 있음을 보고, 다만 길림의 산업계뿐 아니라 만주 전체 동포의 모든 산업을 축복하는 마음을 금치 못했다.

발길을 돌려 여기서 가까운 보통학교를 찾았다. 우선 학교 터가 넓은 것이 부러울 만한데, 학생이 450명이라 하니 전 인구 3천 명에 비해 놀라운 취학률이었다. 한쪽에는 유치원도 부설되어 있다. 풍금 리듬에 맞춰 정조 체조(情操體操)를 하는 아기들의 울긋불긋한 소맷길이 또한 길림의 반가운 내일을 상징하는 듯했다.

길림은 만주의 평양이기에, 보고 생각하고 싶은 것이 물론 아직도 많다. 명과 여진 관계 사료로 유명한 아십합달 마애비(阿什哈達 磨崖碑; 聖城 동쪽 약 10리 송화강변 석벽에 있다)는 벌써부터 보자던 것이요, 또 장고산(杖鼓山)·단자산·모자산(帽子山) 등 부근 산 위에 있다는 고려성은 여기 와서 듣고 볼 마음이 생긴 것이지만, 죄다 뿌리치지 않으면 안 되어 서운하다.

16시 45분발 열차로 신경으로 돌아오던 중, 여러 날 만에 산 너머로 떨어지는 석양을 봄이 그런대로 하나의 위로가 된다. 정각보다 늦은 20시 반에나 신경에 당도하여, 여명춘(麗鳴春)에 있는 신경 인사의 초청연에 갔다.

> 들으니 '숭가리'가
> 천하(天河)라는 말이라대.
> 진실로 뗏목을 띄워
> 님 계신 대 갈 양이먼
> 답쌓여[2] 등장할 일이
> 그 얼마라 하리오.

---

2 '첩첩히 쌓여'를 뜻한다.

39. 왕도

　9일 토요일[1]. 종일 흐림. 저녁에 약간의 비. 오전 중에는 손님을 물리고 고요히 만주국과 신경시의 분위기를 좀 음미해 보았다. 만주국은 두말할 것 없이 왕도 낙토(王道樂土)의 시험장으로 출현한 것이니, 이른바 왕도(王道)는 무엇인가를 살핌이 만주 신국 고찰의 첫걸음이 될 것이다. 왕도는 말하자면 정치적 이상 혹은 이상적 정치쯤을 의미하는 말이니, 옛날의 왕도가 반드시 오늘의 왕도가 아닐 것이요, 시대와 국토에 따른 특수성이 있음을 헤아릴 수 있다. 그러면 만주국의 왕도는 무엇인가?

　마침 책상머리에 『정총리대신왕도강연집(鄭總理大臣王道講演集)』[2]이 놓여 있다. 한 시대를 대표하는 학자로 건국의 으뜸 공신인 정씨가 총리 대신으로서 왕도의 취지를 보이기 위해 수시로 연설한 자필 초고를 1934년에 간행한 것이다. 흥미롭게 책장을 넘겨 갔다. 그 중에서 긴요한 종지라고 생각되는 곳 몇 편을 여기 옮긴다.

---

1 『매일신보』 원문과 전집에는 8일 금요일로 되어 있으나, 날짜에 오류가 있기에 바로잡았다.
2 푸젠성 출신의 청말 관료로서 만주국의 초대 총리(1932-1935)였던 정샤오쉬(鄭孝胥; 1860~1938)를 일컫는다.

왕도 구세(王道救世)의 핵심적인 뜻

현재 여러 나라에서 국민의 사상을 조성하기 위해 쓰이는 것은 바로 '애국'이 아니겠는가. 국민의 능력을 양성하기 위해 쓰이는 것이 바로 '군국(軍國) 백성으로서의 교육'이 아니겠는가. 각국에서 국민을 연습시키는 이유는 남에게 뒤쳐질까 염려함이다. 애국의 기본 취지가 곧 외부 대상을 적대시함이요, 군국 백성의 자격이 곧 전쟁을 준비하는 발단이 됨을 어찌 알았겠는가.

이 모두가 위세를 세우고 패권을 도모하는 계책이니, 세계의 전화(戰禍)가 이미 습관 중에 양성되었다. 이렇게 뿌린 씨앗이 열매를 맺으면, 치안(治安)을 파괴하는 섯으로 그치지 않고 인류를 멸하고도 그치지 않으리라. 전력(電力)과 화기(火器) 기술이 날로 진보하고, 군사 장비의 정밀함과 군사 비용의 막대함이 모두 지난 날의 수천 배가 되니, 전쟁을 해결하지 않으면 인민들이 죽어나가고 재물이 고갈될 것은 뻔한 일이다.

그렇기에 왕도(王道)라는 것은 오늘날 세상을 기사회생시킬 좋은 약이요, 세계의 전화(戰禍)를 없애 세상 사람들이 편안히 살고 즐겁게 일하도록 이끌 길이다. 진실로 왕도를 행하려면, 반드시 먼저 애국 사상을 쓸어버리고 박애를 위주로 하며, 반드시 먼저 군국의 교육을 혁파하고 예의를 우선으로 해야 한다.

왕도의 학문이란 내성외왕(內聖外王)[3]의 학문이다. 왕도는 지극히 크지만 큰 데서 구할 수 없고, 왕도는 지극히 멀지만 먼 데서 구할 수 없다. 그러한즉 왕도는 어디에 있는가. 이제 한마디로 말하자면, 나와 남 사이에 있을 뿐이다. '내성'이란 왕도 중에 내게 속한 것이요, '외왕'이란 왕도 중에 남에게 속한 것이다. 다시 공자와 맹자의 책을 인용하여 이를 증명하면 다음과 같다.

---

3 유교에서 추구하는 인격 수양의 이상적 상태. 안으로 자신을 수양하여 성인의 경지에 도달하고 밖으로 민중을 선도하여 천하에 태평을 이루는 것을 목표로 한다.

"안연(顔淵)이 인(仁)에 대해 묻자 공자께서, '자기를 극복하여 예로 돌아가는 것[克己復禮]이 인을 행하는 것이니, 하루 동안 극기복례하면 천하가 인으로 돌아올 것이다. 인을 행함은 자기로부터 말미암는 것이다. 어찌 남부터이겠는가.'라고 말씀하셨다."[4]

천하가 인으로 돌아옴은 왕도의 가장 큰 이치다. 이를 이루는 방법은 극기복례하여 나와 남이 감응하는 도리에 있으니, 이 방법은 미미한 듯하지만 지극히 분명하고, 느린 듯하지만 지극히 빠르다. 이를 반드시 사실에 비춰보고 나면 왕도를 남에게 구하는 것은 헛수고에 그칠 뿐 무익함을 알게 될 것이다. 왕도를 발동하는 힘은 진정 여기에 있고 다른 데에 있지 않다.

"자로(子路)가 군자(君子)에 대해 묻자 공자께서 말씀하셨다. '자기를 경건히 다스림이다.' '단지 그뿐입니까?' '자기를 다스려 남을 편안히 함이다.' '단지 그뿐입니까?' '자기를 다스려 백성을 편안히 함이다. 자기를 다스려 백성을 편안히 함은 요 임금과 순 임금도 오히려 이루지 못해 안타까워하셨다.'"[5]

군자라 칭할 만한 자가 자기를 경건히 다스린다 함은 게으르고 사특한 기운을 사지에 펼치지 않음이다. 자기를 다스려 남을 편안히 함은 노인을 편안하게 하고, 붕우(朋友)에게 미덥게 하고, 어린이를 품어 주는 것이다. 자기를 다스려 백성을 편안히 함은 우(禹)가 천하에 익사하는 이가 있으면 자기가 익사한 것처럼 생각함이요, 직(稷)이 천하에 굶주린 자가 있으면 자신이 굶주린 것처럼 생각함이다.[6] 요순이 천하를 편안히 하려는 책임감으로 자신을 질책했으니 그의 마음이 우나 직의

---

4 『논어』 안연편(顔淵篇)에서 인용했다.
5 『논어』 헌문편(憲問篇)에서 인용했다.
6 우(禹)와 직(稷)은 순 임금의 신하들로, 우(禹)는 9년 동안 치수를 담당했으며, 직(稷)은 농사짓는 법을 백성에게 가르쳐 굶주림에서 벗어나게 했다. 우는 순 임금의 뒤를 이어 왕위에 올랐다.

마음과 같다.

"자공이 '백성에게 널리 베풀어 많은 이들을 널리 구제할 수 있으면 어떠합니까. 인이라 할 수 있습니까?'라고 물으니, 공자께서 '어찌 인뿐이겠느냐, 분명 성(聖)이니라. 요 임금과 순 임금도 여기에는 못 미쳐 안타까워 하셨느니라. 무릇 인이라는 것은 자신이 서고자 하면 남도 세워줌이요, 자신이 이루고자 하면 남도 이루게끔 하는 것이다. 가까운 곳에서 이러한 깨우침을 얻는다면 가히 인의 방도라 할 만하다.'라고 말씀하셨다."[7]

널리 베풀어 많은 이들을 구제하는 공적은 이루기 어렵다. 이를 남에게 구하자면 끝이 없으니, 돌이켜 자기에게 구함만 같지 못하다. 서고자 하면 남도 세워주고 이루고자 하면 남도 이루게 하라는 것은 곧 작은 것부터 시작하여 큰 것을 이루고 가까운 데서부터 시작하여 먼 곳까지 이르라는 것이다. 한 걸음 한 걸음 충실하게 디뎌 가면 공이 이루어지길 기다리지 않아도 감응의 효력이 하루에 천리를 간다. 이것이야말로 발 딛고 가야할 실지(實地)요, 확충해야 할 중요한 법칙이다.

"순 임금은 위대한 점이 있으니, 선행을 남과 함께 하고, 자기를 버리고 남을 따랐으며, 남에게 취해서 선을 행하는 것을 좋아했다. 순 임금은 밭 갈고 곡식 심고 질그릇 굽고 물고기 잡을 때부터 임금이 된 후까지 남에게서 취하지 않은 경우가 없었다. 남에게 취하여 선을 행하는 것, 이것이 남과 함께 선행하는 것이다. 그러므로 군자는 남과 함께 선을 행하는 것보다 큰 것이 없다."[8]

순 임금은 서민으로서 천자가 되었는데, 자기를 버리고 남을 따라서 행한 까닭에 천하가 복종했다. 남을 취하여 선행을 함에 이르면, 나의

---

7 『논어』 옹야편(雍也篇)에서 인용했다.
8 『맹자』 공손축장(公孫丑章)에서 인용했다. "남에게서 취한다."는 것은 "남의 좋은 점을 취한다," "남의 생각을 따른다," "(자기를 버리고) 남을 우선시한다." 등의 다양한 맥락에서 해석될 수 있다.

견지나 남의 견지라는 것이 진실로 제거된다.

"맹자께서 '남을 사랑하는데도 친해지지 않으면 그 인(仁)을 반성하고, 남을 다스리는데도 다스려지지 않으면 그 지혜를 반성하고, 남에게 예의를 갖춰도 반응이 없으면 그 공경을 반성해야 한다. 행함에도 결과를 얻지 못하면 모두 자신을 반성해야 하니, 자신이 바르면 천하가 돌아온다.'라고 말씀하셨다."[9]

행함에도 결과를 얻지 못하면 그 원인을 남에게서 구하니, 이것이 천하가 항상 어지러운 이유요, 왕도가 시행되지 않는 이유다. 자신을 반성하면, 남이 친해지지 않고 다스려지지 않고 반응하지 않는 까닭이 자기에게 있음이 분명해진다. 감응(感應)의 도리는 영향을 미치는 데 빠르고, 왕도가 쉽게 행해지도록 하니, 진실로 믿을 만하다.

이상은 모두 왕도의 핵심이 나와 남 사이에 있음을 증명한 것이다. 『대학』은 왕도를 구체화한 학문이니, 송나라 진덕수(眞德秀)의 『대학연의(大學衍義)』 한 책을 참고할 만하다. 내가 왕도가 표방하는 자기 다스림의 학문을 엮어서 4장으로 나누었으니, 의를 가르침, 사양을 가르침, 오만을 경계함, 탐욕을 경계함이다. 책은 아직 완성되지 않았다.

왕도의 대의가 꼭 이러한 것인지, 또 만주국의 지침이 반드시 이에 따라 이뤄져 온 것인지 여부는 지금 검토할 필요가 없다. 다만 만주 건국의 한 주역에게 이러한 왕도관이 있었음을 여기 소개하는 데 그치고자 한다.

저녁에는 이곳 명물인 마차를 대어 장춘성내 지나인 거리의 정취를 맛보러 나섰다. 대마로(大馬路) 도처에 신구(新舊) 여러 종류의 전단지가 더덕더덕 붙어있는데, "배일(排日)은 밧줄과 쇠사슬이요, 용공(容共)은 곧 무덤이다."라는 글을 그림과 함께 표시한 것이 눈

---

9 『맹자』 이루장(離婁章)에서 인용했다.

에 뜨인다. 점포 몇 군데를 훑어본 뒤에 반관(飯舘)이라는 곳에 들어가 저녁밥을 먹는데, 외국뜨기 대접으로 값이 턱없이 비싼 것에 놀랐다.

극장 중에서 건물이 가장 큰 데를 찾아 오마로(五馬路)의 국태영원(國泰影院)이란 곳에 들어갔다. '영원(影院)' 혹은 '전영원(電影院)'이라는 곳은 활동사진관을 말한다. 서투른 수박씨를 까고 맛없는 찻물을 홀쩍거리면서, 경신무술(輕身武術)이라는 가지가지 땅재주와 환술꾼의 이런저런 짓들을 지켜보았다.

공연 중간 중간 시국에 순응하는 자태가 섞여 있다. 이를테면 모자에서 5색 종잇조각을 무수히 끌어내다가, 나중에 일장기를 끄집어내는 것으로 마무리하는 등 진실로 민망한 웃음을 금치 못할 만했다. 마지막으로는 「겁준도화(劫俊桃花)」라는 연애 비극의 토키[10] 장편이 상영되었다. 1차 대전 전장이던 칭다오(靑島)를 무대로 한 영화다. 내용은 신통한 것이 없으나 기구(器具)와 연출 등의 방면에는 꽤 볼만한 것이 있어서, 중국 영화를 거의 처음 보는 내 눈에는 덮어 놓고 무던하다는 생각이 났다. 9시 좀 지나서 숙소로 돌아가는데, 가로변 점포는 대개 문을 닫은 지 오래인 듯했다.

> 시치미 뚝 떼고
> 당면사를 뒤잡아서
> 왕도가 이거라는
> 정로고추(鄭老古錐)[11] 활설법(活說法)에
> 세우(細雨)의 객중(客中) 시름이
> 간 데 없어지거다.

---

10 유성 영화(talkie)를 뜻한다.
11 '고추'는 오래된 송곳으로 전통 있는 보물을 비유하는 말로 쓰인다. 이 시에서는 앞서 소개한 왕도론을 쓴 정샤오쉬를 가리킨다.

송 막 연 운 록

청나라가 열린 땅
심양

40. 개원 평야

10일 일요일. 맑음. 10시 발 '하토'호로 신경을 떠나 남쪽으로 향했다. 맹가둔(孟家屯) · 범가둔(范家屯) · 도가둔(陶家屯) · 유방자(劉房子) 등 기차역 이름이 모조리 만주 평원의 특색을 띠고 있는 데서 이곳이 무역사(無歷史) 지대임을 짐작하겠다. 그러나 신경, 곧 장춘 이남의 철도가 일로 전쟁 때 패국 러시아에서 승전국 일본에게 할양되면서, 이곳을 경계로 남만주와 북만주가 구별되었다. 한편 이때문에 남만주철도주식회사라는 일본 대륙 정책의 주축 기관이 성립되어서, 동방의 풍운이 이것을 에둘러 말리고 풀려 왔다.

이런 자취를 생각하면 이곳이 세월이 가깝고 또 짧을망정 실질적으로는 큰 역사의 무대임은 물론이다. 그뿐인가. 대문대문 우리의 피와 땀이 스며 있고, 토막토막 우리의 현재 생활과 깊은 연결을 가진 것인 만큼 단지 흥미만으로 대할 역사가 아니다.

이곳은 근세 동서 대항사의 무대이기도 했다. 러시아는 크리미아 전쟁 이래 극동에 부동항을 얻기 위해, 아이훈(愛琿) 조약, 베이징(北京) 조약 등 여러 봉우리를 넘고, 일청 전쟁의 가시덤불을 삼국 간섭이라는 작대기로 헤치고 나왔다.

그리하여 마침내 뤼순과 다롄이라는 근거지를 붙잡았지만, 지금에 와서는 와신상담(臥薪嘗膽) 20년 만에 칼을 갈고 덤벼드는 일본에게 허무하게 나자빠지고 있다. 내가 타고 있는 것이 이와 같은 근세 동서 대항사의 파노라마 관(舘)으로 들어가는 에스컬레이터이거니 생각하면, 이것저것 새 감흥이 솟아남을 금할 수 없다.

철로변의 풍광은 갈수록 좋아진다. 하얼빈을 중심으로 하는 남북의 차이보다 신경을 중심으로 한 남북의 차이가 더 클 것 같다. 더욱이 이곳이 만주임을 잊게 하는 훗훗한 볕이 추수 지낸 벌거숭이 대지를 흠뻑 껴안고 있다. 푸른 옷 입은 남자애들과 남색 옷 입은 여자애들이 여기저기 무리지어 노는 모습, 가마야드르르한 털을 볕발에 번득거리는 돼지 떼가 밭고랑을 따라 무엇인지를 헤집어 먹는 모습이 모두 다 천지의 화기를 축하하는 원무(圓舞)의 연쇄 같아서, 만주의 풍물이 눈과 마음을 정답게 붙잡는다.

동쪽 지평선상에 날름날름하는 낮은 고개와 높은 봉우리는 필시 길림 합달연산(哈達連山)의 편린일 터인데, 그것만 해도 풍경의 단조로움을 깨고 일말의 생기를 끼얹는 힘이 크다. 차는 출발한 지 50여 분만에 비로소 공주령(公主嶺)에서 한숨을 쉰다. 공주령은 다른 말로 공주릉(公主陵)이라고도 하여, 글자로 보면 어느 공주의 무덤쯤으로 생각되지만, 반드시 그런 것은 아니다.

러시아가 철도를 건설할 때 이곳을 군사 요충지로 삼아 부속지 2백만 평을 매수하고, 남부선(南部線)의 2대 역 중 하나로 만들어 외국인의 거주를 허용하지 않았다. 그 후 일본이 이곳을 계승하면서 군사 시설 이외에 상공업 발달을 꾀하여 차차 도시를 형성하게 되었다. 특히, 철도를 이용해 이통(伊通)·회덕(懷德) 지방의 농산물을 끌어와 연간 수백만 석의 곡물을 수송하니, 드디어 철로변의 특산 시장 중 제 3위를 점하기에 이르렀다.

기름, 발효 식품, 소주 등의 공업 발달도 유도했다. 만철 경영 아래 있는 농사 시험장은 규모가 크고 설비가 완전하여, 만몽 산업 개발에 공헌이 크기로 유명한데, 기차에서 건너다보이는 것만으로도 시설의 대강을 짐작할 수 있다.

공주령역에서 70리가량 들어가는 이통하(伊通河)의 한 지류 부근에 선만척식에서 특히 만주 정치 운동가의 잔존자들을 수용한 안전 농촌이 있다. 이곳은 여러 농촌 중에서도 가장 좋은 성적을 내서 큰 탄복의 대상이 되어 오는데, 경성을 출발할 때 조선척식의 니노미야(二宮) 총재[1]가 꼭 방문해 보라는 별도의 부탁을 하기도 했다. 나 역시 이곳에 특별한 흥미를 가지고 왔지만, 요 며칠간의 비로 통로가 불편해져서 그대로 지나치지 않을 수 없게 된 것은 이번 여행길에서 가장 섭섭한 일이었다.

농사 끝낸 늦가을이 혼인 시즌임은 만주에서도 다름없는 모양이다. 철로변에 경성드뭇하게[2] 혼례 행렬이 보인다. 맨 앞에 비단으로 꾸민 마차에는 천연하면서도 부끄러운 빛을 머금은 신부가 수모인지 유모인지와 어울려 타고, 그 뒤의 마차에는 배행하는 가족과 어린 계집애들이 삼삼오오씩 타고 간다.

그런 마차가 적어도 3채, 많으면 7~8채씩 열을 지어 고갯길과 논밭 사잇길로 꺼들먹꺼들먹 행진한다. 새색시고 배행하는 아기씨고 의복은 통밀어서[3] 남색이라 매우 단조롭다. 이것이 반드시 우리들이 예복으로 입는 남치마의 의미도 아님은 거리에 오가는 보통 여자들이 죄다 남색 옷을 입고 있는 데서도 짐작된다.

사평가(四平街)는 이른바 사조(四洮) 철도의 지선(支線)이 서쪽으로는 정가둔·통요(通遼; 百音太來)·조남(洮南)으로 통하고, 조남에서는 다시 북으로 조안(洮安)·눈강(嫩江)·앙앙계(昻昻溪)·치치하얼로 이어지는 연결점이기에 오르내리는 여행객들로 자못 복잡하다.

---

1 선만척식 총재였던 니노미야 하루시게(二宮治重)를 가리킨다.
2 많은 수효가 듬성듬성 흩어져 있는 모양을 뜻한다.
3 이것저것 가릴 것 없이 평균으로 쳐서라는 의미이다.

아직도 전족의 구습을 지키는 여자가 위태위태하게 선로를 건너 뛰다가 바람에 불린 것처럼 길 위에 자빠지는 것이 보기에 딱하다. 또 이것이 그 여자 하나뿐 아니라 좀 더 큰 전체 사실을 밝히는 상징도 되는 듯하여, 깊은 생각에 빠지게 한다.

창도(昌圖)를 지나서부터는 서쪽에 산 그림자가 보이는 것이 도리어 기이한 느낌을 주더니, 개원(開原)을 지나자 좌우 양편에 다 산색(山色)이 보인다. 이것이 꿈속에서 방황하는 것이 아닌가 하는 생각도 난다. 군데군데 보이는 러시아 시대의 묘지는 담장이 반이 나 무너져 가니, 이제는 시신을 묻는 이도 없는 모양이다. 평정보(平頂堡) 부근은 수리(水利)가 좋은 듯 사방이 다 논이요, 농민과 마을 사람들이 물론 다 조선인이었다.

13시 16분 철령에 도착하여 14시 14분 봉천행 완행열차로 갈아 탔다. 급행은 정류하지 않는 난석산(亂石山)역에 내려야 할 사정이 있기 때문이다. 30분 만에 목적지에 다다라서 바로 마중 나온 마차 로 갈아탔다.

공주령 철산령 해도
재를 구경하였던가.
난석산이라는데
돌과 산이 다 없기로
새로이 만주 지명에
속는다고 하리오.

41. 철령 농촌

난석산 역에서 서로 약 10리 가량 떨어진 사타자(沙陀子) · 영가둔(榮家屯) 일대 지역에 선만척식의 철령 농촌이라는 곳이 있다. 들이 평평하고 토질이 비옥한데, 요하의 한 지류인 대범하(大汎河) 물을 끌어와 훌륭한 수전(水田) 지대를 이룬 것이다.

1932년에 처음으로 동아권업(東亞勸業)이 150호, 1천 명을 이곳에 이주시켜 약 20정보의 논을 경작하게 했다. 이후 해마다 규모가 점점 늘어나 지금은 383가구에 1,902명, 논은 약 930정보에 이르렀다. 만주에 있는 농촌이 해마다 규모가 늘기만 하고 줄지 않는 경우는 드무니, 결국 이곳 생활 조건이 좋음을 말하는 것이다.

지세가 농업에 편리한 것은 물론이요, 이곳 농산물이 철도를 통해 철령 · 난석산 등을 거쳐 50~60km 사이에 있는 봉천 방면으로 쉽게 수송될 수 있는 것도 농촌 발전에 지대한 도움이 되었다. 또 영사관 · 경찰 외에도 다수의 무장 자경단(自警團)을 거느리고 있어 어디보다도 치안 보장이 확실한 것도 주민들이 이곳에 계속 머물도록 한 중요한 원인이었다. 여기는 본래 난석산 농촌이라 불리던 곳이지만, 세상에 이름을 쉽게 알리기 위해 이곳과 좀 떨어져 있는 철령의 이름을 쓰게 되었다 한다.

여기만 해도 주변 분위기가 매우 편안하여 무엇으로나 조선과 다른 것을 찾을 수 없다. 추수로 말해도 벤 것보다 논에 있는 벼가 아직 많고, 절후도 반도의 중부 지방과 거의 비슷하다. 겉모습만 봐도 땅이 다 이드르르하다.[1] 원래 토지에 너무 습기가 많아 밭에는 적합하지 않고 논농사에는 매우 좋다고 하여, 집단 농촌으로 정해지기 전부터 지나인 지주들이 조선인을 소작인 삼아 벼농사를 시켰다고 한다. 안전 농촌을 만들 때는 이 원주민의 땅을 강제 매입한 것이다. 이런 좋은 땅을 내놓고 나간 원주인들의 심정을 생각하면 가엾이 동정하지 않을 수 없다는 생각이 들기도 한다.

지나가다가 문 앞에 돌사자까지 세운 관공서 비슷한 큰 건물이 있기에 무엇이냐고 물으니, 본래 부근 부농의 주택이었는데 지금은 우리 농민의 집이 되었다고 한다. 저만하였으면 무던한 살림이었겠지만, 대세를 어찌할 수 없어 밀려 나간 것이겠지.

커다란 연못에 오리와 거위가 득실거리고 그 곁에 네모반듯한 토성이 견고하게 둘린 곳에 농촌 연합회가 있었다. 연합회 당무원은 만주국의 진(秦) 참사관까지 맞아 이곳 사정을 더욱 적절하게 설명하는데, 그 가지가지의 노고에는 눈물겹지 않을 수 없다. 무엇보다도 토성의 전후 양면에 남아 있는 높다란 포대들은 최근까지 치안 문제로 겪었던 노고를 보여준다. 그것이 흙을 모아 만든 것이라 해도 한 좌(座)에 800원이나 들었다고 한다. 또 지하로 6~7척이나 파고 들어간 것을 보면, 이런 것을 필요로 한 당일의 사정을 짐작할 만하다. 이것들이 지금은 무용지물이 되어서, 혹 암실로도 쓰고 혹 약 저장고로도 쓰게 된 것을 경축하였다.

사무소 뒷면에 있는 포대 위로 올라가, 4개의 마을과 9개 계(契)의 전체 풍경을 살펴보았다. 금년에는 배수가 좋지 않아 소출이 작

---

1 번들번들 윤기가 있고 부드럽다.

년보다 약 15% 감소했으나, 농민의 실제 생계는 줄곧 향상되고 있다는 점을 실제 사례와 함께 청취하였다.

내려와서 대표적 농가 몇 집을 방문했다. 새로 지은 집과 방들이 다른 데 같이 만주식 토굴이 아니라 대개 조선의 진보적 농가 양식임이 매우 반갑다. 농민 중에는 사유지 자작을 겸한 이도 적지 않아 범절(凡節)이 풍요롭고 윤택함을 보니 픽 든든하다. 사무소가 제공한 수지 계산표에 일등 농가가 토지 3정보를 소유하고 수입 1천여 원이라 했던 것이 거짓말 아님을 알겠다.

생활 향상에 비례해 자녀 교육열도 드높아져, 주민 1,900명 중 취학 아동이 294명이다. 바야흐로 1만 2천 원을 들여 학교를 증축했는데, 그 중 만 원을 농민이 담당하여 각 가구당 부담액이 20여 원에 이른다고 한다. 대체로 구차한 그네들의 사정으로 보면 감격스럽기 그지없다. 지나는 길에 잔류 만주인의 농가를 방문했다. 생활이 좀 나은 이의 1인당 한 달 생활비가 2원 내외라 하니 놀랍다. 그 중 한 집은 남편이 아편 중독자면서 처첩을 다 거느리고 있다하니 아연하지 않을 수 없었다.

철령 농촌은 대도시에서 가까운 만큼 전등불이 들어오고 전화가 개통되어 있어 편리하다. 또 난석산이라는 이름이 헛되지 않을만큼 석재가 흔한 것도 만주의 다른 곳에서 보기 어려운 편리함 중하나라 한다. 다만 식수의 수질이 좀 불량하여 탈이지만, 영가둔 구릉에 가까운 곳에서는 이 걱정도 없다 한다.

전등을 켤 무렵쯤부터 농민들이 모여 들어, 보통학교 대강당에서 강연회를 열었다. 농도(農道) 신앙에 대해 이야기하고, 또 조선내지의 소작인 실정에 비해 당신네들의 환경이 매우 아름답고 전도양양함을 생각하여 더욱 용맹하고 더욱 정성스럽게 만주의 모범농촌 되기를 당부하였다. 동시에 은연히 역사적 사명을 온전히 하도록 신신당부하였다.

들으니 이 농촌에는 비교적 근년에 경기 이남에서 이주한 이가 많아서 원래부터 만주풍의 유랑벽이 없다고 한다. 또 모든 조건이 다른 여러 군데 농촌에 비해 매우 양호하여 불과 수년의 노력이면 상당히 완전한 자작농이 될 소지가 충분하다기에, 특히 이 점을 강조한 것이다. 강연 후 농촌 청년 대표에게 손수 생산한 과일을 증여받으니 못내 감사하고 기쁜 일이었다.

예정대로라면 여기서 한 밤을 지내야겠지만, 봉천에서 강연을 청하기 위해 온 이도 있고, 일행이 너무 많아 이곳에 폐를 끼치기라도 할까봐, 좀 결연한 대로 곧 몸을 일으켰다. 광야 곳곳의 여러 가지 항공로 전광 신호를 기이하게 바라보면서, 어둠을 뚫고 기차역으로 나와 22시 23분발 다롄행을 탔다. 깜깜한 속에 마음대로 상상의 날개를 펴면서 23시 25분에 봉천에 다다르니, 이 심야에 길 서투른 손님을 인도하러 나오신 지우들이 적지 않아 다만 송구스러울 뿐이었다. 진(秦) 참사관의 단골이라는 호텔호텔로 들어가니, 마침 정샤오쉬(鄭孝胥) 노인의 "어진 이는 오래 살 수 있다(仁者能壽)."라는 글귀를 편액한 방에 들게 된 게 재미있었다.

> 만주의 어둔 밤이
> 임자 뉘랴 하였더니
> 여기서 번쩍하면
> 저기서는 벌렁하여
> 쏘는 자 귀신의 눈이
> 깔려 원통 이오녀.

42. 봉천

11일 월요일. 흐림. 봉천의 이른 아침은 만상이 흐릿한 기운 속에 숨어 있다. 열었던 창을 도로 닫고 소파에 몸을 담은 채 역사와 지리를 통해 봉천의 모습을 약간 그려 보았다.

숙신씨(肅愼氏)의 전설은 너무 아득하지만, 내려와 부여 시대에 여기가 혼하를 끼고 있는 중심지의 하나로 이른바 예맥인의 거주지였음은 의심할 바 없다. 저 위(魏)와 한(漢)의 역사서에 나오는 요동 방면의 맥인(貊人)이란 이들 중에는 이 지방을 중심으로 활동했던 집단도 있으리라고 생각되지만, 다 분명한 사적을 들출 수 없다.

수나라와 당나라 때 지나 대군이 고구려로 침입할 적마다 신성(新城)이라는 데서 여러 번 통쾌한 전투를 행한 일이 있는데, 신성은 요동성 북쪽 발해 수도와 통하는 길목에 있는, 고구려 서부의 요지라고 한다. 학계에서는 문헌과 여러 사정을 종합하여, 신성이란 대개 지금의 봉천에 해당하리라고 믿고 있다(『滿洲歷史地理』, 제1권 389면).

압록강 상류 통가강(佟佳江) 가에 나라를 세운 고구려는 서쪽 요하 평원으로 진출할 때 혼하의 곡지를 중요한 교통로로 삼았을 것이다. 그렇다면 요하 방면에 영토가 생긴 후 혼하 곡지의 서쪽 끝인 지금의 봉천 지방에 서부 국방의 제일선을 두는 것이 지세상으로도 그럴 듯한 이치다.

발해가 고구려의 옛 땅에 나라를 세운 뒤 발해에서인지 당에서인지, 신성을 심주(瀋州)라 부르게 된 모양이다. 봉천 동화문(東華門) 밖에 있는 십면석(十面石), 곧 존승타라니석당(尊勝陀羅尼石幢)에 '당 개원(開院) 3년', '심주' 등의 글자가 보인다. 후에 봉천의 명칭에 '심(瀋)'자가 붙게 된 것은 여기에서 연원하는 것이다. '심'은 혼하의 한 지류로 봉천성 남쪽을 지나는 심수(瀋水; 속칭 五里河)에서 생긴 명칭이다. 또 신성의 '신(新)'과 심수의 '심(瀋)'이 본래 같은 연원에서 비롯된 이어(異語)였는지도 모른다.

여하간 심주라는 명칭이 발해에서 시작되어 요와 금에 계승되고, 원나라에서는 심양(瀋陽)으로 바뀌어 명에 계승되었다. 이후 청 태조가 세력을 일으켜 도읍을 여기 정한 후 성경(盛京)이라 했다. 세조가 도읍을 북경으로 옮기면서 성경을 유도(留都)[1]이자 배도(陪都)[2]로 삼고, 후에 심양을 봉천부로 삼으니, 곧 이곳이 천명을 이어받든 제왕의 땅임을 표현한 것이다. 이때부터 배도로는 성경이라 부르고, 행정상으로는 봉천이라고 불러왔다. 민국에 들어와서는 봉천이라는 이름이 군주국의 관념인 만큼 민국에는 부합하지 않는다 하여 요심(遼瀋) 또는 양심(陽瀋)이라고 개칭했다가, 만주 건국 후에 다시 봉천이라는 옛 이름을 되살려 지금에 이르렀다.

봉천은 만주족 말로는 '묵던'이라 불러오니(『同文類解』성곽편), 서양어에서 Mukden 혹은 Moukden이라는 명칭은 물론 여기서 나온 것이다. 청대에는 지금의 만주 지방에 성경(혹은 봉천)·길림·흑룡강의 3성을 두고 이것을 동삼성이라 하여, 장성(長城) 이남의 이른

---

1 천도 이전의 옛 도읍을 이르는 말이다.
2 제2의 수도를 뜻한다.

옛 심양(선양)
만주국 건국 후 심양은 봉천으로 바뀌었다. 심양은 원나라 때 생긴 명칭이다.

바 지나 본부와는 다른 행정 제도를 시행했다. 처음에는 앙방장경 (昻邦章京), 나중에는 장군으로 하여금 군정(軍政)을 행해 지키게 한 것이다. 앙방(혹은 按班)장경이라는 것은 만주어로 총병관(摠兵官)이 라는 뜻이다. 앙방장경과 장군은 물론 만주족의 기인(旗人)만으로 임명했다.

번거로이 관제 연혁을 말할 것은 없고, 최근 역사에서 봉천의 지 위를 이곳의 정권을 잡고 있던 장쭤린(張作霖) 부자 중심으로 약간 생각해 두고 싶다. 청조 말경에 봉천이 동삼성 총독의 주재지가 되 어, 일로 전쟁 직전에는 자오얼쉰(趙爾巽)이 총독으로 부임해 있었 다. 이때 봉천성 해성(海城) 출신으로 마적의 괴수였던 장쭤린이 귀 순하여 차차 군의 요직에 오르다가, 1916년에 돤즈구이(段芝貴)를 쫓아내고 봉천 순안사(奉天巡按使)가 되었다.

또 1919년에 멍언위안(孟恩遠)에게 길림을 빼앗아 동삼성을 영유 하니, 그 배후에는 일본의 원조가 없지 않았다. 1920년의 안직(安 直) 전쟁에서 직예파(直隷派)와 결탁하여 중앙 정계로 진출하고, 다

장쉐량

음해에 몽강 경략사(蒙疆經略使)가 되어 열하(熱河)·차하르(察哈爾)·수원(綏遠) 등을 병합했다.

그해 연말 남북 통일의 깃발을 날리면서 베이징으로 진입했지만, 다음해의 1차 봉직전(奉直戰)에서 크게 패해 도로 관외(關外)로 나와 동삼성 자치를 선언했다. 1924년의 2차 봉직전에서는 대승하여 직예·산동·장쑤(江蘇)·안후이(安徽)를 점령했다. 이듬해에는 우군(友軍)의 원조가 중단되고 부장(部將) 궈쑹링(郭松齡)이 만주에서 반기를 들어 형세가 역전되었다가, 일본의 원조로 위기에서 벗어났다.

1926년 봄에 동삼성 보안 총사령(保安總司令)으로서 토적군(討赤君)을 거느리고 입관(入關)하여, 먼저 톈진(天津)을 회복하고, 다음 우페이푸(吳佩孚)와 함께 베이징에서 국민군을 쫓아내고 가을에 베이징으로 들어갔다. 다음해 직예 군벌의 세력 실추를 틈타 대원사(大元帥)가 되었다. 1928년에는 국민 혁명군의 압박을 이기지 못해 5월에 먼저 군대를 관외로 물러나게 하고 6월 3일에 봉천으로 향하다가, 다음해 4월 성내로 들어가던 중 열차 폭파로 괴사(怪死)했다.

장쭤린의 사후에는 그 아들 장쉐량(張學良)이 정권을 계승하여, 만주는 여전히 장가(張家)의 수중에 놓였다. 장쉐량은 국민당과 합류하여 지나의 이권 회수를 위해 적극적 활동을 개시했다. 1929년에는 북만주에서 러시아와 더불어 총칼을 겨누다가 하바로프스크 협정을 맺었다. 1931년 6월에는 봉천 북쪽 유조구(柳條溝) 부근에서 일본과 충돌이 생겨서 이른바 만주 사변으로 발전하고, 드디어 다음해 3월 만주국 건립을 보기에 이르렀다.

봉천은 실로 장씨 정권의 근거지로 시종일관했으며, 만주 건국 운동 또한 봉천을 중심으로 전개되었다. 신국 건립 후에 도리(道里) 균정(均正) 등의 이유로 수도는 비록 신경으로 옮겨갔지만, 봉천이 산업·문화·교통상 만주의 대표적 도시임은 현재에도 미래에도 과거와 다를 바 없다.

『성정휘람(省政彙覽)』의 「봉천성」편에 이렇게 기재되어 있다. 봉천은 요하의 지류인 혼하에 접한 넓고 기름진 들판에 세워져, 도시로서 무한히 확장되고 진전될 수 있는 성질을 갖추고 있다. 남만주 제일의 교통 요지로서 만주국 6천km의 철로가 봉천에 와서 온통 만철 한 개의 노선으로 집중하여 남하한다. 또 만주 전체 총인구의 2/3를 점하는 남만주 평야의 중심에 위치하여, 경공업의 전권을 쥐고 있을 뿐 아니라, 온갖 공업적 요소를 두루 갖추고 있다. 그리하여 봉천은 만주 건국 후 수도가 신경으로 정해진 후에도 결코 영향을 받지 않고, 경제적 발전이 괄목할 만하여 더욱 번성하고 있다. 대개 에누리 없는 사실이다.

만주국에서 봉천은 이른바 5대 도시의 하나로, 특히 경제 중심 도시로 칭해진다(『滿洲國現勢』, 1937년, 247면). 시가는 성내, 상부지, 부속지, 철서 공업지(鐵西工業地)의 네 부분으로 구성되어 있다. 1936년의 인구는 총계 535,512명이요, 그 중에 조선인이 9,613명 이라는 통계가 있다.

> 만주의 배꼽자리
> 심수(瀋水)변에 찾아내어
> 모래밭 다듬어서
> 금강성(金剛城)을 쌓아놓신
> 고구려 옛 어른 현명
> 그 어떻다 하느뇨.

43. 천주산

　이른 아침부터 관민 여러 인사들의 방문을 받고 겨우 잠깐 틈을 얻어서 나공민(羅公民) 군의 인도로 동릉(東陵), 곧 복릉(福陵)을 참배하러 나섰다. 나군은 봉천에 주재한 지 이미 수십 년에 가까워서, 그의 전문인 제조 공업상의 식견은 물론이고 만주의 일반 사정과 특히 부근의 역사 지리적 지식에 다 깊은 조예를 갖추고 있다. 그치지 않고 이것저것 세세하게 소개하는 것이 낱낱이 경청할 만해서, 만일 그가 한가롭게 연구에 역량을 기울일 기회가 있다면 퍽 재미있는 신지식을 얻을 듯하다.

　봉천성은 내성(內城)과 그 주위에 발달한 이른바 변문(邊門)으로 되어 있다. 내성은 지나의 다른 곳에서 보는 바와 같은, 정방형의

동릉 공원
복릉이라고도 한다. 청 태조 누루하치의 묘가 있다.

높고 두터운 성이다. 변문 안의 외성(外城)은 대충 지어 모양이 고르지 못한 타원형으로, 벽돌로 허술하고 얇게 쌓아 놓았다. 내성과 변문에 똑같이 문을 8개씩 설치하여, 내성은 동서남북에 각각 대문(大門)과 소문(小門)을 두고, 변성에도 동서남북에 각각 대소(大小) 변문이 있다.

이 성곽은 원나라 때 처음 축조된 후 때때로 수리와 보수를 더하다가, 청 태조에 이르러 크게 중수한 것이다. 만주 사변이 일어나던 해에 교통·통신상의 장애를 제거하기 위해 성의 일부를 개축하고, 각각의 십자로에 있는 종루·고루(鼓樓)·패방(牌坊)[1] 등을 철거하여 위용이 약간 줄어들었으나, 대체적인 규모와 법도는 여전히 과거의 장관을 지니고 있다.

차를 서탑대가(西塔大街)로 몰아서 소서변문(小西邊門)을 통과하여 내성 소서문(小西門)으로 들어갔다. 봉천성의 서양풍 시가를 대표하는 사평가(四平街)의 번화함에 눈이 휘둥그레진다. 오른쪽으로 꺾어 대남문(大南門)으로 향하니, 회사와 은행 등의 큰 건물이 길가에 즐비하다. 대남문은 일로 전쟁 때 일본군이 봉천에 입성했던 곳으로 유명한 고적이다.

문밖 성 밑의 시공서(市公署)에 가서 동북릉(東北陵) 특별 입장권을 얻었다. 장쭤린 정권 시대에는 동북릉 입장권을 발매하여 일반인의 참관을 허용한 까닭에, 이곳이 일개 유람지처럼 되어 사람들의 경의(敬意)가 부족해졌다. 그런데 만주 건국 후에 능묘같이 중요한 곳을 유람지로 삼음이 미안한 일이라 하여 공론을 수합했다.

그 결과 보통 참배자는 능묘 관리 사무소에 가서 서명한 후에 능의 내문, 곧 융은문(隆恩門) 밖에서 참배하고, 특별 참배자는 시공서

---

1 중국의 독자적 건축으로서, 문짝이 없는 대문 모양의 건축물, 궁전이나 능을 비롯하여 절의 전면에 세우는데, 도시의 십자로 등에도 장식 또는 기념으로 세운다.

에서 특별 입장권을 얻어 융은문 안까지 들어가 참관할 수 있는 제도를 정했다. 특별 참배 제한 규칙이란 것을 보니, 참배 자격을 열거한 중에 첫 번째가 일본 관리 및 각국 관광 여행자로서 참배하고자 하는 자였다.

대동변문으로 나서서 시원하게 뻗은 한 줄기 길을 따라갔다. 왼쪽에는 북대영(北大營)의 망막한 윤곽이 들여다보이고, 오른쪽에는 만선척식이 수전(水田) 경작을 위해 혼하에서 끌어오는 붓도랑이 정답게 붙좇아서 떨어지지 않는다. 12분쯤 달리니 송림 울창한 산 하나가 차차 앞으로 달려들고, 숲 사이로 난 길이 급한 오르막길이 되어 우리를 차에서 끌어내린다.

오만하게 버티고 선 늙은 소나무와 빽빽한 잣나무가 하늘을 다 덮고 있는 길을 따라, 단청이 반이나 벗겨진 고풍스러운 절을 바라보고 들어가는 흥취는 결코 이때까지의 만주 분위기가 아니다. 나 군은 이렇게 소나무 숲을 산보하는 흥취가 만주에서 유일할 것이라고 한다. 뿐만 아니라 이렇게 늙은 소나무와 거대한 잣나무만으로 우거진 숲은 아마 조선에도 없으리라고 거리낌 없이 말하는데, 정말로 그런 것 같다.

능의 서협문(西夾門)인 듯한 곳으로 들어가며 보니, 만주어·몽고어·한문의 3개 언어로 "누구든지 이곳에 이르면 말에서 내리시오."라고 써놓은 푯말이 붙어 있다. '복릉(福陵) 사찰원 겸 관리사무소'에서 당무원에게 시공서의 증빙 서류를 보였다. 그는 연방 "하오하오(好好)"를 부르면서, 아랫사람에게 무엇이라 지시를 한 후 그 사람을 따라가라고 한다.

관리 사무소 앞에 줄기가 높고 가지가 많은 노송이 비스듬히 하늘을 덮고 있는데, 어느 제왕(帝王)의 손이 닿은 것인 듯 ○○[2]라는

---

2 『매일신보』 원문에 복자 처리되어 있다.

이름이 붙어 있고, 그 앞에는 운룡(雲龍)을 섬세하게 조각한 돌기둥 표지까지 세워져 있다. 연대로 보아서 아마도 이 능역의 임자쯤 되는 누군가일 듯하다.

이 능이 있는 곳은 본래 무엇이라고 불렸는지 모르나, 능을 모신 뒤에는 천주산(天柱山)이라 하여 높고 귀한 이름을 갖다 붙였다. 그러나 산은 나지막하여 구릉 정도밖에 되지 않으니, 천주(天柱)라 함은 물론 정신적으로 지은 이름일 따름이다. 다만 이 부근에서는 드문 산이요, 앞에 혼하를 끼고 있어 경치도 자못 우월한 것은 사실이다. 『대청일통지(大淸一統志)』 등에는 이렇게 쓰여 있다.

천주산은 승덕현(承德縣) 동쪽 20리에 있는데, 그곳에 복릉이 있다. 가까이로는 혼하가 앞을 에워싸 흐르고, 뒤로는 휘산(輝山) 흥륭령(興隆嶺)이 우뚝 솟아 있다. 멀리 장백산에서 뻗어 나와 창해(滄海)를 굽어본다. 진실로 왕의 기운이 서려 있는 곳이다.

국조(國祖)의 영혼이 안식하는 곳이기에 그 경치를 힘껏 과장한 것이다. 여기서 승덕현이라 한 곳은 지금 열하에 있는 승덕현과 글자가 같지만, 실상은 봉천부 성 밖의 현 중에 으뜸 되는 곳의 이름이다. 마치 우리 경성부(京城府)에 대한 고양군(高陽郡)과 같은 곳이다.

늙은 솔 바람 빌어
무슨 말을 하건마는
티끌에 찌든 귀가
알아듣기 바이 없어
천주산 지나는 손이
눈을 감고 섰도다.

44. 동릉

청이 중원에 들어간 것은 제3대인 세조 때 실현되었으니, 태조·태종 두 황제의 업적은 오히려 만주에 국한되어 있다. 그들은 생전에 심양성 안에서 통치를 베풀었고, 죽음에 임해서는 심양의 풍수(風水)에 몸을 의탁했다. 먼저 동쪽의 언덕을 차지한 것이 태조와 그 왕비의 복릉(福陵)이요, 이어서 북쪽 언덕에 조성한 것이 태종과 그 왕비의 소릉(昭陵)이다. 교외의 두 능을 편하게 구분하기 위해 민간에서는 각기 동릉(東陵)과 북릉(北陵)이라고 칭한다.

지금 천주산의 동릉은 태종 3년(1629) 2월에 선황이 궁검을 연마하는 곳으로 조영(造營)되기 시작하여, 동 8년(1634)에 침전(寢殿)을 건설했다. 세조 8년(1651)과 성조 강희(康熙) 5년(1666)에 증축과 수리를 거쳐, 마침내 오늘과 같은 장관을 드러내게 되었다. 25지리(支里)에 달하는 능성 둘레를 돌벽으로 둘러싸서, 웅대한 규모가 건국 영웅의 영면지(永眠地)로 모자람이 없을 만하다. 능의 정면은 혼하(渾河)에 맞닿은 훨씬 저쪽에 있지만, 교통상의 편의 때문에 우리가 들어온 서협문을 보통 사용하는 출입구로 삼고 있다.

능성은 대리석으로 만든 패루(牌樓)로 시작된다. 약간 황량한 벽돌 길을 밟고 들어가면, 한참 만에 첫 번째 산문(山門)이 나오고, 또

한참 만에 두 번째 산문이 나온다. 문의 협장(夾墻)에는 모두 채색
한 운룡(雲龍) 도자기판을 끼워 넣어 아름답게 꾸며 놓았다. 여기서
부터 길 좌우로 운룡 석화표(石華表)[1]와 돌사자 · 코끼리 · 말 · 낙타
· 기린 등이 줄지어 있다. 말은 몽고말의 특색이 분명히 드러나서,
태조가 실제 타고 다니던 것을 모방했다는 설도 괴이치 않다.

이 구역을 지나면 비탈길이 되어 돌계단 108개를 뭉수름하게 쌓
아 올라가는데, 자연의 지형을 따라서 이를 몇 개의 큰 단으로 나
누고 학리적으로 각 경사의 완급을 조절하여 인체의 피로를 줄이
니, 진작부터 전문가의 탄복을 사는 바다. 계단은 큰 벽돌 모서리를
이용하여 만들었다. 넓이는 5~6칸이나 됨직하며, 좌우에는 구멍이
숭숭 난 낮은 담을 쌓고 누런 기와로 광(匡)을 만들어 난간으로 삼
았다. 이 부근에는 소나무 · 노송나무 외에도 여러 가지 활엽수가
담뿍 들어앉아서 숲의 경관이 매우 아름답다. 한창때는 좀 지났지
만 서리 맞아 울긋불긋한 단풍이 아직도 비단 수놓은 듯한 화려함
을 자랑하고 있다.

비탈길이 끝나는 곳에 몇 정보[2]가량 되는 광장이 숲 사이에 열렸

---

1 묘 앞에 세운 문. 무덤 앞 양쪽에 세우는 여덟 모로 깎은 한 쌍의 돌기둥으로
  되어 있다.
2 땅 넓이를 재는 단위를 나타내는 말. 1정보는 3,000평으로 약 9,917.4㎡에 해

는데, 곧 아까 서협문으로 들어왔던 곳이다. 뜰 맨 앞에 2층 지붕의 비각(碑閣)이 우뚝 서 있고, 그 안에 강희제가 세운 복릉신공성덕비(福陵神功聖德碑)가 있다. 1장(丈) 남짓한 거석(巨石)에 만주어·몽고어·한자의 3개 언어를 나란히 새겨, 말하자면 당시 만청 제국의 주요 구성 분자인 누구에게나 평등하게 공시하는 뜻을 보였다.

비석 뒷면에는 무늬를 새겨놓았는데, 비 오고 흐린 날에는 거기에 부녀자처럼 보이는 사람 모습이 희미하게 나타나서, 관음석 또는 미인석이라 불린다고 한다. 생각건대, 만주 국경(國境)의 어원에 관해 이러쿵저러쿵 하는 중에, 서방 제국이 청 태조를 만수사리보살(曼殊師利菩薩)로 부른 데서 기인했다는 설도 있으니, 이왕이면 만수(曼殊)[3]라는 이름을 갖다 붙이면 어땠을까 싶다.

비각 뒤에 다선방(茶膳房)·척기방(滌器房)·재반방(齋班房)·성생정(省牲亭)[4] 등 제사 준비하는 곳이 좌우로 늘어서 있다. 또 그 뒷면에는 높은 벽이 길게 뻗어 있고, 정가운데에 삼층 누각의 큰 문이 솟아있다. 이는 곧 묘역의 정문인데 한·만·몽 3개 글로 융은문(隆恩門)이라는 현판을 내걸었다.

문 앞 좌우에 위풍당당한 노송이 나란히 서 있어 마치 이곳을 수호하는 기둥처럼 보인다. 오른쪽 것은 가파른 몸체가 비스듬히 땅으로 기다가, 한참 만에 정신을 차리고 하늘을 향해 고개를 쳐들고 올라간 것이 자못 기관(奇觀)이다. 둥치에는 나무를 보호하기 위해 난간을 설치하고, 허리통에는 받침대를 무수히 세우고, 특별히 만년송(萬年松)이라는 푯말을 세웠으니, 다만 형태가 기이할 뿐 아니

당한다.

3 대승 불교에서 최고의 지혜를 인격화한 보살. 우리나라에서는 문수사리(文殊師利) 또는 문수시리(文殊尸利)로 표기한다. 동양의 회화 등에서 문수보살은 흔히 후덕하고 아름다운 여인의 모습으로 형상화된다.

4 다선방은 음식을 준비하는 수라간, 척기방은 설거지 하는 곳, 재반방은 재계(齋戒)를 준비하는 곳, 성생정은 제사에 쓰인 희생물을 살피던 곳이다.

라 아울러 상당한 내력이 있는 양하다.

예전에는 관람료만 내면 묘역 안 어디든지 마음대로 볼 수 있었다더니, 근래에는 융은문 이내를 특별 구역으로 하여, 앞에 말한 것 같은 자격자가 아니면 입관을 허락하지 않는다. 모처럼 멀리 왔다가 헛되이 돌아가는 이도 있고, 또 무엇이라고 이유를 붙여 입장을 꾀하는 축도 있었다. 시공서가 소개해 준 간수원이 끔찍하게 큰 열쇠로 굳게 닫힌 문짝을 힘들여 열어 주기는 했지만, 층층이 가로막은 대들보 같은 빗장 밑으로 몸을 꾸부리고 들어가라 하니 우습기도 하다.

문 안으로 들어서니 정방형 정원이 넓게 펼쳐져 있다. 그 주위를 성곽이 두르고 있는데, 성곽의 네 모퉁이에는 2층 누각이 서있다. 융은문은 성곽 정면 중앙에 있고, 이와 마주한 성곽 후면 중앙에는 또 2층의 높은 누각을 세웠다. 정원은 온통 넓은 벽돌로 포장되어 있으며, 그 가운데 황제가 행차하는 길을 한 단 높게 만들어 놓았다. 정면에 대리석 단을 높이 쌓고, 그 위에 큰 전각 하나가 의젓하게 들어섰다. 태조와 그 황비의 신위를 봉안한 융은전이다. 전각의 전면 좌우에 전각 곁채와 부속 건물이 있고, 서쪽 곁채 앞에는 제례를 지낼 때 비단과 종이 등을 태우던 석조(石造) 정자가 설치되어 있다.

이 모든 건물들에는 누런 기와와 붉은 기둥이 사람의 이목을 현란하게 하여 전체적 미관은 볼만하지만, 개개의 건축물에 대해서는 흠잡을 거리가 많다. 특히 융은문 같은 것은 규모가 한갓 높고 클 뿐이지 구조나 표현에는 균형이나 조응, 안정이 없어서, 아무런 건축적 가치도 지니지 못한다. 나 군이 말하기를, 만주의 수렵민이 중원으로 들어가서 능원(陵園)의 체제는 본떠 왔지만 예술의 깊고 오묘한 진수는 아직 붙잡지 못한 때를 상징하는 작품이라고 한다.

융은문 누각으로 올라가니, 굽이굽이 휘돌아가는 산천과 시원한 물결처럼 바람에 일렁이는 원시림이 눈앞에 펼쳐져, 새삼 풍광의 아름다움을 감탄했다. "높은 산은 왕릉을 껴안고 기름진 들판은 천자의 뜰을 열었네."라는 두로(杜老)[5]의 시구가 연상되는, 구름다리 같은 성곽 위로 올라가 성곽 모퉁이의 누각을 둘러보았다.

융은전 맞은편 후곽(後廓) 중앙의 높은 누각으로 들어가니, 안에는 만·몽·한 3개 언어로 "태조 황제의 능"이라고 쓴 비석이 세워져 있다. 누각 뒤로는 반달 모양의 성곽이 축조되어 있다. 균(鈞)의 양 끝이 능묘 뒷담의 두 각루(角樓)에 이어져 있는 곳은 바로 묘소의 북역(北域)이다. 비루(碑樓)에서 들여다보니, 누각의 성벽과 북역 반월대의 굽이진 부분 사이에 약간 간격이 있다.

거기 향촉(香燭)을 받들어 올리는 단을 설치하고, 또 그 아래를 뚫어 북역으로 통하는 문을 만들어 놓았다. 반월성 안에는 수풀이 우거진 평탄한 언덕 위로 둥근 분묘 한 좌(坐)가 봉긋하게 솟아 있고, 정상에는 늙은 느릅나무 몇 그루가 무성한 가지를 엇걸고 있다. 이 언덕이 바로 북방 천추(千秋)의 영웅이 68년 동안 분주하게 내달렸던 몸과 혼을 품고 있는 곳임을 알겠다.

태조 누르하치는 혼하 골짜기에서 일어나 여기 나라를 세우고, 여기 도읍을 만들었다가, 마지막에는 여기에 머리를 누였으니, 그는 과연 처음부터 끝까지 혼하 강변의 한 장난꾼에 불과했다. 가만히 손길을 잡고 이 일 저 일을 생각하다가 영웅도 불과 풀숲에서 일어나 풀숲으로 돌아가는 수밖에 없는 중생임을 새삼스레 느꺼워하면서, 일례(一禮)를 올리고 이곳을 물러났다.

봉천에서 동릉까지 가는 교통에는 차마(車馬)로 봉무국도(奉撫國道)를 통해가는 방법 외에도 봉길(奉吉) 철도의 동릉역을 이용할 수

---

5 두보(杜甫)를 말한다. 인용 부분은 두보의 시 「교릉시삼십운인정현내제관(橋陵詩三十韻因呈縣內諸官)」의 한 구절이다.

있다. 동릉 일대는 장차 봉천시의 동릉구(東陵區)로 삼아 큰 공원을
건설하리라는 말도 들었다.

> 70년 궁마시석(弓馬矢石)[6]
> 이만저만 바쁘셨나.
> 천주산 흙 한 줌을
> 장만하여 드러눕자
> 그처로 무서운 풍상(風霜)
> 견단말가 하노라.

---

6 활, 말, 화살, 돌팔매로 전쟁을 비유한다.

45. 북릉

동릉에서 물러나 능 앞에 있는, 선만척식회사의 혼하 인수구(引水口)를 시찰했다. 혼하는 물의 성질이 순하다지만 사람에게 끌려들어 강물의 흐름을 바꾸는 데 굴복하고 싶지 않았던가 보다. 방죽과 수문(水門) 공사가 여러 번 실패를 되풀이해 필요 이상의 수고와 비용이 든 데다가, 현재의 시설도 반드시 안심할 수는 없다고 한다. 강물이 물목의 봇둑으로 달려들어 홈쳐때리고[1] 눈같이 부서져 흩어지는 무심치 않은 현상을 한참 서서 지켜보았다.

여기서 하류로 좀 내려가면 강변에 토성(土城) 언저리로 볼 수밖에 없는 유적이 있어, 사람의 손을 거쳤음에 분명한 돌들이 아직도 무더기무더기 남아 있다. 나 군 말로는 그가 처음 봉천에 왔을 때만 해도 이 돌무더기가 완연히 성터의 모습을 띠고 많이 남아 있었다고 한다. 그러나 수년 이래 방죽 공사 등으로 그 수량이 와짝 줄어들고, 성의 형적마저 점점 닳아 없어져감이 섭섭한데, 이 유적이야말로 필시 고구려 신성(新城)일 것이라 한다.

차를 돌려 봉천시를 향할 때부터 비가 부슬부슬 오기 시작했다.

---

1 들이덤벼 세게 갈기거나 때리다.

빗방울이 수정 주렴을 이룬 유리창 밖을 내다보면서, 장쭤린 정권 시대의 도시 발전에 관한 여러 가지 시설, 특히 엄청나게 큰 교외 도로 건설 계획이 만주 사변 후에 아깝게도 중단된 경과 등에 관한 이야기를 들었다. 장 정권도 사업다운 일을 더러는 하였던 모양이다.

비 오는 봉천시를 뚫고서 소북문, 소북변문을 통해 진흙탕으로 변한 서북교(西北郊)로 차를 달렸다. 동북 대학(東北大學), 북릉 원종포(北陵原種圃)², 국립 새마장(國立賽馬場)³ 등 장쭤린 시대의 문화 시설이 여기저기 보이는 중에, 기름진 논이 철로 좌우변에 보기 좋게 깔려 있다. 이 논은 물론 우리 동포의 손으로 이룩한 것으로, 이 일대 논농사가 처음 시작된 곳이라 한다.

철로를 가로 건너자마자 소나무 숲이 갑자기 울창해지면서, 대리석조의 화려하고 장엄한 삼문(三門) 패방(牌坊)이 보인다. 기둥마다 사자가 조각되어 있고 전체가 옥석 난간에 둘러싸여 있다. 벌써 북릉에 다다른 것이다. 봉천성에서 5km 가량의 거리라 한다.『대청일통지(大淸一統志)』등에

융업산(隆業山)은 승덕현(承德縣) 서쪽 10리에 있는데, 이곳에 소릉(昭陵)이 있다. 성 동북쪽의 첩첩한 산이 이곳에 이르러 널찍하게 탁 트였다. 모든 것을 두루 갖추어 온 세상을 다 거느릴 형세를 지니고 있다. 요수(遼水)가 오른쪽으로 휘돌고 혼하가 왼쪽으로 둘러 있고 굽이굽이 숲이 우거져, 오래도록 이어갈 제왕의 터전이다.

라고 떠든 것이 여기다. 정식 이름은 소릉(昭陵)이지만, 일반적으로

---

2 농업용 종자를 생산하는 농장을 일컫는다.
3 경마장을 뜻한다.

심양 북릉
청 태종 홍타이지의 무덤이다. 청 태종은 병자호란을 일으킨 장본인이다.

동릉과 대비하여 북릉이라고 통칭한다. 융업(隆業)이라는 산 이름도 능을 모신 후의 미칭임은 물론이다. 능은 곧 우리 역사책에 홍타이지(洪多時)라는 이름으로 거론된 병자호란 때의 청 태종과 그 황후의 묘지이니, 왕의 시호와 능의 이름이 다 당나라 2대 황제를 모방한 것이다. 역시 청나라 세조 때 조영되어 강희제 때 수리, 보수되었다.

화표(華表)의 홍문(虹門), 패루(牌樓) 안의 삼문(三門), 중문(重門) 안의 동물 석상, 비각과 재방(齋房), 묘역(廟域)과 능조(陵兆) 등 모든 것이 동릉과 거의 같아서 따로 말할 것이 없다. 다만 건축 및 조각의 재료와 수법이 훨씬 더 웅장하고 화려하며 주도면밀한 것은 그만큼 국운이 상승했음을 보여준다.

동물 석상 중에 한 쌍의 석마(石馬)가 있는데 하나는 이름을 대백(大白)이라 하고 또 하나는 소백(小白)이라 한다. 태종이 일찍이 즐겨 타던 말들을 본뜬 것이라 한다. 태종이 원체 체격이 크고 갑옷이 무거워서, 소백을 타면 하루 100리를 가되 대백을 타면 겨우 50리를 갔다는 전설이 『만주원류고』(권 14 산천)에 인용한 「어소릉석마가(御昭陵石馬歌)」의 주석에 나와 있다.

심양 북릉 공원 사자 석상

　동릉에 비해 북릉에 있는 융은전의 섬돌이나 난간은 조각의 정
교함도 돋보이거니와, 어보석(御步石)에 조각된 용이 빗물에 씻겨
새로이 생기를 더한 것이 매우 반갑다. 그러나 날이 갰다면 모든
건물들의 누런 기와와 붉은 기둥이 햇빛에 얼마나 휘황찬란했을까
마는, 비 오는 어둑한 날이라 정채(精彩)가 죄다 숨어 버렸다. 또 '태
종문황제지릉(太宗文皇帝之陵)'이라는 비석을 세운 명루(明樓)가 얼
마 전에 무슨 까닭인지 화재로 반이나 타버려서, 불에 그을린 타다
남은 건축재가 참연하게 변괴를 하소연하는 듯한 모습이 관람객의
감흥을 크게 감소시킨다.

　북릉은 동릉에 비해 자연 풍광이 좀 못한 점도 있지만, 수십 리
주위 수림이 한적하고 고요한 별천지를 형성한 데다가 거리가 가
깝고 교통이 편하여, 봉천 시민의 가장 큰 유람지가 되었다. 또 규
모와 기술로는 도리어 동릉보다 나은 것이 있고, 도중에 다른 명소
를 방문하기에도 편리해, 일반 관광객은 흔히 북릉만 찾고 동릉까

지는 가지 않는 것이 예사라고 한다.

차마(車馬)의 정류점에 찻집과 식당·기념품점 등이 즐비하여, 새로운 손님이 당도하는 대로 여립꾼[4]의 호객 소리가 귀청을 아프게 한다. 특히 오늘 비가 오는 중에도 고등학생 정도로 보이는 여학생들과 소학생들을 합하여 여러 떼의 수학 여행단이 어지러이 역내를 돌아다니는 모습은 다 동릉에서 보지 못한 바였다. 나 군은 북릉 소나무 숲을 무대로 펼쳐지는 봉천 남녀의 재미있는 돈 후앙식 연애담을 가지가지 들려준다.

청 태종은 반도와 특별한 인연을 가진 인물인 만큼 그 무덤 어귀에서 생각해 볼 일이 더욱 많지만, 약속 시간이 다가와 섭섭한 채로 도로 차를 몰아 급히 야마도 호텔로 돌아왔다.

비에 씻겨 본색(本色) 나니
구오(九五)[5]에 나는 용
옛 기세가 완연타만
지금에 없는 임자야
찾아 어디 보리오.

---

4 여리꾼의 옛 표기. 가게 앞에 서서 지나가는 사람을 끌어들여 물건을 사게 하고, 가게 주인으로부터 삯을 받는 사람을 뜻한다.
5 건괘의 밑에서부터 다섯 번째 양효로서 임금의 지위를 뜻한다.

46. 지나사변(중일전쟁)에 대해

협화회의 지방 공작반 보고회가 여기서 열리고 있기에 한참 회의를 참관한 후, 그에 이어 강연을 시작했다. 강연 제목은 '시국과 조선인'이라고 쯤 할 것이었다.

대개 아시아의 역사에는 남북 2대 세력의 대립이 있어, 동방에서는 이 대립이 새외(塞外) 변방 민족 대 지나 민족의 중원 쟁탈 운동으로 짓궂게 되풀이해 갔다. 그 진행은 단계적으로 진보해 가는 모습을 띠어 매번 이전보다 더 포괄적이고 조직적인 형태를 취하면서, 북방 세력의 맹주가 번번이 동방으로 옮아갔었다.

만청이 일어나 타타르·몽고 등 새외 전 민족을 통합해서 기승스럽게 만리장성을 넘어 들어가, 지나 역사상 유례를 보지 못한 완전한 국가와 인자한 정치와 위대한 문화를 건설한 것은, 우리 이목에 아직 잔영이 남아 있는 사실이다. 그네가 북방 세력의 특색과 사명을 몰각했을 때 역사의 무대 밖으로 전락하고 만 것 또한 부득이한 일이었다.

그러나 북방 세력이 잠시 퇴각한 것은 언제든지 다음 기회의 새로운 약진을 기약한다. 한편 지난번에 등장했던 만주 민족 동쪽에는, 수천 년간 뛰어난 능력을 기르고 비축해 오던 또 다른 위대한 민족이 다음 차례를 기다리고 있은 지 오래였다.

조선과 일본의 병합에는 이와 관련된 미묘한 의의가 들어 있다. 일본이 먼저 반도와 일가(一家)가 되고 다음으로 만주에 맹방(盟邦)을 만들고 또 몽골·신장까지 규합하여, 동양 방위의 큰 깃발을 날리면서 지나 중원을 향한 일대 진출을 시작한 것은 실로 이러한 역사적 사명에 응하는 것이다. 이번 거사에 일본이 원동력이자 중심 세력임은 물론이지만, 우리 조선인의 참가에도 당당한 독자적 지위와 의의가 있다. 우리들이 이번 시국에 분발하여 용감하게 활약하는 데에는 실로 이러한 도의적 근거가 있다.

또 이번 사변에서 나타난 특징이 세 가지 있다. 하나는 북방 세력의 극동에 위치한 일본이 가장 마지막에 일어났다는 것이요, 또 하나는 남방 세력에 대하여 북방 세력이 총동원 태세를 취하였다는 점이다. 또 하나는 단지 이때까지처럼 중원 쟁탈을 위한 세력 항쟁을 목적으로 하지 않고, 전 동양의 존재와 전통을 방위하고 발전시키려는 숭고한 의식에서 출발했다는 것이다.

이 세 가지는 진실로 오늘까지의 동양 역사에 큰 일단락을 짓는 동시에 내켜서 세계 역사에서 명일의 여명이 되는 바다. 이 사명의 정당한 수행 여부는 아마 인류의 운명을 결정하기에 충분할 것이다. 그런데 이 신성한 운동의 핵심 요소는 바로 일본인과 조선인이다. 이 양자의 결합과 괴리 여하가 일의 성패에 최후의 관건이다.

돌이켜 생각하건대, 지나에는 국가란 관념도 없고, 국경이란 사실도 없다. 있다 해도 그네의 관념은 다른 곳의 국가나 국경 관념과 같지 않고, 또 근대적 의미의 관념도 아니다. 그네는 천하를 말하며, 해내(海內)[1]를 생각하며, 지나의 중원으로 천하 해내의 중심을

---

1 중화 사상의 맥락에서 '해내'란 국내를 뜻하는 것이자 온 천하, 전 세계를 뜻한다.

삼아서, 이 중원은 천명을 받자온 자의 왕도를 시행하는 땅이라고 한다. 이러한 의미에서 지나 중원은 아시아인 공동의 사업지로서, 몸소 천도(天道)를 행하는 집단의 다스림 아래 있을 물건이다.

그런데 중원에 왕도가 없어진 지 오래며 천하가 왕도를 바람이 간절하니, 이번 우리의 일어섬은 본디 조금도 우리를 위한 것이 아니며, 실로 중원과 천하를 위해 천리(天理)를 널리 펴고 왕도를 널리 미치게 할 주인이 되지 않으면 안 될 대세를 따른 것이다. 천리와 왕도를 규범으로 삼아 실 한 오라기라도 이에 어그러짐이 있으면, 이는 우리 스스로 왕도의 길에서 벗어남이니, 우리는 언제든지 이 점을 두렵게 여겨 스스로를 닦고 성찰해야 할 것이다.

또 한 가지, 중원 진출을 맞이하여 간절히 경계해야할 점이 있다. 그것은 지나 민족의 철저한 포용력과 중원 문화의 무서운 동화력이 자칫하면 우리의 북방적 특질을 없애버리기 쉽다는 점이다. 지나는 가장 거대한 민족적 분지(盆地)로서 주위 산악에서 흘러나오는 어떤 종족 지파든지 한번 이 분지로 흘러 내려가면 그만 삼켜져 흔적도 없어져 버린다.

동양에서 가장 오랜 역사를 가진 지나 민족이 노쇠해 없어지지 않고 줄곧 생존, 번성해가는 것은 실로 시대마다 주위 신흥 민족의 청신한 혈액이 주입되어 새롭게 정화 작용을 해주었기 때문이다. 또 중원 문화는 거의 절대적 위력을 지닌 대용광로라서, 어떠한 새로운 요소라도 한번 그리로 투입되면 물거품조차 내지 못한 채 감쪽같이 자기를 상실해 버리는 반면, 걸쭉하고 흐리멍덩한 본래의 용액은 아무 영향도 입지 않는 것이 오늘날까지의 역사가 증명하는 바다. 가까이는 만주족의 청나라도 그 적절한 사례의 하나일 따름이다.

과거의 사실은 분명히 이러하다. 말하자면 중원을 정복함이 곧 중원에게 정복당하는 것이라 할 만하였다. 우리들이 지금 중원 진출을 맞이하여, 진실로 이 위험한 함정에 거듭 조심을 더하지 않으면, 위대하고 연원 깊은 북방적 실행력도 어느 틈에 닳아 없어져 버리고, 신성하고 오랜 대사명의 수행이 또 위룽투룽하게[2] 될 것이다. 다만 역사는 되풀이된다는 법칙 외에 또 창조되는 법칙을 가졌으니, 우리는 중원을 얻지만 중원에 빼앗기지는 않는 신역사를 만들어 낼 결심을 하지 않으면 안 된다. 시국은 중대하다. 그런데 일본인과 조선인의 완전한 결합만이 이 중대한 시국을 감당할 수 있다.

한 시간 반쯤 이런 취지의 강론을 하니, 회중이 자못 경청한다. 또 협화회 주석인 봉천성 차장(次長) 다케우치 도쿠겐(竹內德玄) 씨가 매우 감격한 어조로 치사의 뜻을 전했다. 모처럼 와서 이야기한 것이 무의미하지 않은 듯하여 기뻐하지 않을 수 없다.

이날 저녁 조선기정(朝鮮旗亭)에서 열린 관민 유지 초대연에 출석하여 환담을 거듭하다가 늦어서야 자리를 파하고 돌아왔다.

수난로(水暖爐)에 에둘려서
풍류운사(風流韻事) 말씀하여
옷깃을 죄다 풀고
너요 나요 없었으니
창외(窓外)의 급한 북풍(北風)을
알아 무삼하리오.

---

2 뜻 미상. 문맥상 위태롭게 되다 정도의 의미로 보인다.

47. 동선당

12일 화요일. 잠깐씩 흐리다 개다가를 반복함. 아침 일찍 『재만 조선인 통신』의 서범석(徐範錫) 군[1]의 지도로 동선당(同善堂)을 참관 하기로 했다. 동선당이란 봉천의 대표적인 사회 구제 사업 기관으로 그 광범한 설비와 특색 있는 경영 방법이 만주는 물론이요, 널리 국외에까지 알려져 있다.

꽤 좁은 골목으로 커다란 자동차를 들이밀고 여러 번 꼬불거려 가면서 많은 사람을 불편하게 하니 사회사업 구경 가는 행색에 어울리지 않는다. 이런 생각을 하며 가다가 마침내 고대묘(高臺廟) 호동(胡同)에 있는 '봉천 동선당(奉天同善堂)'이라는 간판 써 붙인 데를 찾아 들어갔다.

대문 맞은편에 접객청이 있어 비치된 명부에 서명을 하고 약간의 희사를 하니, 접대원이 나와 차를 권하고 '봉천 동선당 요람'을 준다. 접객청은 퍽 넓은 방에 많은 탁자와 의자를 벌여 놓았고 비

---

1 서범석(1902~1986)은 1919년 3 · 1운동에 참가한 후 1921년 중국으로 건너 가 베이징 대학 정경과를 수료했다. 『조선일보』, 『시대일보』, 『동아일보』 등 언론계에서 기자로 활동하는 한편, 만주 봉천에 광동학교(光東學校)를 창설 했다.

품이 꽤 화려하다. 동선당이 봉천 유람객들이 반드시 방문하는 명소요, 또 그중에는 고귀한 손님이 많음을 보여준다.

접객청 정면에는 온화하고 인자해 보이는 한 신사가 청나라 관복을 입고 있는 사진을 걸어 놓았는데, 이는 곧 동선당 창립자인 고(故) 좌보귀(左寶貴) 장군의 유상(遺象)이다. 동선당 사업은 모를지라도 좌보귀라 하면 "옳지, 그이야!" 하는 이가 많을 것이다.

갑오년(1894) 일청 전쟁 때 봉천군을 거느리고 평양을 지키다가, 일본군이 이르자 통군(統軍) 섭지초(葉志超)가 도망하자는 것을 홀로 따르지 않고, 9월 16일 을밀대 부근에서 장렬히 전사한 관향(冠享) 좌 장군(左將軍)의 용명은 당시 세간에 유명했던 바다. 이 열혈 무인이 다른 한편으로는 인자한 눈물을 뿌리던 인자(仁者)였던 것이다. "솔선하며 나태하지 말라[爲先不倦]."라는 식의 인애 정신을 표방한 허다한 액자가 벽에 걸려 있고, 고금 명사의 서명도 많이 보인다.

요람에 따르면, 좌 장군은 1834년에 산둥성 페이현(費縣)에서 태어나 일찍 부모를 여의고 군대에 들어갔다. 1851년에 장발적(長髮賊) 토벌에 참가해 공을 세우고, 다시 봉천·길림의 비적 토벌에 성공해, 한인으로서는 처음으로 봉천군 지휘관에 부임했다. 이어 압록강 연안, 특히 동변도(東邊道) 지방의 치안 확보와 읍치 정비, 산업 개발 등에 애쓴 공으로 광서(光緒: 1875~1908) 초기 제독에 임명되었다.

1881년에 지금 동선당이 있는 곳에 우두국(牛痘局), 육영당(育嬰堂), 서류소(棲流所)를 개설해 천연두 예방, 유아 보호, 빈민 구제에 힘썼으니, 이것이 실로 동선당의 시초가 되었다. 이 외에도 사묘(寺廟)를 많이 세워 민심 교화에도 자못 뜻을 두었다가, 1894년 곧 갑오년 전쟁에 평양에서 순사하여, 더욱 일세의 경모를 받게 되었다고 한다.

동선당은 1881년이라 하니까 지금부터 약 57년 전에 창립되었다. 1896년에 이 여러 기관을 합해 동선당으로 개칭하고, 그 뒤에 세간의 수요에 따라 여러 가지 필요한 시설을 첨가하여 사회사업의 성대한 일대 체계를 이루었다. 좌 씨가 마련한 약 2백만 원어치의 부동산을 재원으로 삼아 적절하게 운영해 오다가, 중간에 여러 가지 파란을 치렀다.

최근에 이르러 재단법인 봉천 동선당이라는 조직으로 개편하고, 그 안에 다방면에 걸치는 자선 및 구호 사업을 행하게 되었다. 1937년의 총 경비는 약 33만 원이다. 앞서 말한 부동산 수입 외에 영구(靈柩) 보관료란 것이 하나의 수입 요목을 차지하고 있다. 지나인에게는 객사한 이가 고향으로 반송될 때까지 영구를 사묘 안에 보관하는 습속이 있다. 동선당 사업 조직 중에 주림사(珠林寺)란 것이 있어서 영구를 보관하는 데 가장 편리하고 대신 향불을 받들기까지 하여, 현재 영구 보관수가 800여 구에 요금 수입이 연간 2만 원에 달한다.

안내인을 따라서 몇 개의 문과 담을 지나 융량소(隆良所)에 이르렀다. 여기는 포주의 학대에 견디다 못하여 도망 온 창기, 계모 및 가족의 학대를 피해 보호를 구하는 자, 부부 싸움 결과 구조를 구하는 자 등을 수용하는 곳이다. 도망 온 창기의 경우는 사법 기관에서 실상을 조사해서 학대가 사실인 경우에는 자유 폐업을 시킨 후에, 가정주부가 될 교육을 베풀어 적당한 방법으로 출가시킨다. 계모에게 학대받던 여자는 2년 내지 5년간 교육하여 상당한 가정으로 출가시킨다. 부부 싸움에서 도망 온 자는 얼마 동안 보호와 훈계를 더하여 쌍방이 융화 단합할 기회를 만드는데, 대개는 6개월 이내에 처리된다고 한다.

구내에는 교실, 기숙사 등이 여러 채 늘어서 있다. 이곳에 수용된 묘령의 여자들이 양지에 나와 앉아서 혹 독서도 하고 혹 뜨개질도

하며 즐겁고 한가하게 있는 모습이 냉정하고 신산했던 바깥세상 일은 이미 전생의 일쯤으로 잊어버린 듯하다. 사무원에게 천업 출신과 양가 여자를 섞어 두면 나쁜 데 물드는 폐단이 없겠느냐 물으니, 그가 답하기를 원체 주도면밀한 주의 아래 있고 또 양심상 갱생을 한 사람들이라 걱정스러운 일은 아무 것도 없었다 한다.

영아와 유아를 수용하는 탁아소, 거기에 부설된 유치원, 독거노인과 불구자 등을 수용한 구제소, 수용자의 연령 및 건강 상태에 상응하여 목공·인쇄·직물·재봉 등 기술을 가르치는 강습소, 수용자는 물론이요 일반 시민들의 치료에도 종사하는 부속 병원 등을 한번 둘러보고, 어디서나 그 시설이 실용적임에 경의를 표했다.

그중에서도 구산소(救産所)라는 데는 과부나 처녀가 임신하여 비밀스럽게 해산할 필요가 있는 자와 빈곤하여 출산비를 마련치 못하는 자를 수용하는 곳이다. 여기 들어가는 자는 거주, 성명, 임신 관계 등을 일체 불문하고 무조건 보호 출산하게 한 후, 생후 1개월 내지 3개월간만 모유로 양육하게 하고, 이 기간이 경과한 후에는 영아를 탁아소로 옮기고 당사자는 이곳을 나가게 한다.

또 구생문(救生門)이란 데는 어떤 이유로든지 태어난 아이를 감당하지 못하여 괴로워하는 자가 몰래 그 아이를 의탁하도록 하는 곳이다. 구내에서도 뒷골목 으늑한 쪽에 있는 방 하나를 가려서 방의 바깥쪽 벽에 안팎 어디서도 보이지 않게 구멍 하나를 냈다. 거기다가 줄에 맨 요람을 두어 아이를 맡기고자 하는 자가 그 아이를 여기다가 얹으면 줄의 이쪽에 연결된 종이 울리게 하여 당직자가 바깥은 보지 못한 채 아이만을 거둬들인다. 또 그 방의 외벽에도 가림막을 설치해서 아이를 버리는 자가 체면을 걱정하지 않도록 했다. 이렇게 해야만 이런 종류의 구제 사업이 그 본래의 목적을 감당할 수 있다고 생각해서이다. 그 철저한 방법에는 여러 번 감탄하지 않을 수 없었다. 이렇게 아이를 버리고 가는 일이 평균 하루

한 건은 된다 하니, 이것만 해도 구제 효과가 크다 하겠다.

또 구제과의 일부로 실업자 수용소가 있다. 하절기에는 2~3백 명, 동절기에는 5~6백 명을 일시적으로 구제할 수 있는 설비. 이상의 모든 분과를 합해, 1937년의 수용자 수는 2201명, 출소자는 1,974명이라고 통계되어 있다.

지나에는 옛날부터 구호 기관이 많고, 역대의 훌륭한 벼슬아치 중에도 이러한 사업으로 오랜 세월 아름다운 이름을 떨치는 자가 적지 않다. 그러나 그 사업이 완전하고 두루 미치는 데 있어서는 좌 씨의 동선당이 유례가 없으리라고 속으로 칭송하면서, 장군의 동상 앞에 다시 인사를 올리고 물러 나왔다.

덧없는 만주 풍우(風雨)
모든 것을 다 흔들되
그대로 동선당은
늘고 굳어 나오나니
인심(仁心)의 만인대동(萬人大同)을
한번 볼 듯하여라.

48. 국립 박물관

 발걸음을 돌려 상부지(商埠地) 십위로(十緯路)에 있는 국립 박물관으로 향했다. 아직까지는 만주국 유일의 국립 박물관이다. 일본 영사관에서 통지가 있었다 하여 지도와 설명에 많은 편의를 주는 모양이었다. 커다란 문과 넓은 정원을 지나서 좀 높이 언덕진 곳에 당당한 3층 양옥이 하얗게 우뚝 선 것이 그 본관이다.

 이 집은 박물관으로 새로 지은 것이 아니라 열하성(熱河省) 주석 탕위린(湯玉麟)의 신축 저택이던 것을 이용했다. 탕위린이 만주 건국 후 한때는 참의부 부의장에 임명되기까지 했지만 마침내 장쉐량과 결탁해 비만(反滿) 행동을 취하다가 국외로 축출되니, 이 집을 몰수해 박물관으로 삼은 것이다. 개인 저택을 그대로 박물관으로 사용할 만하니, 그 광대하고 화려함을 짐작할 만하다.

 건국 이후 만주국 정부와 관동군 사령부 사이에 국립 박물관 설치를 두고 여러 가지 방책이 강구되다가, 1934년 10월에 비로소 준비 사무소를 열었다. 정부에서 교부한 물품 정리 등을 빠르게 진행해서, 드디어 1935년 6월 2일 개관식을 거행하고, 동월 5일부터 일반인의 열람을 허락하게 되었다고 한다.

 박물관의 진열품은 대개 공사(公私)에서 기부한 약 1,500점이다.

그중 중요한 것은 열하의 이궁(離宮)과 라마사(喇嘛寺)에서 가져온 미술 공예품 약 220점, 라마 계통의 불교 시설물 약 250점, 송·원·명·청 각 시대의 회화류 약 60점, 청·명 역대의 어필(御筆) 16점, 뤄전위(羅振玉) 씨가 기부한 명대의 그릇류 120점, 은·주 시대의 동기 약 50점, 도자기 약 300점과 츠펑(赤峰) 등의 출품 및 순장품들이다. 이 외에도 고구려·발해·요·금·원 등 만주에 관계된 옛 국가들의 유물 수집에 열심히 힘써서, 이미 상당한 성과를 보고 있다고 한다.

현관에 들어서면 홀 정면에 "건륭(乾隆) 을축(乙丑)"이라고 기록된 3층 대불탑이 찬란하고 장엄하여, 이미 사람의 눈을 황홀케 한다. 이 주위에 흩어져 있는 합라호법불(哈嘛護法佛), 8대 금강왕보살(金剛王菩薩) 이하 금상과 무량수불수상(無量壽佛繡像) 등이 모두 건륭 성시(盛時)의 호화로움을 자랑하고 있다.

경태람(景泰藍) 7진(珍) 8보(寶)를 비롯해 금동과 주옥으로 만들어진 크고 작은 불감(佛龕)[1]이 무수한데, 그중에는 서양의 건축 방식을 사용한 것도 더러 있어, 건륭기 공예의 세계적 일면을 보여준다. 특히 금강보살의 자태가 아주 스마트한 모던인의 댄스 스타일이어서 경이로움에 눈이 휘둥그레진다.

벽 위에 놓인 종객파(宗喀巴)[2]의 영첩은 어디서 난 말인지 그 평가액이 3천만 원이나 된다고 한다. 유리 갑에는 황제가 쓰던 물건인지 누런 비단으로 만든 고배(靠背)와 수고(手靠)를 넣었으니, 전자는 우리로 치면 안석(按席)이요, 후자는 사방침(四方枕)이다. 이외에도

---

1 불상을 모셔 두는 집 모양으로 된 장. 좌우에 여닫는 문이 있다.
2 종객파(宗喀巴; 1357~1419)는 티베트 정통파 불교의 개혁자로서 라마교 황모파(黃帽派)의 개조(開祖)이다. 중국 칭하이 성 아무드 지방의 총카 부락에서 태어났다.

흉노족의 불감(佛龕), 시짱(西藏)과 만주 글자로 된 경축(經軸),[3] 건륭제가 쓴 대련(聯對)[4] 시구 등 여러 가지 의미로 흥미를 끄는 물건이 적지 않다.

이상은 다 열하성에서 옮겨온 것들이다. 듣건대 열하 행궁(行宮)에 있던 물품은 남경과 베이징 정부에서도 많이 가져가고, 장쭤린·탕위린 등이 훔쳐간 것도 무수하다고 한다. 지금 이 박물관에 있는 것만 해도 양이나 질로 결코 수월하다 할 수 없으니, 건륭 당시 열하에 모여든 천하 보물이 어마어마했음을 대강 짐작하겠다.

이층으로 올라가면 여러 곳의 출토품이 크게 주의를 끈다. 요양에서 출토된 한(漢)나라 기와에 새끼줄 문양이 완연한 것도 재미있고, 츠펑에서 출토된 석기와 토기, 간쑤(甘肅)에서 출토된 토기들도 제각기 특색이 있다. 서역(西域)식의 채색 무늬 병들이 특히 눈에 신선하다.

도자기실에 들어가면 요·금 시대의 청자, 백자, 채색 접시, 광택 나는 항아리 등이 도저히 여기 아니고서는 이렇게 다채로운 도자기를 한꺼번에 볼 수 없으리라는 생각이 들게 한다. 청백 자기 중에는 수법, 색채와 광택, 모양과 자태 등으로 보아서 꼭 고려자기처럼 보이는 것이 많다. 당시에 송·요·고려를 통틀어 자기 문화에 연결 관계가 있었을 거라는 생각이 든다.

또 고려와 요 사이에 교통이 밀접했던 것으로 보아, 요대의 물품으로 전해지는 것들 중에도 실상 고려에서 들여온 것이 없지 않았으리라 짐작된다. 오래된 것으로는 칭허(淸河), 쥐루(鉅鹿) 등지의 출토품에서부터 내려와서는 송의 여요(汝窯),[5] 명의 경덕진요(景德鎭

---

3 두루마리 경전을 말한다.
4 문이나 기둥 같은 곳에 써 붙이는 대구(對句)의 글귀이다.
5 중국 송나라 때, 엷은 청색 자기의 생산으로 유명한 루저우에 있었던 가마 이름이다.

窯),[6] 청의 건륭분채기(乾隆粉彩器)[7] 등 각 시대, 각 산지의 도자기가 골고루 갖춰져 있다. 그중에도 도자기로 만든 베개 종류가 퍽 많아서 좀 놀랐다.

나무와 옥, 상아 등으로 만든 세공품은 청대 공예의 대표물이라고 할 만한데, 사람의 손이 이 정도까지 솜씨 있음을 감탄하게 하는 기이한 작품이 많다. 단향목에 백자상(百子相)[8]을 세밀하게 조각한 여의(如意)[9]와 상아로 백자도(百子圖)를 새겨 넣은 삽병(揷屛)[10]은 백 명 아이들을 저마다 다른 모습으로 표현하고 있어 모두 기묘한 경지에 이르렀다.

상아로 조각한 팔각다보루궁(八角多寶樓宮)의 도가 신선들이 각각 법열의 경지를 열고 있는 것이라든지, 백옥으로 새긴 화려한 배에 귀족과 미녀들이 질탕하게 풍류를 즐기고 있는 모습이라든지, 어느 것이고 쌓거나 구부리고 멀거나 가깝고 깊거나 얕은 것이 다 실제 모습처럼 표현되어 있다.

또 상아 투구(套球)는 한 덩어리의 상아를 표피부터 조각해 나가서 한가운데에 이르기까지 15중으로 겹겹의 공 모양을 이루게 한 것인데, 옛 사람들이 세월과 노고를 초월해 이런 장난을 하던 여유로움의 경지를 못내 감탄케 한다. 경태람(景泰藍)[11]의 향로, 얼음 담

---

6 중국 장시성 북동부의 징더전(景德鎭) 일대에 있는 중국 최대의 도자기 가마이다.

7 분채 자기. 오채 안료에 산화주석을 첨가하여 좀 더 다양한 색상을 표현한 자기로 청대 강희제 말부터 크게 유행하였다.

8 백 명의 아이들이 노는 모습. 자손이 번창하기를 기원하는 의미로 회화, 수, 조각 등에 두루 쓰였다.

9 불교의 법회나 설법 때, 승려들이 지니는 작은 막대기를 말한다. 나무, 백옥, 금동, 철제 등 다양한 재료들로 만들었다.

10 액자처럼 된 나무틀에 끼워 넣어 사용하는 병풍을 가리킨다.

11 동기(銅器) 표면에 무늬를 내고 파란 물감을 발라서 불에 구워낸 공예품을 뜻한다.

는 상자, 술잔, 그릇 등과 유리와 법랑으로 된 작품들에도 볼 만한 것이 많다.

역사적 문헌의 진열품에는 「어제경직도(御題耕織圖)」와 「면화도(棉花圖)」, 「어제팔순만수성전도(御題八旬萬壽盛典圖)」, 「흠정남순성전도(欽定南巡盛典圖)」 등 동양식 목판 화첩과 「어제평이리사부전도(御題平伊犁四部全圖)」, 「어제평정양김천득승도(御題平定兩金川勝圖)」, 「어제평정대만전도(御題平定臺灣全圖)」, 「원명원서양건축도(圓明園西洋建築圖)」 등 서양식 동판 화폭과 기타 허다한 판화가 다 깊은 감흥을 자아낸다.

특히, 서양인이 전심전력을 다해 만든 원명원[12] 건축이 후일 도로 서양인의 무도한 폭력에 소실된 생성과 파괴의 인연은, 사람으로 하여금 여러 번 고개를 숙이게 함이 있다. 판화 중에는 '고희천자(古希天子)'라는 인장을 찍은 것도 많은데, 물론 건륭제의 손길이 미쳤음을 말하는 것이다.

하늘의 사람 쓰심
가다가도 기이할사
탕선생(湯先生)[13] 마적(馬賊) 솜씨
열하(熱河) 맡겨 서름질해
만주국 박물관 준비
시키실 줄 알리오.

12 중국 청나라 때 이궁(離宮)의 하나. 강희제 때 건설하기 시작하여 건륭제 때 완성되었으나 1860년 영국과 프랑스 연합군과의 싸움에서 불에 타 없어졌다.
13 현암사판 전집에 양선생(陽先生)으로 오기된 것을 매일신보 원문에 따라 바로잡는다. 만주국립박물관 건물의 원소유주였던 탕위린을 일컫는다.

49. 통구 고분 벽화

　회화실도 열하에 있던 황제의 애완물을 가져온 만큼 꽤 많은 명
품을 소장하고 있다. 왕석곡(王石谷)[1]의 「취미소수도(翠微小水圖)」, 고
기패(高基佩)[2]의 「지화인물도(指畵人物圖)」, 운남전(惲南田)[3]의 「요대염
설도(瑤臺艷雪圖)」 등이 다 한참 서서 들여다볼 만하다. "양편 언덕
원숭이 소리 그치지 않는데, 날랜 배는 벌써 만겹 산을 지났네."[4]라
는 시구를 바탕으로 그린 소도(召濤)의 「당인시의도(唐人詩意圖)」는
호쾌하고 뛰어난 기상을 지녀 여러 날 여행의 피곤함을 단번에 해
소시킨다.
　곽상선(郭尙先)[5]의 「수죽미인도(修竹美人圖)」는 청초 냉담하여 촌로

1　왕휘(王翬; 1632~1717)를 이른다. 중국 청나라 초기의 화가로 당대 제일의
　화성(畵聖)으로 일컬어졌다.
2　고기패(高基佩; 1672~1734)는 중국 청초의 화가이다. 요령성 요양의 만주
　기인(旗人) 출신으로, 산수화 · 인물화 · 화조화에 능했으며 특히 붓 대신에
　손을 이용하여 그린 지두화(指頭畵)로 유명했다.
3　운격(惲格;, 1633~1690)은 중국 명말 청초의 문인 화가로 시서화에 능하여
　삼절(三節)이라 불렸으며 남화 정통파 육가 중의 한 사람으로 상산파(常山
　派)의 원조이다.
4　이백(李白)의 「조발백제성(早發白帝城)」에 나온 구절이다.
5　곽상선(郭尙先; 1785~1832)은 중국 청대 후기의 학자이자 서예가로, 자는

(村老)의 마음을 용하게 포착하여 표현했는데, 이때까지 난석(蘭石) 선생은 묵란(墨蘭)에만 능하신 줄 알았던 무식이 혼자 부끄럽다.

큰 것으로는 송미우인(宋美友仁)의 「설산도권(雪山圖券)」이 있어, 고계(高啓)의 두발(頭跋) 외에 '천자고희(天子古希)', '팔징모념지보(八徵耄念之寶)'[6] 등 인장이 찍혀 있다. 작은 것으로는 구영(仇英), 문징명(文徵明), 왕원기(王原祁) 이하 명·청 명가의 선면(扇面)[7]이 하나하나 심상치 않다. 특히 구십주(仇十洲)의 금벽누대(金碧樓臺)는 아름다운 광채가 꼭 새로 그린 듯하며, 왕곡상(王穀祥)·문징명(文徵明)의 서화합벽(書畵合壁) 같은 것은 품격과 기운이 다 사람으로 하여금 걸음을 옮기지 못하게 한다.

서(書)에도 물론 이름난 것이 많다. 심덕잠(沈德潛) 두발(頭跋)의 왕헌지(王獻之; 舍內) 첩(帖)은 과연 진마풍장(陣馬風檣)[8]이 방을 압도하는 듯한 기세를 가졌다. 사가법(史可法)의 초서(草書)와 기윤(紀昀)의 대련(對聯) 같이 다른 데서는 보기 어려운 희귀한 것들도 있다. 건륭제의 어필(御筆)은 액련(額聯)과 병장(屛障) 등을 골고루 갖추고 있는데, 웅혼하고 순박한 기상을 높이 일컬을 만하다.

은주(殷周)의 종정이기(鐘鼎彛器)[9]와 전국 시대 이후의 무기와 화폐 등 옛날 기물들이 다 자못 풍부하다. 뤄전위(羅振玉)[10] 씨의 감상

난석(蘭石)이다.

6 청 건륭제가 팔순 생일을 기념하여 만든 인장에 새긴 글로 '팔징모념(八徵耄念)'이란 '80살이 된 8가지 징조'라는 뜻이다.

7 부채의 거죽, 곧 사(紗)나 종이를 바른 면(面)을 뜻한다. 여기서는 선면에 그려진 그림, 즉 선면화(扇面畵)를 지칭한다.

8 배가 돛에 순풍을 받아 쏜살같이 가며 무사가 준마를 타고 늠름히 진두에 선다는 뜻으로, 웅건한 문장을 비유한다.

9 은주 시대 제사용 그릇들로 솥(鼎), 종(鐘), 사람 모양 등 다양한 형태를 띠고 있다.

10 뤄전위(羅振玉; 1866~1940)는 청 말에서 중화민국 초기의 금석학자로, 금석·서화 수집가로도 유명하다. 청조 내각대고의 명청 당안(檔案)과 둔황 문서 보관에 노력했고 은허 복사(殷墟卜辭) 연구에도 성과를 올렸다. 1911

을 치른 전범(錢范)[11] 등은 양보다 질에 볼 것이 있다. 열하에서 출토된 '성길사한[12]황제성지평은비(成吉思汗皇帝聖旨平銀牌)' 조각은 『고려사』를 살피는 데도 한 단서가 되기에 주목을 끌었다.

황제 소유였던 옛 물건들을 열람한 후, 「피서산장도(避暑山莊圖)」 아래 「어제십전도(御製十佺圖)」 병풍에 둘러싸인 주칠금화조룡보좌(硃漆金花彫龍寶座)를 어루만지면서 가만히 천하의 길이 온통 열하로 통했던 건륭 성대의 일을 떠올리니, 좁다란 방이 문득 큰 감개의 바다를 이루어 온다.

고분 관계 진열품은 무엇보다 우리 감흥을 끄는 것이 많다. 흥안서성(興安西省) 경릉(慶陵) 벽화 같은 요나라 때의 진열품도 그렇지만, 압록강 상류 통화성(通化省)

광개토대왕비

집안현(輯安縣) 통구(通溝)의 고구려 고적은 우리가 특별히 기쁜 마음으로 달려가 살펴보지 않을 수 없다. 통구 지방은 예로부터 황성평(皇城坪)이란 이름으로 전해오다가, 근세에 광개토왕비가 출현하면서 고구려 고적지임이 드러났다. 대한제국 말에 탁지부(度支部)의 고적 조사 사업으로 여기가 고구려의 옛 도읍인 환도(丸都) 및 국내성(國內城)임이 판명되었다.

그 이래로 통구 탐사는 학계가 갈망하던 목표가 되었지만, 장 정

년 신해 혁명이 일어나자 일본에 망명했다가 1916년 귀국하여 후일 만주국의 감찰원장이 되었다.

11 화폐를 주조할 때 쓰던 거푸집을 말한다.

12 성길사한은 몽골제국의 1대 왕인 칭기즈 칸의 한자식 표기이다.

권 시대까지는 여러 가지 불편이 있어 계획이 여의치 못했다. 만주 건국 이후 드디어 통구 탐사가 국가 사업으로 기획되어 1935년 6월에 문교부에서 사원을 특파해 고적 조사를 시행했다.

(1) 문자총(文字塚), 환문총(環紋塚; 성 동쪽 下牛漁頭에 있다), (2) 삼실 총(三室塚), 담육총(啖宍塚; 성 동쪽 五盔墳에 있다), (3) 대왕릉장군총(大王陵將軍塚), 무용총(舞踊塚), 각지총(角觝塚; 성 동쪽 東岡에 있다), (4) 천추총(千秋塚; 성 서쪽 麻線溝에 있다) 등 이미 알려져 있거나 아직 알려져 있지 않던 주요 고분의 내용을 탐구했다.

1936년 6월 1일에서 15일까지 이 박물관에서 고분 벽화와 문자 등을 찍은 사진 전람회를 개최한 일이 있다. 그중 일부는 상시 진열하고 있어, 천오백 년 전 우리 선조가 심혈을 기울인 손재주를 보고 느낄 수 있다. 환도의 고적에 관해서는 『용비어천가』 제39장 주(註)에 다음과 같이 기록되어 있다.

평안도 강계부 서쪽 강 건너 140리의 큰 들판에 오래된 성이 있다. 세간에서는 대금황제성(大金皇帝城)이라고 부른다. 성 북쪽 7리에 비석이 있고 또 그 북쪽에는 석릉(石陵)이 2개 있다.

이 고적들은 반도에서 가장 먼저 상세하게 알고 있었으니만큼, 그 연구를 우리 손으로 행함이 한 의무이리라는 생각도 든다.

한편 비석 실물 중에는 유명한 관구검(毌丘儉) 환도비 일부와 만주 문자 창제자인 달해(達海) 비석 등이 여기 있다. 묘지(墓誌)[13]에는 요나라 성종의 『문무대효선황제애책(文武大孝宣皇帝哀冊)』과 『문무대효선황후애책(文武大孝宣皇后哀冊)』, 요나라 도종의 『인성대효소황제

---

13 죽은 사람의 이름, 신분, 생전의 행적, 나고 죽은 때 따위를 적은 글. 돌에 새겨 무덤 옆에 묻거나 관에 직접 새긴다.

애책(仁聖大孝所皇帝哀冊)』의 계책(契冊), 만주어와 한문이 함께 새겨진 석비 등 귀중한 재료가 수두룩하다.

한(漢)·위(魏)·육조에서 당(唐) 대에 걸친 허다한 그릇 종류는 뤼전위(羅振玉) 씨의 기부를 바탕으로 했다. 특히 당대 그릇에 그려진 무용수의 우아한 포즈와 괴물 머리의 기괴한 형태는 보고 또 봐도 싫증이 나지 않는다.

이 박물관이 특별히 자랑하는 소장품으로 송, 원, 명, 청 4대에 걸친 각사(刻絲)[14]와 나수(刺繡)가 있다. 각사는 한편으로 극사(克絲), 위사각색작(緯絲刻色作), 저사작(紵絲作) 등이라고도 하는데, 날줄을 나란히 끼워 놓은 수틀에 본을 놓고 이에 따라 여러 색깔 씨줄로 나수하듯이 문양을 짜가는 것이다. 일본에서 철직(綴織)이라는 것이 여기에 해당하며, 서양의 고블랑(Goblin)직도 이 일종이다. 말하자면 문직법(紋織法) 발명 이전의 '문직'이라 할 수 있다. 장계유(莊季裕)의 『계륵편(雞肋編)』에서 그 대강을 볼 수 있다.

송나라인의 각사법(刻絲法)은 정주(定州)에서 생겨났다. 큰 베틀을 사용하지 않는다. 색실을 나무틀 위에 세로로 걸은 후 원하는 바에 따라 꽃, 풀, 동물 만든다. 작은 북틀로 씨실을 짤 때 먼저 그곳에 머물러 갖가지 색실을 날줄 위로 꿰면, 날줄과 씨줄이 어울려 무늬를 이룬다. 무늬가 평평하지 않고 마치 조각해 놓은 모습처럼 보여서 각사라는 이름을 얻었다. 여인의 옷 한 벌을 짜는 데 1년이 꼬박 걸린다. 무릇 씨실은 북틀을 통과하지 않고 짠다.

각사 및 나수 기술은 세계 어디서든지 궁정을 배경으로 일찍부

---

14 중국의 명주 직조법의 하나. 양각(陽刻)처럼 보인다고 하여 붙은 이름으로, 수를 놓듯이 자유롭게 무늬를 넣은 것이 특색이다.

터 발달해 왔다. 지나에서도 상고 시대부터 이 기술이 있어 오다가 송대에 이르러 가장 왕성하게 발달하여 마침내 각사 및 나수가 공예상의 중요한 품목이 되었다.

청나라 궁전은 총수 8백 수십 점을 헤아리는 각사 및 나수 소장처로 유명했는데, 봉비란(奉匪亂) 후에 사방으로 흩어져 버렸다. 지금으로서는 궁전의 잔해물 일부를 거두어 둔 존소당(存素堂)의 소장품을 옮겨 놓은 국립 박물관이 도합 79종, 백수십 점으로 가장 많은 품목을 보유하고 있다고 한다.

그 중에서도 송대의 유물인 각사 17종, 나수 4종은 천하 유일은 아니라 할지라도 해내(海內)의 진기(珍奇)로 삼기에 넉넉하다. 송 각사 중에는 주극유(朱克柔)의 「모란산차(牡丹山茶)」 같이 작가가 알려져 있는 것도 있고, 휘종의 「어필화훼(御筆花卉)」, 「미시행서권(米芾行書卷)」 같이 당대 유명인의 필적을 본떠 각사한 것도 있다.

이 박물관에서는 이들의 가치를 드러내는 데 각별히 힘을 기울여, 매년 10월 일정한 기간 동안 특별 전람회를 개설한다고 한다. 또 원작을 전부 촬영한 후 원색으로 인쇄해서 『찬조영화(纂組英華)』라는 2권짜리 책을 간행하기도 했다. 오후 1시에는 다케우치(竹內) 성 차장(省次長)의 초대연이 있어 남은 구경을 건둥건둥 마치고 우선 야마도 호텔로 돌아왔다.

무용총 저 각시네
언제 어째 벌린 활개
일천년 시방까지
나리기를 잊었다가
맞이해 고국 나그네
반기는 양 하여라.

50. 봉천 도서관

　연회석에서 김구경(金九經) 군에게 함께 갈 것을 청하여 대남문 (大南門) 안의 국립 봉천 도서관 구경을 갔다. 김군은 창립 당시부 터 이 도서관 사무에 관계해 왔다. 창립 당시 관장 진위푸(金毓紱)[1] 군과 함께 경성에 와서 우리 일람각(一覽閣)[2]을 내방한 일이 있어서, 자못 인연이 얕지 않다.

　그 뒤 국정의 추이를 따라서 두 사람 모두 도서관에서 퇴직하여, 진위푸 군은 국외로 나가 민국(民國) 안후이 성(安徽省)의 차석(次席) 이 되고, 김구경 군은 고등 농업 학교 교수로 전직하였다 한다. 당 시에 진위푸 군이 나에게 봉천에 내방할 것을 권하고 나도 군의 재 임 중에 이곳을 방문해 폐 끼치기를 기약했는데, 이제 그와는 다시 흔쾌히 악수할 수 없게 되었다. 그나마 아직 김구경 군과 옛 인연 의 실마리를 찾을 수 있는 게 적이 위로가 된다.

─────────

1 진위푸(金毓紱; 1887~1962)은 랴오둥 사람으로 주로 만주 역사에 대한 많은 저술을 남겼다. 호는 정암(靜庵)이다. 주요 저서로는 『발해국지장편』(1934), 『중국사학사』(1946), 『동북통사』(1946) 등이 있다. 그의 일기는 1993년에 『정오실일기(靜唔室日記)』라는 제목으로 정리, 출간되었다.
2 종로 6가 양사동(양삿골)에 있었던 최남선의 개인 서재로, 많은 장서를 소장 하고 있어 문일평 등 당대의 역사가들도 자주 찾았다.

대남문 대로는 봉천에서도 큰 공관이 많이 자리잡은 곳이다. 청초에 우리 양 대군(大君) 이하 반만(反滿) 인사들이 억류되었던 이른바 심관(瀋館)[3]도 대개 이 근처에 있었다 한다. 혹은 말하기를 지금 만철 공관이 대군이 머물던 심관이 있었던 자리라고도 한다.

거의 대남문 밑까지 다 가서 우측 골목으로 약간 꼬부라져 들어간 곳에 도서관 건물이 있다. 본래 장쉐량이 다섯 번째 부인을 데리고 살던 저택이라 한다. 벽돌문을 들어서면 오른쪽에 있는 건물 한 채는 참혹한 죽음을 당한 장쭤린의 빈소였던 곳이라 하니 거듭 참담한 느낌을 자아낸다.

1931년 만주 사변 직후 당시 관동군 사령부의 혼죠(本庄) 중장이 장쉐량 저택으로 문화 기관을 만들어 길이 보존하자는 의견을 내고, 그 다음해인 1932년 4월에 도서관을 창설하기로 결정했다. 원래부터 그 저택에 있던 귀중 도서를 보존하는 동시에, 구(舊) 동북대학, 풍용대학(馮庸大學), 고궁(故宮), 췌승서원(萃升書院) 등의 장서와 봉천 각처에 산재한 귀중한 고전 서적을 죄다 이리로 취합하는 한편, 널리 동양 문화에 관한 도서 기록을 수집 보존함으로써 만몽(滿蒙) 학술 연구에 밑천이 되고자 했다. 동년 7월에 이곳이 군에서 만주국 정부로 정식 송부(送付)되어 문교부의 직할 도서관이 되었다. 다시 동년 9월에 문소각(文溯閣) 『사고전서(四庫全書)』를 이관시켜 드디어 국립 도서관이라는 이름에 값하게 되었다.

이 도서관은 본래부터 만주국 학술 도서관을 본지로 삼았기에, 도서 수집도 자연스럽게 만몽 문화를 고찰할 수 있는 자료를 본위로 했다. 따라서 만주 제국의 문화적 금자탑으로 유명한 『사고전서』는 물론이요, 전판(殿板), 선본(善本), 만몽문 서적, 기인(旗人) 저

---

3 병자호란 때 조선이 청나라에 항복한 후 소현 세자, 봉림 대군과 김상헌 등 반청파 인사들이 청에 끌려가 억류되어 있던 곳이다.

작물, 당안(檔案)[4]과 호구책(戶口冊), 요·금·원·명·청 역대의 만몽(滿蒙) 고비(古碑) 탁본, 만주국 내의 옛 부현 지지(府縣地誌) 등이 주된 소장품이다.

특히 전판(殿板) 서적의 완비는 아무 데도 비할 곳이 없다고 한다. 1937년의 『만주국현세(滿洲國現勢)』에 따르면 장서의 총수는 159,019권인데, 그 중에는 전판 서적 39,805책, 만몽문 15,274책이 포함되어 있다. 그 외에 탁본류도 약 2,000폭이 있다고 한다.

여러 겹의 중문을 거쳐 모조 태호석(太湖石)[5]으로 된 가짜 산을 끼고 도니 지나에서는 드물다 할 붉은 벽돌로 된 3층 거옥이 우뚝 솟아있는데, 여기가 본관이었다. 현관 좀 못 미친 곳에 이곳의 옛 주인이 쓴 '천리인심(天理人心)', '신행(愼行)' 등의 편액이 걸려 있어, 애오라지 감상을 불러일으킨다.

사무실 문을 두드렸지만, 적요하고 한산하여 거의 사람이 없는 듯했다. 얼마를 기다려서야 겨우 도서관 주임 니시다 마코토(西田實) 군을 만나서, 도서관 근황도 듣고 도서 분류 목록도 얻었다. 본래 장쉐량의 식당이었다가 지금은 응접실 된 데와 집무실이었다가 지금 열람실 된 데를 살펴보고, 건물 뒤편에 철근 시멘트로 견고하게 신축한 서고도 한번 둘러보았다. 경사자집(經史子集)을 비롯한 온갖 총서에서 이만한 선본을 손쉽게 모은 것만 보아도 봉천이 꽤 만만치 않은 곳임을 다시 짐작하겠다. 겹겹이 서 있는 철제 서가를 주마간산식으로 어루만져 가다가, 새로 영인한 만주 역대 실록만을 좀 떠들어보았다.

이어서 3층으로 오르니, 여기가 서고 중의 서고인 듯하여 전판과 만주 문서가 다 여기 갈무리되어 있다. 또 큰 책으로 되어 있는 원

---

4 전통 시기 중국의 공적 기록물, 공문서를 일컫는다.
5 기이한 모양을 한 석회암 덩어리로 관상용으로 많이 쓰인다. 중국 타이후(太湖)에서 많이 난다고 하여 붙은 이름이다.

본『고금도서집성(古今圖書集成)』을 녹나무 상자에 따로 넣어 웅대한 자태를 드러냈는데, 녹나무 냄새가 아직까지도 코를 흔드는 것이 기이하다.

만주문 서적 중에는 특히 이전에 보지 못하던 것이 많았다.『어제만한몽장사체청문감(御製滿漢蒙藏四體淸文鑑)』36책 같은 것은 특히 눈을 다시 뜨게 한다. 한문『삼국지연의』를 보고는 만주 국초의 기마 전략과 병법이 다『삼국지』에서 배운 것이었다는 생각이 난다. 한문『평산냉연(平山冷燕)』[6]을 보니 내가 어려서 처음으로 대한 한문 소설이 이것이었던 생각이 나서, 다 특별한 흥미를 자아낸다. 김구경 군이 거의 매층 매서가마다 창설 당시 자료를 수집 정리하던 고심담을 들려주어, 얼마쯤 건성건성하던 구경의 싱거움을 톡톡하게 해준다.

봉천 도서관은 아직도 초창기에 있어서 그 기능이 제대로 발휘되려면 후일을 기약해야겠지만, 소장 문헌에 대한 조사 연구에는 이미 꽤 귀중한 공헌을 하고 있다. 목록집으로는『요릉석각집(遼陵石刻集)』상하 2편,『상봉각전판취진도서목록(翔鳳閣殿版聚珍圖書目錄)』,『전판종합목록(殿版綜合目錄)』,『도서원본전판서목(圖書原本殿版書目)』,『문소각사고전서요략(文溯閣四庫全書要略)』,『팔기인저작서서목(八旗人著作書書目)』과 편찬물로는『문소각사고전서제요초록(文溯閣四庫全書提要抄錄)』,『문소각사고전서색인(文溯閣四庫全書索引)』등이 있다.

어느 것이나 다 학자들에게 혜택이 크다. 그 중에도『사고전서』는 일반인이 쉽게 열람하지 못하기에 원본 제요(提要) 출간을 간절히 바라오던 것이다. 만주국에서 민국보다 앞질러 사자원(寫字員) 660명, 교정원 120명을 들여서 이 거대한 사업을 완성한 것은 다만

6 중국 청나라 초기의 통속 소설이다.

봉천 도서관뿐 아니라 신흥 만주국 학계의 자랑이라고 한다.

한편 근래에는 도서 확충과 만주 문헌 보존상의 필요로 만주국 내 어느 지방 관청에 있던 문서나 기록물을 죄다 이리로 합취할 계획을 세우고 열심히 실행 중이라고 한다. 도서관을 물러나와 그 곁에 있는 장쉐량의 살림집으로 돌아가면서 보니, 그 기록물 서고를 짓느라 그런지 대청에 휴지 짐짝이 이미 그득 차 있고, 또 그런 짐짝이 연방 반입되고 있었다.

장 씨는 오랫동안 조선의 7~8배나 되는 지역에 군림하다시피 했으니, 저택이나 설비가 오죽이나 굉장할까 하였더니, 그 살림채는 대단치 않은 단층 3칸 청사에 곁채와 아래채가 딸려 있는 구조다. 창문 안을 들여다보니, 바닥에 그냥 벽돌을 깔고, 거실에는 삿자리를 덧깔고, 그 한 구석에 항(炕)이 만들어져 있을 뿐이다. 무릇 화려하고 사치스러운 요소는 그림자도 찾아볼 수 없다. 장 씨의 다섯 번째 부인이라는 이의 의복을 내다 파는데 어느 지인이 겨우 25원에 전부 경매 낙찰을 받았다는 말을 들으면, 그 검소하고 소박함이 의외랄 수밖에 없다. 장쉐량의 집과 살림에서는 졸부 특유의 교만하고 사치한 흔적을 도대체 볼 수 없었다.

> 따로히 글 만든다
> 책이란 책 번역한다
> 내 말로 내 자식을
> 가르치련 맘 모르고
> 빗나간 호로의 것들
> 밉다 아니 하리오.

성안 남쪽 끝에 있는 도서관에서 나와 성 한가운데의 고궁으로 향했다. 성의 대로는 대개 우물 정(井)자로 뻗어 성을 9개의 구역으로 나누고 있는데 그 중앙에 궁전을 경영했다. 궁전은 세 부분으로 구분되니, 가운데가 대내(大內)[1] 궁궐이요, 그 동쪽에 대정전(大政殿)이 따로 한 구역을 이루고, 그 서쪽에 문소각(文溯閣)이 또 한 구역을 이루었다. 대정전은 조정의 정사를 돌보던 것이요, 문소각은 장서를 보관하던 곳이다.

대내는 물론 황제의 궁거로 청 태종 숭덕 2년(1637)에 창건해서, 강희 11년(1672)과 광서(光緒) 말년에 중수를 거치고, 장쭤린이 대원사로 칭할 때 다시 한 번 수리를 더하였다 한다. 대내(大內) 한편에 설치한 '봉천능묘승판사처(奉天陵廟承辦事處)'에 가서 소개장을 보이니, 담당 사무원이 얼른 나와서 안내해 준다. 장 정권 시대에는 이곳을 고궁 박물관으로 삼아 일반인이 자유롭게 열람할 수 있었으나, 반년쯤 전부터 폐쇄되어 특수한 경우에만 참관을 허락하고 있다.

---

1 임금이 거처하던 곳을 이르는 말이다.

성경 고궁
심양에 있는 청나라 궁궐이다. 현재는 고궁 박물관으로 이용되고 있다.

'문덕(文德)'과 '무공(武功)'이라는 액자를 내건 두 개의 패방(牌坊)
이 동서로 마주 서있고, 중간의 정면에 2층 지붕을 얹은 3문이 있
으니, 이것이 궁성의 정문에 해당하는 대청문(大淸門)이다. 해타(海
駝: 獬豸) 한 쌍이 문 앞에 웅크려 앉아있는 것은 광화문(光化門)의 규
도(規度)를 연상시킨다. 대청문을 들어서면 정면에 정전인 숭덕전
(崇德殿)이 커다랗게 자리 잡고, 그 왼쪽에 비운각(飛雲閣), 오른쪽에
상봉각(翔鳳閣)이 마주보고 서있다. 비운각 앞에는 따로 큰 건물이
하나 있고, 상봉각 앞에도 예전 내무부의 사무를 보던 곳이 있다.

이 궁궐은 지역이 그리 광활하지도 않고 건물이 대개 낮고 간단
해서 도무지 황제가 살던 곳이라는 느낌이 들지 않는다. 통틀어 말
하면 평범한 부자 영감이 살던 넓직한 사랑이라고 하여도 좋을 만
하다. 『성경통지』를 보면 "대내 궁궐은 … 남북이 85장 3척, 동서가
32장 2척"이라 했다.

숭덕전 현액에 왼쪽에는 만주어, 오른쪽에는 한문을 나란히 써
놓은 것은 그럴 법하지만, 숭덕전 앞 계단에 가량(嘉量)과 일구(日

晷)²를 좌우에 설치해 놓고 계단 아래 품석(品石)을 줄 세워 놓은 것은 다 순전한 한식(漢式) 문화 풍경이다. 궁전 안에는 용을 새기고 금으로 장식한 보좌가 오히려 옛 모습을 잃지 않았고, 거기 둘러친 건륭 어필의 제명(題銘) 병풍도 묵색이 아직 선명하다. 다만 좌우에 늘어 놓은 의장 잡물만은 파손도 되고 변모도 되어 과연 전 시대의 유물임을 생각하게 한다.

숭정전 월대(月臺)에 서니 여러 가지 감상이 꼬리를 물고 일어난다. 누루하치 태조가 심양에 도읍한 이래 반도와 맺는 국교 지위에 급격한 변화를 요구해왔다. 이에 대한 반도인의 반발 작용이 이른바 '척화'라는 형식으로 열도를 높여 가고 이것이 반사적으로 국교 악화에 박차를 더한 것이 다 어쩔 수 없는 일시의 세운(勢運)이었다.

이 관계를 실력으로 결정지은 것이 청 태종, 곧 홍타이지의 출현이었다. 그는 먼저 정묘난을 일으켜서 초벌 위엄을 보이고 스스로를 황제로 칭하니 동북계의 여러 민족이 다 여기 찬동했다. 이때 홀로 조선만 따르지 않았다 해서 다시 병자란(1636)을 일으키고, 정축(1637) 정월에 드디어 남한산성 아래의 맹세를 맺었다.

이후 세자 이왕(李汪)과 봉림 대군(미래의 효종)이 인질로 끌려가고, 홍익한(洪翼漢) · 윤집(尹集) · 오달제(吳達濟)의 이른바 3학사와 김상헌(金尙憲) · 조한영(曺漢英) · 채이항(蔡以恒) 등 전후 척화파의 투사가 차례로 끌려가서, 조선의 의기로운 정신이 심양에서 일시 고난을 겪던 역사를 기억하지 않을 수 없다. 그중에서도 가장 비장하고 능렬한 희곡적 클라이맥스는 병자년 여름 답신사 나덕헌(羅德憲)과 이곽(李廓) 양 용사가 심양의 궁전에서 청 황제라는 명호(名號)

---

2 가량(嘉量)은 표준 계량기이고 일구(日晷)는 그림자로 시간을 알리던 해시계의 일종이다.

를 결사 부인하던 대목일 것이다.

　그 고작 들려오던 데가 저기쯤이던가, 그 피를 뿌려 더럽히던 물이 이곳이 아니던가 할 만큼, 그 때의 장면이 마음속에 선명하게 재현되어 온다(이 건물은 정축년에 새로 지어졌지만, 대궐 터는 그 전부터 있었던 것으로 치고). 문호 연암 박지원은 이곽 신도비명(神道碑銘)에 다음과 같은 글을 남겨, 이곽의 바른 기운을 뚜렷이 드러냈다.

　　청나라 천명 받기 전 우리 강한 이웃이었지.
　　요동 심양 차지하고 창 휘둘러 사방 노려
　　악라(鄂羅), 회회(回回), 두이백특(杜爾伯特),
　　찰뢰(札賴), 옹우(翁牛), 오주(烏珠), 토묵(土默)³
　　모두 신하 자처하니 더욱 강경 오만해져
　　'칸'이란 칭호 부끄럽다 황제 칭호 넘보았네.
　　범 같은 우리 장수 이름은 확, 자는 여량(汝量)
　　사신으로 관사 머물 때 죽음을 각오했네.
　　아무리 황제라 자처해도 꿈속에 배부른 격
　　공에게 절 시켜서 뭇사람에 과시하려
　　변발에 붉은 모자 부릅뜬 눈 귀신 같은 이빨로
　　앞에서 둘러싸고 뒤에서 몰아 산에 벼락치듯.
　　청이 황제가 되고 안 되고는 공의 절 한 번에 달렸으나
　　하늘을 떠받치고 땅 위에 우뚝서 기둥처럼 굳세니
　　내 목은 흙기둥이요 배와 등은 항아리라
　　장을 도려내고 위를 파내어 네 멋대로 먹어도
　　홀로 이 무릎 지켰다가 천하 위해 펴리라.

3　'악라'는 러시아, '회회'는 이슬람, '두이백특' 이하는 몽고의 여러 부족들이
　살던 땅을 가리킨다.

여기 분명 빌헬름 텔이 있건만, "어허, 쉴러와 같은 영감과 수완이 없구나." 하던 예전부터의 감개가 새삼 일어난다.

숭덕전 뒤 높다란 땅에 세운 3층 고각은 봉황루라 하여 역대 황제의 초상화를 봉안한 곳이다. 아래층 정중앙에는 어느 황제의 무용담을 입증하는 것일지도 모를 커다란 곰이 박제되어 있고, 주위에는 구월(舊月)의 제사 대상이었을 듯한 여러 신상이 뒤섞여 진열되어 있다.

누각 뒤쪽은 내전으로 구획되어 있다. 정면은 청령궁(淸寧宮)이라하여 황제의 침소인 정전(正殿)이요, 그 앞 동쪽의 관휴궁(關雎宮)과 서쪽의 인지궁(麟趾宮)은 비빈(妃嬪)과 자녀 등의 별방이었다. 정전인 청령궁은 대략 3칸으로 구획되어 있다. 대청이라 할 가운데 칸은 만주의 옛 풍속에서 주부의 최고 임무인 샤먼적 제사를 드리던 곳이다.

한편에 희생 제물을 친히 삶아 내던 부엌이 있고, 커다란 쇠솥이 아직도 걸려 있다. 다른 한편에는 신전에서 연주하던 것일 듯한 '건륭'이라고 새겨진 악기가 옛 모습대로 남아 있다. 또 한편에 남아 있는 엄청나게 커다란 4층 옷장은 분명 당시 황후가 친히 사용하던 것으로 적의(翟衣)⁴나 명의(明衣)⁵가 다 그 속에 쟁여 있을 듯하다.

건물 앞쪽의 창문 근처에는 건륭 어필의 병풍과 액자가 무수히 진열되어 있다. 특히 금석문 위에 종이를 대어 박아낸 '천지(天池)'라는 큰 글자는 내력을 모르는 만큼 재미있는 추측을 덧붙여 볼 수 있었다. 대청 동쪽은 오실(奧室)이니, 황제가 주무시던 곳이다. 방 양쪽에 높은 상을 만들고 그 위에 보료와 안석과 작은 책상을 놓

---

4 황후가 입던 옷을 이른다. 보통 붉은 비단 바탕에 청색 꿩을 수놓고 깃고대 둘레에 붉은 선은 두르고, 선 위에는 용이나 봉황을 그렸다.
5 죽은 사람을 염습할 때 맨 먼저 입히는 옷이다.

고, 양쪽 상 사이로는 의자와 탁자 약간을 벌여 놓았다. 벽 위에 써 붙인 한 쌍의 글귀 이외에는 아무 보잘 것이 없고 실내 풍경이 도 대체 황량하여, 이것이 지존의 휴식처라는 것이 도리어 거짓말 같 다. 따로 골방과 건넛방이 있는데 황후가 쓰던 곳인 듯하다.

청령궁의 한 특색으로 눈에 뜨이는 것은 전의 출입구가 정면 중 앙에 있지 않고 침방 있는 한편에 치우쳐 있다는 점이다. 이것이 만주의 옛 풍속이라면 그 이유를 생각해 볼 일이다.

대내 안쪽도 자세히 보려면 더 기웃거릴 데가 있고, 또 대정전 일곽(一廓)도 한번 둘러봄 직하지만, 일정이 허락지 않아 다 접어두 고 앞으로 돌아 나왔다. 숭정전의 우배전(右配殿)인 상봉각은 본래 전판본(殿板本)의 소장처라기에 일부러 좀 들여다보고, 정문으로 나 와서 무공방(武功坊)을 거쳐 문소각으로 향했다.

혼자서 아니란다고
되는 제(帝)야 막으련만
사나이 뼈다귀를
꺾자해도 못 꺾어서
숭정전 백일(白日) 아래서
죽자던가 하노라.

52. 청조 실록

　문소각이 있는 구역도 원래는 대내와 잇닿아 있는 곳이지만, 지금은 소관이 다르기에 중간을 차단해 별개의 출입구를 만들어 놓았다. 무공방(武功坊)에서 서북쪽으로 돌아 한참 만에 대만주국 시정 기념탑이 보이고, 여기 맞닿는 곳에 국립 봉천 도서관 문소각 분관이라는 푯말이 보였다. 사무소에 이르니 미리 소개가 있어서 수위가 얼른 커다란 열쇠 꾸러미를 들고 길잡이를 한다.

　꼬불꼬불한 길을 따라 들어가자, 도로 대내의 서쪽 구역으로 이어진다. 이 일대의 적광전(妬光殿)・보극재(保極齋)・계충재(繼忠齋) 등을 지나면, 뒷면에 숭모각(崇謨閣)이 있다. 대내에는 핵심 부분이 가운데 있고, 좌우에 담장으로 구획된 날개 부분이라 할 것이 딸려 있다. 청령궁 동쪽에는 경전각(敬典閣)이 있어 황실 족보의 수장처로 삼고, 서쪽에 해당하는 이쪽에는 숭모각이 있어 역대 실록을 보존하고 있다.

　숭모각은 조선의 옛 규도로 치자면 사고(史庫)에 해당하는 곳이다. 그렇기에 이곳을 특별히 소중히 여겨 예전에는 누구도 쉽게 출입할 수 없었으며, 요즘에도 매우 특별한 인가를 받지 않으면 참관을 허락하지 않는다고 한다. 원래는 고궁의 일부인 숭모각이 따로 떨어져 도서관 관할 아래 들게 된 것은, 필시 실록도 보통 서적으로 취급되고 있기 때문일 것이다.

지나에는 고대부터 군왕 좌우에 사신(史臣)이 있어 그 언행을 기록하는 일을 해왔는데, 이를 기거주(起居注)라 일컫는다. 육조 시대 전후부터는 군왕 서거 후에 생전의 기거주와 일반 정치 관계 기록을 합해 일대의 사적을 찬술하니, 이것을 실록이라고 한다. 당·송 시대에 이르러 이 제도가 크게 정비되어, 대대로 실록을 찬수하는 예가 확립되었다. 요·금·원 등의 변방 민족 왕조에서도 실록 찬술이 지켜져, 명·청 시대에 이르기까지 나라마다 필수 불가결한 대전(大典)을 이루었다.

청조에서는 태조 이래 선통조(宣統朝)에 이르는 10대의 실록이 무릇 4,073권을 헤아려 청조 연구의 권위적 전거가 되고 있다. 그러나 이 실록은 국가 설립 초기에 관한 일부를 제외하고는 결코 외부에 전해지지 않은 채 봉천과 베이징의 고궁에 각각 일부씩 저장되어, 오랫동안 천하가 상망(想望)하는 비적(秘籍)이 되어 왔다. 더욱이 청조는 변방에서 흥기한 왕조로서의 민족적 자존심이 컸기에, 한문뿐 아니라 만몽 양 문자로도 실록을 찬수해 봉천에는 만한(滿漢) 2본, 베이징에는 만몽한(滿蒙漢) 3본을 곁들여 보존하니, 그 전체 권수는 실로 막대하다. 최근 일만문화협회가 문교부의 위촉을 받아 1935년 1월부터 1936년 6월까지 청조실록 영인본 3백 부를 완성하여 학계에 일대 광명을 떨친 것은 세상에서 아는 바와 같다(선통조의 분량은 황조가 단절되었다 하여 실록이라 하지 않고 政紀라고 일컫는다).

숭모각은 지나식의 3층 누각이다. 아래층에는 호랑이 박제와 기타 옛 물건을 잡다하게 진열해 놓았는데, 이곳의 호랑이가 아까 봉황루의 곰과 서로 대응 관계가 있는지 없는지는 알 수 없다. 2층으로 올라가는 계단에 문이 있어 든든한 자물쇠를 채워 놓았다. 목판으로 인쇄한 기다란 봉함지를 문과 문기둥에 둘러서 실쭉하게 붙인 곳에 "성경능묘승변사처(盛京陵廟承辦事處), 강덕 7월 29일 봉(封)"이라고 써 놓고, 변사처와 책임자의 인장이 찍혀 있다. 지금 이 문을 3년 만에 열게 되었음을 알 수 있다.

계단은 태반이나 썩어 문드러져서 안내자가 연방 조심하라고 주의를 준다. 계단을 우지직 우지직 한 층씩 밟아 나가면서, 예전에 오대산 사고(史庫)의 계단 오르던 생각이 났다. 누각 위로 올라가니, 널따란 실내에 전면 가운데만을 출입구로 남겨 놓고 나머지는 모두 책장으로 둘렀다. 출입구 좌우 벽에 각 2열, 동서북 3벽에 각 6열씩 커다란 장을 2층으로 놓았는데, 아래층 책장은 크고 위층 장은 작으며, 장은 죄다 용무늬가 있는 붉은 종이로 거죽을 바르고 그 위에 유칠(油漆)을 입혔다.

장 안쪽도 다시 몇 단으로 나뉘어, 단 위에 몇 권씩 보자기에 싼 책 뭉치를 몇 줄 몇 층씩 쌓아 놓았다. 아래층 장은 성훈(聖訓)을 넣은 곳이라 하니, 성훈이란 태조 이하 역대 황제의 칙령 중 통치술에 관한 것을 항목을 나눠 편찬한 것이다. 어느 것이고 아까 누각 문에서와 마찬가지로, 각각의 장문에 일일이 연월일과 인신(印信)을 구비한 봉함지를 붙여 놓았다.

가지고 온 열쇠로 제1열에 있는 장을 열고 거기서 괘 하나를 끄집어냈다. 그 속에는 자호(字號)를 기록한 열쇠가 수두룩하여 장마다 다른 열쇠를 쓰게 마련되어 있다. 과연 엄중하고 주도면밀하게 준비하였음을 볼 수 있다.

그 많은 책을 일일이 볼 겨를이 없어서 다만 만주문으로 된 『태조실록』 제1책과 부도를 보여 달라고 청했다. 안내인이 열쇠를 뒤적거려 그 중 하나를 가져가더니, 장문에 붙인 봉함지를 뜯고 황색 보자기 하나를 내준다. 보자기를 끄르면 보와 같은 황색 서궤가 나오는데, 그 안에는 첩자본(帖子本)인 만주문 『목종실록(穆宗實錄)』이 들어 있다. 이렇게 만한(滿漢) 양문으로 여러 번 착오를 되풀이한 뒤에야 겨우 내가 청구한 책이 나왔다. 책장과 서궤의 번호가 제대로 되어 있지 않아서인지 아니면 이번 안내인이 미숙해서인지 알 수 없었다.

누런 보자기를 끄르니 역시 누런 서궤가 나오고, 서궤에는 붉은 비단으로 표지를 장식한 첩자본 4부가 들어 있다. 양질의 흰 종이에 종이 위아래를 길게 남겨 두고 붉은 실로 칸을 치고 한 줄씩 묵으로 써 놓은 책이다. 어휘(御諱)[1]와 연호는 붉은 글씨로 써서 경의를 표했다. 책장에는 "대청태조고황제실록(大淸太祖高皇帝實錄)"이라 쓰여 있고, 책을 열면 앞부분에 "강희 25년 2월 20일"이라는 서(序)가 있다.

매 권의 첩수(帖數)가 동일한지는 모르겠지만, 책 모양과 포장은 대개 똑같았다. 만주문으로 된 것도 모양은 동일하되, 다만 책을 왼쪽부터 여는 것이 다를 뿐이었다. 다시 유명한 부도(附圖)를 찾아 달라 해서 살펴보니, 사진으로만 대하던 것을 직접 감상하는 쾌미가 특별했다.

이럭저럭 시간도 많이 지났고 사다리를 가지고 다니며 먼지 구덩이를 들썩거리는 것도 미안해서, 실록의 면모와 그 보존 상태를 대강 보는 것에 우선 만족하기로 했다. 마룻바닥에 무수히 떨어져 흩어진 봉함지를 걷어차면서 숭모각을 나왔다.

25부(部) 어느 역사
애신(愛新)씨를 겨눌 자뇨.
현성(賢聖)이 줄을 대고
문덕(文德) 무공(武功) 곁들이니
5천 축(軸) 동우(棟宇) 그득도
많은 줄을 몰라라.

---

1 임금의 이름을 뜻한다.

53. 문소각

대내에서 문소각(文溯閣) 구역으로 가는 통로는 여럿이지만, 지금은 다만 작은 문 하나를 열어서 연락을 취할 뿐이다. 문소각 계열에서도 구간전(九間殿)·앙희재(仰熙齋) 등 여러 채의 전우(殿宇)가 뒤에 있고 문소각은 가장 앞에 있는 일부였다.

복도와 회랑을 한참 돌아서 그리운 문소각에 이르렀다. 2층 전각이 6개의 기둥으로 떠받쳐 있고, 아래층에는 달개[1]로 따로 퇴를 냈다. 이런 종류의 지나 건축으로는 자못 안정성과 심원미를 가진 것이 이미 든든하다. 창호는 죄다 조선에서 흔히 하듯 卍자 장지나 가는살 덧문을 써서 특히 우리에게 친밀한 느낌을 준다. 장방형의 편액에는 '문소각'을 만한 두 문자로 좌우에 병서하고, 중간을 탄 윗면에 "건륭어필지보(乾隆御筆之寶)"라는 인장을 찍었다.

1936년에 보관상 안전을 위해 앞뜰 한 편에 새로 보존 서고를 건축하고, 책을 다 그리로 이전했다. 내부는 지금 텅 비어 있지만, 옛 제도를 알기 위해 밖에서 슬쩍 들여다보았다. 아래층은 안에 다

---

1 원채의 처마 끝에 잇대어 늘여 짓거나 차양을 달아 잇대어 지은 의지간(倚支間)을 말한다.

시 천정을 설치하지 않은 2층으로 생겼다. 대들보 위, 기둥 사이를 다 오밀조밀한 책장으로 이용해서, 사면을 책으로 된 성으로 둘러쌓았다. 기둥 위에는 "고금병입함여만상창명탐대본(古今並入含茹萬象滄溟探大本)", "예악앙승기서삼강천한도홍란(禮樂仰承其緒三江天漢道洪瀾)" 등의 대련과 기타 액서(額書)가 걸려 있으니, 다 건륭제가 직접 짓고 쓴 것들이다.

『사고전서』는 문예 보호에 비상한 노력을 기울인 청초 여러 황제의 편찬 사업 중에도 가장 대규모의 것이요, 또 지나 학술의 대결집이라는 의미도 지니고 있다. 사업 동기를 둘러싸고는 약간의 이설이 있으나, 여하간 강희제 이래로 천하의 도서를 수집해 오다가, 건륭 37년(1772) 정월에 새삼 책을 널리 구하는 조서를 내려서, 동서고금 기간(旣刊)·미간(未刊)의 중요한 사적을 망라했다.

이렇게 모은 서책을 지나 고래의 도서 분류법인 경(經)·사(史)·자(子)·집(集)² 4부로 분류하고, 각각 하나의 창고를 베풀어 보존케 했다. 이렇게 경영한 지 10년째인 건륭 47년(1782), 4부의 서책 3,457종 7만 9,070권을 편성하니, 그 실상에 따라 『사고전서』라고 통칭되었다.

재료는 칙찬본(勅撰本), 내부 장본(內府藏本), 『영락대전(永樂大典)』 초출본(鈔出本), 각성 채진본(各省採進本), 사인 진헌본(私人進獻本,) 통행본(通行本)³ 등에서 두루 취하여, 주도면밀한 교감을 거치고 친절

---

2 전통적인 도서 분류 체계로 경부(經部)는 경전류, 사부(史部)는 역사서, 자부(子部)는 사상서, 집부(集部)는 문집과 기타로 구분된다.
3 '칙찬본'은 청초부터 당시에 이르기까지 역대 황제의 명령으로 편찬된 각종 관서(官書), '내부 장본'은 원래 궁내에 저장되어 있던 구각본(舊刻本)과 초본(抄本), 『영락대전』 초출본'은 명 성제 때 만들어진 『영락대전』 중에서 집일(輯逸)된 것, '각성 채진본'은 건륭제가 각 성(省)에 명령하여 사들이고 거두어들인 것, '사인 진헌본'은 당시 일부 장서가들이 건륭제의 명령에 따라 진헌한 것, '통행본'은 일반에 널리 유통되고 있는 것을 이른다.

심양 문소각 내부
문소각은 1784년 『사고전서』를
보관하기 의해 건립된 건물이다.

한 제요(提要)를 덧붙였다. 이렇게 엄격하게 정선된 초본을 4부씩 만들어서, 베이징 자금성(紫金城)의 문연각(文淵閣), 베이징 원명원(圓明園)의 문원각(文源閣), 열하 이궁(離宮)의 문진각(文津閣), 봉천 고궁의 문소각(文溯閣)에 1부씩 나누어 소장하니, 세상에서 이를 내정 4각(內廷四閣) 또는 북4각(北四閣)이라 일컬었다.

그 후 건륭 55년(1790)까지 다시 초본 3부를 작성하여, 당시 인문(人文)의 저수지였던 강절(江浙) 지방에 나누어 보관했다. 장쑤 성 양저우(揚州) 대관당(大觀堂)의 문회각(文滙閣), 전장(鎭江) 금산사(金山寺)의 문종각(文宗閣), 저장 성 항저우(杭州) 서호행궁(西湖行宮)의 문란각(文瀾閣)이 그곳인데, 이를 강절 3각(江浙三閣) 또는 남3각(南三閣)이라고 일컫는다.

이들 7개 전각의 소장본은 청조 말엽까지 대체로 잘 지켜져 오다가, 태평천국의 난에 문회·문종 2각이 소실되고, 문란각본도 10중 7, 8을 상실하기에 이르렀다. 그 다음에는 의화단의 난 때 영불 연합군에게 문원각이 소실되었다. 결국 현재까지 거의 완전히 보존되어 있는 것은 3종뿐으로, 베이징 고궁 박물원 도서관에서 상하이 중앙은행 안으로 이전한 자금성 문연각본, 국립 북평 도서관[4]에

---

4 이때의 국립 북평 도서관은 1951년에 국립 베이징 도서관으로 바뀌었다가 현재는 중국 국가 도서관으로 개명되었다.

귀속된 열하 문진각본, 봉천에서 임시 북경 고물(古物) 진열소로 이전되었다가 후에 이곳으로 환원된 이 문소각본이 그것이다(문란각본은 나중에 문연각본을 베껴서 보충하여, 지금 저장 성 성립 도서관에 소장되었다).

현재의 『사고전서』는 당시에 수집한 도서 중에서 중요하고 가치 있는 것만을 저록(著錄) 채용하고, 그 나머지는 존목(存目)이라 하여 서명을 등록한 데 그쳤다. 『사고전서 총목제요(四庫全書總目提要)』에는 저록과 존목을 합해 총 1만 223부, 17만 2,626권이 열거되어 있다. 문소각 동쪽에 날듯이 붙어 있는 조그만 사각 정자는 건륭 47년(1782) 황제가 직접 짓고 쓴 문소각 기록을 비석에 새겨 놓은 곳이다.

네 부문의 책들을 모아 네 곳에 나누어 보관했다. … 네 서고의 이름은 모두 '문(文)'을 앞에 두고 각기 '연(淵)', '원(源)', '진(津)', '소(溯)'라 하니, 모두 물 수(水) 자로 뜻을 세운 것은 범씨(范氏)의 천일각(天一閣)에서 의미를 취함이라.[5] …

무릇 해연(海淵)[6]과 같고자 함이다. 여러 물이 각기 근원이 따로 있어 바다로 모여드니, 흡사 바다는 꼬리가 되고 근원이 아닌 것처럼 보인다. 그러나 이는 미려(尾閭)[7]에서 새어나간 물이 운행되어 여러 물의

---

5 1561년에 명나라 병부 시랑을 지낸 범흠(范欽)이 고향인 저장 성 닝파 시(寧波市)에 세운 장서각(藏書閣)이 천일각이다. 천일(天一)이란 물을 뜻한다. 한나라 정현(鄭玄)의 『역경주(易經注)』에 "천일이 물을 낳는다(天一生水)"에서 나온 말이다. 음양오행설에서 물이 불을 이기므로 화재를 막기 위해서 장서각 이름을 천일각이라 한 것이다.

6 바다 속에서 특히 움푹 들어간 곳을 이르는 말. 여기서는 '미려'와 같은 의미다.

7 바다 한복판에 물이 한없이 새는 곳인 '미려'가 있어 바닷물이 넘치지 않는다고 한다. 『장자』 「추수편(秋水篇)」에 나온다.

근원이 됨을 모르는 것이다. 본래 시작이었던 것이 돌이켜 끝이 되니[8], 『주역』에서 그 단서를 보여주고 있다.

'진(津)'은 근원을 탐색하는 길이니 거슬러 올라가는 것[溯]이다. 그렇다면 소(溯)나 진(津)은 실로 근원에 미쳐 연(淵)이 된다. 물이라는 것의 체용(體用)이 이와 같은데, 문(文)의 체용 또한 유독 이와 같지 않겠는가. 성경(盛京)에서 흡족하여 이 이름을 짓는다. 또한 주나라 시에 이른바 "개울물을 거슬러 근본을 구한다."라는 뜻과도 합치됨이 있다. 내가 선조께서 창업하신 어려움을 잊지 않고 자손들에게 수문(守文)[9]의 모범을 보이는 것이다. 의의가 여기에 있노라. 의의가 여기에 있노라.

비석을 모신 정자 동쪽 담장에는 석판을 하나 끼우고 "문소각 사고전서 운복기(運復記)"라 써 놓았다. 1914년에 돤즈구이(段芝貴)가 봉천에 와서 감독할 때 문소각 장서를 베이징으로 운송했다가, 1925년에 장쭤린이 베이징에 들어간 것을 기회로 봉천 인사가 이것을 다시 원래대로 옮겨 놓은 일이 있는데, 그 전말을 1931년 6월 요녕성 교육회가 여기에 기록한 것이다.

신축 서고는 방화 및 도난 방지에 주의를 더하여 철근 시멘트로 견고하게 짓는 데 가장 주력했다. 이만하면 문소각 『사고전서』는 넉넉히 세상에 오래도록 남을 듯하다. 서고는 위아래 양 층으로 나뉘어 있다. 아래층에는 전후 면으로 된 서가 6열, 한쪽 면만 있는 서가 1열을 배치하고, 사고 중의 경(經)과 사(史), 『사고전서』 총목록과 고증(考證), 『도서집성(圖書集成)』 등을 보존했다. 위층에는 양

---

8 『주역』에 나오는 "원시반종(原始反終)"을 인유했다. 맥락에 따라 "사물의 처음과 끝이 같다," "시작을 궁구하여 끝을 반성한다," "만사가 시작된 근원으로 되돌아간다." 등 다양한 의미로 해석될 수 있다.

9 선왕의 법도를 따르는 것. 본래는 주나라 문왕의 법도를 따른다는 뜻에서 나왔다. 『공양전(公羊傳)』 문공(文公) 9년조에 보인다.

면 서가 7열, 단면 서가 1열에 사고 중의 자(子)와 집(集)을 보존했다. 대개 원래 문소각의 모습을 그대로 유지하고 있다.

6칸 3층 중 꼭대기에 보관하는 자부(子部)와 집부(集部)가 모두 3,600함(函), 중층에 보관하는 사부(史部)가 모두 1,584함, 저층에 보관하는 경부(經部)와 『고금도서집성』, 간명(簡明) 목록, 총목록, 고증이 모두 1,566함, 그밖에 일강(日講), 시문류, 해석류 2공함(空函)이 있다(1933년 12월 간행, 『문소각 사고전서 요략』에서 인용).

서고 한편에 따로 탁자를 놓고 『사고전서』의 표본될 만한 것 한 권씩을 진열해 놓았다. 『사고전서』만 대강 살펴 말하면, 책의 외양은 경부(經部)는 녹색, 사부(史部)는 적색, 자부(子部)는 청색, 집부(集部)는 회색 등 서로 다른 색 표지로 분류를 뚜렷이 나타냈다.

겉에 "흠정사고전서(欽定四庫全書)"라고 표시했으며, 내부는 붉은 줄로 칸을 그어 1면 8행에 각 행 21자를 해서(楷書)로 쓰고, 지표가 되는 구절은 따로 붉은 색으로 썼다. 모든 책 첫 장에는 커다랗게 "문소각보(文溯閣寶)"라고 한 장 전체에 뿌듯하게 붉은 인장을 찍어 놓았고, 마지막 장에는 간혹 "건륭어제지보(乾隆御製之寶)"라고 좀 작은 인장을 찍어 놓았다.

문소각본으로 말하면 책 전체가 3만 6,261책(6,144함, 79,890권, 231만 장)에 이른다. 이 막대한 양의 책을 정본 7부, 부본 1부, 또 특히 중요한 것만을 선출한 『사고전서회요(四庫全書會要)』 1부 등 여러 부로 만들어낸 노고를 생각하니, 스스로도 깨닫지 못하는 사이에 경탄의 정이 감격의 눈물로 변했다.

어허! 고금을 통틀어 지나인 두뇌의 총집적, 아니 전 동방 문화의 대해(大海)를 손 한번 뻗고 발 한걸음 옮기면 닿을 곳에 자유로이 탐색하게 하는 『사고전서』여! 이것만으로도 능히 봉천을 크게

송막 여○록

하기에 족하며, 만주를 빛나게 하기에 족하지 않겠는가! 어허!

　　5천년 강하간(江河間)에
　　수북히 핀 문명의 꽃
　　모아서 한 동산에
　　보아지라 하돗더니
　　문소각 사고전서에
　　하마 원(願)을 풀괘라.

54. 환희불

　문소각을 나온 후 희대(戲臺) 구곽(區廓)으로 가기 위해 소북문을 빠져나와 바로 북탑(北塔)으로 향했다. 봉천에서 반드시 먼저 볼 곳을 대강 돌아보았기에, 일정이 허락하는 데까지 그 다음 차례의 명소를 둘러보기로 했다.

　심양에 수도를 정했던 초기 도성 수호를 위한 뜻으로 사방에 각각 한 개의 라마탑을 건설했는데, 이것을 방위에 따라 동탑 · 서탑 · 남탑 · 북탑이라고 일러 온다. 그 중에서도 북탑은 음양불을 본존으로 삼은 법륜사(法輪寺)의 소재지로 유명하고, 서탑은 형체가 비교적 완정한 데다가 교통이 번화한 상부지(商埠地)와 가까워, 많은 관람객의 관상(觀賞)을 받고 있다. 북탑과 법륜사는 같은 방향에 있는 북릉 가는 길에 들르는 것이 보통이지만, 일전에는 시간 겨를이 없어서 가지 못했던 것을 이제 새로 가보게 되었다.

　소북문 동변문으로 나가서 5리 정도쯤에 도회티를 미처 다 벗지 못한 촌락이 있다. 그 한 편에 반쯤 황폐한 사원이 보이는데 그것이 바로 법륜사였다. 서측 협문으로 들어가보니 황량하여 빈 절처럼 느껴진다. 사람 목소리 들리는 한 방으로 찾아가자 그래도 스님들이 거하는 듯하여 불상과 향로 등을 베풀어 놓았다.

심양 북탑
법륜사 옆에 있으며 라마탑 형식으로 건립
되었다.

한 늙은이가 황망히 일어나 영접하노라 하거늘, 온 뜻을 말하니 귀찮지만 어쩔 수 없다는 눈치로 앞장서 인도한다. 라마사라 하면 몽고인이 주지로 있는 게 통례로 알고 있는데, 그 용모가 몽고인은 아닌 듯하여 질문하니, 과연 만주인이요 예전부터 여기만은 만주인의 관장 아래 있어 온다고 한다.

경내가 어지럽기는 하지만 횅뎅그렁하게 넓으며, 종루, 고루(鼓樓)나 비각이 다 널따란 것이 과거의 성황을 짐작하게 한다. 비각은 두 채가 좌우에 대립하여, 하나는 전면 몽고문, 후면 서장문으로 되어 있고, 다른 하나는 전면 만주문, 후면 한문으로 되어있다. '칙건호국법륜사비기(勅建護國法輪寺碑記)'에는 이 절이 숭덕 8년(1643) 계미(癸未) 중추(仲秋)에 착공하여 순치 2년(1645) 을유(乙酉) 중하(仲夏)에 완공된 사실이 기록되어 있다. 처음부터 끝까지 3년 만에 건설한 대공사였던 것이다.

다른 건물들은 대개 퇴색하고 허물어진 지 오랜 듯하지만, 오직 대법당만은 커다란 채로 남아 있다. 그 안의 부처와 보살상에도 공양물이 적지 않으니, 이 본존이 아직도 민중 사이에 신앙적 생명력을 가지고 있는 증거일 것이다. 그러나 법당에는 전각 이름을 내건 편액이 보이지 않고, 그 대신 '만물육언(萬物育焉)', '천지정기(天地正氣)', '경당소재만겁전소(經堂所在萬劫全消)' 등의 송사(頌辭)가 많이 걸려 있다.

불교 법당에 '만물육언'이니 '천지정기'니 하는 액을 붙여 놓은 것이 좀 기이할 듯하지만, 이 사찰의 본존이 이른바 환희불·천지불 또는 음양불이라 하는 남녀 교합상임을 알면, 혹시 견식이 얕은 이가 이 불상을 훼손하는 일이 있을까 하여 미리 방어진을 벌여 놓은 뜻을 깨달을 수 있다.

불교는 인도에서 서역 지방으로 전파되면서 여러 가지 대승적 발전을 이루게 된다. 그 중에도 인도교 유래의 음양 숭배적 요소가 불교에 유입되고 특히 티베트 지방에 와서는 그 고유 민속적 요소와 결합하여 드디어 기괴한 신앙 형태를 구성하니, 티베트 불교인 라마교에 있는 환희불(歡喜佛) 신앙이 그것이다.

인도 구래의 민간 신앙을 많이 포함하고 있는 밀교적 불교의 여러 신 가운데 대성환희자재천(大聖歡喜自在天: Mahesvara)이란 신이 있다. 그는 큰 위력이 있어 어떠한 소망이든 죄다 성취시켜 준다고 믿어지는데, 그 형상은 보통 코끼리 머리에 사람 몸으로 표현된다. 다른 교파에서는 혹 한 사람으로 표현하기도 하지만, 라마교에서는 주로 남녀 두 신이 포옹하는 모양으로 만들어서 음양 화합적 조화를 뚜렷이 강조한다.

이런 식의 음양 표현에 대해 교리상으로는 권실(權實)[1]이니 이취(理趣)니 묘적(妙適)[2]이니 하는 꽤 어수선한 설명이 있어 왔다. 『대성환희공양법(大聖歡喜供養法)』에는 그 갸륵한 내력을 자세히 기록하고 있다.

---

1 불교 용어로 권(權)은 일시적인 방편을 말하고, 실(實)은 불변의 진실을 말한다.
2 '이취'는 형상화한 철리(哲理)의 정취를 뜻하며, '묘적'은 번뇌를 깨달음으로 전환한다는 뜻의 불교 용어다.

대성자재천(Maheshvara)이 오마녀(烏摩女)를 부인으로 삼아 3천 명의 자식을 낳았다. 왼쪽 1,500명 중에 비나야가왕(毘那夜迦王; Vinayaka)이 제일인데 악한 일들을 행했다.[3] 오른쪽 1,500명 중에 선나야가지선천(扇那夜迦持善天; Sena yaka)이 제일인데, 일체 선하고 이로운 행실을 했다. 이 선나야가왕은 관음보살의 화신이다. 저 비나야가의 악행을 조화시키기 위해 같은 부류로 함께 태어나 형제와 부부를 이루고, 같은 몸인 그를 포용하는 모습을 보인 것이다. 기본 인연은 『대명주적경(大明呪賊經)』에 자세히 나온다.

또 『이취석(理趣釋)』[4]에는 다음과 같은 기특한 수행을 전하기도 한다.

금강과 연화[5] 두 몸체를 화합해서 정혜(定慧; 선정과 지혜)를 만든다. 이런 까닭에 『유가광품(瑜伽廣品)』 중에 그 비밀스러운 뜻을 설명하여 말하기를 "두 근이 서로 만나[二根交會][6] 오진(五塵)[7]으로 큰 불사(佛事)를 이루고, 이 사마지(四摩地)[8]로 일체 여래께 봉헌한다."라고 했다.

환희천 신앙이 본래 시바 신[9] 계통의 생식력 숭배에서 전화되어

---

3 비나야가를 '환희(歡喜)'라 의역한다.
4 원제는 『대락금강불공진실삼매경반야바라밀다리취석(大樂金剛不空眞實三昧經般若波羅蜜多理趣釋)』이다. 인용문은 권하(卷下)에 나온다.
5 금강(金剛)은 대일여래의 지혜를 가리키니 견고하여 모든 번뇌를 깨뜨린다는 의미다. 연화(蓮華)는 관세음보살을 가리킨다.
6 인도 밀교에서 '이근교회'(二根交會)란 건강한 남녀의 육체적 결합을 통해 신성한 피안(彼岸; 바라밀)을 구하는 신앙을 말한다.
7 오진(五塵)은 오경(五境)이라고도 한다. 인간의 다섯 감각 기관인 오근(五根)의 대상 즉 색(色), 성(聲), 향(香), 미(味), 촉(觸)을 일컫는다.
8 사마지(四摩地; śamatha)는 지(止)·지식(止息)·적정(寂靜)·능멸(能滅)·선정(禪定) 등으로 번역된다. 우리 마음 가운데 일어나는 망념을 쉬고 마음을 한곳에 머무는 것을 뜻한다.

생긴 불순성한 것임을 짐작하기 어렵지 않다.

법당 안은 매우 넓고 신주(神主)를 모셔두는 감실과 제단, 기타 상설(像設)이 다 당년의 풍모를 전하고 있었다. 주벽(主壁) 정면에 감실을 특설하고 그 앞에 장막을 늘어뜨려 본존(本尊)을 가려 놓았다. 안내를 맡은 주지에게 장막을 들어 보라 하니 공연히 주저하기에 눈치를 채고 동전을 얼마쯤 쥐어 주자, 금세 태도가 일변하여 얼른 장막을 걷어 젖히고 약간의 설명까지 덧붙여 준다. 분노한 모습을 띤 거구의 남자가 한 여성을 포옹하고, 보살이 이를 거들고 있는 모습이었다. 보통 남신은 코끼리 머리에 사람 몸을 하고 있는 경우가 많은데 이곳의 환희불은 남녀가 다 사람 모습으로만 생긴 것이 좀 특별하다.

감실 처마에는 '천지도화(天地渡化)'라는 편액이 붙어있고, 불탑 앞에는 향촉과 함께 범자(梵字) 동경(銅鏡)을 안치했다. 경전을 얹는 탁상에는 만주문으로 된 『화엄경』 제1권 1책이 있다. 또 사본(寫本)에 『결경불경(缺警佛經)』이라 한 것이 있어 떠들어 보니 내용은 역시 만주문으로 되어 있다. 물어보니 만주어의 일용 독송 경문(經文)이라고 한다.

본존 감실 좌우의 단 위에는 여러 개의 큰 불상이 죽 늘어 앉아 있고, 동서쪽 벽에는 8대 보살이 마주 보고 있다. 이외에도 푸른 얼굴에 금빛 몸을 한 여보살상 등 밀교에 속하는 권속(眷屬)이 많이 있는데, 불보살 상호(相好)와 그 뒤의 장식이 다 볼만하다.

법당에서 나와 뒷면의 퇴락한 담장으로 나가니, 황폐한 풀밭 속에 라마식 벽돌 고탑이 우뚝 서있다. 가까이 가서 보니 탑의 중간 부분은 파손이 심해서 벽에 새겨놓은 불상이 겨우 남아 있으며, 기

---

9 시바신은 인도교의 3대 주신 중 하나로 파괴 및 생식의 신이다. 세 개의 눈이 있어 과거, 현재, 미래를 투시하고 목에 뱀과 송장의 뼈를 감고 있다고 한다.

대(基臺)도 반이나 무너져 내렸다. 다만 방곽(方廓)의 네 면마다 네 개씩 놓인 지주(支柱)는 아직 성해서 수호 사자의 모습이 보이는 것도 있다. 또 상부의 상륜(相輪)도 겹겹이 쌓아놓은 원반 전부가 충분히 잔존하고 있으니, 멀리서 보면 탑신이 완전해 보이는 것은 이 때문이었다.

탑 주위를 돌며 마음속으로 육자명주(六字明呪)[10]를 한참 읊은 후에 절을 물러 나와서 동광학교(東光學校)를 방문했다. 봉천 인사들의 열성에 힘입어 만주 유일의 조선인 중등 교육 기관으로서 빛나는 미래가 축복되어 있는 곳이다. 특무 기관의 호의로 장 정권 시대의 유명한 어느 중학교 건물을 양도한 것이니만큼 2층의 큰 건물이 자못 당당하다. 시간이 늦어서 실제로 학생들 가르치는 것을 참관하지는 못했지만, 운동장에서 학생들의 공놀이가 한창 활발히 진행되는 것을 보고, 대륙 청년의 의기에 새삼 깊은 기대를 걸어 보았다.

물러 나오다가 소북문 밖에서 잠시 차를 멈추어 조각 등으로 유명한 요나라 시대의 팔각 다층탑을 감상하고, 길을 돌려 소서문 밖 태청관(太淸觀)을 찾아갔다.

대애하(大愛河) 건너질러
겨우 닿는 피안에서
나라나리(那羅那里) 소라치(蘇羅哆)를(범어로 남녀의 妙樂을 말함)
다시 보게 하시오니
살타(薩唾)의 선교방편(善巧方便)을
사의(思議)하다 하리오.

---

10 여섯 자로 된 미타(彌陀)의 명호, 곧 '나무아미타불(南無阿彌陀佛)'을 말한다.

55. 태청관

태청궁(太淸宮)은 소서문 밖 전차 분기점 가까운 시끄러운 대로변에 있다. 만주에서 가장 유명하고 내력 깊은 도관(道觀) 중 하나라 한다. 정문을 들어서면 맞은 편 한쪽에 '태청총림(太淸叢林)' 4자가 크게 쓰여 있고, 그곳을 돌아가니 '신도무사(神道無私)'라고 새긴 1896년에 지은 비석이 있다. 도교를 신도(神道)라고 칭한 것에서 그 민간 신앙적 의미를 분명하게 볼 수 있을 듯하다.

이 일대의 넓은 뜰을 삥 둘러서 종교수통학당(宗敎粹通學堂), 구첨초대처(求籤招待處), 계당(戒堂), 재당(齋堂), 운수(雲水), 시방(十方) 등 도관의 외곽 시설들이 있다. 계당 벽 위에는 '대도동원(大道同源)'이라는 편액과 함께 '전진율단청규방(全眞律壇淸規榜)'이라는 글이 붙어 있다. 태청궁이 북종(北宗) 전진교(全眞敎)에 속하는 율문(律門)이기에 그 재관수행(在觀修行) 규정을 게시한 것이다.

운수(雲水)라는 방을 들여다보니, 장방형의 커다란 방안에 출입구를 제외한 사방 벽 밑으로 죄다 토상(土床)을 만들어 놓았다. 그 위에 복상투 틀고 도포 자락을 떨뜨린 행각 도사(行脚道士)들이 간단한 덮을 것 하나씩을 곁에 놓고 뿌듯하게 열좌(列坐)하여 있다.

대개 옷은 남루하고 얼굴은 더럽고 수염이 어지럽게 나서 보기

심양 태청궁
도교 사원이다.

에 상서롭지 못하니, 맑고 투명한 도인의 분위기는 아무 데서고 찾아낼 수 없었다. 그 중에 어떤 이는 일종의 관건(冠巾)을 썼는데 그 형태가 우리의 망건과 비슷하다. 과연 망건이 도관에서 기원했다는 설이 맹랑한 것이 아님을 입증해준다.

오른쪽으로 돌아 '위진화하(威震華夏)'라는 편액이 걸린 관성전(關聖殿)을 참배했다. 그 뒤로 나가니 따로 정원으로 난 길이 있다. 정원에는 새로 조립한 7층탑과 비각이 있고, 여러 개의 큰 항아리에 금붕어가 그득그득하다. 방장(方丈)과 감원(監院)의 거처가 거기에 있었다.

방장이라 함은 도관의 정신적 수뇌(首腦)요, 감원이라 함은 그 사무적 주재자이니 아주 큰 규모의 도관에라야 이 두 개의 직위가 함께 있는 법이다. 지나의 통례에 따르면, 도관에 율문(律門)과 종문(宗門)의 구별이 있어, 율문에서는 방장으로 최고 기관을 삼는다. 여러 산에 있는 묘당과 본묘(本廟)의 도중(道衆)들이 명망 있는 이를 공천하여 이 직임을 맡게 한다. 종문에는 방장이 없고 감원만 있어서 일체를 주관하고, 세속에서 부자 상속하듯이 스승이 제자에게 이 직을 전수한다고 한다.

태청관에 방장과 감원이 둘 다 있어 각각 위의를 갖추고 있음은 이곳의 교세가 성함을 말해 주고도 남는다. 차례로 방장과 감원을 찾았지만, 단구(丹丘)[1]에 봉황을 타러 갔는지 현포(玄圃)[2]에서 기린을

---

1 신선이 산다는 곳. 밤낮이 늘 밝다고 한다.

몰고 있는지 둘 다 부재하여 좀 아쉽지 않을 수 없었다.

방안을 들여다보니 탁상에 누런 책이 쌓여 있고, 벽에는 호로병이 걸려 있다. 과연 황노자(黃老子)[3]류의 거처답지만, 처마 사이에 단 '분쇄허공(粉碎虛空)'이라는 현액은 흡사 조계종(曺溪宗)의 영향을 받은 풍속인 것 같아 좀 어울리지 않는다는 생각도 난다. 그러나 운수·시방·방장·감원이 죄다 불교와 공통인 것을 생각하면, 이 분쇄허공만 기이하다 할 것도 아니다. 더구나 전진교가 특히 불교와 교섭이 깊음을 알면 이것저것이 다 문제가 아니다.

계속 나아가 노조전(老祖殿)으로 들어갔다. 백발에 누런 두포 입은 신상(神像)이 엄연하신데, 손에 든 여의주는 역시 불교에서 나온 것일 터이다. 전의 한쪽 편에 여조상(呂祖象)[4]이 있는데 거기서 여선첨(呂仙籤)[5]을 내어준다. 여조상 앞에 올린 향불의 연기가 도가 본존인 노조(老祖)에게 올린 향연보다 성한 것은 유희자재(遊戱自在)하고 위대한 신덕(神德)에 대한 민중 신앙의 정직한 표현이다.

노조전을 지나면 옥황전(玉皇殿)이 있다. 상제 좌우에 여러 신선들이 구름과 벼락처럼 옹위하고 있지만 그 모습이 더욱 쓸쓸하게 느껴진다. 역시 상청(上淸)[6]의 높은 경지를 나 같은 속중(俗衆)이 얼른 받아들이기 쉽지 않은 까닭일 것이다. 다만 쉬스창(徐世昌; 1857~1936)[7]이 쓴 '존무이상(尊無二上)'[8]이라는 액이 새삼스레 깊고

---

2 전설에서 중국 곤륜산 위에 선인(仙人)이 있다는 곳이다.

3 중국 불교에서는 부처님을 '황노자'라 하고 '황도'란 곧 불교를 말하기도 하지만, 이 글에서는 노자의 도가를 추종하는 도관의 도인들을 일컫는다.

4 당나라 때의 신선으로 전해졌으나, 사실은 송나라 초 무렵의 도사였다. 자는 동빈(洞賓), 호는 순양(純陽)이다. 전진교 교단에서 종조(宗祖)로 추앙된다.

5 첨(籤)이란 도교에서 대오리 등으로 만든 길흉을 점치는 심지를 말한다

6 도가에서 이야기하는 하늘의 하나. 도가에서는 하늘을 삼천(三天)으로 구분하고, 이를 옥청(玉淸)·태청(太淸)과 함께 3청으로 불렀다.

7 청나라 말엽과 민국 초기의 정치가. 위안스카이의 천거로 청나라 말기 동북 삼성의 총독, 국무총리 등을 역임했다.

현묘한 높은 뜻을 우러르게 한다. 향을 피울 돈을 약간 내주니, 옥황전을 지키는 도사가 크게 황감해하며 얼른 향을 피우고 종이를 사르고 또 자청하여 여기도 보여주겠다, 저기도 인도하겠다 하여 사람을 웃긴다.

이럭저럭 묘당의 윤곽을 짐작할 수 있기에 그만 물러나왔다. 뜰 앞에는 팔괘로(八卦爐)⁹가 있고, 누각 위에는 '원각통령(圓覺通靈)'¹⁰이라는 현액이 걸려 있다. 이렇게 불교와 도교적 요소를 섞어놓는 데 아무런 구애됨이 없는 것을 보니, 도교의 대중심지인 이 태청관도 부지중 도불(道佛) 혼합에 철저함에 도리어 경탄을 금치 못했다.

돌아 나오다가 어느 묘곽에서 '봉천시 전진교 교무소'라는 간판을 보았다. 태청관은 곧 봉천, 아니 만주에 있는 전진파 도관의 총본산인 모양이다. 그러면 아까 본 '전진율단'이니 '계당'이니 하는 것들은 태청관이 도사의 계율을 시험해 자격을 수여하는 전진파의 대도장(大道場) 노릇을 하고 있는 모양이다. 또 '운수'라는 방에 모여 기숙하던 허다한 도사들은 이 선도장(選道場)에 급제하기를 희망하는 무리임을 깨닫겠다.

무릇 지나 도교는 고래의 민간 신앙이 노장 사상을 철학적 배경으로 삼아 발전 성립한 다신교다. 보통 후한 순제 때의 장도릉(張道陵)을 그 시조로 삼는다. 강남 용호산(龍虎山)을 영장(靈場)으로 삼는 천사도(天師道)가 그것이요, 후세의 도교 여러 파 중 정일교(正一敎)라는 것이 이 연원을 직접 전수하고 있다. 위진 시대부터 남북조에 걸쳐서 위백양(魏伯陽)·만홍(萬洪)·관겸지(冠謙之)·능수정(陵修靜)·

---

8 최상의 귀한 것에는 둘이 없으며 가장 귀한 것은 오직 하나라는 뜻이다. 『예기』에 나온다.
9 도가 전설에 자주 등장하는, 영력이 서려 있는 화로를 말한다.
10 '원각(圓覺)'은 석가여래의 각성으로 원만(圓滿) 주비(周備)하여 조금도 결감(缺減)이 없는 우주의 신령스러운 깨침을 뜻한다. '통령(通靈)'은 정신이 신령과 서로 통함을 말한다.

도홍경(陶弘景) 등의 도사가 잇달아 출현하여, 한편으로는 불교와 대립하고 한편으로는 불법을 섭취하여 그 종교적 지위를 높여 왔다.

당나라 때는 노자와 동성(同姓)[11]이므로 도교를 크게 존숭하여 교세가 와짝 떨쳤다. 오대 시기에는 두광정(杜光庭)이 도교 의식을 크게 정교화하고, 송에 들어와서는 거의 국교로서의 내실을 갖추기에 이르렀다. 그러나 이미 그 안에서 여러 종단의 폐해가 배양되어 때때로 개혁 운동과 함께 여러 종단의 교파 분열을 맞게 되었다. 강남의 장씨(張氏) 계통인 정일교에 대립하여 강북에서 전진교·진대도교(眞大道敎)·태일교(太一敎) 등이 잇달아 일어나서 이른바 남북 2종 4파가 대치하게 된 것이다.

전진교는 금나라 초에 왕철(王嚞)이란 자가 선정(禪定)[12]에 입각하여 종래의 부적 주술을 배척하고 일문(一門)을 별도로 창설한 것이다. 주로 산둥(山東)과 산시(陝西) 지방에서 세력을 폈다. 진대도교역시 금나라 초 유덕인(劉德仁)에서 비롯되었으며, 금욕주의로 일파를 이루어 허베이(河北) 일대에 크게 행해졌다. 태일교는 금의 정륭(正隆) 연간에 소포진(蕭抱眞)이란 자가 정일교의 개혁을 시도하여 상당한 세력을 얻은 것이다.

원대에 들어와 전진교 도사 구처기(邱處機)가 태조 칭기즈 칸의 귀의를 받음에 따라, 강북 3파가 다 전진으로 귀일하기에 이르렀다. 명대에는 조정의 신앙이 다시 장천사(張天師)의 정일교로 돌아갔으나, 전진교 세력은 그런대로 유지되어 지금도 베이징 백운관(白雲觀) 같은 곳에서는 원나라 때의 열기를 전하고 있다. 봉천 태청관은 실로 북방 도교의 권위인 전진파의 일대 중심으로 그 존재가

---

11 당 황실과 노자는 모두 이(李) 씨이다.
12 불교의 근본 수행 방법 가운데 하나. 반야의 지혜를 얻고 성불하기 위하여 마음을 닦는 수행으로서 한마음으로 사물을 생각하여 마음이 하나의 경지에 정지하여 흐트러지지 않게 하는 것이다.

만주에 빛나는 곳이다.

  태청교에서 나와 대서변문 밖에 있는 김구경 군의 '무소득거(無所得居)'를 잠시 방문했다. 군이 여러 해 동안 북지나 만주에서 문헌 보존을 위해 자못 노력하고 있음은 진작부터 여러 사람들이 우러러 감복하는 바다. 그러나 이 세속의 먼지 낀 도시에 따로 그윽한 거처를 만들고 서책과 그림에 둘러싸여 유연히 상고(尚古)의 취미를 가진 것을 직접 보니, 그가 매우 희귀한 존재임을 거듭 깊게 느꼈다.

     태청관 많은 어항
     꼬리치는 금비늘이
     낱낱이 탁수(涿水)에서
     보던 면목 같다마는
     제제(濟濟)한 황관(黃冠) 삼천에
     금고(琴高)[13] 뉜고 하노라.

─────

13 주나라 말 조나라 때 거문고의 명수. 제자들과 약속하기를 탁수(涿水)에 들어가서 용의 새끼를 잡아 돌아오겠다고 하더니, 과연 잉어를 타고 제자들이 기다리는 물가에 나왔다. 한 달을 머물다가 다시 물로 돌아가 신선이 되었다고 한다.

56. 청진사

소서관(小西館)이라는 동네로 봉천 동청진사(東淸眞寺)를 찾아갔다. 당나라 때 마호메트교, 곧 회회교가 아라비아 상인의 내항과 함께 광저우(廣州)에 전파되고, 현종 때에는 장안(長安)에 그 사원이 건립되었다. 이것을 청진사라 이르니, 이로부터 회회교를 청진교, 그 사원을 청진사(淸眞寺)라 하여 그 유풍이 지금도 전해진다. 혹은 예배사(禮拜寺)라고 부르기도 하지만 역시 청진사라는 칭호가 가장 보편적으로 쓰인다.

회회교 교인은 스스로를 이슬람이라 이르니, 아라비아어로 사람의 마음에 평화를 준다는 교문(敎門)을 뜻한다. 세상에서 보통 마호메트교라고 부름은 물론 교조의 이름에서 기인한 것이다. 후에(5대 때 즈음해서부터) 이 종교가 원래 마니교도이던 회회(回回), 곧 위구르인에게 숭봉되어 이들로 말미암아 지나 북방으로 널리 퍼지니, 회회인의 종교란 뜻으로 회회교라는 칭호가 지나에서 통용되었다.

몽고족의 원나라가 막북(漠北)[1]에서 몸을 일으켜 중원과 서역 여러 나라를 아우르게 된 후, 회회인이 국민의 일부를 구성하고 그들

1 고비 사막의 북방. 현재의 외몽고를 가리킨다.

의 우수한 문화에 힘입어 고위직에 중용됨에 따라 교세가 융성했다. 이때 이래 회회교는 이리(伊犁)·신장(新疆)에서부터 간쑤(甘肅)·산시(陝西)·허난(河南)·허베이(河北)·후베이(湖北)·윈난(雲南)을 포괄하고, 다시 북으로 만주에까지 점차 퍼져서 엄연한 일대 세력을 형성했다.

현재에는 지나 전체에 회교도가 3천만 내지 5천만에 이른다고 한다. 이들은 특히 간쑤성 방면에 가장 밀집해 있어서 정치적으로도 항상 통치상의 두통거리가 되었음은 세상에서 아는 바와 같다. 회교는 후에 애포합니법(愛布哈尼法; Hanafites), 마립개(媽立愷; Malikites), 사비이(沙飛爾; Shafi'ites), 한백리(漢白犁; Hanbalites) 등의 4파로 나뉘었다. 만주에 성행하는 것은 애포합니법파로 명나라 가정(嘉靖)² 연간에 금현(錦縣)에 청진사가 건립된 것을 그 시초로 삼는 듯하다.

회회교도는 신앙심이 강하고 단결력이 공고한 것으로 유명하다. 계율에 충실하며, 이혼을 하지 않고, 결혼이나 장례 예절도 만주족이나 한족과는 딴판이며, 근면하고 용감하여 지나와 만주인들 중에서 특이한 일 존재를 이루고 있다. 청결을 숭상하여 예배에는 목욕이 반드시 수반되며, 지나인이 흔히 먹는 돼지고기는 불결한 것이라 하여 식용하지 않고, 소고기나 특히 양고기로 이를 대신한다. 또 그들은 지금까지도 아라비아 문자로 코란 경전을 독송하며, 예배·제사 등은 모두 독특한 회교 달력에 따르고 지나 달력을 사용하지 않아, 신자들 사이에서는 매년 회교 달력을 특별 제작하여 반포하고 있다.

또 회교도는 노고를 잘 견디고 상업에 능하며, 특히 도살업이나 음식점 같은 소자본 영업에 종사하는 자가 많기에 어떤 의미에서는 하나의 특수 부락 같은 형태를 띠고 있기도 하다. 유리나 비취

---

2 중국 명나라 세종 때의 연호. 1522년에서 1566년까지이다.

상점, 목욕탕, 특히 양고기 식당을 운영하는 자는 대개 회교도에 속한다고 한다. 교당 업무는 대개 교인들의 헌금으로 경영하며, 교회에는 흔히 학교를 부설하여 자제에게 회교 교육을 시행하고 있다.

이렇게 회회교도는 신앙에 바탕을 둔 선명한 민족 전통을 보유하고 있으므로, 언제 어디서든지 그 독특한 존재를 확인하지 않을 수 없다. 중화민국 건설 당시의 국기인 오색기가 적(赤)은 한(漢), 황(黃)은 만(滿), 남(藍)은 몽(蒙), 백(白)은 회(回), 흑(黑)은 티베트 등의 제 족속을 표시한 것이요, 지금 만주국의 새로운 오색기가 어느 정도 그 배합을 달리하는 중에도 백색이 의연히 회교도들을 표상하고 있음은 그 적설한 실증이다.

봉천에만 해도 청진사가 여럿이요, 그중에 북청진사와 동청진사가 두드러진다. 북청진사가 가장 큰 규도를 갖추고 있다는데, 역로(歷路)의 편의상 이 동청진사를 찾았다. 동청진사는 비교적 소규모이지만, 청진사의 시설을 보기에는 부족함이 없었다.

대문 들어서서 맞은편에는 대전(大殿)이라고 하는 예배소가 있다. 전의 전면 중앙부에 높은 탑을 베풀고 첨단에 달과 별이 그려진 휘장을 꽂은 것은 회교 사원 특유의 미나레트(Minaret; 번역하면 光塔 혹은 蕃塔)를 변형한 것이다. 대전이 동쪽을 향하고 있는 것은 성지 메카를 향해 예배드리려는 뜻에서 나왔다.

대전 문을 열고 들어가니 휑뎅그렁한 큰 강당에 우상이나 위패 등을 도무지 찾아볼 수 없다. 회교에서는 알라를 유일신으로 삼고 있는데, 신은 무형이요 우주에 편재하시니 한 사당에서 전유하여 제사할 수 없으며 상설(像設)을 필요로 하지도 않는다는 신념 때문이다. 정면 벽 위에 그림 하나를 걸고 아라비아 문자로 장식해 놓은 것은 편의상 메카의 방향을 표시하는 이른바 미흐랍(Mihrab)이라고 한다.

또 그 앞쪽에 채색으로 장식한 누각 모양의 고좌(高座)를 만들고 계단을 통해 올라가게 한 것은 회교 예배당(Mosque)에 반드시 설비하는 민바르(Minbar)다. 미흐랍 앞에는 코란을 송념하는 작은 탁자가 안치되어 있다. 벽면 곳곳에 아라비아 문자의 게시문이 있어서 그만큼 이역 정조를 농후하게 한다. 교당 바닥에는 '봉천 동청진사'라는 글자를 짜 넣은 양탄자를 무수히 깔아 놓았다. 그 중 한 곳에서 노인이 오른쪽 손을 배에 대고 눈을 내리깔고 무엇인지를 낮게 읊조리면서 정성스럽게 예배를 드리고 있었다.

대전 앞뜰 왼쪽에는 학교가 있다. 학과 시간이 아닌데도 4~5명 학생이 아라비아문 경전을 놓고 혹은 혼자서 혹은 서로 주거니 받거니 읊고 있다. 한 학생을 붙들고 문장의 뜻을 물으니, 대개 의식과 계율에 관한 것이라 한다. 매우 유창하게 음송하는 것을 보니 지금껏 힘을 기울여 노력해 왔음을 알겠다.

그 옆에는 '아혼실(阿訇室)³이라는 푯말을 붙인 방이 있는데, 자못 청결하다. 그 안에 많은 서적을 보관하고 있으며, 벽에 '오도일이관지(吾道一以貫之)⁴라는 글을 걸어 놓았다. 안에 중년 장자(長子)가 능히 예를 갖춰 손님을 접대하고 있다. 아혼(阿訇)은 번역하면 교장이라는 뜻으로, 불교 사찰의 주지나 예수교회의 목사에 해당한다. 아라비아문에 정통하고 서방 성지 순례를 완료한 자라야 이 임무를 맡을 수 있다.

학생이나 사장(師長)을 막론하고 큰 얼굴과 우뚝 솟은 코에 엄격하면서도 조심스러운 기운이 미간에 그득하고, 응대가 민첩하며 언어가 명석하니, 과연 완만 모호한 일반 지나인에 비하여 매우 활발하고 신선한 느낌을 주는 민종(民種)이다.

앞뜰 우측, 곧 학교 맞은편에는 욕실이 있다. 그 내부는 학교 교

---

3 이맘(imam)의 한역. 이슬람교의 예배 인도자를 말한다. 원래 아랍어로 지도자, 모범이라는 뜻이다.
4 "나의 도는 하나로 꿰뚫고 있다"라는 뜻.『논어』이인(里仁)편 15장에 나온다.

실보다도 훨씬 큰데, 기다랗게 욕탕을 베풀고 목욕할 자리를 나란히 만들어 놓은 것이 마치 조선의 빨래터를 보는 듯하다. 한쪽에는 조금조금한 별실이 있어 그 속에도 바가지나 기타 목욕 도구를 갖추었고, 천막으로 전면을 가려 놓았다. 전자는 여럿이 함께 손발과 얼굴 등 몸의 일부를 씻는 곳이요, 후자는 혼자서 비밀스러운 곳까지 전신욕을 행하는 곳이라고 한다. 어디에서고 각자 물주전자 한 개씩을 사용하는 듯하여, 쭉 늘어 놓은 주전자가 셀 수 없이 많다.

대개 회교도는 매일 5차례씩 예배를 행하고 7일마다 한 차례씩 집단 예배를 행한다. 그때마다 몸을 씻고 몸에 있는 구멍이란 구멍은 죄다 깨끗한 탕에서 세척하는 까닭에, 교회에는 목욕탕과 목욕물을 공급하는 정정(井亭)이 무엇보다 필수적인 시설이 되는 듯하다.

안내를 맡은 학생에게 설명을 듣는 데 열중하고 있다가, 저녁 어스름이 눈을 가려와 문득 정신을 차렸다. 미안한 인사를 한 후 청진사를 물러 나왔다. 보통 사람들은 잘 모르지만, 회회교는 고려 말에 다른 회회 문화와 함께 반도로 유입되었다. 지금도 개성 서쪽에 '대국신당(大國神堂)'이란 것이 있고, 이조 태종 때까지는 회회교의 신이 국가 사전(祀典)에 한 자리를 차지하고 있었다. 당시의 신당이 사라센 건축 양식을 어느 정도나 채용했을까는 꽤 재미있는 문제라고 새삼 생각하였다.

봉천에서의 일정은 오늘로 끝이지만, 보고 싶은 곳은 아직도 끝이 없다. 당자유지(堂子遺址)와 달해묘(達海墓) 등은 반드시 방문하자 한 것이지만, 이미 그럴 겨를이 없다. 다만 서탑대가(西塔大街)에 신축 중인 관음사는 만주에서 처음 불법을 널리 폈던 곳으로 주목할 것이기에, 잠시 들러서 그 터를 살펴보았다. 점등 시간에 맞춰서 공기반점(公記飯店)에서 열린 만선척식공사 초대연에 가고, 식후에는 천일중점(千日中店), 춘일정(春日町) 등 일본 거리를 산보했다.

마음도 흙에 던져
기탄할 줄 모르거늘
그 중에 몸이라도
씻고 닦는 이 교문(敎門)이
청진(淸眞)을 혼자 일컫다
탄할 뉘가 있으리.

57. 대남문

13일. 화요일. 맑음. 이른 아침에 출발하려던 예정을 변경하여 봉천에서 다하지 못한 정을 약간 펴기로 하고, 차를 바로 대남문(大南門)으로 몰았다. 멀리는 조선 사신이 수백 년간 만주 출입하던 데가 여기요, 가깝게는 일청 전쟁의 결정적 승패를 결정한 봉천 대회전(大會戰)에서 일본군이 3월 10일 봉천에 입성하던 데도 여기다.

또 말을 하고 보면 인조 15년(1637)에 양 대군과 3학사를 비롯한 여러 명의 불우한 인사들이 이른바 심관에 구류되어, 우국연군(憂國戀君)의 마음을 구름 통해 저 멀리 한양으로 실어 보내던 관문도 대개 여기 있었다.

철로 개통 이후 중심 번화가가 자연스럽게 서문 방면으로 옮겨 갔지만, 3백 년 동안 기반을 다진 곳인 만큼 대남문 안팎 거리들이 복잡하게 뻗은 모습이 여전히 봉천 정문으로서의 면모를 지니고 있다. 푸른 벽돌을 기우듬하게 쌓은 성벽은 반듯하고 두껍고 높아서 무엇보다 든든하고 탄탄한 느낌을 준다. 이 전형적인 지나 성벽은 시간의 조류에 변형되고 씻기어 규도가 약간 훼손되기는 했지만, 옛날 청음(淸陰) 김상헌(金尙憲)이 노한 눈으로 들여다보고 연암(燕巖) 박지원(朴趾源)이 경이로운 눈으로 쳐다보던 성문이 엄연히 내 눈에 꽉 차게 들어온다.

『성경통지』는 성지(城池)[1]에 대해 이렇게 기록하고 있다.[2]

    태종 문황제(文皇帝)가 천총 5년(1631)에 만들었다. 본래 명나라 심양위(瀋陽衛)의 성지(城池)였다. 요나라와 금나라 때는 심주(瀋州)라 하고, 원나라 때는 심양로(瀋陽路)가 되었다. 명 태조 홍무 21년(1388)에 민충(閔忠)의 지휘로 옛터에 증축을 더하니, 주위는 9리 30보, 높이는 2장(丈) 5척(尺)이었다. 연못은 이중으로 되어 있는데, 안쪽 연못의 넓이는 3장, 깊이는 8척, 주위는 10리 30보, 바깥쪽 연못의 넓이는 3장, 깊이는 8척, 주위는 11리 남짓이다. 성문은 넷이다.

    우리 태조께서 용처럼 날아 서울을 일으키시고 천명 3년(1618)에 무순(撫順)을 취하고 계심(界藩)으로 옮겨 성을 쌓았다. 천명 6년(1621)에는 심양을 취하여 심양 동쪽에 동경성(東京城)을 쌓고 궁전을 세웠다. 천명 10년(1625)에는 도성을 심양으로 옮겼다.

    태종 문황제는 천총 5년(1631)에 옛 성의 규모를 늘려서 안팎을 벽돌로 쌓으니, 높이 3장 5척, 두께 1장 8척, 성가퀴[3] 7척 5촌(寸), 주위 9리 332보, 사면의 타구(垜口)[4] 651개, 적루(敵樓)[5] 8좌(座), 각루(角樓)[6] 4좌이고, 옛 문을 고쳐 8개로 만들었다.

    대동문은 '무근(撫近)', 소동문은 '내치(內治)', 대남문은 '덕성(德盛)',

---

1 적의 접근을 막기 위하여 성의 둘레에 깊게 파 놓은 연못을 일컫는다.
2 인용문은 문연각본 『사고전서』의 경우 '성경성창건(盛京城創建)'에 수록되어 있다. 최남선은 다른 본을 참고한 듯 차이가 많다. 원문에 오류임이 명백한 곳은 문연각본에 따라 수정했다.
3 성벽 위에 설치한 높이가 낮은 담. 몸을 숨기고 적을 쏠 수 있도록 만든 시설로 성첩, 여장, 치첩 등이 있다.
4 성가퀴와 성가퀴 사이 끊어진 곳. 적으로부터 몸을 숨기고 관찰 또는 공격할 수 있도록 한 공간이다.
5 옹성(甕城) 위에 군사 방어용으로 설치한 누각을 말한다.
6 수비를 목적으로 건축물의 모서리 부분이나 굽은 곳에 설치한 누각이다.

소남문은 '천우(天佑)', 대서문은 '회원(懷遠)', 소서문은 '외양(外攘)', 대북문은 '복승(福勝)', 소북문은 '지재(地載)'라고 하였다.

연못의 넓이는 14장 5척, 주위는 10리 204보다. 복승문(福勝門) 안에 종루(鐘樓)가 하나 있다. 드디어 천단(天壇)과 태묘(太廟)와 궁전을 세우고 내각 육부(內閣六部)와 도강원(都講院), 이심원(理藩院) 등의 관아를 두었다. 문묘를 높이고 학궁(學宮)을 수리하고 열무장(閱武場)[7]을 설치하니, 규모가 크게 갖추어졌다. 이에 드디어 다시 '성경'이라 이름 하였다.

세조 장황제(章皇帝)가 순치 원년(1644)에 서울(베이징)로 도읍을 옮기고 지난 날 유도(留都)의 제도를 살펴서, 장군이 머물러 지키게 하고 사부(四部)와 부윤(府尹)을 누어 주현을 나눠 다스리게 하였다. 강희 19년(1680)에 황제의 명을 받들어 관장(關牆)을 쌓으니, 높이는 7척 5촌, 주위는 32리 48보였다. 강희 21년(1682)에 황제의 명으로 여러 문들과 성루(城樓)를 중수하니, 성가퀴가 높다랗고 규모가 크고 아름다웠다. 산과 바다를 두르고 먼 곳을 제어하니 진실로 만세토록 제왕의 업을 이어갈 터전이도다.

강희 이후에도 수시로 수축을 더했지만, 일로 전쟁에도 약간의 파손을 면치 못했다. 청음 김상헌의 손자 노가재(老稼齋) 김창업(金昌業)은 숙종 38년(1712)에 사절로 연행(燕行)하던 형 김창집(金昌集)을 수행하면서, 눈과 귀가 미치는 곳마다 상세하게 기록한 『연행일기(燕行日記)』를 남겼다. 다음과 같은 구절은 과거 우리 사절들이 봉천에 입성하던 기분을 상상해 볼 수 있는 좋은 재료다.[8]

---

7 도강원은 감찰을 담당하는 곳, 이심원은 외교를 담당하는 곳, 열무장은 무예를 검열하는 곳에 해당한다.

8 『연행일기』 제2권, 임진년(1712, 숙종 38) 12월 6일자에서 인용하고 있다.

홍화포(紅花舖)를 1리 지나서 혼하(混河)를 건넜다. 혼하는 일명 야리강(耶里江)이라 한다. 크기는 우리의 저탄(豬灘)만 하다. 나무다리가 놓여 있고, 모래밭에 작은 배 십여 척이 있다. 혼하 강물은 호지(胡地) 서남쪽에서 흘러 나와 태자하(太子河)와 합류하여 요하(遼河)로 들어간다. 심양까지의 거리는 9리 남짓이다. 세상에 전하기를, 효종께서 심양 관사에 계실 때 이곳에 정자를 지으셨다고 한다. 『시강원일기(侍講院日記)』[9]에서 호인(胡人)이 세자께 야판전(野坂田)을 줘서 채소를 심게 했다던 바로 그 곳이다.

요동부터는 가게가 줄지어 있고, 수레와 말들의 왕래가 점차 많아졌다. 들판에 촌락들이 바둑판처럼 들어서고 길이 종횡으로 나있다. 아득히 보이는 수목은 모두 버드나무라 한다. 방목하는 소와 나귀가 군데군데 무리를 이루었다. 수수 줄기가 밭에 무수히 쌓여 있고, 이를 실어 나르는 수레들도 줄을 이었다. 심양에 실어 가서 땔감으로 판다고 한다.

도중에 수레에 타고 있는 여자들과 활과 화살을 지닌 갑옷 입은 군사들을 많이 만났다. 성 밖 1리 쯤 못 미쳐 큰 사찰이 있는데, 전각이 겹겹이 늘어섰고, 분칠한 담장으로 에워싸여 있다. 그 안에 큰 백탑(白塔)이 있는데, 아래는 모나고 위는 둥글며 높이는 4~5장 정도 되었다. 길에서 수백 보 떨어져 있어 들어가 보고 싶어도 그러지 못했다.

한 젊은이가 담비가죽 호의(胡衣)를 입고, 활을 메고 나귀를 타고 지나갔다. 앞뒤에서 따르는 호인 6~7명도 활과 화살을 지니고 있으며, 다 준마를 탔다. 물어보니, 황제의 가까운 친족으로 심양에 살고 있는데 사냥을 나온 것이라 했다. 가까운 곳에 물이 있는데 호수처럼 맑고 넓었다. 혼하가 범람한 것이다. 그 옆에 인가가 많고 분묘가 즐비하다. 그 중에는 담을 두르고 나무를 심은 곳도 있다.

---

9 세자 또는 세손이 책봉되면 시강원이 구성되어 교육을 담당하는데, 시강원에서 매일 시행한 일을 기록한 것이 『시강원일기』다.

토성(土城)에 이르자 세 사신들이 모두 가마에서 내려 말을 탔다. 토성으로 들어가 2리 쯤 가니 내성(內城)이 나왔다. 성의 높이는 4장 남짓이고 웅장한 문루(門樓)가 하늘 높이 솟아 있어 수십 리 밖에서도 보였다. 성문 밖에 옹성이 있고 옹성 좌우에 문이 있다. 문은 철판으로 감쌌고 문 밖에는 해자가 있고, 그 위에 석교가 놓여 있다. 다리를 건너고 두 개의 중문(重門)을 지나야 성에 들어가게 된다.

토성 안에서부터는 좌우에 시장이 즐비하다. 내성은 요동보다 10배는 더 번성했다. 성에 들어가 수백 보를 가니 동쪽으로 난 작은 골목 안에 찰원(察院)[10]이 있었다. 동서로 행랑채가 있고 뜰은 좁았다. 역관들의 말을 들으니, 통역관 김사걸(金四傑)의 모친이 일찍이 이곳에 살면서 항상 말하길, 이곳은 정축년(1637) 후로 조선 인질들이 머물던 곳이었다 한다. 또 세자 저하가 머물던 관사는 현재 관아가 있는 곳이다. 증조부[11]께서 구류되었던 북관(北館)이 어디인지는 지금 아는 자가 없다.

연암 박지원의 『열하일기(熱河日記)』에는 따로 「성경잡지(盛京雜識)」라는 부분이 있어, 정경을 극히 세밀하게 묘사하고 있다. 그 중에도 요양(遼陽)을 지나 심양(瀋陽)으로 향하는 대목은 봉천성 요동벌판의 형승을 선명하게 표현하고 있어 주목할 만하다.[12]

아, 이곳은 영웅들이 수없이 싸우던 곳이구나. "호랑이 걷고 용마가 머리를 쳐들 듯 오르고 내림이 마음먹기에 달렸다."[13]라는 말이 있다.

---

10 중국에서 조선 사신이 묵도록 역참에 만들어 둔 숙소를 말한다. 『연행일기』원문에는 '밀원(密院)'으로 되어 있는데 오기인 듯하며, 『송막연운록』에는 '찰원'으로 인용되어 있어 이를 따랐다.
11 김상헌(金尙憲)을 이른다.
12 『열하일기』 「성경잡지」 4년 가을 7월 10일 부분에서 인용하고 있다.
13 용과 호랑이처럼 위풍당당하여 모든 것을 마음대로 할 수 있다는 뜻이다. 『삼국지』 권 21, 「위서」 왕찬전(王粲傳)에서 진림(陳琳)이라는 신하가 하진

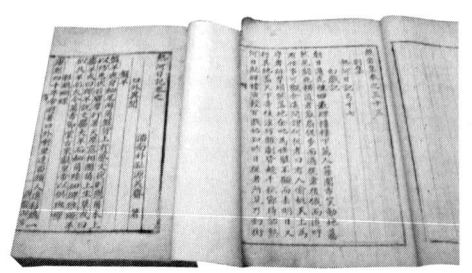
박지원의 「열하일기」

그러나 천하의 안위는 항상 요동 들판에 달려 있으니, 요동 들판이 안정되면 세상 풍진이 가라앉고, 요동 들판이 한번 소란해지면 천하의 징과 북이 함께 울려댄다.

왜 그러한가. 진실로 평원과 들판을 한번 바라보매 천리나 되어, 이곳을 지키자니 힘들고 버리자니 오랑캐가 몰아쳐서 안팎의 경계가 없어진다. 이 때문에 중국에서 이 땅을 반드시 힘써 지키고자 한 것이다. 천하의 힘을 다해서라도 이곳을 수비한 연후에야 천하가 안정될 수 있다.

이제 천하가 백 년 동안이나 무사함이 어찌 덕교(德教)와 정치가 전대(前代)보다 월등해서 그러하겠는가. 심양은 청나라가 처음 발흥한 곳이기에, 동쪽으로는 영고탑(寧古塔)과 접하고 북쪽으로는 열하를 끌어당기고 남쪽으로는 조선을 어루만지며 서쪽을 향하니 천하가 감히 동요하지 못하는 것이다. 그 근본을 튼튼하게 함이 역대에 비할 바가 아닌 까닭이다.

3층 문루와 깊다랗게 뚫린 홍예문(虹霓門)이 어찌 보면 그냥 3백 년 만주 역사의 창고와 그리로 들어가는 문 같아서, 이곳을 쳐다보며 드나드는 것만으로도 이미 심상치 않은 시적 감상을 불러 일으켰다. 발걸음을 돌려 몇 걸음 떨어진 한 책방에 들러 몇 권의 책을 장만했다. 이후 러시아계 반점 오리엔탈에 가서 점심을 마친 후 기차역으로 달려갔다.

(何進)의 권세를 추켜세우기 위해 했던 말이다.

옛날의 덕승문(德勝門)이
그냥인가 고쳐진가
3백년 숙인 고개
이제 와서 쳐들어도
그렇다 활개칠 염의
내사 없다 하노라.

아! 요동 벌판

58. 요동 벌판

14시 19분에 출발하는 하토(はと)호를 도로 타고 남행한 지 얼마 안 되어 혼하를 가로질렀다. 이른바 요동 벌판이 눈앞에 펼쳐지고 발아래 뻗치고 또 마음속에 춤춘다. 앞서서는 고구려와 뒤에 와서는 건주 여진(建州女眞)을 압록강 골짜기에서 끌어내 요동 벌판에서 천지를 뒤흔드는 대풍운을 일으키게 한 것이 바로 혼하다.

그러나 수량(水量)과 강의 모습은 의외로 변변치 못하여, 거룻배 한 척 뜬 것을 볼 수 없으니 섭섭하다. 옛날 효종(孝宗)이 정자를 지었던 자리도 알고 보면 꼭 집어낼 수 있으련만, 한결같은 갯번등에는 아무 흔적도 찾을 수 없다. 아정(雅亭) 이덕무(李德懋)의 혼하시(渾河詩)[1]를 떠올렸다.

야리수 찬 물에 말도 뼈가 시린데
모래 날려 변방 구름과 누렇게 섞였네.
만리 뻗어 하늘 닿은 저 풀 미워하노니
고향 바라는 왕손(王孫)[2] 시야 막아버렸네.

---

1 이덕무의 『청장관전서』 제11권, 「아정유고((雅亭遺稿)」 3에 나온다.

(혼하는 일명 耶里江이라 한다. 강둑에 효종이 세운 정자 터가 있다고 한다.)

조선관(朝鮮館)에 지는 해 붉게 물들니

혼하의 목멘 울음 차마 듣겠나.

성 서쪽의 뜨거운 피 이제 푸르러[3]

죽어도 오히려 산 듯한 정뇌경이여

정뇌경(鄭雷卿)[4]이란 정두경(鄭斗卿)의 육촌 동생으로 1637년에 소현 세자를 배행하여 심관의 세간을 맡았던 이다. 비록 세자의 개인적 청탁이라도 듣지 않고, 일행 모두의 행실을 단속하고 경계하여 사람들의 경외를 받았다.

우리나라의 천한 노예였다가 청인에게 붙어 매국에 힘쓰던 정명수(鄭命壽)와 김돌(金突) 두 도적을 모살하려다가, 일이 누설되어 화가 생겼다. 세자는 정뇌경에게 사람이 여럿이면 청이라도 감히 모두 죽이지 못하리니 심관의 여러 신하를 다 업고 들어가라 하셨다. 하지만 정뇌경이 듣지 않고 홀로 가서, 1639년 4월 18일 심양성 서쪽에서 결연히 의로운 죽음을 맞았다. 나도 이덕무를 따라 이곳에서 정뇌경을 새삼 추모하고, 만주의 오늘을 위해 죽은 이를 되살리고 싶은 생각이 없지 않다.

만주 벌판의 드넓은 뜻은 볼수록 눈에 겨움을 새삼 느낄 수밖에 없다. 혼하에서 태자하를 검치고[5] 다시 요하를 어울러 발해에 이르

2 효종이 젊은 시절 심양에 끌려갔을 때 혼하 강가에 정자를 짓고 조선을 그리워한 것을 말한다.

3 충신의 피가 파랗게 변한다는 말.『장자』「외물(外物)」에는 장홍(萇弘)이 촉에서 죽었는데 3년이 지나자 그 피가 파랗게 되었다고 하였다.

4 조선 인조 때의 문신이다. 소현 세자가 볼모로 심양에 잡혀 갈 때 수행했다. 정명수 등이 조선의 사정을 청나라에 알려주며 신임을 얻자 이들의 죄를 고발했다가 도리어 처형당했다.

5 모서리를 중심으로 두 면에 걸치도록 하여 접거나 휘어붙이다.

는 이른바 칠백 리 요동 벌판은, 저 북만 평야와는 달리, 작은 땅 모래 한 알도 죄다 우리 선조가 지나 민족과 더불어 경쟁 각축하던 수많은 전쟁의 현장이다. 또 고려가 원과 이어진 이래 700년이라는 오랜 세월 동안 사절이 끊이지 않았기에, 거기 끼어 다닌 문사, 시인들의 감회를 담은 문장들이 족히 이 넓은 들을 덮고도 남을 만하다.

바람과 번개처럼 휙휙 지나쳐 가는 차창 밖 풍경은 홀연히 주먹을 불끈 쥐게 하고, 홀연히 놀란 눈썹 치켜뜨게 하며, 홀연히 감정을 고조시켜 통곡하고 싶게도 하고 웃고 싶게도 한다. 손에 부르르 하는 것이 있고, 가슴에 부걱거리는 것이 있고, 머리에 어뜩어뜩 하는 것이 있을 때마다, 이를 그려보고 싶지만 솜씨 없음이 한스럽다. 평생에 오늘만큼 글 배우지 않은 후회를 한 적이 없을 정도다. 갑갑하다 못하면 짐꾸러미에서 선인의 시편을 뒤져내어 내 회포를 남의 붓끝에서 더듬어 보았다. 가령 이덕무의 시는 기구(起句)가 좋다.

요동 벌판[6]

채찍 들고 말을 몰아 큰 벌판에 나서니
서생의 눈썹 기상 비로소 드날리네.
풀빛 푸른 깊은 숲[窓集] 물살이 세찬데
구름 검은 하늘[撑犁]에 한기가 뻗쳤구나.
세상 피한 유안의 검은 모자 슬프고[7]
신선 된 정령위는 검은 치마 되었지[8]

---

6 이덕무의 『청장관전서』 제11권, 「아정유고(雅亭遺稿)」 3에 수록되어 있다.
7 유안(幼安)은 삼국 시대 위나라 사람인 관녕(管寧)의 자다. 황건적의 난 때 요동으로 피난하여 항상 검은 모자에 굵은 베옷을 입고 은거했다.
8 한나라 때 요동 사람 정령위(丁令威)가 신선이 되었는데 오랜 후에 고향에

문득 보니 기성(箕星) · 미성(尾星) 본래 같은 분야라[9]
밤마다 찻집에서 한양을 꿈꾸네

3구와 4구에 만주어 와집(窩集; 번역하면 원시림)과 흉노어 탱리(撑
犂; 번역하면 하늘)를 쓴 것이 재미있다. 하지만 결구에서 고향을 생각
함은 처음에 말을 타고 황무지로 뛰쳐나와 눈썹을 치켜뜨던 기상
과는 어울리지 않는다. 초정(楚亭) 박제가(朴齊家)의 시도 있다.

자범(子範)[10]의 시 '요동 벌판'에 화답하여[11]

산골 선비 난생 처음 광야 대하매
드넓은 바다 같아 한나절 멍히 보네.
흐리고 맑음은 옛 기후 미혹하고
별자리조차 이전 규도 잃었네.
문득 들판 숲이 짧은가 의아하고
퍼뜩 가는 새가 더딘가 의심하네.
시력이 다했다 말하지 마시게.
내일 보아도 다시 끝없으리니.

박제가의 시는 친절하고 명료하여 모든 구절이 대야(大野)의 의
미를 분명하게 드러내긴 하지만, 결국 시인의 상투어에서 크게 벗

돌아와 화표주(華表柱)에 앉아 바라보니 성곽은 그대로인데 사람들은 없고
무덤만 즐비하더라는 이야기가 『수신후기(搜神後記)』에 나온다. '검은 치마'
는 학을 비유하는 말이다.

9 천문에서 기성(箕星)과 미성(尾星)은 동북쪽 분야에 해당하는데, 베이징에
서 조선까지 모두 여기에 든다.

10 이기원(李箕元; 1745~?)의 자다. 최근에 발견된 그의 문집인 『홍애집(洪厓
集)』은 박지원, 박제가, 유득공, 이덕무 등 이른바 '백탑파'의 실상을 풍부하
게 담고 있어 주목을 끌고 있다.

11 박제가의 『정유각(貞蕤閣)』 3집에 수록되어 있다.

어나지 않는다. 추사(秋史) 김정희(金正喜)도 요동 벌판에 관한 시를 남겼는데, 과연 웅혼한 깊이와 넓이를 두루 갖춰 큰 역량과 안목을 보여준다.

요동 벌판

석령(石嶺)에 이르러 산이 다하고
만 리가 가슴에 펼쳐졌네.
천지의 공허한 곳이
다만 이 사이에 있구나.
움푹한 물 뾰죽한 산
군더더기 달린 것들 모두 쓸어내
하늘 끝은 어디로 들어갔는지
땅이 둥글단 것 이제 알겠네.
시야가 다하는 곳 끝인가 했더니
그 끝에 가고나면 또 망망하구나.
해도 달도 바다에서 나오지 않고
모두 대륙 끝을 따라 오르네.
백탑이야 고작 버섯머리 솟은 듯
어찌 변방의 으뜸이라 하는가.
떠가는 구름 교활한 재주 부려
때때로 먼 산처럼 둔갑을 하네.
천추(千秋)에 크게 울만한 곳이라니
재미있는 비유에 묘한 이치로다.
비유컨대 갓난 아이 세상에 나와
처음으로 터트리는 울음 같다네.
시방 항하사의 부처님[12]은
백천억 셀 수 없이 많다지만

만일 이 땅에 비춰 헤아린다면

도리어 하나로 이어질텐데

의구히 제 길만 따르려하는

사람들 행렬이 가련하도다.

추사의 시에 선편(先鞭)을 잡은 것이 바로 연암 박지원의 『도강록 (渡江錄)』 요하(遼河) 기사다.[13]

　내가 오늘에야 비로소 인생이 본래 의지할 데가 없음을 알았다. 다만 하늘을 이고 땅을 밟으며 갈 따름이다. 말을 세우고 사방을 둘러보다가 나도 모르는 사이 손을 들어 이마에 대고, "울기 좋은 곳이구나. 한번 울만 하구나." 하였다. 정 진사가 물었다. "이렇게 천지간 볼 만한 곳을 만났는데 문득 울고 싶다니 왜 그러시오?"

　내가 말했다. "그래, 그래. 아니지 아니야. 천고의 영웅들은 잘 울고 미인들은 눈물이 많다지. 그러나 그들은 불과 몇 줄기 소리 없는 눈물을 흘렸을 뿐이어서, 소리가 천지에 가득 차 쇠와 돌이 울리는 듯한 울음은 듣지 못했소. 사람들이 다만 칠정(七情) 중에 슬픔만 통곡하게 하는 줄 알고, 칠정 모두 통곡하게 하는 것을 모르지. 기쁨이 사무치면 통곡할 만하고, 분노가 사무치면 통곡할 만하고, 즐거움이 사무치면 통곡할 만하고, 좋아함이 사무치면 통곡할 만하고, 미움이 사무치면 통곡할 만하고, 욕심이 사무치면 통곡할 만하네. 맺힌 것을 펼침에는 소리보다 빠른 것이 없으니, 천지간 울음은 우레에 비유할 수 있다네.

12　시방 항사불(十方恒沙佛)에서 '시방(十方)'은 천지, '항사(恒沙)'는 갠지스 강의 모래알을 가리킨다. 진리는 갠지스 강의 모래알만큼이나 수많은 모습으로 구현될 수 있음을 뜻한다.

13　『도강록』은 압록강에서 요양에 이르기까지 15일 간의 여정을 적은 것인데, 인용 부분은 7월 8일자에 나온다.

지극한 정은 우러나오게 마련이고 이렇게 우러나옴이 능히 이치에 맞는 것이라는 점에서는 인생의 정회가 웃음과 다를 바 무엇이겠나. 이런 지극한 정을 겪어보지 못한 데서 교묘하게 칠정을 늘어 놓고 슬픔만을 통곡과 짝 지워 놓은 것이라네. 이 때문에 초상 치를 때 억지로 '아이고!' 따위의 소리를 부르짖지. 그러나 참된 칠정을 느낄 때의 지극하고 참된 소리는 억누르고 참아 천지간에 꼭꼭 쌓아 두고 감히 펼치지 못한다네. 저 가생(賈生)[14]이란 자는 울 장소를 얻지 못해 참고 또 참다가 홀연 선실(宣室)을 향해 일성을 길게 부르짖었으니, 어찌 타인이 놀라 괴이히 여기지 않았겠나."

정 신사가 말했다. "이제 이 울음 터가 저처럼 넓으니 나 역시 그대를 따라 한번 통곡해야겠네. 그러나 아직 우는 까닭을 모르겠으니 이를 칠정 중에서 구한다면 어떤 느낌이겠는가?"

내가 말했다. "갓난아이에게 물어 보게나. 갓난아이가 처음 태어날 때 느끼는 것은 어떤 감정이겠는가. 아이는 처음으로 해와 달을 보고 또 부모와 친척들이 눈앞에 그득한 것을 보니 어찌 기쁘지 않겠는가. 이와 같은 기쁨과 즐거움은 늙도록 다시없을 터이니 이치상 슬픔과 분노는 없고 응당 즐거워 웃을 정만 있을 테지. 그런데 반대로 분한이 가득 찬 것처럼 끝없이 울어대기만 하네. 인생이란 신성한 이나 우둔하고 평범한 이나 모두 죽어야 하고 사는 동안 온갖 허물과 걱정을 겪어야 하니, 아이가 태어남을 뉘우쳐 먼저 스스로를 조곡(弔哭)하는 것일까.

그러나 이는 결코 갓난아이의 본정(本情)은 아닐 테지. 아이가 태속에서는 어둑하게 싸이고 얽혀 매여 협소한 데 있다가 하루아침에 툭

---

14 한 문제 때의 문인 가의(賈誼; BC 200~BC 168)를 가리킨다. 젊은 나이에 천재적인 안목을 발휘하여 여러 가지 개혁 정책을 제시했지만, 제후들의 시기를 사서 좌천당했다. '선실(宣室)'은 황제가 정사를 처리하던 장소로, 한나라 때에는 수도 장안의 미앙궁(未央宮) 정전(政殿)을 선실이라고 했다. 한 문제가 좌천되었던 가의를 다시 불러들여 '귀신'에 대해 물었던 곳이기도 하다.

터져 나와 사지를 펼치고 마음이 확 트이니 어떻게 참 소리를 내서 정을 다해 한번 쏟아내지 않겠나. 우리도 어린아이를 본받아야 하니 그 소리에는 거짓과 꾸밈이 없다네. 비로봉 절정에 올라 동해를 바라보며 한바탕 통곡할 만하고, 장연(長淵)의 금빛 모랫벌에 가서 한 바탕 통곡할 만하지. 이제 요동 벌판에 오니 여기에서 산해관까지 1,200리인데, 사면에 한 점 산도 없고 하늘 끝과 땅 끝이 풀로 붙인 듯 실로 꿰맨 듯 하나로 맞닿아 고금에 오가는 비구름만 창창하니 한바탕 통곡할 만하네."

김성탄(金聖嘆)[15] 식의 수려한 문장과 상세한 묘사는 한번 읽으면 통쾌함이 뚝뚝 흘러 일어나 시원하게 춤이라도 한바탕 추고 싶은 마음을 금할 수 없다. 그러나 어떤 면에서는 오히려 세세한 이치를 논하는 데 머물다가 높은 경지에 이르지 못한 감도 없지 않다.

나도 요동 벌판에 이르러 시원하게 한번 곡(哭)하고 싶다. 무엇이라는 것보다 통곡하고 싶은 심정이라 함이 가장 사실에 가깝다. 그러나 다만 대자연에 곡하자는 것이 아니며, 다만 새장에서 빠져나온 새의 쾌감을 소리 지르자는 것도 아니다. 또 점잖게 철학적 이치의 높은 봉우리에서 눈물에 의탁해 견식을 자랑하자는 것도 아니다.

이런 것들보다 더 덜미를 짚는 역사의 느꺼움과 발등에 불붙는 민생의 근심에 이 요동 벌판을 눈물바다에 둥둥 띄우려는 설움이 지금 나에게 있다. 세상의 잘난 이로 하여금 내 어리석음을 듣게 하며, 고상한 이로 하여금 내 용속(庸俗)함을 불쌍히 여기게 하라.

---

15 중국 명말 청초의 문예 비평가로 『수호전』, 『서상기』 등을 『장자』, 『사기』 등과 같은 수준에서 논하며 고전 서사에서 희곡과 소설의 지위를 높이는 데 크게 기여했다. 그의 문체는 박지원 등 조선 후기 문인들에게도 큰 영향을 미쳐 정조 때 문체 반정이라는 반작용을 낳는 원인이 되기도 했다.

어쨌든지 내가 요동 벌판에서 울려는 심회는 저 몇몇 이들의 단순한 시정(詩情)과 철리(哲理)에 견줄 바가 아니다. 옛날 어느 때인가 로마의 쓸쓸한 교외에서 '쿼바디스'[16]를 부르던 정황과 비슷하다고나 할까. 어허! 내 회포 내 정감은 필경 내 손 내 입으로나 그릴 것이지만, 나에게 그럴 재주와 글이 없구나!

　　어디고 그지없는
　　요동벌을 휩싸고도
　　구름도 지나가고
　　바람도 볼 틈 있으니
　　하늘의 높고 넓음을
　　새로 알까 하노라.

---

16 『사도행전』 외경 중 「베드로 행전」에 나온다. 로마에서 기독교 박해가 극심해지던 때 베드로는 더 많은 이들을 선교하기 위해 도피하라는 주변의 권고를 받고 로마를 떠난다. 그러나 도중에 십자가를 지고 로마로 향하는 예수를 만나 "주여, 어디로 가시나이까?(Quo Vadis)"라고 묻는다. "네가 내 양들을 버리고 가니 내가 다시 한 번 십자가에 못 박히러 간다."라는 예수의 대답에 깨달음을 얻은 베드로는 로마로 되돌아가 십자가에 거꾸로 못 박혀 순교했다.

59. 태자하

　봉천에서 30리쯤에 있는 소가둔(蘇家屯)은 무순선(撫順線)과 안봉선(安奉線)으로 가는 분기점이어서 타고 내리는 손님이 자못 많다. 사하(沙河)를 건너고 십리하(十里河)를 지나면 연대(煙臺)인데, 역이 매연과 먼지에 거의 파묻히다시피 해서 과연 탄광촌답다.

　이 무연 탄광은 멀리 고구려 때부터 채굴되기 시작한 것으로, 청대에는 채굴자가 용표(龍票)를 받아 세습적 독점권을 취득했다. 일찍이 동청철도회사가 그 용표를 매수해서 채굴을 크게 개시하려다가 일로 전쟁으로 중단된 적이 있다. 전후에는 만철이 이를 계승하여 무순 탄광의 지갱(支坑)으로 경영하고 있다 한다. 탄갱까지는 철도 지선(支線)이 부설되어 있다.

　가로에는 마차, 촌락에는 집들, 구릉에는 느릅나무와 버드나무가 갈수록 수를 더하여, 광막한 들 치고는 풍광이 그다지 황량하지 않다. 신경을 중심으로 그 남북간에는 빈부차가 큰 데 비하여, 봉천 이남과 이북은 경쟁적 발전을 이루는 정도가 더욱 현저함을 깨닫겠다. 『열하일기』에 묘사된 봉천 이남 풍광은 좀 미화된 감이 없지 않지만 대체로 그 요령을 붙잡았다 할 수 있다.

요동에 들어온 이후로 촌락이 끊이지
않고 길 넓이는 수백 보에 달한다. 길 양
옆에는 모두 수양버들을 심었으며 여염
집들이 즐비하다. 문 맞은편에는 큰물을
고이게 해놓아 종종 자연스럽게 큰 연
못을 이루었는데, 집에서 키우는 거위와
오리가 수백, 수천 마리씩 떠 있다. 양
옆 촌가에서는 모두 물가에 누대(樓臺)를
만들어 붉고 푸른 난간이 좌우로 영롱하
니 아득히 넓은 강호(江湖)를 생각나게 한
다.[1]

태자하
백암성 아래에 흐르고 있는 강
이다. 연나라 태자가 숨었다는
고사에서 그 이름이 유래했다
는 설도 있다.

시대를 알리는 서양풍 시가와 공장 연통이 이따금 이채로운 빛
을 띠는 것 외에는, 연암이 말 타고 보던 요동 모습 그대로를 지금
내가 기차 창밖으로 보며 내려간다.

태자하(太子河)는 옛날부터 유명한 탓인지, 수량도 혼하보다는 많
다. 한나라 때 대량수(大梁水)라 하던 것이므로, 요나라 이후로는 동
량하(東梁河)라는 이름이 전해지고 있다. 태자하라는 이름은 언제
부터 시작되었는지 분명하지 않다. 『독사방여기요(讀史方輿紀要)』(권
37)에는 "혹 태자하라고도 하는 것은 곧 연수(衍水)를 말함이다. 연
나라 태자 단(丹)[2]이 연수에 숨었다 하여 그 이름이 태자하가 된 것

1 『열하일기』 「도강록」 7월 9일 을유(乙酉)에서 인용되었다.
2 전국 시대 말 연나라 희왕(喜王)의 태자 희단(姬丹)을 말한다. 진에 볼모로
  가서 모욕을 당한 후 연나라로 돌아왔다. 진나라 군대가 국경을 핍박하여 역
  수(易水)에 이르자 태자 단이 진나라 왕을 죽일 자객을 구했다. 이에 형가(荊
  軻)가 진나라에 들어가 신임을 얻기 위해 번오기(樊於期)의 머리를 바쳤다.
  번오기는 진나라 장수였는데 가족이 처형당하자 연나라로 망명했던 인물로,
  형가의 말을 듣고 자신의 머리를 내놓았다. 그러나 형가는 진나라 왕을 죽이

이다."라는 전설이 적혀 있다. 그러나 『수경주(水經注)』 같은 데 기록되지 않은 것으로 보아 후세인들의 부회에 불과한 듯하다.

청대에 와서는 『청일통지(淸一統志)』 등에 청 고종이 이 물을 지나다가 탑사합하(塔思哈河)라는 이름을 붙였다고 적어 놓았다. '탑사합'은 만주어로 호랑이를 뜻하는데, 이를 잘 알지 못하는 이들로 인해 소리가 비슷한 '태자(太子)'로 바뀌고, 다시 변해 연나라 태자 단의 일을 부회했다는 것이다.

그러나 태자하라는 이름은 실상 만주인이 요양을 차지하기 훨씬 전부터 있었으니, 이 또한 근거 없는 것임이 분명하다. 태자를 연나라의 단이라고 하면 이 강에 대한 시를 쓰기에 좋으므로, 후세의 문장에서는 이 일이 많이 채용되었다. 이계(耳溪) 홍양호(洪良浩)의 시도 그 한 예다.

태자하

(태자하는 옛적 衍水에 해당한다. 전하기를, 燕丹이 숨었던 곳이라 한다)

찬 강에 해 지고 세찬 파도 일어나
노인들 전하기를 태자하라 하네.
작은 분노에 함부로 강적을 도발하니
서툰 재주 어찌 형가(荊軻) 탓만 하리요.
금대(金臺)의 차가운 달 연인(涓人)의 거래요[3]

지 못하고 실패한다. 진왕은 노하여 연나라를 침략하니, 연왕과 태자 단이 요동으로 피하여 연수에 숨었다. 연왕은 결국 태자의 머리를 베어 진나라에 바쳤다.

3 '금대(金臺)'는 황금대라고도 한다. 전국 시대 연나라 소왕이 누대를 만들어 그 위에 천금(千金)을 쌓아 놓고 천하의 어진 선비를 초빙했다고 한다. 소왕이 이곳에서 곽외(郭隗)에게 부국 강병책을 묻자 곽외가 '연인매마(涓人買馬)'의 비유를 들어 인재 등용의 중요성을 설했다. "옛날 한 임금이 천리마를 구하려고 3년이나 노력했지만 구하지 못하자 연인(涓人)이 나서서 5백 금으로 천리마의 뼈를 사왔다. 화를 내는 임금에게 연인이 답하기를, 죽은 말 뼈도

역수(易水)의 슬픈 바람 장사의 노래로다.

번오기(樊於期)의 헛된 죽음을 애석해 하노니

외로운 혼 응당 이 산하를 떠돌리.

역사란 언제든지 바르기만 한 것 아니요, 여흥(旅興)은 치우쳐 시와 전설에서 찾을 것이라 하면, 우리도 이 태자하에서 일대 쾌남아 연단의 대희극(大戲劇)이나 형가가 진을 찾아들던 때를 한번 떠올려 음미해보고 싶다.

진시황의 위세가 바야흐로 사해를 위압하여 멀리서 그 명성만 듣고도 기죽지 않는 사가 없었다. 그때 감히 세상을 뒤흔들 불가능한 일을 꾀하여 칼 한 자루로 영하(嶺下)를 직의(直擬)하여 서슴지 않은 연단은 그 기세가 어떠하며 그 용기가 얼마만 하였는가. "장부가 부끄러워할 바는 수치를 당하고도 세상에 욕되게 살아가는 것이다." "한 자루 검으로도 백만의 군사를 상대할 수 있다."

이런 기세와 용기로 독항(督亢) 땅의 지도와 번오기(樊於期)의 머리를 선물로 삼아 역수(易水)의 차가운 물에 형가를 보낼 때, 그의 안중에는 이미 진시황도 없었으며, 그의 흉중에는 이미 소기의 공을 달성했다고도 할 수 있다. 그렇기에 감양전(感陽殿) 위에 형가의 팔이 떨어지고 연수 골짜기에 태자의 그림자가 숨은 것에 대해 말함은 양산박 이후 백팔영웅의 시비를 가리는 것 이상으로 어리석은 일이다.

똑같은 영웅의 말로라 해도 나는 세인트헬레나의 나폴레옹과 아

오백 금에 샀다는 소문이 나면 말 주인들이 서로 몰려올 것이라 했고, 정말 그리 되어 3개월 만에 천리마를 구했다." 즉 소왕이 곽외 자신부터 높게 대우해 주면 천하의 인재들이 몰려들어 부국 강병을 이룰 수 있으리라는 것이다. 소왕이 이 말을 따르자 위나라의 악의(樂毅), 제나라의 추연(鄒衍) 등이 연나라로 모였고, 이들을 기반으로 연나라는 제나라에 보복할 수 있었다. 『사기』 권34 「연소공세가(燕召公世家)」, 『전국책(戰國策)』 「연책(燕策)」에 나온다.

메롱겐의 빌헬름 2세를 태자하의 연단과 차마 견주지 못하겠다. 왜 그러냐 하면, 진시황의 패업은 어찌하지 못할 천명이려니와, 연단의 의거는 인력의 한도내에서 훌륭한 성공이라 해야 옳기 때문이다.

태자하는 분명한 역사의 자취로도 깊은 감흥을 자아낸다. 멀리로 말하면 후한 말부터 삼국 시대에 걸쳐서 공손씨(公孫氏) 일족의 역사 무대가 되었던 곳이 바로 이곳이다. 요동 호족으로 향토를 거느리고 있던 공손씨는 요동 태수로서 반독립적 지위를 수립하여 도(度)·강(康)·공(恭)·연(淵)의 3세 4대 약 50년 동안 해동(海東)에 위세를 떨쳤다. 연이 낙랑공(樂浪公)으로 봉해졌다가 다시 왕(王)으로 자칭하니 드디어 위나라와 정면충돌을 일으키게 되었다. 238년 위나라 장군 사마의(司馬懿)의 포위 공격으로 마침내 공손연(公孫淵) 부자가 붙들려서 참수된 곳이 양수(梁水), 곧 태자하 강변에서의 일이었다.

가깝게는 1904년 일로 전쟁 때의 이른바 요양 대회전(大會戰)이 역시 태자하 강변에서의 일이다. 압록강 방면으로 진출한 흑수군(黑水軍), 남산에서 전승하고 북상한 오군(奧軍), 대손산(大孫山)에서 유목성(柳木城) 방면으로 진출한 야진군(野津軍)이 한데 합세해, 9월 1일과 2일 양일에 걸쳐 러시아군을 요양으로 몰아넣고 대격전을 연출한 것이다.

내려다보니 잔잔한 물이 소리도 없이 흐르는 작은 개울에 불과하지만, 글로 쓴다면 놀란 파도가 천추의 흥망을 목메어 울고 있다 해도 공연한 과장이 아닐 것이다. 태자하를 건너 5리만 가면 유서 깊은 도시인 요양이니, 봉천에서 떠난 차가 처음으로 바퀴를 한번 멈춘다.

바람이 건듯 불어
물결이나 일으키면
천추의 흥망사를
행여 지껄이련마는
구태여 태자하 오늘
날씨 고요하구나.

만주 역사의 가장 중요한 일면은 곧 지나 민족과 진(震; 고조선, 숙
신, 예맥 내지 말갈, 여진 등의 포괄적 명칭) 민족의 요하 유역 쟁탈사다.
그런데 지나 민족의 요동 경략상 요충지요, 따라서 양 민족의 촉발,
소장성쇠(消長盛衰)의 기준점이 실로 이 요양이었다. 요양이 만주에
있는 가장 중요한 역사적 도회지로서 요양의 역사가 곧 만주의 역
사라고 할 까닭이 여기 있다. 이번 여행에 천천히 요양을 유람할
겨를이 없어 유감이지만, 몇 분간 정차하는 동안에도 추억과 연상
과 감회가 수없이 떠오름을 억누를 수 없었다.

옛날에 조선 사신이 요동에 들어서서 대평원의 단조로움에 거의
숨이 막힐 뻔하다가, 요양성에 이르러 광우사(廣祐寺) 백탑(白塔)이
고개를 쳐들고 무언가를 외치는 듯한 모습을 보고는 비로소 숨을
휘 돌리고 다시 정신을 차려 이 생각 저 생각하던 일은 허다한 기
행문과 시에서 증명되는 바다. 나도 이제 기차역 너머로 뚜렷이 보
이는, 처음 보는 것임에도 익숙하게 봐왔던 것만 같은 이 탑을 대
하면서, 먼저 요양의 과거를 한 차례 생각해 볼 의무를 느꼈다.

만주가 역사의 무대에 오른 것은 지나 춘추 전국 시대에 그 유민
이 발해 연안으로 번져 들어왔다가 그 지방에 조선 또는 숙신이라

고 부르는 부족이 있음을 발견하면서부터다. 좋은 토질과 교통 조건 등으로 요하 유역이 생활 중심지가 되어서, 이른바 호한(胡漢) 잡거 상태로 여러 개의 부락이 여기저기 생성되었다.

요(遼)는 물론 넓고 멀다는 뜻을 취한 이름이니, 요하 유역은 지나에서 매우 멀리 떨어진 지방으로 생각되었기 때문일 것이다. 지나 후세의 문자에는 아득한 옛날부터 요동 지방을 유주(幽州)로 일컬었다고 되어 있지만, 옛날에 이미 주(州)를 설치했다는 것은 물론 신빙성이 없는 말이다. 다만 유주의 '유(幽)'가 역시 깊고 멀다는 뜻임을 보면, 멀리 있다고 생각되는 이 지방을 멋대로 '유'라고 불렀을 수도 있겠다는 생각이 든다.

인구가 늘고 이해가 엇갈리면서 호한 양 민족 간에 차차 경쟁과 충돌이 생겨서 서로 승패 기복을 되풀이하게 되었다. 전국 시대에 연(燕)이 세력을 뻗고 특히 진개(秦開)라는 명장이 나서 호(胡)를 공격하여 천여 리를 퇴각시켰다. 이후 조양(造陽)에서 양평(襄平)까지 장성을 쌓고 요동·요서·우북평(右北平) 등 5군을 설치하여 호를 방어하니, 이는 실로 지나인의 세력이 요동에서 우월한 지위를 점한 획기적 사실인 동시에 요하 유역이 지나의 군현이 된 시초였다.

이때의 호(胡)란 것은 흉노족뿐 아니라 넓은 의미의 진(震) 민족을 가리키는 것으로서, 조선 또는 숙신도 그 중에 포함됨은 물론이다. 진개가 넓힌 영토 범위에 있는 이른바 요동은 원래 고조선의 서쪽 강역이니, 그 결과 조선은 마침내 압록강 이남으로 물러나기에 이르렀다고 한다.

요동군의 행정 중심은 양평에 있었는데, 곧 지금의 요양 부근에 해당한다. 그 제도와 위치는 대개 그대로 진(秦), 한(漢)으로 계승되어 내려갔다. 군(郡)의 강역이란 원래 때에 따라 늘고 줄며, 또 지나 동북의 3변군(邊郡) 중에 우북평과 요서의 관할 지역은 변동이 끊이지 않았지만, 오직 양평의 요동군만은 위, 진대에 이르기까지 한

번도 변한 일이 없었다. 또 이름은 요동군이라 하여도, 그 강역은 요수 서쪽인 대능하(大凌河) 좌안(左岸)까지 미쳤다.

요동이 비록 지나의 군이 되었다 하여도, 이른바 호한잡거의 사정은 전과 별로 다를 것이 없었다. 한나라 초에 연의 망명자 위만(衛滿)이 이 지방을 통과할 때 북상투를 매고 오랑캐 복장을 하였다는 것, 곧 진 민족인 것처럼 복색을 꾸며서 남의 주의를 피하였다하는 데서도 이를 짐작할 수 있다.

전한 시대에 요동 방면의 지나 교민 수가 부쩍 늘고, 그들의 문화와 세력에 밀려 진인의 후퇴가 현저해졌다. 그 결과 요동군 외에 따로 3부 도위(都尉)를 두니, 지금 광영(廣寧)에 해당하는 무려현(無慮縣)이 서부 도위, 봉천에 해당하는 후성현(候城縣)이 중부 도위, 봉황성에 해당하는 무차현(武次縣)이 동부 도위의 관할이었으며, 통틀어 18현 35만 호구의 성황을 이루었다. 또 그 여세로 조선 반도에 진번(眞番)·임둔(臨屯)·현토(玄菟)·낙랑(樂浪)의 4군을 설치하게 되었다.

그러나 지나인의 압박은 진인의 민족적 단결을 재촉하고 반발 작용을 일으켜, 낙랑을 제외한 3군은 혹 완전히 폐지되기도 하고 혹 유명무실해지기도 했다. 후한 시대에는 압록강 골짜기에서 고구려인이 발흥하여 그 날카로운 칼끝을 지나인의 군현으로 향했다. 고구려는 한편으로 공손씨를 넘어뜨리고 한편으로 모용씨(慕容氏)를 밀쳐내며, 서쪽에서는 요동의 대부분을, 남쪽에서는 낙랑을 차례로 병탄하여 요동이 다시 진인의 소유로 돌아가게 되니 고구려인뿐 아니라 실로 전 동방 민족의 영광이다.

고구려인의 광복적(光復的) 서진(西進)은 5호(胡)[1] 상란(喪亂)으로

---

1 4세기 초엽에서 백 수십 년간 화북에서는 흉노·갈(羯; 흉노의 별종)·선비(鮮卑)·저(氐; 티베트계)·강(羌; 티베트계)의 이른바 5호가 잇달아 정권을 수립하여 서로 흥망을 되풀이했다. 한인이 세운 왕조를 포함하여 왕조의 수

더욱 활기를 띠었다. 수당 시대에 고구려가 돌궐과 통하여 요서를 공략하자, 이에 놀란 수나라의 문(文)과 양(煬) 부자(父子) 및 당 태종이 천하의 여러 무리를 움직여 동북의 근심거리를 덜려고 애썼으나, 번번이 참패하여 한갓 천하의 웃음거리가 되었을 뿐이다. 양 대에 걸친 여러 전쟁에서 큰 싸움의 중심이 항상 요동성, 곧 지금 요양에 있었음은 수 양제의 「기요동(紀遼東)」, 당 태종의 「요성망월(遼城望月)」 같은 시에서도 짐작된다.

고구려가 내부의 분란으로 나당 연합군에게 멸망당하자, 요동이 잠시 지나의 판도로 돌아갔다. 당이 이곳에 안동도호부(安東都護府)를 두었는데, 부(府)가 처음에는 평양이다가 마침내 요동성, 곧 지금의 요양으로 옮겨갔다. 이후 발해가 일어나 요동을 회복하니, 요동성이 특히 당과의 교통 요지로 중시되었겠지만 그 자세한 내용은 알 수가 없다.

요에서는 이 지역을 동경도(東京都)라고 일컬어서 요양으로 동경(東京)을 삼고(처음에는 南京이라고 한 적도 있었다), 금도 이곳에 머물러 동경으로 삼았다. 원에서 요양등처행중서성(遼陽等處行中書省)을 두고, 명에서 요동도지휘사사(遼東都指揮使司)를 두니, 요양이 언제나 그 수도가 되었다. 명의 만주 통치는 노아간(奴兒干), 곧 흑룡강이 바다와 만나는 곳까지 이르렀지만, 그 동방 통치의 근본은 역시 이 요양에 있었다.

조선과 여진이 명과 교통할 때도 요동도지휘사사를 경유했다. 청에서도 심양을 수도로 삼기 전에 한때 요양 동쪽에 새로운 성을 쌓고 동경이라 일컬어 수도로 삼은 일이 있었다. 이렇게 상하 3천 년 요동 내지 만주의 역사는 요양을 중쇠로 삼아 그 맷돌짝을 돌려 왔다. 한편 만주를 둘러싸고 동방 민족과 지나 민족이 경쟁하던 대

도 16개국을 넘었는데 이것을 흔히 5호 16국이라고 한다.

활극이 이 요양을 무대로 연출되어 온 것을 생각하면, 비록 요양의 흙을 밟지 않을지라도 무한한 정회가 한꺼번에 솟아오름을 억제할 수 없다(한나라 요동군의 요양현이라는 곳은 지금의 봉천 부근에 있던 다른 지역이었다).

요동벌 하늬바람
사오납다 혐의 말라
그래서 싸움 티끌
씻어내지 않았으면
백겁(百劫)친 피비린내가
이제 오죽 하리오.

61. 요동성

만주의 조선에 대한 역사적 압력과 견인력은 이제 새삼스레 말할 것도 없다. 만주 역대의 중심이 요동성, 곧 요양이었던 만큼 조선 역사상의 기류가 여기를 저기압부로 하고, 지진이 여기를 진원지로 삼은 적이 매우 많았음은 사람들이 아는 바와 같다. 조선 대 연, 예맥 대 한의 오랜 일은 고사하고라도, 고구려 발흥 이래 서방과 관계된 대사건 치고 요양을 일방의 근거지로 삼지 않았던 적이 거의 없다. 뒤집어서 요양에서 생겨난 대사건 치고 그 영향을 반도에까지 파급하지 않았던 적은 한 번도 없었다.

우선 양진(兩晉) 이래로 고구려와 선비 모용씨 사이에 행해진 요동 쟁탈전은 동방사상에 처음 보는 용호상박(龍虎相搏)의 장관이었다. 서기 32년에 고구려의 미천왕이 요동의 서안평을 습격하니, 서안평은 곧 요양 동쪽 60리의 땅이다. 다음에는 선비의 모용씨가 이른바 요동부 바깥의 선비인 소가연(素嘉連)과 목환진(木丸津) 두 부족을 격파하고 요동군을 영유하였으니, 이는 고구려와 선비 양 종족의 각축 무대가 요양 땅을 중심으로 한 시초였다.

그 이래로 양 종족의 진퇴가 끊임없다가 마침내 피차간 자웅을 쉽게 결정하지 못할 것을 생각하고 각각 발전의 방향을 반대로 바꿨다. 고구려는 낙랑·현토를 병탄하여 나라의 근본을 차차 남으로 옮기고, 모용외(慕容廆)는 도하(徒河)를 취하고 용성(龍城)을 건축하여 진로를 갈수록 서쪽으로 바꿨다. 그래도 요동성 공격은 줄곧 끊이지 않다가, 불세출의 영주(英主) 광개토왕 때 요동이 완전히 고구려의 판도로 돌아간 뒤에야 겨우 풍파가 멎게 되었다.

이보다 앞서 요동에 있던 연나라 세력이 물러가면서 요동이 한때 부진(苻秦)[1]의 영유 아래 놓이게 된 일이 있다. 이 즈음인 고구려 소수림왕 2년(372)에 부진을 통해 불법(佛法)이 전해지게 된 것은 그 부수 사실과 함께 문화사적으로 중대한 의의를 가진다.

그 당시 지나 문헌이 고구려 역사를 기록할 때 흔히 요동이라는 이름으로 했던 것은 결코 근거 없는 일이 아니었다. 광개토왕 이후에 고구려가 요동의 대부분을 점거했지만, 능히 요서까지 돌파하고 장쾌하게 중원으로 진입할 기회를 붙잡지 못한 것은 연·진·위 등 강국이 서로 연이어 앞길을 차단했기 때문이다. 불행히도 이 요양이 고구려인의 서방 발전상 극한점이었음을 생각하고는 자기도 모르게 한 줄기 비분의 눈물이 용솟음쳤다.

만주에서 조선 계통 인민의 발전은 항상 여러 종족들이 복잡하게 얽혀 있는 상황에서 진행되었던 만큼 가시밭 난관을 지나고 나면 다시 철벽을 타고 오르는 식이었다. 고구려의 만주 제패가 연씨(淵氏) 내부 분쟁의 화(禍)로 부질없이 좌절되고, 한때 안동도호부가 설치되기도 했으나, 얼마 되지 않아 대씨(大氏) 일족으로 말미암아 권토중래한 발해국은 고구려에 비해서도 훨씬 더 빛이 났었다.

그러나 무대가 바뀌어 발해와 거란의 대항전이 시작되고, 고구려의 멸망에서 교훈을 얻지 못한 대씨 일가가 내홍을 겪으니, 거란

---

1 5호 16국의 하나인 전진(前秦)을 저(氐)족의 부(苻)씨가 세웠다고 하여 부진(苻秦)이라고도 부른다.

의 아보기(阿保機)가 이 틈을 타서 발해 홀한성(忽汗城)을 습격하여, 드디어 만주에 요를 국호로 하는 이종족 제국이 출현하기에 이르렀다.

고구려 계통 유민의 강한 반발력을 아는 거란이 발해를 병탄하고서도 옛 제도를 그대로 두어 자치 국가로 존속하게 하고, 황태자 배(倍)를 발해의 옛 수도에 머물게 하니, 이것이 이른바 동단국(東丹國)이었다. 전쟁에 이기고 개선하는 길에 아보기가 죽자 태자가 급히 수도로 돌아갔으나 미처 이르기 전에, 둘째아들이 왕위를 물려받아 태종이 되었다.

태종은 발해 유민의 치열한 광복 운동을 피하는 동시에 큰 형과의 알력 관계를 풀기 위해 동단국을 국도(國都) 가까이로 옮겼는데, 이때 동단의 새로운 수도가 곧 동경 요양부였다. 이런 까닭에 요양 주민은 주로 발해인이요, 한인(漢人)과 거란인이 그 다음이니, 이는 요양 발전사를 탐구할 때 주의를 기울일 사실이다. 이후에 동단국은 이럭저럭 이어지면서 요(遼) 일대에 동경 유수(留守)가 고려 방면의 방비에 중대한 책임을 지게 되었다. 그 결과 고려와 요·송·여진이 뒤얽힌 역사적 파란이 저절로 이 요양을 중심으로 펼쳐졌다.

금(金)이 요의 동경을 그대로 계승하여 의연히 고려 수비상의 요 충지로 삼았던 일은 이제 새삼 돌아볼 겨를이 없다. 금말 원초에 동경을 근거 삼아 홍기한 포선만노(蒲鮮萬奴)의 동진국(東眞國)은 그 칼끝이 반도에까지 미쳤던 만큼 한때 고려의 조야를 뒤흔든 대파란을 일으켰다. 뒤이어 동방 세계가 온통 몽고의 말발굽 아래 짓밟혔던 때에는 원의 만주 통치 최고 기관인 이른바 동경등로행중서성(東京等路行中書省)과 요양등처중서성(遼陽等處中書省)이 요양에 설치되었다.

한편 고려를 배반한 장수 홍복원(洪福源)이 원에 귀의한 후 요양에 머물며 그 무리를 요양과 심주 사이에 흩어져 살게 했다. 그는 처음에 관령귀부고려군민장관(管領歸附高麗軍民長官), 중간에는 안무고려군민총관부(安撫高麗軍民總管府), 나중에는 심주등로안무고려군민총관부(瀋州等路安撫高麗軍民總管府) 등의 관청을 만들어, 관할 지역의 고려인을 다스리는 한편 고려와 일본을 상대로 교섭을 도모했다. 그 후에도 국가에 반역하는 무리들이 요양을 근거지로 삼아 여러 반란을 도모했는데, 공민왕 때의 덕흥군(德興君)[2] 사변과 같은 예는 요양과 반도의 관계를 뚜렷이 보여주는 사실이다.

원나라 말에 중원이 어지러워지자 군웅 봉기의 여세가 요동까지 미쳤다. 홍두적(弘頭賊) 관선생(關先生)과 자칭 행성승상(行省丞相) 나하추(納哈出) 등이 요양과 심양 사이에서 시작한 병란에 말려들어 반도가 일시 대풍운을 겪기도 했다. 무엇보다 고려가 최후의 기세를 몰아 큰 용기를 떨쳤던, 하마터면 조선 인민의 대륙 비약에 신기원을 그을 뻔도 한 최영(崔英)의 요동 정벌이란, 다름 아니라 요양을 새로 차지하고 앉은 명의 보금자리를 엎질러 버리려던 계획임은 반도 근대사에서 요양이 기억될 가장 흥미 있는 사건이라 할 것이다.

이럭저럭 요양 3천 년은 조선 역사의 비입지(飛入地)[3]로서 전혀 남이라 할 수 없다. 또 만주의 왕조는 몇 번을 갈렸든지 요양에서 조선 인민의 살림살이가 끊어진 적은 거의 없다고 할 만하다. 그래

---

2 집권 초기 반원 정책을 펼쳤던 공민왕은 기황후를 등에 업고 횡포를 일삼는 기씨 일족들을 처단한다. 이에 기황후가 공민왕을 폐하고 덕흥군을 왕으로 옹립하고자 최유로 하여금 요양성 군대를 빌려 고려로 쳐들어가게 했다. 최영·이성계 등의 방어로 뜻을 이루지 못한 최유는 다시 원나라로 되돌아가 재침공의 기회를 노렸다. 그러나 국력이 쇠퇴한 원나라가 고려와 불화를 빚지 않고자 공민왕의 복위를 승인하고 최유를 압송해 고려로 보내면서 사태가 일단락되었다.

3 고려·조선 시대에 전국적으로 광범위하게 존재한 군현의 특수 구역. 비입지(飛入地) 또는 비지(飛地)라고도 부른다. 요양이 조선 역사와 특수한 관계를 맺어왔다는 점에서 비입지로 지칭하고 있다.

서 요양 출신의 명사 중에는 조선인의 혈통에 속하는 자 매우 많으니, 그 두드러진 일례가 명나라 말의 요동왕(遼東王)이라고 불렸던 철령(鐵嶺) 이씨 일족이다.

이성량(李成梁)[4]은 조선인으로서 요동좌도독(遼東左都督)에 임명되어 백전백승으로 나라 안팎에 위풍을 떨쳤다. 또 그 아들인 이여송(李如松) 이하 5형제가 다 장군의 자질을 지녀 만주 사방을 각기 진압한 것은 고금의 무장전(武將傳)에서 유례를 찾아볼 수 없는 장관이다. 특히 이여송과 이여백이 임진왜란의 위기에 우리나라에 건너온 것은 생각하면 심상치 않은 약속이라고도 할 것이다. 그러니 오산(五山) 자전로(車天輅)[5]의 「이제독첩자시(李提督帖子詩)」에 '한가(漢家)'라고 한 것은, 시어니까 깊이 탓할 것은 아니지만, 실상 삼한(三韓)이라고 해야 옳다.

한나라[漢家] 날랜 장수 요동으로 내려오니
황제의 병권 얻어 오랑캐를 정벌했네.
전공을 인정받아 대장군 되니
구중궁궐 추천하는 비웅(非熊)을 얻었도다.[6]
창 비껴 호랑이굴에서 삼면을 평정한 후
큰 파도에 칼 씻으니 만리가 공활하다.

---

4 이성량(1526~1615)은 조선 출신 이영(李英)의 후손으로 명나라 장수가 되어 요동 지역 방위에 큰 공을 세웠다. 그의 아들인 이여송(李如松)·이여장(李如樟) 등은 1592년 간쑤성(甘肅省) 닝샤(寧夏)에서 발배(哱拜)의 난이 일어나자 반란 진압에 큰 공을 세웠으며, 임진왜란 때는 명의 2차 원병을 이끌고 참전했다.
5 차천로(1556~1615)의 『오산집(五山集)』 4권에 수록되었다.
6 주 문왕이 사냥을 나갈 때 비웅(非熊)을 잡으리라는 점괘를 얻고 위수 물가에서 낚시질하는 태공망(太公望; 강태공)을 얻었다는 고사에서 비롯되어 인재를 얻는다는 뜻으로 쓰인다.

이씨 이래 이미 3백 년이 지났고 만주는 전에 없는 풍운의 시절을 맞았으니, 백만 조선 이민자 중 그 누가 다시 귀청을 울리는 큰 함성으로 저 요동성 백탑을 들썩거리게 할 자인고.

요동성 백탑 아래
'마괄' 남고 노는 아이
경주 김(金) 개성 왕(王)씨
자손일까 생각하면
낱낱이 부둥켜안고
입도 맞춰지거라.

62. 백탑

요동이 지나인에게는 정령위(丁令威)의 화표주(華表柱)로 기억되고, 조선인에게는 광우사의 백탑으로 영탄되어 온다. 요동을 말로만 듣는 이는 아름다운 꿈과 그리운 이상이나 붙여 보지만, 정작 요동을 현실로 체험하는 이에게는 막막하게 넓은 평원이 단조 무미하기 그지없다. 그런데 이 하품 나는 현실을 깨뜨려 줄 존재를 무엇보다 요구하고 갈망하다가 그것을 백탑에서 얻으니, 신선하고 고맙고 상쾌하여 춤이라도 출 듯하다.

그리하여 백탑은 요동의 주인이요, 혹은 만주 여행길에서 다른 무엇보다도 눈을 크게 치켜뜨게 하고 마음을 움직이게 하는 물건이 되니, 그를 붙잡아서 해낭(奚囊)[1] 중에 넣는 것이 옛날 연행인들의 한 의무쯤 되었다. 백탑을 읊은 글이 지나인에게는 드물지만 조선인 여행자에게는 반드시 있음이 도리어 놀랄 만하다. 목릉(穆陵) 시인 간이(簡易) 최립(崔岦)은 조선인이 화표보다 백탑을 더 돋보는 심경을 드러내서 재미있다.

---

1 유람자가 지니고 다니면서 시초(詩草)를 넣는 주머니를 말한다.

백탑²

은하수 떠 마실 듯 몇 길 솟은 무지개

흰 햇무리 두루 퍼져 청제(靑齊)³를 밝히네.

불가에서 뜻을 얻어 인력을 다했으니

벽돌 쌓아 이룬 모양 귀신조차 미혹하네.

아름다운 팔각누대 용솟음 자랑 말라⁴

천년의 화표주도 낮음을 부끄러워하리.

거듭거듭 돌에 새긴 그 공업 얼마인가

어사(御史)와 장군(將軍) 이름 함께 써 놓았구나.

다시 근대 시인의 시편을 들추어 보면, 이계(耳溪) 홍양호의 백탑
시 두 편이 모두 우리네의 예습대로 백탑과 화표주를 한데 잡아매
어 선불(仙佛)을 동거시키고 있다.

백탑을 보고 심양을 향하며⁵

수레는 삐걱삐걱 말들은 히힝히힝

북녘 들판 바람 높아 눈 올 듯 매서운데

나라 떠난 슬픔에 머리에는 서리 차고

이 몸을 따르느니 허리에 찬 검뿐이라.

성변(城邊) 학은 화표주로 천년 만에 돌아오고

---

2 원래 제목은 '백탑차운(白塔次韻)'으로 『간이문집(簡易文集)』 6권 「신사행록
(辛巳行錄)」에 실려 있다.

3 보통은 산둥성의 청저우(靑州)와 치저우(齊州)를 일컫는 말이다. 여기서는
백탑이 있는 요동의 별칭으로 쓰인 듯하다.

4 요동에 있는 8각 5층의 망경루(望京樓)를 가리킨다. 다음 행의 '화표주'는 전
설 속 정령위가 학이 되어 앉았다는 곳인데 현재는 전하지 않는다.

5 『매일신보』와 현암사 간행 『육당최남선전집』에는 '요양(遼陽)'으로 되어 있
으나 『이계집』 원문에 따라 '심양(瀋陽)'으로 바로잡는다.

구름 밖 붕새 날면 열흘 만에 요양이라.⁶

여기서 연경(燕京)까지 아직도 한 달이러니

심하(瀋河)⁷ 일대는 멀다 할 수도 없어라.

백탑을 보고 영수사에서 머물다

높다란 옛 탑은 하늘로 솟았는데

화표주의 신선은 정씨라 하네.

한제(漢帝)의 금경(金莖)⁸은 이슬을 받아내고

복파(伏波)의 동주(銅柱)⁹는 바다를 다스렸네.

학은 십년 만에 요동성에 돌아와도

만리밖 기성(箕星)¹⁰은 늙은 객성(客星)이라

지난 일 아득해 물을 곳 없는데

당나라 장수 공적 기린다 전하네.

(세간에 전하기를 尉遲敬德¹¹의 공을 기록했다고 한다.)

아정(雅亭) 이덕무(李德懋)의 다음 시는 넌지시 백탑을 몽둥이 삼
아 수나라와 당나라 황제를 일격에 분쇄하여 씹어보던 쾌미가 이
루 말할 수 없다.

---

6 붕(鵬)은 『장자』 「소요유편」에 나오는 상상 속의 새로 한 번에 구만 리를 날
  아오른다고 한다. 이 새가 요양에 가는데 10일이 걸린다고 하였으니 요양들
  판이 그만큼 넓다는 표현이다.
7 심양 남쪽에 있는 강 이름이다.
8 이슬을 받기 위해 구리로 만든 대야인 승로반(承露盤)을 받치는 구리 기둥이다.
9 동한 때 복파 장군 마원(馬援)이 교지(交趾)를 정복한 후 변방에 구리 기둥
  을 세워 전공을 자랑했다고 한다.
10 이십팔수(宿)의 일곱째 별로 동북방에 위치해 있다. 한반도가 이 기성 자리
   에 든다고 한다.
11 당 태종 때 사람으로 많은 전공을 세워 악국공(鄂國公)에 봉해졌다. 당 태종
   이 고구려를 칠 때 울지경덕에게 명해 이곳에 백탑을 세우라 했다고 전한다.

요양 울지경덕 탑[12]

사백 개의 풍경소리[13] 낭랑히 울리는데
백탑은 천년토록 석양에 우뚝하네.
들판 풀은 당대(唐代)와 다름없이 푸르른데
행인은 말 세우고 문황[14]을 이야기 하네.

우선(藕船) 이상적(李尙迪)의 백탑시는 정경(情景)이 빈틈없을 뿐
아니라, 특히 요동 3천 년의 역사를 한 편에 다 포괄해 내어 과연
대가임을 탄복하게 한다.

여우산(汝愚山)의 시 '백탑을 보고'에 화답하여 보내다[15]

북풍 몰아쳐 풍경소리 차가운데
요동벌과 바다 사이 새벽 해 돋는구나.
외로이 나는 학은 정령위의 말 듣는 듯
세 마리 용은 유안(幼安)[16] 명성 설(說)하는 듯
상전벽해 몇 번이나 많은 세월 겪었나
진눈깨비 흩날려 나그네 정 뒤흔드네.
황폐한 성터에 남은 자취 백탑이라
총총히 말 세워 그대 행차 보내네.

---

12 『청장관전서』제11권, 「아정유고(雅亭遺稿)」3에 수록되어 있다.
13 수양제가 행차를 나갈 때 타고다니던 어녀거(御女車)에는 수많은 금방울이
　 달려있었다는 말이 전한다. 최남선은 이 시구가 백탑의 풍경소리를 수양제
　 의 수레 방울소리에 빗대어 표현한 것으로 해석하고 있다.
14 당 태종을 가리킨다. 문황제(文皇帝)는 그의 시호다.
15 『은송당집(恩誦堂集)』「시」5에 수록되어 있다.
16 동한(東漢) 말엽에 유안(幼安)은 화흠(華歆)·병원(邴原)과 함께 난리를 피
　 해 요동으로 가서 세상일을 멀리하고 경전에 몰두했다. 세간에서는 유안을
　 용의 머리, 병원을 용의 몸통, 화흠을 용의 꼬리라 하여 이 세 사람을 '일용
　 (一龍)'이라 칭하였다.

추사 김정희의 「백탑」은 착상이 놀랄만하고 회포가 활달하여 언제나 남이 능히 붙잡지 못하는 것을 붙잡는 그의 솜씨를 볼 수 있다.[17]

들판만 펼쳐진 곳 술잔처럼 크게 솟아
사방 하늘 에워싸니 손[客]은 더욱 작구려.
우주를 애오라지 떠받치고 있으니
여행길에 동서 가늠 지표 삼을 만하네.
여덟 모서리에 신물(神物)을 갖췄는데
높은 공훈 노한 더욱 우뚝하니
고금에 타고 오를 이 바이 없어라.

운양(雲養) 김윤식(金允植; 1835~1922)[18]의 시는 언뜻 보면 담담하지만, 강산은 의구한데 인걸은 간 데 없다는 회포에 젖어 눈을 지그시 감고 고개를 떨구게 하는 면이 없지 않다.

요동 백탑

석양에 말 세우니 요동성 옛터
백탑은 우뚝 높아 햇빛 향했네.
흡사 정령위가 화표주에 돌아온 듯
사람 만나도 말없이 제 이름만 쓰노라.

이렇게 고인의 시문에서 백탑에 관한 것을 뽑아 보면 엄연히 하나의 독립된 문학 장르를 형성하기도 할 것이다. 백탑은 성의 서문

---

17 『완당집(阮堂集)』 제9권에 수록되어 있다.
18 『운양집(雲養集)』 제3권에 수록되었다.

밖에 있으니, 그 개관은 『열하일기』에서 보는 바와 같다.

요동 백탑기

관왕묘를 나서서 반 리도 되지 않는 곳에 백탑이 있다. 8면에 13층이고 높이는 70길[仞]이라 한다. 세간에는 당나라 울지경덕이 군사를 거느리고 와 고구려를 정벌할 때 쌓은 것이라고 전한다. 혹은 학이 되어 돌아온 신선 정령위가 요동 성곽 사람들이 이미 바뀐 것을 보고 슬피 울며 노래하였는데, 이것이 그 정령위가 머물던 화표주라고 말하기도 한다.

그러나 사실은 그렇지 않다. 화표주는 요양성 밖 십 리도 못되는 곳에 있으며, 또한 그리 높고 크지도 않다. 이른바 '백탑'이라는 것은 우리나라 관노(官奴)들이 되는 대로 붙인 이름이다.

요동은 왼쪽으로 바다를 끼고 앞으로는 큰 벌판에 닿아서 거칠 게 없이 천리에 아득하다. 그렇기에 백탑이 이러한 들판 형세의 1/3을 차지한다고 할 수 있다. 탑 꼭대기에 구리 북이 세 개 있고, 매 층의 처마 모서리에 방울을 달았는데, 크기가 됫박만 하다. 바람이 불어 풍경이 울면 그 소리가 들판을 뒤흔든다고 한다.

다만 백탑이라는 이름이 우리네 무식한 이들에게 비롯되었다는 것은 사실이 아니다. 만주에 이런 종류의 탑이 무수한데, 이들을 죄다 흰색이라는 색감에 따라 백탑이라고 부름이 옛날부터의 통례였다. 또 이들 백탑이 대개는 요나라 건축을 계승한 것은 사람들이 아는 바와 같다. 요동성 근방에 고구려 고탑이 있다는 것은 지나에서도 진작부터 유명했다. 그 사실이 『삼보감통록(三寶感通錄)』에도 채록되고, 다시 우리 『삼국유사』에까지 옮겨 적혀 있으니까, 백탑의 유래를 찾으면 퍽 먼 데까지도 소급될 수 있을 것이다.

그러나 현재 남아 있는 건축이 요보다 앞선 시대의 것은 아님을 어렵지 않게 상상할 수 있다. 또 원·명·청 역대에 가끔 중수를 더했다는 기록이 군데군데 남아 있다. 『고금도서집성』「직방전(職方典)」 봉천부 사묘고(奉天府祠廟考)의 요양주(遼陽州)조를 떠들어 보면, 『통지(通志)』를 인용하여 이렇게 말하고 있다.

광우사(廣祐寺)는 서문 밖에 있다. 백탑이 있어서 사람들이 백탑사라 부른다. 천총 9년(1635)에 황제의 명으로 중수했다. 절 안에 있는 비석의 기록에 "이 절은 한나라 때 창건되었고, 당나라 울지공(尉遲恭)이 중수하였다."라고 하였으니, 아주 오래된 절인 셈이다. 안에 자래불(自來佛) 1존(尊)이 있는데, 다음과 같은 이야기가 전한다.

옛날에 어떤 마을 사람이 광녕(廣寧)에서 무역을 하다가 길에서 한 아이를 만났다. 그 아이가 말하길, "광우사에 가려고 하는데, 나를 짊어지고 가면 은과 베로 보답하겠습니다."라고 하였다. 그이가 이를 승낙하고 수백 리를 쉬지 않고 걸어 아침에 도착했다. 절에 다다라서 보니 아이는 곧 금신불(金身佛)이었는데, 여러 사람이 들어도 꿈적하지 않았다. 승려들이 기이하게 여겨 은과 베로 보답했다.

강희 21년(1682) 4월에 황제가 사찰에 가서 가사(袈裟)를 하사하셨다. 사찰의 둘레는 가히 2~3리는 되고 문이 천산(千山)과 마주하니 또한 그곳의 뛰어난 유적이다.

이 중 불상 운반에 관한 전설은 『열하일기』「광우사기」에 지하보물형 설화로 채용되어 있다.

백탑은 광우사 북쪽에 있다. 근래의 찬저(撰著)인 『동삼성고적유문(東三省古蹟遺聞)』 속편에는 당나라 장수 설례(薛禮)가 고구려를 정벌할 때 여러 번 싸워 여러 번 이겼기에 탑을 세워 그 공적을 기렸다고 전한다. 일설에는 탑의 바닥이 해안(海眼)[19]에 연결되어 있어서 얼룡(孽龍)이 수

해를 일으킬까 걱정한 사람들이 탑을 세워 지세를 안
정시킨 것이라고 한다. 두 이야기 중 뭐가 맞고 뭐가
그른지 알 수 없다. 그러나 모두 내가 어릴 때 어른
들께 들은 것이다.

바다 같은 벌판에 우뚝한 물건이 솟아
으니까, 이런 믿음과 저런 가사리의 전
설이 자꾸 와서 걸리는 듯하다. 백탑은
만주에서 가장 크고 표식이 되는 탑으
로서 그 명성이 갈수록 드러나고 있
다. 또 알다시피 만주국 우표 의장에
도 채용되어 널리 안팎의 이목에
익숙하게 되었다.

광우사 백탑
전통 시대 요양의 상징이었던 탑으
로, 숱한 시가 전해진다.

광우사는 흥폐가 무상하여, 강희
제의 중수 이후 오랜 세월이 지나
지 않았음에도 연암의 기록에 이
미 "지금은 절이 폐하여 스님이 한
명도 없다."라고 적혀 있다. 이후
1842년에 다시 지은 기록이 있지만 또 황폐해졌다가 일로 전쟁 후
에는 아주 폐허가 되고 말았다. 세월의 풍우에도 백탑만은 한결같
이 남아 지금은 광우사 경내를 공원으로 이용하고 또 요양 신사가
거기 설립되었다고 한다.

---

19 천안(泉眼)이라고도 하며, 샘물이 나오는 입구를 말한다.

삼천년 풍진사(風塵事)를
구태 일러 주려는 듯
칠백리 요동벌을
밤낮으로 들먹거려
백탑의 팔면(八面) 풍성(風聲)이
울고 마지 아녀라.

63. 천산

요양 이남 일대의 땅은 수천 년 동안 만주족과 한족 양 민족의 생명이 걸린 전선이었다. 또 가깝게는 일청, 일로 전쟁의 혈전이 여기서 진행되었기에, 어디를 바라보든지 피비린내 끼치지 않는 고적이 없다. 더구나 남방 일대에는 요동 반도의 등뼈인 천산(天山) 산맥이 굼틀거리며 서쪽으로 뻗어나가 가파른 봉우리가 눈앞에 첩첩이 늘어서 있으니, 홀연히 바다 위 신선들이 사는 곳에 가까이 온 듯한 생각도 난다.

요양에서 서남쪽으로 20리도 안 되는 곳에 있는 수산보(首山堡)는 한나라 때 이래로 역사상 유명한 곳이다. 진나라 사마의가 요동에서 공손연을 포위 공격하던 어느 날 밤, 길이가 수십 장이나 되는 커다란 유성이 이 산에서 양평성 동남쪽으로 떨어졌다. 그로부터 수일 만에 공손연 무리가 완전히 패배하고, 또 바로 유성이 떨어진 그곳에서 공손연 부자가 죽임을 당했다고 한다. 한편 당 태종이 요동성을 공격할 때 며칠 동안 이 산 위에 올라와 머문 일이 있기에, 성이 함락된 후 그 공을 돌에 새겨 기록하고 산 이름을 주필산(駐蹕山)으로 바꿨다는 전설도 있다.

명나라 때 여기에 보루를 설치하여 지금의 이름을 갖게 되니, 대개 동북쪽 일면을 제외하면 다 산봉우리에 둘러싸인 지세를 이용한 것이다. 일로 전쟁 때 러시아군이 피리지코프 장군의 설계로 이 일대에 13리에 걸친 견고한 진지를 구축하고 일본에 저항했다. 이때 여기서 참담한 격전이 전개되었으니, 유명한 다치바나(橘) 중좌(中佐)[1]에 얽힌 비장한 역사적 사건이 여기서 일어난 것은 우리의 기억에도 새롭다.

요동 천산 입구
천산 산맥은 요동 반도의 등뼈라 불린다. 러일 전쟁 때의 격전지이기도 하다.

천산(千山)의 기이하고 수려한 모습이 우쩍 기세를 더하여, 줄줄이 늘어선 산악이 톱니처럼 솟아 있다. 그 중 한 봉우리가 흡사 말안장과 같은 모습을 띠고 있으니, 물을 것도 없이 안산(鞍山)임을 알겠다. 산 모양이 마치 안양(安養) 쯤에서 보는 관악산 연봉(連峰)과 비슷하다.

역은 새로 지은 만큼 건물과 조성이 청신하다. 서쪽으로 크고 작은 신축 건물이 즐비하게 연통을 잇대고 있는 곳은 필시 제강소에 관계된 곳일 터이다. 여기서 남쪽으로 다음 역은 천산이다. 원래 안산이라고 하던 곳인데, 나중에 제강소가 생기면서 그 세력에 눌려서 이름을 새 역에 빼앗기고, 새로 천산이라는 호칭을 쓰게 되었다 한다.

이곳에 와서는 안산 시가지 부근에 있는 화상석(畫像石)과 천산 기슭 상석교자(上石橋子)에 있는 한나라 고분을 떠올리지 않을 수 없다. 일찍이 안산중학교에 있는 우메모토 슌지(梅本俊次)와 이치무

---

1 러일 전쟁 때 수산보 전투에서 용맹하게 싸우다 장렬한 전사를 맞아 사후에 군신(軍神)으로 추대되었다.

라 히로지(市村廣次) 두 사람이 이를 발견하고, 1929년경에 도리이 류조(鳥居龍藏) 씨에 의해 발굴 조사가 이뤄졌다.

발견 당초부터 나공민(羅公民) 군이 그 소식과 발견자의 의견을 내게 전해 주고, 이번에 봉천을 떠날 때도 꼭 둘러보라고 부탁했던 곳인데, 일행의 사정이 이를 허락하지 않아 유감이다. 전에 도리이 류조의 『만몽의 탐사(滿蒙の探査)』 등에서 읽은 사실을 기억에 불러 일으켜서 약간의 상상을 더해 보았다.

만주의 가장 오랜 역사를 알려주는 고분이 요양 이남에서 요동 반도에 걸쳐 곳곳에서 발견되고, 그 중에는 학술적 가치가 있는 자료도 적지 않음은 누구나 아는 바다. 나도 이 고분 연구만을 위해 요동 반도에 오겠다고 벼른 지 오래되었지만, 마침내 이 땅을 밟고서도 그 냄새조차 변변히 맡아보지 못하고 지나게 되니 섭섭함을 두고두고 금치 못할 것이다.

멀리서 보는 천산도 이만하니 가까이 가면 과연 기관(奇觀)이겠다는 생각이 든다. 툭 하면 금강(金剛)을 갖다 붙이는 세상이니, 천산을 요동 금강이라 해도 좋을 법하다. 『요동지(遼東志)』의 '요양 산천' 항목에 다음과 같은 구절이 나온다.

천산은 성 남쪽 60리에 있다. 당나라가 고구려를 정벌할 때 여기서 황제가 체류했다고 전한다. 봉우리들이 아름답고 요동 왼쪽에서 홀로 높이 솟아, 시인과 문인들이 이를 읊은 것이 매우 많다. 산에는 대안사(大安寺) · 용천사(龍泉寺) · 조월사(祖越寺) · 중회사(中會寺) · 향암사(香巖寺) 등이 있다.

요동 반도 산악에는 어디에서나 당 태종이 잠시 머물렀다는 고사가 전해온다. 천산 같은 준험한 곳에도 그런 이야기가 전해지는데, 이는 마치 금강산에 마의 태자의 망군대가 있는 것만큼이나 웃어넘길 일에 불과하다. 그러나 돌이켜 생각해 보면, 당 태종이 난공불락의 강경한 적군을 만나 풍찬노숙하며 백방으로 고심하던 정황을 상징하는 것 같아 재미있기도 하다.

산의 뛰어난 경치를 전하는 글로는 명나라 가정(嘉靖; 1522~1566) 연간에 국경 수비를 위해 요동에 왔던 어사 정계충(程啓充)의 『유천산기(遊千山記)』 같은 것이 유명하다.

기이한 봉우리들이 첩첩이 솟아 있고 가파른 절벽이 아득하다. 위로는 조월사 · 용천사 · 향암사 · 중회사 · 대안사 다섯 사찰이 있다. 연화봉 · 월아봉 · 사자봉 · 미륵봉 · 정병봉 · 발우봉 · 해루봉 · 와상봉 · 헌보봉 · 발흡봉 · 삼호봉 · 수경봉 · 송태봉 · 상협봉 · 하협봉 · 필가봉 등의 봉우리가 있다. 또 태극석 · 연마석 · 앵가석 세 돌과 석불암 · 편불암 · 화암 세 바위가 유명하다. 진의강 · 송석병 · 나한동 · 석동 · 옥황각 · 만불각 · 탁영천 · 송문 · 쌍정 · 서호정 · 헐량대 · 선인대 · 선인혁기 · 석평 등의 훌륭한 승경지가 있다. 사하(沙河)가 여기서 발원했다. 국초(國初)에는 천산 위에 백록전이 있었다.

인용한 『통지(通志)』의 묘사를 보면, 산의 전체적인 모습이 금강산과 비슷함을 알 수 있다. 내가 자세히 보지도 못한 천산에 덥석 요동 금강이라는 이름을 허락한 것이 전혀 지나친 일이 아닐 듯도 하다.

천산 아래로는 산야가 서로 이웃하고 전답이 그 사이에 뒤섞여 우리네 포구 지역 풍경과 비슷한 듯하다. 고구려, 발해 이래의 이곳 연혁을 생각하면 더욱 고향에 돌아온 듯 정감이 있다.

만철 연선의 유흥지로 발전한 탕강자(湯岡子)라는 온천 지대를 지나면, 얼마 지나지 않아 해성(海城)역에 도착한다. 현은 역에서 동남쪽으로 몇 정거장 되는 곳에 있다. 해성이라는 이름은 청대 초기에 비롯되었다. 명나라부터 요나라 때까지는 해주(海州)라고 했으며, 당대 이전의 일은 자세히 알 수 없다. 요 이후에는 당나라 때의 개주(蓋州)가 개평(蓋平)으로 바뀌어 지금까지 이어진다. 당 태종의 전쟁에서 장량(張亮)이 수군으로 공격해 탈취한 비사성(卑沙城)이 바로 이 해성이라고도 한다. 또 발해의 남경 남해부(南海府)도 이 해성이라는 설이 여러 책에 실려 있다.

그러나 근래의 연구에 의하면, 비사성은 요동 반도 동쪽인 금주(金州) 동편 대묵산(大墨山: 속칭 大和尙山)이라고 한다. 또 발해 남해부는 신라에 오가는 통로로 옥저 땅에 있었다 하여 함경도 경성쯤으로 추정하는 터이니(『滿洲歷史地理』 제1권 392~415쪽 참조), 옛날의 가설은 정확한 근거가 없는 추단인 듯하다. 다만 지리적 조건으로 보아서 진작부터 유수한 도회지였을 것만은 틀림없다.

예전에 들은 바로는, 해성에 현재 거주하는 인민 중에는 조선계라고 하는 자가 많다고 한다. 또 나군의 실지 조사에 따라도, 주민 중에는 체질과 습성 면에서 선명하게 다른 두 계통이 있어 그 중 하나가 분명 우리와 가깝다고 하니, 줄잡아도 해성의 근대적 발달에는 반도로부터의 협력이 컸던 게 사실인 듯하다.

해성은 이름과 같이 본래는 바다에 임한 요지였지만, 요하 충적층이 쌓이면서 차차 내륙화되어 그 번영을 우장(牛莊)과 영구(營口) 등에 넘겨 주게 되었다. 그러나 지금도 부근 상업의 중심지가 되어 매일 열리는 양곡과 은 시장, 10일마다 열리는 우마 시장 3곳 모두 상당한 활기를 띠고 있다 한다.

하나를 가지고서
천(千)이라 함 웃지 마라.
벌로만 생긴 곳에
하도 귀한 이 산이니
만(萬)이야 억(億)이야 한들
범람(汎濫)일줄 있으랴.

64. 요택

해성이 당나라 군대의 경유지였는지는 별문제로 하고, 여기가 아직 바닷가 땅으로 남아 있을 때 산해관 방면에서 항해해 오는 자들이 이곳을 통해 육지로 올랐던 것은 분명하다. 영구항(營口港)이 지금부터 160년 전까지만 해도 해안의 얕은 바닷물 속에 잠긴 땅이었던 사실로 추측하건대, 영구에서 90해리 상류에 있는 우장(牛莊)도 얼마 전에는 아주 바다 속에 있었거나 혹은 해구(海口)였으리라고 짐작할 수 있다.

우장은 해성에서 서쪽으로 40해리, 이른바 삼차하(三汊河; 혹은 三岔河)라고 불리는 곳에 닿아 있다. 해성에서 흘러들어 가는 사하(沙河)도 있지만, 보통 이것은 빼놓고, 요하·혼하·태자하 세 물의 합류점이라고 삼차하라 부른다.

옛날에는 요하 하구가 강과 바다를 오가는 교통상 요충지였다. 명에서 역을 설치하고 청에서 성을 쌓은 이래 우장의 독립성이 뚜렷해지기는 했지만, 그 이전에는 우장이 지금의 해성, 곧 옛날의 해주와 징주(澄州)에 포함되어 일컬어졌을 것이다. 그리고 이 해성과 우장 일대가 통틀어 요하 수운(水運)의 요충지였음은 지리서에 기록된 바와 같다.

『독사방여기요(讀史方輿紀要)』[1]에는 해주위(海州衛)의 형승에 관해 이렇게 쓰고 있다. "해주위는 요양을 둘러싸고 광녕(廣寧)을 끼고 있으며, 동서의 주요도로를 연결하여, 바닷길로 나아가는 통로가 되니, 요양 왼편의 요충지이다." 또 『통지』에서 해성현 산천을 기록한 끝에 "해성 서남쪽에 있는 우장 일대는 바다에 가까워 명나라 때 산해관에서 들어오는 해운(海運)이 이곳 해안을 통해 육지에 올랐다."라 했으니, 다 실제와 부합하는 글이다.

옛날에 해성 땅이 이렇게 요양으로 들어가는 관문과도 같은 형승을 띠고 있었기에, 지나인의 군국(郡國)이 요동에 있을 때는 해성이 요동과 간내를 연결하는 중요한 지위를 부여받기도 했다. 오랜 일로 말하면, 한나라의 요동군 아래 있던 '요수(遼隧)'라는 현을 들수 있다. '隊'는 '수(遂)'라는 음으로 읽고 글자를 '수(隧)'로 쓰기도 하는데, 이 '수(隊)'나 '수(隧)'가 실상은 '수(燧)'의 별자(別字)이거나 오기(誤記)였다.

요수(遼隧)는 곧 요동 방면의 긴급한 소식을 봉수(烽燧), 곧 봉화를 통해 지나 본토에 통보하는 지점을 나타내는 명칭이었다. 여러 가지 기사를 근거로 추정해보면 한의 요수가 대개 대요수(大遼水) 하류 삼차하 부근, 곧 지금의 해성과 우장 등지임은 한 학자가 고증한 바와 같다.(『滿洲歷史地理』, 27면 참조)

이 요수가 당시 지나 본토에서 요동에 이르는 도하점(渡河點)으로, 전쟁 때나 평화 시에나 허다한 사건의 무대였다. 우선 위나라가 경초(景初: 237~239) 연간에 공손씨를 토벌하러 왔을 때 이 천연의 요새가 매우 중요한 역할을 했다. 편의상 『독사방여기요』의 글을 빌려 보면 이러하다.

---

1 청나라 고조우(顧祖禹; 1631~1692)가 20여 년에 걸쳐 저술한 역사 지리서이다. 전8권 총 5,725쪽에 달하는 방대한 분량이다.

요수성(遼隧城)은 해주위 서쪽 60리에 있다. 한나라 때는 그 현이 요동군에 속했었다. 隧는 수(隧)로 읽는다. 후한 초기에 폐지되었다가 공손탁(公孫度)이 다시 설치했다. 조위(曹魏) 경초(景初) 원년(237)에 유주자사 관구검이 공손연을 공격하러 와 요동 남부에 머무르자, 공손연이 요수에서 관구검을 역습했다. 당시 비가 10여 일이나 내려 요수(遼水)가 크게 불어났다. 관구검은 싸움이 불리해지자 군대를 이끌고 우북평(右北平)으로 돌아갔다.

다음해 사마의가 공손연을 치자, 공손연은 장수 비연(卑衍)과 양조(楊祚)로 하여금 요수에 머물며 20여 리 둘레의 참호를 파게 했다. 사마의가 짐짓 병사들을 남쪽으로 보내는 척하고 몰래 이 물을 건너게 하니, 이들이 북쪽 지름길로 나와 양평(襄平)으로 향했다.

요수현은 진(晉)나라 때 다시 폐지되었다. 『수경(水經)』 주석에 요수(遼水) 동쪽 기슭에 있다고 했던 요수현이 바로 여기다. 발해국은 이곳에 영풍현(永豊縣)을 두고, 요동을 선향현(仙鄕縣)이라 하여 요양부에 소속시켰는데, 지금은 폐지되었다.

나중에 당 태종의 이른바 동정(東征) 출병 때, 오가는 길 모두 요택(遼澤)에서 큰 고생을 했다고 역사에 전한다. 요택이란 요하 하류 양 기슭의 늪지를 일컫는다. 이곳이 평상시에도 매우 광대하지만 우기(雨期)를 만나면 수백 리에 걸쳐 망연히 그 끝을 볼 수 없었다는데, 지금도 마찬가지다. 『자치통감』 정관 19년(645) 3월 조목에 당 태종이 동쪽을 정벌하러 가던 일을 이렇게 기록하고 있다.

경오일(庚午日). 수레를 타고 요택에 이르렀다. 진흙탕물이 2백여 리에 걸쳐 있어서 사람과 말이 오갈 수 없었다. 장작대장(將作大匠) 염립덕(閻立德)에게 흙을 깔고 다리를 만들게 해서 군대가 머물지 않고 계속 행군했다. 임신일(壬申日)에 요택 동쪽을 건넜다.

또 9월 조목에는 안시성에서 돌아오던 일을 이렇게 적었다.

병술일(丙戌日). 요택의 진흙탕 때문에 수레와 말이 다닐 수 없었다. 장손무기(長孫無忌)에게 만 명을 이끌고 풀을 베어 길을 메우고 물이 깊은 곳은 수레로 교량을 만들게 했다. 황제가 손수 땔감을 말 선후걸이에 매어 일을 도왔다.

겨울 10월 병신일(丙申日) 초하루에 황제가 포구(蒲溝)에 이르렀다. 말을 세우고 길을 메우도록 독려했다. 군사들이 발착수(渤錯水)를 건너는데, 눈보라가 쳐서 군사들의 옷을 적시니 얼어 죽는 자가 많았다. 그래서 길에 불을 피우도록 명했다.

모두 요택을 지나기가 매우 곤란했음을 말한 것이다. 포구(蒲溝)와 발착수(渤錯水)는 호씨(胡氏)[2]의 주석과 같이 다 요택에 있던 지명이다. 요택지가 워낙 넓고 질펀하니 중간에 여러 개의 강물길이 생긴 것이다.

당 태종이 천하의 무리를 움직여 수만 리 여정에 온갖 난관을 무릅쓰고 친히 전쟁에 나섰다가, 마침내 이룬 공은 하나도 없는 데다 불행히 눈 하나까지 잃고 근심에 잠겨 말머리를 돌리는데, 진흙탕에 퇴로마저 끊기려 했던 당시의 정황을 볼 수 있다. 그가 해진 옷때 묻은 얼굴로 겨우 장안(長安)에 돌아가 말하기를, "만약 짐이 위나라 역사에서 교훈을 배웠다면 결코 이번 정복 길에 오르지 않았을 것이다."라고 함은 진실로 통절한 후회를 표현한 말이다. 『독사방여기요』 중 해주위 요하 조목도 참고할 만하다.

---

2 원나라 초기의 학자 호삼성(胡三省; 1230~1302)을 일컫는다. 호삼성의 『자치통감음주(資治通鑑音注)』(일명 '胡注')는 『자치통감』 기사를 보정하는 데서 나아가 다른 사료들도 풍부하게 제공하고 있어 『자치통감』 주석 중 가장 뛰어난 것으로 평가받고 있다.

(요하는) 해주위 서남쪽 55리에 있다. 요양 경계에서 흘러 들어와 남쪽 바다로 흘러간다. 삼차하(三岔河)라고도 한다. 동서를 왕래하는 요충지에 있다. 이를 또한 요택이라고도 하고 황수(黃水)라고도 한다.

동진(東晉) 함화(咸和) 8년(333)에 모용인(慕容仁)이 평곽(平郭)에서 병사를 일으켜 조성(棘城)의 모용황(慕容皝)을 습격할 때 황수에 이르러서는 일이 탄로난 것을 알고 평곽으로 돌아갔다. 호씨(胡氏)가 말하기를, "황수는 옛 험독현(險瀆縣)의 경계에 있다."라고 했으니, 요택의 이칭이다.

세상에 알려진 것처럼 해성은 1894년 12월 일청 전쟁의 전장이기도 했다. 일본 제3사단이 안동현 대동구(大東溝) 대고산(大孤山) 수암(岫巖) 방면의 여러 부대를 집결하여 엄동설한을 무릅쓰고 고전을 거듭해 이곳을 점령했다. 이후 청국군을 견제하면서 이곳을 직예 평야 진공(進攻)의 중계점으로 삼기 위해 여러 달 동안 공방에 힘을 기울였다. 또 일로 전쟁 때는 시베리아 제1군과 제4군을 지근지근 북으로 몰아내고, 드디어 만주군의 주력을 성립하던 기념지이기도 하다. 요동이 풍운에 어지러울 때마다 해성이 하나의 중요한 쐐기 노릇을 함은 그 형승에서 자연스럽게 비롯된 것이다.

동방의 무서움을
더 깨닫게 할 양이면
몇 눈을 더 주어도
많을 줄이 없을 것을
어찌해 있는 망울을
앗고 보내셨던고.

강동(江東) 갈 낯이 없어
자문사(自刎死)³로 하였나니
돌아가 백만 부로(父老)
대할 일을 생각하면
한 눈쯤 구치고 감이
덕 안된다 하리오.

_____

3 스스로 목을 베어 죽는다는 뜻이다. 시는 당 태종이 동방 경략에 실패하고 한
  눈마저 잃은 채 돌아간 일을 읊고 있다.

해성에서 작은 강 하나를 건너, 타산(他山)이니 분수(分水)니 하는, 시의 대구(對句)로 씀직한 두 개의 역을 그냥 지나치고, 30분 만에 대석교(大石橋)에 이르렀다. 훗훗한 볕이 좌우 들판을 온통 덮어서 모든 풍물이 때 아닌 춘색(春色)에 물들었다.

전쟁 북소리 울리고 돌과 화살이 여기저기 날던 일이 어저께 같은 줄을 잊고서, 하얗게 샌 변발을 소중하게 남겨 가진 늙은이가 손자 아이 하나는 껴안고 또 하나는 이끌고 노송나무 대문 앞을 오락가락한다. 그 모습 그대로 그려내 평화도(平和圖) 현상 모집에 응모함직한 자연 그대로의 의장(意匠)이다.

대석교역에 내려서 주변을 약간 둘러보았다. 시가 중앙에 흐르는 것이 그 유명한 유니하(游泥河)다. 당 태종 동정(東征) 때 타고 있던 말이 진흙탕에 빠져 크게 곤란을 겪은 곳이라 한다. 통틀어 이 부근 산천에는 당나라 동정군(東征軍)에 관한 전설이 많이 남아 있다.

우선 해성 경내로 말하여도, 서남쪽으로 10여 리쯤의 평정산(平頂山)은 당 태종이 머물던 곳이라 하여 일명 차가산(車駕山)이라고도 하고 또 당망산(唐望山)이라 이르기도 한다. 또 성 남쪽 10여 리쯤에 있는 팔리하(八里河)는 울지경덕 장군이 말을 씻기던 시냇물이라고도 한다. 그러나 앞서 간단히 언급한 것처럼, 당 태종의 동정 경로가 요양 이남까지 미쳤는지에 관해서는 학계에 여러 이론이 분분하다.

대석교에서 영구까지 지선(支線)이 나 있다. 1900년 북청 사변(北淸事變)[1]을 틈타서 러시아 극동 태수 알렉세예프가 군함을 거느리고 일격에 영구를 점령한 후, 청나라 정부에 알리지도 않은 채 대석교와 영구 사이에 철도를 부설하여 나중에 동청철도 남부선의 지선으로 삼았던 것이다. 나중에 또 대석교에서 수암(岫巖)을 경유하여 안동현에 이르는 철로도 부설하려 했지만, 일로 전쟁에 패퇴하여 계획이 수포로 돌아갔다.

17시 10분발 영구(營口)행으로 바꿔 타고 요하 하구의 충적층 위를 질주했다. 노변(老邊)이라는 역을 거쳐 30분이 못 되어서 벌써 영구에 다다랐다. 동부의 산악 지대를 등지고 가는 만큼 탁 트인 풍경이 한눈에 들어와 시작과 끝을 볼 수 없다. 더욱이 요하가 발해에 이어져 있으니 다만 장활하다라는 말밖에 찾을 수 없다.

『통문관지(通文館志)』(권3 中原路程)에 따르면, 강희제 이전의 북경행은 바로 지금 우리가 행진하는 노정을 거쳤다. 다만 해안이 지금보다 북쪽에 있었기에 우가장(牛家庄), 곧 나중의 우장(牛莊)에 역참이 있었음을 알 수 있다.

예전에는 요동에서 60리를 가면 안산(鞍山), 50리를 가면 해주위(海州衛), 40리를 가면 우가장(牛家庄), 60리를 가면 사령(沙嶺), 60리를 가면 고평역(高平驛), 40리를 가면 반산역(盤山驛), 50리를 가면 광녕(廣寧)에 도달했다. 강희제 기미년(1679)에 해상 방위를 위해 우장에 보를 설치하

---

1 중국 청나라 말기 산둥 지방 화베이 지역에서 일어난 외세 배척 운동으로 의화단(義和團) 운동이라고도 한다.

고 지금의 길로 바꾸니, 전에 비해 90리가 멀어졌다.

해안으로 나서면 간척지에 만든 논이 넓게 펼쳐지고, 우거진 벼 사이에 흰옷 입은 사람들이 굼실굼실하는 모습이 마치 해오라기 노는 것처럼 보인다. 영구는 공사(公私) 양쪽으로 우리 동포들이 경영하는 농장이 많은 곳임은 새삼 말할 필요도 없다.

역두에 총독부의 파견원, 선만척식의 역무원, 공사(公私) 농장 대표, 진(秦) 참사관을 영접하러 온 만주 관리, 최(崔) 부영사를 영접하는 일본 영사관원 등 여러 명이 벌써부터 대기하고 있다. 공사가 다망하고 특히 농사일로 바쁜 시기에 미안하기 짝이 없는 일이다. 역에서 나와 바로 다리 하나 너머에 있는 영구호텔로 들어갔다.

관민 여러분들의 사정 설명을 듣고 곧이어 호텔 전망대의 초청연에 참석한 후, 가뿐한 차림으로 영구의 가로를 산책하며 달빛을 감상했다. 시가라 해도 보통 시가지처럼 번쩍거리지 않고 행인이 드물며 소음이 없어서 조용한 촌곽을 거니는 듯하니, 도리어 여정(旅情)을 위로하기에 좋았다. 단 하나 도시색을 띠고 있는 전등까지 없었다면, 청명한 밤하늘 달을 감상하는 요동 벌판의 산책길이 더욱 시흥(詩興)을 돋아냈을 것 같다.

아무 데를 보아도 산이나 숲은 눈에 들어오지 않는, 다만 번하고 다만 맹덩한 달빛의 세계는 졸연히 시구(詩句)로 옮겨 놓기가 어려웠다. 한참 웅얼웅얼하다가 그만 여관으로 돌아오니, 벽면에 꼿꼿이 해 놓은 노란 국화가 한창 청초한 자태를 자랑하여 시정(詩情)이 흠뻑 그리로 옮겨가 버렸다. 온 가을을 만주와 몽고에서 지냈지만 가을꽃을 보지 못하다가 여기 와서 갑자기 마주친 것이다. 마침 흰 달빛이 창에 들어 국화와 기이한 만남을 맺으니, 내 몸이 마치 짝 짓기 중인 한쌍의 새 둥지에 있는 듯하여, 일어나 뒷짐 지고 방안을 방황하느라 밤이 이슥한 줄 몰랐다.

잠자리에 들어서야 영구의 지리서를 좀 뒤적거렸다. 영구는 땅 자체가 생긴 지 얼마 되지 않았으니, 묵은 역사를 찾을 것은 물론 없다. 만주의 넓은 들을 거의 다 휘둘러 나오는 요하가 이리저리 비틀거리는 통에 바닥이 퇴적토로 메워져 강물길이 변하고, 모랫벌을 만들고, 강 하류에 이르러서는 연방 삼각주를 만들어냈다. 그 하구의 항구가 우장에서 전장대(田庄臺)로 옮겨가고, 다시 지금의 영구로 옮겨 나온 것은 불과 수백 년 안쪽의 일이다. 이 영구도 지금은 이미 하구에서 26km 상류로 뒤떨어졌으니, 요하의 충적 조야(造野) 작용이 얼마나 활발한지 짐작할 수 있다.

150년쯤 전에 지면이 상승하면서 서호구(西湖溝)라는 물길이 생겼는데 밀물 때는 바다에 잠겨서 별명을 몰구(沒溝)라고 했다. 도광(道光) 연간(1821~1850)에 이곳에 진해영(鎭海營)을 두면서부터 몰구영(沒溝營)이라는 칭호가 생기고, 동서영자(東西營子)라는 이름도 얻었다. 또 요하가 바다와 만나는 지점에 있기에 영자구(營子口)라 일컫다가 간단히 영구라 한 것이 그 지명의 유래였다. 1858년 중국과 영국의 톈진(天津) 조약으로 우장을 개항장으로 정했다가 1860년에 여기로 옮겼기에, 외인 사이에서는 이곳을 그냥 우장(牛莊)이라고 속칭하는 경우도 있다.

영구의 개항은 봉쇄적인 만주 경제를 세계 경제의 일환에 참가시켜 만주 사회의 급격한 발전을 촉진한 획기적인 대사건이니, 이에 따라 영구항도 비약적 발달을 이루게 되었다. 그러나 강 하구의 물이 얕고 동절기에는 3개월 이상의 빙기(氷期)가 있어 불편을 하소연하던 중에, 다롄이 극히 편리한 신축 설비를 마치면서 다롄 중심의 운수 정책을 펼치게 되었다. 또 1차 세계대전으로 선박 화물이 부족해지고 사조(四洮) 철도 개통으로 요하 운수업이 쇠퇴하는 등 여러 영향을 받아서, 지금은 그 번성지가 다롄으로 옮겨갔다.

그뿐인가. 영구의 지금 시가지도 결코 안정적인 것이 아니다. 요하의 침식 작용이 심하여 최근에도 강변을 견고히 하기 위한 공사를 시행했다. 한편 강의 경로가 변하고 퇴적물이 쌓이고 또 발해의 토지가 융기하는 등의 이유로 하구가 자꾸 앞으로 나가고 있으니, 얼마 후에는 영구 이외에 다른 무슨 하구(河口)가 또 생성될 것은 거의 확정된 약속과 같다. 영구는 애초부터 글자 그대로 파도에 쓸리는 모래 같은 운명을 걷고 있을 뿐이다.

요하를 검칠세라
발해라도 당길랏다.
영구의 이 달빛이
넘나들 리 있으리만
치우쳐 객창한국(客窓寒菊)에
더 밝은가 하노라.

66. 까마귀 떼

14일 목요일 맑음. 아침에 창을 여니, 밖으로 보이는 나뭇가지와 전선, 인가의 지붕 위나 울타리 주변, 밭과 들판을 막론하고 거의 새까맣게 덮인 것이 다 까마귀다. 어저께 기차를 타고 오면서도 들판에 날고 앉은 것이 다 까마귀인 것에 놀라서 선배에게 물으니, 만주의 까마귀란 유명한 것이요, 그 중에도 영구 까마귀란 참으로 이 지역의 명물이라는 말을 들은 일이 있지만, 이토록 많을 줄은 몰랐었다.

조금 불려서 말하자면, 요하 강변의 모래와 영구의 까마귀 중 어느 것이 많겠느냐 할 만한 지경이다. 물론 깍깍꺽꺽 하는 소리에 귀도 무척 아프다. 그 형상은 언뜻 보아도 연조(燕鳥; 학명 C.dauricus)에 속함을 알겠다.

이 많은 까마귀들이 이 펀펀한 벌판에서 무엇을 먹고 사는 것일까. 만주의 농민은 흔히 죽은 이의 시체를 밭둑에 버리므로 그것을 파먹는다고 하는 이도 있지만, 이것만 먹고 산다면 이 많은 까마귀가 나날이 배를 채울 수 없을 것이다. 까마귀가 썩은 고기를 좋아하기는 하지만, 동시에 농작물도 즐겨 파먹으니, 만주의 수수밭이 그 무한한 곡창임은 물론이다. 인력으로 다 쫓아낼 수 없는 넓은 벌에서 까마귀 떼가 무한한 번식을 이뤄가는 것이다.

여기서 우리는 까마귀를 존중하는 구만주인들의 풍습을 떠올릴 수 있다. 예로부터 까마귀를 신성시하는 비슷한 예들도 있지만, 만주족 사이에서는 그 선조가 위난을 당했을 때 까마귀의 덕을 입어 탈출했다는 전설이 있어 이를 크게 존중한다. 또 부족이나 가족 단위로 하늘이나 신들에게 제사지낼 때 희생 제물의 내장을 막대기 위에 얹어서 까마귀에게 봉헌하는 예도 있었다.

그 선조가 누구인지와 그 밖의 세세한 부분에 대해서는 전해지는 내용이 반드시 일치하지는 않지만, 대체로 종족 번영에 은혜를 베푼 동물로 그를 끔찍하게 대접하는 것이다. 이를테면『청태조실록도(淸太祖實錄圖)』의 만주 원류(滿洲原流)조에는 다음과 같은 오래된 전설이 실려 있다.

만주는 원래 장백산 동북쪽 포고리산(布庫哩山) 아래 호수에서 일어났으니, 호수 이름은 '포륵호리(布勒瑚里)'라 한다. 옛날에 하늘에서 세 선녀가 내려와 호수에서 목욕을 했는데, 장녀는 은고륜(恩古倫), 차녀는 정고륜(正古倫), 셋째는 불고륜(佛庫侖)이었다.

목욕이 끝나고 언덕에 올라가니 신이한 까마귀가 붉은 과일을 물고와 불고륜 옷 위에 놓아두었는데, 색깔이 선명하고 고와 차마 버릴 수 없었다. 불고륜이 과일을 입에 물고 겨우 옷을 입다가 그 과일이 배 속으로 들어가 버렸다. 그 후 불고륜이 잉태를 하게 되어, 두 언니에게 알렸다. "내 배가 무거워 같이 올라갈 수 없으니 어쩌면 좋지?" 두 언니들이 말했다. "우리들은 단약(丹藥)을 먹었으니 절대로 죽을 리는 없어. 이것도 하늘의 뜻이니 몸이 가벼워지길 기다렸다가 하늘에 올라도 늦지 않을 거야." 그리고 두 언니들은 불고륜과 이별하고 가 버렸다.

그 뒤 불고륜이 남자아이를 낳았다. 아이는 태어나자마자 말을 했고 훌쩍 장성했다. 불고륜이 아이에게 말했다. "하늘이 너를 낳았으니 진실로 너에게 어지러운 나라를 평정하게 하려는 것이다." 이렇게 태어난 연유를 하나하나 상세히 설명하고, 배 한 척을 주며 물을 따라 내려가라 이르고는 홀연 사라졌다.

아이는 배를 타고 물을 따라 내려가서 사람들이 사는 곳에 도착했다. 언덕에 올라 버들가지를 꺾어 의자처럼 만들어 놓고 홀로 그 위에 앉아 있었다. 당시 장백산 동남쪽 악모회(鄂謨會)라는 땅의 악다리성(鄂多理城)에는 세 성씨가 있었는데, 저마다 우두머리가 되고자 종일토록 싸웠다. 그중 한 사람이 와서 물을 뜨다가 이 아이를 보니 행동거지가 기이하고 모습이 비상한 터라, 싸움터에 돌아와서 무리들에게 말했다. "여러분들, 싸우지 마시오. 내가 물 뜨는 곳에서 기이한 남자를 만났는데 범상한 사람이 아니었소. 하늘이 이 사람을 그저 보낸 것 같지 않소. 한번 가서 봅시다."

세 성씨 사람들이 이 말을 듣고 싸움을 멈추고 같이 가서 그 아이를 보니 과연 비상한 사람이었다. 사람들이 그를 기이하게 여겨 내력을 물으니 그가 다음과 같이 답했다. "나는 천녀(天女) 불고륜이 낳은 애신(愛新; 중국말로 金이다) 각라(覺羅; 성씨)요, 이름은 포고리옹순(布庫哩雍順)이다. 하늘이 나를 보내 너희들의 난리를 평정하게 했다." 또한 모친이 부탁한 말씀을 상세히 전하니, 무리들이 모두 놀라 말했다. "이 사람을 그저 걷게 해서는 안 된다." 그리고는 서로 손을 끼워서 가마를 만들어 그를 받들어 돌아왔다. 세 성씨 사람들이 다툼을 그치고 함께 포고리옹순을 받들어 군주로 삼고, 백리녀(百裏女)로 아내를 삼게 했다. 나라가 평정되자 이름을 만주라고 했으니, 그가 바로 만주(滿洲)의 시조가 되었다(南朝에서는 '建州'라고 잘못 표기했다).

여러 대를 거친 후 그 자손들이 포학하게 굴자 부속(部屬)들이 반란을 일으켰다. 반란군이 6월에 악다리를 공격하여 그 자손들을 모두 사살했다. 성 안에 어린아이가 하나 있었는데 이름은 번찰(樊察)이었다. 번찰이 달아나다 광야에 이르렀는데, 뒤에는 병사들이 쫓아오고 있었다. 마침 '신이한 까마귀[神鵲]' 하나가 아이 머리 위에 앉았다. 쫓아오던 병사들이 "사람 머리에 까마귀가 앉을 리 없으니 아마 오래된 말뚝인가 보다." 하고는 돌아갔다. 덕분에 번찰은 추격을 벗어나 몸을 숨길 수 있었다. 이 때문에 만주의 후세 자손들은 모두 까마귀를 신성하게 여겨 해를 가하지 않는다.

'악모회'는 우리 회령(會寧)의 옛 이름이요, '번찰'은 『세종실록』에 '범찰(凡察)'이라고 나와 있는 알타리(斡朶里) 야인의 추장으로 만청의 선조에 해당하는 자다. 지금 이 전설을 자세히 해설할 겨를은 없지만, 큰 줄거리만 보아도 만청인들이 까마귀를 존중하는 것은 그 시조가 '신작(神鵲)'으로 인하여 탄생하고, 중조(中祖)가 '신작(神鵲)' 덕분에 살아난 까닭임을 알 수 있다.

그런데 이때 '작(鵲)'은 한편으로 '오아(烏鴉)'라 하기도 하고 문헌상에는 '오(烏)'라고만 쓴 경우도 많으며, 이렇게 '까마귀'로 쓴 경우가 더 오래된 전승에 속함을 인정할 만한 이유도 있다. 또 까마귀에게 음식을 바치고 제사 지내는 만주족의 특이한 풍습이 한인(漢人)들의 주의를 끌기도 했다. 이제 그 예를 몇 가지 들어보면, 오래된 것으로는 요원지(姚元之)[1]의 『죽엽정잡록(竹葉亭雜錄)』이 있다.

도신(跳神)[2]은 만주에서 행하는 성대한 예식이다. … 주옥원 뜰 왼쪽에 신간(神杆)을 세우는데, 신간의 길이가 1길 남짓이다. 신간 위에는 얕은 주발 모양의 석두(錫斗)를 둔다. 제사 다음 날 신간에 희생 제물을 바쳐 제사 지내는데 이를 '제천(祭天)'이라 한다. … 제사 때는 남녀 모두

---

1 중국 청대 후기의 서화가. 자는 백앙(伯昂) 호는 치청(薦靑), 죽엽정생(竹葉亭生). 시문에 뛰어나 인물화, 화훼화를 잘했으며, 글씨는 예서가 특기로 단정 유려한 풍을 즐겼다.
2 중국어에서 일반적으로 굿을 지칭하는 용어다.

관을 벗고 절을 한다. 부인은 참여하지 않는다. 석두에 돼지의 위장과 폐 등을 잘라 놓아두고, 까마귀가 먹도록 한다.

우리 조상이 명나라 병사들에게 쫓겨 들판에 숨었을 때 까마귀들이 그를 덮어주었다. 추격자들이 까마귀가 모인 곳에 사람이 있을 리 없다고 생각하여 그냥 지나쳐서, 우리 조상이 위기에서 벗어날 수 있었다. 그래서 후손들은 신에게 제사 지낼 때 반드시 까마귀에게 음식을 바친다. 음식을 둘 때마다 어김없이 까마귀와 까치가 와서 이를 먹는데, 기이하게도 솔개와 매는 감히 내려오지 않는다. 석두 위의, 신간 끄트머리에 돼지 목뼈를 가로로 달아 놓는데,[3] 두 번째 제사 지낼 때가 되면 새것으로 바꾸고 불태운다.

또 가까운 것으로는 위성화(魏聲龢)[4]의 『계림구문록(鷄林舊聞錄)』이 있다.

만주인은 까마귀를 가장 좋아하고 공경한다. 청나라가 개국할 당시 나라 사람들이 반란을 일으켜 국왕 번찰(樊察)이 들판으로 달아났다. 추격자들이 쫓아오는데 까마귀들이 번찰을 덮어 주어서 어려움을 피할 수 있었다. 그런 까닭에 만주인들은 까마귀의 덕을 깊이 감사하여 대대로 까마귀를 죽이지 않도록 경계한다(『通鑑』에는 '神鵲'으로 되어 있어, 내용이 조금 다르다).

또 만주 선조가 어려움을 겪던 창업 초기 산에서 풀을 캐어 연명했다. 이때 그들이 '사람간(娑賺竿)'이라는 지팡이를 가지고 다녔는데, 풀숲을 헤치거나 동물의 공격에 방비하는 용도로 사용했다. 지팡이는 그리 길지 않고, 꼭대기에는 둥근 주발과 덮개가 있었다. 이 지팡이를 땅

---

3 '桿梢' 다음에 "之下 , 以猪之喉骨橫衛之"가 누락되어 문맥이 통하지 않으므로, 넣어서 번역하였다.

4 청말의 학자로 길림의 지지와 역사에 관한 책들을 찬술했다.

에 꽂아 두고 주발 안에 담아둔 음식을 먹었다. 식사가 끝나면 남은 음식으로 까마귀들을 불러서 먹였다. 그래서 지금도 만주인들은 집에 여전히 이 지팡이를 꽂아 놓고, 아침저녁으로 향을 피워 받들고 공양한다. 또 집안에 제사가 있으면 돼지를 잡아 조상께 제사지내고 돼지 위장과 폐는 지팡이의 주발에 두어 까마귀에게 제사 지내니, 이 또한 조상이 까마귀에게 입은 덕을 잊지 않는 것이다.

만주의 제사는 황제에게 지내는 제사와 조상에게 지내는 제사가 있다. 1년에 한 번 크게 지내거나 몇 년에 한 번 크게 지낸다. 비용도 많이 든다. 제사 하루 전날에 쌀을 찧어 인절미를 만드는데 이것을 '타고(打糕)'라고 한다. 다음날 새벽에 신께 희생을 드리는데 이를 '아마존육(阿瑪尊肉)'이라고 한다. 저물녘에 다시 희생을 드리는데 새벽 예식 때와 같다. 등불을 끄고 제사 지내는데 이것을 '피등육(避燈肉)'이라 한다.

제사 지내는 고기는 문 밖으로 내가지 못하지만 오직 피등육만은 친척과 벗들에게 나누어 줄 수 있다. 다음날에는 집안의 막대기에 희생물의 내장과 기름 덩어리를 두어 까마귀가 먹도록 한다. 또 돼지 목뼈를 막대 끝에 꽂아 놓았다가 두 번째 제사를 지낼 때 새것으로 바꾸는데, 무슨 의미인지는 알 수 없다.

『동삼성고적유문속편(東三省古蹟遺聞續編)』 심양현 궁전 군아(宮殿群鴉)조에도 다음과 같은 구절이 나온다.

요양에 난리가 났을 때 청 태조가 갈까마귀 떼 덕분에 위액을 면하니, … (중략)… 까마귀에게 음식으로 후히 보답한다. 까마귀에게 입은 은혜를 생각하여 매 해 2월과 8월 취성(吹城) 때가 되면 … (중략)… 반드시 성경(盛京) 궁전 서쪽 구석에 양식을 뿌려서 까마귀를 먹인다. 이때 까마귀들이 모여드니, 날아다니는 것, 앉은 것, 먹이를 쪼는 것, 깃털을 다듬는 것, 펄럭펄럭 날갯짓 하는 것, 날면서 깍깍 우는 것 등 무려 수만 마리가 궁전 지붕과 누각 위를 거의 가득 메웠다.

어떤 이들은 말하기를 까마귀 먹이만 관리하는 전문 인력이 있고, 먹이를 먹이는 데도 일정한 법식이 있다고 한다. 까마귀들은 먹이를 다 먹고 나면 후드득 날아가 버렸다가 때가 되면 다시 돌아온다. 청나라 광서(光緒)와 선통(宣統) 교체기쯤에는 이미 까마귀 먹이에 지난날처럼 큰 신경을 쓰지 않게 되었고, 중화민국 시기에 들어선 후로는 더욱 헤아리는 사람이 없어졌다. 어느 해인가 강성(江省) 사람 오독변(吳督辦)이 자신의 양식을 덜어 까마귀 먹이를 주었는데, 지금은 그만두었다고 한다.

이상의 구절들은 다 청조에서 까마귀에게 제사 음식을 먹이던 지극한 정성을 증명하기에 족하다. 만주의 까마귀 존숭 풍속이 실상 불함 문화계에 공통으로 나타나는 하나의 큰 유형적 사실이요, 따라서 우리 반도의 고사 설화와도 재미있는 연결 관계가 있음을 생각하니, 창밖의 까마귀 떼에게 오히려 가르침을 얻을 듯하다.

요야의 떼까마귀
어지러이 굴지마라.
외로이 돌아들어
옛집 찾는 영위선학(슈威仙鶴)
행여나 조촐한 것을
더럽힐까 하노라.

67. 요하

부두로 나가기 위해 자동차를 찾으니, 원체 두 대뿐인데 그나마 하나는 고장이 났다고 한다. 자동차 한 대만으로 여러 번 왔다 갔다 우리 일행을 나르려면 연락선 시간에 댈 수 없다기에, 어쩔 수 없이 자동차로 두 번 왔다 갔다 하고 인력거 몇 채를 빌려 겨우 궁색을 면했다. 왕년에는 번성하던 우장(牛莊)이 지금 와서는 자동차 문화에서도 다른 지역에 뒤떨어졌구나 싶어 새삼 숙연해진다.

영구의 시가는 신구 두 구역으로 나뉜다. 신시가는 일로 전쟁 후 만철이 경영하던 곳으로, 정거장, 영사관, 상공회의소, 일본인 상점 및 주택 등이 있다. 여기서 조금 떨어진 곳에 청나라 동치(同治)[1] 이래로 발달해온 구시가가 있다. 지나의 관서와 민가뿐 아니라, 내외 은행 등 상공업의 중심은 대체로 구시가에 모여 있다. 영구는 신구 두 부분을 합하여 남북 약 5리, 동서 거의 20리인 가늘고 긴 모양의 강변 도회다. 인구 약 13만, 그 안에 지나인 12만여, 일본인 5천, 시내에만 조선인 약 5백이 있다고 한다.

영구의 항구 지역은 다시 두 구역으로 나뉜다. 하나는 기선의 정

---

1 청나라 목종(穆宗)의 연호(1861~1874)이다.

박 구역, 또 하나는 지나 민간 선박의 정박 구역이다. 전자는 상류인 동부, 후자는 하류인 서부에 해당하고, 그에 따라 부두와 해관이 다 따로 있다.

항구의 수심은 낙조 때에도 평균 40척이나 되며, 가장 깊은 부분은 75척에 달하고, 썰물과 밀물 때의 높낮이 차이는 16척을 헤아린다. 수심으로 치면 어떤 큰 배라도 정박할 수 있지만, 하구에 빗장처럼 가로지른 모랫벌이 있어서 항만으로서의 가치가 크게 줄어들었다. 모랫벌은 길이 약 15리 사이에 걸쳐 있어서, 낙조 때는 10척이상의 선박을 통행시키지 못하고, 만조 때도 18척의 선박 통행이 자못 곤란하다고 한다.

또 항내는 매년 12월 하순부터 다음해 3월 하순까지 결빙되어 선박의 출입이 아예 불가능하다. 결빙과 해빙은 매해 한난(寒暖)을 따라서 빨라지기도 하고 늦어지기도 하지만 대개 약 100일 내외는 배가 운항되지 못한다. 이 모랫벌과 결빙기의 항구 봉쇄는 영구의 번창을 저해하는 양대 원인이라고 한다.

연락선은 7시 20분에 서해관 부두에서 강 건너를 향해 떠나는데, 배도 꽤 크고 선객도 퍽 많았다. 요하의 삼차하(三汊河) 아래로는 거류하(巨流河)라는 일명이 따로 있을 만큼 강이 넓고 커서 마치 바다의 만(灣)과 같은 느낌이 든다(강폭 600m 내지 1000m). 물은 붉고 탁하여 수천 리 만주 평야의 흙을 씻어 내려오는 본색을 뚜렷이 나타냈다. 물의 탁함이 가장 심할 때는 진흙의 함유도가 2%나 되며, 하구까지 15리를 지나서 바다로 나간 후에도 30리가량이나 진흙물로 이뤄진 띠가 남아 있다고 한다.

배가 강 한가운데로 나서자 기다랗게만 생긴 영구항의 모습이 한눈에 펼쳐진다. 시가 가운데 나무숲처럼 늘어선 큰 연통은 대두(大豆) 수출항인 영구에서 왕년에 콩기름 제조가 성했음을 보여준다. 지금은 대개 폐업하고 그 많은 연통 중에 연기를 토하는 것은 겨우 하나뿐이다. 항구에는 해경함 수척이 닻을 내리고 있다. 산둥과 요둥 방면 해적 소탕 임무를 띤 이 해경함들은 일본 해군 대좌가 총감독 하고 있다 한다. 항구 안쪽으로는 공무국 소관의 대형 준설선이 펄떡 들어앉아서, 요하 수운은 내가 보장한다는 식의 잘난 체를 하는 듯하다.

영구의 강 건너편은 요하가 움푹 들어간 형세를 따라서 긴 숟가락 모양의 반도가 이쪽을 향해 돌출해 있다. 이 반도를 하북(河北)이라 하는데, 하북에서부터 전장대(田庄臺) · 반산(盤山)을 거쳐 요서의 구방자(溝帮子)까지 북녕(北寧; 곧 京奉) 철로의 지선이 통해 있다. 이 지선은 장쭤린 정권 시대에 산둥 허베이에서 영구를 경유하여 만주로 진출하는 유민을 만철선에서부터 북녕선으로 탈취하려는, 이권 회수의 의도를 띠고 만들어진 것이다. 당시에 공사에 착수했던 부두가 지금 하북 반도 한편에 그냥 남아 있어서 사람들이 '쉐량 잔교(學良栈橋)'라고 일컫는다.

아침은 아직 이르지만, 강에는 희고 붉은 돛을 단 배들이 경성드뭇 뒤뚱거리고 있다. 뱃머리와 뱃고물이 다 뾰족하고 지붕이 없으며 형체가 적고 이동이 좀 경쾌한 것은 우선(牛船; 또는 牛子)이라고 한다. 우선보다 더 크고 뱃머리와 뱃고물이 다 둥근 형태요, 배가 부르고 선실이 설치되어 있는 것은 조선(槽船; 또는 槽子)라고 한다. 우선은 30석에서 90석, 조선은 50석에서 150석의 적재량을 지녀서, 만주 오지를 상대로 한 화물 운수 임무를 담당하고 있다.

요하의 조수는 상류로 150km 지점까지 거슬러 올라가는데, 선박 운수로 영구에서 정가둔까지 가는 데 길게는 22일에서 짧게는 14일, 철령까지 가는 데 길게는 15일에서 짧게는 9일이 소요된다. 요하 연안에는 50개 가까운 하항(河港), 곧 포구가 있는데, 그 중에서도 삼강구(三江口) · 통강구(通江口) · 마봉구(馬蜂溝) · 문가만(門家灣) · 거류하(巨流河) 등이 두드러진다.

요하

요동 평원의 젖줄이다. 러일전쟁 당시 요하를 왕래하는 배가 1만 수천 척
에 이르렀을 만큼 발전하고 있었다.

하운(河運)의 최전성기이던 일로전쟁 전쯤에는 왕래하는 민선이
1만 수천 척에 달하였다고 한다. 철령이 지금은 만철 철도역도 되
었지만, 전에는 마봉구란 이름으로 요하 연안에 있는 가장 중요한
항구로서 법고문(法庫門) 방면을 연계하는 교통 중심지였다. 마봉구
부근의 요하도 강 넓이가 180m에 달하고, 수심은 평균 2m쯤 된다.
영구에서 530km인 지점에서도 이만한 하천 기능을 가지고 있는
것이다.

요하의 수운(水運)은 요동 개발에 중대한 관계가 있지만, 만철선
이며 평제선(平齊線), 대정선(大鄭線) 등 철로 부설, 영구의 무역 부진
등의 이유도 있고, 풍향의 순역(順逆)에 따라 교통에 더 많은 시일
이 소요되기도 하며, 강 연안에 논농사가 발달하면서 수량이 점차
감소하는 등의 이유로 인하여, 근래 들어 계속하여 쇠퇴하고 있는
중이다. 그러나 수운 특유의 편리함과 저렴한 운임 때문에 수운이
완전히 없어질 것은 아니므로, 위에 든 여러 장애를 극복하려는 기
획이 차차 생겨나고 있음은 주의할 일이다.

이를테면 만주국의 내정이 정리됨에 따라 교통부의 지방 수운
행정 기관인 영구 항정국(營口航政局)이 1936년부터 상하이 모터 회
사의 쇄빙선을 빌려다가 쇄빙 작업을 실시하여, 자연적 해빙기일

송막 연아록

보다 약 23일여나 해빙기일을 빠르게 한 것을 들 수 있다. 또 토목 기술을 활용하여 상류 방면에 운하 개발을 계획 중이라고 하니 요하 수운에 어느 정도 새로운 활기를 기대할 만하다. 이렇게 되면 만주의 동맥으로서 요하의 지위는 언제나 한결같을 수 있을 것이다.

대만주 넓은 바닥
웃고 웃은 모든 자취
샅샅이 씻어다가
미려혈(尾閭穴)로 뽑는 요하
한몸이 흙탕에 듦을
돌아본다 하리오.

68. 구려하

강을 따라 움직이는 유구함을 본다. 만주의 유구함이 요하 위에 움직이고 있다. 가만히 물을 헤치고 나가는 연락선은 문득 만주의 시간을 가로타며, 문득 만주의 공간을 세로로 쪼개면서, 한 겹 한 사래씩 만주의 묵은 책장을 뒤척거려 내려고 한다.

요하야, 만주 4천 년의 흐름아. 내 이제 너를 대하여 다만 철학자인 체하며 '서자여사(逝者如斯)[1]'라는 한 마디를 던져 주고 만다면, 나보다도 네가 더 섭섭해 하고 원망하리라. 그러나 노를 치며 맹세하려 한들 조 장군(祖將軍)[2]의 기개를 따를 수 없으며, 뱃전을 두드리며 노래를 부르려 해도 소 학사(蘇學士)[3]의 풍류를 가지지 못하였으니, 요하, 요하여!. 내 장차 무엇으로써 정을 삼을꼬!

---

1 『논어』 자한(子罕)편에서 공자가 냇물을 가리켜 한 말로 "가는 것이 이와 같구나. 밤낮으로 쉬지 않는다."라는 뜻이다.
2 진(晉) 나라 장군 조적(祖逖)을 가리킨다. 저적(狙逖)이라고도 쓴다. 오랑캐를 토벌하기 위해 장강을 건너다가 노를 치며 "중원을 깨끗이 하지 못한다면 이 큰 강물처럼 다시 돌아오지 않으리라."라고 맹세했다. 마침내 석륵(石勒)을 격파하고 황하 이남의 땅을 회복했다.
3 소식(蘇軾)의 「전적벽부(前赤壁賦)」에서 뱃전을 두드리며 노래했다는 다음의 구절을 가리킨다. "술을 마시고 흥취가 도도해, 뱃전을 두드리며 노래하니"

돌이켜서 요하의 지지(地志)에 관한 사실을 들추어 보자. 요하는 장백산맥과 대흥안령 사이의 분지에 발달하여 남쪽으로 향하는 유일한 강물이니, 그 원류가 동서 양쪽에서 시작되어 옴은 자연스러운 일이다.

동쪽 원류는 장백산의 서북 지맥인 길림 합달 산맥 중의 살합량산(薩哈亮山) 서쪽 기슭에서 시작한다. 서쪽으로 대포탑(大疱瘩: 西安)으로 향하여 협류를 이루고, 이리로부터 혹 북쪽을 향하고 혹 서쪽을 향하여 굴곡이 많다가, 살합량산의 지맥을 에둘러서 강폭이 자라난다. 다시 혁이소(赫爾蘇)·이통(伊通)·회덕(懷德)·이수(梨樹)·쌍산(雙山) 등지를 서북과 서남으로 흘러가서, 요원(遼源), 곧 정가둔 밑에서 동쪽에서 흘러온 서류(西流)와 회합하니, 이것이 이른바 동요하(東遼河: 길이 약 4,500지리)다.

서쪽의 가장 먼 원류는 시라무렌(몽고어로 황하를 뜻함. 지나 본부의 황하와 구별하기 위해 '潢河' '湟河' 등의 글자를 쓴다)이라고 한다. 흥안령의 혁이하이홍(赫爾賀爾洪)에서 발원하여 동북으로 향해 흥안서성(興安西省)·열하성(熱河省)의 경계선 위로 흘러간다. 지나가는 동안 노합하(老哈河) 이하 허다한 지류와 합하고 정가둔 부근에서 남으로 꺾여 삼강구(三江口) 부근에서 동요하와 합하니, 이것을 서요하(길이 약 2,000지리)라고 한다.

동서 요하가 회합하여 대요하를 이룬다. 창도(昌圖)·강평(康平)·개원(開原)·법고(法庫) 등 여러 현을 구획하면서 일직선으로 남하하여 유조 변장(柳條邊牆)으로 들어온다. 철령 부근에서 청하(清河)·시하(柴河: 별명 鐵嶺河)·범하(范河) 등을 왼편으로 받아들이고, 서남으로 꺾여서 신민(新民)에 이르러 양정목(楊檉木) 등 여러 하천을 받아들인다. 여기서 봉천을 멀리 동으로 보면서 강 길을 부쩍 남으로 틀어서 내려가다가 해성현(海城縣) 아래에서 혼하·태자하와 합하여, 이른바 삼차하(三汊河)를 이루었다.

다시 영구현 내에서 크게 구부려져 드디어 남방의 요동만으로 흘러들어가니, 전체 길이가 근원까지 2,800지리라고 한다. 배가 다닐 수 있는 곳까지만 해도 본류에서는 영구와 정가둔 사이가 1,438지리요, 지류에서는 태자하에서 한가거자(韓家居子)·삼차하 사이가 400지리, 혼하에서 장탄(長灘)·삼자하(三子河) 사이가 410지리(합계 2,230지리)다. 그렇기에 요하는 만몽, 특히 남만주 교통의 중심축이 되니 지나 중부의 양자강에 비견할 만한 중요한 수로다(약 7지리가 4km에 해당한다).

다시 돌이켜 요하의 역사를 생각하려 하나, 요하의 역사는 그대로 만·몽·한 3민족의 만주 쟁탈 역사이기에, 너무도 거창하여 덥석 손을 댈 수 없다. 다만 예로부터 요하 본류 및 지류 이름이 바뀌어 온 연혁이나마 이 기회에 약간 고찰해 볼까 한다.

요(遼)라는 이름은 전국 시대에 처음 드러난 듯하니, 연(燕)·진(秦) 이래로 군(郡) 이름 중에 요동(遼東)이 있음이 그 증거다. 요수에 관한 지나인의 지식이 남쪽에서 시작하여 차차 북쪽을 향해 갔음을 짐작할 수 있는데, 그 상류 지방의 일은 매우 후세에까지 그네에게 알려지지 않았다. 『수경(水經)』의 다음과 같은 구절과 그 주석은 『수경』 당시뿐 아니라 훨씬 후세에 이르기까지 지나인의 요수에 대한 인식에 한계가 있었음을 보여준다.

대요수(大遼水)는 변방 너머 위백평산(衛白平山)에서 발원하여 동남쪽으로 흘러 변방으로 들어간 후, 요동군 양평현(襄平縣) 서쪽을 지나고, 다시 동남으로 방현(房縣) 서쪽을 지난다. 현도 고구려현에는 요산(遼山)이 있으니 여기서 소요수(小遼水)가 나와 서남쪽 요대현(遼隊縣) 이르러 대요수로 흘러 들어간다.[4]

4 북위 사람 역도원(酈道元; 466~527)이 지은 인문 지리서. 인용은 『수경』의

요수의 동쪽 근원에 대해서는 『대명일통지(大明一統志)』에도 언급하지 않았고, 또 서쪽 근원에 대해서도 청의 『고금도서집성』「산천전」요하부 휘고(遼河部彙考)에서조차 "그 근원은 두 개가 있으니, 하나는 변방 너머 서북쪽에서 유래한 것이나 너무 멀어서 자세히 고찰할 수 없다."며 상세한 내용을 기재하지 못했다.

　　지나인이 요하투(遼河套)로 진출하면서 요하로 흘러드는 또 하나의 긴 지류가 있음을 발견하고, 이 또한 요수로 쳐서 본류를 대요수, 방류를 소요수라 부르는 별칭이 진작부터 생겨났다. 위에 인용한 『수경』의 문구가 이미 그 예를 보여준다. 이는 대개 『한서(漢書)』「지리지」의 '현도군취구려현(玄菟郡取句驪縣)'조의 주석에 "요산은 요수가 발원하는 곳이니, 서남쪽으로 흘러 요수(遼隊)에 이르러 대요수로 흘러든다."라는 구절과 연원을 같이 하는 것일 터이다.

　　『한서』「지리지」의 문구를 놓고 생각해 보면, 요산과 요수에는 명칭상 연결 관계가 있기도 하고, 또 요수라 하면 이 소요수가 도리어 본래의 것이요, 대요수에는 '대(大)'라는 구별을 표시하는 만큼 도리어 제2차적인 것인 듯도 하다. 대체로 지나 고대의 요동 방면 교섭은 소요수 곧 혼하 방면에 더 많이 치우쳐 있었고, 요하의 상류 방면과는 교섭 및 지식이 다 결핍되어 있었으니까, 소요수가 요수의 정통이었다 해도 그리 괴이할 것은 없다.

　　요하에는 그 전체나 부분을 일컫는 가지가지의 이명(異名)이 있고, 그중에는 재미있는 역사적 연상을 자아내는 것도 많이 있다. 전체에 대한 이명으로는 『만주원류고』(권 15, 「산천」요하조)에 제목을 "요하는 또한 구려하(句驪河)·거류하(巨流河)라고도 부른다."라 한 것을 주목해야 한다. 또한 "요하는 개원현(開原縣)에서 시작해 변방 너머로 흘러가 철령을 지나 쌍협구(雙峽口)로 들어가며… 개성(開城)

'대요수' 및 '소요수' 편에서 몇 구절씩 발췌한 것이다.

에 이르러 거류하가 되니 또한 구려하라고도 하며 또 구류하(拘柳河)가 되기도 한다."라고 한 것을 주의하여야 한다.

'거류하'는 봉천 서쪽인 신민(新民) 부근의 요하 명칭으로서, 과거 연행 사절단의 경로에 닿아 있어 우리에게는 익숙한 이름이다. 그러나 『만주원류고』에서는 '거류하'가 그대로 요하 전체의 별칭이라 한 것이다. '거류', '구류' 내지 우리 연행문에서 종종 보이는 '주류(周流)' 등이 다 똑같은 말의 여러 형태. 그 중에서도 구려하라 한 것은 요수가 고구려 국경을 이루던 큰 강이었던 사실에 비추어 볼 때 특히 우리의 흥미를 끄는 동시에, 또한 『한서』「지리지」 고구려현조의 요산, 요수 기사를 떠올리게도 한다.

요하의 동쪽 근원인 동요수는 일명 혁이소하(赫爾蘇河, 또 黑兒蘇河) 혹은 외요하(外遼河)라 일컬으니, 혁이소는 그 상류 지방의 이름과 같다. 일설에는 혁이소하를 『한서』「지리지」 고구려현조에서 "또 남소수(南蘇水)가 있는데 서북쪽 변방 너머로 흘러간다."라 한 남소수라고 보는 일도 있다(『중국고금지명대사전』, 1,129면). 그러나 혁이소가 당시에 부여의 영토였고, 또 한나라 때 사람들의 이 방면에 관한 지식 수준이 그 정도까지 허용하지 않았으리라는 이유 등으로 근래의 학자들은 이 설을 부정하고 있다.(『만주역사지리』 제1권, 348면)

서요하의 주류인 시라무렌 강은 『후한서(後漢書)』에 요락수(饒樂水), 『위지(魏志)』에 작락수(作樂水), 『위서(魏書)』에 여락양수(如樂瓖水)·낙고수(洛孤水)·약수(弱水), 『북사(北史)』에 낙양수(洛瓖水), 『십육국춘추(十六國春秋)』에 요낙수요수(澆洛水澆水), 『통전(通典)』에 여락환수(如洛環水), 『오대사(五代史)』와 『거란국지(契丹國志)』에 뇨라개몰리(裊羅箇沒里) 등으로 나온다.

이 여러 이름을 들으면 누구나 생각할 수 있듯, 요하 유역은 예전부터 선비 민족의 본거지였다. 후에 거란이 여기서 흥기하여, 도읍지를 시라무렌 강변(지금 興安西省 巴林 동북쪽의 Boro-Hotun)에 정하고 임왕(臨潢)이라 일컬으니, '왕(潢)'은 시라무렌의 번역어다. 거란이 국호를 '요(遼)'라고 한 것은 진실로 요라는 이름을 역사상 중요하게 만드는 데 큰 기여를 했다.

노합하는 『수서』에 탁흘신수(託紇臣水), 『당서』에 토호진수(吐護眞水), 『요금사(遼金史)』에 토하(土河), 송대(宋代)에 도외사몰리(陶隈思沒里)로 나온다. 『대청일통지』에서는 『수경』 주석에 나오는 백랑수(白狼水) 역시 노합하일 것이라고 추측하고 있다. 그러나 『한서』 「지리지」와 『수경』 등의 백랑수에 대한 근래인의 새 학설은 반드시 옛날과 합치하지는 않는다. 그 중 요하에 관계되는 것을 말하자면, 『문헌통고』(권 20) 「고려전」 정관(貞觀) 21년 기사에 나오는 백랑수가 지금 신민 부근에서 요하로 흘러드는 양정목하(楊檉木河)이리라 한 것이 있다(『만주역사지리』 제 1권, 149면).

그것은 어찌되었든지, 백랑수라는 이름은 변방 너머의 풍물을 묘사하는 기록 중에 흔히 사용되곤 했다. 심전기(沈佺期)[5]의 시에 "백랑하 북쪽 책 읽는 소리 끊기고, 단봉성(丹鳳城) 남쪽 가을밤은 길구나."라는 구절이나, 이교(李嶠)[6]의 글에서 "요동 호걸은 백랑하에 넘치고, 계북(薊北) 웅걸은 용색(龍塞)보다 기상 높네."라고 한 데서 보이는 것과 같다. 설사 백랑수가 노합하가 아니라 해도 백랑수와 요하의 관계는 별개의 흥미를 자아내는 점이 있다.

---

5 당나라 초기의 궁정 시인으로, 초당 4걸(初唐四傑)의 뒤를 이어 율시(律詩)의 운율을 완성시킨 공적이 크다.
6 이교(645~714)는 당나라의 시인으로, 자는 거산(巨山)이다. 두심언(杜審言)·소미도(蘇味道)·최융(崔融)과 함께 문장사우(文章四友)로 일컬어졌다.

밤낮에 흘러가니
옛 물이야 있으련만
시방껏 구려하란
이름 아니 반가운가
욕살(褥薩)네 누선위풍(樓船威風)을
생각하고 가리라.

(욕살은 고구려어로 大城都督이란 뜻)

69. 요하 평원

　　요하는 평원에 흐르는 강이라 사람들을 향해 격렬한 여울물의 흐름을 하소연하지는 않지만, 대신 시인의 입을 빌어서 유위무상(有爲無常)의 자취를 말한 것이 결코 적지 않다. 우리 고려 시인들이 쓴 것만을 뒤적거려 보아도 여러 편이 있다.

요하를 건너다

이숭인(李崇仁)

요양성 안에 가을바람 불고

요양성 아래 누런 먼지 날리네.

요하 건너 출정한 남편 장군네 섬기느라

그리는 고향 못온 지 어언 몇 년인가.

빈 규방 님 생각에 눈썹 찌푸린 부인네

등불 돋우고 찰각찰각 찬 베틀만 울리네.

비단에 수놓은 글[1] 누구 편에 보내랴

---

1 전진(前秦) 시대에 두도(竇滔)가 양양(襄陽)에 부임할 때 애첩을 데려가고 그 처 소 씨(蘇氏)와는 소식을 끊었다. 소 씨가 서러워 비단에 회문시(回文詩) 2백여 수를 짜 넣어 두도에게 부치니, 이에 감동한 두도가 수레를 갖추어

파랑새^2 오지 않으니 어찌하리오.

요하 뱃길로 곡식을 나르다

정몽주(鄭夢周)

해마다 요수 뱃길로
동오(東吳)^{3}에서 곡식을 옮기니
만 리가 봉화로 연락되고
천 척 배 꼬리를 잇대네.
군주는 먼 땅 경략 근심 하나
군사들은 배부르면 즐거울 뿐
어찌하면 변방 농사 늘려서
필요한 물량을 채울 것인가.

이상의 시들은 감정적인 면이나 사실적인 면에서 동방 경략의 어려움을 요하에 얹어 괴롭게 읊은 것이다. 우리 선조의 요하 문학을 여기서 일일이 들어 말할 수는 없지만, 근대의 시집에서는 최대립(崔大立)^{4}의 시 한 편이 언뜻 생각난다.

요하

영원성(寧遠城) 높은 계략 원대하니

소 씨를 맞았다고 한다.
2 선녀 서왕모(西王母)의 사자(使者)인 청색의 신조(神鳥)를 말하는데, 여기서
는 남편의 소식을 전하는 사람을 뜻한다.
3 삼국 시대 손권의 오나라가 있던 지역. 중국의 강남으로 일컬어지는 양쯔 강
일대 유역을 가리킨다.
4 중인 출신의 문인으로 1668년 최기남 · 남웅침 · 정예남 · 김효일 · 정남수와
함께 『육가잡영(六家雜詠)』이라는 공동 시집을 간행하여 중인 계층의 위항
(委巷) 문학을 이끌었다.

반산(盤山) 길을 굶으며 달렸지.

피리소리가 요하의 달 떨구니

눈물에 명왕(名王)의 비단 옷 젖네.

이것은 1618년 정월에 건주 추장 누르하치가 이른바 7대한(大恨)[5]으로 하늘에 맹세하고 명을 정복하기 위해 군사를 일으킨 일을 말한 것이다. 누르하치가 일거에 무순소(撫順所)를 취하고, 다시 아골관(鴉鶻關)을 공략하여 그 기세가 심상치 않으니, 명이 토벌대를 거느리고 조선의 지원군까지 얻어, 다음해인 1619년 3월에 사르후 산에서 전투를 벌였다가 또 패퇴했다. 요동의 근심거리가 드디어 천하의 우환이 된 것이다.

명은 변방 사무에 경험이 있는 웅정필(熊廷弼)을 기용해 요동 방위를 전담하도록 했으나, 동림(東林) 당쟁의 여파로 정필이 임무에 착수하기도 전에 물러나게 되어, 요동 사태의 위기는 더욱 알배어 갔다. 1621년 3월에 요양성이 청에게 함락되니, 명의 조야가 새삼 놀라 웅정필을 급히 재기용했다.

그러나 인화(人和)를 결한 까닭에 웅정필은 정군산(定軍山)[6]으로 여겼던 광영(廣寧) 방어에 실패하고 재판 후 공개 처형을 당했다.

---

5 후금의 누르하치가 명나라에 대한 전쟁을 일으킬 때 명분으로 내건 일곱 가지 한(恨). 1) 명나라에서 조부 기오창가와 타크시를 아무 이유 없이 죽인 것. 2) 명나라가 건주부는 차별하고 예허부와 하다부의 편의만 보아준 것. 3) 명나라가 누르하치와 맺은 영토 협상을 파기하고 여진을 침공하여 인민을 살해한 것. 4) 명나라가 예허부에 원병을 보내 건주 여진을 막으려고 한 것. 5) 예허부가 같은 여진인으로서 명나라와 내통하여 그 앞잡이가 되었으며 누르하치의 약혼녀를 강제로 몽골인과 혼인시킨 것. 6) 명나라가 누르하치의 영토인 차이허, 산차와 푸안을 강탈한 것. 7) 명의 요동 총독인 소백지(蕭伯芝)가 권한을 남용하여 건주 여진을 비롯한 여진 백성들을 마구 괴롭힌 것.

6 중국 산시성에 있는 산이다. 삼국 시대 때 촉나라가 위나라와 전쟁을 벌여 승리한 곳으로 산기슭에 제갈량의 무덤이 자리 잡고 있다.

이후 명장 원숭환(袁崇煥)이 영원성에 자리를 잡고 산해관을 지켜내 청의 날카로운 칼끝이 비로소 꺾였다. 또 홍이포(紅夷砲)[7]의 탄환에 그 그악하던 누르하치가 운명을 달리하기에 이르니, 최대립의 시는 요하에서 바로 이 일을 떠올린 것이다.

그러나 형세 몇 번이나 엎치락뒤치락 하여, 홍승주(洪承疇)가 송산(松山)에서 적군에 사로잡히고, 조대수(祖大壽)가 금주(錦州)에서 항복하고, 드디어 청군 10만이 당당히 관내(關內)로 진입하여 주씨(朱氏) 황조 3백 년의 기업이 후금인(後金人)에게 넘어가지 않을 수 없게 되었다. 그러니 이제 와서야 영원성의 승리에 대한 시인의 자랑도 도리어 요하의 신 하백(河泊)에게 연민의 웃음이나 자아내지 않으면 다행일까 한다. 그보다는 최명길(崔鳴吉)[8]의 다음 시가 솔직하면서도 감개가 깊어서 요하의 배 위에서 한번 읊어 보고 싶은 명작이다.

요양가

요양 기름진 들판 천리에 뻗으니
그 옛날 번화함을 어디에 비하리.
북쪽의 말갈족과 동쪽의 조선
여자도 말 타고 아이도 활 쏘았네.
공손씨(公孫氏)가 이곳 성에 웅거하고

---

7 1604년 명나라 군대가 네덜란드와 전쟁을 치를 때 중국인들은 네덜란드인을 '홍모이(紅毛夷; 붉은 머리를 한 오랑캐)', 네덜란드인들이 사용하던 대포를 '홍이포(紅夷砲)'라 불렀다. 당시 중국인들은 이 대포의 파괴력에 크게 압도되어 1618년 홍이포를 수입하였고 1621년에는 복제품을 만들어 낼 수 있는 단계에 이르렀다.

8 최명길(1586~1647)은 인조반정에 참여했으며, 병자호란 당시 주화파로서 명·청과의 실리 외교에 힘썼다. 청에 항복하고도 명과 내통한 사실이 알려져 청나라에 인질로 잡혀 갔다.

유안(幼安)[9]도 여기 피해 객 노릇했지.

그 이래 태평한 3백 년이 흐르니

이가(李家) 부자(父子)[10] 기세가 등등했네.

소금과 철 만들어 땅과 바다 통하니

권문(權門)에는 대낮에도 재화가 들어오네.

태평성가 가득하나 군마는 게을러져

인간사 하루아침에 변함을 모르더라.

새 성 담장은 아득히 높은데

옛 성은 무너지고 풀들만 자라네.

전장에 백골이 산처럼 쌓이고

초췌한 유랑민 뿔뿔이 흩어져

흥폐의 반복은 예부터 그러하나

모두 사람 일이니 어찌 하늘 탓이랴.

그대는 보지 못했나.

바다 위 한 조각 화표주(華表柱)를

황학이 날아오니 네 주인이로다.

　　요하 유역의 평원은 봉천성의 1/5을 점할 정도로 면적이 매우 광대하다. 그러나 무엇보다도 황토층 위에 흑토와 점토가 덮여서 토질이 비옥하니 강가 모래밭에도 잡초가 무성하여 농경지나 목장 어느 쪽으로나 경제적 가치가 높다. 이 때문에 옛날부터 만주와 몽고 북쪽에서 강대한 민단(民團)이 결성되면 반드시 그 칼과 화살이 이곳 남쪽으로 향하여 드디어 요야 일부를 점거하여, 이곳이 오래도록 분쟁 구역이 되었다.

---

9 유안(162~245)은 후한 사람으로 요동의 공손탁 밑에서 30여 년 동안 은둔 생활을 했다. 조조 · 문제 · 명제 등이 초청했으나 모두 거절했다.

10 당 태조인 이연과 당 태종인 이세민을 지칭한다.

변종운(卞鍾運)[11]의 다음 시는 그 중첩한 파란을 일필(一筆)로 짧게 지어낸 것이다.

요동 벌판

너른 벌판은 바둑판 같고,

외딴 마을들 바둑돌처럼 흩어져

천고에 수많은 엎치락 뒤치락

다만 한 수의 기(奇)를 겨룰 뿐.[12]

요하는 이른바 동부 산지와 요서 산지의 중간으로 흘러 내려가기에 이 두 지역을 천연 지리상 각기 다른 한 구역으로 구성하고 있다. 그러나 넓디넓은 평야에 강 하나가 흘러간다고 강 이편과 저편에 칼로 잘라낸 듯 분별이 있을 리 없다.

그리하여 필요할 때는 요동·요서라는 명칭이 따로따로 사용되기도 하지만, 일면에서는 '요야(遼野)'라는 포괄적 명사로 그 구별을 뒤섞어 버리기도 한다. 또 어떤 경우에는 요동이라는 말에 요서 땅을 포섭하여 쓰기도 한다. 후한(後漢)에서 요동군의 서부와 요서군의 동부에 걸쳐 있는, 내부(內附) 오환인(烏丸人)을 다스리기 위해 설치한 기관을 요동속국(遼東屬國)이라 한 것이 그 적절한 사례다 (『대청일통지』 권 42 참조).

『요동지』(권 1) 군명(郡名) 요양(遼陽)조에 "요동은 진나라 때 이름이고, 『요서(遼書)』에는 요원(遼遠)이라고 하였다. 구주(九州) 동쪽으

---

11 변종운(1790~1866)은 중인 출신으로 순조 때 역과에 급제했다. 시문에 능했으며, 저서로는 사후에 간행된 『소재집(嘯齋集)』이 있다.

12 바둑에서 '기(奇)'는 정해진 수순에 따르는 정석과는 달리 상대의 허를 찌르는 기습을 뜻한다. 바둑은 정석으로 시작하여 '기'로 끝난다는 말이 있듯이 기는 승패의 최종적 결정에 중요한 역할을 한다.

로 멀리 떨어져 있기에 그렇게 부른 것이다. 또 요동은 요서(遼西)를 겸하여 말하기도 하는데, 요동과 요서의 구분은 요하의 동서를 경계로 삼는 것이다"라 한 것이 있다.

또 우리『용비어천가』(권 1) 제9장의 주석도『요동지』의 뜻을 따라 "요(遼)는 황량하고 멀다. 요동 땅은 멀리 구주 동쪽에 있는 까닭에 요동이라 한 것이다. 무릇 요동과 요서의 구분은 요하를 경계로 삼는다. 요동이 요서를 겸하여 말할 때도 있다. 요동 지방은 수천 리에 달하여 동쪽으로는 압록강에 이르고 서쪽으로는 산해위(山海衛)에 접하며, 남쪽으로는 명발(溟渤)을 지나 청기(靑冀)에 닿으며, 북쪽으로는 요수를 넘어 사막까지 걸쳐 있다."라 했다.

모두 요동이 요동과 요서의 합칭으로 쓰인 사실을 보여준다. 무릇 전국 시대 이후에 만주가 처음 지나인에게 알려졌을 때 처음 요동이라는 이름을 썼던 까닭에, 후대까지도 요동이 지나에 관계있는 만주 땅이라는 뜻쯤으로 계속 사용되어 온 것이다.

장백산 혁이소와
안흥령의 서라목륜
제대로 맑게 흘러
못쓸 일이 없으련만
구태여 요하로 모여
흐려지려 하도다.

70. 영구 농촌

널따란 요하를 비스듬히 배질하여 영구항의 풍모를 여러 각도로 보여주기 30분만에 연락선이 하북(河北) 부두에 닿았다. 뭍에 오른 일보가 곧 요서에의 첫걸음이다. 깨끗하고 아름다운 해관(海關)의 외국인 주택 틈으로 빠져나가니, 하북선의 하북역이 건물이나 환경 무엇으로든지 지나 색을 담뿍 지닌 채 서있다.

역사 밖에는 뜨거운 국물을 파는 가건물이 있고, 구내에는 대나무 그릇에 그득 담겨 김이 무럭무럭 오르는 소병(燒餠)[1]이 날개 돋친 듯 팔려 나간다. 우리 일행 외에는 죄다 지나인뿐이요, 남녀노소가 제대로 웅숭그리고 있는 군상이 그대로 재미있는 하나의 화면을 구성하고 있다. 그 중에도 여인과 아이들이 머리에 흰 수건을 쓴 것은 우리 서도(西道) 풍속을 보는 것 같아 색다른 흥미를 자아낸다. 아침의 냉기가 그네들의 입을 가로막지 않았다면, 이 많은 군중이 오죽이나 귀를 솔게 할까 하였다.

기차는 8시 15분에 출발하여 반도형의 삼각주 위로 요하를 끼고

---

1 소병(Shaobing; 샤오삥)은 불에 구워 먹는 중국식 떡이다. 작은 연탄난로를 만들어 난로 속에 밀가루 반죽을 붙여서 거므스름하게 굽는다.

올라가다가, 20분 만에 대동 농장(大同農場)이라는, 역명답지 않은 이름을 가진 역에 우리를 내려줬다. 이 부근 일대 땅은 요하구의 '새 땅' 중에서도 '생땅'인 곳이다. 풀 한 포기 나지 않던 개펄로 오래 버려졌던 땅을 근래에 우리 농민이 들어가서 조금씩 염분을 제거하고 농지로 바꾼 것이다. 후에 어느 기업가가 들어가서 집단 경영을 행하고 이름을 대동 농장이라 지으니, 갓난 이 땅이 이 때문에 비로소 이름을 가지게 되었다 한다.

농민 대표와 영구 농촌 관계 직원의 마중을 받고 준비한 마차를 나누어 탔다. 영구 농촌 가는 길에 우선 농작지의 실제를 시찰하기로 했다. 영구 농촌은 남만주 최초의 안전 농촌으로, 영구현 제7구역 소연자방촌(小碾子房村)에 속한 요동만 연안의 집단 초생지다. 요하 연안의 시장인 영구와 전장대에서 각각 20리 내지 30리 거리에 있어, 경제적 조건이 매우 좋다. 지세는 물론 평탄하고 막힌 데가 없어 시원도 하고 심심도 하지만, 그만큼 대농장 건설에 적당하며, 요하의 수리(水利)가 크고 일조량도 다 알맞아서, 벼 경작지로서 천혜를 입은 곳이다.

그러나 바닷물의 침입으로 염분이 많기에 만주 토인은 이를 농지로 사용하지 못했다. 한 척이 넘는 잡초만 우거진 이곳은 겨우 연료용 풀을 캐는 곳으로만 사용되었다. 근래에 위에서 말한 대동 농장 등으로 말미암아 수전이 약간 개간되었으나 또한 괜찮은 성적을 거두지 못했다. 그러나 1933년에 안전 농촌 계획이 서니, 남만주에서는 맨 먼저 영구의 이곳이 선정되었다. 주밀한 준비 과정을 치르고, 또 물대기나 염분 제거 등 필요한 작업을 행하여, 드디어 넓이 수천 정보의 황무지가 풍성한 수확을 지닌 낙토로 전환되는 계기를 얻게 되었다.

그리하여 1933년 5월에 제1차로 남만주 각 도시의 만주 사변 피난민 600여 호 3천여 명을 수용하고, 1934년 9월에 제2차로 조선 남부 지역 수해 이재민 466호를 수용했다. 그 이래로 수많은 변동을 거듭한 후, 1937년 4월 조사에는 총 면적 6,566정보에 1,868호, 9,487명이 경작에 종사하고 있는 것으로 나타났다. 이곳은 설립 선후에 따라 제1, 제2의 두 개 농촌으로 구별되어 있다.

새롭게 계획 건설한 곳이라 도로가 가로, 세로로 정연한 것이 이미 만주에서는 처음 보는 바다. 논에서 벼를 베는 빛, 노상에서 곡식단을 나르는 빛, 풍년의 빛은 그대로 바쁜 빛이다. 길가 도랑에는 커다란 바구니를 끼고 들어서서 작은 게를 잡는 사람들이 엉덩이를 마주한 채 타작 외에 또 한 가지 바쁜 빛을 띠고 있다. 게가 어떻게 흔한지 손을 이루 놀릴 수 없는 모양이요, 잠깐 동안에도 게가 바구니에 수북하게 쌓여 갔다.

먼저 요하 연안에 설치한 양수장에 가 보았다. 제1실에는 직경 4인치의 온권식(溫卷式) 양수기 2대가 있어 200마력의 전동기로 운전한다. 1대가 1초에 75입방척의 물을 끌어 올려, 하루 만에 2,500정보의 논에 절반 높이까지 물을 채울 수 있다고 한다. 제2실에는 직류식 2대가 있는데, 이것도 그만한 능력이 있으나 고장이 많아서 일정한 능률을 기대하지 못하는 것이 유감이라고 한다. 이리로부터 간선, 지선 등의 수로가 사방으로 흘러나가서 황무지 들판을 옥토로 변화시키고 있다.

간선 수로를 좇아 내려가면서 보니, 개간을 시작한 지 아직 오래되지 않은 탓인지 길바닥과 하천 주변에는 아직도 소금기가 허옇게 솟아 있다. 토지의 염분 함유량이 2/1000 이하면 쌀농사에 무방하며, 이 소금기 머금은 개펄에서 소금기를 없애는 것은 얼른 기대할 수 없는 일이라 한다. 가는 길에 기사의 말을 들으니, 해변 충적지에는 먼저 염기를 견디는 해송(海松: 七面草라고도 함)이나 겨우 나다가 몇 년이 지나고 염분이 걷혀야 비로소 갈대가 나기 시작한다. 우리 영구 농토는 이렇게 갈대가 나기 시작한 간척지에서 소금기를 제거하고 농사를 지은 것이다.

해송이라 하면 글자만 봐서는 잣나무를 연상하기 쉽지만, 여기서 말하는 해송은 간척지 특유의 잡초 중 하나다. 잎은 식용이 되고, 열매에서는 기름을 취하고, 마른 줄기는 연료로 사용한다. 농촌 주위에는 아직도 해송만 나는 시기를 벗어나지 못한 쓸모없는 땅이 질펀하게 널브러져 있는데, 이것이 이 다음 우리 손에 옥토로 변할 약속의 땅임을 생각하면, 무용이 실상 유용이란 생각이 든다.

또 과거에는 황폐하여 돌아보지 않던 땅을 손에 넣어서, 적은 듯 훌륭한 논밭으로 변화시킨 우리 이주민의 용기와 근면을 생각하면 느꺼운 눈물이 눈시울을 따뜻하게 한다. 눈앞에 질펀한 것이 모두 기름 흐르는 논이 아닌가. 그 위에 물결치는 누런 빛깔이 모두 한 알 한 알 순금이 아닌가. 사람의 힘도 무섭지만, 조선인의 개척 능력도 놀랍지 않은가. 이만하면 만주가 우리 것이겠다는 신념이 뜨끔하게 마음을 찌른다.

요하구(遼河口) 모래 모여
늘고 느는 저 불덕이
옛 주인 끌어다가
새 땅에서 살리려는
하늘 뜻이신가 하여
눈물겹도소이다.

71. 영구 조선

　영구(營口) 농촌은 가로 20리, 세로 40리에 걸친 지역에 수십 개의 부락이 흩어져 있기에, 그 자세한 사정은 참으로 잠깐 동안 보고 들을 수 있는 바가 아니다. 편의상 행로에 닿아 있는 몇 군데를 들러보고 그 생활 상태의 일환을 짐작하기로 하였다.

　최초의 이주민 부락은 이미 수년간 추수의 재미를 보아서 생활이 웬만큼 안정된 듯하다. 제2차 이후의 가구는 대개 아직 땅을 정돈하고 염분을 제거하는 중에 있어서 내년쯤 가서나 농사를 짓게 된다는 형편이니 아직 눈살을 펴지 못하는 듯했다.

　생활의 외형을 통틀어 보면, 가옥은 한 채를 모두 3칸으로 지어서 중간을 출입구 겸 봉당으로 하고, 좌우 양쪽에 각각 또 다른 집을 한 채씩 붙여 지었다. 이러한 집이 수십 채씩 모여 한 부락을 이루었다. 당초 설계인의 말을 들어보니, 여기는 북만주와는 달리 재료 구입이 벅차므로, 가옥 건축비를 적게 하려고 이렇게 집을 잇대어 지었다고 한다. 그러나 같은 가족 간에도 감정 충돌이 있기 쉽고, 또 어느 가정에고 비밀이 없을 수 없다는 점을 생각하면, 건축비를 조금 줄이겠다고 서로 생소한 사람들을 한 지붕 밑 한 부엌 속에 잡거하도록 한 것이 꼭 현명한 처사인지는 모르겠다.

이쪽저쪽 두 가구의 실내를 들여다보니, 세간이나 기타의 것들에 꽤 차이가 난다. 이러한 것도 피차 불화의 원인이 되지 말란 법이 없을 것 같아서 부질없는 걱정이 되었다. 주민에게 생활상 무엇이 가장 불편한지 물으니, 음료수가 부족한 것이라 한다. 간척지라서 샘물이나 우물이 있을 리 없는 것은 물론이요, 요하의 강물 역시 바닷물과 상통하기에 봇도랑 물을 떠다가 얼마쯤 정화시켜 먹는다고 한다.

빤빤한 들에서 무엇으로 연료를 삼는지 물으니, 볏짚을 때면 겨우 1년을 보낼 만하다고 한다. 볏짚으로 하는 부업이 성해지는 날에는 대용할 연료도 문제겠다. 보아하니 온통 논뿐이요, 밭이라고는 손바닥만 한 것도 없으니, 채소는 어디서 나며 더구나 겨울 한철 김장은 어떻게 하느냐니까, 채소는 지나인에게 쌀과 바꿔 먹으며, 김장 때는 전장대에서 매년 만 원 이상의 배추를 구입한다고 한다.

여기뿐 아니라 만주를 통틀어 어느 농촌에서고 야채는 지나인의 공급에 의지하는 것이 통례다. 이에 대해 피차 서로가 잘 하는 농사를 하여 교역하여 소비하는 편이 도리어 이익이라고 하는 말을 하는 이도 있다. 그러나 이것이 결국 농가 자급 경제를 위한 바른 길이 아님은 새삼 말할 것도 없다.

일용 필수품은 어떻게 입수하는가 물으니, 표면상 농촌 연합회에서 공급하는 것이 원칙이지만 여기만 의지하면 불편한 일이 많아 주로 전장대에서 장을 보아다 쓴다고 한다. 관설인 영구 농촌 이외에 사설 농장의 집들도 부근에 많이 있어서, 다 합하여 약 1만 5천 명의 동포가 식료품 이외의 물자를 죄다 거기서 받아 오기에, 한참 쇠퇴에 빠졌던 전장대가 근래에 우쩍 윤택해지고 우리 농가의 약점을 이용해 꽤 악랄한 착취를 행하는 자도 있다고 한다. 농민들의 눈물겨운 푼돈으로 지나인을 살찌우는 문제는 농촌 경영

당국자가 돌아보아야 할 일이다.

영구 농촌도 다른 데나 마찬가지로 조선총독부 지도 아래 동아권업을 통해 건설되고 선만척식에 계승되었다. 총독부에서는 파견원, 회사에서는 농촌 주재원을 두어 건설 관계 사무를 보게 한다고 하지만, 돈과 쌀의 출납, 대부금 상환 등 농촌 경영의 실제는 온통 농무계 연합회라는 기관이 담당하고 있다. 전 농촌을 30개 가까운 구역으로 나누어서 각각 1개의 농무소를 두고 이 계를 총괄하기 위해 연합회를 둔 것인데, 형식상으로는 농민의 자치제다.

연합회에 이르러 직원들이 집무하는 실황을 보고 또 각 방면에 걸쳐 설명을 들으니, 여러분의 노고는 진실로 동정을 금할 수 없는 것이 많았다. 만 명 가까운 사람들의 먹고 입는 일, 병나면 약 쓸 일까지 보살펴 주자 하니, 그동안 머리 아픈 일이 많았을 것은 물을 필요도 없다.

다만 농민의 입장에서 보면 약간의 쓴소리를 할 것도 없지 않을 듯하다. 이를테면 사무 시설이 너무 관청 같은 면목을 갖추고 있어서 인력과 비용이 낭비되는 점은 없는가라는 것도 그 한 가지이다. 한 사람, 한 물건에 들어가는 비용이 그대로 농민의 어깨를 무겁게 함을 생각해 좀 더 간소하고 신속한 경영 방법을 취했으면 한다. 연합회 사무 청사를 한참 증축하고 있는데 규모와 시설이 현재의 농촌 형편보다 너무 앞서 나간 듯한 것을 보고도 이 느낌을 누를 수 없었다.

회사원 주재소에서 오찬 향응을 받고, 곧이어 보통학교에서 열린 강연회에 임했다. 큰 강당에 통로까지 청중이 빽빽하니 과연 대농촌이라는 생각이 새삼 들었다. 대개 다음과 같은 요지의 강연을 했다.

조선인의 만주 발전은 한편 복고인 동시에, 한편 신생명 개척이다. 여러분들은 만주 중에서도 기후와 풍광이 가장 좋은 요하구의 옥토를 얻는 복을 누리고 있다. 천지간의 처녀지를 개발하고 원주민이 버려 놓았던 땅을 유용하게 만들어 사생활의 건설이 그대로 공공 경제에 공헌하도록 한 것은 여러분의 공적이다.

요동과 요서를 근거로 한 대륙 발전은 우리의 전통적 사명이다. 무력, 재력 아무것도 없고 남들처럼 남의 땅을 억지로 빼앗지도 않았지만 우리의 팽창력이 이미 전 만주를 뒤덮게 된 데는 인력과 함께 천명이 있기 때문이다. 당신네는 민족 발전의 선구이며, 대륙에 있는 생명선 확보의 투사이니, 전장에 있다는 생각으로 가난과 결핍을 극복해 가야 한다. 요하와 발해를 통해 온갖 기회가 죄다 대망의 세계로 향해 가고 있는 유쾌한 오늘날을 서로 언제까지나 기억하도록 하자.

강연을 마치고 학교 사무실에 가서 교장 이하 여러 직원들의 열성에 넘치는 개척지 교육 경험담을 들었다. 본교와 분교를 합해 16반에 학생이 800명인데도 오히려 다 수용하지 못하는 지원자가 많아서 두 곳에다 한창 학교를 증축하는 중이었다. 만주 어느 농촌에서고 교육 절대주의가 한결같음은 과연 감탄하지 않을 수 없었다.

발길을 돌려 병원·정미소·우체국을 차례로 보고, 끝으로 경찰서를 찾았다. 역시 농민들이 돈을 내서 높은 건물을 신축했는데, 3층 옥상 전망이 좋다며 우리를 이끌어 요동 벌판의 활원한 풍경을 구경시켜 주었다. 요동 벌판과 요해(遼海)가 한데 어우러져서 다만 망망하고 다만 창창하다. 여기는 반산, 저쪽은 금주, 시력만 좋다면 산해관도 보일 것이라 하지만, 아무 데를 봐도 또한 망망하고 또한 창창할 뿐이었다.

이럭저럭 영구 농촌을 물러나오는 길에 사설 농장의 하나인 남만주농사주식회사 시설을 잠깐 보았다. 영구현 아래에는 이외에도 평안 농장, 덕흥 농장, 동안 농장 등 민영의 크고 작은 농장이 있어 인구가 5천 내지 6천 명을 헤아리며, 앞으로도 점차 증가하는 추세

일 것이라고 한다.

15시 49분 발차로 하북을 경유해서 영구로 돌아오는데 철로변을 다시 둘러보아도 보이는 것은 다 우리 민가와 농장이어서, 영구가 하나의 신조선임을 깨닫게 한다. 지니고 있던 오사카(大阪) 발행 만주 지도를 보아도 이곳에 따로 표지를 하고 조선인 이주지임을 써 놓은 것이 다 든든하다.

요동서(遼東西) 아무 데고
생무지땅 있다더니
조상네 기름땀이
적시고 또 배어 있어
지금에 우리 농사를
걸게 하시나니라.

시와 역사를 품은
요동

72. 요동을 거쳐 북경 가는 길

요하 오른쪽 강변 40~50리의 땅을 밟고 온 것에 불과하지만, 어쨌든지 요동과 요서를 다 본 셈이니, 요동 벌판[1] 대강의 모습을 어떻든 그려볼 수 있을 듯하다. 여관의 밝은 등불 아래에서 여행 짐을 헤치고 다시 한번 요동 벌판에 관한 고금의 문헌을 참고해 보았다.

먼저 압록강을 건너서 육로로 북경에 가던 역로를 살펴보았다. 명대 내지 청대 초기 「중원에 진상하러 가는 노정」은 『고사촬요(攷史撮要)』 상권에 실려 있다.

의순관에서 진강성(鎭江城)까지 20리, 탕참(湯站)까지 70리, 봉황성(鳳凰城)까지 40리, 진동보(鎭東堡)까지 40리, 진이보(鎭夷堡)까지 60리, 연산관(連山關)까지 70리, 첨수참(甛水站)까지 30리, 요동(遼東)까지 90리, 안산(鞍山)까지 60리, 해주위(海州衛)까지 50리, 우가장(牛家莊)까지 40리, 사령(沙嶺)까지 60리, 고평역(高平驛)까지 60리, 반산역(盤山驛)까지 40리,

---

1 본서에서의 요동 벌판, 요동 들판, 요동벌은 요동에 국한된 것이 아니라 요동·요서를 포함하여 요하 일대의 대평원을 말한다. 전통 시대 표현으로는 요야(遼野)를 말하며, 현재는 요동 평야 또는 요동 평원으로 불린다.

광녕(廣寧)까지 50리, 여양역(閭陽驛)까지 30리, 십삼산(十三山)까지 40리, 소릉하(小凌河)까지 60리, 행산역(杏山驛)까지 38리, 연산역(連山驛)까지 50리, 영원위(寧遠衛)까지 50리, 조장역(曹莊驛)까지 50리, 동관역(東關驛)까지 50리, 사하역(沙河驛)까지 36리, 전둔위(前屯衛)까지 50리, 고령역(高嶺驛)까지 50리, 산해관까지 50리, 심하역(深河驛)까지 60리, 무녕현(撫寧縣)까지 40리, 영평부(永平府)까지 70리, 사하역까지 70리, 풍윤현(豊潤縣)까지 1백리, 옥전현(玉田縣)까지 80리, 계주(薊州)까지 80리, 삼하현(三河縣)까지 70리, 통주(通州)까지 70리, 북경까지 40리다.

그 행로는 『백사집(白沙集)』(권 23) 「조천일승(朝天日乘)」 등에 비춰 징험할 수 있다. 또 『지봉유설(芝峰類說)』(권 2) 「제국부(諸國部)」에서는 이 행로의 대강을 다음과 같이 기록하고 있다.

북경 가는 도로

한양에서 의주까지 1,180리, 의주부터 황도(皇都: 북경)까지 2,012리이다. 압록강에서 요동에 이르는 중간에 동팔참(東八站)과 백안동(伯顏洞)이 있다. 원나라 장수 백안(伯顏)이 주둔했던 곳이라 한다. 봉황성과 금석산(金石山), 팔도하(八渡河)도 지난다.

요동은 큰 도시다. 화표주와 광우사와 백탑과 망경루가 있다. 백탑은 울지경덕이 지은 것이라 전해진다. 해주위(海州衛)는 관영(管寧: 幼安)이 있던 곳이다. 안시성은 요동에 있었다고 하는데 지금은 장소를 알수 없다. 안산은 당 태종이 말을 멈추었던 곳이다.

삼차하(三叉河)는 요수(遼水)를 말한다. 삼국 시대에는 고구려에 속했다. 서쪽은 옛날의 요서군이다. 의무려(醫巫閭)는 유주(幽州)의 진산(鎭山)이다. 광녕(廣寧)도 유주의 구역이다. 산 위에 성수분(聖水盆)이 있다. 참의(參議) 하흠(賀欽)[2]의 옛 터가 남아 있다.

산해관은 요동과 계주의 길목이다. 망해정(望海亭)이 그 모퉁이를 베고 있어 형세가 웅장하다. 영평부(永平府)는 한나라 때 우북평(右北平)에 해당하니, 이장군(李將軍)이 호랑이를 쏜 곳이다.[3] 난하(灤河)의 두 갈래 물은 제비꼬리 모양을 이루고 있다. 난하 위에 고죽성(孤竹城)이 있고, 성 안에 백이(伯夷)와 숙제(叔齊)의 사당이 있다.

옥전(玉田)은 옛날 무종(無終) 땅이니, 양옹백(陽雍伯)[4]이 옥(玉)을 심던 곳이다. 계주(薊州)는 옛날 어양(漁陽)으로, 성 밖에 녹산교(祿山橋)가 있고, 성 안에 독락사(獨樂寺)가 있다. 절에는 큰 금불상이 있다. 공동산(崆峒山)은 황제(黃帝) 헌원씨(軒轅氏)가 도를 묻던 곳이다.[5] 계문연수(薊門煙樹)[6]는 연대(燕臺)[7] 팔경 중의 하나다. 황성(皇城) 안에 문승상(文丞相)이 죽은 땔나무 시장이 있다.[8] 지금 국자감(國子監)이 있는 곳을 지나면 지난날 땔나무를 팔던 곳이다.

---

2 하흠(1437~1510)은 명나라 학자이다. 그의 『의려선생집(醫閭先生集)』은 명나라의 저명한 학자 당순지(唐順之)와 조선 성리학자 이황에게 많은 영향을 끼쳤다.

3 한 무제 때 이광(李廣)은 활의 명수로 유명했다. 사냥하러 나갔다가 호랑이인 줄 알고 활을 쏘았으나, 가서 보니 화살이 바위에 꽂혀 있더라는 이야기가 『사기』 열전에 전한다.

4 『고금소총』에 나오는 이야기다. 양옹백이란 사람이 어느 날 행상에게 식사를 대접하자, 그가 자갈 한 되를 주며 이를 땅에 심으면 좋은 옥과 아내까지 얻을 수 있으리라 했다. 양옹백이 자갈을 땅에 심은 얼마 후, 부자 서씨의 딸에게 청혼하자 서씨는 농담으로 "백옥 한 쌍을 가져오면 내 딸과 결혼시키겠다."라 답했다. 양옹백이 자갈을 심었던 땅을 파보자 과연 옥이 있기에 이를 가져가 서씨의 딸과 결혼할 수 있었다.

5 전설상의 선인(仙人)인 광성자(廣成子)가 공동산의 석실에 은거할 때, 황제 헌원씨가 그를 찾아가서 도에 관해 물었다는 내용이 『장자』 「재유(在宥)」에 나온다.

6 연경의 서북 모퉁이 고계문(古薊門) 토부(土阜) 옆에 있는 숲이 안개에 싸인 광경을 가리킨다. 정조 때 이갑(李岬)이 지은 『연행기사』에도 나온다.

7 전국 시대 연나라 소왕이 천하의 현사를 맞기 위해 세운 연경(燕京)의 황금대를 말한다.

8 송나라 말기의 충신 문천상(文天祥)은 1276년 수도 임안(臨安)이 함락된 뒤 근왕군(勤王軍)을 일으켜 원나라에 대항하다가 1278년에 사로잡혀 땔나무 시장에서 처형되었다.

이 글은 당시 북경을 오가던 이들이 어떤 감흥으로 이곳을 왕래했는지 고찰하는 데 유용하다. 이 노정은 한나라 때 요새가 신설됨에 따라 약간 변경되었다. 좀 번거롭게 반복되는 감은 있지만 『통문관지(通文館志)』(권 3)의 기사를 인용해보자.

중원에 진상하러 가는 노정

영락 기축년(1409)에 광록경(光祿卿) 권영균(權永均)이 북경에 갔다가 돌아올 때[9] 다음과 같은 황제의 명을 받들었다. "다시 올 때는 바다로 오지 말고 육로로 와라. 너희 조선에서 오는 사신들에게도 육로로 오라고 해라." 권영균은 북경에 간 권씨의 형이다. 『고사촬요(故事撮要)』에 나온다.[10]

압록강에서 진강성(鎭江城)까지(20리, 본명은 九連城이다. 萬曆 병신년에 鎭江遊擊府로 바꾸었다.) 탕참(湯站)(70리), 책문(柵門)(20리), 봉황성(鳳凰城)(20리), 진동보(鎭東堡)(20리, 일명 薛劉站, 우리나라 사람들은 松站이라 부른다), 연산관(連山關: 70리, 일명 鴉鶻關), 첨수참(甛水站)(30리), 요동(遼東) (90리), 십리보(十里堡)(60리), 성경(盛京)(60리, 본명 심양, 강희 신축년에 성경봉천부로 바꿈),

변성(邊城)(60리), 거류하(巨流河)(40리, 우리나라 사람들은 周流河라 부른다), 백기보(白旗堡)(70리), 이도정(二道井)(50리), 소흑산(小黑山)(50리), 광녕(廣寧)(60리, 이전에는 요동에서 60리 가면 鞍山, 50리 가면 海州衛, 40리 가면 牛家莊, 60리 가면 沙嶺, 60리 가면 高平驛, 40리 가면 盤山驛, 50리 가면 廣寧이었다. 강희 기미년부터 해상 방비를 위해 牛庄에 堡를 설치했고, 현재의 도로를 바꿔서 이전에 비해 90리 멀어졌다),

---

9 『태종실록』 9년(1409) 4월 12일 기사에 "2월 9일에 황제가 북경에 거동하여 본국에서 바친 처녀 권씨(權氏)를 먼저 불러들여 현인비(顯仁妃)로 봉하고, 그 오라비 권영균(權永均)을 광록시경(光祿寺卿)에 제수하였다"라는 내용이 있다.

10 여기까지는 『고사촬요』에 작은 글씨로 쓰여 있으니, 협주(夾註)에 해당한다.

여양역(閭陽驛)(30리), 석산참(石山站)(40리, 속칭 十三山), 소릉하(小凌河)(60리), 행산역(杏山驛)(38리), 연산역(連山驛)(50리), 영원위(寧遠衛)(50리), 조장역(曹莊驛)(15리), 동관역(東關驛)(50리), 사하역(沙河驛)(36리), 전둔역(前屯驛)(50리), 고령역(高嶺驛)(50리), 산해관(50리), 심하역(深河驛)(60리), 무녕현(撫寧縣)(40리), 영평부(永平府)(70리), 칠가령(七家嶺)(60리), 풍윤현(豐潤縣)(1백리), 옥전현(玉田縣)(80리), 계주(薊州)(80리), 삼하현(三河縣)(70리), 통주(通州)(70리), 북경(40리)이다. 합계 2,049리 28일의 일정이다.

성화(成化)[11] 경자년(1480)에 주청사 한명회(韓明澮)가 북경에 있는 조선 출신 환관의 도움을 받아, 여진족의 공격을 피하기 위해 조선 사신들이 북경에 진상하러 오는 길을 바꿔달라고 청했다. 황제가 일 처리를 병부에 맡겨 그대로 따르려 했는데, 직방 낭중 유대하(劉大夏)가 말했다. "조선에서 진상하러 오는 길은 아골관에서 요양을 거쳐 광녕과 전둔을 통과하여 산해관에 들어오니, 서너 개의 큰 진(鎭)을 우회합니다. 여기에는 선조들의 은미한 뜻이 있습니다. 만약 압록강에서 전둔과 산해관에 이르게 하면, 노정은 매우 짧아지나 훗날 근심을 끼칠까 걱정입니다." 그래서 길을 바꾸는 게 허락되지 않았다. 『수역주계록(殊域周咨錄)』에 나온다.[12]

기사 중의 요동은 요양을 말하는 것이요, 전둔(前屯)은 광녕전둔(廣寧前屯)이니, 흔히 광녕의 별명으로 쓰여 왔다. 이 노정은 후대의 사절들도 오래도록 경유하던 곳으로 노가재 김창업의 『연행일기』, 연암 박지원의 『열하일기』 등이 다 이 노선을 오가던 기록이다. 사행 노정의 변경 문제에 관해서는 우리 허균의 『지소록(識小錄)』에도 다음과 같은 기사가 있다.

---

11 명나라 헌종의 연호로 1465년에서 1487년까지 쓰였다.
12 이 단락은 『고사촬요』에 작은 글씨로 쓰여 있으니, 협주(夾註)에 해당한다.

우리나라의 공도(貢道)는 해주에서 광녕을 거치지 않고도 바로 영원 위에 도달할 수 있다. 그러면 오랑캐를 가까이 하지 않고도 명나라 조정에 빨리 들어갈 수 있다. 그래서 한 사신(使臣)의 도모로 환관이 헌종 황제에게 아뢰어 노정을 쉽게 하려 했다. 당시 병부(兵部) 항충(項忠)은 노선 변경에 따르려고 했지만 직방사(職方司)로 있던 동산(東山) 유대하가 고집스럽게 허락하지 않았다. "조선의 공도는 애초에 선조들께서 상세히 고찰하여 정한 것입니다. 서넛의 큰 진을 우회하여 산해관에 도달할 수 있게 한 데에는 깊은 뜻이 없지 않으니 가벼이 고칠 수 없습니다."라는 것이었다.

나중에 이건창(李建昌)은 요동 벌판을 바라보면서 이를 다음과 같이 비꼬기도 했다.

회령령(會寧嶺)

높은 고개 첩첩 관문 형세라
요동이 이로부터 동서로 나뉘니
아득한 길이 꼬불꼬불 올라가고
어둑한 봉우리들 땅을 감싸네.
호랑골(골 이름) 지날 때 갈수록 겁이 나고
아골관(관문 이름) 돌 때는 눈앞이 아득하니
가련한 약소국에서 정성을 다하느라
군사들이 수고로이 북을 울리누나.

(成化 초에 조선에서 공로를 바꿔서 靑石嶺과 회령령 두 험지를 피할 수 있도록 청하였으나, 유대하가 고집하기를, "공로가 서너 개의 큰 진을 우회하도록 한 것은 변방의 장엄함을 보이기 위함으로, 여기에는 선조들의 은미한 뜻이 담겨 있다."라고 하였다.)

바람 잔 요하물은
새악시도 같은지고
풍운의 삼천년이
저 덜미에 있다함을
거짓말이지야 하고
나는 지나가노라.

73. 요동 벌판의 시적 경지

조선인이 압록강을 건너고 마천령 산맥을 넘어서 광막하고 끝없는 요동의 너른 들판을 바라보는 것은 산악 국민인 그에게 분명 신천지의 발견이요, 어떤 의미에서는 신생명의 호흡도 되었을 것이다. 천엽[1] 속 같은 산골짜기에서 살다가 시원 훤칠함을 지나서 까마득한 요동 7백 리 벌판을 내다볼 때에는, 입이 벌어지고, 눈이 휘둥그레지지 않을 수 없다.

아프리카 천고(千古) 원시림에 들어간 다윈이 자기도 모르게 '하느님'을 찾고 기도를 드리던 것처럼 제 깜냥대로 경탄의 소리를 부르짖어 외치기 마련이다. 조충(彫蟲)과 도아(塗鴉)[2]의 중간에서 어정어정하다가 마는 재주 없는 문인들조차 자기도 모르게 천뢰(天籟)[3]의 뛰어난 작품을 내놓기도 했다.

대학지도(大學之道)와 팔자걸음의 질곡을 잠시 벗어 놓고 도포 자

---

1 소나 양, 사슴 등 반추 동물의 제3위(胃)를 말한다. 오돌도돌한 돌기가 나고 구불구불하게 생겼다.
2 '조충(彫蟲)'이란 벌레 모양을 나무에 새기는 것으로 세부에 연연해서 잔뜩 꾸며대는 문장 표현을 말한다. '도아(塗鴉)'는 손가락으로 문질러 그린 까마귀처럼 보이는 글자로 서투른 글씨를 가리킨다.
3 아주 뛰어난 시가나 산문을 비유적으로 이르는 말이다.

락을 휘날리며 덩실덩실 춤도 추고, 이래야 할까 저래야 할까 어쩔 줄을 모르다가 북받치는 감정 그대로를 통곡으로 내어놓기도 했다. 요동 벌판아! 네가 바로 샌님 조선의 쪼그라든 신경을 살려내는 절대적 흥분제가 아니었더냐!

김창업의 『연행록』「산천풍속총록」에 나오는 다음의 기록은 요동 벌판의 개론에 해당한다.

의주에서 봉황성에 이르기까지 역참이 두 개 있는데 인가가 없어 노숙을 했다. 봉황성에서 북경까지 31개의 역참이 있는데 모두 찰원(察院)[4]이 있다. 봉황성에서 요동까지를 동팔참(東八站)이라 한다. 구련성에서 봉황성까지 산이 수려하고 물이 맑으며 왕왕 너른 들판이 있다. 봉황성에서 낭자산(狼子山)까지 산이 높고 계곡이 깊어 여러 번 큰물을 건넜다. 냉정(冷井)을 건너 10여 리를 가니 요동 벌판이 나타났다. 4백 리를 가니 구릉이 비로소 보였다. 여기부터 북경까지 소소한 언덕이 있지만 대개는 모두 평야로서 험준한 산을 다시 넘지 않았다.

또 같은 책 「가래총록(佳來總錄)」의 다음 구절은 3일에 걸쳐 마천령산맥 여러 고개를 넘고, 남만주 평야로 진출하기까지의 사정을 전하고 있다.

연산관(連山關)에서 50리 가서 회령령(會寧嶺)을 넘었다. 다시 25리를 가서 첨수참(甛水站)에 이르러 숙박했다.
• 아침 식사 후 출발해서 시내를 건너고 작은 언덕을 넘었다. 긴 계

---

4 명나라 때 봉황에서 심양 백탑보 사이 8개의 공참(公站)에 설치된 조선관을 찰원이라 했다. 처음에는 조선 사행이 역참에 들면 참장(站長)·참정(站丁) 등이 깍듯이 봉행했지만, 청조 들어 조선관 관리가 허술해지자 조선 사행들은 사사(私舍)에 묵는 것이 관행이 되었다.

곡에 들어가 10여 리를 가는 도중에 물을 자주 건넜기에 일일이 기록하지 않는다. 산이 점차 높아지고 길은 더욱 좁아졌다. 시냇가에 초가집과 상점 몇 채가 있었다. 상점을 지나 1.5리를 가니 또 작은 사당이 있다. 여기가 회령령 밑이다. 여기서부터는 수목이 매우 빽빽하여 하늘이 보이지 않는다. …

고갯길이 동선령(洞仙嶺)보다 몇 배나 높은데, 길이 구불구불 나 있어서 가파르거나 험하지는 않았다. 고갯길이 거의 끝나자 길 오른편에 바위 세 개가 서 있었다. 높이는 10여 길이고 뾰족하게 솟은 괴이한 모양이었다. 하나는 더욱 기이하게도 소나무가 그 위에서 자라고 있었다. 봉황성을 지나고부터 3백 리 사이에 소나무를 보지 못했는데 여기서 처음 보았다. 고개에 올라 서북쪽을 바라보니 중국의 산들이 첩첩이 이어져 끝이 없었다. 문득 아름답지 않다고 생각되어 고개를 내려왔다.

1리 쯤 가니 작은 사당이 있었다. … 서남쪽으로 산기슭에 석탑이 있었다. 이른바 호랑곡(虎狼谷)이니, 여기로 가면 낭자산(狼子山)에 닿을 수 있다. 20리를 돌아가면 길이 편해진다. 청석령(靑石嶺)을 피해 가는 짐수레들은 모두 이 길로 간다고 한다. 첨수참에 이르러 찰원으로 들어갔다. … 첨수참에서 20리 가서 청석령을 넘었다. 또 20리를 가서 낭자산에 도착하여 숙박했다.

• 아침 식사를 하고 출발했다. … 6~7리를 가서 고개에 도착했다. 회령령 다음으로 높았다. 동쪽은 평탄하고 서쪽은 가파르다. 고개 위에 옛 비석이 있는데 글자가 인멸되어 어느 때 세운 것인지 알 수 없다. … 길에는 온통 돌맹이들이 어지러이 쌓여 있다. … 돌 색깔이 모두 파래서 고개 이름이 청석령이다. … 고개를 거의 다 내려오니 절벽을 낀 길이 3~4 리 이어진다. 여기를 지나면 또 고개가 있는데 이것이 소석령(小石嶺)이다. 두 고개 사이는 평지다.

북쪽에는 요동으로 가는 지름길이 있다고 한다. 7리를 가서 낭자산에 도착했다. 민가가 대단히 많았다.... 낭자산 산길로 38리를 가서 냉정

(冷井)에 도착하여 아침식사를 했다. 또 30리 가서 신요동(新遼東)에 도착하여 숙박했다.

• 새벽에 출발하여 10리를 갔는데 큰물 다섯을 건넜으니 이것이 삼류하(三流河)다. 10리를 가서 왕상령(王祥嶺)을 넘고 또 3리를 가서 석문령(石門嶺)을 넘었다. 고개는 그리 높지 않았지만 돌길이 매우 좁아서 수레가 겨우 통과했다. … 10리 가서 냉정에 도달했다. … 7~8리를 가서 골짜기를 빠져 나오니, 들판이 끝이 없었다. 여기가 바로 요동 들판인데 여기서부터 백탑이 보였다.

눈이 휘둥ᆫ그레질 정도의 높은 고개로 이뤄진 험한 길과 철의 관문을 돌파하고서야 서역의 몽고를 얻는 것처럼, 회령·청석 등을 지날 때의 고생스러움은 요동 벌판으로 나설 때의 상쾌한 감각을 더욱 깊고 절실하게 만들었다. 산협국(山峽國)의 시인이 이 벅찬 시경(詩境)을 어떻게 주체하였는가를 살펴보면, 우선 이색의 『목은집(牧隱集)』에 나오는 '요양 기행' 시편들 중 하나가 떠오른다.

애두역(崖頭驛)에 예천(醴泉) 권 정승(權政丞)[5]의 시가 있는데, 1연은 다음과 같다. "들녘 넓으니 백성이 나무에서 살고, 하늘이 낮으니 말이 구름에 들어가네(野闊民居樹 天低馬入雲)." 이 시구는 요동 들판을 남김없이 제대로 표현했다.

이색은 말한다. "이는 요동 들판을 10글자로 제대로 표현한 것이다. 공부(工部)[6]의 시구 '땅이 평평하니[7] 강물이 촉(蜀)을 흔들고, 하늘이 넓

5 권한공(權漢功; ?~1349)을 가리킨다. 호는 일재(一齋)이다. 충선왕을 따라 원나라에 가서 거주한 바 있고, 벼슬은 도첨의 정승에 이르고 예천 부원군에 봉해졌다. 이색은 권한공의 손자사위이다.
6 당나라 시인 두보(杜甫)를 가리킨다. 두소릉·두공부, 노두(老杜)라고도 불린다. 인용한 시의 원제는 "엄 중승이 서성에서 저녁에 바라보며 지은 시 10운에 화답하다(奉和嚴中丞西城晚眺十韻)"이다.

으니 나무가 진(秦)에 떴네.'와 말뜻이 매우 유사하다. … 그래서 이 10
글자를 운으로 삼아 10수를 지어 한편으로 요동 들판을 읊고,[8] 한편으
로 예천을 찬양한다(여기서 5수는 생략한다).

천지가 절로 풀무이니 산천을 그 누가 만들었나.
홀연 끝없이 넓어져 해와 달이 들에서 솟는구나.

실바람 구름을 옮기고 비 내려 물빛이 살아나네.
잠시 서서 내 마음 들여보니 넓음이 누구 못지않구나.

북으로 혼동강 바라보고 남으로 의무려산 마주했네.
삭막한 오랑캐 소굴에 군자가 거함을 어찌 알랴.

아침 해 돋는 것 보자마자 금세 다시 저녁 연기 바라보네.
아득하구나 예천(醴泉) 가는 길 산 이어져 동해 하늘에 닿았네.

바다 넓어 제(齊)와 노(魯)를 가로막고 하늘 멀어 요와 습[9]을 둘러싸네.
임천(臨川)[10]은 문필로 빛이 나고 들보 위로 먼지가 날리는구나.[11]

---

7 『목은집』에는 '地偏'으로 되어 있으나 두보의 원시에서는 '地平'이다. 원 시
   구대로 해야 문맥이 살아나므로 원시대로 해석한다.

8 현암사 간행 『육당최남선전집』에는 "遂用其十字爲" 다음에 "韻 吟成 十首
   一以詠遼"가 누락되었지만, 『매일신보』와 『목은집』 원문에 따라 보충하여
   해석한다.

9 원문은 요습(遼霫)이다. 요(遼)는 요동을 가리킨다. 습(霫)은 당나라 때 황
   수(潢水; 현재의 시라무렌 강)이북에 살던 소수 북방 민족인데, 여기서는 그
   들이 살던 지역을 말한다.

10 임천은 왕희지(王羲之; 307~365)가 태어난 산동 성 린이 현(臨沂縣)을 말한다.

11 노나라 사람 우공(虞公)이 노래를 잘했는데, 노래를 하면 들보의 먼지가 날
   릴 정도로 울렸다는 고사를 인유하는 듯하나, 이 시에서는 누구를 지칭하는
   지 확실하지 않다.

목은의 시보다도 예천(醴泉) 권 정승(權政丞), 곧 국재(菊齋) 권보 (權溥)[12]의 "들녘 넓으니 백성이 나무에서 살고, 하늘이 낮으니 말이 구름에 들어가네."라는 시구가 과연 요동 벌판의 일면을 더 잘 드러낸 듯하다. 여기서 연상되는 것이 간이(簡易) 최립(崔岦)이 요양에서 읊은 '아득한 하늘'과 '옅은 아지랑이'라는 시구다.

3월 3일에 망경루에 올라[13]

성 위 높은 누대 무너질까 두렵고
가파른 사다리 걸음마다 겁이 나네.
아득한 하늘 끝없어 산도 없는데
옅은 아지랑이 촌락에서 피어나네.
북극 장안이 나그네 갈 길이나
동풍 건듯 불자 고향 생각 사무치네.
공연한 만 가닥 시름 어찌 막으랴
석양에 술 한 동이로 다스릴밖에.

일찍이 영재(寧齋) 이건창(李建昌)[14]이 요동 벌판의 실제 경치를 본 후, 이 시에 나오는 '아득한 하늘'과 '옅은 아지랑이'라는 묘사의 뛰어남을 절찬했던 적이 있으니, 요동을 구경한 이는 누구라도 여기

---

12 최남선은 "예천(醴泉) 권 정승(權政丞), 곧 국재(菊齋) 권보(權溥)"라고 하여 권한공(權漢功)을 권보(權溥)와 같은 인물로 보고 있는데, 이는 최남선의 착오이다.

13 원제는 "3월 3일에 요양성 망경루에 올라(三月三日 登望京樓 遼陽城)"이다. 『간이문집』권6, 「정축행록(丁丑行錄)」에 나온다.

14 이건창(1852~1898)은 조선 후기의 문신으로, 천성이 강직하여 안핵사로 있을 때 지방관의 죄상을 엄정히 처리하니 임금이 지방관을 파견할 때 "그대가 가서 잘못하면 이건창이 가게 될 것이다."라고 말할 정도였다고 한다. 구한말 외국 자본이 조선의 토지를 마구 사들이자 외세의 압력에 굴하지 않고 백성들이 외국인에게 땅을 팔지 못하도록 엄정히 관리하기도 했다.

에 동의하지 않을 수 없다. 요동 벌판의 장활함에 초점을 맞춘 시들은 전에도 이미 약간의 예를 든 적이 있다. 근대 시인 좌인(左人) 신좌모(申佐模)[15]의 「요동 벌판」을 보자.

요동 벌판 전부 보지도 않고 어찌 대지가 넓다고 하랴.
위로는 푸른 하늘 드리우고 시야가 훤히 뚫려 끝이 없어라.
지는 해는 들 가운데 들어가고 긴 바람도 도중에 길 바꾸네.
하늘과 땅이 이와 같으니 고개 돌려 망연히 서 있노라.

이보다 시의 의취를 좀 더 긴밀하게 한 것으로는 영재 이건창(李建昌)의 「요동 벌판」이 있다.

듬성한 언덕조차 사라지고 드문드문 풀 나무만 자라나니
온 하늘은 마음처럼 넓직하고 천리 평지 한눈에 들어오네.
영웅호걸의 원대한 계략과 나그네의 긴 여정 생각커니
구름 밖 우뚝 솟은 탑은 석양빛을 몇 번이나 받았던가.

어느 것이나 다 읽어볼 가치가 있다.

15 신좌모(1799~1877)는 조선 후기의 문신으로, 자는 좌인(左人), 호는 담인(澹人)이다. 춘추관 편수관이 되어 실록 편찬에 참여했다. 은퇴 후에는 향리에 화수헌(花樹軒)을 지어 후진을 양성했다. 저서로는 『담인집』이 있다.

이 바람 불자 하여
이만 하늘 틔었는가.
이 모래 날려 하여
이만 뜰이 열렸는가.
이 넷을 한데 어울러
요야(遼野)[16] 덩한지고.

---

16 현암사 간행 『육당최남선전집』에는 마지막 한 줄이 누락되었고, 『매일신보』
   원문에는 한 글자가 미상이다.

74. 요동 벌판의 역사적 감상

요동 벌판은 다만 활원함 때문에만 일컬어졌던 것은 아니다. 그
활원함을 바탕으로 파란만장한 역사의 무대가 되어왔기 때문에 더
욱 일컫게 되는 것이다. 나아가 고조선·부여·고구려·발해에 걸
쳐서 주민(朱民)의 말발굽에 여러 번 짓밟히지 않은 곳이 없다는 점
에서 우리 조선인의 감정과 흥분이 누구보다 깊고 절실하다.

특히 고려와 이조 1천 년 동안 압록강 이내로 쪼그라든 국운과
기가 죽고 숨이 끊어져 가는 조선의 위축에 안타까운 마음을 가지
고 있던 이라면 요동 벌판의 변경에서 문득 끓어오르는 감개와 옛
일을 그리워하는 마음이 솟구쳐 옴을 금할 수 없었으리라. 이에 요
동 벌판을 읊은 시편들에는 저절로 옛일에 대한 감회가 넘쳐흐르
기도 했다. 요동 벌판에 대한 감흥이 넘치는 글로 우선 『발해고』의
서문을 들고 싶다. 유득공의 「자서(自序)」에는 이렇게 쓰여 있다.

고려가 발해사를 편찬하지 않았으니, 고려의 국력이 떨치지 못했음
을 알 수 있다. 옛날에 고씨가 북쪽에 거주하며 고구려라 하고, 부여씨
가 서남쪽에 거주하며 백제라 하고, 박·석·김 씨가 동남쪽에 거주하
여 신라라 하였다. 이것이 삼국으로 마땅히 삼국사(三國史)가 있어야 했

는데 고려가 이를 편찬하였으니 옳은 일이다. 부여씨가 망하고 고씨가 망하자 김씨가 그 남쪽을 영유하였고, 대씨가 그 북쪽을 영유하여 발해라 했다. 이것이 남북국이라 부르는 것으로 마땅히 남북국사(南北國史)가 있어야 했음에도 고려가 이를 편찬하지 않았으니 잘못된 일이다.

무릇 대씨는 누구인가? 바로 고구려 사람이다. 그가 소유한 땅은 누구의 땅인가? 바로 고구려 땅으로, 동쪽과 서쪽과 북쪽을 개척하여 원래 고구려 땅보다 더 넓혔던 것이다. 김씨가 망하고 대씨가 망한 뒤 왕씨가 이를 통합해 고려라 하였다. 남쪽으로 김씨의 땅을 전부 차지했지만, 북쪽으로 대씨의 땅은 모두 얻지 못하여, 그 나머지가 여진족에 돌이가기도 하고 거란족에 놀아가기도 했다.

이때 고려를 위해 계책을 세우는 사람이 급히 발해사를 써서, 이로써 여진족을 책망하여 "왜 우리 발해 땅을 돌려주지 않는가? 발해 땅은 고구려 땅이다."라 하고, 장군 한 명을 보내 그 땅을 거둬 오게 했다면, 토문강 북쪽 땅을 가질 수 있었을 것이다. 또 이로써 거란족을 책망하여 "왜 우리 발해 땅을 돌려주지 않는가? 발해 땅은 고구려 땅이다."라 하고, 장군 한 명을 보내 그 땅을 거둬 오게 했다면, 압록강 서쪽 땅을 가질 수 있었을 것이다.

그러나 끝내 발해사를 쓰지 않아서 토문강 북쪽과 압록강 서쪽이 누구 땅인지 알지 못하게 되었으니, 여진족을 꾸짖으려 해도 할 말이 없고, 거란족을 꾸짖으려 해도 할 말이 없게 되었다. 고려가 마침내 약한 나라가 된 것은 발해 땅을 얻지 못하였기 때문이니, 크게 한탄할 일이다.

누군가는 이렇게 말할지도 모른다. "발해는 요나라에게 망했는데 고구려가 무슨 수로 그 역사를 쓰겠는가?" 그렇지 않다. 발해는 중국 제도를 본받았으니 반드시 사관을 두었을 것이다. 또 홀한성이 격파된 후 고려로 도망해 온 사람들이 세자 이하 10여만 명이나 되니, 사관이 없으면 반드시 책이라도 있었을 것이다.

사관도 책도 없었다면 세자에게 물어 그 세대(世代)를 알 수 있었을 것이다. 은계종(隱繼宗)¹에게 물어 보았다면 발해의 예법을 알 수 있었을 것이고, 10여만 명의 유민에게 물어보았다면 발해에 대해 모르는 것이 없었을 것이다. 장건장(張建章)²은 당나라 사람이었으면서도 오히려『발해국기(渤海國記)』를 지었는데, 고려 사람이 어찌 홀로 발해 역사를 지을 수 없었단 말인가?

아아! 문헌이 흩어진 지 수백 년이 지나니 역사서를 쓰고 싶어도 쓸 수가 없구나. 내가 규장각에 속한 관리로 비서(祕書)들을 자못 읽었기에 발해의 일들을 찬집해 군고(君考) · 신고(臣考) · 지리고(地理考) · 직관고(職官考) · 의장고(儀章考) · 물산고(物産考) · 국어고(國語考) · 국서고(國書考) · 속국고(屬國考) 등 9개 부문으로 분류한다. '세가(世家)'와 '전(傳)', '지(志)'라 하지 않고 '고(考)'라 한 것은 역사서를 완성하지 못했기 때문에 감히 역사서로 자처하지 못함이다.

또 박제가의 「서」는 이러하다.

내가 전에 서쪽으로 압록강을 넘어 애양(靉陽)을 거쳐 요양에 이른 적이 있다. 그 사이 5~6백 리 길이 대개 큰 산과 깊은 계곡이었다. 낭자산을 나와서야 비로소 끝없는 평원이 까마득하게 펼쳐진 것을 보았다. 해와 달이나 나는 새가 모두 들판 한가운데서 뜨고지며 오르내렸다. 동북쪽을 돌아보니 뭇 산들이 하늘을 두르고 땅을 막아 마치 '한일(一)'

1 고려에 투항한 발해의 유민이다. 발해가 거란에게 멸망한 뒤, 928년(태조 11) 9월에 무리들과 함께 고려에 투항했다. 학식과 덕망을 겸비한 지배층 유민이었을 것으로 짐작된다.

2 장건장(806~866)은 중산(中山) 베이핑(北平) 출생으로, 833년에 발해에 1년간 머무른 후 견문을 토대로 발해의 풍속 · 관품 · 궁전 등에 대해 기록한『발해국기』를 저술했다. 이 책은 현존하지 않으나,『신당서』,『송사』,『통지예문략(通志藝文略)』등에 이 책의 서명과 인용된 내용이 전한다. 특히『신당서』「발해전」에는 이 책을 근거로 발해 역대 국왕의 시호 · 연호 · 관제 · 지리 · 교통 · 물산 등에 대한 내용을 수록하고 있다.

자처럼 가지런히 뻗어 있었다. 앞서 일컬었던 큰 산과 깊은 계곡들은 모두 요동 천리 밖의 장벽들인 셈이다. 이에 크게 감탄하여 말했다.

"이는 천연의 험지다. 요동은 천하의 한 모퉁이에 불과하지만 영웅과 제왕의 흥기가 여기보다 성대한 곳이 없었다. 그 경계가 연나라, 제나라와 맞닿아서 쉽게 중국 형세를 넘볼 수 있었기 때문이다. 그렇기에 발해 대씨가 보잘것없이 흩어진 유민들을 데리고, 그것도 산 바깥쪽 지역을 잘라내 버린 채 한 귀퉁이에 웅거하고도 여전히 천하에 항거할 수 있었던 것이다. 고려 왕씨는 삼한을 통일했으나 끝내 압록강을 한 발자국도 넘지 못하였으니, 산천의 할거와 득실의 자취를 대개 알 만하다.

무릇 부인이 보고 듣는 바는 집 대들보를 넘지 못하고, 어린아이가 노는 곳은 겨우 문지방에 이를 뿐이어서 진정 담장 밖의 일들을 말할 수 없다. 이와 마찬가지로 신라 구주(九州)에 선비로 태어나 눈을 땜질하고 귀를 닫은 채 한·당·송·명의 흥망과 전쟁을 알지 못하니, 하물며 발해의 옛 자취를 알겠는가."

내 친구 유 군 혜풍(惠風: 유득공의 자)은 여러 방면을 두루 공부했고 시를 잘 지으며 고사를 잘 알아서, 이미 『이십일도회고시(二十一都懷古詩)』의 주석을 찬술해 조선에 관해 상세히 설명하였다. 이제 나아가 『발해고』 1권을 지어, 인물·군현·세차(世次)·연혁을 두루 엮어 자세히 배치하니 기뻐할 만하다.

그 내용은 왕씨가 고구려 옛 강토를 회복하지 못함을 탄식한 것이다. 왕씨가 옛 강토를 회복하지 못해 계림과 낙랑의 터전이 마침내 천하에 부질없이 자취가 끊어지게 되었기 때문이다. 나는 이 책이 내가 전에 보았던 것과 부합함을 알고 유 군의 재주에 감탄하니, 능히 천하의 형세를 살피고 왕도와 패도의 지략을 엿보았구나. 그 효용이 어찌 단지 섭륭례(葉隆禮) 및 왕즙(汪楫)[3]의 책과 함께 일국의 문헌으로 구비하

---

3 송나라 섭륭례는 『거란국지(契丹國志)』의 저자이고, 명나라 왕즙은 『사유구

여 그 장단점을 따지는 데 그치겠는가. 그래서 서문을 쓰고 이와 같이 논한다.

이 둘을 아울러 보면, 요동 벌판의 고적이 가끔 우리의 신경을 감촉해 이른바 문예 부흥적 정감을 유발했다는 점에서도 자못 효용이 있었음을 알 수 있다.

석문령⁴을 지나 요동 벌판으로 들어가며

천리 영주(營州)⁵를 처음 바라보매
석문령 높은 곳에 수레를 멈춰 섰네.
푸른 하늘 요동벌에 절반이나 들어앉아
대륙의 서쪽 끝도 석목(析木)⁶ 터라네.
설인귀⁷ 전쟁터에 날던 새 내려앉고
모용수⁸ 군루에 호자(壕子) 끊겼어라.
혼하도 또한 기자(箕子) 봉토인데
줄어든 나라 언제 크게 트이려나.

잡록(使琉球雜錄)』을 지었다.
4 석문령은 탕하(湯河) 저수지 서쪽에 있다. 압록강에서 석문령까지는 한반도 지세와 크게 다르지 않으나 석문령 이후부터 갑자기 요동 벌판이 넓게 펼쳐져, 과거 연행길에서 지형상의 큰 분수령 역할을 했다.
5 요하 서쪽 지역으로 오늘날 중국 랴오닝 성 차오양 시에 해당한다. 이 시에서는 요동 전체를 지칭하고 있다.
6 황도 360도를 30도씩 12궁(宮)으로 나누고 이 12궁의 차례와 위치로 지상의 분야를 나누었다. '석목' 궁에는 중국 동북쪽 유주 지역과 한반도가 들어간다.
7 설인귀는 당의 태종과 고종 때 활약한 장수이다. 당 태종의 고구려 침입 때 요동 안시성 전투에서 공을 세워 유격장군(遊擊將軍)으로 발탁되었다.
8 모용수(慕容垂; 326~396)는 5호16국 시대 후연의 건국자이다. 중산을 도읍으로 연(燕) 나라를 세웠다. 화북 동부를 평정하고 고구려 등에 점유된 요하 유역을 빼앗아 국력을 신장했다. 그러나 만년에는 선비 탁발부의 압박을 받아 쇠퇴했다.

백기보(白旗堡) 지나서 요서에 드니

이곳도 여전히 기자의 옛 땅

요동은 본래 고구려 땅이라

중원에 속한 것도 잠시일 뿐.

한 무제 웅도(雄圖)에 예맥이 열리고

모용씨 왕적(王跡)이 선비족 일으켜

바다는 오(吳) · 초(楚)와 삼천리에 통하고

구름은 수(隋) · 당(唐)의 백만 군처럼 흩어지네.

탄식하노니 기자 옛 땅 어디서 찾을꼬

논밭만 여전히 옛 모습 띠었어라.

이계(耳溪) 홍양호(洪良浩)의 위 시는 요동 벌판을 시정(詩情)보다
는 사감(史感)으로 음미한 좋은 표본이다. 위축된 나라를 애통해하
고 옛 영토를 생각하는 정은 유득공이나 박제가와 마찬가지로 찬
란한 옛 역사를 그리워하던 시대 정신을 표출한 것이다.

시정과 사감 외에도 요동 벌판은 또 문물 비교와 자기 반성의 거
울로서도 중요한 소임을 지녔다. 영조 · 정조간의 북학론은 다 요
동 벌판을 오가는 동안에 조선의 경제 기능, 생활 방식이 그네들보
다 얼마나 열악한지를 깨달은 데서 비롯되었다. 상세한 내용은 박
지원의 『열하일기』와 박제가의 『북학론』에서 논한 것과 같다. 다음
은 박제가가 연행에서 돌아온 후 청나라 문물을 자세히 살피기 위
해 다시 한번 가보고 싶다는 바람을 토로한 시편이다.

새벽에 앉아 회포를 쓰다(7수 중 3절만 뽑음)

신라는 바닷가에 처해 지금 땅의 8분의 1이요

고구려가 왼쪽에서 침입하고 당 군사가 오른쪽에서 쳐들어오나

창고는 저절로 남아 돌아 군사들 먹임에 실수 없었네.

이 무슨 까닭인가 세세히 보니 배와 수레를 사용해서네.
배로는 능히 외국과 통하고 수레로 말을 편하게 하니
이 둘을 회복하지 못하면 관중과 안영[9]이라도 어찌하리.

요해(遼海)는 몽고에서 나와 좁지만 길게 흐르네.
밝디 밝은 은나라 태사, 이 강역 처음 다스리고
공손씨와 발해 모두 이곳에서 나고 또 지니
평원은 넓어 끝이 없고 가축은 천리 늘어섰네.
일월(日月)은 비록 변방이나 풍습은 오히려 화인(華人)이니
바라건대 문양(汶陽) 밭을 새로이 해[10] 백성 빈곤 적으나마 위로했으면.

땅에서 얻은 황금 만근이라도 헛되이 굶어죽을 뿐이요
바다에서 캐낸 진주 백 섬이라도 고작 개똥과 바꿀 뿐이니
개똥은 거름이라도 되거늘 진주는 쓸 곳이 없어서라.
뭍 재화 연(燕)에 통하지 않고 바다 상인 왜(倭)에 닿지 않으니
비유컨대 들판의 우물이 긷지 않아도 고갈되듯 하구나.
안민(安民)이 보화로만 되지 않으나 살림 형편이 날로 졸렬해
넉넉지 못한 백성은 즐겁지 않고 궁핍한 백성은 도둑질하네.

　　이 시는 북학 사상이 요동 벌판을 온상으로 싹텄다는 한 증거로
삼을 수 있다. 배와 수레가 북학론의 큰 실마리 중 하나였음은 연
암의 「허생전」에서도 볼 수 있다. 여하간 광막한 요동 벌판이 조선
선(朝鮮禪)의 도를 닦던 곳임은 재미있는 사실이다.

9　관중(管仲)과 안영(晏嬰)은 춘추 시대 제나라의 명재상들이다.
10　문양(汶陽)은 예로부터 '문명의 기름진 지역(文明膏腴之地)'이라 칭해졌다.
　　『좌전』에 제나라와 노나라가 문양의 밭을 두고 싸웠다는 기록이 있다.

그 사이 오락가락
몇 다리를 넘었거니
이제와 동포 백만
전 요동을 쥐었으니
팔아도 내 땅이던줄
새로 알까 하노라.

75. 요하의 변장(邊墻)

요동 교통로의 연혁은 대개 『해동역사』(권 40, 交聘志 8) 공도(貢道)
조에 쓰인 것과 같다.

살펴보건대, 한나라와 위나라 때 삼한의 방국들은 모두 낙랑과 대방
두 군(郡)에 나아가 공물을 바쳤지 다시 중국까지 가지는 않았다. 진(晉)
나라부터 육조에 이르기까지는, 고구려와 북조(北朝)가 영토를 접하였
기 때문에 육로로 사신들이 오갔다. 신라와 백제는 모두 해로를 이용하
였다. 고려 초에도 바다를 건너 송나라를 섬겼다(事). 요나라 통화(統和)
연간(983~1011)에 요나라 사람들이 압록강 안팎의 여진족을 쫓아내고
성을 쌓아 길을 통하게 했다. 고려도 용철(龍鐵) 등에 성을 쌓아 비로소
육로로 요나라와 통하게 되었다. 현재 의주의 나루터는 실로 여기서 비
롯되었다.

의주에서 요양·광영을 지나 산해관으로 들어가는 관도(官道)는
원래 원나라에서 비롯되어 명에 계승되고 다시 청나라까지 이어졌
다. 다만 북으로 요양을 거쳐 신씨둔(新氏屯)에서 요서로 들어가는
노선은 청 강희제 이후에 생겨났다.

심양으로 돌아가지 않았던 시절에는 요동 벌판에서 안산(鞍山)을 거쳐 해성(海城)으로 내려왔다가, 우가장(지금의 牛莊) 서쪽에서 삼차하 바로 아래인 대요하를 건너 요서로 들어갔다. 그러므로 당시 행인들이 본 요하는 수폭도 넓고 진흙벌도 길어서 옛날부터 말해오던 요택(遼澤)과 요해(遼海)를 떠올리게 할만 했다. 『지봉유설』(권 2) 「제국부(諸國部)」의 다음과 같은 구절은 실감을 바탕으로 요택의 위치를 추측한 한 가지 사례다.

『여사(麗史)』에 이르기를 당 태종이 고구려 정벌을 위해 친히 요동에 왔을 내 요택의 진흙벌 때문에 마차 통행이 어려워 군사에게 풀을 베어 길을 만들도록 해서 마차가 지나다니는 다리로 삼았다고 한다. 내가 사령과 고평·반산 등지를 보니 광야가 끝없이 펼쳐졌고 요동과 요서에 변장(邊墻)을 수백 리나 쌓아 사람과 말이 다니게 하니, 이곳이 곧 옛날 요택이 아닌가 생각했다.

사령·고평·반산은 다 당시 요동만을 끼고 나가는 요하 서쪽 관도(官道)에 맞닿아 있는 도읍들로 임진란과 병자란 당시 이 노선을 따라 연행이 이뤄졌기에 당시 연행사들의 시문에 그 이름이 자주 보인다. 『백사집(白沙集)』「무술조천록(戊戌朝天錄)」[1]에 나오는 다음과 같은 시가들은 이 행로를 음미한 것이다.

---

1 백사 이항복(李恒福,; 1556~1618)의 저술이다. 이항복은 어려서부터 죽마고우인 이덕형과의 우정 이야기(오성과 한음)로 잘 알려진 인물이다. 임진왜란 중 명나라 사신 정응태(丁應泰)가 "조선이 일본과 짜고 명나라를 침공할 것이다."라고 명나라 조정에 허위 보고를 하자, 이항복이 연행사로 명나라에 가서 정응태의 무고를 밝힘으로써 사건을 무마했다. 인용된 시들은 연행길에 서장관으로 대동한 해월(海月) 황여일(黃汝一)과 화답한 것이다.

해월(海月)의 '납일(臘日)²에 해주위를 지나며 본 것을 기록하다'에 차운하다

나그네의 푸르른 말고삐와 미인의 비취색 보요(步搖)³가
우연히 성북 저자에서 만나 함께 남쪽 다리 건너네.
칠보 새 단장 화려하고 삼배(三杯)에 협기(俠氣)조차 올라오네.
좋은 시절 바람 볕도 화창하니 행락이 아침까지 이어지누나.

우가로 가는 도중 풍설이 매우 심하여

뭇 용들 마음껏 뽐내며 다투는 듯
온 들녘 함박눈이 땅을 덮어 엉겨드네.
만 그루 나무에 바람 더욱 거세고
천산에 천둥 울려 눈발조차 매섭네.
풍설 연방 몰아치니 천지가 홍몽⁴하고
코와 입에 불어오니 구멍마다 울리는 듯
눈구슬 흩어져 노을조각 되었다가
한번에 바람 타고 긴얼음 돼 날아가네.

해월의 시 '고평 들녘'에 차운하다(6언시)

북두성 진실로 들녘 끝에 뜨고
남쪽 바다 정녕 벌판 끝에 자리했네.
들판 덮을 만 척 소매 없음을 한하노니

2 납향(臘享)하는 날을 이른다. 납향은 조선 태조 이래 동지 이후 셋째 미일(未日)에 한 해 동안의 농사 형편과 그 밖의 여러 일을 갈무리하면서 하늘에 제사 지내던 풍속을 말한다.
3 부인의 머리에 올리는 장식품. 걸을 때마다 여기에 매달린 구슬이 흔들린다 하여 붙여진 이름이다.
4 홍몽(鴻濛)은 천지 자연의 원기(元氣)를 말한다. 천지가 아직 갈라지지 않았을 때 우주의 광대한 모양을 일컫는 말이다.

먼 하늘 석양에 홀로 춤추노라.

고평 들녘은 물론 고평 지역의 요서 평야를 가리키니, 백사는 이 곳의 활원함에 호기가 크게 일었던 모양이다. 『월사집(月沙集)』(권 4)의 「갑진조천록(甲辰朝天錄)」에도 「삼차하를 다시 지나는 감회」, 「고평을 지나면서 읊다」와 함께 「반산 가는 도중 즉석에서 읊다」라는 시가 있다.

가랑비 맑고 고와 촉촉이 젖은 진흙,
긴 들녘 비 개이니 시야가 아득하네.
구름사이 저녁해는 산기슭에 비추고
더위 띤 무지개는 강건너 서편이라.
괴하[5] 한창이니 사방이 녹음이요,
맥추 시작되니 천지가 푸르구나.
오늘 아침 빼어난 경치 아는 이 없으니
이를 표제 삼아 시를 지어 보리라.

또 『성소부부고(惺所覆瓿藁)』[6](권 1) 「정유조천록」에도 「고평(高平)」이라는 시가 있다.

넓은 들녘 포류(蒲類)로 통하고 긴 담장 근원(槿原)[7]과 경계 되네.
구슬픈 바람에 변방 말 몸 뒤채고 해 지자 두터운 어둠 감싸네.

---

5 '괴하(槐夏)'와 '맥추(麥秋)'는 모두 초여름을 뜻하며 음력 4월경에 해당한다.
6 조선 중기의 문신 허균(許筠)의 문집. 8권 1책. 필사본. 작성 연대는 정확하지 않다. 그러나 만력(萬曆) 계축에 쓴 이정기(李廷機)의 서문으로 미루어 보면 1613년(광해군 5) 봄이나 그 전해에 쓰여진 것으로 보인다.
7 조선의 별칭. 근역(槿域)이라고도 한다.

종군의 즐거움 아직 못 읊어 그저 나라 떠난 혼만 상하니.

슬픈 피리 두어 가락 울려퍼지매 저녁도 안되어 망루문 닫네.

과연 고평이 요서 평야 중에서도 문인들의 감상을 가장 많이 불러일으키던 곳임을 짐작할 수 있다. '포류'는 한(漢) 대의 서역 국명으로 지금의 파리곤(巴里坤)[8]을 일컫는다. 요동·요서의 평야가 서역에까지 닿아 있다는 것은 물론 그 광원한 느낌을 과장해서 표현한 것이다. 또 '긴 장벽'이라 한 것은 명나라 초에 축조한 요하투(遼河套)의 변장(邊牆)을 가리킨다. 『독사방여기요(讀史方興紀要)』(권 37, 遼東都指揮司 遼水條)에 "명나라 영락 연간에 요하에 변장을 축조했다. 길이가 매우 길었다."라 한 그것이다.

변장이란 옛날에 '장(障)'이라 일컫기도 한 일종의 장성(長城)으로 지나가 옛날부터 외적 방어를 위해 흔히 만들었던 시설 중 하나다. 지나인이 요동 방면에 장벽을 설치한 것은 멀리 전국 시대 연나라 때 시작되었다. 진과 한이 또한 이를 좇았고, 동진 이후 지나인 세력이 쇠퇴하면서 장벽도 폐지되었다. 수·당·오대(五代)에도 이를 보수하지 못하다가 송대에는 일시적으로 직예만의 섬들을 관리했지만, 바다 건너 요동까지 경영하지는 못했다.

원에 들어와서 요동이 다시 지나 중원과 더불어 한 판도 안에 들어가고, 명나라가 크게 흥성한 후에 요동이 수·당 이후 처음으로 지나 세력 아래 귀속되었다. 명이 이 영토를 확보하기 위한 가장 긴요한 변방 대책으로 동서에 걸쳐 변장을 축조하여, 동북으로는 여진족을 방어하고, 서북으로는 걸핏하면 여진과 내통하려는 올량합인(兀良哈人)을 방비했다.

변장의 구조는 대개 현지 정황에 따라 이른바 벽산장(劈山牆)·

---

8 현재 신장 위구르 자치구에 있는 바르쿨(Barkul)을 가리킨다.

석장(石牆)·석타장(石垜牆)·산험장(山險牆)·토장(土牆)·작목장(柞木牆)·목판장(木板牆)·전장(磚牆) 등의 형식을 이용하는데, 각각의 특징은 대개 글자 뜻에서 짐작할 수 있다.

명대의 변장은 크게 세 부분으로 구분되니, 곧 요하투·요서·요동부의 변장이 그것이다. 이 변장은 태종 영락 때부터 영종 정통(正統)에 이르는 40~50년간 축조한 것이다. 요하 유역과 요서의 변장이 먼저 만들어지고, 요동 동부의 변장은 나중에 생겼다. 각 변장의 위치는 때에 따라서 변천이 있었는데, 그중에도 동부 변장이 가장 큰 변천을 겪었음은 역사상으로도 실제상으로도 고증할 수 있다.

요하와 요서의 변장은 명나라 초 시라무렌 강 하류 지역에서부터 개원(開原) 서북에 걸쳐 산재하던 올량합의 침략을 방어하기 위한 것이었다. 요동 동부 변장은 지금의 무순성 동쪽 20지리 가량에서 시작하여 남쪽으로는 압록강, 북으로는 개원 동북방을 둘러싼 성을 말한다. 대개 건주 여진의 침입을 방비하기 위한 것이었는데, 여진 세력의 성쇠를 따라 변장의 위치가 줄고 늘기를 여러 차례 반복했다.

명의 변장은 외형이 큰 것에 비하면 내실이 부족하여 국방상 효과가 크지 못했다. 청이 변방에서 중원에 입주한 후에는 변장의 외적 방어라는 효용은 물론 없어졌다. 하지만 도리어 전과는 반대로 청나라 발상지를 보호하고 한인(漢人)의 유출을 방지하기 위해 다시 변장을 수축하고 호(壕)와 성책(柵)을 설치했다. 성책을 만들 때 버드나무 가지를 이용하였다 해서 유조변(柳條邊)이라는 이름을 얻기도 했다.

산해관에서 시작해 동북으로 완만히 이어지다가, 개원성 동방에서 한 줄기가 갈려 나가고, 주선(主線)은 그냥 동북으로 뻗어 송화강 넘어 노부령 산맥의 북취(北嘴), 발특합(發特哈) 동쪽 양자산(亮子

山)에 이르러 끝난다. 개원성 북으로 갈려 나간 것은 동진을 계속하여 동요하, 송화강 각 지류의 분수령을 타고 손하(遜河), 동가강(冬佳江)변으로 가다가, 다시 소자하(蘇子河) 분수령을 타고 서남쪽으로 이어져 이른바 성경원장(盛京園場)이라고 하는 청 조정의 사냥터를 구획한다. 또 양자산에 이르는 주선이 몽고와 만주의 강역을 나누고 있다.

그러나 변방 밖 세력이 중원으로 침입하는 것을 막기 위해서나, 반대로 중원 세력이 변방 밖으로 유출되는 것을 막기 위해서나, 장성이나 변장이 결국 대단한 효용이 없었음은 역사가 우리에게 일러주는 바와 같다.

요해의 백리(百里) 수령
천리 변장 만리장성
물 부어 샐 틈 없을
천조인작(天造人作) 모든 방비
동방에 이는 왕기(王氣)를
막은 무엇 있느뇨.

76. 요해

옛날부터 요해(遼海)라는 말이 있어, 요동이나 요서, 혹은 요하나 발해만, 혹은 요하 유역 어느 일부분만의 호칭으로 쓰여 온다. 『문선(文選)』(권 38) 「환온천초수표(桓溫薦譙秀表)」에 다음과 같은 내용이 나온다.

들자하니, 파서(巴西)의 초수(譙秀)[1]는 절조가 굳고 덕이 있어 은거하니 … 비록 기리계(綺里季)[2]가 상락(商洛)에 거하고 관영(管寧)이 요해(遼海)에 말 없이 있었어도, 초수에 비하면 별로 더 나은 것이 없다.

'관영'은 삼국 시대에 난을 피해 요동성에 온 자로, 높은 정조(情

---

1 초수는 4세기의 파서(巴西; 현재 쓰촨성) 사람이다. 자는 원언(元彦). 유학으로 유명했으나 세상과 교류하지 않았다. 천하가 어지러워질 것을 알고 친척들도 만나지 않고 관직에도 나아가지 않았다. 항상 피변(皮弁)을 쓰고 해진 옷을 입은 채 몸소 밭을 갈았다. 환온(桓溫)이 촉(蜀)을 멸할 때 상소를 올려 천거했으나 조정에서는 그의 나이가 많다고 부르지 않고 대신 칙사를 보내 사시사철 안부를 물었다고 한다.
2 한나라 때 원공(園公) 기리계(綺里季)가 세상을 피해 상락(商洛)의 깊은 산으로 들어갔다고 한다.

송막 연운록

操)로 일컬어지던 자다. 이 글의 요해는 곧 요동군 방면을 가리킨 것이다. 『수신후기(捜神後記)』(권 1)에도 이런 전설이 실려 있다.

정령위(丁令威)는 본래 요동 사람이었다. 영허산(靈虚山)에서 도를 배운 후 학으로 변했다가 요동으로 돌아와 성문 화표주(華表柱)에 앉았다. 그때 어떤 소년이 활로 쏘려 하자, 학이 날아올라 공중에서 배회하며 말하길, "새여 새여 정령위여, 천리 집을 떠나 이제 돌아왔네, 성곽은 그대로인데 사람은 아니로다. 어찌 신선술 배우지 않아 무덤만 즐비한가."라 하고는 하늘 높이 올라가 버렸다. 현재 요동 장정들이 말하길, 선조들 중에 신선이 되어 올라간 경우가 있는데 이름은 알지 못한다고 한다.

이 전설은 앞서 말한 관영의 고사와 함께 요동의 좋은 시재(詩材)가 되어 왔다. 원진(元稹)[3]의 시에서 "요해(遼海)는 마치 천년 학을 생각하듯, 도회에 잠시 머물다 그만 되돌아가네."라 하고, 허혼학(許渾鶴)의 시에 "후산(猴山)[4]은 머나먼 구름 맴도는 곳, 요해(遼海)로 돌아오는데 오랜 세월 걸렸네."라 하고, 당나라 자서(子西)의 시에 "학은 요해(遼海)로 돌아와 인간 세상 슬퍼하고, 원숭이는 파산(巴山)에 들어가 지는 달 슬피 우네."라 한 요해(遼海)는 모두 정령위가 학이 되어 요동에 돌아왔다는 고사를 인용한 것이다. 이를 보아 요동을 흔히 요해(遼海)로 불러 왔음을 알 수 있다.

『주서(周書)』「민제본기(閔帝本紀)」에 이런 글이 나온다.

---

3 원진(779~831)은 당나라의 문학가로, 일상 현실을 솔직하게 담은 시들을 썼다. 대표 작품으로 60년 전쟁으로 고통받는 농가의 한을 쓴 『전가사』, 상인들의 불로 소득을 풍자한 『고객악』 등이 있다.
4 석문산에 있는 봉우리로 산 정상에 원숭이 모양의 바위가 있다고 해서 붙은 이름이다. 손오공이 지나다가 이곳에서 요괴를 물리치고 자신의 털로 분신을 만들어 마을을 수호하게 했다는 전설이 남아 있다.

원년 춘정월 신축일에 천왕(天王)께서 즉위하셨다. … 임인일에 원구(圓丘)에 제사 지내고 조칙을 내리셨다. "나는 본래 신농씨의 후손이니, 마땅히 두 제단의 제주(祭主)가 된다. 시조 헌후(獻侯)는 요해(遼海)를 열고 비로소 나라의 기틀을 세웠으니 남북교(南北郊)에 배향한다. 문고(文考)[5]는 덕이 오행의 운행에 부합하고 하늘의 밝은 명을 받아 명당(明堂)에서 제사 지내니 상제(上帝)에 배향하고 묘호를 '태조'라 한다."

북주(北周)의 민제가 천왕에 즉위하면서, 요서에서 국가의 기틀을 정한 시조와 선친인 주 문왕에게 남북교와 상제에서 각기 제전을 거행했다. 여기서 이른바 요해는 말하자면 요서 지방을 가리켰다 할 것이다. 요서를 요해라고 일컬은 예는 이후의 역사 기록에도 자주 보이니, 이를테면 『후위서』(권 100) 「고막해전(庫莫奚傳)」을 들 수 있다.

고막해국(庫莫奚國) 선조는 동부(東部) 우문씨(宇文氏) 부족의 별종이다. 처음에 모용원진(慕容元眞)[6]에게 부락이 파괴되었을 때 살아남은 자들이 만주와 몽고 일대로 숨어들었다. … 등국(登國) 3년(388) 태조가 친히 이들을 토벌하여 약락수(弱洛水) 남쪽에서 크게 물리쳤다. ... 이어서 황제의 군대가 남쪽에서 운중(雲中)으로 돌아와 연(燕)과 조(趙)를 복종시켰다. 십수 년 간 여러 종족과 고막해가 모두 번성하였다. 이에 요해를 개척하고 수화룡(戍和龍)을 설치하니, 변방 민족들이 두려워하며 제각기 공물을 바쳤다.

---

5 주나라의 창시자인 문왕(文王)을 가리킨다.
6 모용황(慕容皝)을 말한다. 원진은 자이다. 동진(東晉)은 모용황에게 평북 장군 행평주자사(平北將軍行平州刺史) 등의 관직을 주어 요동을 다스리게 했다. 선비족의 내란을 평정한 후 모용인(慕容仁)을 살해하고 337년에 연왕(燕王)이라 자칭했다.

남북조 시대에 노합하 유역에 거주하던 고막해(간단히 奚라고 칭하기도 한다)를 위나라 태조가 평정하고 화룡(和龍; 지금의 朝陽)에 상비군을 두니, 그 일대 지방이 모두 그 위세에 두려워했음을 말하는 것이다. 『주서』의 「돌궐전」에는 또 이런 내용이 있다.

과라(科羅)가 죽자 동생 사근(俟斤)이 뒤를 이어 목한(木汗) 가한(可汗; 칸)이라 칭했다. 그는 성품이 강폭하여 정벌에 힘썼다. 병사를 이끌고 등숙자(鄧叔子)를 쳐서 멸하니 등숙자가 남은 무리를 이끌고 도망쳤다. 사근이 또 서쪽으로 잘달(嚈噠)을 쳐부수고, 동쪽으로 거란에게 달려가고 북쪽으로 계골(契骨)을 병합했다. 변방의 방국들을 위엄으로 복종시킨 것이다. 그 영토가 동쪽은 요해(遼海) 서쪽, 서쪽은 서해 만 리, 남쪽은 사막, 북쪽은 북해 5~6천 리에 이르기까지 모두 복속시켰다.

이에 따르면 당시 돌궐의 세력 범위가 거란의 거주지인 시라무렌 강과 노합하 유역까지 미쳤음을 알 수 있다. 이곳들은 다 요서 땅으로 지금으로 치면 면주(綿州)와 열하 두 성(省)을 가리킨다.

또 요동 · 요서를 가릴 것 없이 휘뚜루 요하 유역 내지 만주 지방이라는 뜻으로 요해라는 이름을 쓴 예도 있으니, 『당서』(권 12)의 「설인귀전(薛仁貴傳)」을 들 수 있다.

건봉(乾封) 초(666)에 고구려 천남생(泉男生)이 무리를 이끌고 귀순하니 고종(高宗)이 장군 농동선(龐同善)과 고간(高偘)을 보내 이들을 위로하고 받아들였다. 그러나 천남생의 동생 남건(男建)은 고구려인들을 이끌고 저항하며 귀순하지 않았다.

고종이 조서를 내려 설인귀에게 병사를 통솔하여 토벌군을 후원하도록 했다. 농동선을 보내 신성(新城)에 이르렀을 때 밤에 적들에게 습격을 당하였으나, 설인귀가 적을 공격하여 수백 명을 베었다.

농동선이 진격하여 금산(金山)에 도달했으나 적들을 두려워해 더 나아가지 못했다. 고구려가 승기를 타고 진격해오자 설인귀가 공격하여 적진을 둘로 쪼개니, 무리는 궤멸되고 목숨을 잃은 자 5천이었다. 남소(南蘇) · 목저(木底) · 창암(蒼巖) 3성을 빼앗고 드디어 천남생의 군대와 만났다. 고종이 조서를 내려 설인귀의 노고를 치하했다.

설인귀가 병졸 2천을 이끌고 부여성을 공격했다. 장수들은 병졸이 적으니 전투를 멈추자 하였으나, 설인귀는 "승패는 병사를 잘 쓰는 데 달렸지 병사 수가 많은 데 달린 것은 아니다."라며 몸소 군사를 이끌었다. 적을 만날 때마다 쳐부수어 만여 명을 살해하고 성을 빼앗았다. 또 바다를 통해 육지를 측면 공략하여 이적(李勣)의 군대와 합류했다. 부여성이 항복하자 40개의 다른 성들도 앞 다투어 정성을 표시해 왔다. 그 위엄이 요해(遼海)를 진동시켰다.

여기서 "위엄이 요해를 진동시켰다."라고 함은 물론 그의 무공이 요(遼) 전역에 미쳤다는 말이다. 명나라 가정(嘉靖) 을미년(1535)에 요양 · 광영 · 무순에 차례로 난리가 일어나 순무(巡撫) 증선(曾銑)이 이를 평정했다. 요(遼) 인사들이 그를 찬양하는 시편을 만들고 서경숭(徐景嵩)이 제목을 '숙청요해시책(肅淸遼海詩冊)'이라 한 일도 있다(『도서집성』 직방전 권 173, 奉天府部 藝文 참조). 이런 데 쓰인 '요해'가 다 만주 전체를 의미함은 물론이다.

만주 지방을 왜 요해라고 부르는 것일까. 혹은 바다 건너 멀리 있는 땅이라는 데서 말미암았을 수도 있다. 혹은 요하가 시기와 지역에 따라서 '하(河)'라기보다 갯벌이라고 하는 것이 더 적당하기에, 요하라는 이름이 바뀌어 요해라는 이름을 얻은 것일 수도 있다. 발해(渤海)를 부를 때 특히 요동만에 해당하는 부분을 요해라고 했던 것은, 오랜 옛날부터의 일임에 틀림없다. 우선 두보의 시에 "구름 같은 범선 요해(遼海)로 가고, 멥쌀 벼는 동오(東吳)로 오네."[7]

라 한 데서 이미 한 가지 예를 찾을 수 있다. 우리 『용비어천가』 제
9장의 주석에 "요동과 요서 아래로는 모두 요해다."라 한 것은 이
를 분명히 표시한 사례다.

또 한편으로는 요해가 요하의 어느 일부분을 일컫는 일도 있다.
서요하의 두 원류가 합하여 동요하로 넘어가는 곳, 즉 지금의 요원
(遼源) 부근의 요하를 특히 요해라고 일컫는 것이다. 『요동지』(권 1,
지리지 산천) 중 개원(開原)에 대한 설명이 그러하다.

> 요해(遼海): 성 서쪽 250리. 원천은 애하(艾河)에 닿음. 서쪽 양방(梁房) 해
> 구로 흘러 들어감.
> 애하(艾河): 성 동북 250리. 원천은 나단부(那丹府)에서 나옴. 서쪽으로
> 흑취(黑嘴)까지 흘러 토하(土河)와 만난다. '요해'라 부르기도
> 한다.
> 도하(塗河): 성 서쪽 250리. 원천은 창왕영(昌王營) 동북 향산(響山)에서
> 나온다. 동쪽으로 금산 흑림취(黑林嘴)까지 흐른다. 남쪽으로
> 요해까지 흐른다.
> 사하(土河): 성 북쪽 250리. 원천은 나단부 서산에서 나온다. 남쪽으로
> 흑취까지 흘러 애하와 합류한다.

'토하'는 노합하를 말하며, '애하'는 시라무렌 강의 하류를 가리
키는 것이리라. 요해라는 이름은 대개 그 두 개의 강물이 합해지는
부분에 붙인 이름이었던 것 같다. 우리 박제가의 「새벽에 앉아 회
포를 쓰다」라는 시에 "요해는 몽고에서 나와 좁지만 길게 흐르네."
라고 한 것은, 반드시 어느 일부분만이 아니라 요하 전체의 별명쯤
으로 썼을 것이다. 요나라 때 이후로는 요해가 실제 그 지방을 일

---

7 두보의 시 「후출새(後出塞)」 제4수에 나오는 구절이다.

컫는 말로 쓰이니 『요동지』(권1, 지리지 연혁 중 개원)에서도 몇 가지 예를 찾아볼 수 있다.

개주위(蓋州衛)는 … 본래 요동군 지역이었는데, 수나라 초에 고구려가 점거하여 개모성(蓋牟城)으로 삼았다. 해금(海金)이 모두 다시 그 속지가 되었다. 당나라가 고구려를 격파하고 그 성을 개주(蓋州)라 했으며, 발해도 그렇게 불렀다. 요나라는 이곳이 진한과 통한다고 하여 '진주(辰州)'라고 불렀다. 요해군절도사(遼海軍節度使)는 봉국군(奉國軍)으로 승격되었다.

요해위(遼海衛)는 홍무 11년(1378)에 설치되었다. 처음에는 출가장(出家庄)을 두었다가 26년(1393)에 개원성(開原城)을 설치했다. 9개의 천호소(千戶所)[8]를 거느렸다.

또 같은 책(권 2) 「건치지(建置志)」 광녕포정분사(廣寧布政分司)조항의 장내(張鼐) · 요해(遼海) · 동녕도(東寧道)에서도 그 예를 찾을 수 있다.

요동 강역은 『우공(禹貢)』에 나오는 기주(冀州)와 청주(青州)의 교차점에 해당한다. 진(秦) · 한(漢) 이래로 그 백성들을 군현 아래 두었으나 다스림이 일정하지 않았다. 우리 태조 고황제께서 … 군현을 파하고 오롯이 군위(郡衛)를 설치하셨다. … 비로소 포정분사(布政分司)가 광녕(廣寧)에 있고, 안찰분사(按察分司)가 요양에 있게 되었다. 성화(成化) 을사(己巳; 1485)에 수신(守臣)이 … 포정사를 요양으로 옮겨서 식량을 관할했고, 안

---

8 명나라 때 군대의 조직 단위. 1위의 군인은 5,600명이고, 1위는 5개의 천호소로 구성되었고, 천호소는 10개의 백호소(百戶所)로 구성되었다. 각기 지휘사 · 천호 · 백호가 관장하였다.

찰사를 광녕으로 옮겨 재판을 전담하게 했다. 지금의 요해와 동녕이 그
곳이다.

여기에 쓰인 요해가 요동과 요서를 포괄한 명칭임은 그 관할 범
위를 보아 알 수 있을 것이다.

이천리 원류(源流) 그냥
삼천년의 역사로다.
숙신과 구려(句麗) 선비(鮮卑)
삼차하에 갈렸다가
요금(遼金) 이래 통일만주는
대요하와 같구나.

77. 북학

과거 요동과 북경 지역을 향했던 사절단은 그 본래의 사명 이외에도 매년 의례히 선진 사회를 견학하고 그 세태와 풍속을 호흡한다는 부차적 의미도 가졌다. 일찍이 명나라 때는 질정관(質正官)이라 해서 오로지 학문 중 의문이 나거나 어려운 부분을 물으러 가는 전임 사절을 수시로 파송했다. 청나라 때는 민족적 적개심이 앞서서 그들에게 가르침을 청하려 하지는 않았지만, 근세에 이르러서는 유명한 북학론이 성행하게 되었다.

북학이라는 말은 원래 『맹자』「슬문공(滕文公)」에 "진량은 초나라 태생이니 주공과 중니의 도를 좋아했다. 북쪽으로 중국에 가서 공부하였는데, 북방 학자들 중에도 그보다 앞선 자가 없었으니 그는 이른바 호걸 선비라 할 것이다."라는 구절에서 나왔다. 조선인이 선진 문화를 기쁜 마음으로 받아들이려는 태도를 형언한 것이다.

효종 이래의 국민 경제에 대한 반성이 영정조 대에 이르러 더욱 심각해지면서, 외국 특히 지나의 진보한 생활 요소를 배워 오자는 개화 사상가들이 이 말을 즐겨 사용했다. 고려 이승소(李承召)의 「목은(牧隱)을 생각하는 시」를 보면, "청년 시절 중국에 가서 과거에 급제했네[靑年北學利觀光]"라 하여, 목은이 원나라에서 과거에 급제했음을 "북학 관광(北學觀光)"이라고 표현한 적이 있다. 이처럼 반도인의 북학 관념에는 원래부터 숭상의 의미가 깃들어 있었지만, 북학이 나라를 구할 도리로서 식자들 사이에 주창된 것은 진실로 조선 근세의 일이다.

그러면 그네들의 북학이란 어떠한 것이었을까? 우선 요동 땅을 오가면서 지나인의 웅장한 성채와 널찍한 민가, 배와 수차(水車)의 큰 활용도를 보고, 우리의 경제적 무능을 통절히 깨달은 것이 북학의 도에 처음 입문하게 된 계기였다.

다음으로 요양과 심양, 광녕과 산해관을 둘러보는 열흘 칠백 리의 도정에서 조선의 성시(城市)가 좁고 남루함을 떠올리며 벽돌을 구워 써야겠다 하고, 조선 농작의 유치함을 떠올리며 수차를 보급해야겠다는 생각을 했을 것이다. 마지막으로 베이징의 청나라 관청이 얼마나 성대한지를 보고는 북학의 수입을 더 이상 늦출 수 없다는 열정이 솟구쳐 올랐을 것이다. 북학론은 이렇게 요동 벌판의 기나긴 여행길에 부대끼면서 알지 못하는 사이에 일어난 자기 관조의 결과였다.

요동 벌판에서 베이징까지의 사행(使行)을 마치 북학을 배울 좋은 기회쯤으로 생각한 사례를 정조 6년(1782)과 8년(1784) 연간에 이뤄진 홍양호의 연행에서 찾아볼 수 있다. 이때 홍양호는 각기 동지부사(冬至副使)와 정사(正使)의 임무를 띠고 북경에 건너갔다. 그가 이광려(李匡呂)[1]에게 여행길에 대한 조언을 청하니, 이광려가 편지를 통해 답하기를, 사행의 큰 선물로 벽돌 굽는 법을 배워 오면 국가가 크게 덕을 입으리라 하였다.

---

1 이광려(1720~1783)는 조선 후기의 실학자로, 자는 성재(聖載), 호는 월암(月巖) 또는 칠탄(七灘). 문장이 뛰어나 당시 사림의 제1인자였다고 한다. 실용적 학문에도 관심이 많아 일본에서 들여온 고구마 재배를 선구적으로 시도했다. 저서로는 『이참봉집(李參奉集)』이 있다.

홍판서 한사(漢師)에게 보낸 편지² 『이참봉집』 권 4)

지난번 편지에 말하길, "우리 친구들이 이제 이 세상에 몇 명뿐인데, 만 리 행차에 어찌 전별하는 말 한마디 없을 수 있겠는가." 하였지요. 내가 한사 그대와 평소 한성에 함께 살면서도 반년이나 몇 개월씩 만나보지 못한 적도 많았소. 그런데 이제 그대가 연경에 간다 해도 불과 4~5개월이면 돌아올 텐데, 이별을 생각하니 그저 망연하기만 하구려. 늙어서 그런 것일까요. 그러나 이별과 만남은 말할 것도 없고 노정의 고생은 이루 다 말할 수 없을 것이오.

한사는 글 읽는 선비요, 또 과거에 급제해 경대부의 반열에 있으니 어찌 나라 살림과 민생에 깊이 마음을 쓰지 않겠소. 그러니 진실로 나라 살림과 민생에 중대한 손익이 달린 일, 또 이번 행차에서 할 수 있는 일들을 한사에게 자세히 말하는 것이 옳을 것이오.

지금까지 이 나라가 연경(燕京)과 소통한 것이 몇 세대나 되었는데, 다만 잡화 몇 가지만 유통될 뿐 벽돌 굽는 일에 대해 알아본 이가 없어서, 내가 개탄했었소. 혹자는 세상에 나라와 관계되는 일이 많은데 하필 벽돌이 무엇이냐며 신경을 쓰지 않으니 그들의 생각이 얼마나 현실과 동떨어진 것이오.

많은 말을 할 겨를이 없소만, 이제 우리나라에서 하루아침에 기와를 버리고 쓰지 못하도록 하면 사람들이 놀라기보다는 크게 슬퍼할 것이오. 기와는 보고 벽돌은 보지 못하였기 때문이지요. 기와도 이처럼 없어서는 안 되거늘, 벽돌이 어찌 끝내 없을 수 있겠소.

나라 살림과 민생에서 가장 긴급하게 필요한 것은 성곽과 궁실, 창고일 것이오. 우리 성곽과 궁실과 창고는 평상시에도 이미 피폐하여 감당할 수 없으니, 재물의 손실과 인력의 낭비가 끝이 없소. 빠르든 늦든

---

2 임인년(1782) 10월 그믐에 이광려가 홍양호에게 쓴 편지이다. 한사(漢師)는 홍양호의 자(字)이다.

분명 더 이상 버티지 못하게 될 것이오. 그 피폐함은 마땅히 하루도 버티지 못할 듯 걱정해야 할 정도거늘, 수백 년이나 이를 알고도 대책을 도모하지 않으니 무슨 까닭이오. 습속에 젖어 이를 재빨리 살피지 않고 걱정만 하다가 이 지경에 이르렀으니 진실로 애통한 일이오.

그 피폐함을 떨쳐내 성곽을 확장하고 궁실을 수리하고 창고를 튼튼히 하려면 다른 방법이 없소. 건축에 힘을 다해야 할 뿐이오. 건축에 힘을 기울이는 데는 중국에서 쓰는 벽돌 만한 것이 없소. 벽돌의 이로움은 기와로 집을 덮는 것보다 열배 백배 크지만, 사람들이 이를 얼른 헤아리지 못하기에 기와에 비유하여 이해시키기도 하니, 습속이란 이처럼 쉽게 깨우칠 수 없는 것이지요. 우리 백성들은 백 냥으로 기와 백 개를 사는데, 중국인들에게 벽돌 백 개는 그저 은 한 냥 정도의 값이랍니다. 이는 문충공(文忠公) 이항복의 『백사집』에 실려 있소.

벽돌 가마를 만드는 데는 일정한 방법이 있으니, 불에 굽는 것이 가장 쉽고 쓰임새도 많소. 이번 연행길에 가서 보시오. 중국 지경에 들어서면서부터 연경에 이르기까지 수천 리 여정에 성황당 · 가게 · 가옥 · 담장 · 계단 · 벽 · 정원 · 하수도 · 관청 · 창고 등 발로 밟고 눈으로 보는 모든 것들이 대개 벽돌로 짓지 않은 게 없을 것이오. 벽돌이란 물과 불과 흙으로 만든 물건이니 그저 미미하고 천한 것에 불과하지만, 잘 사용하면 그 용도가 진실로 광대하고 이로움을 알 수 있소.

돌이켜 우리나라를 생각해보면, 크고 작은 공사가 모두 어떻게 이뤄지는지 굳이 다른 사람 말을 빌릴 필요도 없을 것이오. 반드시 벽돌 굽는 방법을 배워 우리나라에서 사용할 수 있게 해야만 이 문제가 해결될 것이오. 정말 이렇게만 된다면 수백 년 동안 이루지 못한 것을 시행함이 한사에게 달려 있으니, 그 공로와 은택이 헤아릴 수 없이 클 것이오. 그런 연후에야 글 읽는 선비 됨이 헛되지 않고 수천 리 왕복한 것이 구차스럽지 않게 될 것이오. 노쇠함을 무릅쓰고 임금님과 친족을 멀리 떠나 행차하는 터에, 어찌 다만 수레와 주전(廚傳)³에 들어앉아 한때의 관광에 만족할 수 있겠소.

벽돌에 대해 상세히 다 말하고 싶지만 너무 많아 다 이를 수 없으니, 병을 무릅쓰고 붓을 잡아 겨우 이렇게 쓴다오. 근년에 더욱 노쇠하고 둔해져서 시를 지을 수 없으나, 애써 말하고자 하는 바가 있어 억지로 20자를 지었지만, 또한 앞에 말한 뜻을 펼 따름이요, 시라고 할 만한 것은 아니오.

관리들 연경에 왕래한 지 유유히 몇 년이나 되었나.
정녕 나라 살림 달려 있으니 이번 길에 벽돌 굽는 법 알아오시게.

이광려는 시인이요, 홍양호 또한 문사(文士)였지만, 연행길에 부탁하는 바가 벽돌 굽는 것을 배워오라는 데 그치니, 당시의 학풍이 얼마나 실사구시적(實事求是的)이었는지 알만하다. 또 연행과 북학이 표리 관계를 이루고 있던 그 시대의 사조를 엿볼 수 있다. 꼭 이광려에게 부탁을 받았기 때문만은 아니겠지만, 홍양호가 두 차례에 걸친 연행 길에서 풍속 탐사에 얼마나 노력을 기울였는지는 『이계집』의 「연운기행(燕雲紀行)」에서 넉넉히 엿보인다. 이를테면 다음의 인용문이나 이밖에 여러 편이 그러하다.

요동 풍속 40운(韻)

행로 9일에 요야 이르니, 산과 강물이 보기 좋구나.
한나라 변경 북방으로 넓히고, 요임금 교화 동방으로 퍼지니
천지가 큼을 이제 알괘라 아득한 들판에 일월 잠기네.
얼음물 마신다 괴롭다 하랴 날리는 눈 옷 적신다 근심 하리오.

---

3 주(廚)는 음식점인 주포(廚鋪), 전(傳)은 역마를 내주는 역전(驛傳)으로, 곧 멀리 오가는 관원이 경유하는 역참에서 음식과 역마를 제공하는 것을 이른다.

길 미끄러워 수레 머물 곳 없고, 바람 높아 깃발 쳐질 틈 없네.

구름에 먼지 일어 더욱 어둡고, 하늘과 땅은 서로 맞붙었구나.

물은 천 갈래로 흩어져도, 산은 한 봉우리도 솟지 않아

과보(夸父)⁴도 남북 사이에 헤매고, 화중(和仲)⁵도 서쪽 봉우리 잃겠네.

기러기 줄 맞춰 날기 어렵고, 솔개는 작은 것도 한눈에 보리.

봄에는 진흙길이 걱정이요, 여름에도 찌는 더위 없으나

기후가 어지러이 변하니, 날씨를 누가 미리 점치리.

곧은 땅 만물을 실을 만하나,⁶ 너른 개펄 물 고여 흐르지 않네.⁷

원기(元氣)⁸는 아득히 쌓여만 가고, 새로 난 햇볕이 점점 더하네.

하늘 별자리 미두(尾斗)⁹ 분(分)이고, 땅은 보배로워 뭇짐승 많네.

중국과 오랑캐 풍속 섞이고, 뭍과 물의 생활을 겸하였으니

들판 밭에는 촉나라 기장 분명한데, 멀리 뜬 배는 제나라 소금 실었나.

쌓아올린 건물은 모두 벽돌에 깔아 놓은 대자리 다 갈대라

햇빛 향해 너른 창 뚫어 놓았고, 방화 위해 처마 높이 들어올렸네.

---

4 과보는 『산해경』 해외북경(海外北經)에 나오는 신화적 인물. 해를 쫓아가다 목이 말라 황하와 위수의 물을 다 마셨으나 그래도 부족해 북쪽 큰 호수의 물을 먹으러 가다가 목말라 죽었다고 한다.

5 화중은 요 임금의 신하다. 요 임금이 명하여 서쪽 매곡(昧谷)에 거하며 일몰과 별을 관찰하여 추분(秋分)을 확정하고 추수를 편리하게 하라 했다. 『사기』 오제본기(五帝本紀)에 나온다.

6 원문은 '능후재(能厚載)'이다. '후재(厚載)'는 『주역』 곤괘(坤卦) 단전(象傳)에 나오는 말로 "땅의 두터움이 만물을 실음에 그 덕이 하늘의 무강(無疆)함에 부합한다."라고 하였다. 이 글에서는 요동 들판의 확 트인 지세를 묘사하기 위해 쓰였다.

7 원문은 '불유겸(不流謙)'이다. '유겸(流謙)'은 『주역』 겸괘(謙卦) 단사(象辭)에 나오는 말이다. "천도(天道)는 차서 넘치면 허물어뜨려 겸허함을 더해주고, 지도(地道)는 차서 넘치면 바꾸어 겸허히 흐르게 하며, 귀신은 차고 넘치면 재앙을 내리고 겸허하면 복을 주며, 인도는 차고 넘치면 싫어하고 겸허함을 좋아한다." 이 글에서는 요동 들판 개펄의 질척거리는 지세를 형용하고 있다.

8 『주역』에서 천지와 음양이 분화되기 전 혼돈 상태의 기운을 이르는 말이다.

9 큰곰자리의 꼬리 부분에 있는 북두칠성을 말한다.

길을 따라 상점들 벌려 있는데, 장식 수레 거리에 즐비하다네.

양 어깨에 물 긷는 통 둘러 메고서, 손에는 벼 베는 긴 낫을 들고

말을 몰 땐 모두 능란하지만, 소 부릴 땐 코뚜레 꿰지도 않네.

손님에게 먼저 차를 내놓고, 예불 때는 매번 제비를 뽑네.

남의 말 들을 땐 건성이지만, 사람 만나 실없이 수다로구나.

돼지는 예전 같이 흰 것 없으나, 옷은 예전부터 검은 빛이네.

옷깃 고름은 엇갈려 매고, 국에 만 밥도 젓가락으로 먹네.

연자방아 사용해 인력을 덜되, 구리그릇 사용은 엄금하누나.

방구들엔 검은 의자 둘러놓았고, 금박 장식 화장대 늘어놓았네.

여자아이 모두 전족을 하고, 사내들은 다만 구레나룻뿐.

물색은 비록 옛것 아니되, 민요로 옛날을 알 수 있다네.

심양은 크나큰 도회지라서 병력과 병법이 장엄하구나.

자물쇠로 삼경 성문 엄중히 걸고, 관아는 오부(五部)를 다 갖추었네.

거리에는 말발굽 수레 소리요, 시장에는 은과 비단 쌓여 있구나.

행전¹⁰ 문엔 황금 문패 걸어 놓았고, 높은 누각 팔각 주렴 늘어뜨려서,

휘황한 달빛조차 머금었는데 술집 깃발 바람에 펄럭인다네.

부리는 노비도 준마를 타고, 천한 오두막도 초가 아니니

강하도다! 진정 적수 없으니, 부유하다고 한들 청렴 상하리.

동쪽에 이웃한 약국(弱國)에서는, 내 말이 약간 듣기 싫겠네.

안팎으로 태평한 세월 보내고, 문무가 오래도록 평온 누리니

장수는 궁마에 소홀해지고, 인재도 글만 읽다 늙어버리네.

풍속 보며 깨우친 바가 많기에, 붓을 휘둘러 경계 삼노라.

이렇게 영정조 시대에는 특히 사행이 외국 유학과도 같았고 요동 들판 천리가 그대로 경제를 가르치는 신서(新書)처럼 보였다. 그

---

10 행전(行殿)은 황제가 임시로 머무는 궁전을 말한다.

러나 생각을 적은 글이나 부질없는 말에 그치고 실효가 보잘 것 없었음은 못내 애석한 일이다.

북학의 읽는 족족
옛 어른네 그리울사
진역우(進亦憂) 퇴역우(退亦憂)로
택국이민(澤國利民) 꾀를 품어
발보다는 눈으로 요야(遼野)
다니신단 말인가.

10월 15일. 금요일. 흐린 후 비. 이른 아침에 진(秦) 참사관을 반
산으로 보내고, 나머지 일행은 10시 10분에 영구로 되돌아가, 40분
에 대석교에 이르렀다. 여행길에 손에 넣은 약간의 서적을 급히 고
리짝에 넣어서 경성으로 발송했다.

최(崔) 봉천 부영사와 김(金) 선척 참사(鮮拓參事)가 손님 일부를
데리고 봉천으로 가고, 나는 신경(新京)에서 출발해 다롄(大連)으로
가는 57분발 열차를 탔다. 김 참사에게는 경성 출발부터 지금까지
여행길에서 갖은 신세를 졌을 뿐더러 이럭저럭 새로 깊어진 정도
있어, 홀연 남북으로 갈려 각자의 길을 가게 된 것이 못내 아쉽기
도 했다. 약속한 대로 '재만 조선인 통신'의 서범석 군이 봉천에서
길 안내를 위해 건너와 기차에 동승했다. 아침부터 꾸물거리는 하
늘이 한낮이 되면서 더욱 상을 찌푸려 온다.

서편에는 큰 들판이 의연하지만, 동편에는 천산(千山) 줄기가 요
동 반도를 만들어 내느라고 점점 분주하게 달려 나온다. 대석교에
서 출발해 3.5km쯤 남으로 내려가면 차창 위로 삼각형 바위 하나
가 보이고 빤빤한 대머리산 위에 사당 몇 채가 눈에 뜨인다. 이것
이 오랜 동안 대석교라는 이름을 세상에 전하게 만든 미진산(迷眞

山) 낭랑묘(娘娘廟)이다.

산은 당나라 요주(耀州)의 유적이요, 사당은 실상 해운사(海雲寺) 라는 절에 속한 것이지만, 본사(本寺)보다도 거기에 딸린 사당이 세 간에 더 유명하다. 『성경통지』의 해성현(海城縣) 산천조에 "미진산 은 성 서남쪽 70리에 있는데, 속칭으로는 요고산(瞭高山) 또는 안갑 산(眼甲山)이라고도 부른다. 산 위에 내내묘(嫋嫋廟)가 있다."라는 내 용이 있으니, 이 내내묘의 유래가 오래되었음을 알겠다.

내내는 북지나에서 산동에 걸쳐 산동인 부락에는 반드시 설치 되어 있는 유명한 민간 신앙 신이다. 그 신성(神性)의 분화가 대단 하여 거의 수백을 헤아리는 터이지만, 신앙의 열렬함으로 치면 진 미산(鎮迷山)의 삼랑(三娘) 만한 곳을 보기 어렵다. 매년 봄 음력 4월 17일 본제(本祭) 3일간에는 참배자가 20~30만에 달하여 산 아래에 임시 정거장을 설치하고 산 전체가 사람이 지나다니기 어려울 만 큼 들끓으며, 이 기회에 시장, 음식점, 오락 시설도 매우 번잡하다 고 한다.

미진산을 지나면 차창 반대편으로 몇 개의 돌산이 보인다. 이곳 은 마그네사이트, 곧 몽고토광(蒙古土鑛)이라 하는 중요한 공업용 광물을 채취하는 곳으로 유명하다. 여기서부터 철로가 약간 내리 막길이 되어서 대평야를 주파하고 한참 만에 개평역(蓋平驛)에 멈 춰 섰다.

이 평야는 천산 산맥에서 흘러내린 사토(沙土)가 해안을 덮어 생 긴 것으로, 일로 전쟁 당시까지도 염분이 있는 땅(알칼리 토양)이어 서 잡초조차 자라지 못했다. 여름에는 염분이 꼭 눈이 쌓인 것처럼 땅위에 솟아올라서 오랫동안 버려진 땅이었다. 근래에 만철 농사 시험소 기사가 이 땅을 작게 구획해서 도랑을 내고 토질을 높여 점 차 경작지로 만들어가는 중인데, 아직은 지나인의 수수밭으로 쓰 이고 있으나 결국에는 우리네 논으로 만들지 말라는 법도 없을 듯하다.

　대체로 요동 반도 일대의 지세는 과거 천백 년 간 글자 그대로 상전벽해와 같은 변화를 겪어왔다. 지금의 요동만 연안만 해도 그렇다. 수 양제의 고구려 침략 당시 군량미를 실은 배가 착륙했던 곳이라는 해성이 지금은 해안에서 50km나 육지 쪽으로 들어가 있다. 개평과 같은 데는 비교적 근세까지도 해안가 땅이어서, 지금 철로가 지나가는 부근에도 바닷물이 오르내렸던 것을 전설과 지명 등을 통해 쉽게 상상해볼 수 있다. 지금 개평현성은 기차역에서 동남쪽으로 약 5km 떨어진 개평하(蓋平河) 좌안에 있는데, 소금 생산지 및 양잠의 발상지로 유명하다.

　개주에서부터는 지형상 이미 요동 반도에 속한다. 정치 외교상에서 거론되는 이른바 요동 반도도 대개 여기부터를 일컫는 것이다. 요동 반도라는 이름이 근대 역사상에 등장한 것은 갑오, 을미년의 일청 전쟁 때, 시모노세키(馬關) 화약(和約)으로 이곳이 일본 영유지에 귀속된 데서 비롯된다. 당시의 할양 범위는 서쪽으로 영구에서 해성·봉황성을 거쳐 동쪽으로 안평하구(安平河口)까지 걸쳐 있었다.

　얼마 되지 않아 이른바 삼국 간섭으로 일본이 이를 다시 지나에 돌려주고, 또 몇 년 지나지 않아(1898년) 반도의 남단, 지금의 관동주 지역이 러시아의 조차지가 되었다. 결국 1904~1905년 일로 전쟁이 유발되어 전보다 심한 전화(戰火)를 치른 후에야 일본이 이곳을 점령하게 되었다. 이때 포츠머스 조약 및 일청 베이징 조약을 통해 러시아가 가졌던 권리가 온통 일본으로 계승되어 이른바 관동주 조차(租借)가 이루어졌다.

　관동주 밖에서는 개평하에서부터 수암(岫巖)을 거쳐 대양하구(大洋河口)에 이르는 경계선 남쪽을 중립 지대로 하여, 지나가 일본의 승낙 없이 이곳을 제3국에 할양 하거나 조차하지 못하도록 했다.

또 일본·지나 양국은 이 지대에서 군사 시설 및 행동을 할 수 없게 되어서, 만주국 성립 후에도 의연히 이 상태를 존속해 가고 있다. 개평은 실로 이 중립 지대가 시작되는 곳인데, 어떤 지도에는 구탈(毆脫)[1]이라는 고전적 문구를 쓰기도 했다.

개평은 요나라 때는 진주(辰州), 금나라·원나라 때는 개주(蓋州)로 불렸고, 개평이라는 이름을 얻은 것은 청 강희제 이래의 일이다. 이곳이 본래 발해, 고구려 내지 고조선의 땅인 것은 물론이지만, 당시에는 무엇이라고 일컬었는지 알 수 없다. 보통 『당서』에 나오는, 고구려의 유명한 성(城)인 개모(蓋牟)와 그 후명(後名)인 개주가 이곳이리라 추측한다.

그러나 근래의 학자는 이 개모와 개주가 당시 군사 전략상의 실제와 가탐(賈耽)의 『도리기(道里記)』 등에 비춰 보아 대개 요양과 봉천 중간인 십리하 주변의 어느 지점이지, 지금의 개평과는 남북으로 멀리 떨어져 있었다고 말하는 터다(『만주역사지리』 제1권 394면). 요동 반도 도처에 당 태종이 고구려를 침략하던 당시의 고적이라는 그럴듯한 이야기들이 전해져 오지만, 사실상 당군의 군사 행동이 주로 현토 방면에서만 이뤄졌던 만큼, 그 전설들의 신뢰 여부를 꼭 후대 학자를 통해 비로소 판단할 수 있는 것은 아니다. 개평과 개주의 문제도 마찬가지다. 그것은 어찌되었든지 지금 개평에 관하여 우리의 흥미를 끌 만한 확실한 사적 중에 이런 일이 있다.

5호 16국 시대 우리 고구려와 선비족의 연이 요동 벌판에서 패권을 다툴 때, 비슷한 힘으로 서로 맞서고 견제하던 중 양쪽 인물의 출입도 많았다. 연 계통의 최후 왕조인 북연 왕 풍홍(馮弘; 이 풍씨는 선비 모용씨 밑에서 벼슬을 살던 漢人이다)이 후위(後魏)에게 쫓겨 고구려 요동으로 도망해오니, 고구려 장수왕이 그를 받아들여 처음에

---

1 변경에서 척후병들이 적을 정탐하기 위해 파놓은 토굴을 일컫는다.

는 평곽(平郭)에 두고 나중에는 북풍(北豊)으로 옮겼다가, 마침내 위나라와의 거북한 관계 때문에 그를 죽인 일이 있다. 이때 평곽·북풍이 다 지금 개평 부근에 해당하는 곳으로서, 그 중 하나는 반드시 개평이리라고 추측된다.(『만주역사지리』제1권 209, 211면 참조)

발해(渤海)가 가로막아
필경 손을 못잡거늘
산동을 그리워라
줄달음질 하는 천산(千山)
백전(百戰)의 요동 반도를
지어 무삼 하신고.

개평에 와서는 안시성(安市城)을 그냥 지나칠 수 없다. 고구려 보
장왕 4년(645)에 당 태종이 고구려 막리지 개소문의 위세를 꺾기
위해 스스로 대군을 거느리고 침공해 왔다. 2월에는 장량(張亮)이
전함 5백을 거느리고 내주(萊州)에서 평양으로 향했다.

이세적(李世勣)은 병사 6만을 거느리고 유주(幽州)에서 출발해 유
성(柳城)을 거치고, 다시 통정진(通定鎭)에서 요수를 건너 현토에 이
르렀다. 신성(新城)과 건안(建安)을 공격했으나 빼앗지 못하고, 겨우
개모를 탈취하여 후에 개주라 개칭했다. 장량은 5월에 수군으로 비
사성(卑沙城)을 함락시켜 압록강에 이르고, 이세적은 나아가 요동성
을 포위했다.

태종은 뒤쳐져서 4월에 유주를 출발하여 북평에 들르고, 5월에
요택 요수를 건너서 마수산(馬首山)에 진을 치고, 이세적과 함께 12
일간 밤낮으로 온 힘을 다해 요동성을 공격하여 함락시킨 후, 이를
요주라고 개칭했다. 이어서 백암성(白巖城)을 공격하여 한 달이 지
나서야 함락하고 암주(巖州)라 개칭했다.

길을 돌려 안시성을 포위 공역했으나, 보잘 것 없는 작은 성이
선방을 거듭하여 9월에 이르도록 온갖 전술을 다 써도 조금의 효

과도 보지 못했다. 계책도 궁하고 힘도 다 빠진 상태인데 추위까지 엄습하니 당 태종이 부득이 군사를 돌렸다. 이때 안시성 성주가 성에서 나와 송별하니, 태종이 적장에 대한 감탄의 선물을 보내는 극적인 장면도 연출되었다. 요수를 건너고 요동 벌판을 횡단하느라 온갖 고생을 하다가 10월에 영주(營州), 곧 유성(柳城))에 이르고, 다음해 3월에 겨우 장안으로 되돌아올 수 있었다.

이렇게 하여 천하를 쉽게 알아온 오만한 이세민이 고구려에서 어려움이란 것을 알고, 벼르고 별러 한 원정이 한갓 세상의 웃음을 사는 동시에 안시성과 그 성주의 명성만 동서 역사상에 빛나도록 하는 결과가 되었다. 이 작고도 큰 안시성이 흔히 개평 동북쪽 70리에 있는 탕지(湯池)이리라고 한다.

『해동역사속(海東繹史續)』(권 6) 「지리고」 고구려 성읍조에는 『대명일통지(大明一統志)』의 다음과 같은 글을 인용하고 있다.

지금은 폐지된 안시현은 개주위 동북쪽 70리에 있으며, 한나라 때 설치되었다. 당 태종이 고구려를 정벌할 때 이곳을 공략했으나 함락하지 못했다. 설인귀가 흰옷을 입고 올랐다는 성이 바로 여기다. 발해 때는 이곳에 철주(鐵州)를 설치했고, 금나라 때는 탕지현(湯池縣)으로 바뀌어 개주원성(盖州元省)에 속하게 되었다.

그 후에는 다음과 같은 글이 이어지는데 옛날부터 있었던 여러 가설의 개요를 보기에 편리하다.

삼가 생각건대, 안시는 요동군의 속현이다. 반씨(班氏)의 지지(地志)[1]에서는 대요수가 안시에 이르러 바다로 흘러들었다고 했다. 『대명일통

---

1 후한(後漢) 때 반고(班固)가 편찬한 『한서』 「지리지」를 말한다.

지』에서 개주위 동북쪽 70리에 있다는 곳이 바로 여기다. 『당서』「설인귀전」에서는 안시가 안지(安地)로 적혀 있다. 이적(李勣)[2]이 당 태종에게 상황을 아뢰는 글에 압록강 북쪽 아래로 성이 11개 있다고 했는데, 그중 하나가 안시성이었다. 옛적의 안촌총(安寸忽)이요, 해동 학자들에 의해 안시(安市)로 불리게 되었다. 혹자는 이를 가리켜 용강(龍岡)이라 하고, 혹자는 안주(安州)라 하고, 혹자는 봉황성이라 하지만, 모두 그릇된 말이다.

안시성이 개주 동북쪽 탕지라는 설은 근래에 새로운 연구를 통해 큰 뒷받침을 얻었다. 『만주역사지리』(제1권 제6편)에 실린 마쓰이(松井) 씨 등의 「수당 시대 고구려 원정 지리(隋唐二朝高句麗遠征の地理)」라는 글에 실린 고증이 그것이다. 다만 새로운 연구에도 여전히 이설이 있다. 이를테면 『역사지리』(제49편 제1권)에 실린 시마다코(島田好) 씨의 「고구려 안시성(高句麗の安市城)」에서는 안시성을 해성(海城) 동남쪽 30여 리쯤에 있는 영성자(英城子)의 산성이라 주장한다.

안시성을 압록강 동쪽에서 찾을 수 없다는 것은 진작부터 알려진 바다. 한백겸(韓百謙)의 『동국지리지』에도 이미 이에 대한 고증이 있고, 『지봉유설』(권1) 「제국부」에도 다음과 같은 구절이 나온다.

『한서』「지리지」에 따르면 안시성은 요동의 속현이라 하고, 『동사(東史)』에서도 안시가 요동에 있다 하는데, 오늘날 사람들은 필사코 안시성을 압록강 동쪽에서 찾으려 하니 이는 잘못된 것이다. 김시습의 『유관서록(遊關西錄)』에도 안주를 안시성이라 하니 가소롭다.

---

2 이세적(李世勣; 594~669)이 개명한 이름이다. 당나라 때의 무장으로 태종에게 등용되어 하북과 하남을 통일하는 데 공을 세웠다. 당나라 고구려 침공군의 실질적 총사령관이었다. 영국공(英國公)이라고도 한다.

안시성이 압록강 서쪽에 있는데도 사소한 이유들을 억지로 갖다 붙여 안시성을 봉황성이라고 하는 설이 사람들 사이에 널리 믿어지게 되니, 성호 이이와 같은 이도 이 미혹을 벗어나지 못했다(『星湖全集』 권 26, 「答安百順別紙」 참조). 그 결과 후세의 행인들이 봉황성을 지나면 반드시 안시의 유적을 방문해 성주의 충용을 찬탄하는 일이 예사였다. 그러나 성호의 제자로 스승의 사학에도 많은 영향을 받은 안정복은 『동사강목』 「지리고」 안시성고(安市城考)에서 안시성이 봉황성이라는 설을 철저히 비판했다.

『한서』 「지리지」의 요동군 망평현(望平縣) 하(下)에 반고(班固)가 주를 달기를, "큰 요수(遼水)가 변방 밖에서 나와 남쪽으로 안시에 이르러 바다로 들어간다."고 했다. 이에 의거하면, 현재 봉천부 해성현(海城縣) 부근이 바로 그곳이다. 『대명일통지』에는 "폐지된 안시현은 개주위(蓋州衛) 동북쪽 70리에 있으며, 한나라 때 설치되었다. 당 태종이 이곳을 공격했으나 함락하지 못했다. 개주는 현재 개평(蓋平)이고, 해성(海城)은 개성(蓋城)의 북쪽에 있다. 안시는 두 현의 경계에 있었을 것이다."라고 했다.

여러 문헌들의 기록이 일치하지 않는다. 『여지승람』에는 용강현(龍岡縣)에 안시성이 있다고 했다. 김시습(金時習)의 『관서록(關西錄)』에도 안주를 안시성이라 했는데, 두 설은 다 근거가 없다.

『삼국사』에는 이적이 황제에게 상황을 아뢰는 글이 실렸는데, 압록강 이북에서 항복하지 않은 성중에 안시성이 있다고 하였으니, 안시성이 요동 땅에 있었음은 의심할 바 없다. 김부식은 안시를 일명 환도(丸都)라고 불렀다 했는데, 그렇지 않다. 「환도고(丸都考)」를 보면 후세인들이 이번에는 안시성을 봉황성에 갖다 붙였다. 무릇 해동인들의 옛 방언에서 봉황을 아시조(阿是鳥)라 불렀는데, '아시'라는 음이 안시와 가까워서 그렇게 되었다는 것이다.

역사로 고찰해 보면 『자치통감』에 당나라가 고구려를 정벌할 때 이적이 이렇게 말했다고 한다. "안시는 북쪽에 있으니 이제 안시를 지나쳐 건안(建安)을 공격했다가 적들이 우리 보급로를 끊으면 어찌합니까. 그러니 안시를 먼저 공격하는 게 낫겠습니다." 또 장손무기(長孫無忌)는 "안시를 버리고 오골(烏骨)을 공격하면 건안과 신성이 우리 뒤를 밟을 것이니, 먼저 안시를 격파하고 건안을 취하는 게 낫습니다. 그런 연후에 앞으로 전진해야 합니다."라고 하였다.

오골성을 고찰해 보니 요동 남쪽 지경 변방 바닷가에 있었다. 『성경지(盛京志)』를 보면, 건안은 개평 지경에 있었고, 신성은 영해(寧海) 지경에 있었는데, 안시가 세 성의 뒤에 있었다면 현재의 봉황성이 아님은 명확하다. 또 당 태종이 (645년 9월) 계미일에 안시에서 군사를 돌이켜 을유일에 요동에 이르고 병술일에 요수를 건넜다고 한다. 명의 요동도사(遼東都司)가 지금의 요양에 있었으니 이는 곧 옛날 요동의 군치(郡治)인 양평현(襄平縣)이다. 요양에서 폐지된 안시현까지는 170리이고, 봉황성에 이르자면 3백 리가 넘는데, 천자의 군대가 어떻게 3일이 안 되어 3백 리 길을 갈 수 있었겠는가.

안시성이 봉황성이라고 주장하는 일례로 『이계집(耳溪集)』의 「안시성기(安市城記)」를 참고삼아 인용해 둔다.

안시성은 봉황산 동쪽 30리에 있다. 책문(柵門)에서는 5리 밖에 떨어져 있지 않다. 당나라 문황제(文皇帝)가 고구려를 정벌하려다가 패한 곳이다. 나는 고려 사람으로 어려서부터 안시성의 명성을 들었으나 볼 수 없어서 한스러웠다.

임인년(1782)에 사신으로 연경에 가는 길에 책문에 들어서서 들판을 바라보니, 높은 산이 특히 빼어나서 용이 솟아오르고 봉황이 나는 듯하였다. 이름은 '상룡산(翔龍山)'이었다. 산이 펼쳐져 1천 개의 봉우리를 이루고 땅에서 우뚝 솟아 병풍처럼 빙 둘러섰다. 그 서쪽이 터져 물이 빠지는데 겨우 수레 하나 통할 정도였다. 양 언덕에 석성(石城)의 흔적이 있었다. 들녘에서 일하는 사람에게 물으니, 이곳이 옛 안시성이라고 했다.

드디어 말을 몰아 언덕을 끼고 들어갔다. 안은 확 트여서 만 명을 수용할 정도였다. 사면이 돌벽인데 깎아지른 듯하여 높은 곳은 구름 속에 잠겼다. 우러러 보니 큰 항아리 안에 앉은 듯했다. 진정 하늘이 낸 요새였다. 가운데 높은 언덕이 있는데 돌을 쌓아 우뚝 세운 것으로 정상은 평평해서 장막을 펼칠 수 있었다. 성 밖 수십 리가 내려다 보이니, 아마도 옛날에 장수가 올라가 지휘하던 곳인 듯하다. 대에 올라 주위를 바라보니 문득 감개가 일었다.

태종이 신이한 무예와 큰 계략으로 친히 군대를 거느리고 몰아쳐 오니, 징과 북소리 하늘을 울리고 깃발이 해를 가리며 장대한 기세와 함성이 곧장 동해를 건너 삼한을 유린할 듯하였다. 그러니 하물며 탄환처럼 조그만 성임에랴. 그러나 당나라 군대가 2년간이나 이곳을 떠돌면서도 끝내 안시성 함락에 성공하지 못했다. 병사들은 늙고 기운이 다 빠진 채, 사상자를 부축하고 갑옷을 거둬들여 바삐 돌아가니 어찌 그리 쇠약한가.

『열하일기』「도강록」 6월 27일, 28일 양일의 기록에도 봉황성 가설에 대한 명쾌한 반론이 실려 있다. 고려 우왕 원년(1375)에 정몽주가 해로를 통해 명나라에 사절로 갔을 때, 요동 반도를 경유해 여순·금주·복주·웅악성·개주를 지날 때마다 시를 남겼다. 그 중 금주와 복주의 중간에서 「안시성 회고(安市城懷古)」를 지은 일이 있으니, 안시가 요동에 있음이 당시에는 흔히 인식되던 바임을 알겠다(『圃隱集』 권1 참조). 그러나 이후 여러 가지 잘못된 설이 생긴 것은 이조 이후 요동 방면에 대한 지식이 점점 줄어들게 되었기 때문이다.

 안시성 고마움을
 이세민아 알았으라.
 사람 곧 얻을진대
 일환자(一丸子)의 작은 성도
 천하로 대적 못함을
 가르친 것이니라.

당 태종이 안시성에서 패배한 것은 동서고금의 전쟁사에서 보기 드문 대참패로 그 유형무형의 손실이 거의 헤아릴 수 없을 정도다. 이때 태종이 눈 하나를 활에 맞아 잃게 되었다는 전설이 예로부터 반도에 전해져 온다. 『목은집』(권 2)에는 당 태종에 관해 읊은 다음과 같은 시가 나온다.

정관(貞觀)[1]을 읊음

진양공자(晉陽公子)[2] 호걸들과 연을 맺으니

풍운의 장한 기개 천지에 가득했네.

우쩍 일어나 천과(天戈)를 휘두르니

수나라 강둑 버들 빛을 잃었네.[3]

이미 은, 주 쫓아 무공을 이루었으니

---

1 당 태종 이세민의 치세(626~649)를 가리키는 연호다.
2 당 태종 이세민을 가리키는 말. 진양은 고을 이름으로 현재 산서성 태원현(太原縣)에 해당한다. 당 고조 이연이 진양공(晉陽公)이므로 그 아들 태종을 진양공자라 한 것이다.
3 수 양제가 운하를 파고 그 강둑에 버들을 줄지어 심었다. 이 둑의 버들이 빛을 잃었다 함은 당 태종의 위력에 수가 패망했음을 뜻한다.

요, 순 임금 따라 문덕을 펴고

이룬 바 지키려면 안정이 제일이나

큰 공만 좋아하다 엎어짐이 많다네.

삼한(三韓) 기자(箕子)는 신하의 땅 아니니

그저 내버려둠이 마땅한 일이거늘

어찌 금옥 같은 병사들 동원해서

재갈 물려⁴ 친히 이끌고 동토(東土)로 왔나.

한밤에 맹수들이 학야(鶴野)의 달 에워싸다

새벽되니 천자 깃발 계림(鷄林) 비에 젖었어라.⁵

삼한을 주머니 속 물건이라 여겼건만

검은 꽃이 흰 깃에 질 줄 알았으리오.⁶

정공(鄭公)⁷이 죽고 나서 언로가 막혔으니

그 비석 엎었다 세웠다 가소롭구나.⁸

머리 돌려 정관 연호 세 번 부르니

하늘가엔 구슬픈 바람 소리뿐이네.

유림관(楡林關)에서 짓다

서거정의 『필원잡기(筆苑雜記)』(권 1)에서는 이색의 시를 다음과

---

4 기습을 할 때 소리를 내지 않기 위해 병사들에게 재갈을 물렸다.
5 학야(鶴野)는 요동 평야로, 정령위가 학이 되어 화표주로 돌아왔다는 고사에 따른 명칭이다. 문맥상 학야의 달은 안시성을 가리킨다. '계림'은 우리나라를 이르는 이름이다.
6 당 태종이 친히 백만 대군을 거느리고 고구려에 쳐들어왔다가 안시성 싸움에서 패했을 때 안시성 성주 양만춘이 쏜 화살이 태종의 눈을 맞혔다고 한다. 검은 꽃은 당 태종의 눈을, 흰 깃은 양만춘이 쏜 화살을 비유한 것이다.
7 당 태종의 신하 위징(魏徵). 그의 봉호가 정국공(鄭國公)이다. 직간으로 유명하였다.
8 당 태종이 위징 사후에 비석을 세워 주었다가 위징이 남긴 직간(直諫)을 보고 격노하여 비석을 넘어뜨리라 명했다. 그러나 고구려에 패한 후 뉘우치고 위징의 비석을 다시 세웠다.

같이 해설하고 있다(서거정의 『동인시화(東人詩話)』에도 이 글이 실려 있는데, 시구에 약간의 차이가 있다).

　　문정공(文靖公) 이색이 「정관을 읊음」에서 "(삼한을) 주머니 속 물건이라 여겼건만, 검은 꽃이 흰 깃에 질 줄 알았으리오."라 했다. 검은 꽃은 눈을 말하고, 흰 깃은 화살을 말한다. 세상에 전하기를 당 태종이 고구려를 정벌하려고 안시성에 이르렀는데 눈에 화살을 맞고 돌아갔다고 한다. 『당서』와 『통감』에는 이 일이 실려 있지 않다. 다만 유공권(柳公權)의 소설에서는 연수(延壽)와 혜진(惠眞)이 발해군을 인솔하여 40리 밖에 포진한 것을 보고 태종이 두려운 빛을 띠었다고 했는데, 역시 화살에 맞았다는 소리는 없다.

　　내가 생각하건대, 당시에 이런 일이 실제로 있었다 해도 사관이 필시 중국을 위해 숨겼을 것이니 기록하지 않았다고 이상할 것도 없다. 다만 이 일이 김부식의 『삼국사기』에도 실리지 않았으니 목은은 어디서 이 말을 들었는지 모르겠다.

　　태종이 안시성에서 화살에 눈을 잃었다는 것이 정말인지는 알 수 없지만, 과연 그런 일이 있었다면 고구려의 강함을 알아보지 못한 데 대한 벌이라고 할 수 있을 것이다. 또 육안을 잃어버린 대신 고구려를 제대로 인식하는 심안을 새로 얻었으리라고도 할 수 있다. 비단 당 태종뿐이겠는가. 이보다 앞서 동방 침략을 행한 수양제에 대해서도 이런 전설이 있다. 『성호사설』(권 9 하, 經史篇 論史門 人物)의 구절이다.

활에 맞은 수양제

동방의 의협심은 창해역사(滄海力士)⁹ 때 비로소 알려졌다. 그가 진시황을 철퇴로 내리치려 한 것도 그렇지만 종적을 감춘 것 또한 도모하기 어려운 일이니, 장량(張良)의 큰 지혜가 아니었다면 할 수 없었을 것이다.

『삼국유사』에 이런 이야기가 나온다. 수 양제가 동국(東國)을 정벌할 때 어떤 이가 작은 쇠뇌를 몰래 품에 넣고 표사(表使)[10]를 따라 양제의 처소에 갔다가, 양제가 표문을 읽을 때 활을 쏘아 그 가슴을 맞혔다. 황제가 군사를 돌이키면서 좌우 신하들에게 말했다. "짐은 천하의 군주로 친히 작은 나라를 정벌하려다가 형세가 불리하게 되었으니 만대의 수치다. 지금 이 사람은 형가(荊軻)나 섭정(聶政)[11]과 비슷한 부류다."

요동과 심양 이외에 이만큼의 기개와 절의를 떨칠 맞수가 없었는데도 이 일이 정사에는 보이지 않는다. 생각건대, 화살이 수 양제의 가슴에 맞았더라도 상처를 입히지는 못했기 때문에 이를 생략했을 것이다. 고점리(高漸離)[12]가 납환으로 진시황을 쳐서 정강이뼈를 부러뜨렸으나, 진나라 역사에서 이를 생략한 것과 같다. 그러나 그 역시 창해역사와 마찬가지 부류이니 마땅히 드러내 알려야 한다.

훨씬 후세인 용사(龍蛇)[13]의 잡(雜)에도 침략의 장본인이 계략에 빠져 좋지 않은 최후를 맞는 이야기가 있다. 『연려실기술』(권 17) 선

---

9 장량은 전한(前韓)의 유신으로 한나라가 진시황에게 멸망당한 원수를 갚으려고 창해역사를 기용했다. 창해역사는 진시황이 지방 순행 중 박랑사(博浪沙)를 지날 때 모래 속에 엎드렸다가 별안간 큰 철퇴로 진시황의 마차를 내리쳤지만, 진시황이 그 마차에 타고 있지 않아서 암살에 실패했다.

10 표문을 가지고 간 사신을 뜻한다.

11 섭정은 자신을 알아주는 엄중자의 부탁을 받아 한나라 재상 협루를 살해한 후 스스로 목숨을 끊은 자객으로 『사기』 자객 열전에 나온다.

12 고점리는 전국 시대 연나라 사람으로 형가(荊軻)의 친구였다. 형가가 진시황 암살에 실패한 후, 진시황에게 접근해 축(筑)을 연주하다가 납을 넣은 축으로 진시황을 내리치려 했으나 실패했다고 한다.

13 '용사(龍蛇)'는 임진년이나 기사년 등 진(辰)과 사(巳)가 들어 있는 해를 일컫는다. 여기서는 임진왜란이 일어났던 임진년을 지칭한다. "용사(龍蛇)의 잡(雜)"이란 임진왜란에 관한 각종 글을 뜻한다.

조(宣祖) 고사의 '수길약폐(秀吉藥斃)'조에 『염헌집(恬軒集)』의 「양부하전(梁敷河傳)」[14]을 인용한 것이 그 예다.

이상의 여러 전설들은 진토(震土)를 침략하고 능욕한 외국의 사납고 용맹한 영웅이 반드시 큰 액을 당하게 된다는 일치점이 있다. 이는 어떻게 보면 단순한 전설 심리의 소산일 수도 있다. 그러나 당 태종이 눈을 잃은 이야기는 사실성이 농후하기도 하고 처절한 느낌이 풍부하기도 하여, 여러 사람이 전설로 읊고 시인들이 영탄하는 소재가 되었다. 근세 시인 김삼연(金三淵)[15]이 「북경에 가는 노가재(老稼齋)를 송별하는 시」에서 "천추에 대담한 양만춘이여, 활 쏘아 용의 눈동자 맞추었다네."라 읊은 것도 한 예다.

안시성의 위치도 위치지만 안시성 성주의 이름은 더욱 모색의 단서를 얻지 못해 오랫동안 역사가들의 탄식거리가 되어 왔다. 소설을 통해 '양(楊; 혹은 梁으로 쓴다) 만춘(萬春)'이라는 이름이 생겨나고, 드디어 시구에 채용되기까지 한 것은 실로 대사건의 주인공에 대해 실제성을 강조하고자 하는 대중의 요구가 반영된 결과다. 『월정만필(月汀漫筆)』[16]에 이런 글이 나온다.

안시성주는 당 태종의 정예병에 대항하여 마침내 성을 지켰으니 그 공적이 위대하다. 그의 이름이 전해지지 않는 것은 우리 동방의 서적이

---

14 양부하는 임진왜란 때 대마도에 끌려갔다가 27년만인 1619년에 고향인 부산(동래)으로 돌아온 후 95세의 나이로 죽기 직전 자신이 도요토미 히데요시의 독살에 관여했다는 증언을 남겼다. 그의 증언은 조선 중기의 학자 임상원(任相元; 1638~1697)의 문집 『염헌집』에 전해오며, 이후 『연려실기술』과 『성호사설』, 일본인 아오나기(靑柳綱太郎)가 쓴 『풍태합조선역(豊太閤朝鮮役)』에도 기록되어 있다.

15 조선 후기의 학자 김창흡(金昌翕). 삼연은 그의 호이다. 노가재 김창업과 형제 사이다.

16 조선 중기에 윤근수(尹根壽; 1537~1616)가 지은 수필 형식의 글이다. 작자가 견문한 명인들의 시문·언행들을 붓 가는 대로 적었다.

드물어서 그런 것인가. 혹은 당시 고구려에 사관이 없어서 그런 것인가. 임진왜란 후에 명나라 장수로 우리나라에 온 오종도(吳宗道)라는 이가 나에게 말하길, "안시성주의 성명은 양만춘입니다.『태종동정기(太宗東征記)』에 그 이름이 나옵니다."라고 했다. 전에『당서연의(唐書衍義)』를 보니[17] 안시성주가 과연 양만춘이고, 또 다른 이도 있어, 안시성을 지키는 장수가 두 명이었다고 한다.

또『부계기문(涪溪記聞)』[18]에도 안시성주의 이름에 대한 언급이 있다.

안시성주는 조그마한 외딴 성으로 능히 천자의 군대를 막아냈으니 세상에 보기 드문 책략가이다. 또 성에 올라가 당 태종에게 작별의 인사를 하였는데, 어조는 조용하여 바른 예를 갖추었으니, 진실로 도를 아는 군자다. 안타깝게도 역사에는 그의 이름이 전하지 않았다. 명나라 때『당서연의(唐書衍義)』에 이르러서야 그의 이름을 양만춘(梁萬春)이라고 하였는데, 어떤 책에서 찾아냈는지 알 수 없다.

안시성의 공적은 역사에도 찬란하니, 진실로 그의 이름이 전해졌다면『자치통감강목』이나 동국의 역사서에 응당 그 이름이 나왔을 것이다. 그런데 이들 책에는 그의 이름이 전하지 않다가 하필 수백 년이 지나『당서연의』에서야 나오겠는가. 거의 믿을 수 없다.

---

17 『월정만록』의 문장은 "頃見'李監司時發言曾見'唐書衍義"인데, 최남선은 작은따옴표 부분을 빠뜨렸다. 見 자가 중복되므로 실수로 건너뛴 듯하다. 이 문장의 번역은 다음과 같다. "지난번에 본 감사 이시발이 말하길, 전에『당서연의』를 보았더니"

18 하담(荷潭) 김시양(1581~1643)의 문집으로 2권 1책으로 되어 있다. 왕의 실정을 비유한 시제(詩題)를 출제한 죄목으로 함경도 종성에 유배되었을 때의 견문을 수필 형식으로 기록한 것이다.

그러나 어디까지가 역사적 사실이고 어디까지가 전설인지를 밝혀둔다면, 안시성주가 양만춘이라고 해도 무방할까 한다. 안시성 전투는 진역 역사상 통쾌한 대사건인 만큼, 그것을 읊은 시편은 예로부터 매우 많다. 그 내용을 어떤 주머니에든 거두어 넣고 싶은 성의 때문에 흔히 안시성의 확실한 위치를 물을 겨를이 없었던 것도 양해해 줄 만하다. 그 약간을 여기 모아 두기로 하자.

안시성 회고

정몽주

황금전당에 옷깃 늘어뜨리고 앉아도
백전용사 영웅심 가누지 못했으니
생각건대 태종 친히 행차한 날은
풍부(馮婦)가 수레에서 내린 격이라.[19]

안시성

이정운(李鼎雲)[20]

한갓 조그만 요동의 열 개 치성(雉城)[21]
규염천자(虯髥天子)[22] 이곳에서 병사들 이끌다가
끝내는 낭패하여 삼한을 떠나니
하늘 높던 백전백승 명성 무너졌다네.

---

19 풍부는 진(晉)나라에서 호랑이를 맨 손으로 때려잡았다는 사람이다. 다시는 호랑이를 잡지 않겠다고 맹세했지만 길을 가다 여럿이 호랑이를 몰고도 잡지 못하는 모습을 보고 수레에서 내려 호랑이를 잡았다고 한다. 용맹함보다는 스스로를 절제하지 못하는 사람의 예로 거론된다. 『맹자』 「진심(盡心)」에 나온다.
20 이정운(1734~?)은 영정조 시대의 문인이다.
21 일정한 거리마다 성곽을 바깥으로 돌출되게 쌓아 성벽을 견고하게 하는 동시에 방어가 취약한 곳을 보완하도록 축조된 방어 시설물이다.
22 규염은 꼬불꼬불한 수염이라는 뜻으로 당나라 태종을 가리킨다.

옛 성채 풀들은 양만춘 뼈 뒤덮고
저물녘 새들은 울지경덕 진영에 앉네.
금인(今人)은 앉아서만 오랑캐 방비 논하며
가죽 폐백 받들고 만 리 길 오른다네.

안시성

김진수(金進洙)[23]

탄환처럼 조그마한 동쪽 모퉁이
수당의 백만 군사 물리쳤다네.
당태종 머문 청산 옛 그대로이니
비단 행차 고구려에 부끄럽겠네.

안시성

이건창(李建昌)

규염(虯髯)이 변방의 봄 덮던 날 상상하니
타향에서 제왕의 진면목을 보겠네.
어찌하여 사해(四海)가 동문(同文)인 이때
새삼 책을 태운 이씨가 있던고.

(이적이 정벌에 나서 안시성에 이르렀는데, 동국의 문헌이 성대함을 꺼려서 책을 다 불
살랐다고 한다)

안시성

김정희(金正喜)

뭇봉우리 모여서고 들판 넓게 펼쳐진 곳
수레 방울 쩔렁쩔렁 거친 벌판 건너가네.

---

23 김진수(1797~1865)는 시문에 능했고,『대동시선』에 작품 8수가 전한다.

성 위에 지금도 당나라 달이

반이나 이지러져 남은 빛 비추네.

안시성에서 옛일을 생각하며

김윤식(金允植)

정충(精忠)과 기략 둘 다 겸비하니

눈앞 백만 군사도 두렵지 않았으나

천고에 밝힐 수 없는 것 사람 마음속이라

정작 막리지²⁴의 공만 이뤄줬다네.

이상은 모두 안시성 전투에서 오랜 세월이 지나도 다하지 않은 적개심을 보고 있다. 다른 한편 아래 시처럼 이를 두고두고 호국 정신의 훌륭한 교재로 삼으려 한 예도 있다.

남한산성에서 옛일을 돌아보며

권용직(權用直)

예전에는 검 한 자루로 풍우를 놀래켰거늘

지금은 노하여 울부짖는 강물 소리뿐

어찌 온 나라 들어 서울을 지키고도

탄환처럼 작은 안시성만 못했나.

치욕 참고 오랑캐와 화친함이 상책이니

왼편 길 비석²⁵ 글씨 아직 생생하구나

---

24 막리지는 고구려의 최고위 관직으로 이 시에서는 연개소문을 일컫는다. 당 태종이 고구려를 침공했다가 실패하고 정작 연개소문의 공적만 높여주었다는 뜻이다.

25 인조가 삼전도에 설치된 수항단(受降壇)에서 청나라 태종에게 굴욕적인 항복을 한 후, 청의 요구에 따라 만든 것이다. 이 비석에는 한·만·몽 3개 국어로 조선이 항복하던 정황 등이 새겨져 있다. 원래 삼전도에 있었으나, 우

목숨 버린 학사(學士)들 능히 생색이 나도[26]
심하(深河)[27]에서 죽어간 병사들도 많구나.

안시성 어듸메뇨
양만춘이 누구던가
당나라 백만군을
일소(一笑)로 쫓아보낸
아무 때 어느 한 분이
있는 줄만 알리라.

여곡절 끝에 지금은 서울 송파구 석촌동으로 옮겨졌다.
26 병자호란 때 청나라와의 화의를 반대하고 결사 항전을 주장하다가 인조가
   항복한 뒤 중국 선양으로 끌려가 참형당한 홍익한 · 윤집 · 오달제 등 세 명
   의 학사를 일컫는다.
27 요동 땅에 있는 지명. 명청 교체기인 광해 11년(1619) 명의 원군 요청으로
   요동으로 건너간 조선군이 후금에게 결정적으로 패한 곳이다.

81. 만가령 고지

개평역 안에는 글씨를 새겨 넣은 장구 모양의 돌과 석탑 등 옛 물건이 있어서 행인에게 옛날을 감상하게 하니 반갑다. 개평을 떠나 남쪽으로 내려가면, 산색과 돌빛이 양쪽 차창으로 비춰들어 수화(綏化)와 하얼빈을 지난 이래 아주 잊고 있었던 풍광에 대한 감상을 오랜만에 불러일으킨다. 반도가 좁혀 들면서 천산의 지맥이 전면을 온통 차지해 버린 것이다.

산 틈으로 빠져나가고 산모퉁이로 돌면서 한참 만에 웅악성(熊岳城)역에 이르렀다. 웅악성은 웅악하(熊岳河)를 끼고 있다. 진짜 성은 약 1km 하류에 있고, 또 고대 성터는 따로 상류에 자리잡고 있다. 고성(古城) 일대에는 온천이 샘솟아 예로부터 유명하니, 지금은 온천과 호텔 등의 시설을 갖춘 관광지가 되었다. 옛날에는 역 부근까지도 발해 바닷물이 들어와 북지나 교통에서 중요한 나루가 된 적도 있었으며, 한편으로는 여순구 방면으로 오가는 행인에게도 중요한 역참이 되었다. 포은 정몽주의 다음 시는 당시의 실황을 그린 것이다.

웅악(熊嶽) 옛 성

파리한 말 타고 황폐한 성길, 오락가락 하는 행색 초라하구나.

회오리바람에 모래 날리고 소낙비 구름 따라 날아가누나.

해 지자 여우 살쾡이 달음질치고, 깊은 풀숲 뭇새 돌아오는데.

애처롭구나 북정(北征) 나온 병사들, 수레 밑에 서로 기대 잠이 들었네.

이 지방은 산악이 많고 경작지가 적으며, 또 근년에 다롄·영구 등 신도시의 발달에 눌려서 경제적으로는 작은 시장에 불과하다. 그러나 토질이 과수 재배에 적합하여, 홍리(紅梨; 林檎처럼 생긴 배의 일종으로 웅악성 남쪽 韓家園에서 많이 난다), 평과(苹果) 등의 과수원이 곳곳에 산재하고 있다. 열차가 급수를 위해 잠시 정차할 동안 승객에게 판매하는 과실만도 연간 매출액이 10만 원 이상에 달한다고 한다. 또 부근 바다는 황화어(黃花魚; 조기), 반어(鮫魚),[1] 청어 등의 어획지로도 유명하다.

웅악성역 앞으로 벙거지골 같은 크고 작은 두 개의 둥근 바위가 밭 사이에 우뚝 솟아 있다. 우리 보통학교 교과서에도 실려 일반에 널리 알려진 모성애 전설의 주인공 망아산(望兒山)이다. 산이라 부르기에는 좀 분수에 넘치지만 정상에 아름다운 탑이 있어 그 그림 같은 풍취를 헐하게 평가할 수는 없다.

웅악하의 큰 철교를 건너자 기차는 만가령(萬家嶺) 고지대를 오르내리기에 숨이 가쁜 듯하다. 그래도 고개 북쪽에서는 이산(梨山)·구채(九寨)·허가둔, 남쪽에서는 송수(松樹)·득리사(得利寺)·왕가(王家) 등 여러 역을 죄다 지나쳐 단숨에 보란(普蘭)역까지 가서야 비로소 바퀴를 멈춘다.

철로변에는 수수밭 이외에 논도 많고 산도 있고 물도 있고, 산에

---

1 가자미 혹은 넙치를 뜻한다.

는 화강석이 덮여 있고, 들에는 맑은 시내가 이리저리 흘러서, 문득 근역(槿域)에 돌아온 듯한 느낌이 든다. 이 일대의 논만은 조선인이 시범을 보이고 만철 농사 시험소가 지도를 해서 지나인들이 벼를 자작하는 곳이다. 걸인이라도 버선을 벗지 않는 만주이지만 이 근처에서만은 부녀자까지도 논에 들어서서 모내기도 하고 김매기도 하니 하나의 기이한 광경이라 일컫는다.

송수역을 중심으로 동남쪽 일대의 장하현(莊河縣)에서 산출하는 쌀만 연간 백만 석이 넘는 성황이라 한다. 또 산에는 갈나무를 심어서 잠업이 크게 성하고 한편으로는 화강암 채석도 흥하여 농가에는 윤택한 기운이 흐른다. 농가는 지붕을 둥긋편편하게 하여 혹 나무판자로 덮고 혹 진흙으로도 덮었다. 이 풍습은 영구 등에서도 많이 보았지만, 특히 요동 반도에서는 이 간소한 지붕이 주위 풍물과 어울려 자못 한담(閑淡)하고 우아한 분위기를 풍기는 듯하다.

지도·지지에서도 이름을 찾을 수 없는 허다한 무룩봉, 불쑥봉, 둥긋봉, 찔룩봉을 좌우로 보면서 풍광이 수려한 기다란 계곡을 빠져 나가서, 13시 가까워 와방(瓦房)역에 이르렀다. 마침 부슬부슬 비가 내리기 시작해, 차창에 수정구슬이 퍼붓는다.

와방역은 러시아 당년에 동청철도의 일대 중심지로 큰 기관차고를 설치하고, 병영, 관사, 학교, 병원, 우편국, 탄광 사무소 등을 두었던 곳이다. 그러나 일본이 이곳을 영유한 뒤에는 평화롭고 한적한 일본인과 지나인 잡거 주택지로 변했다. 이전에 발해 해안 가까이 있던 복주(復州)의 현(縣) 관청도 이리로 옮겨와서, 시황이 자못 질번질번해졌다.

복주라 하면 요동 반도에서도 역사적으로 회고할 거리가 많은 곳이다. 예전에 요동을 경유하여 해로로 명에 오갈 때에는 복주가 접빈관(接賓館)이 있던 역참으로 유명하였으니, 우리 선조들이 읊은 시에도 복주가 나온다.

복주관 우물

정몽주

그 누가 건물을 지었던지
담장 동쪽에 우물을 파니
붉은 햇살은 하늘에 뜨고
맑은 샘물은 땅에서 솟네.
베북처럼 빈번히 우물 오가며
떠 마시는 이로움 한량없구나.
주역 완상하여 형상 살피니
만물 구제하는 공덕 알겠네.

복주역 밤비

정몽주

고향이 가까우니 기쁨 더욱 커져서
남은 역참 헤아림에 마음 날로 바쁘네.
오늘 밤 빗소리에 흰 머리 늘지만
내일 아침 산빛은 푸르름 더하리.
황량한 마구간엔 수척한 말 울고
적막한 객사에는 반딧불만 드문드문.
객주를 찾아가 귀향길 의논하면
길손의 허튼 소리 들어보려 할런지.

복주에서 앵두를 먹다

정몽주

요동은 오월에도 더운 기운 적으니
앵두가 이제야 익어 나뭇가지 늘어졌네.
객로에 햇것 먹으니 애가 더욱 타는구나

임금님 천묘(薦廟) 때 맞춰 돌아가지 못할라.

마하포(麻河舖)에서 자다. 수레가 지체되어 복주역까지 가지 못했다.

권근

해 저문 뜰 나그네 소요하나니
들판 바람 쏴아쏴아 불어오누나.
인부 열 사람이 수레 끌어도
수레 무거워 바위를 밀듯
조금도 옴짝달싹 하지 않으니
돌아갈 마음만 그저 급하네.
잠시 묵어가는 길가 점포엔
가을벌레 소리만 처량하구나.

일찍 출발하여 복주역을 지나면서 수레를 버리고 말을 얻었다.

권근

외딴 여관에 날 밝자마자
수레 몰아 나그네 길 재촉하였네.
바람 높아 가을 풀 시들거리고
서리 끼니 헤진 갖옷 얇게 느끼네.
여기저기 구르며 들판 건너고
이리저리 헤매며 옛 성 지나네.
도리어 말 타고는 갈 수 있으니
걸어가지 않음만도 다행이로다.

위의 시들은 모든 사정이 지금 내가 겪는 것과는 상반되는 만큼 도리어 색다른 흥취를 자아낸다.

요동 반도 일대에는 이르는 곳마다 고구려와 관련된 전설이 남아 있다. 복주 부근 구(舊) 복주성 동쪽 10리에 명산(明山; 明王山이라고도 함)이 있는데, 고구려 왕자 동명(東明)을 그곳에 묻어서 붙여진 이름이라는 설이 있다(『독사방여기요』 권 37 「복주위」 참조). 동명왕의 유적은 요동 반도뿐 아니라 요동 곳곳에 두루 산재하니, 이를테면 이정구(李廷龜)[2]의 『월사집(月沙集)』(권 2) 「무술조천록(戊戌朝天錄)」에도 이런 예가 나온다.

봉황산(산에 동명왕의 옛 성이 있다)

그 옛날 고구려 시조가 이곳에 도읍을 만드니
간세(間世)[3]의 영험한 땅이요, 천혜 요새 겹겹이 둘렀네.
봉황 떠나니 산이 텅 비고, 성 옮기자 바위 절로 높아져
아득한 흥폐의 자취에 예나 지금이나 옷깃 적시네.

또 이항복은 『백사집』(권 2) 「조천록」에서 월사의 시를 빌어 이렇게 읊었다.

월사의 봉황산 시에 차운하여 (산에 동명왕의 옛 성이 있다)

듣건대 먼 옛날 천손이, 이 산에 옛 도읍 두었다네.
전설에는 양 매달아 북 치고, 말 묶어 포위 벗어났다지만
지난 일이라 성은 황폐해지고, 해질녘 첩첩 산만 우뚝하구나.
지금은 다만 제력(帝力)[4]을 노래하니, 이곳 땅도 수의(垂衣)[5] 태평 누리네.

---

2 이정구(1564~1635)는 조선 중기 한문 4대가의 한 사람으로 꼽히며, 자는 성징(聖徵), 호는 월사(月沙)·보만당(保晚堂)·치암(癡庵)' 등이다.

3 여러 세대에 걸쳐 보기 드물게 생겨났다는 뜻이다.

4 요 임금 때 천하가 태평하여 백성들이 천자의 은덕을 입은 줄도 모르고 살았다. 어느 노인이 배불리 먹고 배를 두드리며 노래하기를, "해 뜨면 나가서 일하고 해 지면 들어와 쉬며, 우물 파서 물마시고 농사지어 먹고 사는데, 임금의

(세상에 전하길, 이 성이 포위되었을 때 성을 지키던 자가 끝내 성을 지킬 수 없음을 깨닫고, 북에 양을 매달고 구유통에 말을 묶어 둔 채 야밤에 성에서 도망쳤다. 양이 몸부림치며 네 발굽으로 북을 차고 말이 발을 굴러 구유통을 마구 차니 둥둥 소리가 크게 울렸다. 적들은 성에 방비가 있는 줄 알고 감히 들어오지 못하니, 이렇게 하여 적의 포위를 벗어날 수 있었다)

이들은 진실로 전설에 불과하지만, 그 행간에 약간의 역사적 향기가 풍기지 않는 것도 아니다.

> 웅악성 한가(韓家) 홍리(紅梨)
> 이름 높이 들었더니
> 추(秋) 구월 낮 하늘에
> 불볕떼가 장할시고
> 그 중에 향긋 단맛이
> 더 놀랍다 하더라.

힘이 나에게 무슨 상관이 있느냐.”라고 한 데서 온 말이다.
5 옷을 늘어뜨리고 아무런 일도 하지 아니함. 제왕의 무위(無爲)의 다스림을 칭송하는 말이다.

82. 금주

　와방역에서 전가(田家)역을 지나면 그 다음이 관동주와 만주국 사이의 국경역인 보란(普蘭)역이다. 일로 전쟁으로 일본은 러시아에게 이른바 관동주를 조차지로 얻어냈다. 관동주는 발해만으로 쑥 튀어나온 복주 앞바다의 장흥도(長興島) 남쪽에서 시작된다. 여기서 보란역과 전가역 사이를 횡단하고, 동쪽에 이르러 비자와(貔子窩) 북쪽 벽류하(碧流河) 좌안부터 황해의 섬들까지 쭉 이어지는 선이 관동주의 경계가 되어 왔다.

　역 구내에는 만주국 세관 감시소가 예로부터 지나 정부가 전매해 왔던 소금 밀수입을 감찰하고 있어 국경 분위기를 물씬 풍긴다. 조차지부터는 산이 푸른빛을 띠고 크고 작은 도로가 정연하여 지금까지의 황량한 풍경과 다르니 누구에게든지 문명 지역에 들어온 느낌을 준다.

　보란역이라는 이름이 세상에 널리 들린 것은 일로 전쟁 초 일본군이 황해 연안의 염대오(鹽大澳)에 상륙해 이 지점으로 돌진했을 때부터다. 명나라 때는 금주(金州) 가도에 패란포(孛蘭鋪) 또는 패란점(孛蘭店)이라는 이름의 역이 있었으니, 양촌(陽村) 권근(權近)의 시 중에 이에 대한 것이 있다.

밤에 패란점역에 도착하여

비 그쳐도 구름 아직 짙으니, 저문 하늘 밤은 깊어만 가네.

사람은 진창길 따라 걷는데, 풀숲 벌레 한가로이 노래부르네.

쏴아쏴아 바람에 모자 날리고, 으스스한 밤이슬 옷깃에 스며

멀찍이 적막한 여관에 드니, 길 어두워 찾기가 더욱 어렵네.

말이 없어서 패란점역에 머물다

오랜 객 고향 생각에 돌아갈 맘 바쁜데

대문을 나서도 말이 없어 방황하네.

하늘가 남은 햇빛도 장차 저물어가고

바닷 바람 높아서 가을 서늘하구나.

어찌 견디려나 타향에 지는 낙엽,

홀로 고향 바라 슬픈 노래 부르네.

동쪽 산들 바라보니 새삼 서글프구나,

구름처럼 긴 날개 어찌 하면 얻으리.

패란포의 옛 성터는 왜구 방어의 유적으로 일컬어지는 곳이다. 또 보란점만(普蘭店灣)은 영불 연합군 당시에 영국 동양 함대가 처음 이곳을 측량하고 '애담스 베이'라 이름 붙인 일이 있어서, 서양 지도에서는 지금도 이 이름이 쓰인다고 한다. 만 연변에 천일염 염전이 있어서 매년 막대한 양을 생산한다. 이곳의 소금과 바다 건너편 복주에서 생산되는 무연탄 및 점토 수출의 편리를 위해 1933년 10월 항구를 열고 차차 필요한 시설을 갖춰가는 중이다.

대화상산(大和尙山) 준봉을 바라보면서 느릅나무, 버드나무 늘어선 들판을 달린 지 40분만에 금주만 바다 빛과 금주성 사적이 한꺼번에 눈에 들어왔다. 금주만과 금주가 앞으로는 연 · 제의 유민, 뒤로는 한 · 왜 · 수 · 당의 요동 침입군이 반도에 상륙하던 관문이었

음을 곰곰이 생각하니, 무한한 감개가 파도처럼 밀려왔다.

요동 반도 남부를 다스리기 위해 읍진(邑鎭)을 지금 금주 땅에 둔 것은 한대 이래의 일이지만, 금주라는 이름은 당이 고구려를 평정한 후에야 생겨났다. 지금 남아 있는 성벽은 명나라 때 왜구 방어를 위해 벽돌을 새롭게 쌓은 것이라 한다. 역 전면의 언덕진 땅은 일로 전쟁의 격전장이던 남산이다. 세간에 널리 알려진 노기(乃木)[1] 장군의 시는 이 전투가 끝난 후의 감상을 읊은 것이다. "산천과 초목은 황량하게 변하고, 십리에 피비린내 진동하는 전쟁터. 군마 앞서지 않고 병사들도 숨죽여 석양 물드는 금주성 밖에 섰네."

금주성 동쪽으로 그득히 보이는 대화상산은 원래 이름이 대묵산(大墨山)이던 곳이다. 해발 664m인 반도 최고봉이요, 기이한 암석과 오래된 나무들, 고풍스런 절과 유명한 사당이 있어, 천산·봉황산과 함께 남만주의 명산으로 일컬어진다. 산꼭대기에 옛 성이 있는데, 세간에 전하기를, 당 태종이 군사를 주둔시켰던 곳이라고 한다. 요동에는 당 태종이 머물렀다는 곳이 매우 많아 그것이 곧 고구려 정벌의 간난신고를 상징하는 일단도 되지만, 실상은 태종의 족적이 여기까지 미친 일은 없다고 한다.

다만 수나라 해군이 압록강 방면으로 평양을 향하던 중 요동 반도에서 고구려와 충돌을 일으켰던 곳으로 역사상 유명한 비사성(卑沙城; 또는 卑奢나 沙卑라고도 썼다)이 있는데, 최근 연구는 비사성이 이 대화상산에 있는 성이라고 추정한다(『만주역사지리』1권, 393면 참조). 또 고구려와 당나라 사이의 유명한 격전지로 금산이란 곳이 있다. 최근의 연구는 그 위치를 지금의 농안(農安) 남쪽으로 추정하지만(위의 글, 40면), 예전에는 이곳이 요동 반도에 있다고 여겨졌다.

---

1 러일 전쟁 때 뤼순 요새를 두고 벌어진 공방에서 13만의 일본군을 이끈 노기 마레스케(乃木希典) 장군을 말한다.

『성경통지』「금주산천」이 그 예다.

　　황금산은 성 서쪽 127리에 있다. 『당서』에는 '금산'이라 하였다. 당나라 이적이 고구려를 정벌할 때 영주군독(營州郡督) 고간(高偘)이 적군에 포위되었다. 설인귀가 그를 구하느라 금산에서 적을 측면 공격하여 크게 무찌르고, 남소 · 목저 · 창암 세 성을 무너뜨렸다.

　　그러나 금산이 금주의 황금산이라는 추정은 첫째, 지리를 오해한 것이요, 둘째, 이름이 서로 비슷한 데서 말미암은 것이다. 남소 · 목저 · 창암의 세 성을 요동 반도에서 구할 수 없는 것은 문헌과 실제 지리를 엄정히 검토하면 거의 의심할 수 없다. 금주를 읊은 시로는 다음과 같은 것들이 있다.

금주 가는 길

이숭인

말 위로 동풍이 나날이 불어오니,
멀리 뵈는 버들은 만 가닥 금실인 듯
돌아가면 정녕 봄경치 좋으리니,
부모님께 만수 비는 술잔을 올리리.

비를 맞으며 금주 지나는 길에 짓다

권근

바닷가 푸른산 초목은 가을빛인데,
소슬한 찬비에 갖옷 흠뻑 젖는구나.
황량한 들판 길 행인조차 끊겼는데,
동쪽 귀로 말 몰아 홀로 쉬지 않네.

가을비 내릴 때 금주를 지나는 것은 오백여 년 전 권근과 같지만, 러시아와 일본의 거듭된 개발을 거친 오늘날의 금주에서는 이미 당시와 같은 소조하고 황량한 느낌을 찾아볼 수 없다.

기차는 금주에서 발해를 등지고 동쪽 산기슭을 돌아 황해를 향해 남진한다. 이곳은 요동 반도에서 가장 잘록하게 좁아지는 목이라, 발해와 황해의 반짝이는 바다 빛깔과 파도 소리를 좌우로 한꺼번에 보고 들을 수 있다. 한 걸음 한 걸음이 가슴을 탁 트이게 한다.

금주에 못 미쳐서도 그랬지만 금주를 지나서도 십리보, 이십리보, 삼십리보 등의 지명이 흔히 보인다. 예전에 왜구의 침입을 신속히 알리기 위해 금주 중심으로 봉화대를 설치했던 흔적이라고 한다. 줄곧 달린 지 30분만인 14시 30분에 다롄역에 도착했다. 빗발이 내리치는 차창 너머로 러시아풍과 일본풍이 뒤섞인 다롄 시가의 풍경을 더듬으며 대산통(大山通)의 요동 호텔에 들었다.

> 주필(駐蹕)[2]의 산 이름이
> 간 데 족족 있단 말인가
> 여기서 풍찬(風餐)하고
> 또 저기서 노숙하여
> 갈팡에 질팡턴 수고
> 어떻던고 하노라.

---

2 당 태종이 군대를 주둔시켰던 데서 유래한 지명을 말한다.

83. 다롄

다롄(大連)은 만주의 촉각이며, 일본에게는 대륙 정책의 근거지며, 세계에서는 교통 간선의 요충지다. 얼마 안 되는 오랑캐들만 살던 한 궁벽진 촌락이 앞서서는 서구 문화의 정화를 흡수하고 뒤로는 동방 경제의 주축을 장악하여, 수십 년의 짧은 세월 만에 세계적 반열로 약진한 경이로운 도회지다. 또 이곳은 황백 인종의 진퇴와 남북 세력의 소장(消長) 전선에서 최초의 반발력을 나타낸 곳이자 영원한 자신감을 부여한 동양인의 전승 기념탑이다.

여기를 옳게 보고, 깊이 보고, 뚫어지게 보려면, 시간적으로나 심리상으로나 상당히 여유를 가지지 않으면 안 되니, 겨우 하루 밤낮의 여정밖에 없는 이번 행로에 다롄을 잘 보겠다고 생각하는 것은 무모함 내지 몰염치랄 수밖에 없다.

게다가 비가 더욱 심해져서, 안타까운 반나절과 하루 저녁이 또 비의 장난에 날아가 버렸다. 이쯤 되면 다롄 구경은 깨끗이 단념하고 후일의 감흥으로 온전히 남겨두는 것이 지각 있는 처사라는 생각이 난다. 그래도 모처럼 왔던 길인데 다롄 구경을 아주 그만둘 수 없기에, 저녁 식사를 마친 후 어둑하고 비 내리는 길로 나섰다.

자동차를 몰아 무서운 현실의 퇴적을 시와 몽환과 무언극을 감상하듯 한바퀴 둘러보았다. 이렇게 베일 쓴 다롄을 은은히 더듬는 것이 우리 같은 사람에게는 도리어 적당한 구경일지도 모른다. 다롄을 돌아본 자취를 책에서 읽은 것에 비추어 몇 줄 기행으로 남기자면 아래와 같다.

다롄은 본래 청니포(靑泥浦)요, 명대에는 청니도(靑泥島)라 부르던 곳일 터이다. 1860년 영불 연합군이 북경을 침입할 때 영국 해군이 여기를 잠시 점령하고 '빅토리아 만'이라는 이름으로 세계에 소개했다. 1891년 청국이 북양 해군의 한 근거지로 만(灣) 안쪽 유수둔(柳樹屯)에 군항을 축조했다.

1898년에 러시아와 청나라 간에 관동주에 대한 조차 조약이 성립하니, 러시아는 뤼순에 일대 군항을 구축하는 동시에 이곳에 일대 자유 상업항을 건설하려 했다. 그리하여 청니와(靑泥窪)라는 어촌 지역을 시가구로 정하고, 해면을 구획하여 인공 축항을 짓기 시작했다. 이 항구를 '딸니'라고 명명하니, 이는 러시아어로 '먼 곳'이라는 뜻이다.

그 이래로 러시아는 여기를 극동 경영의 중심지로 삼아 건설 사업에 5개년의 성상과 막대한 비용을 들였다. 그러나 채 그 성공을 보지 못한 1904년 일로 전쟁이 일어났다. 5월에 일본의 제2군이 남산을 공략하자 러시아군이 딸니를 파괴하고 퇴각했다. 일본군이 이를 점령한 후 육해군의 요지로 삼으니, 이 도시가 군정(처음에는 다롄 군정서, 다음에는 관동주 민정서 관할) 아래에 있게 되었다.

그 다음해 일본 기원절에 청니와를 다롄으로 개칭했다. 1906년 9월 관동 도독부가 설치되어 군정에서 민정으로 바뀌고, 다롄에는 다롄 민정서를 두었으며, 같은 해에 다롄 항을 자유항으로 삼아 각국의 통상지로 개방했다. 또 다음해에 남만주 철도주식회사가 본사를 다롄에 두고 창업하니, 다롄을 기점으로 한 만철 본선과 그 이하 제반 시설 경영을 모두 이리로 옮겨와, 드디어 다롄이 만주의 교통, 무역, 산업의 중심이자 일본 대륙 정책의 근거지가 되었다.

원래 러시아의 딸니 축항과 시가 건설 계획은 자못 웅대한 내용을 가졌었다. 그 도시 계획은 현재의 다롄 시를 능가하는 넓은 범위에 걸쳐 있었고, 축항 공사도 1천 톤 급 선박 백 척이 동시에 정박하기에 충분한 설비를 갖출 예정이었다. 1년에 약 5백만 톤의 화물을 소화할 계획으로 처음에는 1천만 루블의 예산을 들여 제1기 공사를 개시했다. 다시 1904년에 3천만 루블을 투입하여 제2기 공사에 착수하려 할 참에 일로 전쟁이 일어나 결국 만철 경영 아래 들게 되었다.

인계 당시의 다롄 항은 러시아의 개발 계획이 겨우 단서만 잡은 때인지라 볼만한 업적이 없었다. 그러나 만철이 이곳을 접수한 후, 대체로는 러시아의 계획을 이어받는 동시에 먼 장래를 내다보고 기존 시설을 개선·보수했다. 기존에 진행되던 공사를 빨리 진척시키고, 한편으로는 새로운 설계를 더해 차례차례 모든 공사를 완성하니, 오늘날의 대(大) 다롄 항이 출현했다.

특히 축항과 부두는 러시아에서 인계한 후 1932년에 이르기까지 20여 년 간 약 8,500만 원의 거액을 들여 완성한 것이다. 동북서 세 방파제의 총길이 약 4천m에 둘러싸인 항내 수역은 307만m^2(약 94만 평)의 넓이에 수심이 7m 내지 12m 남짓이나 된다. 안벽(岸壁) 길이가 5천여m이니, 2만 톤급 선박이라도 자유롭게 출입할 수 있고, 3천 톤급 선박은 한꺼번에 39척을 정박시킬 수 있다.

또 방파제 안팎의 정박지가 여러 척의 상선들을 수용하기에 충분한 광활한 수역을 가지고 있어서, 족히 세계적으로 손꼽히는 대무역항이 되기에 이르렀다. 현재 다롄 항의 화물 소화 능력은 연간 1천 1백만 톤을 헤아린다고 한다.

다롄 시가는 다롄 만 입구에서 약 7km 들어간 오른쪽 연안의 남산 기슭에서 바다를 끼고, 북으로는 금주의 대화상산과 마주하고,

동서로는 약 90km에 걸쳐 있다. 본래 산기슭을 가로지르는 점층적인 경사면에 건설한 시가이기에, 바다에서 올려다 볼 때나 육지에서 내려다 볼 때나 풍경이 아름답다.

다롄 시가 본격적으로 발전한 것은 물론 일본 통치 이후의 일로 불과 20여 년의 역사가 있을 뿐이다. 그러나 지금은 사아항(寺兒港), 남산록(南山麓), 러시아 거리, 빈정(濱町), 복견대(伏見臺), 성덕가(聖德街), 소강자(小崗子), 사하구(沙河口), 성성포(星星浦), 노호탄(老虎灘) 등 인접 지역을 병합해 그 넓이가 이미 대도회로서 부끄럽지 않을 만하다.

인구는 이미 40만을 헤아리며, 일본인·지나인이 대강 반반쯤 된다. 일본이 가진 유일한 국제 도시라고 하지만, 기타 외국인의 거주는 별로 많지 않다. 우리 조선 동포의 경우는 의외라고 할 만큼 극히 소수에 불과한 모양이다.

시의 주요부인 상업 구역은 중앙 광장을 중심으로 작은 공원을 베풀고, 여기를 에둘러서 시청, 재판소, 은행, 호텔, 상공 회의소, 체신국, 영사관 등 시가다운 경치를 구성하기에 필요한 큰 건축물이 즐비하다. 이리로부터 8개의 큰 대로가 방사형으로 뻗어있다.

가로는 율쇄석(栗碎石)으로 다지고 그 위에 콜타르를 바르고 작은 바둑돌 모양의 돌들을 깔아서, 아스팔트 포장처럼 뜨거운 열에 물러지거나 혹한에 터져나가는 일이 없다. 보도와 가로수도 용의 주도하게 꾸며놓았고, 도시다운 경치를 위해 대로에 면한 건축은 4층 이상으로 정했다. 재료는 방한, 방화를 위해 전부 다 벽돌을 쓰도록 하여 시가의 외관이 또한 누구를 향해서도 기죽지 않을 만하다.

다롄 시의 특별한 자랑거리는 문화 시설이 잘 정비되어 있다는 점이다. 위생, 교육, 교통, 운동, 오락, 구제 사업 등 어느 방면으로든지 거의 동양 제일의 위치를 차지하고 있고, 또 앞으로도 그러려

한다는 점은 새삼스레 말할 필요도 없다. 그리고 이른바 만철 왕국의 두뇌 역할을 하고 있는 산업 및 학술상의 조사, 연구, 실험이 얼마나 칭찬할 만한 업적을 내고 있는지도 이미 세상이 널리 아는 사실이다.

　'딸니'로 닦은 터에
　다롄시를 지었기로
　까치집 비둘기와
　꾀꼬리깃 접동새를
　보아서 익은 눈이라
　괴이한 줄 몰랐다.

84. 뤼순

　다롄의 옛 일을 떠올리는 김에 뤼순(旅順)에 관한 문헌을 약간 뒤적거려 보았다. 뤼순 구는 요동 반도 남단에 있는데, 일위대(一葦帶)의 발해 해협과 묘도(廟島) 열도의 징검다리 역할을 하며, 산동 반도의 덩저우(登州)와는 지척 간에 놓여 있다. 위치상 옛날부터 자연스럽게 지나와 요동 내지 조선 반도 사이의 수로 교통에 중요한 항구가 되어 왔다. 『사기』 「조선전」에 이런 글이 나온다.

　　원봉(元封) 2년(B.C. 109)에 한나라가 사신 섭하(涉何)를 보내 우거(右渠)를 회유했으나, 우거는 끝내 조서를 받들려 하지 않았다. 섭하가 변경인 패수(浿水)에 이르자 마부를 시켜 자신을 전송 나온 조선의 비왕(裨王) 장(長)을 찔러 죽이고 곧 패수를 건너 요새로 들어갔다. 그리고는 천자께 "조선 장수를 죽였다."고 보고했다. 천자는 그 공을 기려 꾸짖지 않고 섭하에게 요동동부 도위(遼東東部都尉)라는 벼슬을 내렸다.
　　이에 조선은 섭하에게 원한을 품고 군사를 일으켜 섭하를 습격하여 살해했다. 천자가 죄인들을 모집한 군대를 만들어 조선을 공격했다. 그 해 가을에 누선장군(樓船將軍) 양복(楊僕)을 보내 제(齊)에서 발해를 건너니 병사가 5만이었다. 좌장군(左將軍) 순체(荀彘)가 요동으로 나가 우거를 토벌했다. 우거는 병사를 일으켜 항거했다. … 누선장군이 제(齊)의 병사 7천을 이끌고 먼저 왕검성에 도착하니, 우거가 성을 지키고 …

이 글에서 전쟁 때 "제(齊)에서 발해를 건너니"라고 한 것은 물론 뤼순을 경유한 것이겠지만, 뤼순에 해당하는 지명은 보이지 않는다. 나중에 수·당의 두 차례에 걸친 고구려 침략 때 모두 수군을 썼음은 여러 글에서 징험할 수 있다.

개황(開皇) 18년(598)에 요동 전쟁이 일어났을 때 (주나후를) 불러서 수군 총관(水軍總管)으로 삼았다. 동래(東萊)에서 바다를 통해 평양성으로 나아갔는데, 바람을 만나 배가 여러 채 침몰하니 공적 없이 돌아왔다 (『수서』 권 65, 「周羅睺傳)」).

요동 전쟁에서 내호아가 누선(樓船)을 이끌고 창해를 거쳐 패수로 들어갔다. 평양에서 60리 떨어진 곳에서 고구려와 대적했다(『수서』 권 64, 「來護兒傳」).

가을 7월 계축일에 수레가 회원진(懷遠鎭)에 머물렀다. 당시 천하에 난리가 나니 군사로 징발된 많은 이들이 기약 없이 돌아오지 않았다. 고구려 또한 피폐했다. 내호아(來護兒)가 필사성(畢奢城(즉 卑沙城)이다. 萊州에 오른 후 바닷길로 평양까지 달려가 먼저 비사성에 이르렀다. 당나라 貞觀 말에 程名振도 이 길을 이용했다)에 이르자 고구려에서 병사를 일으켜 힘껏 싸웠다. 내호아가 이를 격파하고 장차 평양을 취하려 하자, 고구려 왕 원(元)이 두려워하여 갑자(甲子)에 사신을 보내 항복을 빌었다.(『자치통감』 권 182, 수양제 대업 10년)

(태종 정관) 19년에 형부 상서 장량(張亮)을 평양도 행군대총관(平壤道行

軍大總管)으로 삼았다. 장군 상하(常何)에게 명하여, 강회(江淮)와 영협(嶺
硤)의 군센 졸병들 4만과 전선 오백 척을 이끌고 내주(萊州)에서 바다를
건너 평양성으로 달려가게 했다. 또 특진영국공(特進英國公) 이적(李勣)을
요동도 행군대총관(遼東道行軍大總管)으로 삼아 … 보병과 기병 6만을 이
끌고 요동으로 달려갔다. 두 군대가 합세하여 태종이 친히 6군을 이끌
고 모였다.

　　그 해 여름 4월에 이적의 군대가 요동을 건너 개모성(蓋牟城)을 공격
하여 쓰러뜨렸다. 생포한 이가 2만이다. 그 성을 개주(蓋州)로 삼았다. 5
월에 장량의 부장 정명진이 사비성을 공격하여 쓰러뜨렸다. 포로로 잡
은 남녀가 8천 명이었다(『구당서』 권 199, 「고려전」).

　　이상에서 볼 수 있는 것처럼, 당 태종의 침공 경로는 대개 수나라
때 양복(楊僕)이 취한 길을 따랐지만, 여기서도 뤼순이라는 명칭은
보이지 않았다. 당나라 정원(貞元)[1] 때의 재상인 가탐(賈耽)의 『도리
기(道里記)』에 수로를 통한 요동 방면 교통로를 설명한 부분이 있다.

　　등주(登州)에서 동북쪽 바닷길로 대사도(大謝島)와 구흠도(龜歆島), 말
도(末島)[2], 오호도(烏湖島)까지가 3백 리다. 북쪽으로 오호해(烏湖海)를 지
나 마석산(馬石山) 동쪽 도리진(都里鎭)에 이르는 데 2백 리다. 동쪽으로
해변을 끼고 청니포(靑泥浦), 도화포(桃花浦), 행화포(杏花浦), 석인왕(石人
汪), 탁타만(槖駝灣), 오골강(烏骨江)까지가 8백 리다. 남쪽으로 해변을 끼
고 대개 … 신라 왕성에 이른다.[3]

1　당나라 덕종의 연호로 779년에서 805년까지에 해당한다.
2　『신당서』에는 어도(淤島)로 되어 있다.
3　신라 왕성에 이르는 중간 지명들이 생략되고 '대개'로 처리되었다. 생략된 내
　　역은 다음과 같다. "過烏牧島 貝江口 椒島 得新羅西北之長口鎭 又過秦王石橋
　　麻田島 古寺島 得物島 千里 至鴨淥江 唐恩浦口 乃東南陸行 七百里"

이 글에 나오는 '오호도'는 지금 묘도 열도 최북단의 성황도(城隍島)이고 '오호해'는 그 앞바다인 발해 해협의 일부에 해당할 것이다. 이곳을 횡단하여 가장 앞머리에 닿는 '마석산'이 지금의 노철산(老鐵山)이고 '도리진'이 뤼순에 해당함을 선뜻 추정할 수 있다(『만주역사지리』 제1권 384, 5면 참조). 이 도리진이야말로 뤼순 지방에 대한 명칭이 문헌에 나타난 가장 오래된 것이 아닐까 한다.

도리진 이후의 연혁은 지금 자세히 살필 수 없지만, 발해가 고구려를 대신하여 요동에서 흥했을 때 서방 육로가 거란에 의해 차단되니 당나라와의 교통은 오로지 바다를 경유할 수 밖에 없었다. 발해 5경 중 서경 압록부(西京鴨綠府; 지금의 臨江縣 부근)가 당나라로 가는 통로였는데, 이는 압록강을 내려와서 요동 반도 동쪽을 지나 뤼순을 들러 산둥 반도로 건너가는 경로였다. 『요동지』(권 1) 「지리지」 산천조에 당시 교통로의 실제를 알려주는 구절이 나온다.

홍려(鴻臚)의 우물 두 개는 금주(金州) 여순구(旅順口) 황산(黃山) 기슭에 있는데, 우물 위 돌에 이렇게 새겨놓았다. "칙지절선로말갈사(勅持節宣勞靺鞨使) 홍려경(鴻臚卿) 최흔(崔忻)이 두 개의 우물을 파고 이를 기념하기 위해 개원 2년(714) 5월 18일에 비를 세웠다." 모두 합해 31자다.

즉 당나라에서 발해로 가던 사절이 당시의 도리진을 지나다가 우물을 파고 기념비를 세웠던 것이다. 이 비석은 뤼순의 황금산 아래 있는 것을 일로 전쟁 후 일본으로 수송해서 지금은 궁중에 비장되어 있다.

뤼순이라는 이름은 원나라나 명나라 때의 문헌에 나타나기 시작하니, 그 뜻에 대해서는 다음과 같은 설이 있다.

예로부터 산동인은 묘도와 열도를 지나 요동에 다다른 자들로, 여기에 당도하기까지 그 여정이 평탄했다[順路]하여 '여순(旅順)'이라는 이름을 얻게 되었다.(『중국고금지명대사전』, 270면.)

또 장황(章潢)의 『도서편(圖書編)』[4]에 나온 글에서 알 수 있듯, 여순구는 명나라 때 요동 해운에서 매우 중요한 항구였다.

요동은 옛 청주(靑州) 지역이다. 주나라 이래부터 요동은 연(燕)에 속했다. 강역은 나뉘었지만 바닷길은 다르지 않다. 한나라가 조선을 정벌할 때 양복(楊僕)을 보내 제(齊)에서 발해를 건너게 하였고, 순체(荀彘)는 요동으로 나갔다. 수나라와 당나라가 동쪽을 정벌할 때도 군사를 나누어 바다를 항해했으니, 다만 옛 길을 따른 것에 다름 아니었다.

명나라 초에 요동을 두고, 병사 수만 명을 보내서 요동을 지키게 했다. 진해후(鎭海侯) 오정(吳禎)에게 명하여 주사(舟師) 만 명을 거느리게 했다. 등주(登州)와 내주(萊州)에서 매해 곡식을 운반했다. 영락 4년(1406)에 평강백(平江伯) 진훤(陳暄)이 이를 감독하기 위해 요동에 왔다.

그 후 이곳에 둔전을 설치함으로써 곡식 운반은 폐지되었다. 다만 산동에서 매해 면포와 솜을 운반하여 군사들에게 공급하라 하였으니, 모두 등주에서 출발하여 금주(金州)와 여순(旅順)에 이르러 물건을 풀어냈다. 당시 왜구가 어쩌다가 이곳을 침범했다. 총병(總兵) 유강(劉江)이 망해와(望海窩)에서 왜구를 무찌르니 환난이 그치게 되었다. 금주와 여순의 관구(關口)[5]에서 남쪽으로 신하수(新河水) 관안(關岸)에 이르기까지 직선거리가 550리다.

---

4 중국 명나라 장황이 지은 유서(類書)로, 127권으로 1577년에 완성되었다. 천지 · 자연 · 인사(人事) 전반에 걸쳐 계통적으로 요령 있게 기술하였다. 명나라 때의 기사가 가장 많으므로, 명나라 역사 연구의 중요한 사료가 된다.
5 목구멍에 해당하는 좁은 길을 뜻한다.

명나라 초에 조선 사절단도 이 바닷길을 거쳐 갔음을 당시 행인의 문헌을 통해 알 수 있다.

철산(鐵山) 5월 18일 여순 입구에 도착하다

파도 솟고 안개 깔려 나루 뵈지 않는데
철산 높아 오랜 세월 길손 인도하누나.
백발 장수 멀리 온 것 부끄럽다 했으나
창안(蒼顏)⁶ 만나 기뻐 가리킨 적 종종 있다네.
북에서 뻗은 형세 첩첩이 우뚝한데
동으로 달린 봉우리 머뭇거리며 맴도네.
이처럼 좁은 계곡에 많은 배 모였으니
천자가 군사 보내 변방 티끌 없애리.

『포은집(圃隱集)』 권1

여순역에서 비에 막혀

해풍에 비 몰아쳐 으슬으슬 추우니
오월의 요동 날씨 가을 같구나.
여기부터 갈 길도 아직 까마득한데
며칠 홀로 지체되어 어찌 할거나.
외론 등불 깜박이며 고깃배 비추고
수루(戍樓)에선 구슬픈 화각소리 울리네.
내일 아침 개인 기색 보인다 해도
지친 말과 진흙길 걱정이로다.

『포은집(圃隱集)』 권1

---

6 창백해진 노인의 얼굴을 뜻하며, '백발(白髮)'과 함께 노인을 지칭하는 말로 흔히 쓰인다.

9월 2일 배를 띄웠다. 사문도(沙門島)에 정박해서 바람이 불기를 기다렸다. … 5일에 여순구에 도착했다. 거세지 않고 순조로운 바람에 뱃길이 매우 편안했다.

바다는 푸른 산 어귀에 들고, 흰 바윗머리 파도 솟구쳐.
중요한 나루터라 역참을 두고, 굽은 포구엔 배 숨길 만하네.
물과 하늘 어울려 활짝 트이니, 이 몸도 세상 따라 둥실 뜨는 듯.
순풍이라 돛도 절로 차분해져서, 험한 길 건너는 근심 없어라.

『양촌집(陽村集)』권 6

영락(永樂) 기축(1409) 이래 명나라와의 사절 교류가 육로로 이뤄지다가, 만력(萬曆) 이래로 요동이 여진의 건주(建州) 아래 속하게 되자, 명과의 교빙은 다시 해로를 취하게 되었다. 한때 가도(椵島)의 모문룡(毛文龍)[7]을 중심으로 하는 갈등이 이 육로를 따라 매우 복잡하게 전개되었기에, 광해 13년(1621), 인조 5년(1627), 인조 7년(1629) 등 3차례에 걸쳐 해로를 통해 왕래했다.

인조 7년 이후의 해로는 다시 뤼순구를 경유하게 되어 오랜만에 뤼순 철산취(鐵山嘴)라는 이름이 우리 기억에 되살아났다.(『통문관지』 (권3) 항해 노정 및 『선조실록』권18, 38년 기미 7월 정축조, 『광해군일기』 및 『인조실록』 참조) 『요산당외기(堯山堂外記)』에 보이는 "바다 모래톱은 솟았다 잠겼다 산간 구름은 끊겼다 이어졌다"하는 고려 사신의 과해시(過海詩)와 "건너 해안 밥 짓는 연기 청제(靑齊)가 가깝구나. 오랑

---

7 명청 교체기의 명나라 장수. 압록강 하구에서 근무하다가 북중국이 후금의 손에 넘어가자 흩어진 백성과 군인들을 모아 후금의 배후를 위협했다. 명·후금·조선 사이에서 독자 세력을 형성하고, 조선을 구한다는 명분으로 후금과 조선의 왕래를 차단하고 사절단을 약탈하기도 했다. 오만한 성격과 탐욕으로 명나라 내부에서도 적을 만들어 결국 명나라 장군 원숭환에게 참수당했다.

캐 불빛 줄 이은 산에 삭막한 황혼이 지네."하는 이수광의 부경시
(赴京詩) 등은 모두 이 해로에 관한 시구이다.

등주(登州)의 바닷길이
구름밖에 아득할사
막리지(莫離支) 황금 쌈과
가독부(可毒夫)의 모피 복물(卜物)
배짐 쳐 보내던 포구
어디런가 하노라.

해제

1. 여행과 기록

『송막연운록』은 1937년 10월 28일부터 1938년 4월 1일까지 총 84회에 걸쳐 『매일신보』에 연재된 기행문이다. 최남선은 연재분 1회 말미에 "표제 『송막연운록』의 송(松)은 만주, 막(漠)은 몽고, 연(燕)은 북경, 운(雲)은 산서(山西)를 이른 것을 참고로 부기합니다."라고 밝혀놓았다. 여행의 경로가 만주, 몽고, 북경을 지나 산시성까지 이르렀음을 말한 것이다.

그러나 정작 여행의 기록은 경성에서 출발해 용정, 연길, 혼춘, 동경성, 목단강, 하얼빈, 신경, 길림, 봉천을 경유해 다롄으로 향해 가는 기차 안에서 중단되고 만다. 1937년 9월 25일부터 1937년 10월 15일까지의 여정이었다. 여행을 마치고 경성으로 돌아온 후 연재를 시작했다고 가정해도 대략 10여 일 정도의 여행이 기록되지 않은 채 미완으로 끝난 것이다. 최남선이 만주 건국대학 교수로 부임하기 위해 경성을 떠난 것이 1938년 4월 5일이니, 연재의 중단은 이 때문이었을 가능성이 크다. 마지막 회에 "송막연운록은 우선 이

477

송막연운록

것으로 끝마치고 이다음은 제목을 고쳐 수시 파필(把筆)할까 합니다."라고 후일을 기약했지만, 그 약속이 지켜졌는지 여부는 알 길이 없다. 그 이후 1943년 무렵까지 최남선이 만주에 머물렀던 것을 고려하면『만선일보』등에 후속편을 연재했을 가능성도 있으나, 자료의 산실(散失)로 아직 밝혀진 바가 없다.

『송막연운록』은 최남선이 1920년대 후반에 발표했던『백두산근참기』,『금강예찬』등 이른바 '국토순례기행문'들에 비해 대중에게 널리 알려지지 않았을 뿐더러 학계의 연구도 드문 편이다. 수많은 한문 인용문은 물론이요, 최남선의 다양한 문체 중에서도 극단에 속하는 의고체가 가독성을 현저히 떨어뜨리기 때문이다. 1930년대 후반 최남선이 '민족'과 '제국' 사이에서 벌이는 사상의 아슬아슬한 줄타기 역시『송막연운록』독해를 어렵게 만드는 요인 중 하나다. 그러나 최근 민족주의에 대한 비판적 재조명과 일제 말기나 만주국에 대한 새로운 연구 경향들에 비춰보면,『송막연운록』이 담고 있는 당대의 생생한 기록과 사유들이 새삼 흥미롭게 다가온다.

2. '협화' 속의 '불협화음'

최남선 자신이 연재 첫머리에서 밝힌 바에 따르면, 여행은 "선만척식(鮮滿拓植)으로부터 만주에 있는 이른바 안전농촌의 구경"을 권유받고 이루어졌다. '선만척식'이란 1936년 9월 동양척식회사가 동아권업공사(東亞勸業公司)를 모체로 설립한 선만척식주식회사를 말한다. 기존 재만조선인의 경제적 안정을 도모하는 동시에 조선 영세농민의 만주 이주와 정착을 촉진하기 위해 설립된 회사였다. 안전농촌은 선만척식이 조선농민들의 통제와 집결, 자작농화 등을 목적으로 설립한 집단 거주지였다.

실제로 여행기간 최남선은 하동농촌, 수화농촌, 철령농촌, 영구 농촌 등을 찾아 안전농촌의 실태를 시찰하고, 조선 농민들과 학생들을 대상으로 시국강연을 펼쳤다. 대부분의 여정은 일제나 만주국 관료들이 대동하고, '비도'의 습격에 대비해 경찰의 호위가 따라붙는 공식 일정들로 채워졌으며, 강연 또한 조선인의 만주 이민을 격려하는 데 주력했다. 그런 점에서 여행과 여행의 기록은 일차적으로 일본제국과 만주국의 선전 정책을 충실히 이행하는 정치적 도구로서의 성격을 띠고 있다.

그렇다고 『송막연운록』을 단순히 '친일=반민족' 텍스트로 한정지을 수는 없다. 최남선은 '내선'과 '협화' 이데올로기의 자장 안에서도 '우리 조선인'이라는 정체성을 결코 포기하지 않는다. 만주를 가로지르는 그의 시선은 어디서고 '백의' 입은 '조선인'들이 논농사 짓는 '조선적 풍경'을 찾아 헤맨다. 가깝게는 요동벌판을 건너 북경에 오가던 고려 및 조선 사절의 (연행) 기록을, 멀게는 만주를 무대로 펼쳐진 발해와 고구려의 역사를 거듭 상기하면서, 최남선은 조선인의 만주 진출이 실상 조상 강역의 회복임을 강조한다. '조선인'의 활동무대로 영토화된 '만주' 기행은 그에게 근 10년 전 '백두산근참'의 연속이요, 연장일 뿐이다. 고구려와 발해사, 전근대의 연행문학과 식민지기 민족주의자들의 만주 영유권 주장, 만주국 시대 조선인들의 만주 진출을 둘러싼 담론들, 그리고 오늘날 대중민족주의가 만주를 무대로 생성해내는 위대한 자민족의 신화/역사까지, 단속적으로 이어지는 이 의미의 계열화는 그 자체로 흥미로운 탐구 대상이다. 『송막연운록』은 그 계열화의 한 결절점으로서, 식민지 조선의 민족주의가 일본 제국의 지배 이데올로기와 공모했던 일제말 사상사의 한 단면을 선명하게 가시화한다는 점에서 문제적이다.

그러나 『송막연운록』은 제국의 지배 이데올로기에 결코 매끄럽게 포섭되지 않는 '차별/차이'의 흔적들 역시 곳곳에서 드러낸다. 『매일신보』 연재 첫 회분이 검열로 삭제된 18행의 '공백'을 포함하고 있음은 시사적이다. 내선 '일체'나 오족 '협화'의 이상이 해소하고자 했던 피식민자의 민족 정체성은, 그 '삭제(공백)'를 통해 역설적으로 자신의 '차별받는/차이나는' 존재를 드러낸다. 제국 질서의 해소되지 않는 '차별' 구조야말로 피식민자의 민족적 '차이' 주장을 요청하고 정당화하는 역사적 조건이었다. 이런 맥락에서 『송막연운록』은 '협화'의 이념/이상에 대한 공명음과 더불어, 기행문 특유의 현실 견문(見聞)을 바탕으로 그 주조음에서 이탈하는 '불협화음'까지 풍부하게 담고 있는 다성적 텍스트이다.

작가는 일제 말기 동화/차별의 이중적 구조 속에서, '말할 수 있는 것'과 '말할 수 없는 것'의 새롭게 재편된 경계 위에서, 다양한 발화 전략으로 그 '불협화음'을 끼워 넣는다. 표 나게 '침묵'함으로써 그 '침묵'을 강요하는 억압의 구조를 드러내기도 하며(매 장 말미의 함축적 시들 중 일부), 비틀린 문체와 난해한 인유를 통해 암호화된 제국 비판을 여기저기 흩뿌려 놓기도 하며(80장의 양부하 고사), 지배 이데올로기의 미사여구를 곧이곧대로 해석하는 아이러니의 방식으로 그 너머의 희미한 유토피아 형상을 비추기도 한다(39장의 '왕도'). 무엇보다 텍스트에는 만주의 급변하는 시세 속에 부침하는 '조선인'들의 집단적 '기억'들, 결코 '망각'되지 않은 채 되돌아와 만주국의 새로운 비전에 그늘을 드리우는 유령적 기억들이 곳곳에 출몰한다.(28장의 이토 히로부미, 21장 하동농촌과 김좌진).

여행 기간 최남선이 만나거나 공감을 표하는 인물들의 다양한 면면(히다카 헤이고로나 이시모토 게이키치 같은 일본인 '이상주의자'들, 정샤오쉬나 진위푸 같은 만주국과 중국의 거물급 인사들, 진학문, 서범석 등 만주의 조선인들, 안희제, 윤세복 같은 대종교 핵심인사까지)은 '만주'라는 공간에서 펼쳐졌던 개인적, 집단적 삶이 결코 '국가'로 회수되지 않는 다양한 결들을 지녔음을 설핏설핏 드러낸다. 각각의 만남에서, 그들이 무엇을 도모하고 무엇에 공감하거나 불화했을까 묻는 것은 그 시대를 좀 더 입체적으로 들여다보는 창을 제공한다.

무엇보다 텍스트는 최남선이 '통제' 농촌으로 부르기를 주저하지 않았던 '안전' 농촌의 '조선인'들의 삶에 대해 비교적 생생한 보고를 담고 있다. 이 조선인 '농군'들의 삶을, 순결한 희생자로서의 피식민 '민족'으로도, 일제의 대륙 침략에 앞장 선 '제국'의 첨병으로도 환원되지 않는 다양한 서사들로 포착하는 것은 여전히 남겨진 과제다. 그들을 '향해' 말하거나, 그들을 '대변(대표)해서' 말할 뿐인 최남선의 텍스트에서도 이들은 여전히 '침묵'하는 존재로 남아 있지만, 당대의 다른 만주기행들에 비해 이들의 실루엣이 비교적 뚜렷이 그려지는 것도 사실이다. 『송막연운록』이 1930년대 만주라는 불가해한 시공간을 가로지르는 충실한 기록물 중 하나로서 가치를 지닌 이유가 여기에 있다.

3. '번역'에 대해

『송막연운록』의 한문 인용문은 대개 이대형 선생님께서 번역하고 역자가 문장을 고르게 했다. 값도 빛도 나지 않는 일을 선뜻 맡아주신 이대형 선생님께 이 자리를 빌려 깊은 감사를 전한다. 선생님의 노고가 아니었으면 애초에 작업이 진행될 수 없었을 것이니 공역이라 해야 마땅하다. 다만 문장을 다듬는 과정에서 혹시라도 원뜻에서 멀어졌다면, 오역의 책임은 순전히 역자에게 있음을 아울러 밝혀둔다.

『송막연운록』 번역은 '번역'이란 시공간적으로 겹치지 않는 두 개의 이질 언어 사이의 전환이라는 관습적 명제에 도전한다. 곳곳에 지뢰처럼 널려 있는 한문 인용문은 그렇다 해도, 근대계몽기의 국한문체와는 또 다른 의고적 문체는 '한국어'라는 인위적 범주의 경계가 얼마나 불투명한 것인가를 고통스럽게 상기시켰다. 원문의 의미를 살리면서도 최대한 현대문에 가깝게 하는 것을 원칙으로 삼았지만, 매 순간 원문과 번역문 사이의 심연에서 허우적대며 선택에 고심해야 했다. 한국어라고도 한국어가 아니라고도 할 수 없는 하나의 '언어/문체'를 '그'의 것이라고도 '나'의 것이라고도 할 수 없는 또 하나의 '언어/문체'로 전환하는 이 작업은, '번역'인지 '윤문'인지조차 쉽게 답할 수 없다.

　토론토에서의 많은 날들을 영어가 아닌, 『송막연운록』의 한문 및 의고적 문체와 씨름하며 보냈다. 그래도 여전히 번역에 빈 구석이 많을 터이지만, 달리 나서는 사람이 없었다는 데서 역량에 넘치는 일을 맡게 된 변명거리를 찾을 수밖에 없겠다. 이 작업에 쏟아부은 시간과 노력이 무슨 의미가 있을까. 가끔 이런 부질없는 질문이 떠오를 때마다, 적어도 스스로에게는 공부가 되었노라 자위하곤 했다. 이에 더해 몇몇 독자들이 원문을 읽느라 들일 시간과 품을 조금이나마 덜어줄 수 있다면 작은 보람이 될 것이다.

최남선 한국학 총서를 내기까지

　현대 한국학의 기틀을 마련한 육당 최남선의 방대한 저술은 우리의 소중한 자산이다. 그러나 세월이 상당히 흐른 지금은 최남선의 글을 찾아보는 것도 읽어내는 것도 어려워졌다. 난해한 국한문 혼용체로 쓰여진 그의 글을 현대문으로 다듬어 널리 읽히게 한다면 묻혀 있던 근대 한국학의 콘텐츠를 되살려 현대 한국학의 발전에 기여할 것이었다.

　이러한 취지에 공감하는 연구자들이 2011년 5월부터 총서 출간을 기획했고, 7월에는 출간 자료 선별을 위한 기초 작업을 하고 해당 분야 전공자들로 폭넓게 작업자를 구성했다. 본 총서에 실린 저작물은 최남선 학문과 사상에서의 의의와 그 영향을 기준으로 선별되었고 그의 전체 저작물 중 5분의 1 정도로 추산된다.

　2011년 9월부터 윤문 작업을 시작했고, 각 작업자의 윤문 샘플을 모아 여러 차례 회의를 통해 윤문 수위를 조율했다. 본격적인 작업이 시작된 지 1년 후인 2012년 9월부터 윤문 초고들이 들어오기 시작했고 이를 모아 다시 조율 과정을 거쳤다. 2013년 9월에 2년여에 걸친 총 23책의 윤문을 마무리했다.

　처음부터 쉽지 않은 작업이리라 예상했지만 실제로 많은 고충을 겪어야 했다. 무엇보다 동서고금을 넘나드는 그의 박학함을 따라가는 것이 쉽지 않았다. 현대 학문 분과에 익숙한 우리는 모든 인문학을 망라한 그 지식의 방대함과 깊이, 특히 수도 없이 쏟아지는 인용 사료들에 숨이 턱턱 막히곤 했다.

최남선의 글을 현대문으로 바꾸는 것도 쉽지 않았다. 국한문 혼용체 특유의 만연체는 단문에 익숙한 오늘날 독자들에게는 익숙하지 않았다. 그렇다고 문장을 인위적으로 끊게 되면 저자 본래의 논지를 흐릴 가능성이 있었다. 원문을 충분히 숙지하고 기술상 난해한 부분에 대해서는 수차의 토의를 거쳐 저자의 논지를 쉽게 풀어내기 위해 고심했다.

많은 난관에 부딪쳤고 한계도 절감했지만, 그래도 몇 가지 점에서는 이 총서의 의의를 자신할 수 있다. 무엇보다 전문 연구자의 손을 거쳐 전문성을 확보했다는 것이다. 특히 최남선의 논설들을 현대 학문의 주제로 분류 구성한 것은 그의 학문을 재조명하는 데 도움이 될 것으로 본다. 또한 이 총서는 개별 단행본으로 구성되었다는 것이다. 총서 형태의 시리즈물이어도 단행본으로서의 독립성을 유지하여 보급이 용이하도록 했다. 우리들의 노력이 결실을 맺어 이 총서가 널리 읽히고 새로운 독자층을 형성하게 된다면 더 바랄 나위가 없겠다.

2013년 10월
옮긴이 일동

윤영실

연세대학교 영문과 졸업
서울대학교 대학원 국문과 졸업(문학박사)
현 University of Toronto, East Asian Studies Department, Postdoctoral Researcher

• 주요 논저
『최남선의 민족담론과 근대적 글쓰기』(2009)
「'소년'의 영웅서사와 동아시아적 맥락」(2010)
「동아시아 정치소설의 한 양상 – 서사건국지 번역을 중심으로」(2011)
「신채호 초기 민족론에 나타난 '我'의 의미」(2011)
「단군과 신도: 최남선의 단군신앙부흥운동과 심전개발」(2012)

최남선 한국학 총서 5

송막연운록

초판 인쇄 : 2013년 11월 25일
초판 발행 : 2013년 11월 30일

지은이 : 최남선
옮긴이 : 윤영실
펴낸이 : 한정희
펴낸곳 : 경인문화사
주 소 : 서울특별시 마포구 마포동 324-3
전 화 : 02-718-4831~2
팩 스 : 02-703-9711
이메일 : kyunginp@chol.com
홈페이지 : http://kyungin.mkstudy.com

값 30,000원
ISBN 978-89-499-0972-1 93810
© 2013, Kyung-in Publishing Co, Printed in Korea